LA APUESTA DEL CIELO

DEL CIELO

TED DEKkER

GRUPO NELSON
Una división de Thomas Nelson Publishers
Desde 1798

NASHVILLE   DALLAS   MÉXICO DF.   RÍO DE JANEIRO

© 2010 por Grupo Nelson®
Publicado en Nashville, Tennessee, Estados Unidos de América.
Grupo Nelson, Inc. es una subsidiaria que pertenece
completamente a Thomas Nelson, Inc.
Grupo Nelson es una marca registrada de Thomas Nelson, Inc.
www.gruponelson.com

Título en inglés: *Heaven's Wager*
© 2000 por Ted Dekker
Publicado por Thomas Nelson, Inc.

Traducción: *Ricardo y Mirtha Acosta*

Adaptación del diseño al español: *Grupo Nivel Uno, Inc.*

ISBN: 978-1-60255-154-1

Impreso en Estados Unidos de América

10 11 12 13 HCI 9 8 7 6 5 4 3 2 1

CARTA DEL EDITOR

La historia que usted está a punto de leer es parte de la serie La Canción del Mártir porque los sucesos de la vida de Kent no habrían sido posibles si los hechos narrados en *The Martyr's Song* no hubieran ocurrido como lo hicieron.

No hay orden en las novelas de La Canción del Mártir, y usted las puede leer en cualquier orden. Cada historia es completa y no depende de las demás. No obstante, le recomendamos leer primero el libro *The Martyr's Song*, la historia que inició todo.

Para LeeAnn, mi esposa,
sin cuyo amor
yo solamente sería una sombra de mí mismo.
Nunca olvidaré el día en que viste el cielo.

CAPÍTULO UNO

Día actual

UN VENTILADOR giraba en la calurosa tarde sobre la cabeza del padre Francis Cadione, chirriando con cada rotación, pero aparte de ese, ningún otro sonido alteraba el silencio en el cuartito levemente iluminado. En el aire persistía un fuerte olor a aceite de limón mezclado con el humo de una pipa. Las angostas y largas ventanas de un lado al otro del vetusto escritorio llegaban hasta el techo, e irradiaban luz ámbar a través del piso de roble.

Algunos describirían el mobiliario como gótico. Cadione prefería pensar que su oficina solo era un lugar ambiental. Lo cual era adecuado. Él era un hombre de iglesia, y la iglesia tenía que ver completamente con ambiente.

Pero el visitante que se hallaba sentado con los brazos cruzados en la silla color vino tinto había traído con él su propio ambiente, que se extendía como un halo de fuerte aroma que traspasaba los orificios nasales y recorría la columna. El hombre había estado sentado allí durante menos de un minuto sonriendo de manera fantasmal, como si fuera el único poseedor de un gran secreto, y el padre Cadione ya se sentía extrañamente perturbado. Una de las piernas del visitante se balanceaba sobre la otra como un péndulo hipnotizador; sus ojos azules mantenían fija la mirada en los del sacerdote, negándose a desarticular la conexión.

El padre apartó la mirada, agarró su pipa negra, y se golpeó suavemente la boquilla en los dientes. El pequeño y habitual gesto produjo una naturalidad conocida. Un hilillo de humo de tabaco le subió perezosamente por sobre las pobladas cejas antes de ser dispersado por el aire del ventilador. El cura cruzó las piernas, y en el instante en que lo hizo se dio cuenta que sin querer había imitado la postura del visitante.

Tranquilo, Francis. Ahora estás viendo cosas. Él solo es un hombre sentado allí. Un tipo que tal vez no se impresione tan fácilmente como otros, pero de todos modos nada más que un hombre.

—Pues bien, amigo mío. Usted parece tener la moral muy en alto.

—¿Muy en alto? ¿Qué quiere decir con eso, padre?

El suave tono del hombre parecía proyectar ese extraño halo... aquel que había hecho estremecer la columna del cura. Era como si los roles de ambos sujetos se hubieran vuelto confusos; alborotados por ese ventilador de techo que chirriaba en lo alto.

El padre Cadione chupó la pipa y soltó el humo por entre los labios. Habló a través de la nube. Ambiente. Todo tenía que ver con el ambiente.

—Solo quería decir que usted parece estar bastante feliz con la vida, a pesar de su... adversidad. Nada más.

—¿Adversidad? —preguntó el hombre arqueando la ceja izquierda; la sonrisa debajo de sus ojos azules se extendió levemente—. Adversidad es un término relativo, ¿no es cierto? Me parece que si alguien es *feliz*, como usted dice, no es posible describir adecuadamente como *adversas* a sus circunstancias. ¿Verdad?

Cadione no estaba seguro si el hombre quería de veras una respuesta. La pregunta le pareció más un regaño, como si este individuo hubiera sobrepasado la simple felicidad y ahora educara a esos ridículos mortales que aún luchaban por conseguirla.

—Pero usted tiene razón. Tengo la moral muy en alto —convino el hombre.

—Sí, puedo verlo —expresó Cadione aclarando la garganta y sonriendo.

El caso es que este individuo no solo era feliz. Literalmente parecía emocionado con cualquier cosa que tuviera debajo de la piel. No drogas... sin duda que no.

El visitante se hallaba allí con las piernas cruzadas, mirándolo con esos profundos ojos azules, y sonriendo de modo incitante. Desafiándolo, parecía. *Vamos, padre, haga lo suyo. Hábleme de Dios. Platíqueme de la bondad y la felicidad, y de cómo lo único que importa de veras es conocer a Dios. Dígame, dígame, dígame, nene. Hábleme.*

El sacerdote sintió que una sonrisita nerviosa le cruzaba el rostro. Ese era el otro asunto acerca de la marca de felicidad de este hombre. Parecía contagiosa, aunque un poco impertinente.

De cualquier manera, el hombre estaba esperando, y Cadione no podía simplemente quedarse sentado allí para siempre, considerando cosas. Le debía algo a este prójimo. Después de todo, él era un hombre de Dios, ocupado en irradiar luz; o al menos en señalar el camino hacia el interruptor de la luz.

—En realidad, que alguien esté seguro de su lugar en la vida le trae verdadera felicidad —comentó Cadione.

—¡Yo sabía que usted iba a entender, padre! No tiene idea de lo bueno que es hablar con alguien que comprende de veras. A veces me siento a punto de reventar, y nadie entiende a mi alrededor. Me hago entender, ¿verdad?

—Sí —asintió instintivamente Cadione, sonriendo, aún sorprendido por la pasión del hombre.

—¡Exactamente! Personas como usted y yo podríamos tener toda la riqueza del mundo, pero en realidad lo sensacional de la vida es ese algo más.

—Sí.

—Nada se compara. Nada en absoluto. ¿Estoy en lo cierto?

—Sí.

Los labios de Cadione esbozaron una sonrisita nerviosa. Dios mío, empezaba a sentirse como si lo estuvieran metiendo en una trampa con su larga cadena de *síes*. No podía dudar de la sinceridad del hombre; o de su pasión, en realidad. Por otra parte, el tipo podría muy bien haber perdido la razón. Haberse vuelto loco, incluso senil. Cadione había visto cómo esto pasaba con muchas personas en el estrato social de ese hombre.

El visitante se inclinó hacia delante con un destello en los ojos.

—¿La ha visto alguna vez, padre? —inquirió ahora en un tono calmado.

—¿Ver qué?

Cadione se dio cuenta que debía parecerse a un jovencito sentado con los ojos abiertos de par en par ante la instrucción de un padre sabio, pero no pudo contenerse.

—La gran realidad detrás de todas las cosas —explicó el visitante, levantando la mirada por sobre Cadione hacia una pintura de la mano de Dios extendiéndose hacia la de un hombre en la pared posterior—. La mano de Dios.

Expresó esto último haciendo un gesto hacia la pintura, lo que obligó al sacerdote a girar en la silla.

—¿La mano de Dios? Sí, la veo todos los días. Dondequiera que miro.

—Sí, desde luego. Pero en realidad me refiero a *ver*, padre. ¿Lo ha visto de veras *hacer* cosas? No algo que usted crea que él *podría* haber hecho. Algo como: *Mira allí, cariño, creo que Dios nos ha abierto un espacio para estacionarnos cerca de nuestra entrada*; sino, ¿ha visto de veras a Dios hacer algo ante sus propios ojos?

El entusiasmo del tipo volvió a provocar el hormigueo en la columna de Cadione. Quizás se hubiera encontrado un poco mejor si el individuo hubiera perdido la sensibilidad. Por supuesto, aunque el Señor bajara sus dedos hasta la tierra y lo removiera todo, la gente ni siquiera podría abrir los ojos y *ver* aquello. Se imaginó un pulgar y un índice enormes quitando un auto de su lugar a fin de dejar espacio para que se estacionara fácilmente una furgoneta.

—En realidad no puedo decir que yo lo haya visto.

—Bueno, conozco a alguien que lo ha visto. Conozco a alguien que *ve*.

Se hizo silencio. El visitante lo miró con esos penetrantes ojos azules. Pero no era la mirada de un demente. El padre Cadione chupó la pipa, pero esta había perdido la lumbre, y lo único que obtuvo fue aire viciado.

—Usted, ¿eh?

—Yo —contestó el hombre reclinándose y sonriendo suavemente—. Yo he visto. ¿Le gustaría ver, padre?

Había un encanto en las palabras del personaje. Un misterio que expresaba verdad. El cura tragó saliva y se echó hacia atrás, remedando una vez más la postura del visitante. Se le ocurrió que en realidad no le había contestado la pregunta.

—Esto podría cambiar su mundo —enunció el hombre.

—Sí. Lo siento, yo estaba... este...

—Bien, entonces —lo interrumpió, respiró profundamente y volvió a cruzar las piernas—. Abra su mente, amigo mío; ábrala bien. ¿Puede hacer eso?

—Sí... supongo que sí.

—Bien. Tengo una historia para usted.

El visitante volvió a respirar hondo, aparentemente satisfecho consigo mismo, y comenzó.

CAPÍTULO DOS

Un año antes
Primera semana

LA CIUDAD era Littleton, un barrio residencial de las afueras de Denver. El vecindario era mejor conocido como Belaire, una extensión de casas de clase media alta cuidadosamente espaciada a lo largo de negras calles que serpenteaban entre radiantes y verdes prados. A la calle la llamaron Kiowa debido a los indios que mucho tiempo atrás reclamaron la propiedad de los valles. La casa, una construcción de dos pisos y coronada con un techo de tejas rojas de barro (cariñosamente llamada Windsor por la inmobiliaria), era el modelo más lujoso ofrecido en la subdivisión. El hombre de pie ante la puerta principal era Kent Anthony, responsable de la inmensa hipoteca sobre esta pequeña esquina del sueño estadounidense.

La suave brisa movía una docena de rosas rojas recién cortadas que se hallaba en la mano izquierda del hombre, acentuando crudamente el traje negro cruzado que le colgaba de los angostos hombros. El individuo era un larguirucho de un metro ochenta, quizás ochenta y cinco, con zapatos. Cabello rubio le cubría la cabeza, bastante corto sobre el cuello de la camisa. Ojos azules le centelleaban sobre una nariz aguda; la suave tez del hombre le hacía dar la impresión de tener diez años menos de los que en verdad tenía. Cualquier mujer podría verlo y creer que él se veía como de un millón de dólares.

Pero hoy era diferente. Hoy día Kent se *sentía* como de un millón de dólares porque realmente hoy había *ganado* un millón de dólares. O tal vez varios millones de dólares.

Se le alzaron las comisuras de los labios, y pulsó el timbre iluminado. El corazón se le aceleró, mientras se hallaba allí de pie frente al porche principal de su casa, esperando que se abriera la enorme puerta colonial. Una vez más le dio vueltas en la mente la magnitud de su logro, lo que le hizo recorrer un escalofrío por los huesos. Él, Kent Anthony, había conseguido lo que solo uno en diez mil lograba obtener, según las buenas personas de la oficina del censo.

Y él lo había logrado a los treinta y seis años de edad, viniendo quizás de los más improbables inicios imaginables, empezando de un cero absoluto. El paupérrimo y flacucho muchacho de la calle Botany, quien a su padre le había prometido triunfar, cueste lo que cueste, había cumplido esa promesa. En los últimos veinte años se había exigido miles de veces hasta el límite, y ahora… bueno, ahora se erguiría alto y orgulloso en los anales familiares. Y para ser sincero, difícilmente podía resistir el placer que eso le producía.

De repente se abrió la puerta y Kent se sobresaltó. Allí estaba Gloria, boquiabierta por la sorpresa, con sus ojos color avellana abiertos de par en par. Un veraniego vestido amarillento con florecitas azules se ajustaba elegantemente a su esbelta figura. Una reina adecuada para un príncipe. Ese sería él.

—¡Kent!

Él extendió los brazos y sonrió de oreja a oreja. Los ojos femeninos se enfocaron en la mano que sostenía las rosas, y ella contuvo el aliento. Como invitada por ese grito ahogado, la brisa que soplaba sobre el hombre levantó el cabello de la mujer.

—Oh, ¡cariño!

Kent le tendió orgullosamente el ramo y se inclinó levemente. En ese instante, viendo alegre la tensión en la mujer, y cómo la brisa levantaba mechones de rubio cabello del delgado cuello femenino, Kent sintió que el corazón le iba a estallar. Sin esperar a que ella volviera a hablar, atravesó el umbral y la abrazó. La estrechó por la cintura y la levantó para besarla. Gloria le devolvió apasionadamente el gesto de cariño y luego soltó la carcajada, sujetando las rosas detrás de Kent.

—¿Soy un hombre que cumple su palabra, o no?

—¡Ten cuidado, querido! Las rosas. ¿Qué diablos te ha poseído? ¡Estamos a mitad del día!

—*Tú* me has poseído —rezongó Kent.

La bajó y le estampó otro beso en la mejilla por si acaso. Se separó de ella y se inclinó en una fingida cortesía.

Gloria levantó las rosas y las observó con mirada centelleante.

—¡Son hermosas! De veras, ¿cuál es la ocasión?

—La ocasión eres tú —respondió él quitándose el abrigo y lanzándolo sobre el barandal de las escaleras—. La ocasión somos nosotros. ¿Dónde está Spencer? Quiero que él oiga esto.

Gloria sonrió y llamó por el pasillo.

—¡Spencer! Aquí está alguien que viene a verte.

—¿Quién? —preguntó una voz desde la sala.

Spencer apareció por el costado caminando en medias. Los ojos se le abrieron de par en par.

—¿Papá? —exclamó el niño corriendo hacia Kent.

—Hola, tigre —saludó Kent inclinándose y alzando a Spencer hasta darle un fuerte abrazo de oso—. ¿Estás bien?

—¡Claro que sí!

Spencer se abrazó del cuello de su padre y lo apretó con fuerza. Kent bajó al niño de diez años y los miró a los dos. Allí estaban ellos, imagen perfecta, madre e hijo, tal para cual, carne y sangre de él. Detrás de ellos una docena de fotos familiares y cuantos retratos eran posibles adornaban la pared de la entrada. Tomas de los últimos doce años: Spencer de bebé en azul pálido; Gloria cargando a Spencer frente al primer apartamento, encantadores paredes color verde limón rodeadas de flores secas; ellos tres en la sala de la vivienda número dos (esta vez una verdadera casa) sonriendo de oreja a oreja como si el viejo sofá café en que se hallaban fuera realmente el último modelo, y no uno de diez dólares comprado a última hora en una venta de garaje de algún extraño. Luego la foto más grande, tomada solo dos años atrás, exactamente cuando acababan de comprar esta casa, la número tres si se cuenta el apartamento.

Kent les dio una mirada, y al instante pensó que ahora vendría bien una nueva foto. Pero en una pared diferente. En una casa diferente. En una casa mucho más grande. Miró a Gloria y le hizo un guiño. Los ojos de ella se abrieron como si hubiera imaginado algo.

—Spencer, tengo una noticia importante —comenzó diciendo, inclinándose hacia su hijo—. Acaba de sucedernos algo muy bueno. ¿Sabes de qué se trata?

Spencer miró a su madre con ojos inquisitivos. Ágilmente se quitó flequillos rubios de la frente y levantó la mirada hacia Kent. Permanecieron en silencio por un momento.

—¿Terminaste? —preguntó entonces su hijo con voz débil.

—¿Y qué se supone que significa *terminar*? ¿Terminar qué, muchacho?

—¿El programa?

—Un muchacho inteligente el que tenemos aquí —comentó Kent haciéndole un guiño a Gloria—. ¿Y qué significa eso, Spencer?

—¿Dinero?

—¿Terminaste de veras? —indagó Gloria, asombrada—. ¿Pasó?

—¡Por supuesto que pasó! —exclamó Kent soltando el hombro de su hijo y lanzando un puño al aire—. Esta mañana.

Él se irguió y fingió un anuncio oficial.

—Amigos míos, el Sistema Avanzado de Procesamiento de Fondos, creación de Kent Anthony, ha pasado todas las pruebas con éxito sobresaliente. El Sistema Avanzado de Procesamiento de Fondos no solo funciona, ¡sino que funciona a la perfección!

Spencer sonrió ampliamente y lazó un grito.

—Magnífico trabajo, sir Anthony —expresó Gloria sintiendo una oleada de orgullo, poniéndose en puntillas, y besando a Kent en la barbilla.

Kent hizo una reverencia y luego se dirigió a la sala. Una pasarela surgía por encima del cielo raso en el segundo piso; Kent corrió por debajo, yendo hasta el mueble de cuero color crema. Saltó el sofá de un solo brinco y cayó en una rodilla, moviendo el brazo de arriba abajo como si acabara de atrapar el balón para realizar una anotación en el fútbol americano.

—¡Sí! Sí, sí, ¡sí!

El interior de estilo español yacía inmaculado alrededor de él, del modo en que Gloria insistía en mantenerlo. Un gran embaldosado de cerámica recorría un desayunador y llegaba hasta la cocina a la derecha de Kent; y a la izquierda sobre el área de entretenimiento se hallaba una palma en una maceta. Directamente ante él, por sobre la chimenea aún sin estrenar, había una gigantesca pintura de Cristo sosteniendo a un hombre caído y desamparado cuyas manos agarraban clavos y un martillo. *Perdonado*, se llamaba.

—¿Tienen ustedes idea de lo que esto significa? —preguntó Kent girando hacia su familia—. Déjenme decirles lo que significa.

Spencer gritaba alrededor del sofá y saltó cayendo sobre una rodilla, casi golpeando a Kent en la espalda. Gloria también saltó sobre el sofá de cuero color crema, descalza, haciendo ondear el vestido amarillo. Fue a parar de rodillas sobre los cojines, sonriendo ampliamente, esperando, haciendo un guiño a Spencer, quien la había visto saltar.

Kent sintió que una oleada de cariño le llegaba al corazón. ¡Vaya, cómo la amaba!

—Esto significa que tu padre acaba de cambiar la manera en que los bancos procesan fondos —explicó él, e hizo una pausa, reflexionando—. Se los pondré de otro modo. Tu padre acaba de ahorrar a Niponbank millones de dólares en costos de operación.

Kent levantó un dedo al aire y abrió exageradamente los ojos.

—¡No, esperen! ¿Dije millones de dólares? No, eso sería en un año. A largo plazo, ¡*centenares* de millones de dólares! ¿Y saben lo que los grandes bancos hacen por las personas que les ahorran millones de dólares?

Miró los resplandecientes ojos de su hijo y rápidamente contestó la pregunta antes de que Spencer le ganara.

—Les dan algunos de esos millones, ¡eso es lo que hacen!

—¿Han aprobado la bonificación? —quiso saber Gloria.

—Borst envió el papeleo esta mañana —anunció él, luego se ladeó y volvió a subir y bajar el brazo—. ¡Sí! ¡Sí, sí, sí!

Spencer levantó una pierna, se dejó caer sobre el sofá, y lanzó patadas al aire.

—¡Hurra! ¿Significa esto que iremos a Disneylandia?

Todos rieron. Kent se levantó y fue hasta donde Gloria.

—Puedes apostar que sí —le dijo, arrancó una de las rosas que ella aún sostenía en la mano, y la sostuvo a la distancia del brazo—. También significa que celebraremos esta noche.

Le volvió a guiñar un ojo a su esposa y comenzó a danzar con la rosa extendida, como si fuera su pareja.

—Vino…

Cerró los ojos y levantó la barbilla.

—Música…

Extendió los brazos a los costados y giró una vez sobre las puntas de los pies.

—Comida exquisita…

—¡Langosta! —gritó Spencer.

—La langosta más grande que te puedas imaginar. De la pecera —comunicó Kent, se volvió y besó la rosa.

Gloria se rió y se secó los ojos.

—Por supuesto, esto significa unos pequeños cambios en nuestros planes —continuó Kent, sosteniendo aún el rojo capullo—. Tengo que volar a Miami este fin de semana. Borst quiere que yo haga el anuncio a la junta en la reunión anual. Parece que ya comenzó mi carrera como celebridad.

—¿Este fin de semana? —inquirió Gloria arqueando una ceja.

—Sí, lo sé. Nuestro aniversario. Pero no te preocupes, reina mía. Tu príncipe saldrá el viernes y regresará el sábado. Y entonces celebraremos nuestro duodécimo aniversario como nunca antes hemos soñado hacerlo.

Los ojos de Kent centellearon pícaramente, y se volvió a Spencer.

—Disculpe, su majestad, para montar en el Matterhorn, ¿le convendría más el domingo o el lunes?

Los ojos de su hijo se le salieron de las órbitas.

—¿El Matterhorn? —expresó el muchacho lanzando un grito ahogado—. ¿Disneylandia?

—¿Y simplemente cómo se supone que lleguemos a California el domingo si te vas a Miami? —cuestionó Gloria con una risita burlona.

Kent miró a Spencer, tomó una bocanada de aire, y simuló estar asustado.

—Tu madre tiene razón. Tendrá que ser el lunes, majestad. Porque temo que no haya transporte que nos lleve a París a tiempo para los juegos del domingo.

Dejó que asimilaran la declaración. Por un momento solamente se oyó la brisa que hacía ondear las cortinas de la cocina.

Entonces sucedió.

—¿París? —exclamó Gloria con una ligera perplejidad en la voz.

—Pero por supuesto, mi reina —contestó Kent volviéndose hacia ella y haciéndole un guiño—. Después de todo se trata de la ciudad del amor. Y, para rematar, oí que Mickey ha montado una tienda.

—¿Nos vas a llevar a *París*? —inquirió Gloria, aún incrédula; la risita burlona había desaparecido, siendo reemplazada por verdadera impresión—. París, ¿Francia? ¿Podemos… podemos *hacer* eso?

—Cariño, ahora podemos hacer cualquier cosa —afirmó Kent sonriendo y levantando un puño al aire en victoria.

—¡París!

Entonces la compostura de la familia Anthony se fue por la ventana, y en la sala estalló una algarabía total. Spencer gritaba e intentaba en vano saltar encima del sofá como lo habían hecho sus padres. Se dio un revolcón. Gloria corría tras Kent y chillaba, no tanto por la impresión sino porque chillar calzaba exactamente ahora con el estado de ánimo. Kent agarró a su esposa por la cintura y la hizo girar en círculos.

Era un día bueno. Un día muy bueno.

CAPÍTULO TRES

SE SENTARON allí, los tres, Gloria, Helen y Spencer. En la sala de Helen, sobre sillas verdes totalmente tapizadas, como hacían cada jueves en la mañana, preparándose para empezar «a llamar». La pierna derecha de Gloria sobre la izquierda, oscilando levemente. Había plegado las manos en el regazo y observaba a la abuela y al nieto que se acomodaban con brillo en los ojos.

El hecho de que Spencer pudiera unírseles llegaba como una de las pequeñas bendiciones de la educación en el hogar. Gloria había cuestionado si un muchacho de la edad de Spencer hallaría atractiva una reunión de oración, pero Helen había insistido.

—Los niños tienen mejor visión espiritual de lo que podrías creer —había dicho la madre.

Solo se necesitó un encuentro con Helen para que Spencer estuviera de acuerdo.

A los sesenta y cuatro años de edad la madre de Gloria, Helen Jovic, poseía uno de los espíritus más sensibles que podía albergar el alma del ser humano. Pero hasta el alma más tonta que hubiera leído la historia de ella sabría la razón. Todo estaba allí, escrito por su finado esposo, Jan Jovic: los sucesos de ese fatídico día en Bosnia según se narran en «La canción del mártir», y luego el resto de la historia narrada en *Cuando llora el cielo*.

Gloria conocía la historia quizás mejor de lo que sabía la suya propia por la simple razón de que estaba escrita, y no así su propia historia. ¿Cuántas veces había leído la narración de Janjic? Con claridad imaginaba ese día en que un grupo de soldados, entre los que estaba Jan Jovic, entró a la pequeña aldea en Bosnia y atormentó a mujeres y niños amantes de la paz.

Ella se imaginaba el gran sacrificio pagado ese día.

Lograba ver cómo se abrían los cielos.

Y por sobre todo podía oír la canción. «La canción del mártir», ahora escrito y cantado en todo el mundo por muchos creyentes devotos.

Ese día había cambiado para siempre la vida de Jan Jovic. Pero este fue solo el principio. Si usted supiera escuchar, podría oír hoy el «La canción del mártir», aún cambiando vidas. La de Helen, por ejemplo. Y luego la vida de su hija Gloria. Y ahora la de Spencer.

Helen aún era muy joven cuando Jan murió. Había quedado sola para encontrar consuelo con Dios; y nada parecía darle ese consuelo como las horas que pasaba andando por la casa, hostigando al cielo, acercándose al trono. Su caminar solía ser firme, un paso insistente que en realidad comenzó muchos años antes, cuando Gloria aún era niña, y quien con frecuencia se arrodillaba en el sofá a desenredar los nudos en el cabello de su muñeca, observando cómo su madre atravesaba correteando la raída alfombra con las manos en alto, sonriéndole al cielo.

—Soy una intercesora —solía explicarle Helen a su hijita—. Hablo con Dios.

Y Gloria creía que Dios le hablaba a Helen. Recientemente más, parecía.

Helen se sentaba con los pies estirados, meciéndose lentamente en la mullida mecedora verde, descansando las manos en los brazos de la desgastada silla. Una sonrisa perpetua le fruncía las suaves mejillas. Los ojos de color avellana le brillaban como joyas en el rostro, el cual estaba ligeramente empolvado pero ese era su único maquillaje. El cabello cano rizado le cubría las orejas y le bajaba hasta el cuello. Ella no estaba tan delgada como había sido de joven, pero le sentaban bien las quince libras adicionales; los vestidos que usaba eran parcialmente responsables. Gloria no recordaba haber visto a su madre usando pantalones alguna vez. El vestido de hoy era una blanca bata veraniega salpicada de rosas azules claras que le llegaba en suaves pliegues hasta las rodillas.

Gloria miró a su hijo, quien se hallaba sentado con las piernas cruzadas debajo de él, como siempre lo hacía, al estilo indio. Con los ojos abiertos de par en par y tropezando con las palabras, le contaba a su abuela acerca del próximo viaje a Disneylandia. Ella reía. La noche anterior habían terminado los planes mientras cenaban churrasco y langosta en Antonio's. Kent saldría para Miami el viernes en la mañana y regresaría el sábado, a tiempo para abordar el vuelo de las seis de la tarde a París. La premura en comprar los pasajes había elevado el precio, lo cual solo había provocado una amplia sonrisa en el rostro de Kent. Llegarían a Francia el lunes, se registrarían en algún hotel de clase llamado Lapier, contendrían el aliento dándose un festín con alimentos imposibles caros, y descansarían para la aventura del día siguiente. Kent estaba a punto de vivir el sueño de su infancia, y lo iba a emprender con ganas.

Por supuesto, el éxito de Kent no venía sin su precio. Requería dirección, y se debía dar algo a favor de esa dirección. En el caso de Kent se trataba de su fe en Dios, la cual de todos modos nunca había sido su sólido juicio. Su fe lo abandonó a los tres años de matrimonio. Totalmente. Ya no había espacio en su corazón para una fe en lo invisible. Estaba demasiado ocupado yendo tras cosas que *podía* ver. No se trataba de una simple apatía, pues Kent no era apático; él hacía o no hacía. Era todo o nada. Y Dios se volvió totalmente nada.

Cuatro años antes, exactamente después de que Spencer cumpliera seis, Helen había acudido a Gloria, casi frenética.

—Debemos empezar —había afirmado ella.

—¿Empezar qué? —había preguntado Gloria.

—Empezar a llamar.

—¿A llamar?

—Sí, a llamar… a tocar… a la puerta del cielo. Por el alma de Kent.

Para Helen siempre era llamar u hostigar.

Así que comenzaron entonces sus sesiones los jueves en la mañana para llamar. La puerta del corazón de Kent aún no se había abierto, pero Gloria y Spencer habían mirado con Helen a través del cielo. Lo que vieron los había hecho levantarse apresuradamente de la cama todos los jueves en la mañana, sin fallar, para ir a casa de la abuela.

Y ahora estaban aquí otra vez.

—¡Encantador! —exclamó Helen, sonriéndole a Gloria—. Eso parece positivamente maravilloso. Yo no tenía idea que hubiera más de un Disneylandia.

—Por Dios, mamá —discutió Gloria—. Por años ha habido más de un parque Disney. De verdad que debes salir más.

—No, gracias. No, no. Ya salgo suficiente, gracias —se defendió ella con una sonrisa, pero su tono estaba lleno de sinceridad—. Ser extranjera en ese mundo allá afuera me hace mucho bien.

—Estoy segura que así es. Pero no tienes que secuestrarte.

—¿Quién dijo que me estoy secuestrando? Ni siquiera sé que quiere decir esa palabra, por el amor de Dios. ¿Y qué tiene esto que ver de todos modos con que yo no sepa acerca de Disneylandia en París?

—Nada. Fuiste tú quien sacó a colación lo de ser una extranjera. Yo solo estoy equilibrando un poco las cosas, eso es todo.

Dios sabía que Helen podría usar un poco de equilibrio en la vida.

Los ojos de su madre centellearon. Sonrió suavemente, aceptando el desafío.

—¿Equilibrio? La situación ya está desequilibrada, cielito. Patas arriba. Toma cien libras de carne cristiana, y te garantizo que noventa y ocho de esas libras están chupando del mundo. Eso está inclinando la balanza ahora mismo, cariño.

Helen alzó la mano y se estiró la arrugada piel en la garganta. Hábito desagradable.

—Tal vez, pero en realidad no tienes que usar palabras como *chupar* para describirlo. De eso es lo que estoy hablando. ¿Y cuántas veces te he dicho que no te jales el cuello de ese modo?

Haciendo las exageraciones a un lado, Helen tenía razón, desde luego, y Gloria no se sintió ofendida. En todo caso, a ella le resultaban simpáticas las críticas que su madre hacía de la sociedad.

—Solo es carne, Gloria. ¿Ves? —mostró Helen mientras pinchaba y se estiraba la aflojada piel de los brazos, mostrando varias manchas—. Mira, solo es carne. Carne para el fuego. Es lo que está inclinando la balanza de mala manera.

—Sí, pero mientras vivas en este mundo, no tienes necesidad de andar jalándote la piel en público. A la gente no le gusta eso.

Si ella no conociera mejor las cosas, a veces pensaría que su madre se estaba volviendo senil.

—Bueno, cariño, en primer lugar, aquí no hay público —cuestionó Helen, se volvió hacia Spencer, quien observaba la discusión con divertida sonrisa—. Lo que hay es familia. ¿Verdad, Spencer?

Luego Helen se volvió hacia Gloria.

—Y en segundo lugar, tal vez si los cristianos se la pasaran estirándose la piel o algo así, en realidad la gente sabría que serían cristianos. Dios sabe que eso no se puede asegurar ahora. Quizás deberíamos cambiar nuestro nombre por el de «estira-pieles» y andar jalándonos la piel en público. Eso nos diferenciaría.

Se hizo silencio por la absurda sugerencia.

Spencer fue el primero en reír, como si en el pecho se le hubiera roto una represa. Luego siguió Gloria, moviendo la cabeza de lado a lado ante la ridícula imagen, y finalmente su madre, después de mirar a uno y otro lado, obviamente tratando de entender qué había de cómico. Gloria no podía saber si la risa de Helen, o su contagioso cacareo, era lo que le motivaba a jalarse la piel. De cualquier modo, los tres rieron con ganas.

—Bueno, en mi sugerencia hay más de lo que te puedes imaginar, Gloria —declaró Helen sonriendo, y devolviéndoles cierta apariencia de control—. Ahora esto nos provoca risa, pero con el tiempo no nos parecerá muy extraño. Lo que parecerá una locura será que andemos por ahí ridículamente fingiendo no ser distintos. Sospecho que algún día muchas cabezas se estarán golpeando contra las paredes del infierno en arrepentimiento.

—Sí, tal vez tengas razón, mamá —asintió Gloria secándose los ojos por la risa—. Pero tienes una manera de hacer ver las cosas.

—Así es —concordó Helen, y se volvió hacia el muchacho—. Spencer, ¿dónde estábamos cuando tu madre desvió la discusión con tanta delicadeza?

—Disneylandia. Estamos yendo a Euro Disney en París —contestó Spencer con una sonrisa y mirando de reojo a Gloria.

—Por supuesto, Disneylandia. Ahora Spencer, ¿qué se supone que sería más divertido por un día, Euro Disney o el cielo?

La sinceridad descendió como una pesada cobija de lana.

Quizás fue por la forma en que Helen dijo *cielo*. Como si fuera un pastel que se pudiera comer. Así pasaba con Helen. Unas cuantas palabras, y se hacía silencio. Gloria sentía que el corazón se le tensaba con anticipación. A veces comenzaba solo con una mirada, o un dedo levantado, como para decir: Está bien, empecemos. Bueno, ahora había empezado otra vez, y Gloria suspiró.

—¡El cielo! —pronunció Spencer esbozando una sonrisa.

—¿Por qué el cielo? —cuestionó Helen arqueando una ceja.

La mayoría de niños tartamudearía ante tal pregunta, y quizás repetiría palabras aprendidas de sus padres o de sus maestros de escuela dominical. Básicamente palabras sin sentido para un niño, como «para adorar a Dios», o «porque Jesús murió en la cruz».

Pero no Spencer.

—En el cielo… creo que podré hacer… cualquier cosa —balbuceó.

—Creo que nosotros también —manifestó Helen, perfectamente seria; luego suspiró—. Pues bien, lo veremos muy pronto. Hoy tendrá que ser París y Disneylandia. Mañana quizás el cielo. Si somos así de afortunados.

Se hizo silencio en la sala, y Helen cerró lentamente los ojos. Otro suspiro.

El sonido de la respiración de la abuela se hizo más fuerte y llegó hasta los oídos de Gloria, quien cerró los ojos y vio algo como pequeños pinchazos en un mar de oscuridad. La mente le trepó a otra conciencia. *Oh, Dios. Oye el clamor de mi hijo. Abre nuestros ojos. Acerca nuestros corazones. Llévanos a tu presencia.*

Gloria permaneció en silencio por unos minutos, desalojando pequeños pensamientos y acercando la mente hacia lo invisible. Entonces una lágrima suelta le abrió el cielo, como una diminuta grieta en una pared, permitiendo que por allí se filtraran rayos de luz. Ella entró a la luz en los ojos de su mente y permitió que el fervor le rodeara el pecho.

Los clamores empezaron con una oración de Helen. Gloria abrió los ojos y vio que su madre había levantado las manos. Tenía la barbilla hacia lo alto, y los labios esbozaban una sonrisa. Estaba clamando por el alma de Kent.

Oraron de ese modo por treinta minutos, turnándose en clamar para que Dios les oyera los lamentos, les mostrara su misericordia, y les enviara un mensaje.

Casi al final, Helen se levantó y fue a buscar un vaso de limonada. Manifestó que se había acalorado orando al cielo. Estar allá con todas esas criaturas de luz la ponían a arder. Por eso en algún momento siempre se levantaba por un vaso de limonada o té helado.

A veces Gloria se le unía, pero hoy no quiso interrumpir. Hoy la presencia era muy fuerte, como si esa brecha se hubiera congelado abierta y le siguiera irradiando luz dentro del pecho. Eso no era común, porque generalmente la lágrima se abría y se cerraba, dejando pasar solo rayos de luz. Una atenta consideración de parte de los guardianes, había decidido ella en cierta ocasión, para no abrumar a los mortales con demasiado de una sola vez.

Hacía rato que habían desaparecido los pensamientos sobre París, y ahora Gloria disfrutaba pensando en lo invisible. Ocupada en flotar, como había dicho Spencer. Como los pinchazos de luz en la oscuridad de los ojos de ella. O tal vez como un ave, pero en el espacio exterior, atravesando una nube roja, con el pico bien abierto y riendo. Gloria daría su vida por ello, en una palpitación del corazón. Al reflexionar ahora en eso se le aceleró el pulso. Le aparecieron gotas de sudor en la frente. En su interior comenzaron a manar fuertes anhelos, como ocurría a menudo; de *tocarlo*, de ver al Creador. De observarlo creando. De ser amada con ese mismo poder.

Una vez Helen le contó que tocar a Dios podría ser como tocar un tremendo relámpago, pero lleno de placer. Expresó esto que muy bien podría matarla, pero que al menos moriría con una sonrisa en el rostro. Gloria había reído y movido la cabeza de lado a lado.

Helen se sentó, sorbió la limonada por unos segundos, y puso el tintineante vaso al lado de su silla. Suspiró, y Gloria cerró los ojos, pensando: *Bueno, ¿dónde me hallaba?*

Fue entonces, en ese momento de normalidad, que la lágrima en el cielo se abrió por completo como nunca antes. Habían orado juntas cada jueves, cada semana, cada mes, cada año por cinco años, y nunca antes Gloria había estado cerca de sentir, ver y oír lo que experimentó entonces.

Más tarde ella pensaría que es cuando contemplan momentos inexplicables como estos que los hombres expresan: *Él es soberano. Hará como le plazca. Vendrá a través de una virgen; hablará desde una zarza; luchará con un hombre. Él es Dios. ¿Quién puede conocer la mente del Señor? Amén.* Y allí se acaba el asunto.

Pero no se acaba el asunto si *usted* es la virgen María, o si *usted* lo oye desde una zarza como Moisés, o si *usted* lucha con Dios como lo hizo Jacob. Entonces solo es el comienzo.

Sucedió de repente, sin la más leve advertencia. Como si se hubiera roto una represa que contenía la luz, arrojando enormes cantidades de luz en torrentes. En un instante, rayitos de poder, entrando delicadamente así, como ondeantes olas; y al siguiente, una inundación que pareció entrar a la pequeña sala y derribar las paredes.

Gloria lanzó un grito ahogado y se levantó bruscamente. Dos avalanchas más inundaron la sala, y ella supo que Spencer y Helen también habían experimentado todo. El zumbido le inició en los pies y le recorrió los huesos, como si le hubieran enchufado los talones a un tomacorriente y se hubiera acrecentado la electricidad; le recorrió la columna, le entró al cráneo, y le zumbó. Ella se agarró de los brazos mullidos del sillón para evitar que las manos le temblaran.

¡Oh, Dios!, gritó, solo que en realidad no fue un grito, porque la boca se le había paralizado. La garganta estaba agarrotada. Salió un suave gemido.

—Ahhhh…

Y en ese momento, con la luz vertiéndosele en el cerebro, y haciéndole vibrar los huesos, Gloria vio que nada, absolutamente nada, se podía comparar alguna vez con esta sensación. El corazón le latía con ímpetu en el pecho, palpitando ruidosamente en el silencio, amenazando con salirse. Le brotaron lágrimas de los ojos en pequeños manantiales, antes de que siquiera tuviera tiempo de llorar. Era esa clase de poder.

Entonces Gloria empezó a sollozar. No sabía exactamente por qué… solo lloraba y se estremecía. Aterrada, pero a la vez desesperada por más. Como si el cuerpo ansiara más, pero sin poder contener esta oleada de placer. Impotente.

A lo lejos resonó una carcajada. Gloria contuvo la respiración, atraída por el sonido. Venía de la luz, y crecía: el sonido de la risa de un niño. Largas series de risitas, robando despiadadamente el aliento del pequeño. De pronto Gloria anheló estar con el muchacho, riendo; porque allí en la luz, atrapada en una unión singular de raudo poder y las risitas incontroladas de un niño, yacía la felicidad eterna. Éxtasis. Quizás el material mismo del cual se concibió la energía por primera vez.

El cielo.

Gloria lo supo en un instante.

La luz se evaporó de repente. Como un rayo de energía halado dentro de sí mismo.

Ella se sentó arqueada por un breve momento y luego se desmoronó en los suaves cojines del sillón, con la mente zumbándole en un prolongado susurro. *Oh, Dios, oh, Dios, oh, Dios, ¡te amo! Por favor.* No lograba expresar las palabras adecuadas. Tal vez no había palabras adecuadas. Gimió suavemente y se relajó.

Ninguno habló por varios e interminables minutos. Hasta ese momento Gloria ni siquiera se acordaba de Helen y Spencer. Cuando lo hizo, tardó otro minuto en reorientarse y comenzar a ver las cosas otra vez.

Helen se hallaba con el rostro vuelto hacia el techo, las manos presionadas a las sienes.

Gloria miró a su hijo. Spencer temblaba. Aún tenía cerrados los ojos, tenía las manos en las rodillas, las palmas hacia arriba, y temblando como una hoja. Reía; con la boca totalmente abierta, las mejillas fruncidas, y el rostro enrojecido. Reía como ese niño en la luz. La escena era quizás la imagen más perfecta que Gloria hubiera presenciado alguna vez.

—Jesús —gimió en tono suave la abuela—. Oh, ¡querido Jesús!

Gloria se agarró de la silla solo para asegurarse de no estar flotando, porque por un momento se preguntó si en realidad la habían levantado de la silla y colocado en una nube.

Volvió a mirar a su madre. Helen había apretado los ojos y levantado la barbilla de tal modo que la piel del cuello se le estiraba feamente. El rostro señalaba lívido hacia el techo, y Gloria vio que su madre lloraba. No lloraba y reía como Spencer, sino que lloraba con el rostro matizado de horror.

—¿Mamá? —preguntó Gloria, súbitamente preocupada.

—¡Oh, Dios! Oh, Dios, por favor. ¡No, por favor! —gritó Helen mientras los dedos se le clavaban en los brazos del sillón; el rostro hizo una mueca como si estuviera soportando la extracción de una bala sin un anestésico.

—¡Mamá! ¿Qué pasa? —exclamó Gloria incorporándose mientras esta escena ante ella desvanecía los recuerdos de la sorprendente risa—. ¡Basta, mamá!

Los músculos de Helen parecieron tensarse ante la orden. No se detuvo.

—Oh, por favor, Dios, ¡no! No ahora. Por favor, por favor, por favor...

Desde donde se hallaba, Gloria lograba ver el paladar de la boca de su madre, rodeado por blancos dientes, como un cañón rosado bordeado por elevados acantilados de perlas. Un gemido brotó de la garganta de Helen como el clamor del viento desde una caverna profunda y tenebrosa. Un frío helado bajó por el cuello de Gloria. No podía confundir la expresión que Helen tenía ahora: era el rostro de la agonía.

—¡Noooo!

El sonido le recordó a Gloria una mujer dando a luz.

—Noooo...

—¡Madre! ¡Detente ahora mismo! ¡Me estás asustando!

Gloria saltó de la silla y corrió hacia Helen. Al acercarse vio que todo el rostro de su madre temblaba ligeramente. Se puso de rodillas y la agarró del brazo.

—¡Mamá!

Los ojos de Helen se abrieron de pronto, mirando hacia el techo. El gemido la dejó sin aire. Posó la mirada en el yeso de arriba.

—¿Qué me has mostrado? —musitó en voz baja—. ¿Qué me has mostrado?

Debió haberse encontrado consigo misma, porque de repente cerró la boca y agachó la cabeza.

Por un momento se quedaron mirando con ojos desorbitados.

—¿Estás bien, mamá?

Helen tragó grueso y miró hacia Spencer, quien ahora miraba atentamente.

—Sí. Sí, estoy bien. Siéntate, cariño —manifestó, señalando para que Gloria volviera a su asiento—. Siéntate. Me estás poniendo nerviosa.

Era obvio que Helen intentaba reorientarse, y las palabras salieron con menos autoridad de la acostumbrada.

—Bueno, fuiste tú quien me asustó —opinó Gloria aturdida; entonces se retiró a su sillón, temblando ligeramente.

Cuando volvió a mirar a Helen, la vio llorando, con la cabeza entre las manos.

—¿Qué *pasó*, mamá?

—Nada, cariño —respondió Helen, negando con la cabeza, gimiendo fuertemente, y enderezándose—. Nada.

Pero no se trataba de *nada*; Gloria lo sabía.

—¿Oíste la carcajada? —inquirió Helen secándose los ojos e intentando sonreír.

—Sí —contestó Gloria, y miró a su hijo, quien ya estaba asintiendo—. Fue... fue extraordinario.

—Sí —asintió Spencer sonriendo—. Oí la carcajada.

Los tres sostuvieron las miradas, perdidos momentáneamente en el recuerdo de esa risotada, volviendo a sonreír tontamente.

El gozo regresó como una niebla cálida.

Se quedaron en silencio por un rato, inmovilizados por lo ocurrido. Luego Helen se les unió en las risas, pero no lograba disimular las sombras que le cruzaban el rostro. La risa aún consumía a Gloria.

En algún momento un ligero pensamiento recorrió la mente de la abuela: que pronto saldrían para París... a celebrar. Pero este pareció un detalle fugaz e inconsecuente, como el recuerdo de haberse cepillado los dientes esa mañana. Aquí estaba sucediendo demasiado como para pensar en París.

CAPÍTULO CUATRO

AL OTRO lado de la ciudad, Kent, tan ágil y despreocupado como recordaba haberse sentido, subía los amplios peldaños que llevaban a la sucursal principal del conglomerado bancario multinacional Niponbank. Este era un antiguo e histórico edificio con una fachada de proporciones gigantescas. Aunque aún se veían partes de la estructura original de madera en la mitad posterior del banco, la mitad frontal parecía tan espléndida y moderna como cualquier edificio contemporáneo. Esta era la manera del banco de comprometerse con elementos en la ciudad que intentaban impedir el derrumbe de la edificación. Las escaleras se ensanchaban a nivel de la calle y se estrechaban a medida que ascendían, canalizándose hacia tres anchas puertas de vidrio. Ocho carriles de tráfico matutino de jueves bullían y resonaban fastidiosamente detrás de Kent, pero el sonido le llegaba con un toque de familiaridad, y hoy día la familiaridad era buena.

Kent sonrió y dio un manotazo en las puertas de vidrio.

—Buenos días, Kent.

—Buenos días, Zak —saludó al guardia de seguridad siempre presente que deambulaba por el vestíbulo durante las horas de oficina—. Un hermoso día, ¿verdad?

—Así es señor. Sin duda que sí.

Kent atravesó el piso de mármol, saludando a varios cajeros que lo miraban.

—Buenos días.

—Buenos días.

Saludos en todas partes. A la izquierda la larga fila de cajeros se disponían a trabajar. A la derecha se hallaba una docena de oficinas con enormes ventanales, medio dotadas de personal. Tonos silenciados se oían por el vestíbulo. Tacos altos resonaron a lo largo del piso a la derecha y él se volvió, medio esperando ver a Sidney Beech. Para entonces ella ya habría salido con los demás para el congreso anual del banco en Miami, ¿o no? En vez de ella venía Mary, una cajera que él había visto una o dos veces, y quien lo pasó sonriente. Su perfume la seguía en húmedos remolinos, y el aroma entró en las fosas nasales de Kent. Fragancia de gardenias.

Doce pedestales circulares se hallaban paralelos al largo mostrador de ventanillas bancarias, cada uno ofreciendo una variedad de formularios, y bolígrafos dorados con qué llenarlos. Una réplica de bronce de un yate de vela de siete metros se sostenía a metro y medio en el centro del vestíbulo. Desde cierta distancia parecía estar apoyado en un solo tubo dorado de dos centímetros y medio de diámetro debajo del casco. Pero una inspección más cercana revelaba los delgados cables de acero que llegaban hasta el techo. Sin embargo, el efecto era asombroso. Cualquier idea persistente de la preservación histórica del edificio se evaporaba con solo echar una mirada alrededor del vestíbulo. Los arquitectos habían destruido y construido de nuevo esta parte del edificio. Se trataba de una obra maestra en diseño.

Kent siguió adelante, hacia el enorme pasillo opuesto a la entrada. Allí terminaba el piso de mármol, y una espesa alfombra llegaba hasta el ala administrativa. Una gaviota gigante colgaba de la pared sobre el pasillo.

Hoy todo le llegaba a Kent como un bálsamo bienvenido. El panorama, los aromas, los sonidos, todo expresaba una sola palabra: *Éxito*. Y hoy el éxito era de él.

Kent había recorrido un largo camino desde la escoria de los suburbios de blancos pobres en la ciudad de Kansas. Ese había sido el peor de los mundos: imperturbable y aburrido. En la mayoría de vecindarios se puede observar, o el colorido de la riqueza o la criminalidad de la pobreza, y lo uno y lo otro presentaba al menos su propia diversidad de interés y entusiasmo a la vida de un niño. Pero esto no ocurría en la calle Botany. El sector solo presumía de casas cuadradas fabricadas en medio de gramas cafés, con áreas enverdecidas solo ocasionalmente mediante aspersores manuales de agua. Eso era todo. Nunca había desfiles en la calle Botany. Tampoco había peleas, accidentes o persecuciones de autos. Para una familia, los vecinos a lo largo del sector debían su humilde existencia al gobierno. El vecindario era una clase de prisión. Sin barrotes ni presos, por supuesto. Pero en el que se sentenciaba al morador al fastidio de abrirse camino cada día, con el peso del obstinado conocimiento de que, aunque no anduviera por ahí robando y matando, era tan útil a la sociedad como los que hacían eso. El despreciable estado de existencia significaba que usted tendría que estacionarse aquí en la Calle de los Estúpidos y engancharse al impresionante conducto de alimentación gubernamental. Y todo el mundo era consciente que quienes cobraban subsidio de desempleo pertenecían a un grupo despreciable.

Kent había pensado a menudo que les iba mejor a las pandillas dispersas por toda la ciudad. No importaba que su propósito en la vida fuera causar tantos estragos como les fuera posible sin ir a la cárcel; al menos esos tipos tenían un propósito, lo cual era más de lo que él podía decir respecto de la calle Botany. *La Calle de los Estúpidos.*

Las cándidas observaciones de Kent habían empezado en el tercer grado, cuando tomó la decisión de que un día sería Jesse Owens, quien para ganar mucho dinero no necesitó una cancha de básquetbol, un gran negocio, ni incluso una pelota de fútbol. Lo único que Jesse Owens necesitó fueron sus dos piernas, y Kent tenía un par de ellas. Fue en sus carreras más allá de la calle Botany que Kent comenzó a ver el resto del mundo. Al año había llegado a dos conclusiones. Primera, que aunque le gustaba correr más que cualquier otra cosa en su pequeño mundo, él no había sido diseñado para ser Jesse Owens. Que podía correr largas distancias, pero no tan rápido; no saltaba tan alto ni hacía las otras cosas que Jesse Owens realizaba.

La segunda conclusión de Kent fue que debía salir de la calle Botany. Costara lo que costara, él y su familia debían salir de allí.

Pero entonces, como primera generación de inmigrantes cuyos padres habían mendigado su pasaje para Estados Unidos durante la Segunda Guerra Mundial, el padre de Kent nunca tuvo la oportunidad, mucho menos los medios, para salir de la calle Botany.

Ah, su papá había hablado suficiente del tema, en realidad todo el tiempo, sentado en el arruinado sillón marrón después de un largo día de palear carbón, frente al televisor en blanco y negro que solo agarraba un confuso canal. Un buen día quizás podía tener una cerveza sin marca en el regazo. «Te aseguro, Trigo Rubión (su papá siempre lo llamaba Trigo Rubión), te juro que un día saldremos de aquí. Mi gente no viajó tres mil kilómetros en barco para vivir como conejos en el cofre de juguetes de alguien. No señor». Y por un momento Kent le había creído.

Pero su papá nunca pudo llegar a realizar ese viaje más allá de la calle Botany. Para cuando Kent estaba en el sexto grado sabía que si alguna vez anhelaba una vida remotamente parecida a la de Jesse Owens, o incluso a la del estadounidense promedio, aunque sea, se debería únicamente a él. Y por lo que podía ver solo había dos maneras de adquirir un boleto para el tren que salía de esa lúgubre estación en la vida. Un boleto era suerte pura, no solicitada —ganar la lotería, digamos, o encontrar un saco lleno de dinero— idea que rápidamente desechó por absurda. Y el otro boleto era un gran logro. Una proeza súper alta. La clase de hazaña que lanzaba a las personas camino al Súper Tazón, a cinturones de campeonato, o en el caso de Kent, a becas.

Al comenzar el séptimo grado, Kent dividió la cantidad total de su tiempo entre tres actividades. Sobrevivir, que era comer, dormir y lavarse de vez en cuando detrás de las orejas; correr, lo cual aún hacía todos los días; y estudiar. Durante varias horas cada noche leía todo lo que lograban conseguir sus largos y flacos dedos. En el décimo grado consiguió una tarjeta de la Biblioteca Municipal de Kansas City, un edificio en que creía que se hallaban todos los libros escritos acerca de cualquier tema. No importaba que tuviera que correr ocho kilómetros desde la calle Botany; de todos modos le gustaba correr.

Una tarde recibió su compensación, tres meses después de la muerte de su padre, en un sencillo sobre blanco que sobresalía de la ranura del buzón. Sacó la carta con dedos temblorosos, y allí estaba: una beca académica completa para la Universidad del Estado de Colorado. ¡Salía de la Calle de los Estúpidos!

Algunos llegaron a caracterizarlo como un genio durante sus seis años de educación superior. En realidad, su éxito se debió más a largas y duras horas con la nariz en los libros que a una materia gris hiperactiva.

El dulce aroma del triunfo. Sí, de verdad, y hoy finalmente el éxito le pertenecía.

Kent entró al pasillo. El vestíbulo trasero estaba vacío cuando entró. Por lo general, Norma se hallaba sentada ante el conmutador, pulsando botones. Más allá del puesto de la muchacha continuaba el pasillo hasta una serie de divisiones administrativas, cada una con una oficina. Al final del pasillo un ascensor llevaba a tres pisos adicionales de lo mismo. Los pisos cuatro al veinte eran servidos por un ascensor diferente usado por los inquilinos.

Kent fijó la mirada en la primera puerta, adelante a su derecha, sombreada en la luz fluorescente del pasillo. Llamativas y antiguas letras blancas identificaban el departamento: División de Sistemas de Información. Detrás de esa puerta se encontraban un pequeño salón de recepción y cuatro oficinas. Aquí se produjo el Sistema Avanzado de Procesamiento de Fondos. Su vida. Pudieron haber puesto la división en cualquier lugar… en un refugio en el sótano, no tenía importancia. Esto tenía poco que ver específicamente con la sucursal de Denver, y en realidad era una de las docenas de divisiones que elaboraban el software del banco para todo el mundo. Parte de la política de descentralización del Niponbank.

Kent recorrió rápidamente el pasillo y abrió la puerta.

Sus cuatro compañeros de trabajo estaban en el pequeño recibidor fuera de sus oficinas, esperándolo.

—¡Kent! ¡Es hora de que te nos unas, muchacho! —gritó Markus Borst.

Borst, su jefe, sostenía una copa de champaña llena del líquido ámbar. La nariz aguileña le daba la apariencia de pingüino. Un pingüino calvo además.

El pelirrojo, Todd Brice, empujó su descomunal torso del sofá y sonrió de oreja a oreja.

—Es hora, Kent.

El chico era un tonto.

Betty, la secretaria del departamento, y Mary Quinn sostenían copas de champaña que ahora levantaban hacia él. Cintas de papel crepé rojo y amarillo colgaban del techo.

Kent bajó su maletín y se rió. No lograba recordar la última vez en que todos los cinco hubieran celebrado. De vez en cuando había habido un pastel de cumpleaños, desde luego, pero nada que mereciera champaña… no especialmente a las nueve de la mañana.

—Felicitaciones, Kent —expresó Betty haciendo guiñar una de sus pestañas negras postizas.

El cabello rubio claro de ella estaba un poco más alto de lo común. Le tendió una copa Kent.

—Damas y caballeros —anunció Borst, levantando la copa—. Ahora que todos estamos aquí, me gustaría brindar, si puedo.

—¡Bravo, bravo! —terció Mary.

—Por el SAPF, entonces. Que viva y prospere mucho.

Resonó un coro de «vivas», y todos bebieron a sorbos.

—Y por Kent —declaró Mary—, ¡quien todos sabemos que hizo posible esto!

Otro coro de «bravos», y otra ronda de sorbos. Kent sonrió y miró la luz que reflejaba la calva de Borst.

—Caramba, gracias, muchachos. Pero saben muy bien que yo no lo podría haber logrado sin ustedes.

Eso era mentira, pero una buena mentira, pensó. En realidad pudo haberlo hecho fácilmente sin ellos. Posiblemente en la mitad del tiempo.

—Ustedes muchachos son los mejores —continuó, y levantó la copa—. Bravo por el éxito.

—Por el éxito —repitieron todos.

—Sugiero que cerremos hoy a mediodía —declaró Borst bajando el resto de su bebida y poniéndola en la mesita de café con un suspiro de satisfacción—. Tenemos por delante un gran fin de semana. No estoy seguro cuánto podamos dormir en Miami.

—Voto por salir a mediodía —brindó Todd levantando otra vez la copa, y lanzando hacia atrás el resto de la bebida.

Mary y Betty hicieron lo mismo, mascullando su conformidad.

—Betty tiene todos nuestros pasajes de avión para el congreso de Miami —expresó Borst—. Y por favor, no lleguen tarde. Si pierden el vuelo, se van por su cuenta. Kent dará el discurso porque obviamente conoce el programa tan bien como cualquiera de nosotros, pero quiero que todos ustedes estén preparados para resumir los puntos fundamentales. Si las cosas salen tan bien como espero, este fin de semana los podrían estar asediando con preguntas. Y por favor, no hagan por ahora ninguna mención de problemas del programa. En realidad en este momento no tenemos ninguno de qué hablar, y aún no necesitamos enturbiar las aguas. ¿Tiene sentido?

El hombre estaba comportándose con más autoridad de la acostumbrada. Nadie respondió.

—Bien, entonces. Si tienen alguna duda, estaré en mi oficina.

Borst hizo una reverencia teatral y se dirigió a la primera puerta a la derecha. Kent bebió el resto de su champaña. *Eso es, Borst, métete en tu guarida y haz lo que siempre haces. Nada. Haz absolutamente nada.*

—Kent.

Él bajo la copa vacía y vio a Mary a su lado, sonriendo alegremente. Casi todos la apodarían gordita, pero ella soportaba muy bien su peso; su cabello castaño era más bien grasiento, lo que no le beneficiaba la imagen, pero un cutis nítido la salvaba de una calificación peor. En todo caso, ella podía escribir bastante bien los códigos básicos, razón por la cual Borst la había contratado. El problema era que el SAPF no constaba de muchos códigos comunes.

—Buenos días, Mary.

—Solo quería agradecerte por traernos a todos hasta aquí. Sé cuánto te has esforzado en esto, y creo que mereces absolutamente todo por lo que has trabajado.

Kent sonrió. *Colorada entrometiéndose, ¿no es así, Mary?* A él no le extrañaría nada de ella, a pesar de la mirada inocente que ahora le mostraba. Esta vez ella se dejó llevar por la corriente.

—Bueno, gracias, Mary —le dijo él, dándose una palmadita en el codo—. Eres muy amable. De veras.

Luego Todd se le puso al otro lado, como si los dos se hubieran puesto de acuerdo y decidieran que pronto Kent tendría las llaves de los futuros camaradas. Hora de que todos quitaran la atención del patrón calvo y la pusieran en la naciente estrella.

—¡Fantástico trabajo, Kent! —exclamó Todd levantando la copa, que estaba vacía, y que de todos modos la echó hacia atrás. Según parece, Todd tenía algunos vicios ocultos.

La mente de Kent retrocedió a los dos últimos años de sus estudios, cuando él mismo se tomaba unos tragos a pico de botella durante las noches que pasaba sobre el teclado. En realidad era una absurda dicotomía. Un estudiante de máximos honores que había descubierto su brillantez a través de impecable disciplina cedía ahora lentamente a la atracción de la botella. El hecho de que casi se ahogara en una de sus carreras a altas horas de la noche detuvo su precipitado resbalón de regreso hacia la

Calle de los Estúpidos. Ocurrió en pleno invierno, y sin poder pasar por una programación rutinaria había salido a correr con media botella de tequila revolviéndosele en el estómago. Confundió un muelle sobre el lago con un sendero para correr, y fue a parar a las gélidas aguas. Los paramédicos le advirtieron que si no hubiera estado en tan buena forma se habría ahogado. Esa fue la última vez que tocó el licor.

—Gracias —expresó Kent parpadeando y sonriendo a Todd—. Bueno, debo terminar algunas cosas, así que los veré mañana, muchachos. ¿Correcto?

—Muy temprano en la mañana.

—Muy temprano en la mañana —repitió, asintiendo.

Ellos se hicieron a un lado como marionetas. Kent los dejó y se dirigió a la primera puerta a la izquierda, frente a aquella por la que desapareciera Borst.

Esto iba a salir muy bien, pensó. Muy bien.

HELEN COJEABA al lado de su hija en el parque, mirando el balanceo de los patos al caminar junto a la laguna, casi con tanta gracia como ella. Caminar era algo principalmente del pasado para las piernas lesionadas de la mujer. Ah, ella se las arreglaba como por cincuenta metros sin descansar por un rato, pero eso era todo. Gloria la había persuadido de que viera un médico ortopédico un año atrás, pero el matasanos le había recomendado cirugía. Un reemplazo de rodilla o algo tan ridículo como eso. ¡En realidad la querían cortar!

La noche anterior había logrado dormir unas cuantas horas, pero principalmente estuvo orando y maravillándose. Maravillándose por ese pequeño ojo abierto con que Dios había decidido honrarla.

—Es encantador aquí, ¿no te parece? —preguntó Helen de manera casual.

Pero precisamente ahora ella no sentía ninguna clase de encanto.

—Sí, lo es.

Su hija se volvió hacia la pista de patinaje a tiempo para ver a Spencer volar sobre la pared de concreto, intentar agarrar su patineta en un insensato movimiento invertido, y desaparecer de la vista como un relámpago. Ella movió la cabeza de lado a lado y volvió a mirar hacia la laguna.

—Te lo juro, ese muchacho se va a matar.

—Relájate, Gloria. Es un niño, por amor de Dios. Déjalo vivir mientras esté joven. Un día despertará y se dará cuenta que su cuerpo no vuela como solía hacerlo. Mientras tanto, déjalo volar. ¿Quién sabe? Tal vez eso lo acerque más al cielo.

Gloria sonrió y lanzó una ramita hacia uno de los patos que se bamboleaban en busca de sobras fáciles.

—Tienes la manera más extraña de decir las cosas, mamá.

—Así es, ¿y crees que me equivoco?

—No, no muy a menudo. Aunque algunas de tus analogías son muy exageradas —contestó mientras abrazaba y apretaba a su madre, sonriendo—. ¿Recuerdas la vez que le sugeriste al pastor Madison que quitara la cruz de la pared de la iglesia y se la colocara en la espalda durante una semana? Le dijiste que si la idea le parecía ridícula solo era porque él no había visto la muerte de modo tan cerca y personal. ¡En serio, madre! ¡Pobre tipo!

Helen sonrió ante el recuerdo. La realidad era que pocos cristianos conocían el costo del discipulado. Habría sido una agradable lección objetiva.

—Sí, bueno, Bill es un buen pastor. Él me conoce ahora. Y si no es así, finge muy bien que me conoce.

Guió del codo a su hija por el sendero.

—Así que se van mañana, ¿verdad?

—No, el sábado. Nos vamos el sábado.

—Sí, sábado. Se van el sábado.

El aire parecía haberse viciado, y Helen respiró de manera pausada. Se detuvo y buscó alrededor una banca. La más cercana se hallaba a veinte metros, rodeada por patos blancos.

—¿Estás bien, mamá? —averiguó Gloria a su lado con tono suave.

De repente Helen no se hallaba bien. La visión se le coló por la mente, y cerró los ojos por un instante. Sintió el pecho relleno de algodón. Tragó saliva y se alejó de su hija.

—¿Mamá?

Una mano helada le rodeó los bíceps.

Helen volvió a luchar con una inundación de lágrimas y por poco triunfa. Cuando habló, le trinó la voz.

—Sabes que las cosas no son como parecen, Gloria. Lo sabes, ¿verdad?

—Sí. Lo sé.

—Miramos alrededor, y vemos toda clase de dramas desarrollándose ante nosotros: personas casándose, divorciándose, haciéndose ricas y corriendo hacia París.

—Mamá…

—Y desde el primer momento, aunque el drama que se desarrolla en el mundo espiritual apenas se nota, no es menos real. Es más, es la verdadera historia. Solo que tendemos a olvidarlo porque no lo podemos ver.

—Sí.

—Sabes que hay muchos opuestos en la vida. Los primeros serán postreros, y los postreros, primeros.

Gloria sabía esto muy bien, pero Helen se sintió obligada a decirlo, de todos modos. A hablarle de esta manera a su única hija.

—Un hombre gana el mundo entero pero pierde el alma. Un hombre que pierde su vida la encuentra. Una semilla muere, y nace el fruto. Es la manera de Dios. Tú sabes eso, ¿verdad? Te lo he enseñado.

—Sí, mamá, así es, y lo sé. ¿Qué pasa, mamá? ¿Por qué estás llorando?

—No estoy llorando, cariño —manifestó, mirando a Gloria por primera vez y viéndole las cejas levantadas—. ¿Me ves llorando y gimiendo?

Pero la garganta le dolía ahora terriblemente, y creyó que se iba a desmoronar exactamente aquí en el sendero.

—La muerte trae vida —continuó, mientras daba unos cuantos pasos en el pasto y se aclaraba la garganta—. De muchas maneras, tú y yo ya estamos muertas, Gloria. Sabes eso, ¿no es verdad?

—Mamá, *estás* llorando —declaró su hija girándola como si fuera una niña—. Estás tratando de no llorar, pero lo puedo oír en tu voz. ¿Qué pasa?

—¿Qué pensarías si yo me fuera a morir, Gloria?

La boca de Gloria se abrió para hablar, pero no dijo nada. Sus ojos color avellana miraron bien abiertos. Cuando al fin pudo hablar, las palabras salieron temblorosas.

—¿Qué quieres decir?

—Bueno, es una pregunta bastante sencilla. Si yo falleciera, si muriera, y me enterraras, ¿qué pensarías?

—¡Eso es ridículo! ¿Cómo me puedes hablar de esa manera? Estás lejísimo de morir. No deberías tener esos pensamientos.

La tensión proveyó a Helen una oleada de determinación que pareció aliviarle la emoción por un momento.

—No, pero *por si acaso*, Gloria. Si un camión se quedara sin frenos y me arrancara la cabeza de los hombros, ¿qué pensarías?

—¡Eso es terrible! Me sentiría muy mal. ¿Cómo puedes decir algo así? ¡Por Dios! ¿Cómo crees que me sentiría?

—No hablé de *sentir*, cariño —objetó Helen mirando directamente a su hija por unos segundos—. Hablé de *pensar*. ¿Qué supondrías que hubiera ocurrido?

—Supondría que un chofer borracho habría matado a mi madre, eso es lo que pensaría.

—Bien, entonces pensarías como una niñita, Gloria —declaró, alejándose y fingiendo un pequeño disgusto—. Sígueme la corriente a mi avanzada edad, querida. Al menos finge que crees lo que te he enseñado.

Gloria no respondió. Su madre miró de reojo y vio que había logrado la conexión.

—Madre, no hay un final para ti.

—No. No, supongo que no lo hay, ¿verdad? Pero sígueme la corriente. Por favor, cariño.

Gloria suspiró, pero no fue un suspiro de resignación, sino uno que viene cuando se ha afincado la verdad.

—Está bien. Pensaría que habrías sido arrancada de este mundo. Pensaría que en tu muerte habrías encontrado vida. Vida eterna con Dios.

—Sí, y tendrías razón —expresó Helen volviéndose hacia Gloria y asintiendo—. ¿Y cómo sería eso?

Gloria parpadeó y miró hacia la laguna, con la mirada confusa.

—Sería…

Hizo una pausa, y sus labios esbozaron una sonrisa aunque lentamente.

—…como lo que vimos ayer. Reír con Dios —concluyó, y miró a Helen.

—Por tanto, entonces, ¿te gustaría que yo encontrara eso?

Las cejas de su hija se estrecharon en interrogación durante un instante fugaz, y luego asintió lentamente.

—Sí. Sí, supongo que me gustaría.

—¿Aunque encontrarlo significara perder esta vida?

—Sí. Supongo que sí.

—Bien —manifestó Helen sonriendo y respirando con satisfacción.

Se acercó a Gloria, le puso los brazos alrededor de la cintura, y la acercó hacia ella.

—Te amo, cariño —le declaró, poniendo la mejilla en el hombro de su hija.

—Yo también te amo.

Se abrazaron por un largo rato.

—¿Mamá?

—¿Sí?

—No te vas a morir, ¿verdad?

—Algún día, espero. Mientras más pronto mejor. De cualquier modo, nuestros mundos están a punto de cambiar, Gloria. Todo se está poniendo al revés.

CAPÍTULO CINCO

KENT DESPERTÓ el viernes a las seis de la mañana, instantáneamente alerta. Su avión partía a las nueve, lo cual le daba dos horas para vestirse y llegar hasta el aeropuerto. Aventó las sábanas e hizo girar los pies hasta el suelo. A su lado, Gloria protestó suavemente y se dio la vuelta.

—A levantarse y manos a la obra, querida. Tengo que abordar un avión.

Gloria lanzó un gruñido de aprobación y se quedó quieta, sin duda exprimiendo los agonizantes segundos hasta lo último del sueño.

Kent entró bajo el arco al espacioso baño y metió la cabeza debajo de la llave. Quince minutos después emergió, medio vestido, esperando hacer un viaje hasta la cocina para preguntarle a Gloria por las medias. Pero se le evitó el viaje hasta abajo… no encontraría allá a Gloria porque ella aún estaba en cama con un brazo cubriéndole el rostro.

—¿Gloria? Tenemos que salir, querida. Creí que te habías levantado.

—¡Oh, Dios mío! —exclamó ella rodando hacia él y sentándose aturdida—. Me siento como si me hubiera arrollado un tren.

Además, el cutis de ella parecía desmejorado. Kent se sentó a su lado y le pasó un dedo debajo de la barbilla.

—Te ves pálida. ¿Estás bien?

—Tengo el estómago un poco descompuesto.

—Quizás se te pegó la gripe —sugirió él, y le pasó una mano por la rodilla—. Tómatelo con calma. Puedo ir solo al aeropuerto.

—Yo quería llevarte.

—No te preocupes por eso. Descansa. Mañana tendremos tremendo viaje —enunció él, y se puso de pie—. La gripe de doce horas ha estado rondando por la oficina. ¿Quién sabe? Tal vez yo la traje a casa. ¿Sabes dónde están mis medias de seda color azul marino?

—En la secadora —contestó Gloria, señalando la puerta—. Sinceramente, mi amor, estoy bien. ¿Estás seguro de que no quieres que te lleve?

—Sí, estoy seguro —afirmó él volviéndose y guiñando un ojo—. ¿Qué hay de novedoso en un viaje a un aeropuerto abarrotado? Tenemos que pensar en París. Descansa un poco… estaré bien.

Kent bajó los peldaños hasta el cuarto de la lavandería y hurgó alrededor hasta encontrar las medias. Oyó el tintineo en la cocina, y supo que Gloria lo había seguido hasta abajo.

Al girar cerca de la refrigeradora, vio a Gloria poniendo café en la cafetera, con su bata rosada agitándosele en los tobillos. Él se deslizó detrás de ella y le rodeó la cintura con los brazos.

—De veras, mi amor. Me encargaré de esto.

—No —objetó ella rechazando el comentario con un movimiento de la muñeca—. Ya me estoy sintiendo mejor. Probablemente fueron esos espárragos que me comí anoche. ¿Deseas café? Lo menos que puedo hacer es enviarte con un desayuno decente.

—Me gustaría un poco de café y una tostada —contestó él besándola en el cuello—. Gracias, querida.

Comieron juntos en el comedor del diario, Kent cuidadosamente vestido, Spencer frotándose los ojos somnolientos, Gloria luciendo como si se hubiera levantado del ataúd para la ocasión. El café gorgoteaba, la porcelana tintineaba, los tenedores repiqueteaban. Kent miró a Gloria, haciendo caso omiso de la preocupación que le susurraba en el cerebro.

—¿Así que hoy tienes tenis?

—A la una de la tarde. Juego con Betsy Maher en las semifinales —asintió ella, luego se llevó una taza blanca a los labios y sorbió—. Suponiendo que me sienta mejor.

—Estarás bien, querida —la tranquilizó Kent sonriendo amablemente—. No puedo recordar la última vez que te hayas perdido un partido. Es más, no recuerdo la última vez que hayas perdido algo a causa de un malestar.

Kent rió y mordió su tostada.

—Recuerdo la primera vez que jugamos tenis —continuó él—. ¿Te acuerdas?

—¿Cómo podría olvidarlo si me lo recuerdas a cada rato? —contestó ella sonriendo.

—Deberías haber visto, Spencer —comentó Kent volviéndose hacia su hijo—. La señorita Excepcional con su beca deportiva de tenis tratando de enfrentarse a un corredor. Tal vez ella podía colocar la pelota donde quisiera, pero yo la estaba agotando. Ella no se detendría. Y yo sabía que se iría a cansar después del cuarto set, porque apenas podía mantenerme parado y ella estaba allí bamboleándose sobre los pies. Nunca había visto a nadie tan competitivo.

Él miró a Gloria, quien ya tenía un poco de color en el rostro.

—Hasta que ella vomitó.

—¡Qué asco, papá!

—No me mires a mí. Mira a tu madre.

—No olvides decirle quién ganó, cariño —contraatacó Gloria, sonriendo.

—Sí, tu madre me vapuleó bien ese día... antes de vomitar, es decir. Creo que me enamoré de ella entonces, mientras se hallaba inclinada en el poste más lejano de la red.

—¡Qué asco! —exclamó Spencer riendo tontamente.

—¿Te enamoraste? ¡Qué va! Ahora que recuerdo, en ese tiempo estabas entretenido con algo distinto a faldas femeninas.

—Quizás. Pero todo empezó entonces entre nosotros.

—Bueno, te tomó mucho tiempo volver en ti. Ni siquiera salimos hasta que terminaste tus estudios.

—Sí, cariño, y mira dónde estamos hoy —afirmó él, se levantó, colocó el plato en el fregadero, y regresó para besar a Gloria en la mejilla; ella tenía caliente la piel—. Creo que valió la pena la espera, ¿no es cierto?

—Si insistes —concordó ella sonriendo.

Veinte minutos después Kent estaba en la puerta principal despidiéndose de ellos, con maletas en mano.

—Muy bien, ustedes tienen el itinerario, ¿no es así? Los veré mañana a las cinco de la tarde. Tenemos que abordar un avión a las seis. Y mi amor, recuerda empacar la cámara. Este es un viaje que hará historia en la familia Anthony.

—Cuídate, mi príncipe —le dijo Gloria acercándose, envuelta aún en su bata rosada, y le estampó un cálido beso en la mejilla—. Te amo.

Él miró por un instante dentro de esos centelleantes ojos color avellana y sonrió.

—Yo también te amo —le aseguró, inclinándose y besándole la frente—. Más de lo que tal vez podrías entender, cariño.

—¡Adiós, papi! —exclamó Spencer tímidamente acercándose a su padre y rodeándole la cintura con su bracito.

—Te veré mañana, Jefe —lo consoló Kent alborotándole el cabello—. Cuida a tu mami, ¿de acuerdo?

Luego lo besó en la frente.

—Lo haré.

Kent se fue dejándolos en la puerta, su hijo bajo el brazo de su esposa. Había una conexión entre esos dos seres que él no lograba captar por completo. Un destello de complicidad en los ojos de ellos, y que le socavaba el poder, lo hizo parpadear. El asunto se había hecho dolorosamente obvio ayer alrededor de la mesa del comedor. No obstante, él los acababa de hacer ricos; eso era de esperarse, supuso. Ellos se mantuvieron intercambiando miradas, y cuando él finalmente les había preguntado al respecto, simplemente se encogieron de hombros.

Cielos, cuánto los amaba.

El vuelo desde Denver Internacional hasta Miami estuvo lleno de incidentes, al menos para Kent Anthony, y por ninguna otra razón que porque todo momento que pasó despierto se había llenado de incidentes. Él se había convertido en un nuevo hombre. Y ahora en la cabina del DC-9 hasta sus compañeros lo reconocían bajo una nueva luz. Otras cinco personas de la sucursal de Denver del Niponbank realizaban el tardío viaje a Florida para el congreso. Él había deambulado por el pasillo, hablando con todos ellos. Y todos lo habían observado con un brillo en los ojos. Quizás un destello de celos. O una chispa de esperanza para sus propias carreras. *Algún día, si tengo suerte, estaré en tus zapatos, Kent*, podrían estar pensando. Por supuesto, siempre existía la posibilidad de que el destello fuera luz real… un reflejo de las ventanillas ovaladas alineadas en el fuselaje.

Su jefe, Markus Borst, se hallaba tres filas adelante con su brillante calva asomando por encima del asiento como una isla de arena en un mar negro. El año pasado Borst había usado un peluquín sobre esa calva, desechándolo solo después de que los solapados comentarios lo llevaran a ocultarse por varios días con un letrero de NO MOLESTE en su puerta cerrada. Qué hacía el superior detrás de esa puerta, Kent no podía comprender; seguramente no estaba rompiendo marcas para coordinar diseños de software, como su título sugería. Y cuando al fin el tipo salió de su cueva lo único que hizo fue mirar por sobre el hombro de Kent y desear que hubiera sido él y no el otro a quien se le hubiera ocurrido el asunto, o musitar acerca de cómo su empleado pudo haberlo conseguido.

Y ahora, dentro de una semana Borst podría muy bien estar trabajando para Kent, quien se pasó un dedo por el cuello de la camisa y lo estiró. La corbata roja había sido una buena elección. Acentuaba bien con el traje azul marino, pensó. El atuendo perfecto para reunirse con el verdadero centro neurálgico en el escalón más elevado del banco. Ellos ya habrían oído ahora hablar de él, por supuesto. Joven, controlado, hombros anchos, mente brillante. De los Estados Unidos occidentales. Había dado en el blanco.

En la mente se le formó una imagen de un estrado frente a mil ejecutivos de todo el mundo sentados alrededor de mesas. Él tenía el micrófono. *Bien, no fue tan difícil una vez que elaboré el adelantado paradigma del tiempo. Desde luego, todo es asunto de perspectiva. La brillantez es más una función del destino que del viaje, y permítanme asegurarles, amigos míos, que hemos llegado a un destino nunca antes imaginado, mucho menos recorrido.* El salón del congreso temblaría bajo el estruendoso aplauso. Él entonces levantaría la mano, no de manera enfática sino como un gesto de desaire. No tardaría mucho en estar al mando.

No hace mucho tiempo un hombre llamado Gates, Bill Gates, presentó un sistema operativo que cambió el mundo del cómputo. Hoy día Niponbank está presentando el Sistema Avanzado de Procesamiento de Fondos, el cual cambiará el mundo bancario. Ahora se pondrían de pie, aplaudiendo fuertemente. Por supuesto, él no se responsabilizaría directamente del trabajo. Pero ellos entenderían, exactamente lo mismo. Al menos los superiores comprenderían.

—Eh, Kent —enunció Will Thompson a su lado después de aclarar la garganta—. ¿Te has preguntado alguna vez por qué algunas personas trepan tan rápidamente la escalera mientras otros se estancan en sus carreras? Es decir, ¿tipos con las mismas habilidades básicas?

Kent miró al gerente de préstamos de cuarenta años de edad, preguntándose otra vez cómo el hombre se las había arreglado para estar en este viaje. Will insistía en que su jefe, ya en Miami, lo necesitaba para que explicara algunas ideas innovadoras en que habían estado trabajando para algunas personas importantes en la organización. Pero Kent no sabía que Will tuviera una fibra innovadora en el cuerpo. El cabello negro de su colega estaba moteado de canas, y sobre la nariz tenía un par de lentes con monturas doradas. Por sobre una camisa blanca sobresalían tirantes amarillos, de moda en la costa oriental. Si Kent consideraba a alguien como amigo en el banco, este era Will.

—¿Umm?

—No, de veras. Míranos. Aún recuerdo el primer día en que llegaste al banco hace, cuánto, ¿siete años? —inquirió, sonrió y sorbió el licor en su bandeja—. Eras tan ingenuo como todo el que llega, amigo. Cabello peinado hacia atrás, listo para prenderle fuego a la oficina. No es que yo fuera más experimentado. Creo que tenía una semana más que tú. Pero veníamos del fondo, y míranos ahora. Haciendo triples dígitos, y aún ascendiendo. Y toma luego a alguien como Tony Milkins. Él vino más o menos seis meses después que tú, ¿y qué es? Un cajero.

Will sonrió otra vez y volvió a sorber su bebida.

—Algunos ambicionan esto más —respondió Kent sonriendo—. Todo es cuestión del precio que estés dispuesto a pagar. Tú y yo nos esforzamos, trabajamos muchas horas, obtuvimos la educación correcta. ¡Miércoles! Si me sentara a calcular el tiempo y la energía que he dedicado a llegar hasta aquí, la mayoría de chicos universitarios saldrían corriendo asustados y se meterían al campamento de entrenamiento de reclutas de la marina.

—No bromees —cuestionó Will volviendo a sorber—. Luego existen algunos como Borst. Los miras y te preguntas cómo diablos se habrán filtrado. ¿Creerías que este anciano es dueño del banco?

Kent sonrió y miró por la ventanilla, pensando que ahora tendría que tener cuidado con lo que iba a decir. Un día él sería esa gente de la que Will hablaría. Muy cierto, Markus Borst estaba en una posición inmerecida, pero hasta aquellos bien adecuados para sus cargos sufrían las críticas profesionales de los rangos inferiores.

—Por tanto, creo que ahora estás ascendiendo —declaró Will; Kent lo miró, notando allí un poco de celos.

Will captó la mirada y rió.

—No, bien hecho, mi amigo —corrigió, levantando un dedo y arqueando las cejas—. Pero cuida tu espalda. Estoy exactamente detrás de ti.

—Por supuesto —concordó Kent devolviéndole la sonrisa.

Pero él estaba pensando que hasta Will sabía que la idea de que este hiciera algo así sería una total y absurda tontería. El gerente de préstamos podría mirar hacia adelante y solo verse deslizándose dentro de una posible oscuridad, igual que un millón más de gerentes de préstamos en todo el mundo. Sencillamente los gerentes de préstamos no se hacían nombres como Bill Gates o Steve Jobs. En realidad, no que fuera culpa de Will. La mayoría de personas no estaban adecuadamente equipadas; simplemente no sabían cómo esforzarse suficiente. Ese era el problema de Will.

De pronto a Kent se le ocurrió que acababa de volver al punto de partida del hombre. Pensaba de Will lo mismo que este pensaba de Tony Milkins. Un flojo. Un flojo muy amigable, pero sin embargo un tarugo. Y si Will era un perezoso, entonces los individuos como Tony Milkins eran unas babosas. Actores recogedores de dinero. Bastante buenos para reunir unos cuantos billetes por aquí y por allá, pero no diseñados para gastarlos.

—Solo que vigila también tu espalda, Will —recomendó Kent—. Porque Tony Milkins está exactamente allí.

Su amigo rió y Kent se le unió, preguntándose si el hombre habría captado la ligera indirecta. Todavía no, supuso.

El avión tocó tierra con una rechinada de llantas, y el pulso de Kent se le aceleró. Desembarcaron, encontraron sus equipajes, y abordaron dos taxis hacia el Hyatt Regency en el centro de Miami.

Un maletero vestido de granate, con un elevado sombrero de capitán y una chapa que decía «Pedro González», cargó rápidamente las maletas en una carreta y los condujo a través de un espacioso vestíbulo hacia la recepción. A la izquierda una enorme fuente salpicaba sobre sirenas de mármol en un estanque azul. En un círculo perfecto crecían palmeras alrededor del agua, y las hojas susurraban en el aire acondicionado. La mayoría de huéspedes que deambulaban habían venido al congreso. Dejaron sus sucursales en todo el planeta para reunirse en vestimentas oscuras y regodearse por cuánto dinero estaban haciendo. Un grupo de asiáticos reía alrededor de una mesa para fumadores, y Kent supuso por el comportamiento de ellos que podrían estar cerca de la cima. Hombres importantes. O al menos, que se creían importantes. Quizás algunos de los futuros compañeros de él. Como el bajito canoso aquel que captaba más la atención, y que sorbía una bebida ámbar. Un hombre de poder. Podrido en dinero. Doscientos cincuenta dólares la noche para un hotel como este saldrían del fondo de propinas del tipo.

—Bueno, *este* sitio sí que es primera clase —expresó Todd a su lado.

—Eso es el Niponbank para ti —concordó Borst—. Nada más que lo mejor. Creo que reservaron todo el hotel. ¿Cuánto crees *que* cuesta?

—Caramba. Bastante. ¿Crees que tendremos acceso ilimitado a esos pequeños refrigeradores en los cuartos?

—Por supuesto que sí —informó Mary dirigiéndose a Todd con una ceja arqueada—. Qué, ¿crees que los cierran para el personal de programación? ¿Para mantener sus mentes despejadas?

—No. Sé que estarán abiertas. Quiero decir gratis. ¿Crees que tendremos que pagar por lo que consumamos?

—No seas imbécil, Todd —expresó Borst riendo tontamente—. Ellos cubren todo el viaje, y tú estás preocupado por tragos gratis en botellitas. Estoy seguro que tendrán bastantes bebidas en la recepción. Además, tienes que mantener despejada la cabeza, muchacho. No estamos aquí para una fiesta. ¿No es así, Kent?

Kent deseaba alejarse del grupo, desvincularse de la pequeña cháchara de sus compañeros. Ellos parecían más un escuadrón de niños exploradores que programadores que acababan de cambiar la historia. Miró alrededor, de repente avergonzado y esperando que no los hubieran alcanzado a oír.

—Así es —respondió, y se movió algunos pasos a la izquierda; si tenía suerte, los espectadores no lo identificarían con este grupo de payasos.

Habían llegado hasta el largo mostrador de madera de cerezo de la recepción, y Kent se dirigió a una mujer hispana de cabello oscuro, quien al instante sonrió cordialmente.

—Bienvenido al Hyatt —lo saludó—. ¿Puedo servirle?

Bueno, me acabo de convertir en alguien más bien importante, ¿sabe?, y me pregunto si usted tiene una suite…

Interrumpió su pensamiento. *¡Contrólate, amigo!* Sonrió a pesar de sí mismo.

—Sí, me llamo Kent Anthony. Creo que ustedes tienen una reservación para mí. Estoy con el grupo Niponbank.

Ella asintió y pulsó algunas teclas. Kent se inclinó en el mostrador y regresó a mirar a los hombres que reían en las sillas del salón. Ahora algunos se estrechaban las manos, como si se felicitaran por una labor bien ejecutada. *Excelente año, Sr. Bridges. Sensacionales utilidades. A propósito, ¿te enteraste de lo del joven de Denver?*

¿El programador? ¿No está aquí en alguna parte? Brillante, sí lo he oído.

—Disculpe, señor.

Kent parpadeó y se volvió hacia el mostrador. Era la empleada de la recepción. La del hermoso cabello oscuro.

—Kent Anthony, ¿correcto? —preguntó ella.

—Sí.

—Tenemos un mensaje para usted, señor —informó ella, alargó la mano debajo del mostrador y extrajo un sobre rojo.

El pulso de Kent se aceleró. Entonces, el asunto ya estaba empezando. Alguien distinto al estúpido escuadrón bajo las órdenes de Borst le había enviado un mensaje. No se lo enviaron a Borst; se habían dirigido a él.

—Está marcado urgente —notificó la muchacha, y se lo entregó.

Kent rasgó el sobre, lo abrió, y sacó un papel. Revisó la nota escrita.

Al principio las palabras no le generaron ningún significado en la mente. Solo estaban allí en una larga serie. Luego tuvieron algo de sentido, pero Kent creyó que había habido una equivocación. Que le habían dado el mensaje equivocado. Que esta no era *su* Gloria a la cual se refería la nota. No podía ser.

Los ojos de Kent se hallaban a mitad del mensaje por segunda vez cuando le vino un arrebato, como un líquido hirviendo quemándole las venas desde el extremo superior de la cabeza y bajándole por la columna vertebral. La mandíbula se le cayó, y la mano le empezó a temblar.

—¿Está usted bien, señor? —preguntó una voz; tal vez la recepcionista.

Kent volvió a leer la nota.

KENT ANTHONY:

SU ESPOSA GLORIA ANTHONY ESTÁ EN EL HOSPITAL MEMORIAL DE DENVER STOP

COMPLICACIONES DE NATURALEZA NO DIAGNOSTICADA STOP

POR FAVOR REGRESE INMEDIATAMENTE STOP

FIN DEL MENSAJE

Ahora el temblor se había convertido en convulsión, y Kent sintió que el pánico le subía por la garganta. Giró alrededor para enfrentar a Borst, quien se había perdido totalmente el momento.

—Markus —dijo con voz temblorosa.

El hombre se volvió, sonriendo por algo que Betty acababa de decir. Los labios se le enderezaron en el momento en que vio a Kent.

—¿Qué pasa?

¡Sí, por cierto! ¿Qué pasa? ¿Dejar a estos en el poder a sus anchas alrededor de él antes de tener una oportunidad de ayudarles a comprender quién era él? ¿Dejar la fiesta en manos de Borst? ¡Por Dios! ¡Qué idea más ridícula!

Sin duda Gloria estaría bien. Bastante bien.

Por favor regrese inmediatamente, decía el mensaje. Y se trataba de Gloria.

—Me debo ir. Tengo que volver a Denver.

Aun mientras lo decía deseó recoger las palabras. ¿Cómo podía volver ahora? Esto era la cúspide. Los hombres que reían allá por la fuente estaban a punto de cambiarle la vida para siempre. Él acababa de volar más de tres mil kilómetros para reunirse con ellos. ¡Había trabajado *cinco años* para conocerlos!

—Lo siento. Tendrá que reemplazarme en la reunión —anunció Kent.

Le mostró la nota a su jefe y lo pasó a tropezones, furioso repentinamente ante este golpe del destino.

—Qué gran momento, Gloria —musitó por entre sus apretados dientes, y de inmediato se arrepintió.

Sus maletas aún estarían en el carrito rodante, supuso, pero entonces no le importaron dónde estarían las maletas. Además, él regresaría. Para mañana en la mañana, tal vez. No, mañana en la noche era el viaje a París. Quizás entonces en camino a París.

Está bien, Trigo Rubión. Cálmate. Aquí no ha sucedido nada. Solo un problemita técnico. Una dificultad. Ella solo está en el hospital.

Kent abordó un taxi amarillo y dejó atrás el ajetreo en el Hyatt Regency de Miami. Gloria estaría bien. Tendría que estar bien. Ella estaba en buenas manos. ¿Y qué era un congreso? Un terror le cayó a Kent en el estómago, y tragó grueso.

Esto no había estado en los planes. Para nada.

CAPÍTULO SEIS

LA SALA de espera en la unidad de cuidados intensivos del Denver Memorial estaba decorada de color ladrillo, pero en la mente de Helen era rojo, y ella se preguntaba por qué escogerían el color de la sangre.

Helen agarró por el codo al pastor Bill Madison y condujo hacia la ventana al hombre mucho más corpulento que ella. Si alguien podía entender, sería ese joven griego de cabello oscuro que en un principio la había atraído a la Iglesia Comunitaria diez años atrás. En ese entonces él acababa de salir del seminario… sin contar con más de veinticinco años y rebosante de amor por Dios. En algún momento la burguesía dentro de la iglesia le había atenuado la pasión. Sin embargo, el pastor Madison nunca se había confundido respecto a sus creencias.

Bill había llegado en algún momento durante la noche, pero Helen no recordaba exactamente cuándo, porque ahora la situación era difícil. Todos se hallaban cansados, eso era muy evidente, y ella sentía un dolor punzante en las rodillas. Debió sentarse. Detrás de ellos, Spencer se encontraba sentado como un bulto en una de las sillas de espera de color rojo ladrillo.

Helen sabía que su voz forzada le traicionaba la ansiedad que sentía, pero dadas las circunstancias, apenas le importó.

—No. No te estoy diciendo que *creo* haber visto esto. Te estoy diciendo que *vi* esto —formuló, apretándolo con fuerza, como si eso le ayudara a él a entender—. ¿Me oyes?

Los ojos negros de Bill se abrieron de par en par, pero Helen no supo si se debió a lo que le comunicó o al apretón.

—¿Qué quieres decir con que *viste* esto? —inquirió él.

—¡Quiero decir que *vi* esto! —exclamó ella mientras estiraba un brazo tembloroso hacia las oscilantes puertas—. Vi a mi hija allí, en esa cama, eso es lo que vi.

La ira le regresaba a medida que recordaba la visión, y temblaba con eso.

Ella vio que él la miraba con una ceja arqueada, escéptico hasta la médula.

—Vamos, Helen. Todos tenemos impresiones de vez en cuando. Este no es un momento para exagerar percepciones.

—¿Estás dudando entonces de mi juicio? ¿Crees que no vi lo que afirmo haber visto?

—Solo estoy diciendo que no deberíamos sacar conclusiones ligeras en tiempos como estos. Este es un momento para la prudencia, ¿no dirías eso? Sé que las cosas son difíciles, pero...

—¿Prudencia? ¿Qué tiene que ver la prudencia con el hecho de que mi hija esté tendida en la mesa? Lo vi, ¡te lo estoy diciendo! No sé por qué lo vi o qué podría querer decir Dios al mostrármelo, pero lo vi, pastor. Hasta el último detalle.

Él miró alrededor de la sala y la condujo hacia la ventana.

—Está bien, Helen, mantén la voz baja —pidió él, mientras un delgado rastro de sudor le bajaba por la sien—. ¿Cuándo viste esto?

—Hace dos días.

—¿Viste todo esto hace dos días?

—¿No es eso lo que acabo de expresar? —reclamó ella.

—Sí.

Él se alejó de ella y se sentó en el alféizar. Las manos le temblaban. Helen se mantuvo cerca de la ventana.

—Mira, Helen. Sé que ves las cosas de manera distinta a la mayoría...

—No vuelvas a empezar, pastor. No quiero oír eso. No ahora. Sería insensible.

—Bueno, estoy intentando ser sensible, Helen. Y pienso en el niño que está allá. Aún no es necesario enterrarle la madre.

Helen miró hacia Spencer, quien con la barbilla entre las palmas se hallaba sentado con las piernas colgándole en la silla. Tenía círculos oscuros debajo de los ojos inyectados de sangre. Durante la noche había dormido a lo sumo una irregular hora.

—No estoy *enterrando* a mi hija, Bill. Estoy confiando en ti. Vi esto, y me aterra que sea exactamente lo que vi.

Él no respondió a lo que oía.

Ella miró por la ventana y cruzó los brazos.

—El hecho es que esto me gusta aun menos que a ti. Me ha corroído como un cáncer desde ese primer momento. No logro encerrar la mente alrededor de esto, Bill —confesó ella, y se le hizo un nudo en la garganta—. No logro entender por qué Dios está haciendo esto. Y según tú, *yo* debería saberlo, entre toda la gente.

Bill alargó la mano y la posó en el hombro de Helen. El gesto produjo algo de consuelo.

—¿Y cómo puedes estar segura que es Dios?

—No importa. Es Dios porque no hay alguien más. Él permite lo que quiere.

—Quizás, pero solo si él es verdadero Dios. Omnipotente. Todopoderoso. Y de ser así, él decide por qué haría algo así.

—Sí, ¡yo *sé* eso, Bill! ¡Pero es mi hija quien está allí enganchada a una máquina! —gritó ella, luego bajó la cabeza, confusa e indignada ante las emociones que bullían en su interior.

—Lo siento mucho, Helen —manifestó Bill con voz forzada.

Permanecieron en silencio por largos momentos, frente a frente con las imposibilidades del caso. Helen no estaba segura de qué esperaba de él. Sin duda no que declarara algo conciso e inspirador. *Vamos, vamos, Helen. Todo saldrá bien. Lo verás. Solo confía en el Señor.* ¡Santo cielo! Ella en realidad debería saber. Ya había pasado antes por algo así, frente a la amenaza de una muerte como esta.

—Así que, ¿viste algo más? —le estaba preguntando Bill—. ¿La viste morir?

—No, no la vi morir —respondió ella negando con la cabeza.

Helen lo oyó tragar saliva.

—Entonces deberíamos orar —anunció él.

—No la vi morir, Bill, pero vi más —continuó ella intentando calmar sus emociones.

Él no reaccionó al instante. Cuando lo hizo, la voz le salió entrecortada.

—¿Qué… qué viste?

—No te lo puedo decir, de veras —balbuceó ella, moviendo la cabeza de lado a lado—. No… no lo sé.

—Si viste algo, ¿cómo es que no sabes?

Ella cerró los ojos, deseando de repente no haberle dicho nada al hombre. Difícilmente podía esperar que él entendiera.

—Era algo… confuso. Aunque vemos, no siempre vemos con toda claridad. La humanidad se las ha ingeniado para debilitar nuestra visión espiritual. Pero ya sabes eso, ¿no es así, Bill?

Él no respondió inmediatamente, quizás ofendido por la condescendencia de ella.

—Sí —enunció finalmente con tono débil.

—Lo siento, pastor. Esto es muy difícil para mí. Ella es mi hija.

—Entonces oremos, Helen. Oremos a nuestro Padre.

Ella asintió, y él comenzó a orar; pero estaba tan cegada por la tristeza, que apenas oía las palabras que el hombre decía.

KENT MIRÓ a través de las baratijas en la tienda del aeropuerto, matando el tiempo, descansando por primera vez desde que leyera ese mensaje ocho horas antes. Había conseguido una conexión a Chicago, y ahora deambulaba entre la concurrencia, esperando el vuelo de las tres de la mañana, con poca esperanza de dormir, que lo llevaría a Denver.

Se inclinó y dio cuerda a un mono de juguete que empuñaba pequeños címbalos dorados. El primate se pavoneó ruidosamente en la plataforma improvisada, golpeando su instrumento y riendo de manera insoportable. *Chin-chan, chin-chan.* Kent sonrió a pesar de lo ridículo del asunto. Spencer echaría a patadas a la criatura. Posiblemente disfrutaría el juguetito por diez minutos. Luego este iría a parar al piso del clóset, oculto bajo otros mil juguetes de «diez minutos». Diez minutos por veinte dólares. Un auténtico robo.

Por otra parte, estaba la cara de Spencer sonriendo durante diez minutos, y la imagen de su hijo con los labios curvados de deleite provocaría una pequeña sonrisa en Kent.

Y no era que no tuvieran el dinero. Estas eran las clases de objetos que compraban personas totalmente irresponsables, o personas a las que nos les molestaba el precio. Personas como Tom Cruise o Kevin Costner. O Bill Gates. Él tendría que acostumbrarse a la idea. *Quieres vivir una parte, mejor empiezas a participar en ella. Edifícala, y esas cosas vendrán.*

Kent se colocó el mono debajo del brazo y se acercó despacio a las baratijas de mujer adulta nítidamente dispuestas contra la pared junto a estantes de suéteres de *I love Chicago.* Él no sabía dónde Gloria había adquirido la fascinación por cristales costosos. Y ahora eso ya no importaría, tampoco. Iban a ser ricos.

Recogió una cruz biselada, con rosas complicadamente esculpidas y con las palabras «En su muerte tenemos vida». Sería perfecto. Imaginó a Gloria en alguna cama de hospital, recostada, sus ojos verdes brillando al ver el regalo en las manos de él. *Te amo, cariño.*

Kent se dirigió a la caja y compró los regalos.

Él también podría sacar lo mejor de la situación. Llamaría a Borst el momento en que llegara a casa... para asegurarse que Estúpido y su escuadrón no estuvieran derribando todo allá en Miami. Mientras tanto estaría junto a Gloria en su malestar. Debía estar con ella.

Y de todos modos pronto estarían en el avión a París. Sin duda su esposa podría viajar. Una repentina punzada de pánico le subió por la columna. ¿Y si la enfermedad fuera más seria que algún caso grave de alimentos contaminados? Tendrían que cancelar París.

Pero eso no iba a ocurrir, ¿verdad que no? Una vez había leído que 99% de los temores de las personas nunca se materializan. Un hombre que asimilaba esa verdad podría añadir diez años a su vida.

Kent se sentó en una silla y miró el tablero de vuelos. Su avión salía en dos horas. Mientras tanto podría dormir un poco. Se recostó y cerró los ojos.

SPENCER SE hallaba al lado de Helen, frente al pastor, tratando de ser valiente. Pero el pecho, la garganta y los ojos no le cooperaban. Todo el tiempo le dolían, se entorpecían y goteaban. Su mamá había subido las escaleras después de despedir a papá, manifestando algo acerca de ir a recostarse. Dos horas después de agotadores juegos en la computadora, Spencer había llamado por toda la casa, solo para oír el débil quejido de mamá desde el dormitorio principal. Ella aún estaba en cama a las diez de la mañana. Él había tocado y entrado sin esperar una respuesta. El rostro de ella le recordó el de una momia en el Discovery Channel: todo dilatado y pálido.

Spencer había corrido al teléfono y llamado a la abuela. Durante los quince minutos que ella tardó en llegar a casa él se había arrodillado al lado de la cama de mamá, suplicándole que le contestara. Luego había gritado con fuerza. Pero mamá no le respondía más que con el ocasional gemido. Solo yacía allí y se agarraba el estómago.

Abuela había llegado entonces, divagando acerca de comida contaminada y mangoneando a su nieto como si supiera exactamente qué se debía hacer en situaciones como esta. Pero por mucho que intentaba parecer tener el control, abuela no lograba sobrellevar el asunto.

Literalmente habían llevado a rastras a mamá hasta el auto, y la abuela había conducido hasta la sala de emergencia. Manchas azules oscuras aparecieron en la piel de mamá, y Spencer se preguntó cómo alimentos contaminados podían producir manchas del tamaño de dólares de plata. Luego alcanzó a oír a una de las enfermeras que hablaba con una asesora acerca de que las manchas se debían a sangrado interno. Los órganos de la paciente estaban sangrando.

—Estoy asustado —enunció el muchacho en un tono débil y tembloroso.

Helen le agarró la mano y se la llevó a los labios.

—No te asustes, Spencer. Entristécete, pero no te asustes —le expresó, pero lo dijo con los ojos empañados, y él supo que ella también estaba asustada.

Ella acercó la cabeza del chico a su hombro, y él lloró allí por un rato. Se supone que papá ya debía estar aquí. Había llamado del aeropuerto a las seis de la tarde y le había dicho a la enfermera que tomaría un vuelo a las nueve de la noche, con una intolerable e interminable parada en Chicago que no lo llevaría a Denver hasta las seis de la mañana. Bueno, ya eran las siete, y él no había llegado.

Anoche habían empezado a poner a mamá en tubos y a hacerle otras cosas. Allí fue cuando él empezó a creer que la situación no solo era mala. Era terrible. Al preguntarle a la abuela por qué mamá se estaba hinchando de ese modo, ella le había contestado que los médicos le estaban inundando el cuerpo con antibióticos. Intentaban matar la bacteria.

—¿Qué bacteria?

—Mamá tiene una meningitis bacteriana, cariño —había expresado la abuela.

Entonces una roca se le había alojado en la garganta a Spencer porque eso parecía muy malo.

—¿Qué significa eso? ¿Se va a morir mamá?

—No pienses en la muerte, Spencer —indicó la abuela con dulzura—. Piensa en la vida. Dios le dará a Gloria más vida de la que alguna vez ha tenido. Lo verás, te lo prometo. Tu mamá estará bien. Sé lo que pasa aquí. Ahora es doloroso, pero pronto será mejor. Mucho mejor.

—¿Entonces se pondrá bien?

La abuela miró hacia las puertas batientes detrás de las cuales los médicos atendían a la mamá del niño, y luego se puso a llorar otra vez.

—Oraremos para que ella se ponga bien, Spencer —aseguró el pastor Madison.

Entonces brotaron lágrimas de los ojos del muchacho, y él creyó que se le iba a desgarrar la garganta. Puso los brazos alrededor de la abuela y le hundió el rostro en el hombro. No se pudo contener durante una hora. Sencillamente no pudo hacerlo. Luego recordó que su madre no estaba muerta, y eso le ayudó un poco.

Cuando levantó la cabeza vio que la abuela estaba hablando. Susurraba con ojos cerrados y el rostro tenso. Tenía las mejillas húmedas y surcadas de lágrimas. Le hablaba a Dios. Solo que no reía como solía hacerlo cuando hablaba con él.

Se abrió una puerta y Spencer se sobresaltó. Levantó la cabeza. Papá estaba allí, parado en la puerta, luciendo pálido y andrajoso, pero aquí.

Spencer se puso de pie y corrió hacia su padre, sintiéndose repentinamente acongojado. Quiso gritarle, pero se le volvió a hacer un nudo en la garganta, así que simplemente chocó contra él y se sintió levantado en brazos seguros.

Entonces volvió a llorar.

EN EL momento en que Kent atravesó la puerta de la sala de espera supo que algo andaba mal. Muy mal.

Lo vio en la postura de su hijo y de Helen, agachados y con los ojos enrojecidos. Spencer corrió hacia él, y él lo levantó en vilo hasta su propio pecho.

—Todo saldrá bien, Spencer —expresó entre dientes.

Pero las cálidas lágrimas del niño en la nuca de Kent manifestaban otra cosa, y lo bajó con manos temblorosas.

Helen se puso de pie y se le acercó.

—¿Qué pasa? —exigió saber él.

—Ella tiene meningitis bacteriana, Kent.

—¿Meningitis bacteriana?

¿Qué significaría eso? ¿Cirugía? ¿O peor? ¿Algo como diálisis para adornar cada día que su esposa viviera?

—¿Cómo está ella? —inquirió Kent, tragando saliva, viendo en esos viejos ojos sabios más de lo que le gustaría ver.

—No está bien —contestó Helen tomándole la mano y sonriendo con empatía; una lágrima le bajó por la mejilla—. Lo siento, Kent.

Ahora sonaron las campanillas de advertencia… cada una de ellas, todas a la vez. Él se dio la vuelta y con piernas entumecidas corrió hacia las puertas oscilantes. El letrero encima decía «UCI». El tañido se le alojó en los oídos, acallando los sonidos ordinarios.

Todo saldrá bien, Kent. Cálmate, hombre. El corazón le martillaba en los oídos. *Por favor, Gloria, ponte bien por favor. Estoy aquí para ti. Te amo. Cariño. Ponte bien, por favor.*

Miró alrededor y vio todo blanco. Puertas blancas, paredes blancas, y batas blancas. El olor a medicinas le inundó las fosas nasales. Un olor a penicilina y alcohol.

—¿Qué se le ofrece?

La voz venía de la derecha, y Kent se volvió para ver a una persona parada detrás de un mostrador. El puesto de enfermeras. Estaba vestida de blanco. La mente de él comenzó a calmarle un poco el pánico. *Mira ahora, todo saldrá bien. Esa es una enfermera; este es un hospital. Simplemente un hospital donde alivian a las personas. Con bastante tecnología como para hacer que la cabeza te dé vueltas.*

—¿Se le ofrece algo? —volvió a inquirir la enfermera.

—Sí, ¿me podría informar dónde puedo encontrar a Gloria Anthony? —preguntó Kent a su vez, parpadeando—. Soy su esposo.

Él tragó saliva contra la sequedad de bolas de algodón que aparentemente tenía embutidas en la garganta.

Ahora la enfermera tuvo en mejor enfoque, y Kent vio el nombre de ella en la placa: «Marie». Era rubia, como Gloria… como del mismo porte. Pero no tenía la sonrisa de Gloria. En realidad tenía el ceño fruncido, y Kent luchó con la repentina urgencia de alargar la mano y de una bofetada levantar aquellos labios de la mujer. *¡Oiga, señora! Estoy aquí por mi esposa. Deje ahora de mirarme como si usted fuera la Parca, ¡y lléveme ahora donde ella!*

Los ojos oscuros de Marie miraron a través del pasillo. Kent siguió la mirada. Dos médicos se inclinaban sobre una mesa de hospital detrás de una ventana larga y reforzada. Él salió corriendo por el sitio sin esperar que lo autorizaran.

—¡Discúlpeme, señor! ¡No puede entrar allí! Señor…

Corrió más que la enfermera. Una vez que Gloria lo viera, una vez que él le viera sus hermosos ojos color avellana, terminaría toda esta locura. Se le levantó el ánimo. *Oh, Gloria… Cariño. Todo saldrá bien. Por favor, Gloria, mi amor.*

Cuatro rostros le saltaron a los ojos de la mente, al instante, de manera simultánea, con una brutalidad que lo hizo contenerse, a media zancada, en medio del salón. El primero fue el de la muchacha allá atrás con ojos oscuros. La novia de la muerte. El segundo fue el de Spencer. Volvió a ver ese pequeño rostro, y no solo estaba preocupado sino abatido. El tercero fue el tierno rostro sonriente de Helen, pero no sonreía. Para nada. Arrugado con líneas de dolor quizás, y sin sonreír. Él ni siquiera estaba seguro de haberla visto así alguna vez.

Uno de los médicos se había movido, y a través de la ventana Kent vio el cuarto rostro, tendido allí sobre esa cama. Solo que al principio no reconoció ese rostro. Estaba inmóvil y retraído debajo de las brillantes luces en lo alto. Un tubo azul corrugado y redondo le entraba por la boca, y una manguerita de oxígeno le colgaba de las fosas nasales. Manchas violetas le decoloraban la piel. El rostro estaba inflado como una calabaza.

Kent parpadeó y bajó el pie. Pero no se movió hacia Gloria. No pudo seguir adelante.

Bilis le subió a la garganta, y él tragó grueso. No podía comprender qué tenía que ver este rostro con los demás. Él no conocía este rostro. Nunca había visto una cara en tanta agonía, tan distorsionada de dolor.

Y entonces reconoció el rostro. La sencilla verdad le atravesó la mente como un lingote de plomo retumbándole en todo el cráneo.

¡La que estaba en la cama era Gloria!

El corazón de Kent se golpeó al instante contra la caja torácica, desesperado por escapar. La mandíbula se le cayó lentamente. Un grito agudo le estalló en la mente, manifestando esta locura. Maldiciendo esta idiotez. Esta no era más Gloria que un cuerpo sacado de una tumba masiva en una zona de guerra. ¿Cómo se atrevía él a estar tan seguro? ¿Cómo se atrevía a estar aquí helado como una marioneta cuando las cosas habían estado tan bien todo el tiempo? Tenía que haber una equivocación, eso era todo. Él debería correr hasta allí y resolver esto.

El problema era que Kent no se podía mover. Sudor le manaba de los poros, y comenzó a respirar en espasmos irregulares. *¡No!* Spencer estaba afuera en el vestíbulo, su pequeño hijo de diez años que desesperadamente necesitaba a su madre. ¡Esta no podía ser Gloria! ¡Él la necesitaba! La dulce e inocente Gloria con una boca que sabía a miel. ¡No… esta no!

El médico bajó la mano y estiró la sábana blanca sobre el rostro hinchado.

¿Y por qué? ¿Por qué ese tonto halaba esa sábana de ese modo?

Un grito de dolor resonó por el pasillo… su grito.

Entonces Kent comenzó a moverse otra vez. En cuatro saltos se halló ante la puerta. Alguien gritaba por detrás, pero esto no significaba nada para él. Agarró la plateada manija y le dio un fuerte tirón.

La puerta no se movió. *¡Gira, entonces! ¡Gira esa ridícula cosa!* Kent giró la manija y jaló. Ahora la puerta se abrió ante él, y retrocedió estupefacto. En el mismo instante vio el nombre en una tablilla al lado de la puerta.

Gloria Anthony.

Kent empezó a gemir suavemente.

Allí estaba la cama, y él llegó a ella en dos saltos. Empujó a un lado a un médico con bata blanca. Las personas empezaron a gritar, pero él no lograba comprenderles las palabras. Ahora solo quería una cosa. Levantar esa sábana blanca y demostrar que se trataba de la mujer equivocada.

Una mano lo agarró de la muñeca, y él protestó. Kent se retorció con furia y lanzó al hombre contra la pared.

—¡No! —gritó.

Un tubo intravenoso se cayó y se estrelló en el suelo. Un monitor amarillo lanzó chispas y titiló hasta apagarse, pero estos detalles ocurrían en el lejano y sombrío horizonte de la mente de Kent. Él estaba fijo en la figura quieta y blanca sobre la cama de hospital.

Kent agarró la sábana y la removió del cuerpo.

Sonó un «*zuuum*» mientras la sábana salía volando y luego se asentaba lentamente en el suelo. Kent quedó helado. Un cuerpo desnudo y pálido surcado de venas y manchas púrpuras del tamaño de manzanas apareció inerte delante de él. Estaba hinchado, como una muñeca inflada, con tubos que aún le mantenían abierta la boca y la garganta.

Se trataba de Gloria.

La certeza lo taladró como una burlona vara de hierro. Retrocedió un paso tambaleándose, desvaneciéndose estrepitosamente.

El mundo se le oscureció entonces. Apenas estaba consciente de que daba la vuelta, y luego corría. Chocó contra la puerta, primero el rostro. No sintió el dolor, pero logró oír el crujido al rompérsele la nariz por el impacto con la puerta de madera. Estaba muerto, posiblemente. Pero no podía estar muerto porque tenía el corazón encendido, enviándole llamas por arriba hacia la garganta.

Entonces de algún modo cruzó la puerta tambaleándose, lanzándose hacia la entrada de la unidad de cuidados intensivos, mientras le caía sangre sobre la camisa, sofocándolo. Golpeó las puertas exactamente cuando el primer lamento le estalló en la garganta. Un grito al Ser Supremo que podría haber tenido la mano en esto.

—¡Oh, Dios! ¡Diiiooosss!

Spencer y Helen miraban boquiabiertos a la derecha, pero él apenas los vio. Sangre cálida le corría sobre los labios, lo que le brindó un extraño y fugaz consuelo. Sonidos guturales le resonaban de la boca abierta, negándose a alejarse. No podía contenerse para respirar. Allá atrás su esposa acababa de morir.

—¡Oh, Dios! ¡Diiiooosss!

Kent huyó por los pasillos, con el rostro blanco y rojo, llorando con sepulcrales gemidos, haciendo que todas las cabezas se volvieran mientras corría.

Una docena de asombrados espectadores se apartó cuando él entró al estacionamiento, goteando sangre, babeando y jadeando. Los gemidos lo habían dejado sin aire, e intentó acallarlos. Vio autos a través de las confusas lágrimas, y se tambaleó hacia ellos.

Kent se las ingenió de algún modo para llegar hasta su Lexus plateado antes de que lo abatiera la inutilidad del vuelo que había hecho. Estampó el puño sobre el capó, tal vez rompiéndose allí otro hueso. Luego resbaló por la puerta del conductor hasta el caliente asfalto y se llevó las rodillas al pecho.

Se abrazó las piernas, devastado, sollozando, hablando entre dientes.

—Oh, Dios, Oh, Dios, ¡Oh, Dios!

Pero no sentía a Dios.

Sencillamente sentía que el pecho le explotaba.

CAPÍTULO SIETE

Tercera semana

KENT ANTHONY sostenía a Spencer en su regazo y le acariciaba apaciblemente el brazo. El ventilador giraba en lo alto, y un viejo CD de Celine Dion tocaba suavemente, animando la tarde. La respiración de su hijo subía y bajaba con la suya, creando cierta clase de cadencia para ayudarle a Celine en su suave canturreo. Kent no podía saber si Spencer estaba despierto… los dos apenas se habían movido durante más de una hora. Pero sentarse, cargar al chico y sobrevivir se había convertido en el nuevo deber hogareño de los Anthony en la semana siguiente a la súbita muerte de Gloria.

El primer día había sido como un tren de carga chocándosele contra el pecho, una, otra y otra vez. Después de sollozar por algún tiempo en el Lexus había comprendido súbitamente que el pequeño Spencer lo necesitaba ahora. El pobre niño estaría devastado. Le acababan de arrebatar a su madre. Kent había regresado tambaleándose a la sala de espera para hallar a Spencer y a Helen abrazados, llorando. Él se les había unido en sus lágrimas. Una hora después habían salido del hospital, en total silencio, y aturdidos.

Helen los había dejado en la sala y había hecho sándwiches para el almuerzo. El teléfono había estado sonando todo el tiempo. Compañeros de iglesia de Gloria que llamaban para dar las condolencias. Ninguna de las llamadas era de los compañeros de Kent.

Kent parpadeó ante el pensamiento. Dejó de enfocarse en la cabeza de Spencer para alcanzar un vaso de té y sentarse en el sofá. Había algo bueno con lo de la iglesia. Las amistades se hacían fácilmente. Era lo *único* bueno respecto a la iglesia. Eso y que le ayudaran en la muerte. La mente de Kent volvió a enfocarse en el funeral a principios de esa semana. Esa gente se las había arreglado para introducir alguna alegría al suceso, y él estaba agradecido por eso, aunque las sonrisas de quienes lo rodeaban no le contagiaron el rostro. Sin embargo, ayudaron a sobreponerse a la terrible experiencia. De otro modo él se habría quebrantado y destrozado en esa banca de adelante. Una imagen le rodó en la mente: un hombre que babeaba, vestido de negro y retorciéndose en la banca mientras centenares de indiferentes rostros cantaban himnos en voz alta. A él también pudieron haberlo lanzado al hoyo.

Una lágrima se le deslizó del rabillo del ojo derecho. Estas lágrimas no se detendrían. Kent tragó saliva.

Helen y dos de sus viejas amigas habían cantado en el funeral algo acerca del otro lado. Ahora *ese* era un caso religioso. Helen. Ese primer día ella se excusó y salió después de servir sándwiches. Cuando volvió tres horas más tarde parecía una mujer nueva. Había retornado la sonrisa, los ojos rojos habían vuelto a la normalidad, y un optimismo le aligeraba el paso. En aquella ocasión ella tomó a Spencer y lo abrazó; luego agarró el brazo de Kent y le sonrió cálidamente, de manera cómplice. Y eso fue todo. Si Helen experimentaba alguna tristeza más por la muerte de su hija, la ocultaba bien. Ese hecho había provocado resentimiento en Kent. Por supuesto, él no se podía quejar del cuidado que ella les prodigara en los últimos diez días, poniéndose a cocinar, limpiar y contestar el teléfono mientras Kent y Spencer deambulaban por la casa como dos almas en pena.

Ahora Helen se hallaba en camino para recoger a Spencer. Había sugerido que el niño la visitara hoy por unas horas. Kent estuvo de acuerdo, aunque el pensamiento de quedarse solo en la casa durante la tarde le produjo temor en el pecho.

Pasó los dedos por el cabello rubio de su hijo. Ahora serían Spencer y él, solos en una casa que de repente parecía demasiado grande. Demasiado vacía. Hace dos semanas le había descrito a Gloria la próxima casa mientras cenaban bistec y langosta en Antonio's. Le había dicho que tendría el doble del tamaño de la actual. Con llaves de oro y una cancha interior de tenis. Ahora podrían darse ese lujo.

—Imagina eso, Gloria. Jugar en nuestra propia cancha con aire acondicionado —le había dicho él, y ella le había sonreído ampliamente.

En los ojos de su mente, Kent la vio inclinándose para devolver un golpe directo, la corta faldita blanca agitándosele mientras ella giraba, y se le hizo un nudo en la garganta.

Echó la cabeza para atrás y gimió suavemente. Se sentía atrapado en una pesadilla imposible. ¿Qué maniático había decidido que era hora de que su esposa muriera? Si existía un Dios, este sabía excepcionalmente bien cómo infligir dolor. Las lágrimas le empañaban la vista a Kent, pero se controló. Debía mantener alguna apariencia de fortaleza, por Spencer si no por él mismo. Pero todo era una locura. ¿Cómo se había vuelto tan dependiente de ella? ¿Por qué la defunción de ella lo había dejado tan muerto por dentro?

Pacientemente el médico le había explicado una docena de veces la meningitis bacteriana. Era evidente que la cruel bestia sobrevivía en más de la mitad de la población, oculta detrás de alguna membrana mucosa craneal que la mantenía a raya. De vez en cuando —muy raramente— el monstruo ese traspasaba la membrana y entraba al torrente sanguíneo. Si no la atrapaban al instante tendía a abrirse paso a través del cuerpo, comiéndose órganos. En el caso de Gloria, cuando llegó al hospital la enfermedad ya se había apoderado de sus órganos internos, matándola dieciocho horas más tarde.

Kent había recordado mil veces esa escena. Si la hubiera llevado al hospital el viernes por la mañana en vez de ir tras la gloria, ella podría estar viva hoy.

El mono y la cruz que había comprado como regalos aún se hallaban en su maleta en la planta alta, absurdas e insignificantes baratijas que se burlaban de él cada vez que las recordaba.

«Mira acá, Spencer. ¡Observa lo que te trajo papi!»

«¿Qué es?»

«Es un mono ridículo que te ayudará a recordar la muerte de mamá. Mira, está sonriendo y aplaudiendo porque mamá está en el cielo».

¡Qué ridiculez!

Y la cruz de cristal… La destrozaría tan pronto resolviera abrir esa maleta. Sonó el timbre, y Spencer levantó la cabeza.

—¿Abuela?

—Probablemente —expresó Kent, restregándose los ojos con el dorso de la muñeca—. ¿Por qué no vas a ver?

Spencer saltó del regazo de él y corrió a la puerta principal. Kent movió la cabeza de lado a lado e hizo un gesto de desdén. *Contrólate, amiguito. Has controlado todo lo que por años han lanzado a tu camino. Puedes controlar esto.*

—Hola, Kent —saludó Helen, entrando a la sala después de Spencer. Ella sonreía. Estaba usando un vestido; un vestido amarillo que tocó una fibra de familiaridad en Kent. Se trataba de la clase de vestido que Gloria podría estar usando.

—¿Cómo la están pasando esta tarde?

¿Cómo crees, vieja chiflada? Nos acabamos de desanimar, pero por lo demás estamos en excelente condición.

—Bien —contestó él.

—Sí, bueno, no te creo, pero es agradable ver que lo intentan —cuestionó ella e hizo una pausa, mirando a través de él, pareció.

Kent no hizo ningún intento de levantarse. Los ojos de Helen se posaron en los de él por un momento.

—Estoy orando por ti, Kent. Las cosas comenzarán a cambiar ahora. Al final, serán mejores. Lo verás.

Él quería decirle que se podía ahorrar sus oraciones. Decirle que por supuesto las cosas iban a mejorar, porque cualquier cosa sería mejor que esto; que ella era un viejo y excéntrico fósil, y que debería guardarse sus teorías de cómo deberían salir las cosas; decirle que debería contárselas a algunos otros de los que bordaban cruces de la Edad Media. Pero él difícilmente tenía la energía, mucho menos los deseos, para decirle esas palabras.

—Sí —respondió él—. ¿Se va a llevar a Spencer?

Desde luego que iba a hacerlo. Ambos lo sabían.

—Sí —expresó ella, luego se volvió al niño y le puso una mano en el hombro—. ¿Estás listo?

Spencer regresó a mirar a su padre.

—Nos veremos luego. ¿Estás bien, papá?

La pregunta casi lo hizo lloriquear. No quería que el niño se fuera. El espíritu se le animaba con el niño, y tragó saliva.

—Seguro, Spencer. Te amo, hijo.

—Está bien, papá —dijo Spencer corriendo alrededor del sofá y abrazándolo por el cuello—. Volveré pronto. Lo prometo.

—Lo sé —indicó Kent, dándole palmaditas al niño en la espalda—. Diviértete.

Un suave *clic* indicó la partida de abuela y nieto por la puerta principal. Como en el momento justo, Celine dejó su canturreo en el reproductor de CD.

Ahora solo permanecía la respiración de Kent y el ventilador. Él levantó el vaso de té helado, agradecido por el tintineo del hielo.

Ahora vendería la casa. Compraría otra, no tan grande. Abandonaría las canchas de tenis. En vez de eso pondría un gimnasio para Spencer.

A la derecha de Kent se hallaba la alta pintura de Jesús sosteniendo a un hombre vestido de mezclilla con sangre en las manos. *Perdonado*, era el nombre que el artista la había puesto a la obra. Se decía que Jesús había muerto por el hombre. ¿Cómo podía alguien seguir una fe tan obsesionada con la muerte? Decían que ese era Dios; que Jesús era Dios, y que había venido a la tierra a morir. Luego les había pedido a sus seguidores que también llevaran sus cruces. De ahí que ellos convirtieran en emblema al conocido símbolo de ejecución, la cruz, y al principio la mayoría de esos seguidores murieron.

Hoy día podrían haber matado a Jesús por inyección letal. Una imagen de una aguja se caló en la mente de Kent, y él se estremeció al pensar en todas las agujas que Gloria debió haber soportado. *Ven a morir por mí, Gloria.* Qué insensatez.

Y pensar que Gloria había estado tan complacida con el cristianismo, como si en realidad esperara toparse un día con Cristo. Treparse en esa cruz y flotar a los cielos con él. Bueno, supuso que ahora ella tenía su oportunidad. Solo que no había flotado a ninguna parte. La habían bajado unos buenos tres metros dentro de la arcilla roja.

Una vacía desesperanza se asentó sobre Kent, y él se quedó esperando que lo lastimara.

Tendría que volver al trabajo, por supuesto. La oficina le había enviado un ramo de flores, pero no habían hecho ningún otro contacto. Kent pensó en la reunión de Miami y el anuncio de su programa. Es divertido cómo algo tan importante parecía ahora tan distante. El pulso se le reanimó ante la idea. ¿Por qué no lo habían llamado para hablarle de la reunión?

Respeto, decidió rápidamente. Sencillamente no se llama a un hombre que acaba de perder a su esposa para hablarle a continuación de su trabajo. Al menos él tenía por delante una brillante carrera. Aunque sin Gloria difícilmente parecía brillante. Eso cambiaría con el tiempo.

Kent dejó que los pensamientos le circularan en la mente como ahora lo habían hecho interminablemente por días. Nada parecía armonizar. Todo se sentía impreciso. No se podía aferrar a nada que le ofreciera esa chispa de esperanza que por años lo impulsara con energía.

Se recostó y miró el techo. Por el momento tenía secos los ojos. Profundamente secos.

SPENCER SE hallaba en su sillón verde favorito frente a su abuela Helen, con las piernas cruzadas al estilo indio. Esa mañana se había puesto su camiseta blanca de monopatines X-Games y sus pantalones casuales beige porque le encantaba patinar y creía que a mamá le gustaría que siguiera haciendo lo que a él más le agradaba. Aunque en realidad aún no había saltado en la patineta. Había pasado mucho tiempo desde que pasara más de una semana sin ir a la calle en patineta.

Entonces las cosas cambiaron una semana atrás, ¿verdad? Para siempre. Parecía que su padre había perdido el camino. La casa se había vuelto enorme y silenciosa. Los horarios de ellos habían cambiado, o desaparecido, en su gran mayoría. El corazón le dolía ahora la mayor parte del tiempo.

Spencer recorrió los dedos por los rubios rizos e hizo reposar la barbilla en las palmas de las manos. Sin embargo, esto no había cambiado. La sala olía a pan recién horneado. El débil aroma de rosas venía del perfume de la abuela. La alfombra café yacía debajo de ellos exactamente como estuviera dos semanas atrás; los sillones exageradamente mullidos no se habían movido; la espléndida vajilla con florecitas azules aún se alineaba en el gabinete de apariencia antigua contra la pared. Cientos de adornitos, principalmente de porcelana blanca pintada con tonos azules, amarillos y rojos, se hallaban agrupados en la sala y sobre las paredes.

El enorme cajón que la abuela llamaba rinconera se hallaba pegado a la pared que conducía a la cocina. Las puertas con cristal esculpido se hallaban cerradas, distorsionando la visión de lo que estaba dentro, pero Spencer lograba ver bastante bien. Una botellita de cristal, quizás de doce centímetros de alto, estaba en la mitad del estante. El contenido casi le parecía negro. Tal vez granate o rojo, aunque él nunca había sido bueno con todos esos extraños nombres de los colores. Abuela le había dicho una vez que nada en la rinconera le importaba mucho, excepto esa botella de cristal. Ella informó que esta botella simbolizaba el más grande poder sobre la tierra. El poder del amor. Y una lágrima le brotó del ojo mientras lo dijo. Cuando él le preguntó qué había en la botella, ella sencillamente había girado la cabeza, aturdida por completo.

La formidable pintura de Jesús reposaba tranquilamente en la pared a la derecha de ellos. El Hijo de Dios estaba tendido en una cruz, una corona de espinas era responsable por los rojos hilillos delgados en las mejillas. Miraba directamente a Spencer con tristes ojos azules, y en ese momento Spencer no supo qué pensar al respecto.

—Spencer.

Él se volvió hacia la abuela, sentada frente a él, sonriendo tiernamente. Un conocido destello le brillaba en los ojos color avellana. Ella sostenía cómodamente en ambas manos un vaso de té helado.

—¿Estás bien, cariño?

Spencer asintió, de pronto sintiéndose extrañamente en casa. Mamá no se hallaba aquí, desde luego, pero estaba todo lo demás.

—Creo que sí.

Helen inclinó la cabeza y la movió lentamente de lado a lado, llena de empatía en los ojos.

—Ah, mi pobre niño. Lo siento muchísimo —lo consoló mientras una lágrima le bajaba por la mejilla, y ella la dejó caer; aspiró ruidosamente una vez—. Pero esto pasará. Más pronto de lo que te imaginas.

—Sí, eso es lo que todo el mundo dice —concordó Spencer con un nudo en la garganta, y tragó grueso; no quería llorar, no ahora.

—He deseado hablar contigo desde que Gloria nos dejó —comunicó Helen, ahora con tono de autoridad.

Ella tenía algo que decir, y repentinamente Spencer sintió de antemano más liviano el corazón. Cuando abuela tenía algo que decir, era mejor escuchar.

—Sabes que Jesús lloró cuando murió Lázaro. Es más, ahora mismo Dios está llorando —dijo ella mirando por la ventana abierta luminosamente hacia las nubes de la tarde—. Oigo eso algunas veces. Lo oí ese primer día, después de la muerte de Gloria. Casi me mata oírlo llorar de ese modo, ¿sabes? Pero también me brindó consuelo.

—Yo oí risas —opinó Spencer.

—Sí, también risas. Pero llanto a la vez. Por las almas de los hombres. Por el dolor de los seres humanos. Por la pérdida. Él perdió a su hijo, lo sabes —le recordó, y entonces lo miró directo a los ojos—. Y allí tampoco hubo médicos que pudieran salvarlo. Había una turba golpeándolo, escupiéndole el rostro y…

No terminó la frase.

Spencer imaginó un hombre de cara enrojecida y venas brotadas lanzando saliva a ese rostro sobre la pintura allí. El rostro de Jesús. La imagen le pareció inaudita.

—No es común que la gente lo comprenda, pero Dios sufre más cada vez que respira que cualquier hombre o mujer en el peor período de la historia —continuó Helen.

La idea le vino sorpresivamente a Spencer como un bálsamo. Quizás porque frente a esto su propia herida le pareció pequeña.

—Pero ¿no puede hacer Dios que eso desaparezca? —inquirió él.

—Seguro que puede, y lo está haciendo, mientras hablamos. Pero él nos da la libertad de que nosotros mismos escojamos entre amarlo y rechazarlo. Mientras nos conceda esta alternativa, algunos lo rechazarán. La mayoría. Y eso lo hace sufrir.

—Eso es raro. Nunca había imaginado un Dios sufriente. O herido.

—Lee los antiguos profetas. Lee Jeremías o Ezequiel. Son comunes las imágenes de Dios gimiendo y llorando. En nuestras iglesias modernas sencillamente decidimos hacer caso omiso de esa parte de la realidad —explicó ella, luego volvió a sonreír y a mirar por la ventana—. Por otra parte, algunos decidirán amarlo por decisión propia. Y ese amor, hijo mío, merece para Dios el más grande sufrimiento que se pueda imaginar. Por eso nos creó, por esos pocos de nosotros que lo amaríamos.

Ella hizo una pausa y volvió a dirigir la mirada hacia Spencer.

—Como tu madre.

Ahora un alegre destello de luz iluminó el rostro de la abuela. Sorbió un poco de su té, y Spencer le vio un temblor en la mano. Ella se inclinó un poco hacia delante.

—Ahora, esa es una perspectiva, Spencer —concluyó ella en tono suave.

—¿Y la otra? —preguntó el niño sintiendo que las manos le empezaban a sudar.

—Por otra parte —respondió ella, sonriendo ahora como un niño incapaz de guardar un secreto—. La otra parte de este dolor y de esta consternación. El reino de Dios.

Helen lo soltó sin ofrecer más. Spencer parpadeó, esperando que ella continuara, sabiendo que lo haría… que debía hacerlo.

Ella titubeó solo por un momento antes de soltar la pregunta para la que trajera aquí a Spencer.

—¿Quieres ver, hijo?

El corazón de Spencer le saltó en el pecho, y sintió un helado cosquilleo en los dedos. *¿Quieres ver?* Tragó saliva.

—¿Ver? —preguntó con voz quebrada.

Helen agarró los brazos de su silla y se inclinó al frente.

—¿Quieres ver cómo es la vida en el otro lado? —habló en tono suave, impaciente y rápido—. ¿Deseas saber por qué la muerte tiene su propósito? ¿Por qué Jesús declaró: «Deja que los muertos entierren a sus muertos»? Será de gran ayuda, hijo.

De pronto Spencer volvió a sentir opresión en el pecho, y un dolor le subió por la garganta.

—Sí —respondió—. ¿Puedo ver eso?

—¡Sí! —profirió Helen mostrando una amplia sonrisa—. En realidad creo que habrías podido verlo ese primer día, pero debí esperar hasta después del funeral, ¿ves? Tuve que dejar que lloraras un poco. Pero por algún motivo la situación ha cambiado, Spencer. Él nos está permitiendo ver.

La sala estaba cargada con lo oculto. Spencer podía sentirlo, y sintió escalofrío en los hombros. Una lágrima se le deslizó del ojo, pero era una lágrima buena. Una lágrima extrañamente bienvenida. Helen le sostuvo la mirada por un instante y luego tomó un rápido sorbo de té.

—¿Estás listo? —le preguntó volviéndolo a mirar.

Él no estaba seguro qué era *listo*, pero de todos modos asintió, sintiéndose ahora desesperado. Ansioso.

—Cierra los ojos, Spencer.

Él lo hizo.

Llegó inmediatamente, como una carga de viento y luz. Un remolino en la mente del niño, o quizás no solo en la mente… él no lo supo. La respiración lo abandonó por completo, pero no importaba, porque el viento le inundó el pecho con bastante oxígeno para durar toda una vida. O así lo sintió él.

La oscuridad detrás de los párpados se le colmó repentinamente de luces. Almas. Personas. Ángeles. Atravesaban raudamente el horizonte. Luego permanecían inmóviles, después volvían a cruzar como rayos, serpenteando y enroscándose. Spencer sintió que la boca se le abría al máximo.

Le sorprendió que las luces no fueran lanzadas sencillamente al azar, sino que volaban en simetría perfecta. A través de todo el espacio, como si estuvieran presentando un espectáculo. Spencer supo que sí *estaban* presentando un espectáculo. ¡Para él!

Como un millón de aviones Ángeles Azules, volando a gran velocidad, algo espeluznante, perfecto, como mil millones de bailarinas, danzando en asombroso acorde. Pero fue el sonido que producían lo que le hizo sentir a Spencer que le explotaba el corazón. Porque cada una de ellas, mil millones de poderosas almas, gritaban.

Soltaban carcajadas.

Prolongadas y extáticas carcajadas apenas controladas. Y por sobre todo eso, una voz reía... de manera suave, pero enérgica e inequívocamente clara. Era la voz de su madre. Gloria estaba allá con ellos; pletórica de gozo en esta demostración.

Entonces, en un destello, todo el rostro de Gloria saturó la mente de Spencer, o tal vez todo el espacio. La cabeza de ella se echó ligeramente hacia atrás, y abrió la boca. Estaba riendo con deleite, como él nunca había visto reír a nadie. Lágrimas le recorrían las mejillas fruncidas, y los ojos le brillaban. La escena produjo al instante dos cosas en Spencer, con abrumador carácter definitivo. Le arrojó un poco de ese gozo y ese deseo dentro de su propio corazón, de modo que rompió a llorar y reír. Además le hizo anhelar estar allá. Como nunca había deseado nada en toda su vida. Unas ansias desesperadas por estar allí.

Toda la visión duró quizás dos segundos.

Y luego desapareció.

Spencer se desplomó en su silla como un desaliñado muñeco que lloriqueaba y reía.

Cuando la abuela Helen lo llevó finalmente a casa dos horas después, el mundo le parecía ahora un nuevo lugar. Como si este fuera un mundo de sueños y el que había visto en casa de la abuela fuera el verdadero. Pero él sabía con certeza absoluta que este mundo, con árboles, casas y el Lexus de su papá estacionado en la entrada, era de verdad muy real.

Eso lo hizo entristecer otra vez, porque en este mundo su mamá estaba muerta.

CAPÍTULO OCHO

Cuarta semana

KENT PULSÓ de nuevo los números, esperando que esta vez Borst estuviera en la oficina. En las dos últimas semanas le había dejado tres mensajes a su supervisor, y el individuo aún no le había devuelto una sola llamada. Llamó la primera semana y dejó con Betty el recado de que se tomaría dos o tres semanas libres para recobrar la calma y poner las cosas en orden.

—Por supuesto —había contestado ella—. Lo haré saber inmediatamente. Haz lo que tengas que hacer. Estoy segura que todos entenderán. Estamos contigo.

—Gracias. ¿Y podrías decirle a Borst que me dé una llamada?

—Desde luego.

Eso había sido diecisiete días atrás. Dios mío, no había sido *él* quien había muerto. Lo menos que podían hacer era devolverle una llamada. Su vida ya estaba demasiado trastornada. Había necesitado dos semanas completas a fin de dar los primeros pasos para volver a la realidad; volver a la comprensión de que aparte de Spencer, y en realidad debido a Spencer, ahora su carrera era todo.

Y ahora Borst lo estaba eludiendo.

El teléfono sonó tres veces antes de que la voz de Betty resonara en el oído de Kent.

—Sistemas de Información de Niponbank, habla Betty.

—Betty. Hola. Soy...

—¡Kent! ¿Cómo estás?

Betty se oía suficientemente normal. La reacción de ella le llegó como una pequeña ola de alivio.

—Bien, de veras. Lo estoy superando. Escucha, en realidad necesito hablar con Borst. Sé que debe estar ocupado; sin embargo, ¿crees que me puedes conectar por un minuto?

Eso era mentira, por supuesto. Él no conocía algo semejante. Borst no había tenido un día ocupado en su vida.

—Eh, claro que sí, Kent —contestó ella titubeando—. Déjame ver si está.

Por su tono, ella se había puesto nerviosa. Borst siempre *estaba* allí. Si no en su oficina, entonces en el baño, leyendo alguna novela de Grisham. *¿Déjame ver? ¿Quién creían ellos que era él?*

Betty regresó.

—Solo un minuto, Kent. Déjame conectarte.

La línea cambió a «I Write the Songs», de Barry Manilow. La música produjo tristeza en el corazón de Kent. Ese era uno de los problemas con el luto; venía y se iba sin considerar las circunstancias.

—¡Kent! —exclamó Borst.

La voz parecía forzada. Kent imaginó al hombre sentado detrás de esa pantalla gigante en su oficina, vestido exageradamente con esas tres piezas color azul marino que le gustaba usar.

—¿Cómo te está yendo, Kent?

—Bien.

—Me alegro. Hemos estado preocupados por ti. Siento mucho lo ocurrido. Una vez se me murió una sobrina.

Borst no dio detalles, posiblemente porque se había dado cuenta de repente lo ridículo de lo que acababa de decir. *No olvides a tu huraña mascota, Cerebro de Mono. También murió, ¿no es verdad? ¡Debió haber sido devastador!*

—Sí. Es duro —contestó Kent—. Siento mucho haberme tomado tanto tiempo libre, pero…

—No, está bien. De veras. Tómate todo el tiempo que necesites. No es que no te necesitemos aquí, pero entendemos —explicó Borst, hablando rápidamente—. Créeme, no hay problema.

—Gracias, pero creo que lo mejor ahora es volver al trabajo. Estaré allí el lunes.

Era viernes. Eso le daba un fin de semana para poner la mente en el marco adecuado.

—Además, hay algunas clarificaciones que debo hacer en el sistema de procesamiento de fondos.

Eso debería provocar un comentario sobre el congreso de Miami. Sin duda la acogida al SAPF habrá sido favorable. ¿Por qué Borst no estaba baboseando al respecto?

—Seguro —contestó su supervisor, más bien anémicamente—. Sí, el lunes está bien.

—¿Qué dijeron del SAPF? —preguntó Kent con toda la tranquilidad posible, sin poder aguantar más su curiosidad.

—Ah, les encantó. Fue un verdadero exitazo, Kent. Quisiera que hubieras estado allí. Es todo lo que esperábamos. Quizás más.

¡Desde luego! Él lo había sabido desde el principio.

—¿Hicieron por tanto los directivos alguna mención al respecto? —quiso saber Kent.

—Sí. Sí, lo hicieron. Es más, ya implementaron ampliamente el sistema.

La revelación hizo poner de pie a Kent. Su sillón sonó hasta el piso detrás de él.

—¿Qué? ¿Cómo? Me lo debieron haber dicho. Hay algunas cosas...

—No creímos que fuera adecuado molestarte. Tú sabes, con la esposa muerta y todo eso. Pero no te preocupes; ha estado funcionando exactamente como nosotros diseñamos que funcionara.

Nada de nosotros, jovencito. Se trata de mi programa; ¡debieron haber esperado por mí! Al menos estaba funcionando.

—Así que fue tremendo éxito, ¿eh? —expresó Kent recuperando su silla y sentándose.

—Muy tremendo. Fue la locura en el congreso.

Kent oprimió los ojos y apretó duro el puño, lleno de júbilo. De repente tuvo deseos de regresar. Se imaginó entrando el lunes al banco, una docena de ejecutivos felicitándolo con palmaditas en la espalda.

—Bueno. Está bien, lo veré el lunes, Markus. Será un gusto regresar.

—Bien, también será un gusto tenerte de vuelta, Kent.

Él pensó en hablarle al hombre de los cambios que había hecho en el programa antes de salir para Miami, pero decidió que podían esperar el fin de semana. Además, más bien le gustaba la idea de ser el único que en realidad conocía el funcionamiento interior del SAPF. Un poco de poder no le hacía daño a nadie.

Kent colgó, sintiéndose amable por primera vez desde la muerte de Gloria. El programa estaba funcionando, entonces. El lunes reingresaría a su ascendente carrera; esta le inspiraría nueva vida.

EL LUNES en la mañana llegó lento para Kent. Él y Spencer habían pasado el fin de semana en el zoológico y el parque de diversiones Elitch Gardens. Tanto los animales como los gentíos sirvieron para distraerlos por un tiempo de la tristeza. Helen los había llevado a rastras el domingo a la iglesia. En realidad Spencer no necesitó que lo arrastraran. Es más, podría decirse que *Spencer* había arrastrado a Kent a la iglesia... con la aprobación de Helen, por supuesto. El pastor Bill Madison había predicado sobre el poder de Dios, lo que solo sirvió para fastidiar inmensamente a Kent.

Sentado en la banca había pensado acerca del poder de la muerte. Y luego su mente había vagado hacia el banco. Tenía el lunes en mente.

Y ahora había llegado el lunes.

Los preparativos habían resultado sin complicaciones. Helen cuidaría de Spencer en su casa el lunes y el martes. Linda, una de las compañeras de Helen en la iglesia, lo cuidaría el miércoles en la mañana en su casa. Spencer insistió en que este año podía terminar por su cuenta el programa de escolaridad hogareña.

Kent se levantó una hora antes de tiempo, ansioso y sin saber exactamente por qué. Se duchó, se puso pantalones color azul marino y camisa blanca almidonada, y se cambió tres veces de corbata antes de quedarse con una Countess Mara roja de seda. Luego se sentó en la mesa de la cocina a tomar café y ver el reloj. El banco abría a las ocho, pero él entraría después de las diez. Parecía apropiado dar un informe, aunque no estaba seguro por qué debía hacerlo; o incluso de qué trataría ese informe. Posiblemente le entusiasmaba la idea de pasearse por el banco después de que todos los demás hubieran llegado, inclinando la cabeza ante los gestos de consuelo; agradeciendo las felicitaciones. Desechó la idea. En todo caso, sintió que prefería entrar a hurtadillas y evitar las previsibles demostraciones de condolencia. No obstante, estaría bien alguna forma de felicitación.

Un centenar de perspectivas le vino a la mente, seguido por una sana dosis de autocorrección por permitir que los pensamientos lo invadieran en absoluto. Al final culpó de todo a su estresado estado mental. Algunos psiquiatras sugerían que los hombres que cedían ante el éxito llegaban a estar más atraídos por su trabajo que por sus esposas. Casados con sus trabajos. Él dudaba que alguna vez hubiera llegado a tales extremos, pero ahora la idea le parecía de algún modo atractiva. Después de todo, Gloria había muerto. Así que posiblemente estaba experimentando los nervios de la primera cita.

Kent se burló de la idea y se levantó de la mesa. Basta de tonterías. Hora de irse.

Se puso detrás del volante del Lexus plateado y condujo hacia el banco. Los nervios le surgieron en el estómago al aproximarse al renovado complejo de oficinas, que ahora llevaba el nombre de Niponbank, en la esquina de la Quinta y Grand. Mil veces se había acercado en el Lexus al viejo edificio de ladrillos rojos, apenas consciente del laberinto existente a lo largo del centro de la ciudad por donde él conducía. Casi no había notado las paradas y arrancadas que había hecho en semáforos mientras se acercaba a la estructura de veinte pisos, asentada allí como un descomunal cuerpo de bomberos.

Ahora todo movimiento se volvía intenso. Un periodista parloteaba en el estéreo acerca de la inflación. Vehículos transitaban en flujo continuo, completamente inconscientes de que Kent ingresaba otra vez al mundo de ellos después de tres semanas de ausencia. Transeúntes deambulaban con propósito, pero sin rumbo, en direcciones abstractas. Él se preguntó si alguno de ellos había perdido recientemente a algún ser querido. De ser así, nadie lo sabría. El mundo seguía adelante, a pasos agigantados, con o sin él.

El semáforo antes de llegar al banco permaneció en rojo por una cantidad excesiva de tiempo. Dos minutos completos, al menos. En ese tiempo él observo a dieciocho personas ascender o descender los amplios peldaños que llevaban a la planta baja del banco. Probablemente inquilinos de los pisos superiores.

El auto detrás de Kent pitó, y él arrancó. El semáforo había cambiado. Él atravesó la intersección y metió el Lexus en el estacionamiento lateral. Vehículos conocidos se hallaban en sus lugares de costumbre. Kent se bajó del sedán dando una última mirada al retrovisor y con el pulso golpeándole ahora firmemente. Agarró el maletín ejecutivo del asiento trasero y salió a grandes zancadas hacia la entrada principal.

Como caminar hacia una cita soñada en el baile de la noche de graduación. ¡Por Dios!

Largos y pulidos peldaños blancos ascendían como teclas de piano hasta las puertas de vidrio con marco de bronce. La modernización de un año atrás le venía bien al edificio. Kent agarró el pasamanos de bronce y subió los escalones. Con un último cosquilleo en la base de la columna se abrió paso por la entrada.

El vestíbulo de tres pisos surgió espacioso y lujoso, y Kent se detuvo exactamente al interior de las puertas. El elevado yate de bronce colgaba adelante, majestuoso y espléndido, aparentemente apoyado en una vara delgada. Sidney Beech, asistente de vicepresidencia de la sucursal, taconeaba por el piso de mármol, a diez metros de Kent. Ella lo vio, le ofreció una amigable inclinación de cabeza, y continuó su camino hacia las oficinas encerradas en vidrio a lo largo de la pared derecha. Dos banqueros del personal que él reconoció como Ted y Maurice hablaban despreocupados ante la puerta de la oficina del presidente. Una docena de rellenas sillas granate para clientes se hallaba en pequeños grupos, esperando en simetría perfecta a clientes que descenderían al banco a las nueve.

A la izquierda de Kent el piso salpicado de gris llevaba a una larga fila de puestos de cajeros. En horas pico quince cajeros estarían contando billetes a través del largo mostrador con ventanales de vidrio. Ahora siete se preparaban para la hora de atención al público.

Kent siguió adelante hacia el abierto pasillo frente a él, donde terminaba el piso de mármol y la alfombra color azul verdoso llevaba al ala administrativa. La gigantesca gaviota que colgaba de la pared sobre el pasillo pareció mirarlo.

Zak, el canoso guardia de seguridad, estaba parado despreocupadamente a la derecha de Kent, luciendo importante y haciendo exactamente lo que había hecho durante cinco años: nada. Kent había visto miles de veces al guardia, pero al llegar ahora le dio la impresión de que era nuevo. Como una sensación de que lo veía por primera vez aunque le era conocido. *He estado aquí antes, ¿verdad? Sí, desde luego.* En algún momento vendría el saludo. El hombre responsable por el nuevo sistema de procesamiento. El hombre cuya esposa acababa de morir. Entonces todos sabrían que él había llegado.

Pero el saludo no llegó.

Y eso le molestó un poco. Llegó a la sección alfombrada y tragó saliva, pensando quizás que no lo habían visto. Y, después de todo, estos trabajadores del pasillo frontal no eran tan cercanos al mundo de Kent como los demás. Atrás en las secciones administrativas se referían a quienes trabajaban en el enorme vestíbulo como los *dictadores*. Pero eran ellos, los *procesadores*, quienes en realidad hacían el trabajo bancario… todo el mundo sabía eso.

Kent respiró profundamente una vez, se dirigió directo por el pasillo, y abrió la puerta hacia su pequeño rincón del mundo.

Betty Smythe estaba allí en su escritorio a la izquierda… pulcra, cabello blanco exageradamente arreglado y todo eso. Ella tenía ladeado un tubo de lápiz labial rojo brillante, listo para aplicárselo, a tres centímetros de los labios fruncidos ya demasiado rojos para el gusto de Kent. Al instante el rostro de Betty palideció, y parpadeó. Así era como Kent supuso que algunas personas podrían reaccionar ante alguien que despertara de los muertos. Solo que no era él quien había muerto.

—Hola, Betty —saludó.

—¡Kent! —exclamó ella, recobrando ahora la calma, poniéndose en la falda ese lápiz rojo, y retorciéndose en la silla—. Volviste.

—Sí, Betty. He vuelto.

Kent siempre había creído que la decisión de Borst de contratar a Betty se había debido más al tamaño del brassiere que al del cerebro, y mirándola ahora, no le quedó duda de eso. Él miró sobre el espacio de recepción. Más allá de las sillas azules el pasillo estaba vacío. Todas las cuatro puertas de roble de las oficinas estaban cerradas. Un fugaz panorama de las placas con nombres le destelló en la mente. Borst, Anthony, Brice, Quinn. Habían sido las mismas en los últimos tres años.

—Así que, ¿cómo están las cosas? —curioseó él distraídamente.

—Bien —respondió ella, jugueteando con el seguro de su bolso—. No sé qué decir acerca de tu esposa. Lo siento muchísimo.

—No digas nada.

Ella aún no había mencionado el SAPF. Él se volvió y le sonrió.

—De veras, lo superaré —concluyó.

Sobre todo por la calurosa bienvenida que le estaban dando.

Kent fue hasta la primera puerta a la izquierda y entró a su oficina. La luz fluorescente blanca titiló en lo alto sobre su lugar de trabajo, tan ordenado como lo había dejado. Cerró la puerta y bajó el maletín ejecutivo.

Bueno, aquí estaba. Otra vez en casa. Tres monitores de computadora reposaban en la esquina del lugar, cada uno mostrando al unísono el mismo protector de pantalla de peces exóticos. Su silla de cuero con respaldar golpeaba contra el teclado.

Kent se llevó la mano a la nuca y se aflojó el cuello. Jaló la silla y tocó el ratón. Las pantallas cobraron vida al unísono. Una larga insignia tridimensional que rezaba «Sistema Avanzado de Procesamiento de Fondos» se desplegó en la pantalla como una alfombra que invitaba a entrar. «Bienvenido al banco», decía al final. En realidad, con este pequeño bebé un operador tenía acceso al banco en maneras con las que muchos delincuentes imaginarían solo en absurdos sueños.

Se dejó caer en la silla, pulsó su acostumbrado código de acceso, y bajó el dedo sobre la tecla ENTER. La pantalla se puso negra por un momento. Luego aparecieron grandes letras amarillas: ACCESO DENEGADO.

Refunfuñó y volvió a teclear la contraseña, seguro de que no había olvidado el nombre de su hijo: SPENCER.

ACCESO DENEGADO, volvió a aparecer en la pantalla. Borst debió haber cambiado el código durante su ausencia. ¡Por supuesto! Ya habían integrado el programa. Al hacerlo deberían poner una contraseña principal de acceso, la cual borraría automáticamente la antigua.

Kent titubeó ante la puerta de su oficina, pensando otra vez que ya había estado en el lugar por cinco minutos completos y no había recibido ni una sola palabra de felicitación. La puerta cerrada de Borst estaba directamente al otro lado del pasillo. Él debería entrar y dejar que el hombre mencionara el asunto a toda velocidad. O quizás debería hacer primero una aparición en la oficina de Todd o en la de Mary. Los dos programadores subalternos sabrían qué estaba pasando.

En último momento decidió en vez de eso acudir a Will Thompson en el departamento de préstamos. Will habría oído rumores, y estaría desconectado de las cosas.

Encontró a Will en su escritorio, un piso más arriba, inclinado sobre el monitor, ajustando el enfoque.

—¿Necesitas alguna ayuda con eso? —inquirió Kent, sonriendo.

Will levantó la mirada, sorprendido.

—¡Kent! ¡Regresaste! —exclamó extendiendo velozmente la mano—. ¿Cuándo volviste? Caramba, lo siento.

—Hace diez minutos.

Kent estiró la mano e hizo girar una perilla detrás del monitor. Al instante apareció con claridad el menú en la pantalla.

—Gracias, amigo —manifestó Will sonriendo con suficiencia y sentándose—. Siempre puedo contar contigo. ¿Y… estás bien? No estaba seguro que te volvería a ver por aquí.

—Sigo por aquí —contestó Kent sentándose en una silla para visitantes y encogiéndose de hombros—. Me da gusto volver a trabajar. Quizás eso me mantenga distraído.

—Bueno, ¿y estás bien con todo eso? —volvió a preguntar el ejecutivo de préstamos con una ceja arqueada.

Kent miró a su amigo, sin estar seguro de lo que le estaba preguntando.

—No es como si tuviera muchas alternativas en el asunto, Will. Lo hecho, hecho está.

—Sí, tienes razón. Solo pensé que por la muerte de tu esposa y todo lo demás podrías ver la situación de manera distinta.

De pronto la oficina pareció sepulcral. A Kent se le vino de repente la idea de que pasaba algo. Y al igual que Betty, Will no lo había felicitado. Un frío le bajó por la columna.

—¿Ver qué de manera distinta? —preguntó.

—¿Has… has hablado con Borst, correcto? —titubeó Will, mirándolo a los ojos.

Kent negó con la cabeza. Sí, en realidad, estaba ocurriendo algo, y no parecía algo bueno.

—No.

—Estás bromeando, ¿verdad? ¿No has oído nada?

—¿Acerca de qué? ¿De qué estás hablando?

—Bueno, Kent —contestó su compañero haciendo una mueca de dolor—. Lo siento, amigo. Tienes que hablar con Borst.

Eso colmó el vaso. Kent se paró repentinamente y salió corriendo de la oficina, haciendo caso omiso al llamado de Will. El estómago se le revolvía en perezosos círculos al bajar el ascensor. Entró al departamento de computación y pasó al lado de una sorprendida Betty hasta las oficinas del fondo donde Todd y Mary estarían trabajando diligentemente.

Primero abrió de un manotazo la puerta de Todd.

—Hola, Todd.

El pelirrojo levantó la mirada y empujó la silla para atrás.

—¡Kent! ¡Regresaste!

Había un extraño sentado en una silla a la derecha del programador, y la escena agarró a Kent desprevenido por un instante. El hombre se levantó con Todd y sonrió. El tipo era tan alto como Kent, usaba el cabello corto, y sus ojos eran los más verdes que Kent jamás había visto. Como dos canicas color esmeralda. Una camisa blanca y almidonada le caía sobre los anchos hombros. El hombre extendió la mano, y Kent le quitó la mirada sin corresponderle al saludo.

Todd permanecía boquiabierto. Se le había abierto un botón en su camisa verde, dejando ver un velloso vientre blanco. Los ojos del programador lo miraban como agujeros negros, totalmente llenos de culpa.

—He regresado. Por tanto, dime qué pasa, Todd. ¿Qué está ocurriendo aquí que yo no sepa?

—Ah, Kent, este es Cliff Monroe. Le estoy mostrando cómo funciona todo —explicó, volviéndose hacia el hombre a su lado—. Él es nuevo en nuestro personal.

—Qué bueno por usted, Cliff. Contesta mi pregunta, Todd. ¿Qué ha cambiado?

—¿Qué quieres decir?

El programador subalterno levantó los hombros en un intento por parecer casual. El movimiento le abrió más el hueco de la camisa en el vientre, y Kent contuvo un repentino impulso de estirar la mano allí y jalarle algunos de esos vellos.

Kent tragó saliva.

—¿No ha cambiado nada entonces mientras estuve fuera?

—¿A qué te refieres? —volvió a inquirir Todd encogiendo otra vez los hombros. Los ojos se le salían de las órbitas.

Kent lanzó un resoplido de disgusto, impaciente con el débil novato. Dio media vuelta y atravesó el pasillo hacia la oficina de Mary. Abrió la puerta de un empujón. Mary estaba en su escritorio con el teléfono presionado al oído y la mirada lejos de la puerta, hablando. Se volvió lentamente, los ojos abiertos de par en par.

¡Cómo así, querida! Sabías que yo había venido. Probablemente estás teniendo una importante discusión con un tono de marcar.

Kent cerró firmemente la puerta y corrió hacia la puerta de Borst; ahora la columna le hormigueaba hasta el cráneo. El hombre se hallaba en su silla, con el apretado traje de tres piezas y gotas de sudor en la frente. La calva le brillaba como si se la hubiera aceitado. Su enorme nariz aguileña parecía un brillante bombillo navideño. El superior hizo un magnánimo esfuerzo por mostrarse impresionado cuando Kent entró de golpe.

—¡Kent! ¡Lograste volver!

Por supuesto que logré volver, estúpido, casi contesta.

—Sí —dijo en vez de eso, y se dejó caer en una de las coloridas sillas de lana escocesa que Borst tenía para visitantes.

—Lo llamé el viernes, recuerde. ¿Quién es el nuevo empleado?

—¿Cliff? Sí, es un traslado de Dallas. Un excelente programador, por lo que he oído —contestó el hombre de mediana edad pasándose la lengua por los gruesos labios y una mano por el cabello que le quedaba—. Pues bien. ¿Cómo está la esposa?

La oficina se quedó en silencio. ¿La esposa? ¿Gloria? Borst debió haberse dado cuenta del error, porque una ridícula sonrisa le cruzó el rostro, y se puso colorado.

Kent habló antes de que el hombre pudiera cubrir su error, ardiendo de ira.

—La esposa está muerta, ¿recuerda, Markus? Por eso es que he estado fuera tres semanas. ¿Sabe? Hay una oficina con mi nombre al otro lado del pasillo. Y por cinco años he estado trabajando allí. ¿O también ha olvidado eso?

Borst ahora se puso rojo como un tomate, y no por la vergüenza, supuso Kent. Este continuó antes de que el jefe pudiera recuperarse.

—¿Cómo resultó la presentación del SAPF, Markus? —preguntó, yendo directo al grano, y forzando una sonrisa—. ¿Estamos arriba?

Quiso decir *estoy* arriba, pero estaba seguro que Borst entendería la alusión.

El teléfono sonó estridentemente sobre el escritorio. Borst miró a Kent por un momento y luego lo levantó, escuchando.

—Sí… sí, comuníquelo.

Kent se recostó en la silla y cruzó las piernas, consciente de que el corazón le palpitaba. El otro hombre se enderezó la corbata y se sentó erguido, atento a quienquiera que estuviera a punto de hablarle por el teléfono. Dejó de mirar a Kent.

—Sí, Sr. Wong… Sí, gracias, señor.

¿El Sr. Wong? ¿Le estaba agradeciendo Borst *al* Sr. Wong?

—Estoy encantado —expresó, mirando con resolución a Kent—. Sí, el miércoles tengo un almuerzo en la Costa Este, pero podría volar a Tokio el jueves.

Kent supo que algo muy espantoso estaba sucediendo aquí. Ahora era él quien sudaba copiosamente, a pesar del aire acondicionado.

—Será un placer —concluyó Borst—. Sí, llevó mucho tiempo, pero también he contado con un buen personal en eso… Sí, gracias. Adiós.

Colocó el teléfono en el cargador y miró a Kent por un prolongado momento. Cuando por fin habló, le salió algo ensayado.

—Vamos, Kent. Seguramente no esperabas toda la gloria en esto, ¿verdad? Se trata de mi departamento.

Kent tragó grueso, temiendo de pronto lo peor. Pero eso sería prácticamente imposible.

—¿Qué hizo usted? —preguntó, la voz le sonó áspera.

—Nada. Solo estoy implementando el programa. Eso es todo. Es *mi* programa.

Kent comenzó a temblar levemente.

—Bueno, volvamos aquí. En Miami fui asignado para presentar el SAPF a la convención. Recuerda eso, ¿de acuerdo?

Pareció condescendiente, pero no lo pudo remediar.

Borst asintió una vez y frunció el ceño.

—Pero debí ausentarme, ¿correcto? Mi esposa se estaba muriendo. ¿Me sigue?

Esta vez Borst no reconoció.

—Por tanto le pedí que me reemplazara. Estoy suponiendo que lo hizo. Bueno, seguramente en alguna parte usted allí mencionó mi nombre, ¿no es así? ¿Me dio mérito en honor a la verdad?

Borst se quedó paralizado.

Kent salió disparado de su silla, furioso.

—No me diga que se robó todo el mérito por el SAPF, Markus. ¡Solo dígame que no lo hizo!

El supervisor del departamento tenía el rostro lívido.

—Esta es *mi* división, Kent. Eso significa que el trabajo aquí es *mi* responsabilidad. Tú trabajas para mí —informó Borst, enrojecía mientras hablaba—. ¿U olvidas*te* *ese* simple hecho?

—¡Usted se apoderó del papeleo! ¡Esta siempre ha sido mi bonificación! ¡Hemos discutido eso miles de veces! ¿Me dejó por fuera?

—No. Tú estás allí. Igual que Todd, y también Mary.

—¿Todd y Mary? —soltó Kent con incredulidad—. ¿Puso mi nombre en letra pequeña junto con los de Todd y Mary?

Ahora sabía que Borst había hecho exactamente eso.

—¡Ellos son programadores subalternos, Markus! —exclamó Kent señalando la puerta con el brazo—. Ellos digitan códigos que yo les facilito para que digiten. ¡El SAPF es *mi* código!

Ahora casi gritaba, arrinconando al supervisor que tenía el cuello tenso.

—Yo lo diseñé empezando de cero. ¿Les dijo usted eso? ¡Esa fue *mi* creación! Creé 80% del código de funcionamiento, ¡por el amor de Dios! Usted mismo digitó un miserable 5%, de lo cual tiré a la basura la mayor parte.

Ese último comentario hizo reaccionar a Borst. Le brotaron las venas del cuello.

—¡Contrólate, amigo! Este es mi departamento. Yo era responsable por el diseño y la implementación del SAPF. Yo contrataré y despediré a quien veo que calza. Y para tu información, había decidido asignarte unos atractivos veinticinco mil dólares por la ingeniería de diseño. Te los iba a dar, Kent. ¡Pero me estás haciendo cambiar rápidamente de opinión!

Ahora algo chasqueó de golpe en lo profundo de la mente de Kent, y se le empañó la visión. Por primera vez en su vida deseó matar a alguien. Respiró profundamente dos veces para estabilizar el temblor en los huesos. Cuando habló, lo hizo apretando los dientes.

—¡Veinticinco mil dólares! —vociferó—. Había un atractivo rendimiento en ese programa, Markus. Diez por ciento de los ahorros para la compañía en más de diez años. ¡Vale millones!

Borst parpadeó y se recostó. Él lo sabía, desde luego. Lo habían discutido una docena de veces. Y ahora Borst quería reclamar todo como suyo. El hombre no reaccionó.

La ira llegó como un volcán ardiendo, le subió a Kent por el pecho y le entró al cerebro. Ira ciega. Aún podía ver, pero de repente las cosas se hicieron borrosas. Supo que estaba a punto de estallar, y que Borst podía verlo todo: el rostro enrojecido, los labios temblorosos, los ojos desorbitados.

Empuñando las manos, Kent de pronto supo que golpearía a Borst hasta matarlo. No solo había perdido a su esposa; estaba a punto de renunciar a su propia vida. Usaría todo medio a su disposición para reclamar lo que merecía. Y en el proceso sepultaría a este debilucho proxeneta que tenía por delante.

El pensamiento le hizo recorrer un frío por los huesos, y por un momento dejó que se le filtrara en el cuerpo. Se irguió, mirando aún furiosamente.

—Usted es un gusano despersonalizado, Borst. Y está reconociendo que me robó el trabajo.

Se miraron fija y directamente por diez segundos. Borst no quería hablar.

—¿Cuál es el nuevo código? —exigió saber Kent.

Borst frunció los labios, mudo.

Kent dio media vuelta, salió del salón dando un portazo, y entró de sopetón en la oficina de Todd. La puerta se abrió de par en par.

—¡Todd! —exclamó; el subalterno se sobresaltó—. ¿Cuál es el nuevo código de acceso al SAPF?

Todd pareció encogerse en la silla.

—M-B-A-O-K —contestó.

Kent salió sin agradecerle.

Necesitaba descansar. Debía pensar. Agarró el maletín ejecutivo y pasó furioso por el escritorio de Betty sin hacerle caso. Esta vez uno de los cajeros lo llamó para saludarlo mientras atravesaba aprisa el imponente vestíbulo, pero él hizo caso omiso del lejano llamado, y atravesó las elevadas puertas de vidrio.

CAPÍTULO NUEVE

LA DEMENCIA de todo cayó sobre Kent a una cuadra del banco. Fue entonces que una percepción ardiente de su pérdida le entró en el estómago. Si Borst conseguía esto, lo que a juzgar por la llamada de Wong estaba haciendo de manera espléndida, realmente estaría quitándole todo a Kent. Millones de dólares. Ese imbécil nariz de garfio le estaba obstruyendo con indiferencia la obra de su vida.

Una ola de pánico le inundó el pecho a Kent. ¡Era imposible! Mataría a cualquiera que intentara robarle lo suyo. Metería una pistola en la boca del tipo y le haría saltar el cerebro, quizás. ¡Por Dios! ¿En qué estaba pensando? Ni siquiera podía dispararle a un perrito de las praderas, mucho menos a otro ser humano. Por otra parte, tal vez Borst acababa de renunciar a su derecho a vivir.

¿Y Spencer? Prácticamente estarían arruinados. Toda la jactancia de Euro Disney, yates y casas frente al mar demostraría que él era un tonto. Por la mente le cruzó una imagen de ese mono del aeropuerto de Chicago haciendo sonar sus címbalos. *Chin-chan, chin-chan.*

Kent agarró su teléfono celular y pulsó siete dígitos.

—Despacho del abogado Warren —respondió una recepcionista después de dos timbrazos.

—Hola. Soy Kent Anthony —informó él; la voz le titubeó, y carraspeó—. ¿Está Dennis?

—Espere un momento. Déjeme ver si lo puede atender.

La línea permaneció en silencio durante un minuto antes de oír la voz de su antiguo compañero de universidad.

—Hola, Kent. ¡Dios mío! Un buen rato sin vernos. ¿Cómo te está yendo, amigo?

—Hola, Dennis. En realidad no me va muy bien. Tengo algunos problemas. Necesito un buen abogado. ¿Tienes un poco de tiempo?

—¿Estás bien, compañero? No se te oye bien.

—Bueno, como dije, tengo algunos problemas. ¿Me puedo topar contigo?

—Claro. Por supuesto que sí. Veamos…

71

Kent oyó a través del auricular el débil ruido al hojear.

—¿Puede ser el jueves en la mañana?

—No Dennis. Quiero decir ahora. Hoy mismo.

—Muy poca antelación, compañero —contestó Dennis después de un rato—. Tengo el horario muy apretado. ¿No puede esperar el asunto?

Kent no respondió. Una repentina oleada de emociones le había aprisionado la garganta.

—Espera. Déjame ver si puedo reprogramar mi almuerzo.

Se empezó a oír música por el teléfono.

Dos minutos después regresó Dennis.

—Está bien, compañero. Me debes algo por esto. ¿Te parece bien Pelicans a las doce en punto? Ya tengo reservaciones.

—Sí. Gracias, Dennis. Es muy importante.

—¿Te importaría decirme de qué se trata?

—Está relacionado con el trabajo. Me acaban de esquilmar una importante bonificación. Quiero decir importante, como de millones.

Sonó estática.

—¿Millones? —estalló la voz de Dennis—. ¿Qué clase de bonificación vale millones? No sabía que estuvieras en esa clase de negocio, Kent.

—Sí, bueno, no lo estaré si no actuamos rápidamente. Te contaré toda la historia en el almuerzo.

—A las doce en punto entonces. Y asegúrate de llevar tu archivo de empleo. Lo necesitaré.

Kent se volvió a meter al tráfico, sintiendo una pequeña oleada de confianza. Esta no era la primera vez que enfrentaba un obstáculo. Miró el reloj en el tablero de mandos. Nueve de la mañana. Tendría que quemar tres horas. Iría a la casa por una copia de su contrato de trabajo… eso le llevaría una hora si alargaba las cosas.

—Dios, ayúdame —musitó.

Sin embargo, eso era ridículo, porque no creía en Dios. Pero quizás habría un Satanás, y el número de Kent había salido en la enorme rueda giratoria de Satanás: *Hora de ir tras Kent. ¡Tras él, muchachos!*

Ridículo.

PELICANS GRILL bullía con una multitud dispuesta a pagar treinta dólares por el privilegio de ver el horizonte de Denver mientras almorzaba. Kent se sentó ante la ventana panorámica, con vista a la Interestatal 25, y miró su plato, pensando que en realidad debería terminar al menos la ternera. Aparte de un bocado de puré de papas y una esquina cortada de la carne, su almuerzo estaba sin tocar. Y eso después de una hora en la mesa.

Dennis se encontraba elegantemente vestido con un traje confeccionado a la medida, cortado con cuidado para encajar perfectamente con su estructura bien desarrollada. El bigote negro azabache y el profundo bronceado calzaban con su herencia griega. Por el Rolex en la muñeca y el gran anillo de esmeralda en el índice derecho, era obvio que al compañero de universidad de Kent le había ido muy bien. Había escuchado totalmente embelesado la historia de Kent, mordiendo agresivamente su bistec y mostrándose *desconcertado* ante todas las apreciaciones. El hombre acababa de oír por primera vez acerca de la muerte de Gloria, y el anuncio le había hecho caer el tenedor en el plato. Miró a Kent, helado, con la boca ligeramente abierta.

—¿Estás bro… bromeando? —tartamudeó, con los ojos abiertos de par en par.

Por supuesto que había conocido a Gloria. La había visto cuando se casaron, tres años después de la universidad, cuando ambos empezaban sus carreras.

—Oh, Kent. Lo siento muchísimo.

—Sí. Todo sucedió muy rápido, ¿sabes? Apenas la mitad del tiempo puedo creer que esto haya pasado.

Dennis se limpió la boca y tragó.

—Es difícil de creer —concordó, moviendo la cabeza de lado a lado—. Si hay algo que yo pueda hacer, compañero. Lo que sea.

—Solo ayúdame a conseguir mi dinero, Dennis.

—Es increíble cómo estas cosas pueden aparecer en cualquier parte —indicó su amigo moviendo la cabeza de un lado al otro—. ¿Has oído hablar de Lacy, verdad?

¿Lacy? Un timbre repicó en la mente de Kent.

—¿Lacy? —inquirió.

—Lacy Cartwright. Saliste con ella durante dos años en la universidad. ¿La recuerdas?

Por supuesto que recordaba a Lacy. Habían roto la relación tres meses antes de la graduación. Ella estaba lista para casarse, y la idea lo había asustado a él, despojándolo del amor. Lo último que había oído es que la muchacha se había casado con un tipo de la Costa Este el mismo año en que Gloria y él se casaran.

—Desde luego —contestó él.

—Ella perdió por cáncer a su esposo hace un par de años. Por lo que supe, fue rápido. Simplemente así. ¿No te dieron la noticia? Lo último que oí es que ella se había mudado a Boulder.

—No —expresó Kent, negando con la cabeza.

No era sorprendente, en realidad. Después de la manera en que él le había cortado, Lacy no soñaría con volver a iniciar *ninguna* relación, mucho menos en el funeral de su esposo. Ella siempre fue alguien de principios cuando se frecuentaban.

—Por consiguiente, ¿qué piensas del caso? —preguntó Kent, cambiando la conversación otra vez al asunto legal. Dennis cruzó las piernas y se recostó en la silla.

—Bueno…

Se chupó los dientes y por un momento se pasó la lengua por la boca, pensando.

—En realidad depende del contrato de empleo que firmaste. ¿Lo trajiste?

Kent asintió, sacó el documento del maletín ejecutivo, y se lo pasó.

Dennis hojeó las páginas, revisando rápidamente los párrafos, musitando algo acerca de jerga de textos estandarizados de cláusulas.

—Tengo que leer esto con más cuidado en la oficina, pero… Aquí vamos: Declaración de Propiedad.

Leyó rápidamente, y Kent mordisqueó una arveja fría.

El abogado puso el documento sobre la mesa.

—Un acuerdo bastante normal. Ellos poseen todo, por supuesto. Pero tú tienes un recurso. Dos maneras de ver esto —declaró, mientras sostenía dos dedos en alto—. Una, puedes luchar contra estos tipos a pesar de este contrato. Simplemente llévalos a la corte y afirma que firmaste este documento sin total conocimiento.

—¿Por qué? ¿Es un documento malo? —interrumpió Kent.

—Depende. Para ti, en tu situación, sí. Yo diría eso. Al firmarlo básicamente renunciaste a todos los derechos naturales de propiedad, sin importar cómo se materialicen. También aceptaste concretamente no hacer reclamos por compensaciones no establecidas de forma específica bajo el contrato. Esto significa que, a menos que tengas un contrato que estipule que te deben diez por ciento de los ahorros generados por este… ¿qué es?

—SAPF.

—Por este SAPF… depende de la empresa decidir si tienes derecho al dinero.

El corazón de Kent comenzó a palpitar con fuerza.

—¿Y quién en la compañía decide estos asuntos?

—Eso es lo que iba a preguntarte. Inmediatamente sería tu superior.

—¿Borst?

Dennis asintió.

—Puedes acudir al superior de él, por supuesto. ¿Quién por sobre él sabe del trabajo que le pusiste a este asunto?

—Price Bentley —contestó Kent reclinándose y sintiéndose atiborrado—. Él es el presidente de la sucursal. Me senté en una docena de reuniones con él y con Borst.

Él tiene que saber que Borst es tan brillante como el barro. ¿Puedo hacer intervenir a compañeros de trabajo?

—Por supuesto, si quieres demandar. Pero por sus reacciones me parece que ellos podrían estar más del lado de Borst que del tuyo. Parece que el sujeto estuvo haciendo unas pequeñas negociaciones mientras estuviste ausente. Tal vez lo mejor que puedes hacer es ir directo al presidente del banco y apelar tu caso. De cualquier modo vas a necesitar fuerte apoyo de adentro. Si todos ellos están de parte de Borst, vamos a tener que probar una conspiración, y eso, amigo mío, es casi imposible.

Kent dejó que las palabras le calaran poco a poco.

—Así que básicamente o me gano el favor de uno de los superiores de Borst y obro de manera interna, o soy esquilmado. ¿Es más o menos así?

—Bueno, como dije, en realidad debo leer esto detenidamente, pero, salvo que hubieran algunas cláusulas ocultas, yo diría que en resumidas cuentas así es. Bueno, siempre podemos demandar. Pero sin alguien que respalde tu historia muy bien podrías tirar tu dinero al viento.

Kent sonrió con valentía. Pero su mente ya estaba en el rostro de Price Bentley. Se maldijo por no haber gastado más tiempo en hacer amistad con la administración superior. Por otro lado, ellos lo habían contratado como programador, no como bufón de corte. Y el programa que él tenía era la mejor pieza de software que la industria bancaria había visto en diez años.

—De modo que vuelvo allá y empiezo a hacer amigos —comentó, mirando por el ventanal panorámico el tráfico vehicular que fluía abajo.

Por el rabillo del ojo vio asentir a Dennis. Asintió con él. Sin duda el viejo Price era suficientemente vivo para saber quién merecía el crédito por el SAPF. Pero la idea de que otro tipo tuviera el poder de conceder o negar su futuro le caía como plomo en el estómago.

CAPÍTULO DIEZ

KENT FUE directamente a la oficina de Price Bentley el martes por la mañana antes de inquietarse con Borst.

Había pasado la tarde y la noche del lunes mordiéndose las uñas, lo cual era un problema porque ya no le quedaban uñas, por así decirlo. Para la cena, Spencer había querido comer pollo en el parque, pero Kent no tenía ganas de fingir que disfrutaba la vida en una banca del parque.

—Sigue adelante, hijo. Simplemente mantengámonos alejados de cualquier extraño.

La noche había sido irregular. Un horrible terror lo había envuelto como un pegajoso toldo de tamaño humano, y no se lo podía quitar de encima por muchos giros y vuelcos que le diera a la mente. Para empeorar las cosas, había despertado a las tres de la mañana, jadeando de pánico, y luego sintiéndose furioso a medida que a su mente ya despabilada se filtraban pensamientos de Borst. Había pasado una hora ladeándose y dando vueltas, solo para lanzar finalmente las cobijas por el dormitorio y saltar de la cama. Las horas siguientes habían sido exasperantes.

Para cuando la primera luz se filtró por las ventanas, Kent se había vestido con su mejor traje y se había tomado tres tazas de café. Helen había recogido a Spencer a las siete y se había sorprendido al ver a Kent. Quizás se debió a que él tenía las palmas húmedas por el sudor; o a las ojeras debajo de los ojos. Pero conociéndola, lo más probable era que ella le estuviera mirando directamente la mente y viendo el desorden que había allí.

Casi había chocado con un Mustang amarillo en el semáforo en rojo justo antes del banco, pues tenía puesta la mirada en esos amplios peldaños al frente y no en la luz roja. El suyo fue el primer vehículo en el estacionamiento, y decidió parquear en la última fila para ser visto de primero. Finalmente, a las ocho en punto había salido del Lexus, se había secado la humedad, se había acomodado los mechones rubios, y se había dirigido a las amplias puertas.

Se encontró con Sidney Beech al girar hacia la oficina del presidente.

—Hola, Kent —saludó ella.

El rostro alargado de la dama, acentuado por su corto cabello castaño, le pareció ahora aun más largo bajo las cejas arqueadas.

—Te vi ayer. ¿Estás bien? Siento mucho lo que sucedió.

Él conocía a Sidney solo de manera casual, pero su voz le llegó ahora como leche caliente para los huesos que le temblaban del frío. Si su misión era ganar amigos e influir en petulantes ejecutivos, no le haría daño una palabra amable para la secretaria de vicepresidencia. Kent abrió la boca en una sonrisa genuina.

—Gracias, Sidney —contestó el saludo, estirando la mano para agarrar la de ella, y preguntándose cuánto estaría exagerando—. Muchísimas gracias. Sí. Sí, lo estoy superando. Gracias.

Un extraño destello en la mirada de la secretaria lo hizo parpadear, y le soltó la mano. ¿Era soltera? Sí, creía que era soltera.

—Me da gusto oír eso, Kent —manifestó Sidney mientras se le levantaba un cabello en la comisura del labio izquierdo—. Si puedo ayudarte en algo, házmelo saber.

—Sí, lo haré. Oye, ¿sabes cuál es el horario del Sr. Bentley hoy? Hay un asunto importante que yo…

—En realidad podrías pescarlo ahora. Sé que a las ocho y media se reúne con la junta directiva, pero lo acabo de ver entrar a su oficina.

Kent miró en dirección a la oficina del presidente.

—Fabuloso. Gracias, Sidney. Eres muy amable.

Salió, pensando que tal vez había exagerado con ella. Pero quizás no. La diplomacia nunca había sido su fuerte. De cualquier modo, el intercambio le proporcionó una sensibilidad que le hizo desaparecer esa locura que se había apoderado de él toda la noche.

Resultaron ciertas las palabras de Sidney, Price Bentley estaba solo en su oficina, clasificando un montón de correo. Corrían rumores de que Price pesaba su salario: 250. Solo el salario de él venía en miles de dólares estadounidenses, no en libras. El fornido hombre vestía traje gris de rayas delgadas. A pesar de estar parcialmente oscurecido por una enorme capa de grasa, se le veía firme el cuello de la camisa, posiblemente por tener cartón o plástico en los pliegues. La cabeza parecía un tomate relleno en lo alto de una lata. El ejecutivo vio a Kent y sonrió.

—¡Kent! Kent Anthony. Entra. Siéntate. ¿A qué debo este placer? —saludó el presidente sin levantarse, y siguió revisando el montón de papeles.

Si el hombre sabía de la muerte de Gloria, no lo comentó. Kent fue hasta una silla azul para visitas, totalmente tapizada en tela, y se sentó. El salón parecía acogedor.

—Gracias, señor. ¿Tiene un minuto?

—Por supuesto —contestó el presidente del banco, se reclinó en la silla, cruzó las piernas, y descansó la barbilla en una mano—. Tengo algunos minutos. ¿En qué te puedo ayudar?

Los ojos del hombre brillaban redondos y grises.

—Bueno, se trata del SAPF —empezó Kent.

—Sí. Felicitaciones. Buen trabajo el que ustedes muchachos hicieron allá. Siento que no hayas podido estar en el congreso, pero causó muy buena impresión. ¡Excelente trabajo!

Kent sonrió y asintió.

—Oí decir eso. Gracias —dijo Kent titubeando.

¿Cómo podía decir esto sin parecer quejumbroso? *Pues bien, señor, la cinta azul de él fue más grande que la mía.* Él odiaba con pasión a los quejosos. Solamente que esto no se trataba de cintas azules, ¿verdad? Ni siquiera parecido.

—Señor, parece que ha habido un error en alguna parte.

Las cejas de Bentley se contrajeron.

—¿De veras? ¿Cómo es eso? —exclamó, algo preocupado.

Aquello era bueno. Kent ejerció presión.

—El Sistema Avanzado de Procesamiento de Fondos fue creación mía, señor, hace cinco años. Es más, una vez le mostré a usted el bosquejo de mis diagramas. ¿Recuerda?

—No, no puedo decir que sí. Pero eso no significa que no lo hicieras. Veo mil propuestas al año. Y estoy consciente de que tuviste que ver mucho con el desarrollo del sistema. Excelente trabajo.

—Gracias —expresó; por el momento todo iba bien—. En realidad redacté 90% del código para el programa.

Kent se echó hacia atrás por primera vez y se acomodó en la silla.

—Dediqué cien horas por semana a su desarrollo por cinco años. Borst supervisó partes del proceso, pero me permitió realizar la mayor parte.

El presidente permaneció callado, sin entender todavía a dónde iba Kent. A menos que hubiera decidido hacerse el que no entendía. Kent le dio un segundo para que hiciera un comentario, y continuó al no llegar ninguno.

—Trabajé esas horas durante todos esos años con mi mirada puesta en un objetivo, señor. Y ahora parece que Borst ha decidido que no merezco esa meta.

De una. ¿Cómo podía ser más claro?

El presidente lo miró, sin pestañear, era imposible saber qué pensaba. A Kent le subió un arrebato de furia por la espalda. Ahora todo reposaba en esa ciega balanza de justicia, en espera de un veredicto. Solo que esta balanza no era del todo ciega. Tenía inexpresivos ojos grises, atornillados dentro de esa cabeza de tomate al otro lado del escritorio.

Se hizo un marcado silencio. Kent creyó que debería continuar... lanzar alguna alegre jerga política, quizás cambiar de tema, ahora que había plantado su semilla. Pero la mente se le puso en blanco. Se dio cuenta que le sudaban las palmas.

De repente, en una mueca se le estiraron a Bentley las carnosidades que le colgaban de las mejillas y sonrió por una única vez frunciendo la boca. Aun sin estar seguro de qué podría estar pensando el hombre, Kent sonrió una vez con él. El gesto pareció bastante natural.

—¿La bonificación de ahorros? —preguntó el presidente.

O era muy condescendiente o estaba totalmente sorprendido. Kent rogó que fuera lo último, pero ahora el arrebato de furia le estaba enviando pequeños cosquilleos al cerebro.

—Sí —contestó, y carraspeó.

Bentley volvió a sonreír, y las carnosidades de la mejilla le resaltaban en el cuello con cada risita.

—Pensaste de veras que tendrías una sustanciosa bonificación, ¿no es así?

El aliento escapó de Kent como si le hubieran dado un puñetazo en el estómago.

—Esos interesantes ahorros difícilmente son para el personal no administrativo, Kent. Sin duda sabías eso. Son para el administrativo, sí. Y estos serán realmente considerables. Puedo ver por qué estarías babeando por ellos. Pero tienes que pagar tu cuota. Simplemente no puedes esperar que te pasen un millón de dólares solo porque hiciste la mayor parte del trabajo.

Kent podría haber perdido el juicio allí mismo, en ese instante: estirar la mano y cachetear una de las carnosidades de Niño Gordo. Pero olas de confusión lo dejaron rígido, excepto por un parpadeo en los ojos. Niponbank siempre se había jactado de su Programa de Bonificación de Ahorros, y todos sabían que estaba dirigido al empleado común y corriente. Una docena de documentos afirmaban claramente eso. El año pasado a un cajero se le había ocurrido una idea que le reportó cien mil dólares.

—Así no es como el manual de empleo plantea el programa —objetó Kent, aún demasiado impactado para estar enojado.

Sin duda el presidente no creería que iba a escaparse con *este* argumento. ¡En la corte lo freirían!

—Bueno, escúchame ahora, Anthony —se defendió Bentley, ahora en tono serio—. Me importa un comino lo que creas que diga el manual de empleo. En esta sucursal el bono va a la administración. Tú trabajas para Borst. Borst trabaja para mí.

Las palabras salieron como balas de una pistola con silenciador.

El presidente respiró profundamente.

—El trabajo que realizaste para el banco lo hiciste en nuestro tiempo, a nuestra solicitud, y por eso te hemos pagado más de cien mil dólares por año. Eso es todo. ¿Me oyes? Piensa siquiera en poner resistencia a esto, y te prometo que te enterraremos —concluyó el enorme individuo, temblando.

Kent sintió que la boca se le abría durante la diatriba. ¡Esto era imposible!

—¡Usted no puede hacer eso! —protestó—. No puede robarme mi bonificación solo porque…

Kent se interrumpió súbitamente al darse cuenta precisamente a lo que se enfrentaba. Bentley estaba en esto. El tipo se disponía a recibir enormes cantidades de dinero de la bonificación. Él y Borst estaban juntos en esto. Lo cual constituía una especie de conspiración.

El hombre lo estaba mirando, desafiándolo a decir más. Así que lo hizo.

—¡Escuche! —exclamó Kent, resaltando la palabra con tanta intensidad como la que Bentley había usado—. Usted sabe tan bien como yo que de haber estado en Miami, yo habría hecho esa presentación, y estaría recibiendo la mayor parte de la bonificación, si no todo.

Entonces a Kent le brotó un ataque de autocompasión que se le unió a la amargura, y tembló.

—Pero no estuve, ¿no fue así? Porque tuve que salir corriendo a ocuparme de mi esposa, quien estaba moribunda. Así que en vez de eso, ¡usted y Borst unieron sus viscosas cabezas y decidieron robarme la bonificación! ¿Fue así? —continuó Kent moviendo la cabeza en tono de burla—. «Ah, pobrecito Anthony. Su esposa se está muriendo. ¡Pero al menos se ha distraído mientras lo apuñalamos por la espalda y lo dejamos desnudo!» ¿Fue así, Bentley?

La reacción del presidente del banco fue inmediata. Los ojos se le brotaron, y la respiración se le entrecortó.

—¿Me hablas de ese modo en mi propia oficina? Una palabra más que salga de tu boca, ¡y para el final de día te habré puesto de patitas en la calle!

Pero Kent había perdido por completo su buen sentido político.

—¡Usted no tiene el derecho de hacer nada de esto, Bentley! Es mi bonificación la que usted se está robando. En este país la gente va presa por robar. ¿O es eso también nuevo para usted?

—¡Fuera! ¡Fuera de aquí!

—Sacaré esto a la superficie. ¿Me entiende? Y si yo me hundo, ustedes se hundirán conmigo. Así que ni siquiera piense en tratar de descartarme. Todo el mundo sabía que la programación era código mío.

—Te podría sorprender lo que todo el mundo sabía —contraatacó Bentley, quien había abandonado el lustre profesional, y Kent sintió una punzada de satisfacción por eso.

—Sí, desde luego. ¿Debo suponer que ustedes los sobornarán a todos? —comentó de modo despectivo.

La oficina se volvió a poner en silencio. Cuando Bentley volvió a hablar, lo hizo en tono bajo y severo, pero el temblor era inconfundible.

—Fuera de mi oficina, Anthony. Tengo una reunión dentro de unos minutos. Si todo está bien contigo, debo preparar algunas notas.

—En realidad nada está bien conmigo precisamente ahora, señor —desafió Kent mirando al hombre de arriba abajo por un momento—. Pero ustedes entonces ya lo saben, ¿no es así?

Se puso de pie y caminó detrás de la silla antes de volverse.

—Y si tratan de quitarme el trabajo, personalmente los demandaré hasta en los más altos cielos. Sus bonificaciones podrán ser un asunto interno, pero existen leyes estatales que tratan con la legislación laboral. Ni siquiera piensen en despojarme de mi ingreso.

Kent se volvió hacia la puerta y dejó sentado a Bentley con sus enormes carnosidades y sus ojos entrecerrados; se parecía a Jabba the Hut, de la Guerra de las Galaxias.

No fue sino hasta que oyó cerrarse la puerta detrás de él que Kent comprendió lo mal que le acababa de ir. Entonces esto lo golpeó como un bloque de concreto, un angustioso zumbido le nubló los pensamientos. Se dirigió a los baños públicos en el vestíbulo.

¿Qué había hecho? Tenía que hablar con Dennis. Todos sus peores temores habían cobrado vida. Eso era algo que no podía tolerar. Que no *toleraría*. Al atravesar el vestíbulo sintió de repente que se agitaba en medio de un baño de vapor. Más que cualquier cosa que hubiera querido, posiblemente más que el dinero mismo, Kent quería salir de esta pesadilla. Volver tres semanas atrás y entrar de nuevo al Hyatt Regency. Esta vez cuando le pasaran la nota, tendría un nombre diferente. *Lo siento, se equivocó de persona*, habría dicho. *Yo no soy Ken Blatherly. Mi nombre es Kent. Kent Anthony. Y estoy aquí para convertirme en millonario.*

Haciendo caso omiso de un joven a quien reconoció como uno de los cajeros, Kent se agachó en el lavabo y se lanzó agua a la cara. Se irguió, vio el agua goteándole por el rostro, y corrió hacia el teléfono público en el rincón, sin molestarse en secarse. La almidonada camisa se le salpicó de agua, pero eso no le preocupó. Que Dennis esté allí. Por favor, que esté.

El joven cajero salió, sorprendido.

Kent tecleó el número.

—Despacho del abogado Warren —se oyó la voz femenina.

—¿Se encuentra Dennis? —averiguó; se hizo silencio—. ¿Está Dennis allí?

—¿Quién lo llama?

—Kent.

—¿Acerca de qué desea hablarle?

—Solo dígale que soy Kent. Kent Anthony.

—Espere, por favor.

Ningún pensamiento nuevo se le formó en el silencio. La mente se le hundía en la insensibilidad.

—¡Kent! ¿Cómo te está yendo?

Kent se lo contó. Le contó todo en una frase larga y sin pausa que terminó con:

—Entonces me echó.

—¿Qué quieres decir con que te echó?

—Que me hizo salir.

Otra vez silencio.

—Bueno, compañero. Escúchame, ¿de acuerdo?

Esas eran palabras musicales porque venían de un amigo. Un amigo que tenía algo que decir. Sería algo bueno, ¿verdad?

—Sé que ahora mismo esto podría parecer insoportable, pero no es el fin, ¿me oyes? Lo que él hizo allí, lo que Bentley acaba de hacer, cambia las cosas. No estoy diciendo que nos haya entregado el caso, pero nos da una munición decente. Es obvio que la perspectiva política está muerta. La mataste muy bien. Pero también te las arreglaste para darnos un caso bastante fuerte.

Kent sintió que iba a llorar; sencillamente a sentarse y llorar.

—Pero necesito que hagas algo por mí, compañero. ¿Está bien? Necesito que vuelvas a tu oficina, te sientes en tu escritorio, y trabajes el día como si no hubiera sucedido nada. Si corremos con suerte, te despedirán. Y si te despiden les abofetearemos con la más fabulosa demanda por liquidación que alguna vez ha visto este estado. Pero si no te despiden, debes seguir trabajando honestamente. No les podemos dar motivos para que te despidan. Podrían considerar tu confrontación de esta mañana como insubordinación, pero no hubo testigos, ¿correcto?

—Correcto.

—Bien, entonces trabajas como si no hiciste más que ir a la oficina de Bentley y entregarle algunos sujetapapeles. ¿Está claro? ¿Puedes hacer eso?

Kent no estaba seguro en realidad de poder hacerlo. La idea de ver otra vez a Borst y compañía le hizo tragar saliva. Por otra parte, debía mantener abierta esta opción. Debía pensar en que le era menester pagar una hipoteca y un auto, y comestibles. Además tenía a Spencer.

—Sí, puedo hacer eso —replicó—. ¿Crees de veras que tengamos algo aquí?

—Podría ser complicado y tal vez tarde un buen tiempo. Pero sí, sí creo.

—Bien. Bien. Gracias, Dennis. Estoy en deuda contigo.

—No te preocupes. Recibirás una factura si las cosas salen a nuestra manera.

Kent intentó reír con su amigo. Le salió algo como una carraspera.

Colgó, se irguió frente al espejo, y dejó que se le aclarara la mirada. Diez minutos después salió del baño y se fue a paso rápido hacia las oficinas administrativas, apretando la mandíbula. Ya había pasado por el infierno. De aquí no había ningún lugar sino hacia arriba.

Directo hacia arriba.

HELEN CAMINÓ sobre el surco que una docena de años de transitar por encima había desgastado en la alfombra a lo largo de las puertas francesas dobles que llevan al balcón en el segundo piso. Ese era su cuarto de oración. Su surco de oración. El lugar desde el cual muy a menudo se abría camino a los cielos. En días mejores ella no pensaría en nada más que no fuera estar de pie, andando por horas sin parar. Pero ahora las cansadas piernas la limitaban a una caminata lenta y pesada de no más de veinte minutos. Luego se vería obligada a irse a la cama o a la mecedora.

Helen usaba una bata larga rosada que le oscilaba alrededor de los pies descalzos. Tenía el cabello enmarañado; ojeras le oscurecían los ojos; en estos días la boca había encontrado razonable permanecer fruncida. A pesar de comprender algunas cosas, la mujer no hallaba paz en el hecho de que su hija se hubiera ido. Una cosa era mirar dentro de los cielos y oír allí la risa; otra totalmente distinta era estar atascada aquí, añorando esa risa. O incluso la voz de represión de su querida Gloria, instruyéndola en las maneras más delicadas.

Helen se estiró la piel y sonrió por un momento. *Estira-pieles*. Gloria tenía razón, era un nombre ridículo.

Los recuerdos eran los que más a menudo le traían torrentes de lágrimas a los ojos. Pero al final conjeturaba que no había nada malo en este llanto. Después de todo, el mismo Jesús había llorado.

Dos metros a la derecha le esperaba la cama con dosel de encajes blancos y sábanas ya retiradas. Además de eso, un tazón de cerámica lleno de popurrí inundaba el dormitorio con aromas de canela. El ventilador de techo resonaba en lo alto, moviendo escasamente el aire con perezosos círculos. Helen llegó hasta el final de su surco y regresó, mirando esa cama, que ahora se hallaba a su izquierda.

Pero no se dirigiría allá todavía, a pesar de que era medianoche. No hasta que se abriera camino aquí, en su surco. Podía sentirlo en su espíritu… o más exactamente, su espíritu *deseaba* sentir algo. Quería que le hablaran. Que la tranquilizara el bálsamo del cielo. Lo cual generalmente significaba que el cielo anhelaba calmarla. Hablarle. Una vez, ella había decidido que así era como Dios atraía a los mortales. Él provocaba anhelos en corazones dispuestos. Qué en realidad venía primero, el anhelo o la disposición, era la clase de cosas como la perspectiva de la gallina y el huevo. Al final este era un ejercicio más bien ridículo que mejor dejaba a los teólogos.

Fuera como fuera, Helen sabía confiar en sus sentidos, y estos le sugerían que intercediera ahora… que intercediera hasta encontrar la paz que su espíritu anhelaba. Por ningún otro motivo que el que ella no conociera otra manera. El problema comenzó cuando los ojos se le habían abierto a esa escena en los cielos antes de la muerte de Gloria. Había visto a su hija tendida en la cama de hospital, y eso la había lanzado sobre un precipicio, si se le puede llamar así. Ah, ella se había recuperado con mucha rapidez, pero fue el resto de la visión lo que la había acosado día y noche en las últimas semanas.

Helen cerró los ojos y anduvo tanteando, haciéndole caso omiso al amortiguado dolor en las rodillas, recorriendo inconscientemente los siete pasos de principio a fin. La mente le volvió a vagar a la reunión con Bill Madison a principios de esa tarde. Él no había dicho nada más acerca de lo que conversaran en el hospital. Pero cuando ella entró hoy en la oficina y se dejó caer en la silla de visitantes frente al pastor, este la miró directo a los ojos. Ella supo entonces que él había estado meditando en la afirmación de que ella había visto más.

—¿Cómo te está yendo, Bill? —averiguó ella.

—Mira, Helen, ¿qué es lo que está sucediendo? —preguntó a su vez él sin molestarse en contestarle.

—No lo sé, pastor. Eso es lo que he venido a averiguar. Dímelo tú.

Él sonrió y asintió ante la respuesta inmediata.

—Vamos, Helen. Para mí eres tan pastora como yo lo soy para cualquiera aquí. Hiciste algunas afirmaciones fuertes en el hospital.

—Sí. Bueno, las cosas no han mejorado nada. Y te equivocas si crees que no necesito que me pastorees. Estoy casi perdida en esto, Bill.

—Y yo estoy *totalmente* perdido, Helen. No podemos tener ahora ciegos guiando ciegos, ¿o sí?

—No. Pero te han puesto en tu cargo con un don que viene de Dios. Úsalo. Pastoréame. Y no finjas que solo eres un clérigo sin guía sobrenatural; tal y como están las cosas, por ahí tenemos bastantes de esos como para llenar los cementerios del mundo.

El corpulento griego sonrió y cruzó las manos sobre el escritorio de roble. Presentaba una imagen perfectamente majestuosa, sentado allí vestido todo de negro con corbata roja, rodeado por estantes repletos de libros que parecían costosos.

—Está bien, Helen. Pero no puedes esperar que yo vea de la manera que ves tú. Dime qué viste.

—Ya te dije lo que vi.

—Afirmó haber visto a Gloria tendida en el hospital. Eso es todo lo que me declaraste. Pero viste más. Por ende, te vuelvo a preguntar: ¿qué viste?

Ella suspiró.

—Me hallaba orando con Gloria y Spencer, y fuimos transportados a un lugar. En nuestras mentes o nuestros espíritus, no sé cómo funcionan en realidad estos asuntos. Pero me fue dada una visión a vuelo de pájaro del cuarto de hospital de Gloria dos días antes de que muriera. Vi todo, hasta el bolígrafo verde en la bata del médico asistente.

Ella lo dijo con la mandíbula apretada, fortaleciéndose para no ceder ante sus emociones. Ya había tenido suficiente tristeza con la cual terminar el año, pensó.

—Sencillamente parece inverosímil —comentó el pastor Madison moviendo lentamente la cabeza de un lado al otro—. Quiero decir... Nunca había oído de una precognición tan vívida.

—Esto no fue ninguna *pre*. Fue tan real como si yo estuviera allí.

—Sí, pero sucedió *antes*. Eso lo convierte en *pre*. Una visión de lo que sucederá.

—Dios no está atado por el tiempo, jovencito. Deberías saber eso. Estuve allí. Tal vez solo en espíritu, pero estuve allí. No es mi trabajo entender cómo estuve allá; dejo eso a los más ilustrados en la iglesia. Pero entender una experiencia no necesariamente la cambia. Solamente la explica.

—No pretendo discutir contigo, Helen. No soy el enemigo aquí.

Helen cerró los ojos por un momento. El pastor tenía razón, por supuesto. Él muy bien podría ser su único aliado en esto. Ella debería ser prudente en escoger las palabras con más cuidado.

—Sí. Lo siento. Es simplemente... enloquecedor, ¿sabes? —expresó Helen, aclarando la garganta mientras recuerdos de Gloria le obstruían la mente—. Temo en estos días no ser totalmente yo.

—Pero lo eres, Helen —expresó él; la voz le salió consoladora, la de un pastor—. Eres una mujer que ha perdido a su hija. Me preocuparía que no sintieras frustración y enojo.

La mujer levantó la mirada hacia él y sonrió. Ahora él la estaba pastoreando de veras, y sintió que esto debía... consolarla. Debió haber venido aquí una semana antes.

—Aseguras haber visto algo más, Helen. ¿Qué ocurrió entonces?

—No te lo puedo decir, Bill. No porque no quiera, sino porque apenas he recibido rápidas ojeadas sin relación alguna. Además he sentido cosas. Principalmente son los sentimientos los que más me molestan, y estos son difíciles de explicar. Como si Dios estuviera susurrando a mi corazón, pero yo no lograra ver y oír sus palabras. No todavía.

—Ya veo. Dime entonces cómo sientes eso.

Ella miró por encima de los hombros de Madison hacia una larga fila de libros con un nombre que parecía alemán estampado en láminas doradas en cada lomo: Conocimiento.

«¿Alguna pregunta? ¡Levanten la mano! Tenemos las respuestas. Sí, señora. Usted, la de vestido amarillo».

«Sí. ¿Por qué Dios mata gente inocente?»

«Bueno. Eso depende de lo que usted quiera decir por matar. O por inocentes».

«¡Quiero decir liquidar! Fallecer. Cabeza contra las rocas. Y en cuanto a inocentes. ¡Totalmente inocentes!»

—¿Helen?

Ella volvió a mirar a Bill.

—¿Hablar de cómo lo siento? Se siente como esos susurros en el corazón. Como si acabaras de entrar a un calabozo oscuro. Acabas de ver una calavera, y el cabello de la nuca se te para de punta, y sabes que debe haber más. Pero, ¿sabes? Allí es donde la situación se vuelve confusa. Porque no sé si se trata de la prisión de Dios o de Satanás. Es decir, creerías que es de Satanás. Quién pensaría alguna vez que Dios tuviera un calabozo. Pero también otros miran dentro de ese espacio oscuro. Ángeles. Dios mismo. Y está el sonido de pies que corren... que huyen. Pero sé que la calavera allí sobre la tierra negra es de Gloria. Lo sé. Y sé que todo es parte de un plan. Todo es parte de los pies que huyen. Esa es la clave. ¿Ves? Mi hija fue sacrificada.

Helen hizo una pausa y respiró cuidadosamente, notando cómo se quedaba sin aliento.

—Hay algunas cosas más, pero ahora mismo no tendrían ningún sentido —concluyó, levantando los ojos cansados hacia Bill.

—¿Y esta sí?

—Tú lo pediste —contestó ella encogiendo los hombros.

—Y no creo que puedas estar tan segura de que tu hija fuera sacrificada —discutió el pastor Madison mirándola con ojos bien abiertos—. Dios no obra de ese modo.

—¿No lo crees así? Bueno, una cosa es leer acerca de que Dios exterminó a mil asquerosos amalecitas hace mucho tiempo, pero cuando el objetivo del hacha divina es el cuello de tu propia hija, no querrías saber nada, ¿no es cierto?

Bill se echó para atrás en la silla sin quitar la mirada de la de Helen. Las pobladas cejas se le habían juntado, creándole arrugas sobre el caballete de la nariz. Él había dejado de pastorear, pensó ella. No es que lo culpara. La oveja había dejado de balar.

—Está bien, Bill. En realidad yo tampoco lo entiendo. Aún no. Pero me gustaría que oraras conmigo. Que oraras *por* mí. Soy parte de esto, y todavía no ha concluido; eso es lo único que sé. Simplemente todo está empezando. Ahora tú eres parte del asunto. Te necesito, pastor.

—Sí —declaró él—. Por supuesto que lo haré. Pero deseo que al menos considere res la posibilidad de que estés malinterpretando estas imágenes.

Él levantó la mano.

—Sé que no es tu naturaleza hacer eso, Helen —continuó—. Pero hasta ahora lo único que ha pasado es que tu hija ha muerto. No estoy minimizando el trauma de su muerte, para nada. En realidad ese mismo trauma podría estar iniciando todo esto. ¿Puedes al menos comprender mi modo de ver las cosas?

Las cejas de Bill se levantaron esperanzadoramente.

Helen asintió y sonrió, pensando en que muy bien podría ser él quien malinterpretara aquí; él parecía no haber entendido en absoluto de qué se trataba todo esto.

—Sí, puedo. Cualquier psiquiatra en su sano juicio me diría lo mismo —concluyó ella, y luego se levantó—. Pero te equivocas, Bill. La muerte de Gloria no es lo único que ha sucedido. Más bien creo que en el cielo están frenéticos. Y vendrá más. Es por *esto* que necesito tus oraciones. Eso y posiblemente mi juicio. Pero te aseguro, jovencito, que no lo he perdido.

Para entonces ella ya había salido.

Dos horas más tarde Bill había llamado para informarle que estaba orando. Ella pensó que eso era algo bueno. Él era un buen tipo, y a ella le gustaba.

Helen dejó que el recuerdo se diluyera y volvió a traer la actualidad a su mente. No entender parecía tan valioso para Dios como entender. Requería que el hombre se metiera de lleno en el agujero negro de la fe. Pero a veces hacer eso era como atravesar el calabozo.

Echó la cabeza hacia atrás y exhaló hacia el techo.

—No te quedes callado. ¡Señor, no te alejes de mí! ¡Despierta, Dios mío, levántate!

Ella citó los salmos como a menudo hacía cuando oraba. Esa era la clase de oración que parecía calzar con su nueva vida.

—Cansada estoy de pedir ayuda; tengo reseca la garganta. Mis ojos languidecen, esperando la ayuda de mi Dios.

Sí, en realidad. El silencio de Dios era a su propio modo tan poderoso como su presencia. Aunque no fuera por otro motivo que empujarnos hacia ese hoyo. Otra cosa era arriesgarse. Eso requería fe. Creer que Dios estaba presente cuando se le sentía ausente.

Ella cerró los ojos y gimió hacia el cielo raso.

—Señor, ¿adónde te has ido?

No me he ido a ninguna parte.

La voz le habló apaciblemente en el espíritu, pero en tono suficientemente alto como para hacer que ella se detuviera a mitad del surco.

Ora, hija. Ora hasta que esto haya acabado.

Ahora Helen comenzó a temblar levemente. Se movió hacia la cama y se sentó pesadamente.

—¿Acabado? —vocalizó.

Ora por él y confía en mí.

—Pero es muy difícil cuando no logro ver.

Entonces recuerda las veces en que has visto. Y ora por él.

—Sí, lo haré.

La voz se acalló.

Una oleada de fervor le recorrió a Helen por los huesos. Estiró los brazos hacia el techo y volvió a echar la cabeza hacia atrás. ¿Cómo pudo ella haber dudado alguna vez de esto? ¿De este ser que respiraba a través de ella ahora?

—¡Oh, Dios, perdóname!

El pecho se le hinchó, y de los ojos le brotaron lágrimas, sin control. Abrió la boca y gimió… pidiendo perdón, pronunciando palabras de amor, tratando de contener las emociones que le quemaban la garganta.

Veinte minutos después Helen se hundió en el colchón, muy contenta e incapaz de quitarse de la boca la dilatada sonrisa. ¿Cómo se le pudo ocurrir haberlo puesto en duda? Tendría que contárselo al pastor en la mañana. Todo era ahora dolorosamente obvio.

Todo eso cambió una hora más tarde.

Porque una hora después, a los treinta minutos de haber entrado al más dulce de los sueños que pudiera imaginar, Dios le volvió a hablar. Le mostró algo nuevo. Pero esta vez no como un aliento tranquilizador que le recorría los huesos. Esta vez le cayó como un balde de plomo fundido que le echaban por el cuello.

Un grito la despertó, anegándole la mente como una sirena resonando que la arrancó del sueño. No fue sino hasta que salió disparada de la cama y se sentó paralizada que comprendió que el grito había salido de su propia boca.

—Dios, ¡nooooo! ¡Nooooo! ¡Noo…!

Ella contuvo el aliento a mitad de gemido. ¿Dios no *qué*? ¿Por qué estaba empapada de sudor? ¿Por qué el corazón le latía aceleradamente como una locomotora desbocada?

La visión le volvió como un diluvio.

Entonces ella supo por qué había despertado gritando. Lloriqueó, de pronto aterrada otra vez.

La rodeó la oscuridad, y Helen miró alrededor del dormitorio en busca de pistas, de alguna razón para acabar con esta locura. El armario se le materializó contra la pared más lejana. Las puertas francesas brillaron con luz de luna. Se asentó la realidad. Pero con ella también se asentó la cruda visión que acababa de presenciar.

Se dejó caer de espaldas y respiró otra vez en prolongadas y desesperadas contracciones.

—Dios, ¿por qué, Señor? ¡No puedes hacer eso!

Pero ella sabía que él podía. Que lo haría.

Helen tardó tres horas en volver a dormir de manera irregular, y solo luego de cambiar dos veces la funda de almohada. Creyó que no lograba conciliar el sueño debido a la humedad de sus lágrimas. Pero en definitiva sabía que solo se trataba del terror.

Dios estaba obrando en medio del terror.

CAPÍTULO ONCE

KENT SE obligó a ir al banco el miércoles en la mañana, apretando los dientes en medio de la humillación y la ira. Había logrado volver a su oficina ayer después del fracaso con Bentley, afortunadamente sin encontrar un alma. Por dos horas había intentado trabajar, y había fracasado de manera lamentable. A las once había salido, pasando al lado de Betty, refunfuñando algo acerca de una cita. No había regresado.

Hoy entró por la puerta del frente, pero solo por la insistencia de su abogado en que mantuviera la normalidad: que actuara como si nada bajo el sol lo hubiera molestado cuando en realidad por dentro se estaba desmoronando. Se apuró por el vestíbulo con la cabeza agachada, jugueteando con su tercer botón como si algo respecto de este requiriera su total atención. Uno de los cajeros lo llamó por su nombre, pero él fingió no oírlo. El botón lo absorbía demasiado.

Puso la mano en la puerta de la suite de Sistemas de Información y cerró los ojos. *Está bien. Kent. Sencillamente haz lo que debes hacer.* Entró.

Betty lo miró incómoda. Descomunales pestañas postizas negras le protegían la vista de los fluorescentes. Kent sintió deseos de arrancarle una de ellas. Así cuando la fémina pestañeara habría una sola pestaña abanicando el espacio de recepción; de todos modos el sitio era muy pequeño para dos.

—Buenos días —saludó él asintiendo con la cabeza.

—Buenos días —devolvió ella el saludo, y la voz se le quebrantó.

—¿Está Borst?

—Hoy está en Phoenix. Volverá mañana.

Gracias Dios por los pequeños favores.

Kent entró a su oficina y se encerró. Diez minutos después llegó a la terminante conclusión de que no iba a poder trabajar. Simplemente no podía. Pero tendría que fingir que trabajaba, y así representar el juego de Dennis Warren, si es que esto lo recompensaría con un cuantioso convenio. Pero con la puerta cerrada era absurdo fingir que trabajaba.

Pulsó un juego de solitario y después de la segunda mano lo encontró terriblemente aburrido. Intentó llamar a Dennis, pero por la tonta y bonita joven en la recepción del despacho supo que él se hallaba en la corte.

Cuando tocaron la puerta a las diez, le vino como un alivio. Cierta clase de lenitivo tipo «sácame de esta miseria». Kent puso el juego de solitario en hibernación en la pantalla.

—Adelante —manifestó, y por hábito se ajustó el nudo de la corbata.

El recién transferido entró y cerró la puerta. Cliff Monroe. Todo pulcro, nítido y dispuesto a trepar la escalera del éxito. Sonrió ampliamente y alargó la mano… la misma mano a la que Kent había hecho caso omiso dos días atrás.

—Hola, Kent. Es un gusto verlo. He oído hablar mucho de usted —saludó, luego su expresión de come-piña cubrió el espectro total… una verdadera sonrisa de oreja a oreja—. Siento mucho lo del otro día.

Kent agarró la mano y se sonrojó ante el recuerdo *del otro día*.

—No fue culpa suya. Soy yo quien debo disculparme. No di la mejor primera impresión, me imagino.

Cliff debió haber tomado el tono de Kent como una invitación a sentarse, porque agarró una silla y se dejó caer en ella.

—No, no fue un problema, en serio —afirmó, un brillo verde le centelleó en los ojos—. Por lo que me he dado cuenta entre líneas, si usted sabe lo que yo significo, tiene toda la razón para estar disgustado.

Kent se enderezó.

—¿Sabe usted lo que está pasando? —continuó Cliff sonriendo aún; los dientes se le veían excesivamente blancos, igual que la camisa—. Digámoslo de este modo, sé que Kent Anthony fue el principal responsable de la creación del SAPF… lo supe mientras aún estaba en Dallas. De ahí fue donde me transfirieron. Supongo que los muchachos de arriba decidieron que usted podría usar otro programador decente. Aún no es permanente, pero créame, espero que se vuelva permanente porque me encanta este lugar. Aunque todavía yo no tenga mi propia oficina.

Cliff había perdido su sonrisa en alguna parte de ese interminable preámbulo. Presionó antes de que Kent volviera a ajustar el enfoque en él.

—Sí señor, me encantaría mucho mudarme aquí a las montañas de Denver. Imagino que puedo descifrar códigos durante la semana, ganar algún dinero decente, y las pendientes serán mías los fines de semana. ¿Le gusta esquiar?

El descomunal muchacho era un caso. Kent solamente miró al programador por un instante. Había oído hablar de esta clase de individuo: todo cerebro cuando del teclado se trataba, y todo musculatura en cuanto a los fines de semana. Sonrió por primera vez en ese día.

Cliff se le unió con una sonrisa acertada que le dividía el rostro, y Kent tuvo el presentimiento de que el chico sabía exactamente lo que estaba haciendo.

—He esquiado un día o dos en mi vida —contestó finalmente.

—Fabuloso, podemos ir en algún momento —replicó el recién transferido, y luego el rostro se le puso serio—. Siento mucho lo que le sucedió a su esposa. Quiero decir, he oído hablar de eso. Debe ser muy duro.

—Ajá. ¿Qué sabe por consiguiente, además del hecho de que fui responsable del SAPF?

—Sé que en la convención las cosas se pusieron un poco patas arriba. De algún modo evitaron dar el nombre de usted en todo el escándalo. Parece que Borst se asignó toda la gloria —notificó Cliff, y sonrió nuevamente.

Kent parpadeó y decidió no sonreír.

—Sí, usted muy bien podría creer que esa es una tontería de «mostremos todos una sonrisa al respecto», pero el hecho es que Borst no solo se llevó la gloria, también está pescando todo el dinero.

—Sí, lo sé —asintió el muchacho.

Eso volvió a apartar a Kent. ¿Sabía eso también el chico?

—¿Y no tiene usted un problema con eso?

—Sin duda que sí. También tengo un problema con el hecho de que las pistas de esquí están a dos horas de distancia. Vine a Denver creyendo que los hoteles se hallaban en la puerta trasera de todo el mundo, ¿sabe? Pero a menos que podamos hallar la manera de mover montañas, creo que nos enfrentamos a cierta clase de conflicto.

Sí, de veras. Cliff no era un pelele. Probablemente uno de esos muchachos que empezaron pulsando códigos de computación mientras aún estaban en pañales.

—Veremos.

—Bueno, si necesita mi ayuda, solo pídala —declaró Cliff encogiéndose de hombros—. Sé que la necesitaré.

—¿Que usted necesitará qué?

—Ayuda. De usted. Mi responsabilidad es escarbar en el código y buscar debilidades. Ya he encontrado las primeras tres.

—Buscar debilidades, ¿eh? ¿Y qué le hace creer que hay algunas debilidades? ¿Cuáles tres?

—Todd, Mary y Borst —contestó Cliff, el rostro le volvió a sonreír.

Esta vez Kent apenas pudo contenerse. Rió. Cliff se estaba pareciendo más y más a un aliado. Otro pequeño regalo de Dios, posiblemente. Le hablaría a Dennis de este sujeto.

—Usted tiene razón, Cliff —asintió Kent—. Pero yo no andaría diciendo eso por aquí en voz muy alta, si yo fuera usted. Sabe lo que ellos dicen acerca del poder. Corrompe. Y según parecen las cosas, Borst ha tropezado últimamente con un cargamento de poder.

—No se preocupe, Kent —contestó Cliff, guiñando un ojo—. Estoy alerta. Tiene mi voto.

—Gracias.

—Ahora en serio, tengo algunas preguntas. ¿Le importaría hacerme repasar unas cuantas rutinas?

El muchacho era una paradoja andante. A primera vista, corte limpio y listo para actuar de modo servil ante el ejecutivo más cercano, pero totalmente distinto debajo del almidón. Un esquiador. A Spencer le deleitaría esto.

—No hay problema. ¿Qué quiere saber?

Pasaron el resto de la mañana y la primera hora de la tarde recorriendo el código. La intuición de Kent demostró ser correcta: Cliff era un prodigioso programador regular. No tan fluido o preciso como Kent mismo, pero tan cerca como nadie que hubiera conocido. Y además agradable. Él había acomodado una oficina en el pasillo que había servido como el salón extendido de la suite antes de su llegada. Poco después de la una el joven se fue allí.

Kent miró la puerta después de la partida de Cliff. ¿Ahora qué? Volvió a levantar el teléfono y comenzó a marcar el número de Dennis Warren. Pero entonces recordó que el abogado se hallaba en la corte. Depositó el auricular en la base. Quizás debería hablar con Will Thompson en la planta alta. Buscar el apoyo del ejecutivo de préstamos en el asunto de la bonificación perdida. Eso significaría volver a pasar al lado de Betty, desde luego, y apenas logró soportar la idea. A menos que ella estuviera almorzando tarde.

Kent apagó la computadora, agarró el maletín ejecutivo, y salió.

Por desgracia, Betty había vuelto del almuerzo, y transfería sin darse cuenta el rubor de su rostro bien embadurnado al micrófono del teléfono mientras cotorreaba con sabe Dios quién. Alguna otra dama que no tenía ni la más mínima idea de la banca. Quizás la esteticista.

Kent no se molestó en informar sus planes. Halló a Will en la planta alta, otra vez dándole golpes al monitor.

—¿Necesitas un poco de ayuda allí, jovencito?

Will se sobresaltó.

—¡Kent! —exclamó y asintió con un vigoroso movimiento.

—¿Sigues teniendo problemas con ese monitor?

—Cada vez que vienes, parece. La cosa esa se la pasa titilando. Debería empujarlo distraídamente del escritorio y solicitar uno nuevo. Quizás uno de veintiún pulgadas.

—Sí, eso definitivamente empujará los préstamos hasta el tope. Mientras más grandes, mejor.

Will realizó unos cuantos movimientos más de cabeza y sonrió.

—Así que oí que ayer tuviste un roce con Bentley —anunció.

Kent se sentó tranquilamente en la silla para visitantes frente a Will, haciendo caso omiso de la irritación que de repente le bañó los hombros.

—¿Y cómo sabes eso?

—Este es un pueblo chico en el que trabajamos, Kent. Completo con líneas de comunicación fijas y de flujo libre. Las noticias vuelan.

¡Vaya! ¿Quién más sabía? Si lo sabía el bocazas de aquí, todo el mundo lo oiría pronto. Probablemente ya era de conocimiento público. Kent miró alrededor del espacio y pilló un par de ojos fijos en él desde el extremo más lejano. Volvió a poner la mirada a Will.

—¿Y qué oíste?

—Oí que entraste allí y exigiste ser nombrado empleado del mes por tu participación en el desarrollo del SAPF. Dijeron que estuviste gritando al respecto.

La irritación le bajó a Kent por la columna vertebral.

—¿*Empleado del mes?* ¡Ese asqueroso imbécil! Pude…

Se mordió el resto y cerró los ojos. Entonces no andaban haciendo tonterías. Él se había convertido en tonto útil de esos tipos. El pobre infeliz en administración que quería una palmadita más en la espalda.

—¿No habrás gritado de veras en…?

—¡Tienes toda la maldita razón en que le grité a ese majadero! —exclamó Kent—. Pero no por el asqueroso espacio de estacionamiento del empleado del mes.

Respiró con dificultad y trató de calmar el pulso.

—¿De veras se está tragando eso la gente?

—No lo creo —comentó Will echándose hacia atrás y mirando alrededor—. Baja la voz, amigo.

—¿Qué están diciendo los demás?

—No sé. Afirman que a cualquiera que grita a Bentley por la posición de empleado del mes se le ha zafado un tornillo, por cierto —añadió el ejecutivo de préstamos, y una leve sonrisa le cruzó el rostro—. Están diciendo que si se iba a nombrar empleado del mes a alguien, debería ser a todo el departamento porque el SAPF salió del departamento.

Algo rebotó en la mente de Kent, como si alguien hubiera lanzado una profunda carga allí y hubiera corrido a guarecerse. *¡Bum!* Se levantó. Al menos *deseaba* estar de pie. Sus esfuerzos resultaron en más que una sacudida. La oficina le dio vueltas mareantes.

¡Debía conseguir a Dennis! ¡Esto no era algo bueno!

—Me debo ir —masculló—. Estoy atrasado.

—Kent, ¡siéntate por el amor de Dios! —profirió Will inclinándose hacia el frente—. No es nada del otro mundo. Todos sabemos que fuiste el verdadero cerebro detrás del SAPF, amigo. Relájate.

Kent se agachó por el maletín ejecutivo y pausadamente se apartó del escritorio. Ahora solo deseaba una cosa. Salir. Solo salir, salir.

Si hubiera habido escalera de incendios en el pasillo la habría tomado para no correr el riesgo de encontrarse con otro empleado. Pero no había escalera de incendios. Además *había* otra persona en el ascensor. Se podría haber tratado de la Señorita Estados Unidos, le daba igual, porque él se negó a hacer cualquier contacto visual. Él se pegó al rincón, suplicando que los segundos pasaran rápidamente.

La puerta trasera lo dejó en libertad hacia el callejón, y los ojos se le inundaron de lágrimas antes de dar un portazo. Bramó furioso, instintivamente. El rugido resonó, y él giró la cabeza, preguntándose si alguien había oído o visto a este tipo adulto haciendo un berrinche. El callejón estaba oscuro y vacío en ambas direcciones. Un enorme motor diesel rugía cerca… una excavadora, quizás, haciendo realidad el sueño de alguien.

Kent se sintió insignificante. Muy, muy, pero muy insignificante. Tanto como para morir.

MIENTRAS KENT agonizaba en el trabajo, Helen hacía lo posible por olvidar las imágenes que la habían visitado la noche anterior. Pero no lo estaba logrando muy bien.

Ella revolvió lentamente la jarra de té, escuchando a Spencer en el otro cuarto que tarareaba «La canción del mártir». Todas sus vidas parecían depender de esa melodía, pensó ella, recordando cómo al abuelo del niño le gustaba cantarla con su dulce voz de barítono. De abuelo a nieto. El hielo chocaba en el té, y ella comenzó a cantar suavemente con el chico. «Canta oh Hija de Sion…»

Si el niño solo supiera.

Bueno, hoy él sabría un poco más. Suficiente para que las cosas se iluminen.

Helen cojeó hasta donde Spencer, quien se hallaba como de costumbre en el suelo con las piernas cruzadas, y luego ella se sentó con cuidado en su vieja mecedora verde.

En la rinconera se hallaba la antigua botellita roja de cristal, mirándola con su historia. Esa infamia de cristal contenía sus secretos, secretos que le producían un frío en la inmóvil columna. La abuela tragó saliva y miró hacia otro lado. Ahora la pintura de la cruz con Jesús extendido, agonizando en las vigas, la miraba directamente, y Helen siguió en contacto con el niño en un soprano tembloroso. «He estado esperando el día, cuando al fin consiga decir, hijo mío, estás finalmente en tu hogar».

Ella tendría que mantenerse fuerte ahora... al menos frente al niño. Tendría que confiar como nunca lo había hecho. Estaría obrando bien mientras pudiera dejar de ver la balanza de la justicia que había logrado entrársele a la mente. Lo lograría mientras pudiera confiar en que la balanza de Dios estaba obrando, aunque la suya propia se le inclinara y se le doblara en la mente.

Era raro que muchos vieran esa cruz como un puente sobre el abismo entre Dios y el hombre, entre el cielo y la tierra, y sin embargo cuán pocos se tomaban el tiempo de atravesarlo. No era un juego de palabras, solo una pepita de verdad. ¿Cuántos se hallaban ocupados buscando otra manera de cruzar? ¿Cuántos cristianos evitaban la muerte de Dios? Toma tu cruz todos los días, él había dicho. Bueno, había una paradoja.

—Spencer.

—¿Sí, abuela? —contestó el niño levantando la mirada de los bloques de Lego que le habían captado la atención en la última media hora.

Helen vio que él había construido una nave espacial. Apropiada.

—¿Habló tu padre contigo anoche? —indagó, mirando alrededor del dormitorio, pensando en la mejor manera de decirlo.

—Claro —contestó él asintiendo con la cabeza.

—¿Respecto de su trabajo?

—¿Cómo sabías eso? —averiguó él mirándola curiosamente.

—No lo sabía. Por eso te pregunté. Pero supe que él estaba teniendo... complicaciones en el trabajo.

—Sí, eso es lo que dijo. ¿Te habló al respecto?

—No. Pero yo quería ayudarte a entender hoy algunas cosas acerca de tu padre.

Spencer dejó en el suelo las piezas de Lego y se incorporó, interesado.

—Él está teniendo dificultades.

—Sí, así es, ¿verdad? —asintió ella, y se quedó en silencio por algunos segundos—. Spencer, ¿cuánto tiempo crees que hemos estado orando para que tu padre vea la luz?

—Mucho tiempo.

—Cinco años. Cinco años de tocar a los cielos de bronce. Luego se agrietaron. ¿Recuerdas eso? ¿Hace casi tres semanas?

El niño asintió, ahora con los ojos abiertos de par en par.

—Con mamá.

Spencer se puso de pie y trepó a «su» silla frente a la abuela. De repente el aire se sintió cargado.

—Parece que nuestras oraciones han ocasionado un poco de revuelo en los cielos. Deberías saber, Spencer, que todo lo que está sucediendo con tu padre es deliberado.

El niño inclinó levemente la cabeza, pensando en esa idea.

—¿La muerte de mamá?

Él no se estaba perdiendo aquí un solo detalle.

—Tiene su propósito.

—¿Qué propósito podría tener Dios al dejar morir a mamá?

—Déjame preguntarte, ¿qué es más fabuloso con relación a la muerte de tu madre? ¿El placer *de ella* o la tristeza de tu padre?

De repente ella quiso echar su propio dolor sobre la balanza y retirar la pregunta. Pero esa no era su parte aquí… al menos sabía eso.

Él la miró por un momento, pensando. Movió la comisura de la boca y luego formó una sonrisita avergonzada.

—¿El placer de mamá? —contestó.

—En gran manera, cariño. Recuerda eso. Y pásele lo que le pase a tu padre, recuerda que cien mil ojos están mirándolo desde los cielos, observando lo que hará. Cualquier cosa puede suceder en cualquier momento, y todo acontece por un designio. ¿Puedes comprender eso?

Spencer asintió con la cabeza, tenía los ojos abiertos de entusiasmo.

—¿Has oído hablar alguna vez de un hombre llamado C. S. Lewis? Él escribió: «No hay campo neutral en el universo: cada centímetro cuadrado, cada fracción de segundo, es reclamado por Dios y contra-reclamado por Satanás». Así es con tu padre, Spencer. ¿Crees eso?

Spencer cerró la boca y tragó grueso.

—Sí. A veces es difícil saber…

—Pero crees, ¿no es así?

—Sí. Creo.

—¿Y por qué lo crees, Spencer?

Él la miró, y los ojos le brillaron como joyas.

—Porque he visto el cielo —respondió—. Y sé que las cosas no son lo que la gente cree que son.

Los sentimientos de Helen por su nieto salieron a flote, y ella sintió que se le hacía un nudo en la garganta. Ese rostro tierno debajo de esos ojos azules. Él tenía la cara de Gloria. *Oh, Dios mío, Dios mío. ¿Qué podrías estar pensando?* Al mirar al niño sintió que el pecho le podía explotar de dolor.

Ella sintió que una lágrima le resbalaba del ojo.

—Ven acá, cariño —pidió.

El niño llegó y se sentó en el brazo de la silla. Helen le agarró la mano y se la besó tiernamente, luego lo atrajo hacia su regazo.

—Te amo, mi niño. Te amo mucho de verdad.

—Yo también te amo, abuela —declaró él sonrojado, y se volvió para besarla en la frente.

—Eres bendecido, Spencer —expresó ella mirándolo a los ojos—. Acabamos de empezar, creo. Y tienes una parte preciosa que representar. Saboréala por mí, ¿lo harás?

—Lo haré, abuela.

—¿Prometido?

—Prometido.

Helen sostuvo a su nieto por bastante tiempo, meciéndose en la silla en silencio. De manera sorprende, él se lo permitió… pareció entusiasmarlo el abrazo. Pronto fluyeron libremente las lágrimas por el rostro de la abuela y le humedecieron la blusa. Ella no quería que el niño la viera llorar, pero no podía contenerse. La vida de ella se le destrozaba, por amor de Dios.

Muy literalmente.

CAPÍTULO DOCE

KENT CAYÓ en un profundo sueño en algún momento, pasada la medianoche del miércoles, con visiones que le daban vueltas perezosamente a través de sus sueños. Despertó tarde y se levantó para vestirse e ir a trabajar. La idea de volver a la cueva de ladrones le provocó náuseas ahora mismo, pero no había visto las cosas desde el punto de vista de Dennis Warren de al menos conservar su cargo de empleado con el banco. Y no había logrado contactarse con el abogado la tarde anterior, a pesar de la docena de intentos. Kent creyó que la joven bonita y tonta de su abogado le estaba tomando antipatía.

Y ya era de mañana. Lo cual significaba que era hora de volver al banco. De volver al infierno. Quizás hoy podría lavarle los pies a Borst. Quizás darle una buena fricción. Felicitarlo por hacerlo emplearlo del mes. *¡Estupendo, señor!* ¡Por Dios!

—¿Papá?

Kent levantó la mirada desde el borde de la cama, donde acababa de dejar su última media. Spencer estaba en el marco de la puerta, totalmente vestido. Tenía el cabello enredado, pero el niño no iba a ir hoy a ninguna parte.

—Hola, Spencer.

Su hijo entró y se sentó al lado.

—Estás atrasado —observó el muchacho.

—Sí. Me quedé dormido.

—Te amo, papá —expresó de repente Spencer poniéndole un brazo encima y apretando con ternura a su padre.

La demostración de afecto produjo pesadez en el pecho de Kent.

—Yo también te amo, hijo.

Permanecieron juntos, quietos y callados por un momento.

—Sabes que mamá está bien, ¿verdad? —declaró Spencer, mirándolo—. Ella está en el cielo, papá. Con Dios. Está riendo allá arriba.

—Por supuesto, hijo —concordó Kent, parpadeando—. Pero nosotros estamos aquí abajo. Aquí no hay cielo.

—A veces sí —discutió Spencer.

—El cielo en la tierra —manifestó Kent alborotando el cabello del niño y sonriendo—. Tienes razón. A veces está aquí.

Se puso de pie y se anudó la corbata alrededor del cuello de la camisa.

—Como cuando tu madre y yo nos casamos. Entonces *había* algo de cielo. O como cuando recién compré el Lexus. ¿Recuerdas Spencer cuando llegué a casa con el Lexus?

—No estoy hablando de esa clase de cielo.

Kent fue hasta el espejo en la pared, sin querer hablar de esto ahora. En este momento quería cortarle la garganta a Borst. Se vio el ceño fruncido en el espejo. Más allá, el reflejo de Spencer le sostenía la mirada. Este era su hijo ahí en la cama, con los ojos bien abiertos y las piernas colgándole casi hasta el suelo.

—Vamos, Spencer. Sabes que no veo las cosas igual que tú. Sé que quieres lo mejor para mamá, pero ella se acaba de ir. Ahora estamos tú y yo, compañero. Y hallaremos nuestro propio camino.

—Sí, lo sé.

Está bien, hijo. Renuncia al asunto.

—Pero quizás deberíamos seguir el camino de mamá.

Kent cerró los ojos y apretó la mandíbula. ¿El camino de mamá? ¿Y cuál es el camino de mamá? El camino de mamá fue la muerte. *Sí, bueno, ¿por qué sencillamente no nos morimos todos y vamos al cielo?*

—No vivimos en un mundo de fantasía —explicó, apretándose el nudo de la corbata y volviéndose hacia Spencer—. Vivimos en un mundo real donde las personas mueren de veras, y cuando mueren se acaba todo. Dos metros bajo tierra. No va más. Y no hay cómo pretender algo más.

—¿Y qué de Dios?

El timbre sonó en el vestíbulo. Esa sería Linda, la niñera a quien Helen había encargado que cuidara a Spencer durante el día. Kent se volvió hacia la puerta.

—¿Por qué simplemente no crees en Dios?

—Sí creo en Dios —afirmó Kent deteniéndose y volviéndose otra vez hacia Spencer—. Solo que tengo un concepto más amplio, eso es todo.

—Pero Dios te ama, papá. Creo que él está tratando de cautivar tu atención.

Kent giró, con el estómago repentinamente revuelto. Deseaba expresar: *No seas tan simplista, Spencer. ¡No seas tan estúpido!* Quería gritar eso. Si lo que le estaba sucediendo en la vida tuviera algo que ver con un escritor de barba blanca en el cielo, entonces Dios se estaba volviendo senil a su avanzada edad. Era hora de que se hiciera cargo alguien con un poco más de compasión.

Kent se volvió de nuevo hacia la puerta sin responder.

—Él no te soltará, papá. Te ama demasiado —exhortó Spencer en voz baja.

Kent giró, repentinamente furioso.

—¡No me interesa tu Dios, Spencer! —exclamó; las palabras le salieron antes de que pudiera atajarlas—. ¡Solo cállate!

Dio media vuelta y se dirigió furibundo a la puerta principal, sabiendo que había cruzado una línea. Abrió la puerta y miró a la morena niñera que estaba parada en los peldaños del frente.

—¿Sr. Anthony? —preguntó ella, alargando una mano.

—Sí.

Kent oyó a Spencer detrás de él caminando con paso suave, y deseó volverse hacia el niño y suplicarle que lo perdonara. Linda lo miraba con brillantes ojos grises, y él desvió la mirada hacia la calle. *Spencer, querido hijo mío, te amo mucho. Nunca podría lastimarte un cabello de la cabeza. Nunca. Nunca, ¡nunca!*

Debía volverse ahora y abrazar al niño. Spencer era lo único que le quedaba. Kent tragó grueso y dio un paso hacia la muchacha.

—Cuídelo —le instruyó sin estrecharle la mano—. Él conoce las reglas.

Cada fibra en el cuerpo de Kent ansiaba girar y regresar hacia Spencer. Pero caminó con dificultad hacia el Lexus que esperaba en la entrada. Al cerrar la puerta vio a su hijo desde el rabillo del ojo. El niño se hallaba parado en la entrada con los brazos sueltos a los lados.

Kent refunfuñó calle abajo, pensando que acababa de llegar tan bajo como nunca antes. Muy bien pudo haber lamido el concreto mientras estuvo allá. Difícilmente lograba comprender por qué el tema de Dios lo lanzaba a tal descontrol. Por lo general la muerte parecía poner de rodillas a las personas, suplicándole algún entendimiento al tipo de arriba. Pero la muerte de Gloria parecía haber plantado una raíz de amargura en el corazón de Kent. Tal vez porque ella había muerto de forma tan violenta a pesar de la fe que tenía. Y las oraciones de su suegra habían terminado donde terminan todas las oraciones: en la propia materia gris de la mujer.

Llegó al banco de ladrillo rojo lleno de aprensión desde la primera vez que lo divisó a diez cuadras de distancia. Hoy llamaría nuevamente a Dennis, y descubriría cuán rápido podían entablar una demanda. Quizás podría irse entonces.

Kent se dirigió al callejón en la parte posterior del banco. No había manera de cruzar esas elaboradas puertas frontales de cristal y arriesgarse a toparse con el gordito Bentley. La entrada trasera estaría bien para el equilibrio del cargo del gordinflón, gracias. Kent recorrió el lúgubre callejón.

Hilos blancos de vapor ascendían de las alcantarillas en la mitad del angosto pasaje. Había basura esparcida a los lados del contenedor, como si lo hubieran inclinado y luego enderezado. Algún vagabundo desamparado demasiado impaciente por encontrar algo. Kent sacó del bolsillo un manojo de llaves y encontró la plateada que le habían proporcionado para la puerta un año atrás, después de que se quejara que necesitaba un acceso para cuando debiera quedarse más tiempo. Desde entonces entraba y salía a su agrado, trabajando a menudo hasta tarde en la noche. El recuerdo se le asentó ahora en la mente, burlándose.

¿Cuántas horas él le había entregado al banco? Miles al menos. Diez mil, todas para Borst y Gordito. Si el Dios de Spencer estuviera involucrado de veras en el mundo, era un torturador. Veamos a cuál de ellos logramos hacer vociferar hoy con más fuerza. Kent metió la llave en la ranura.

Un susurro sonó como un ruido áspero detrás de Kent.

—Aún no has visto nada, desquiciado.

Kent giró.

¡Nada!

El corazón le palpitó con fuerza. El contenedor se hallaba tranquilo; el callejón estaba despejado a lado y lado, vacío hacia las calles, blancos hilos de vapor surgían perezosamente de la rejilla. Pero él lo había oído, claro como el día. *¡Aún no has visto nada, desquiciado!*

El estrés empezaba a dominarlo. Kent se volvió hacia la puerta gris de acero de la salida de emergencia y volvió a insertar la llave con mano temblorosa.

Su mirada captó un movimiento a la izquierda, y movió rápidamente la cabeza en esa dirección. Un hombre que usaba una raída camisa roja hawaiana y pantalones mugrientos que posiblemente un día fueron azules estaba inclinado contra el contenedor de basura, observándolo. La escena aterró en gran manera a Kent, y la mano se le paralizó en la llave. Ni tres segundos atrás habría jurado que no había nadie en el callejón.

—La vida es una porquería —expresó el hombre, y luego se llevó a los labios una bolsa color marrón y tomó un trago de una botella oculta. No dejó de mirar a Kent a los ojos. Ralos parches de cabello le colgaban del cuello. La enorme y roja nariz llena de grumos le brillaba.

—¡La vida es realmente una *porqueríííía*! —resaltó el tipo ahora, esta vez sonriendo, y dejó ver en la boca sus irregulares y amarillentos dientes; rió socarronamente y levantó la bolsa café.

Kent observó al vagabundo tomar otro trago. Empujó la puerta y entró rápidamente. Algo lo perseguía; se estaba desequilibrando. *¡Contrólate, Kent! Estás perdiendo el dominio propio.*

La puerta se abrió con una ráfaga de aire, y de repente el pasillo quedó oscuro. Palpó la pared, encontró el interruptor, y lo levantó. Los largos tubos fluorescentes titilaron hasta que surgió luz blanca, iluminando el pasillo vacío. Largo y vacío como las posibilidades que ahora enfrentaba su vida. Funestas, pálidas, prolongadas, vacías.

La vida es una porquería.

Kent se obligó a ir hasta el final y salir al corredor principal. De algún modo se había embarcado en una montaña rusa, subiendo, bajando y dando bruscas curvas a vertiginosa velocidad, tratando de lanzarlo a la muerte. Lo transportaba una sensación infernal, y no se le permitía desembarcar. Cada hora se deslizaba en la siguiente, y cada día estaba lleno de nuevos giros y cambios. Se dice que cuando llueve, es a cántaros. Sí, bueno, ahora mismo llovía a cántaros. Fuego y azufre.

Cuando Kent entró a los Sistemas de Información, Betty se había ido, probablemente al baño a aplicarse otra capa de rímel en las larguísimas pestañas postizas. Ella siempre pretendía tener la mitad de la edad con el doble de la vida. Kent se metió a su oficina y cerró con cuidado la puerta. *Aquí vamos.* Se sentó y trató de calmar el zumbido en la mente.

Por todo un minuto miró los exóticos peces que atravesaban los tres monitores con previsibles movimientos. No fue sino hasta entonces que se dio cuenta que aún tenía el maletín ejecutivo en la mano. Lo dejó en el suelo y agarró el teléfono.

La malhumorada secretaria de la oficina de Dennis Warren tardó cinco minutos en comunicarlo, pero solo después de la amenaza de Kent de que volvería a llamar cada tres minutos si ella no le decía a Dennis ahora mismo que él se hallaba al teléfono.

—Kent —contestó Dennis—. ¿Cómo te va, amigo mío? No seas duro con mis chicas.

—Ella se está portando insolente. No debería hacer eso con los clientes, Dennis. No es bueno.

—No eres un cliente. Todavía no, Kent —declaró Dennis soltando una risita—. Lo serás cuando te llegue una cuenta de cobro. ¿Qué hay de nuevo?

—Nada —respondió Kent haciendo caso omiso de la burla—. A menos que llames nada a estar sentado en una oficina haciendo nada durante ocho horas mientras todo el mundo a tu alrededor está con el oído pegado a la pared, escuchando tu *nada*. La situación está patas arriba, Dennis. Todos en el banco lo saben.

—Relájate, compañero.

—¡Debemos avanzar, Dennis! No estoy seguro de aguantar esto mucho tiempo.

Un prolongado silencio le saturó el oído, lo cual era más bien poco característico en su amigo, quien nunca parecía quedarse sin respuesta. Ahora de pronto Dennis se quedó en silencio. Respirando, en verdad. Respirando pesadamente. Cuando habló, la voz le sonó áspera.

—Podemos avanzar en esto tan pronto como seas positivo, Kent.

—¿Positivo? ¿Respecto a qué? ¡*Soy* positivo! ¡Ellos creen aquí que he enloquecido! ¿Entiendes eso? Creen que estoy en lo más difícil, ¡por el amor de Dios! Vamos a enterrar a estos tipos, ¡aunque sea lo último que hagamos! —exclamó Kent, y trató de mostrar calma, preguntándose si su voz se habría oído en el pasillo—. ¿De acuerdo?

Una risita chirrió en la línea.

—Ah, estaremos haciendo algunos entierros, de acuerdo. ¿Y qué respecto a ti, Kent? —inquirió Dennis hablando ahora en cortas respiraciones, haciendo una pausa después de cada frase para aspirar—. ¿Eres positivo acerca de dónde te hallas?

Una respiración.

—No puedes ablandarte a medio camino.

Una respiración. Luego otra. Kent frunció el ceño.

—La situación no es como si Dios estirara la mano y te pasara algunas respuestas, ¿sabes? —continuó el abogado—. Tú decides seguir un camino, y lo recorres del todo. Exactamente hasta el final, ¡y los aprietas a todos si necesitan sus muletas!

Una serie de respiraciones.

—¿De acuerdo, Kent? ¿No es así?

—¿De qué estás hablando? —cuestionó Kent frunciendo el ceño en desaprobación—. ¿Quién está hablando de ablandarse? ¡Estoy diciendo que los enterremos, amigo! De estampillarlos contra la pared.

Dejó pasar el comentario acerca de las muletas. Algo estaba confuso allí.

—Así es, Kent —carraspeó la voz del abogado—. Haces lo que se deba hacer. Se trata de la vida o la muerte. Si ganas, es vida; si pierdes, es muerte.

—Te oí, amigo. Y estoy diciendo que por cómo se ven las cosas, ya soy hombre muerto. Debemos avanzar ahora.

—Si haces las cosas a la manera de ellos, terminarás enterrado. Como un mártir tonto —advirtió Dennis, y respiró—. Mira a Gloria.

¿Gloria? Kent sintió que el pulso se le aceleraba al asentir con su abogado. Ahora entendía lo que Dennis estaba haciendo. Y era algo brillante. El hombre se estaba extendiendo hacia él; conectándose emocionalmente con él; trazando las líneas de batalla.

—Sí —contestó.

Y Dennis estaba afirmando que el banco y Dios estaban del mismo lado. Ambos querían hacer algunos entierros. Solo que Dios en realidad era suerte, y la suerte ya había hecho su entierro con Gloria. Ahora le tocaba al banco. Con él.

—Sí —repitió, y le recorrió un escalofrío por la nuca—. Bueno, ellos no van a enterrarme, Dennis. No a menos que primero me maten.

El teléfono se quedó mudo en su mano por unos cuantos segundos antes de que Dennis contestara otra vez.

—No. Matar es contra las reglas. Pero existen otras maneras.

—Bueno, en realidad no estoy sugiriendo matar a nadie, Dennis. Es solo una manera de hablar. Pero te oigo. Te oigo fuerte y claro. Estoy listo. ¿Cuándo podemos echar a rodar esta bola?

Esta vez el teléfono se quedó totalmente callado por bastante tiempo.

—¿Dennis? ¿Hola?

—No —volvió a hablar el abogado; la voz parecía lejana, ahora como un eco en el teléfono—. No creo que estés listo. No creo que estés listo en absoluto, mi buen amigo. Quizás esta tarde estés listo.

El teléfono hizo clic. Kent se lo pegó más al oído, asombrado. ¿Esta tarde? ¿Qué diablos tenía esta tarde que ver con alguna cosa? Un pánico repentino le subió por la garganta. ¿Qué estaba pasando? ¿Qué diablos...?

El teléfono le empezó a hacer un fuerte ruido en el oído. Entró una voz electrónica y le dijo indirectamente que pegarse al oído un teléfono desconectado era lo menos sensato que podía hacer.

Dejó el auricular en la base.

En realidad sí, la montaña rusa del infierno. *¡Tras él, muchachos! ¡Tras él!*

¿Ahora qué? ¿Qué se supone que debía hacer en este maldito lugar? ¿Sentarse a mirar los peces mientras Borst se hallaba al otro lado del pasillo, planeando cómo gastar la próxima fortuna de Kent?

Cliff asomó la cabeza una vez y ofreció un «buenos días» alrededor de esa sonrisa de come-piña. Kent forzó una sonrisa y susurró lo mismo.

—No te metas en líos ahora. ¿Me oyes? —advirtió Cliff, tuteándolo.

—Siempre. Soy la personificación de los problemas —emitió; intentó hallar alguna ligereza en su propia ironía, pero no pudo.

—Está bien. ¡Persevera! Las cosas mejorarán si perseveras.

Cuando Kent levantó la mirada, Cliff ya se había ido. La puerta se cerró. ¿Qué sabía *él* ahora? Como un padre que brinda sana sabiduría. *Persevera, hijo. Aquí, ven a sentarte en mis rodillas.*

Trató de imaginar a Cliff elevándose en esquíes. La imagen llegó con fuerza. Ahora Spencer, había alguien más que podía elevarse. Solo que no en una patineta.

Kent pasó una hora revisando correos electrónicos y estúpidos memorándums bancarios. La mayor parte de eso fue a parar con un clic a la papelera de reciclaje.

Esperó que en cualquier momento se asomara alguno de sus compañeros y dijera algo, pero no fue así, y empezó a olvidarse del asunto. En varias ocasiones les oyó las voces ahogadas, pero parecían hacerle caso omiso por completo. Quizás no sabían que él ya había llegado. O más probablemente estaban avergonzados. *¿Supiste lo de Kent y Bentley? Sí, en realidad lo echaron, ¿eh? Pobre tipo. Perdió a su esposa eso fue lo que lo trastornó. Sin duda.*

Pensó varias veces en volver a llamar Dennis… preguntarle qué quiso decir acerca de esta tarde. Pero el recuerdo de la voz del hombre resonando en el auricular le hizo posponer la llamada.

Hizo clic en SAPF e ingresó la nueva contraseña. MBAOK. El conocido ícono atravesó la pantalla, y luego Kent lo dejó en operación por algún tiempo antes de ingresar al sistema. Un programa como este valdría millones para cualquier banco grande. Simplemente podría bajar el código de fuente y ponerlo a circular. Después de todo, le pertenecía.

Pero allí estaba el problema. No le pertenecía. Al menos, no legalmente.

El repentino zumbido del teléfono sobresaltó a Kent. Dennis, quizás. Llamando para disculparse por ese ridículo intercambio. Miró el identificador de llamadas.

Era Betty. Y él no estaba de humor para discutir asuntos de oficina. Dejó que el teléfono sonara de manera irritante. Al fin se silenció después de una docena de persistentes zumbidos. ¿Cuál era el problema de ella?

Un puño tocó a la puerta, y él se dio vuelta. Betty estaba en el marco, pálida.

—Tienes una llamada —comunicó, y él creyó que la mujer podría estar enferma—. Es urgente. Te la volveré a pasar.

Ella jaló la puerta hasta cerrarla. Kent la observó todo el tiempo.

El teléfono volvió a resonar. Esta vez Kent giró y agarró el auricular.

—Aló.

—Aló, ¿Sr. Anthony? —indagó una voz femenina; una suave y temblorosa voz femenina.

—Sí, soy Kent Anthony.

Una pausa.

—Sr. Anthony, me temo que ha habido un accidente. ¿Tiene usted un hijo llamado Spencer Anthony?

—Kent se puso de pie. Las manos se le enfriaron en el auricular.

—Sí.

—Lo golpeó un vehículo, Sr. Anthony. Está en el Denver Memorial. Usted debería venir inmediatamente.

El torrente sanguíneo de Kent se inundó de adrenalina como hielo hirviendo. Un escalofrío le bajó por los hombros.

—¿Está… está bien él?

—Está…

Una preocupante pausa.

—Lo siento. No puedo…

—¡Solo dígamelo! ¿Está bien mi hijo?

—Murió en la ambulancia, Sr. Anthony. Lo siento…

El mundo se le paralizó por un momento. Kent no supo si la mujer dijo algo más. Si lo dijo, él no lo oyó porque un zumbido había vuelto a estallarle en el cráneo.

El teléfono se le deslizó de la mano y cayó en la alfombra. ¿Spencer? ¡Su Spencer! ¿Muerto?

Kent se quedó atornillado al piso, la mano derecha aún pegada al oído donde había estado el auricular, la boca abierta estrepitosamente y sin fuerzas. Entonces el terror le llegó en oleadas, extendiéndosele como fuego por brazos y piernas.

Se volvió hacia la puerta. Estaba cerrada. Un momento, ¡esto podría haber sido una de esas voces! Se estaba volviendo loco, ¿verdad? Y ahora las voces de la demencia lo habían tocado donde sabían que dolía más. Intentó hacer reaccionar el corazón.

Murió en la ambulancia, había dicho la voz. Una imagen de la cabeza rubia de Spencer ladeada sobre una camilla de ambulancia le recorrió la mente. Los brazos de su hijo zarandeándose, mientras la furgoneta médica saltaba sobre baches.

Kent se tambaleó hacia la puerta y la abrió de golpe, apenas consciente de sus movimientos. Betty se hallaba en el escritorio, aún pálida. Y entonces Kent comprendió que se había tratado de una voz real.

La mente se le nubló, y Kent perdió la sensibilidad. Los días que lo habían llevado hasta hoy lo habían debilitado mucho. Ahora simplemente se le venían encima, como paja soplada por el viento.

Gimió, desconcertado, totalmente ajeno a las puertas que se abrían a su alrededor para ver qué ocasionaba el alboroto. Una pequeña parte de su mente sabía que avanzaba torpemente por el pasillo, con las manos sueltas a los lados, gimiendo como un jorobado retardado, pero la comprensión de las cosas flotaba en el negro horizonte como un diminuto detalle sin importancia. Todo lo demás solo era zumbido y tenebrosidad.

Kent atravesó a tropezones la puerta del pasillo, como un autómata. Se hallaba a mitad de camino hacia el vestíbulo principal cuando la crueldad de todo esto le retumbó en el cerebro, y comenzó a jadear irregularmente como pez boqueando sobre rocas. En la mente le apareció el tierno e inocente rostro de Spencer. Luego el hinchado cuerpo de Gloria, aún manchado y morado.

Se llevó las manos a las sienes y salió en vacilante carrera. Quería detener las cosas. Interrumpir el gemido, paralizar el dolor, parar la locura. Sencillamente estancarlo todo.

Pero ahora todo llegó como una inundación, y en vez de detener algo, comenzó a sollozar. Como un hombre poseído, Kent atravesó el vestíbulo principal, agarrándose el cabello de las sienes, gimiendo escandalosamente.

El banco se paralizó por un momento.

Doce cajeros se volvieron al unísono, asombrados. Zak, el guardia de seguridad, se llevó la mano a la culata de su nueva y brillante .38, por primera vez, posiblemente.

Kent se lanzó por las puertas giratorias, saltó los peldaños de concreto, y rodeó desbocado la esquina. Corrió hacia el auto, apenas consciente de cuál era el suyo.

¡Spencer! No, no, ¡no! Por favor, ¡Spencer no!

El rostro de su hijo surgió tierno y sonriente en la mente de Kent. Los rubios mechones le colgaban sobre los ojos azules. El niño echó la cabeza hacia atrás, y Kent sintió una oleada de vértigo ante el dolor que sintió en el pecho.

La puerta del Lexus no se abrió fácilmente, y Kent revolvió a tientas el mazo de llaves, el cual se le cayó, golpeándose la cabeza en el espejo al agacharse para recogerlo. Pero no sintió ningún dolor por el corte profundo sobre el ojo izquierdo. Por la mejilla le bajó sangre cálida, y eso lo consoló extrañamente.

Luego ya en el auto gritaba desesperado por las calles haciendo sonar el claxon, limpiándose frenéticamente las lágrimas para aclarar la vista.

Ahora apenas se sentía consciente. Lo único que notaba era el dolor y la lobreguez que le explotaba en la mente. Serpenteó entre el tráfico, aporreando el volante, tratando de desplazar el dolor. Pero cuando hizo chirriar los frenos al detenerse en el hospital, y cuando en seguida se dio de frente con un paramédico asombrado, que lo contuvo brindándole palabras de consuelo, supo que ahora todo daba igual.

Spencer estaba muerto.

En alguna parte en la confusión, un hombre bienintencionado en una bata blanca le dijo que a su hijo Spencer lo había golpeado un auto por detrás. Que después de atropellarlo se había dado a la fuga. Uno de los vecinos halló al niño tirado en la acera, a mitad de camino hacia el parque, con la espalda destrozada. Le informó que Spencer no pudo haber sabido qué lo golpeó. Kent le gritó al hombre, diciéndole que debía dejar que un vehículo lo golpeara en la *columna* a setenta kilómetros por hora para ver cómo se sentía.

Entró a tropezones al cuarto donde habían dejado el cuerpecito de Spencer tendido en una camilla. El niño aún tenía puestos los pantalones cortos, y el pecho estaba desnudo. Habían enderezado el cuerpo, pero a primera vista Kent vio que el torso de su hijo descansaba en un ángulo extraño en las caderas. Imaginó el cuerpecito partiéndose en dos, doblándose, y siendo lanzado sobre el piso gris de linóleo. Se dirigió tambaleándose hasta el cuerpo, confuso ahora. Luego tocó la blanca piel de su hijo, reposó la barbilla en la quieta caja torácica, y lloró.

Sintió como si de los fuegos infernales hubieran sacado un hierro al rojo vivo y se lo hubieran estampado en la mente. Nadie merecía esto. *Nadie*. Ese pensamiento venía una y otra vez.

El dolor quemaba tan fuerte que Kent perdió el sentido. Más tarde le dijeron que había renegado, delirado y maldecido —más que todo maldecido— durante más de una hora. Pero él no recordaba nada de eso. Dijeron que le habían dado un sedante, y que se quedó dormido. Sobre el piso, en el rincón, acurrucado como un feto.

Pero así no era como él recordaba las cosas. Simplemente recordaba que la mayor parte de él murió ese día. Y recordaba esa marca de acero chamuscándole el cerebro.

CAPÍTULO TRECE

Sexta semana

HELEN JOVIC condujo el vetusto Ford Pinto amarillo claro por una zona residencial perfectamente mantenida, impresionada por la inmensa fachada. Como una enorme colección de muñecas Barbie cuidadosamente construida sobre la tierra para tapar un lugar apestoso y corrupto debajo. Hecho para cubrir estos calabozos aquí abajo.

Se sintió extraña conduciendo por el mundo. Solitaria. Como si estuviera soñando y las casas que se levantaban sobre verdes gramas fueran de otro planeta, porque ella sabía lo que en realidad había aquí, y que esto se asemejaba más a una cloaca que a este vecindario de ensueño.

Ese era el problema al haberse refugiado en la oración por una semana y logrado que se le abrieran los ojos. Se veían las cosas con más claridad. Y en esos días Dios le estaba haciendo ver las cosas más claramente, como había hecho con el criado de Eliseo. Acercándola a este enorme drama que se desarrollaba ante los ojos de los mortales. Ella representaba la parte de intercesora, la única mortal a la que se le permitía vislumbrar ambos mundos para que pudiera orar. Ella sabía eso. Y ahora había orado casi sin parar durante diez días.

Pero este era solo el principio. Ella lo sabía exactamente como sabía que el cambio de color en las hojas indicaba el otoño venidero. Que venía algo más. Una estación completa.

Helen empezaba a aceptar el juicio de Dios en el asunto. Como un ama de casa podría aceptar el liderazgo del esposo: con una sonrisa artificial para evitar confrontación. Por supuesto, se trataba de Dios, no de un hombre lleno de debilidades. Sin embargo, ella no podía dejarlo salir tan fácilmente del atolladero por lo que él había hecho. O al menos, permitido; lo cual, dado el poder que él tenía, era lo mismo. El tiempo de ella parecía igualmente estar dividido entre dos realidades. La realidad en la cual lloraba de manera lamentable, reclamando a Dios por este plan descabellado, rogándole alivio; y la realidad en que se sometía, temblaba y lloraba, humilde por lo que de algún modo Dios le había comunicado.

Reprender a Dios era una insensatez, por supuesto. Total tontería. Los humanos no tenían derecho de culpar al Señor por sus dificultades, como si él supiera exactamente lo que estaba haciendo al dar vida a las galaxias con su aliento, pero se equivocara en el trato con los seres que puso sobre este planeta Tierra.

Por otra parte, fue el mismo Dios, con toda su sabiduría, quien creara al hombre con una mente inconstante. Creyendo un día, dudando al siguiente; amando un instante, olvidando una hora después. El género humano.

—Ah, Dios, libéranos de nosotros mismos —susurró y se dirigió a la esquina que llevaba hacia el rincón de Kent.

Ya no tenía lucha con creer, como le pasaba a la mayoría. Pero en cuanto a amar… A veces se preguntaba acerca de amar. Si la naturaleza humana era un imán, entonces la autogratificación era acero que se incrustaba tercamente. Y amar… amar era como la madera, que se niega a adherirse al imán por mucha presión que se le aplique. Bueno, de todos modos ella seguía siendo humana. Aun después de que había pasado por este desbarajuste. En realidad sí, Kent era un *santo* en comparación con lo que ella había sido.

—¿Por qué nos estás trayendo hasta aquí, Padre? ¿Dónde termina este camino? ¿Qué no me has mostrado?

En las cinco semanas desde que viera por primera vez los cielos abiertos, junto a Gloria y Spencer, cada día había tenido un atisbo de la luz. Pero solo en tres ocasiones había tenido visiones específicas de los asuntos allá arriba. La primera fue cuando se enteró de todo este desorden. La segunda le mostró la muerte de Spencer. Y la tercera, una semana atrás, exactamente después de que Spencer se uniera a su madre.

Cada vez se le había permitido ver un poco más. Había visto a Gloria riendo, y también a Spencer riendo. Helen no sabía si ellos reían todo el tiempo… parecía como si se acabara el placer de ello. Pero para acabarse se necesitaba tiempo, y no había tiempo en el cielo, ¿no es cierto? En realidad allá no había habido una gran risa. No todo momento estuvo lleno de risas, si es que en el otro lado había cosas tales como momentos. Dos veces en la última visión había visto a Spencer y a Gloria reposando quietamente, ni riendo ni hablando sino estáticos y temblorosos, con los ojos fijos en algo que Helen no lograba ver. Revolcándose de placer. Luego volvía la risa, después de un momento. Una risa de deleite y éxtasis, no de humor. Es más, no había nada cómico acerca de que su hija y su nieto estuvieran allá arriba en los cielos.

Era asunto de placer puro. Helen muy bien habría enloquecido de no haber visto eso.

Parpadeó y giró en la calle de Kent. La edificación de dos pisos se levantaba como una tumba, aislada contra el cielo lúgubre y grisáceo.

En su última visión, Helen había logrado ver la magnitud del caso, lo que la dejó anonadada. Lo vio a lo lejos, más allá del espacio ocupado por Gloria y Spencer, y solo por un breve instante. Un millón, quizás mil millones de criaturas se congregaban allí. ¿Y dónde era *allí*? Allí estaba el cielo completo, aunque parecía imposible. Las criaturas se habían juntado en dos mitades, como sobre gradas cósmicas que miran hacia un solo campo. ¿O se trataba de una mazmorra? Esa fue la única forma en que Helen logró interpretar la visión.

Un interminable mar de criaturas angélicas brillaba de blanco a la derecha, clamando por ver el campo abajo. Aparecían en muchas formas, indescriptibles y distintas de cualquier cosa que ella hubiera imaginado.

A la izquierda una oscuridad extrema creaba un espacio vacío lleno solo con el rojo y el amarillo de incontables ojos titilantes. La fuerte fetidez a vómito había emanado de ellos, y ella había palidecido, exactamente allí, sobre el sillón verde en su sala.

Luego Helen vio el objeto de la atención fija de los seres. Era un hombre sobre el campo abajo, corriendo, subiendo y bajando los brazos a toda velocidad, como alguna clase de gladiador huyendo de un león. Solo que no había león. No había nada. Después los cielos se oscurecieron, y ella vio que se trataba de Kent que atravesaba un parque a toda prisa, llorando.

Esa tarde ella había ido donde él y le había brindado consuelo, el mismo que él rechazó al instante. También le había preguntado dónde estuvo esa mañana a las diez, la hora de la visión.

—Salí a correr —había contestado él.

Helen llegó a la entrada y estacionó el Pinto.

Kent abrió la puerta después del tercer timbrazo. Por las ojeras debajo de sus ojos, el hombre no había estado durmiendo. Tenía el cabello rubio enmarañado, y los ojos azules normalmente brillantes miraban ahora a través de párpados extenuados y oscurecidos.

—Hola, Kent —lo saludó Helen ofreciéndole una sonrisa.

—Hola.

Él dejó abierta la puerta y se dirigió a la sala. Helen entró y cerró la puerta. Cuando ella pasó debajo de la pasarela, él ya se había sentado en la mullida mecedora beige.

El aire estaba impregnado con olor a trapos sucios de varios días; quizás de una semana. Por la oscurecida sala se oía melancólicamente la misma música que él había escuchado durante jornadas enteras. Celine algo más, le había dicho a ella. Dion. Celine Dion, y no era una cinta sino un CD, igual que las iniciales del nombre de ella: CD.

Helen observó la desarreglada sala. Las minipersianas estaban cerradas, y ella parpadeó para ajustar la vista. Un montón de platos se alzaba sobre el mesón para desayunar a la derecha. El televisor titilaba silenciosamente con colores a la izquierda. Cajas de pizza yacían sobre una mesa de centro abarrotada de botellas. Si Kent se lo permitía, ella limpiaría un poco antes de irse.

Algo más había cambiado en la sala principal. La mirada de Helen se posó sobre la chimenea. Ya no estaba el cuadro enmarcado con el título *Perdonado*. En esa pintura Jesús sostenía a un asesino vestido con ropa de mezclilla, y que tenía un martillo y clavos en la mano de la que goteaba sangre. Un débil contorno hacía notar el espacio vacío.

Helen se sentó en el sofá. No estaba siendo fácil atraer a Kent. *Padre, ábrele los ojos. Haz que sienta tu amor.*

—¿Qué quieres, Helen? —preguntó él, mirándola como si hubiera oído el pensamiento.

—Quiero que estés mejor, Kent. ¿Te está yendo bien?

—¿Me veo como si me estuviera yendo bien, Helen?

—No, en realidad te ves como si acabaras de regresar del infierno —opinó ella con una sincera sonrisa, sintiendo una repentina oleada de empatía por el hombre—. Sé que hay poco que decir para consolarte, Kent. Pero creí que te podría gustar un poco de compañía. Simplemente alguien que estuviera aquí.

Él la observó con la mirada baja y sorbió de una bebida que tenía en la mano izquierda.

—Bueno, te equivocas, Helen. Si yo necesitara compañía, ¿crees que estaría aquí viendo imágenes silenciosas en el televisor?

—Lo que la gente necesita hacer y lo que en realidad hace casi nunca es algo ni siquiera remotamente similar, Kent —contestó ella asintiendo—. Y sí, creo que aunque necesitaras compañía, estarías aquí observando el televisor y escuchando esa música espantosa.

Él quitó la mirada de ella, haciéndole caso omiso.

—Pero tu situación no es tan exclusiva. La mayoría de personas en tu caso haría lo mismo.

—¿Y qué sabes *tú* acerca de mi caso? —riñó él—. ¡Qué estupidez! ¿Cuántas personas conoces que pierdan a su esposa y a su hijo en un mes? ¡No hables de lo que no sabes!

Helen sintió que los labios se le comprimían. De repente deseó darle un bofetón al hombre y salir de allí. Darle una dosis de la propia historia de ella. ¡Cómo se atrevía él a vociferar como si fuera el único que estuviera sufriendo!

Se mordió la lengua y tragó grueso.

Por otra parte, él planteaba algo interesante. No en que ella no conociera la pérdida; Dios sabía que nada podía estar más lejos de la verdad, sino en la afirmación de que pocos sufrían tanta pérdida en tan poco tiempo. Al menos en este país. En otro tiempo, en otro lugar, tales pérdidas no serían poco comunes en absoluto. Pero en los Estados Unidos de hoy, difícilmente estaba de moda esta clase de pérdida.

Padre, concédeme gracia. Dame paciencia. Dótame de amor por este hombre.

—Tienes razón. Hablé demasiado pronto —declaró ella—. ¿Te importaría si limpio un poco la cocina?

Él encogió los hombros, y ella tomó eso como un *Haz lo que quieras*. Así que lo hizo.

—¿Tienes alguna otra música? —indagó ella, levantándose—. ¿Algo optimista?

Él solo hizo un gesto de insatisfacción.

Helen abrió las persianas y se dedicó a lavar los platos, orando mientras lo hacía. Él se levantó por un momento y puso un poco de música contemporánea que ella no pudo identificar. Helen dejó que la música tocara y tarareó con los tonos cuando los coros se repetían.

Tardó una hora en hacer que la cocina volviera a estar en la limpia condición en que Gloria la conservaba. Reemplazó con otros los trapos sucios de la cocina responsables del olor a moho, preguntándose cuánto tiempo permanecerían limpios. Un día a lo sumo.

Volvió a la sala, pensando en poder expresar lo que había venido a decir, e irse. Era evidente que Kent no se hallaba de humor para recibir algún consuelo. Sin duda no de parte de ella.

Helen miró el cielo raso e imaginó las graderías cósmicas, repletas con ansiosos espectadores, no limitados por el tiempo. Ella se paró detrás del sofá y analizó al hombre como podría hacerlo una de esas criaturas celestiales. Estaba abatido. No, abatido no. Quizás el abatimiento lo caracterizaría el ceño fruncido, no esa visión de muerte desplomada en la silla ante ella. El hombre se veía a punto de morir, devastado, deshilachado como un cáñamo masticado por un perro.

—Limpié la cocina —comentó ella—. Al menos puedes moverte allí por ahora sin tener que estar tirando cosas.

Él la miró, y se le movió la manzana de Adán. Tal vez la voz de ella le recordó a la de Gloria… Helen no había considerado eso.

—De todos modos. ¿Hay algo más que pueda hacer por ti mientras estoy aquí?

Kent movió levemente la cabeza de lado a lado.

—¿Sabes, Kent? —empezó ella—. Me recuerdas a alguien que conozco que perdió a su hijo. En realidad, un caso muy parecido al tuyo.

Él no le prestó atención.

Ella pensó en salir sin terminar. *¿Estás seguro, Padre? Quizás sea demasiado pronto. El pobre parece una lombriz a punto de morir.*

Dios no respondió. En realidad ella no había esperado que lo hiciera.

—Él estaba loco por ese muchacho, ¿sabes? Eran inseparables, todo lo hacían juntos. Pero el niño no era tan, qué diré, apropiado. No tenía el mejor aspecto. Desde luego, eso no significaba nada para su padre —comentó ella, ondeando la mano como rechazando el pensamiento—. Nada en absoluto. Pero otros comenzaron a ridiculizar al muchacho. Luego no solo a ridiculizarlo, sino a rechazarlo de plano. Llegaron a odiarlo. Y mientras más lo odiaban, más lo amaba su padre, si eso fuera posible.

Helen sonrió tiernamente. Kent la miró ahora con un poco de interés.

—El joven fue asesinado por algunos de sus propios compañeros —continuó ella—. Esto casi mata al padre. Me recuerda a ti. De todos modos, atraparon a quien mató a su hijo. Lo agarraron con el arma en la mano. El tipo quedó desamparado e indiferente... y en camino hacia una vida tras las rejas. Pero el padre no presentó ninguna acusación. Manifestó que ya se había tomado una vida. La de su hijo. En vez de eso ofreció amor a quien había matado a su hijo.

Helen miró a Kent a los ojos en busca de una señal de identificación. Esos ojos miraron dentro de los de ella, carentes de expresión.

—El afecto inesperado casi quebranta el corazón del asesino. Este fue hacia el padre y le suplicó que lo perdonara. ¿Y sabes lo que hizo el padre? —preguntó la mujer mirando aún a Kent.

El hombre no respondió.

—El padre amó al asesino como a su propio hijo. Lo adoptó —expuso, e hizo una pausa—. ¿Puedes creer eso?

—Yo lo habría matado —expresó él levantando el labio en un gruñido; luego tomó un sorbo de la bebida que tenía en la mano.

—En realidad el padre ya había perdido un hijo. Por crucifixión. No estaba dispuesto a dejar que crucificaran a otro.

Él se quedó como un bulto sobre un tronco, los ojos medio cerrados y el labio inferior caído. Si entendió el significado detrás de las palabras de Helen, no lo mostró.

—Dios el Padre, Dios el Hijo. Sabes cómo se siente eso, ¿verdad? Y sin embargo lo has asesinado en tu propio corazón. Masacraste al hijo. Es más, la última vez que estuve aquí había una pintura de ti encima de la chimenea —indicó ella señalando la pared blanqueada donde había estado la pintura—. Tú eras quien sostenía el martillo y los clavos. Parece como si te hubieras cansado de mirarte.

Ella sonrió.

—Sea como sea. Ahora él quiere adoptarte. Él te ama. Mucho más de lo que alguna vez te podrías imaginar. Y él sabe cómo se siente todo esto. Él lo ha vivido. ¿No tiene eso sentido para ti?

Kent siguió sin contestar. Parpadeó y cerró la boca, pero ella no tenía intención de empezar a interpretarle los gestos. Simplemente deseaba plantar esta semilla e irse.

Helen creyó por un momento que en realidad él podría estar sintiendo dolor. Pero luego vio que se le tensaban los músculos de la mandíbula, y ella pensó mejor.

—Reflexiona en eso, Kent. Abre el corazón —expresó ella volviéndose y dirigiéndose a la puerta, preguntándose si eso era todo.

Lo era.

—Adiós, Kent —se despidió, y atravesó la puerta.

De repente ella se sintió llena de júbilo. Se dio cuenta que el corazón le palpitaba simplemente por la emoción de haber transmitido este mensaje.

Su Pinto estaba en la entrada, en silencio y amarillento. Sacó las llaves y se acercó a la puerta del auto. Pero no quería conducir.

Deseaba caminar. Realmente caminar. Una idea absurda… ya había estado bastante de pie, y le dolían las rodillas.

La idea la detuvo a un metro del auto, e hizo tintinear las llaves que tenía en las manos. No podía caminar, por supuesto. Volteó a mirar hacia la puerta principal. Permanecía cerrada. El cielo en lo alto colgaba en un arco azul. Un hermoso día para una caminata.

Ella quería caminar.

Giró a la izquierda y salió andando por la calle. Caminaría. Solo hasta el final de la cuadra. De acuerdo, sus rodillas no eran lo que fueron una vez, pero la sostendrían hasta allá si andaba lentamente. Tarareó para sí y caminó por la acera.

KENT VIO que la puerta se cerró, y el portazo le resonó como un gong en la mente. No se movió sino para dejar de mirar la entrada. Pero los ojos le quedaron exageradamente abiertos, y los dedos le temblaban.

La desesperación lo barrió como una gran ola, frente a la cual surgió un muro de tristeza que le quitó el aliento a Kent. La garganta se le tensó en un dolor insoportable, y resopló para liberar la tensión de los músculos. La ola lo envolvió, negándose a irse, arrastrándolo.

Entonces los hombros de Kent empezaron a temblar, y empezó a sollozar con fuerza. El dolor le oprimía el pecho como un torno, y de pronto no estuvo seguro si era tristeza o deseo lo que ahora le impedía respirar.

Spencer tenía razón.

¡Oh, Dios! ¡Spencer tenía razón!

La admisión le brotó de la mente, y Kent sintió que la boca se le abría en un grito desgarrador. Las palabras le salieron audiblemente, con voz ronca.

—¡Oh, Dios! —exclamó apretando los ojos; debió hacerlo, pues le ardían—. ¡Oh, Dios!

Las palabras le dieron un baño de consuelo, como un anestésico tranquilizador para el corazón.

—¡Oh, Dios! —volvió exclamar.

Kent se halló en la ola por un buen rato, saboreando extrañamente cada momento de este alivio, suspirando por más y más. Perdiéndose allí, en la más profunda de las penas, y en el bálsamo del consuelo.

Recordó una escena que se le representó en las paredes de la mente como una película antigua de dieciocho milímetros. Era de Gloria y Spencer, danzando en la sala, tarde una noche. Agarrados de las manos giraban en círculos y cantaban acerca de calles hechas de oro. La cámara del ojo de Kent se acercó a los rostros de ellos, quienes se miraban extasiados uno al otro. En ese entonces él había desechado el momento con una risita burlona, pero ahora la escena venía como la sustancia de la vida. Y supo que en algún lugar de ese intercambio yacía el propósito de la existencia.

El recuerdo le produjo un nuevo desbordamiento de lágrimas.

Cuando finalmente Kent se paró y miró por la sala, ya estaba oscuro. Agotado, se dirigió a la cocina y abrió la refrigeradora sin molestarse en prender la luz. Sacó una pizza del día anterior, se sentó en un taburete, y mordisqueó la húmeda corteza por algunos minutos.

Un espejo lo reflejó desde la oscurecida pared. Le mostró un hombre con pómulos caídos y ojos enrojecidos, cabello despeinado, y llevando el rostro de la muerte. Dejó de masticar y observó, preguntándose si ese podría ser él. Pero al instante supo que así era. Allí estaba el nuevo Kent… un tonto quebrantado y desechado.

Le dio la espalda al espejo y comió parte de la fría pizza antes de tirarla y ponerse frente al televisor. Se quedó dormido dos horas después ante la voz monótona de algún comentarista latino de fútbol.

Los números análogos verdes del reloj alarma mostraban las once del día cuando sus ojos parpadearon al abrirse la mañana siguiente. Para el mediodía se había dado una ducha y se había puesto ropa limpia. También había llegado a una conclusión.

Era hora de seguir adelante.

Solo seis días habían pasado desde la muerte de Spencer. Cuatro semanas desde que Gloria falleciera. Sus muertes lo habían dejado sin nadie. Y eso era todo, no había quedado nadie con quién lamentarse. Excepto Helen. Y ella era de otro planeta. Eso lo dejaba solo, y él no podía vivir consigo mismo. No consigo mismo.

Tendría que hallar rápidamente la muerte, o salir y encontrar un poco de vida.

Matarse representaba cierto atractivo: una clase de justicia final para la locura. En los últimos días había meditado en la idea durante largas horas. Si se mataba, sería por una sobredosis de algún estupefaciente; había llegado a esa conclusión después de descartar otras cien opciones. También podría salir volando alto.

Por otro lado, algo más se le estaba gestando en la cabeza, algo que resaltaban las palabras de Helen. Este asunto de Dios. El recuerdo le persistía como niebla en la mente, real pero confusa. Las emociones casi lo habían destruido. Cierta clase de altura que no recordaba haber sentido.

Recordó haber estado pensando, exactamente antes de quedarse dormido la noche anterior, que pudo haber sido su amor por Spencer lo que disparara las emociones. Sí, eso sería. Porque estaba desesperado por su hijo. Daría cualquier cosa, todo, por devolverle la vida. Qué asombroso que una corta vida pudiera significar tanto. Seis mil millones de personas en el globo terráqueo, y que al final fuera la muerte de un niño de diez años lo que le provocara tan inmenso dolor.

Kent salió de la casa, entrecerrando los ojos en la brillante luz.

Era hora de seguir adelante.

Sí, esa fue la conclusión.

Pero en realidad no era para nada una conclusión, ¿no es cierto? ¿Seguir adelante hacia *qué*? Trabajar en el banco conllevaba tanto atractivo como atravesar descalzo el Sahara. Hasta ahora no había tenido contacto con ninguno de sus compañeros de trabajo durante una semana. ¿Cómo podría enfrentar posiblemente a Borst? O peor aún, ¿al gordinflón de Bentley? Sin duda ellos seguirían adelante, empapados de aclamación por un magnífico trabajo, recogiendo los premios que le pertenecían a Kent mientras él yacía muerto en el agua, rodeado de dos cadáveres que flotaban. De haber tenido en el cuerpo la más pequeña sensación de violencia habría agarrado esa pistola de nueve milímetros que le regalara su tío al cumplir los trece años, y habría ido a ese banco. A jugar al empleado postal por un día. A entregar algún buen deseo.

Podría demandar, por supuesto… dispararles algunos proyectiles legales. Pero la idea de hacerlo con la ayuda de Dennis Warren le produjo malestar en el estómago. En primer lugar, Dennis se había ido ese último día a la tierra del bla-bla-bla. Las palabras de su abogado aún le retumbaban en la mente: *No creo que estés listo. No creo que estés listo en absoluto, mi buen amigo. Quizás esta tarde estés listo.*

¿Esta tarde? Luego Spencer había muerto.

No, Dennis estaba fuera del caso, concluyó Kent. Si demandaba al banco, sería con otro abogado.

Eso obligaba a buscar otro trabajo, un pensamiento que le provocó aun más náuseas que la idea de demandar. Pero al menos podría seguir pagando las cuentas. Un juicio muy bien lo podría dejar exprimido.

De cualquier modo, era probable que volviera a hablar con Helen. Regresar por un poco del consuelo al que ella parecía echar mano. Dios. Quizás Spencer tenía razón después de todo. Kent sintió que se le hacía un nudo en la garganta, y maldijo entre dientes. No estaba seguro de poder soportar mucho tiempo más estas descargas emocionales.

El día transcurrió en un estado de confusión mental, dividido entre el parque y la casa, pero al menos Kent estaba pensando otra vez. Era un inicio. Sí, era hora de seguir adelante.

CAPÍTULO CATORCE

LA VISIÓN le vino a Kent a primeras horas de la madrugada, como un rayo de tenebrosidad a través de las sombras de su mente.

O quizás no fue una visión. Tal vez lo vivió realmente.

Se hallaba en el callejón detrás del banco. De la rejilla subía vapor, el contenedor estaba inclinado de lado y maloliente, y Kent observaba a ese vagabundo que sorbía su botella metida en la bolsa. Solo que ahora no echaba la bolsa hacia atrás, sino que metía una lengua larga y rosada por el cuello de la botella y la usaba como una pajita. Era la clase de situación que se esperaría en un sueño. Por tanto, sí, debió haber sido una visión. Un sueño.

El vagabundo ya no usaba ropa desteñida sino un esmoquin negro con zapatos brillantes y camisa planchada. Respetabilísimo. Excepto por los enmarañados cabellos que le crecían en la barbilla y el cuello. Parecía como si el hombre intentara cubrir una docena de verrugas rojizas, pero los largos mechones solamente las resaltaran, y eso sin duda no era respetable. Eso y la peculiar lengua.

El «vagabundo convertido en ciudadano respetable» divagaba en cuanto a lo afortunado que era Kent con su lujoso auto y su espléndido trabajo. Kent interrumpió la cháchara con el más obvio de los puntos.

—No soy mejor que usted, anciano.

—¿Anciano? —inquirió el vagabundo humedeciéndose los labios con esa lengua larga y rosada—. ¿Cree que soy viejo? ¿De cuántos años le parezco, compañero?

—Solo es una expresión.

—Bueno, usted tiene razón. Soy viejo. En realidad, bastante viejo. Y a mi edad he aprendido algunas cosas —informó, riendo y volviendo a zigzaguear la lengua dentro de la botella, sin dejar de mirar a Kent.

—¿Cómo hace eso? —quiso saber Kent, con el ceño fruncido.

—¿Hacer qué? —preguntó el tipo, extrayendo rápidamente la lengua.

—¿Cómo logra hacer eso con la lengua?

—Esa es una de las cosas que he aprendido con los años, muchacho —explicó el vagabundo riendo y tocándose una de las verrugas debajo del mentón—. Cualquiera puede hacerlo. Solo tiene que estirar la lengua por largo rato. ¿Ve?

Lo volvió a hacer, y Kent se estremeció.

El sujeto volvió a meter la lengua en la boca.

—¿Ha visto alguna vez esa gente primitiva que se estira el cuello hasta treinta centímetros de alto? Es igual a eso. Simplemente se estiran las cosas.

Un frío pareció haber descendido en el callejón. El vapor blanco de la rejilla se extendía por el suelo, y Kent se puso a pensar que debía volver al trabajo. Concluir una programación.

Pero solo era eso. Él no quería cruzar esa puerta. Es más, ahora que lo pensaba, algo muy malo había sucedido allí. Solo que no lograba recordar qué.

—¿Qué espera, muchacho? —cuestionó el hombre, y miró hacia la puerta—. Entre. Agarre sus millones.

—¿Eh? ¿Es eso lo que usted cree? —replicó Kent—. ¿Cree que los tipos como yo ganan millones trabajando como negros para algún banco? Ni siquiera está cerca de la verdad, anciano.

—¿Cree que soy estúpido? —contraatacó el vagabundo, sin la sonrisa en el rostro y con los labios retorcidos—. Me llama anciano, ¿y sin embargo habla como si yo no supiera nada? ¡Usted es un idiota redomado!

—Cálmese, amigo —anunció Kent retrocediendo, sorprendido por la súbita demostración de disgusto—. No recuerdo haberlo llamado idiota.

—Muy bien pudo haberlo hecho, ¡imbécil!

—Mire, en realidad no quise ofenderlo. No soy mejor que usted, de todos modos. No hay necesidad de ofenderse aquí.

—Y si usted cree que no es mucho mejor que yo, entonces de veras es un idiota. Además, ¡el hecho de que ni siquiera haya pensado en hacer lo que yo haría en su lugar demuestra que es un verdadero imbécil!

—Mire —expresó Kent frunciendo el ceño, desconcertado por la audacia del vagabundo—. No sé lo que usted pensaría hacer en mi lugar, pero las personas como yo simplemente no ganan esa clase de dinero.

—¿Las personas *como* usted? ¿O *usted*? ¿Cuánto ha hecho *usted*?

—Bueno, eso no es realmente algo de su…

—Solo dígamelo, imbécil —desafió el hombre—. ¿Cuánto dinero ha hecho legítimamente en esa caja de cemento allí?

—¿Cuánto… legítimamente?

—Desde luego. ¿Cuánto?

Kent hizo una pausa, pensando en esa palabra. *Legítimamente.* Legítimamente había ganado las bonificaciones correspondientes al SAPF. Millones. Pero eso difícilmente contaba como ingreso. Y ese con seguridad no era asunto de este bicho raro, de todos modos.

Una pícara sonrisa se dibujó en los labios del vagabundo, quien inclinó levemente la cabeza y entrecerró los ojos.

—Vamos, Kent. En realidad no es tan difícil, ¿no es así?

—¿Cómo sabe mi nombre? —preguntó Kent con un parpadeo.

—Ah, sé cosas. He estado por ahí alrededor, como dije. No soy el estúpido que usted podría creer. Afirmo que usted ha ganado millones, muchacho. Y le digo que los agarre.

—¿Millones? La cuestión no es como si se pudiera entrar campante al sótano y agarrar unos cuantos millones.

—No. Pero usted tiene una llave, ahora ¿no es así?

—¿Una llave? No sea tonto, amigo. Una llave para esta puerta no tiene nada que ver con el sótano. Además, es evidente que usted no sabe nada respecto a la seguridad. Sencillamente no se entra a un banco y se roba un penique, mucho menos un millón.

—Deje de llamarme estúpido, ¡idiota despersonalizado! Basta, basta, ¡basta!

El corazón de Kent le palpitó con fuerza en el pecho.

Ahora el vagabundo se movió ligeramente.

—Esa llave no, idiota —gruñó en voz baja, mirando a Kent—. La llave es su cabeza. El ingreso trasero a ese software. Usted tiene el único código del ingreso trasero. Ellos ni siquiera saben que existe.

El callejón se quedó en silencio. En un silencio mortal. A Kent le pareció haber dejado de respirar.

—No lo diré. Lo prometo —añadió el hombre a través de su sonrisa.

Luego abrió la boca de par en par y comenzó a reír socarronamente. El sonido de la risa resonó en las paredes de ladrillo.

Kent retrocedió, sorprendido.

Esa boca abierta mostraba un agujero negro detrás de la garganta del vagabundo. La lengua serpenteaba como un largo sendero que llevaba hacia la oscuridad. La negrura aumentó como un remolino y entre risitas resonantes se tragó el callejón.

Kent se quedó rígido.

Lo cubrió el silencio. La oscuridad le llegó a sus ojos desorbitados. Sábanas húmedas le golpearon el estómago. El pecho le latía con fuerza como un tambor indio de guerra.

Se sentó en la cama, paralizado por el pensamiento que lo había despertado de manera tan ruda. Las imágenes del vagabundo se redujeron rápidamente hasta quedar en el olvido, eclipsadas por el singular concepto que este sujeto había depositado en la mente de Kent. Ni una sola alma había sabido del ingreso trasero que él había programado dentro del SAPF esa última semana. Quiso decírselo a Borst en Miami, con toda la documentación pertinente tan pronto regresaran. Eso fue antes.

ROOSTER.

Ese fue el código que él le asignara temporalmente al ingreso de seguridad. Con este código cualquier funcionario autorizado del banco podría entrar al sistema a través de una acción no rastreable, abordar cualquier asunto de seguridad, y salir sin afectar las operaciones normales. Por supuesto, no cualquier funcionario del banco estaría sencillamente autorizado. Solo uno o dos, quizás. El presidente y el vicepresidente, quienes deberían guardar el código en la más absoluta reserva. Bajo llave.

Kent bajó los pies de la cama y se quedó sentado observando la oscuridad. Contornos de los muebles de dormitorio empezaron a tomar vaga forma. La comprensión del significado del ROOSTER le prosperó en la mente como una nube que surge de pronto. Si el banco no había descubierto el acceso trasero, entonces quien tuviera el código podría abrirlo.

Y él tenía el código. La llave del vagabundo.

ROOSTER.

¿Qué podría un operador lograr con el ROOSTER? Cualquier cosa. Lo que sea, con las habilidades correctas. Habilidades de ingeniería de software. La clase de pericias que él mismo tenía, tal vez con más dominio que cualquier persona que él conocía. Seguramente dentro del contexto del SAPF. Él había *diseñado* el código, ¡por amor de Dios!

Kent se levantó, temblando. Miró el reloj: 2 a.m. El banco estaría desierto, desde luego. Debía averiguar si habían descubierto el acceso al ROOSTER durante la implementación inicial del programa. Conociendo a Borst, no lo habían hecho.

Fue al clóset y se detuvo ante la puerta. ¿En qué estaba pensando? No podía ir allí ahora. La compañía de alarmas registraría su ingreso a las dos de la mañana. ¿Cómo se vería eso? No. Totalmente imposible.

El programador giró hacia el baño. Debía analizar detenidamente esta idea. *Cálmate, muchacho.* A medio camino hacia el baño se volvió otra vez al dormitorio. No tenía necesidad de ir al baño. *Contrólate, amigo.*

Ya en cama volvió a pensar claramente por primera vez. La realidad del asunto era que si habían pasado por alto el ROOSTER, él podía entrar al SAPF y crear un vínculo con cualquier banco del sistema federal de reserva. Por supuesto, lo que podría hacer una vez que estuviera allí era totalmente otro asunto.

No podía tomar nada. Para empezar, ese era un crimen federal. La gente se pudre en la cárcel por fraude administrativo. Y Kent no era un criminal. Por no mencionar el simple hecho de que los bancos no dejan simplemente que salga dinero sin rastrearlo. Rendían cuenta de cada dólar. Se conciliaban cuentas y se verificaban transacciones.

Kent cruzó las piernas en la cama y abrazó una almohada. Por otra parte, al implementar el SAPF de manera prematura, sin ayuda de Kent, sin darse cuenta Borst no solo había dejado al descubierto sus flancos sino que también había dejado abierta la puerta del establo a mil millones de cuentas en todo el mundo. Kent sintió que un frío le recorría las venas. Solamente las cuentas de Niponbank ascendían a casi cien millones en el mundo entero. Cuentas personales, cuentas comerciales, cuentas federales... y todas ellas estaban allí, accesibles a través de ROOSTER.

Si Kent lo deseaba, podía entrar en la cuenta personal de Borst; dejarle desagradables mensajes en los estados bancarios; asustar al tonto poniéndolo directo en manos de Dios. ¡Ja! Kent sonrió. Un suave brillo de sudor le cubría el labio superior, y se pasó un brazo por la boca.

Imaginó la mirada de Bentley cuando abriera su estado bancario y, en vez de esa bonificación de cientos de miles de dólares encontrara la notificación de un sobregiro. Se tensaría más que una tabla. Quizás se pondría morado y caería muerto.

Kent parpadeó y se sacudió los pensamientos de la cabeza. Absurdo. Toda la idea era absurda.

Pero entonces todo en la vida se le había vuelto absurdo. Había perdido su determinación por vivir. ¿Por qué no ir tras un poco de gloria, lograr el delito del siglo, y robar un fajo de billetes al banco que le había esquilmado? Eso podría darle un motivo para volver a vivir. Había perdido mucho en el pasado reciente. Recuperar un poco poseía un halo de justicia.

Por supuesto, hacerlo sin ser atrapado sería casi imposible. *Casi* imposible. Pero se *podía* hacer, con la suficiente planificación. *¡Imagínatelo!*

Eso hizo Kent. Imaginarse. Hasta el amanecer dio forma y colorido a los alrededores que imaginó, con los ojos bien abiertos, las piernas juntas, y una almohada debajo de la barbilla. Dormir era imposible; porque mientras más meditaba en el asunto, más comprendía que si el ROOSTER aún vivía, él podría ser un hombre rico. Forrado en billetes. Empezar una nueva vida. Hacer algo de su propia justicia. Arriesgar la vida en prisión, sin duda, pero no obstante con vida. La alternativa de volver a recorrer pesadamente la senda corporativa lo abatía más como una muerte lenta. Y ya había tenido suficiente de muerte.

Era miércoles. Hoy iría al banco y de manera casual averiguaría si el ROOSTER aún vivía. Si así era…

Un frío le recorrió los huesos. En realidad era hora de seguir adelante. ¿Y la sensación de culpa que Helen le produjera? ¿Este asunto de Dios? Eso tendría que esperar, desde luego. Si el poderoso ROOSTER rojo vivía, él mismo tendría un banquete para planificar.

CAPÍTULO QUINCE

KENT PASÓ el banco a las ocho y media, estacionó en una calle lateral, y caminó con brío hacia el callejón trasero. Le pasó por la mente que el vagabundo podría estar allí, oculto en la tenue luz. El pensamiento le aceleró el pulso. Llegó a la entrada y miró a lo largo de la pared de ladrillo, parpadeando ante la imagen de una lengua rosada alargada que atravesaba el cuello de una botella. Pero el callejón apareció vacío, excepto por ese contenedor de basura que habían vaciado. Kent fue directo hacia la puerta trasera e ingresó al banco. Respiró hondo una vez, se revisó la corbata, y se dirigió a zancadas hacia la suite de Sistemas de Información.

Los ojos de Betty casi se le salen de las órbitas cuando Kent abrió la puerta y entró. Él sonrió e inclinó la cabeza, resueltamente afable.

—Buenos días, Betty.

La boca de la mujer se abrió, pero no emitió ningún sonido.

—¿Qué pasa? ¿Te comió la lengua el gato? ¿Está Borst?

—Buenos días —respondió al fin ella, y asintió con la cabeza—. Sí está.

Kent tocó la puerta y entró al oír un débil llamado. Borst estaba detrás del escritorio, vestido con un traje nuevo color café oscuro. El peluquín había vuelto, cubriéndole la calva con cabello negro liso. Negro azabache. Brillantes tirantes rojos completaban la imagen.

Los ojos de Borst casi se le salen de las órbitas, y salió disparado de la silla como si le hubieran puesto un electrodo. Al ponerse de pie, los tirantes le jalaron los pantalones dentro de las entrepiernas. Parecía un payaso.

—Buenos días, Borst.

Esto se debería tomar con mucho tacto. Con calma. Paso a paso.

—Estoy de vuelta. Supongo que todavía trabajo aquí, ¿correcto?

—¡Vaya, Kent! —exclamó el hombre parpadeando y lamiéndose los rosados labios—. Me asustaste. No tenía idea que planeabas venir esta mañana. No hemos sabido de ti.

Los labios se le curvaron en una sonrisa.

—Sí. Seguro que trabajas aquí. Siéntate. ¿Cómo estás?

—En realidad, me gustaría tomarme diez minutos para ubicarme. ¿Está bien?

—Seguro. Salgo a mediodía para Phoenix —comunicó el hombre, y arqueó las cejas—. Vienes a quedarte, entonces.

Kent se volvió hacia la puerta.

—Deme unos minutos. Hablaremos entonces —dijo mientras jalaba la puerta y la volvía a cerrar. Entonces vio que Borst ya estiraba la mano hacia el teléfono.

Reportándose ante Jefecito, sin duda. El corazón de Kent le palpitó con fuerza. ¿Lo sabían ellos?

Por supuesto que no. ¿Cómo podían saber de un sueño? Él aún no había hecho nada.

Kent hizo una reverencia con la cabeza a una Betty que parpadeaba, e ingresó a la oficina. Cerró la puerta. Los exóticos peces amarillos aún recorrían plácidamente la pantalla. Los dedos de Kent le temblaban al bajarlos hacia el tablero, y los empuñó.

Está bien, cálmate, amigo. Lo único que estás haciendo es revisar una pieza de tu propio código. No hay nada malo en eso.

El plan era sencillo. Si el ROOSTER estaba intacto, iría a la oficina de Borst y le seguiría el juego. Ganaría un poco de tiempo para pensar. Si habían interceptado el ROOSTER, se resignaría.

Un toque en el ratón hizo que los peces desaparecieran. Entonces surgió una docena de íconos suspendidos en un escenario de las profundidades del océano. Kent arrastró el ratón sobre el ícono azul y rojo del SAPF hacia un ícono explorador. Sería rastreado el ingreso al sistema, al menos todo ingreso por los accesos de los que estaban conscientes. Y si él tenía suerte, no habrían sido ampliadas las medidas de seguridad para cortar por completo este terminal.

Con el corazón palpitándole fuertemente en el silencio del salón, Kent voló por los menús hasta una carpeta oculta que requería su propia contraseña para ingresar. La registró. Los contenidos empezaron a cobrar vida. Hizo avanzar el texto en la pantalla y buscó el archivo en el cual había colocado el ROOSTER. La lista corrió demasiado rápido, por lo que volvió a repetir la búsqueda, leyendo más metódicamente. *Vamos, bebé. Tienes que estar aquí.*

Y entonces allí *estaba*, titilando en la visión de Kent: MISC. Arrastró el ratón sobre el nombre e hizo doble clic.

La pantalla se ennegreció. Kent contuvo el aliento, consciente ahora de que las piernas le temblaban un poco. Él estaba en puntillas debajo del escritorio, y entonces bajó los talones hasta calmar el temblor. *Vamos, bebé.*

El monitor centelleó en blanco, repleto con letras y símbolos negros. El código. Kent exhaló con fuerza. ¡El código ROOSTER! Un enlace vívido, asequible e imposible de rastrearse dentro del sistema de procesamiento de fondos, exactamente aquí en las yemas de sus dedos.

Lo miró inmóvil por un minuto, lleno de alivio por haber tenido la previsión de añadir este sello final al paquete. No era atractivo. Aún sin colores o ventanas. Solo código puro. Pero ahora otra inquietud. ¿Se vincularía aún al sistema? De repente Kent sintió que el calor del pánico le bajaba por la espalda. ¿Y si hubieran descubierto el código, dejándolo allí pero desconectando el ingreso al sistema?

Pulsó una tecla e ingresó una sola palabra: RUN. Al instante apareció una nueva línea, pidiendo una contraseña. Entró el nombre. R-O-O-S-T-E-R.

La pantalla se oscureció por un segundo y luego se iluminó con el conocido menú azul en que Kent había trabajado por tantos años. Él parpadeó ante la pantalla. ¡Estaba dentro del SAPF! Por sobre la seguridad. Desde aquí podría hacer lo que quisiera sin que otro ser vivo lo supiera.

En las manos correctas, esto en sí era una medida de seguridad, diseñada para tratar con sabotajes y virus. En las manos equivocadas era una manera de entrar a los sótanos del banco. O peor, una forma de entrar a toda cuenta ligada con el banco.

Kent salió rápidamente, manejando el ratón con una palma sudorosa. Vio retroceder los menús todos los pasos hasta el escenario del profundo océano azul, luego bajó las manos hasta el regazo. Incluso ahora, sin huellas rastreables, Borst no podía descubrir que alguien ni siquiera había tocado esta computadora, menos aun que había mirado por debajo de las faldas del banco.

Respiró profundamente y se puso de pie. Esto era una locura. Estas ideas insensatas de robar dinero serían el acabóse para él. Absurdo. Ellos lo enterrarían. Rápidamente pensó en Spencer y se llevó una mano a la ceja. Todo era una locura.

De cualquier modo, ahora tenía la respuesta.

Alguien tocó la puerta, y Kent saltó súbitamente a medio metro de la alfombra. Giró hacia el computador y examinó el teclado. No, no había pistas. Tranquilo. *Tranquilo, ¡tranquilo!*

—¿Quién es? —averiguó.

—Cliff.

Cliff. Mejor que Borst. Kent lo dejó entrar.

—Lo siento, no sabía que estaba cerrado —mintió Kent.

—¿Qué estás haciendo aquí, Kent? —preguntó el nuevo reclutado, sonriendo—. ¿Algo que yo debería saber?

Tocó ligeramente a Kent como si compartieran un convenio.

—Sí, bueno —contestó Kent, deseando que el corazón se le calmara; se sentó y cruzó las piernas—. Por consiguiente, ¿qué puedo hacer por ti?

—Nada. Betty me acaba de informar que volviste. Imaginé que necesitabas una bienvenida —manifestó Cliff, y desapareció la sonrisa—. Oí lo que te sucedió. Es decir... tu hijo. Apenas logro imaginarlo. ¿Estás bien?

—En realidad, ya no sé lo que significa estar bien, pero estoy listo para volver a trabajar, si eso es lo que quieres decir.

—Estoy seguro que se necesitará algún tiempo. Quizás clavar la mente en el trabajo sea la mejor manera de superarlo. Y hablando de trabajo, he cavado muy profundo desde la última vez que estuviste aquí —comunicó, volviendo a sonreír—. Estarás orgulloso de mí. He hallado cosas que estoy seguro que solo tú conoces.

Ante las palabras, un frío le bajó a Kent por la coronilla. *¿ROOSTER?*

—¿De veras? ¿Qué, por ejemplo?

—Por ejemplo vínculos a los códigos de la banca china que aún están inactivos. Bueno, eso es lo que llamo previsión, amigo.

—Bueno, *es* un sistema global, Cliff. ¿Y qué más has desenterrado con tu largo hocico?

—Unas pocas notas anecdóticas sepultadas en el código... cosas como esa. *Borst tiene cerebro de salchicha* —expresó soltando una carcajada.

—Vaya, ¡hallaste *eso*? Eso *estaba* enterrado. Probablemente debí haberlo sacado.

—No, déjalo allí. Él nunca lo hallará.

Los dos asintieron, sonriendo.

—¿Algo más? —averiguó Kent.

—Eso es todo por ahora. Bien, qué bueno que hayas vuelto —expresó Cliff levantándose y dirigiéndose a la puerta—. Después de que te hayas acomodado necesito que eches a andar un código. ¿Listo para eso?

—Seguro.

El hombre más joven dio una palmadita en la pared y desapareció. Bueno, eso estuvo cerca. ¿O no? En realidad, las posibilidades de que Cliff encontrara el ROOSTER serían similares a localizar un grano particular de arena en un balde lleno de arena. Sea como sea, debía cuidarse del individuo.

Kent calmó los nervios con prolongadas respiraciones y entró a la oficina de Borst.

—Siéntate, Kent.

Se sentó.

—No estábamos seguros de volverte a ver.

Sí, lo apostaría. Tanto tú como tu compadre Bentley.

—Bueno, para ser sincero, ni yo mismo estaba seguro. Pues bien, ¿cómo anduvieron las cosas en mi ausencia? —preguntó, pensando en lo ridículo de la pregunta pero sin poder pensar en una mejor forma de empezar esta pantomima en la que se había comprometido.

—Bien, Kent. Sencillamente bien. Muchacho, has pasado por el infierno, ¿eh?

—La vida puede traer algunos golpes desagradables —asintió Kent.

De pronto despreció profundamente estar aquí. Debería levantarse ahora y huir de esta insensatez.

—Pero he regresado. Necesito trabajar, Markus —indicó Kent, y pensó: *correcto, lleva las cosas con él al plano personal. Apela a su necesidad de amistad*—. Lo necesito desesperadamente. Lo único que me queda es mi carrera. Extraño trabajar aquí. ¿Puede comprender eso?

La voz le salió suave y sensible.

—Sí. Tiene sentido.

El sujeto había mordido el anzuelo. Hizo una pausa y miró hacia otro lado.

—Mira, Kent. Siento mucho lo relacionado con el malentendido acerca del SAPF. Yo solo…

—No. No tiene que decir nada. Estas cosas suceden. Y pido disculpas por explotar como lo hice. Estaba totalmente fuera de lugar.

Qué chiste. Si solo supieras, canalla.

—Bueno, creo que los dos nos salimos un poco de la línea —asintió Borst, sin duda detrás de esa sonrisa estaba lleno de alegría—. Quizás lo mejor es que olvidemos el incidente.

Kent cruzó las piernas. El sudor se le estaba secando frío en la nuca.

—Usted tiene razón. Agua debajo del puente. ¿Cómo le ha ido al SAPF en estos días?

—¿En una palabra? —exclamó Markus, con el rostro radiante—. Extraordinario. Ensamblamos algo único, Kent. Ya están diciendo que ahorrará la tercera parte del personal que usaba el sistema antiguo. Price ha calculado los ahorros globales para el banco en más de veinte millones al año.

¿Price? Tratamientos de primer nombre ahora. Socios en el delito. Probablemente cenarían juntos todas las noches.

—Fabuloso. Eso es muy bueno. ¿Ningún problema?

—Seguro. Muchos. Pero de poca importancia. En realidad, tal vez tú seas el más indicado para empezar a trabajar en ellos.

Kent pensó que el supervisor de Sistemas de Información se había engañado sinceramente con la propiedad absoluta del sistema.

El hombre cambió la conversación otra vez a lo que aparentemente era su tema favorito en estos días: dinero.

—Oye, aún no he asignado esa bonificación de veinticinco mil dólares —enunció con un brillo en los ojos—. Al menos no toda. Estoy dándole a Betty, Todd y Mary cinco mil para cada uno. Pero eso deja diez mil. Necesitas un poco de cambio de más estos días, ¿eh, Kent?

El calvo levantó las cejas algunas veces.

—¿Um?

Kent casi deja entonces la farsa. Le faltó un pelo para saltar sobre el escritorio de cerezo y estrangular a su jefe. No pudo responder por unos cuantos segundos. ¿Los otros *tres*? ¿También Betty estaba obteniendo unos atractivos cinco mil? Pero eso sencillamente estaba bien, porque él, Kent Anthony, el creador de dicho programa, iba a recibir el doble de eso. ¡Sí señor! Diez fabulosos grandes. ¿Y Borst? ¿Cuál sería la tajada del oji-brotado de Borst? Ah, bueno, Borst era el hombre principal. Obtendría diez por ciento de los ahorros durante diez años. Meros quince o veinte millones. Una tontería. Se oía como un buen número redondo. Veinte millones.

—Seguro —contestó Kent—. ¿Quién no podría usar diez mil dólares? Podría cortar a la mitad mis pagos del Lexus.

Soltó este último comentario antes de que pudiera recuperarlo. Esperó que Borst no captara su cinismo.

—Bueno. Son tuyos. Hablaré con Price esta tarde.

—Pensé que usted se iba hoy a Phoenix.

—Sí. Nos vamos. Hablaré con Price en el avión.

Era un imparable tren de carga con estos dos. Kent se tragó la ira.

—Gracias —dijo, levantándose—. Bueno, imagino que debo empezar. Quiero hablar con los demás… usted sabe, asegurarme que no haya malentendidos.

—Muy bien. Magnífica idea. Qué bueno tenerte de vuelta.

—Una cosita más, Markus —pidió Kent volviéndose hacia la puerta—. No sé por qué me exalté el otro día con Bentley. ¿Le importaría darle una disculpa de mi parte? Sencillamente fue una mala semana.

Tragó saliva a propósito y se sorprendió de la repentina emoción con que acompañó lo que dijo. Decían que el dolor duraba un año, mitigándose gradualmente. Era evidente que él aún se hallaba en la etapa en que podía explotar con un simple trago.

—Claro que sí, Kent. Considéralo hecho. Y no te preocupes. Él y yo estamos más cercanos estos días.

Sí, apuesto que lo están, pensó Kent. Salió antes de que la repugnancia le hiciera hacer algo estúpido, como vomitar en la alfombra del tipo ese.

EL PASTOR Bill Madison estacionó su Chevy gris en la calle y caminó a grandes zancadas hacia la puerta de Helen. Ella había estado diferente por teléfono. Alterada. Al menos emocionada. Como alguien que acababa de recibir buenas noticias; o que acababa de poner el grito en el cielo.

Dados los acontecimientos de las últimas semanas, Bill temió lo último. Pero aquí se trataba de Helen. Con ella nunca se podía saber. El Nuevo Testamento caracterizó como peculiares a los seguidores de Cristo. Bueno, Helen era sencillamente eso. Una de las pocas personas que él consideraría peculiares en su fe, lo cual en sí era extraño cuando él percibía las cosas y pensaba al respecto. Quizás más bien todos deberían ser extraños; Cristo sin duda lo era.

Helen le había pedido que orara, y él lo había hecho. Pero no solo debido a la petición que ella le hiciera. Algo estaba sucediendo aquí. Tal vez él no tenía la visión espiritual que Helen afirmaba tener, pero sentía cosas. Algunos lo llamaban discernimiento. Un don espiritual. La capacidad de mirar en una situación y sentir sus orígenes espirituales. Como: *Este rostro me produce un estremecimiento en la columna; debe ser maligno.* No es que él siempre funcionara en el modo más exacto de discernimiento. Una vez había sentido punzadas heladas en el corazón al mirar en la pantalla de televisión un rostro extraño como de extraterrestre. Le pareció de lo más demoníaco. Luego su hijo le había informado que se trataba de una toma en primer plano de una simpática y menuda criatura hallada en el Amazonas. Una de las criaturas de Dios.

Eso lo había confundido un poco. Pero este asunto con Helen era más que solo un extraño rostro en el tubo bobo. Era un aura que la seguía de igual manera como él imaginaba el aura que pudo haber seguido a Eliseo o Elías.

Pulsó el timbre. La puerta se abrió al instante, como si Helen hubiera estado esperando su llegada con la mano en la perilla.

—Entra, pastor.

Ella usaba un vestido amarillo, medias altas, y zapatos tenis, una escena ridícula para alguien con problemas hasta para caminar por la casa.

—Gracias, Helen.

Bill entró y cerró la puerta, mirándole las piernas. En el aire se percibía el rancio aroma a rosas. El perfume de la dama estaba esparcido por todas partes. Ella lo dejó allí y se dirigió a la sala, sonriendo.

—¿Está todo bien? —inquirió él, siguiéndola.

Ella no respondió directamente sino que atravesó la alfombra canturreando su himno, «La canción del mártir». Una vez ella le había dicho que la canción lo resumía todo. Que hacía que la muerte valiera la pena. Bill se detuvo detrás de la enorme poltrona verde, con la mirada fija en el caminado de Helen. Aparentemente ella le estaba haciendo caso omiso.

—¿Estás bien?

—Shhh —lo hizo callar y levantó ambas manos, aún andando de aquí para allá; tenía los ojos cerrados—. ¿Oye eso, Bill?

Bill inclinó la cabeza y puso atención, pero no oyó nada. Excepto el débil canturreo de la mujer.

—¿Oír qué?

—La risa. ¿Oyes esa risa?

Él trató de oír risa, pero solo oyó el murmullo soprano de Helen. *Déjame a tu pecho volar...* Y olió a rosas.

—Tal vez debas abrir un poco el corazón, pero está allí, pastor... muy débil, como la brisa que sopla entre los árboles.

Él volvió a intentarlo, esta vez con los ojos cerrados, sintiéndose un poco ridículo. Si uno de los diáconos supiera que fue a la casa de Helen Jovic a oír risas con ella, sin duda empezarían a buscar un nuevo pastor. Se dio por vencido después de no oír más que a Helen por unos momentos, y luego la miró.

De repente ella dejó de caminar y abrió los ojos. Se rió tontamente y bajó las manos.

—Está bien, pastor. Yo no esperaba realmente que oyeras algo. Es como si estuviera por aquí. Algunos días está silencioso, y entonces otros días él me abre los oídos a la risa y quiero andar por la casa besando cosas. Simplemente besarlo todo. Como hoy. ¿Deseas un poco de té?

—Sí, sería agradable.

Helen se fue a la cocina arrastrando los pies. Se había levantado las medias hasta la mitad de las pantorrillas. A lo largo del talón de los zapatos se veía un logotipo rojo de Reeboks. Bill tragó saliva y rodeó el sillón. Ella muy bien se pudo haber deschavetado, pensó. Luego se sentó en la poltrona verde.

Helen salió de la cocina sosteniendo dos vasos de té.

—Así que crees que mi ascensor ya no llega hasta el último piso, ¿correcto? —bromeó ella sonriendo.

—En realidad, lo he pensado un poco —contestó él también sonriendo—. Pero en estos días es difícil diferenciar entre peculiaridades y locuras.

Entonces se puso serio.

—La gente creyó que Jesús estaba loco —concluyó.

—Sí, lo sé —concordó ella pasándole el té y sentándose luego—. Y hoy día pensaríamos lo mismo.

—Dime —pidió Bill—, ¿viste la muerte de Spencer en todo esto?

—Sí.

—¿Cuándo?

—La noche después de la última conversación que tú y yo tuvimos, hace una semana más o menos. Cuando hablamos yo sabía que habrían más calaveras en el calabozo. Lo pude sentir en la columna vertebral. Pero en realidad no esperaba que fuera el cráneo de Spencer el que estuviera allí en el suelo. Eso casi me mata, ¿sabes?

—Así que entonces está sucediendo de veras —expresó él tranquilamente, pero se vio temblando ante la idea—. Todo este asunto está ocurriendo de verdad. Quiero decir… de manera guiada.

—Ya has enterrado a dos personas. Deberías saberlo. A mí me parece muy real.

—Bien, debo reconocer eso. Solo que es difícil aceptar esto de que sabías de las muertes por anticipado. Quizás sería más fácil si yo pudiera mirar dentro de los cielos igual que tú.

—No es un lugar en que todos ven cosas muy claramente, pastor. Todos tenemos nuestro lugar. Si todo el mundo viera las cosas con claridad, nuestras iglesias estarían repletas. La nación acudiría en masa a la cruz. ¿Qué fe requeriría eso? También podríamos ser marionetas.

—Sí, bueno, no estoy seguro que tener iglesias llenas sería tan malo.

—No estoy tan segura de que las muertes de mi hija y mi nieto fueran muy necesarias. Pero cuando los oigo reír, cuando se me permite echar una miradita al otro lado, todo tiene sentido. Allí es cuando deseo caminar por aquí y empezar a besar cosas.

Bill sonrió ante la expresión. En muchas formas él y Helen eran muy parecidos.

—Así que entonces… —él hizo una pausa, pensando por un momento.

—¿Sí?

—La semana pasada me dijiste en mi oficina que habías tenido una visión en que oías el sonido de pies huyendo en una mazmorra. ¿De quién eran esos pies? —investigó él mirándole los pies, calzados en esos Reeboks blancos—. ¿Tuyos?

—No —contestó ella riendo, de pronto inclinó la cabeza, pensando—. Al menos no lo había considerado. Pero no, no lo creo. Creo que los pies que huyen son de Kent.

—¿Kent?

—Él es el actor principal en este drama. Es decir, todos participamos, pero él es quien huye.

—Kent es el que huye. ¿Y a dónde está huyendo?

—Huye de Dios.

—¿Tiene todo esto que ver con Kent?

—Y contigo, con Gloria, con Spencer y conmigo —asintió Helen—. ¿Quién sabe? Muy bien podría tratarse de todo el mundo. No lo sé todo. A veces no sé nada. Por eso te llamé hoy. Hoy sé algunas cosas.

—Ya veo —concordó él, y le miró distraídamente los pies—. ¿Y por qué estás usando zapatos deportivos, Helen? ¿Has estado caminando más estos días?

—¿Con mis rodillas? —cuestionó ella moviendo los pies sobre la alfombra—. No, simplemente se siente bien usar estos zapatos. Imagino que he estado ansiando volver a ser joven.

Helen miró por la ventana detrás de Bill.

—Parece que eso me sosiega el sufrimiento en el corazón, ¿sabes? —concluyó. Ella sorbió rápidamente del vaso, y luego lo bajó.

—Pastor, he recibido el llamado de interceder por Kent.

Bill no respondió. Ella era una intercesora. Tenía sentido.

—Interceder sin cesar. Ocho horas diarias.

—¿Pasas ocho horas diarias orando por Kent?

—Sí. Y lo haré hasta que el asunto termine.

—Hasta que termine ¿*qué*, Helen?

—Hasta que termine el juego —explicó ella mirándolo directamente a los ojos.

Él la analizó, buscando algún indicio de falta de sinceridad. No logró encontrar ninguno.

—¿Así que ahora se trata de un juego? No estoy seguro de que Dios participe en juegos.

—Escoge entonces tus propias palabras —objetó ella encogiéndose de hombros—. He sido llamada a orar hasta que termine.

—Esto es inverosímil —manifestó Bill moviendo la cabeza de lado a lado en incredulidad—. Me siento como si hubiéramos sido transportados otra vez a alguna historia del Antiguo Testamento.

—¿Crees eso? Esto no es nada. Deberías leer el Apocalipsis. Las cosas se ponen extrañas después.

El sentido de las palabras de Helen lo impactó. Nunca había pensado en la historia en esos términos. Siempre había habido historias bíblicas, tiempo de zarzas ardiendo, burras que hablan, y lenguas de fuego. Y estaba el presente... tiempo de normalidad. ¿Y si el punto peculiar de vista de Helen tras bastidores fuera de veras tan solo una ojeada extraordinaria a la manera en que las cosas eran en realidad? ¿Y si, para variar, a él se le estuviera permitiendo echar un vistazo dentro de esta insólita «normalidad»?

Se sentaron y platicaron bastante después de eso. Pero Helen no logró irradiar más luz sobre las dudas de Bill. Concluyó que era porque ella sabía un poco más. Ella estaba mirando a través de un cristal poco iluminado. Pero en verdad estaba viendo.

Y si ella tenía razón, este drama suyo —este juego— apenas empezaba.

CAPÍTULO DIECISÉIS

Séptima semana

LACY CARTWRIGHT se echó hacia atrás en la silla de su balcón, bebiendo café y disfrutando la fresca brisa de la mañana. Eran las diez. Pensó que tener un día libre en mitad de semana ofrecía sus ventajas, y una de ellas era la tranquilidad, aquí afuera bajo el cielo azul brillante de Boulder mientras todos los demás trabajaban. Miró por sobre su cuerpo, agradecida por el calor del sol sobre la piel. Apenas la semana pasada Jeff Duncan la había llamado chiquita. ¡Cielos! Ella era delgada, tal vez, y ni un centímetro más de un metro sesenta y cinco, ¿pero chiquita? Su compañero en el banco se lo había dicho con un brillo en los ojos, y ella había sospechado entonces que el hombre se hallaba loco por ella. Pero habían pasado dos años desde la muerte de su esposo y no estaba lista para enredarse con un hombre.

La brisa le revoloteaba en el rostro, y Lacy levantó una mano para ponerse detrás de la oreja los rubios cabellos. La melena le caía en los hombros en perezosos rizos, enmarcando alegres ojos risueños color avellana. Una delgada capa de crema bronceadora le resplandecía en el pálido vientre entre un corpiño blanco y pantaloncitos cortos de mezclilla. Algunas mujeres parecían disfrutar achicharrándose en el sol… incluso vivir para eso. ¡Santo Dios! Le vino a la mente la imagen de una salchicha asándose en una parrilla, y meditó en ella por un momento. La piel roja de la salchicha se partió de repente, y la imagen se esfumó.

Lacy giró la cabeza y analizó las distantes nubes negras que se avecinaban por el suroriente. Últimamente Denver había tenido su parte de tormentas, y parecía que vendrían más a la región. Esa era otra razón de que a ella le gustara más vivir aquí en Boulder que en la gran ciudad. En Denver la gente vivía pendiente del clima o del esmog. O por lo menos, del tráfico, que estaba peor que nunca. Ella debería saberlo… pues había pasado allí la mayor parte de su vida.

Pero ya no. Después de la muerte de John dos años atrás, había decidido mudarse aquí. Empezar una nueva carrera como cajera y entretenerse con la gigantesca tarea de quitarse el sufrimiento del pecho. Le había ido bien, pensó. Ahora podía seguir con los asuntos más esenciales de volver a empezar. Como tenderse al sol esperando que los rayos ultravioleta le partieran la piel como a esa salchicha. ¡Bendito Dios!

Un chillido agudo la sacó de sus reflexiones. Volteó la mirada hacia la puerta corrediza y se dio cuenta que el horrible sonido venía de su apartamento. Como si un cerdo se hubiera pellizcado el hocico en una puerta, y estuviera protestando. Pero desde luego que allí no había cerdos, chillando o no. Sin embargo, había una máquina lavarropas, y si ella no se equivocaba, el sonido venía en realidad de la lavandería, donde unos minutos antes ella había puesto a lavar una tanda de ropa blanca.

El sonido subió repentinamente una octava y aulló como una sirena. Lacy se levantó de la silla y corrió hacia la lavandería. Tendría suerte si en este mismo instante la anciana señora Potters que vivía al lado estuviera pulsando los descomunales números nueve-uno-uno en su fiel teléfono rosado.

Lacy vio el agua jabonosa antes de llegar a la puerta, y a media zancada se le paralizó el pulso. No es que nunca antes hubiera visto agua jabonosa; la veía todo el tiempo, pero no desbordándose por debajo de la puerta como alguna clase de monstruo botando espuma por la boca. Ella sintió que se le filtraba humedad entre los dedos de los pies a través de la alfombra de color azul marino, estando a menos de dos metros de la puerta. Dejó escapar un chillido y siguió en puntillas hacia la puerta. Esto no significaba nada bueno.

La puerta giró hacia adentro sobre tres centímetros de agua gris. La lavadora de ropa se sacudía como loca, chillando, y Lacy corrió hacia la perilla de control. Su palma chocó en la perilla, lo cual bajo condiciones normales habría apagado el cachivache. Pero evidentemente las cosas ya no eran normales en este salón, porque la vieja máquina con forma de caja siguió estremeciéndose y aullando.

¡El enchufe! Tenía que jalar el tomacorriente. Uno de esos gruesos enchufes detrás del artefacto. Agua se desbordaba por la parte superior de la lavadora y corría a raudales por el piso. Ahora frenética, Lacy se dejó caer boca abajo sobre la vibratoria máquina para revisar la parte trasera. El enchufe estaba porfiadamente atascado. Lacy se retorció sobre la parte superior del artefacto hasta que los pies le quedaron colgando, demasiado consciente de que el agua le empapaba la ropa. Puso todo su peso en el siguiente jalón. El enchufe se soltó, lanzándola volando hacia atrás, fuera de la máquina ya apagándose y hacia el suelo como un pez desbordándose de una red.

Lacy luchó en el suelo, agradecida por el rotundo silencio. En medio de la conmoción el cabello había atrapado suficiente agua como para quedarle goteando. Miró alrededor, y se le hizo un nudo en el estómago ante la escena. Un cerdo aprisionado en la puerta pudo haber sido mejor.

Esto habría sido distinto antes de la muerte de John. Lacy sencillamente habría llamado al distrito policial y habría hecho que él saliera corriendo a encargarse del asunto. Ella se habría dado una ducha rápida y luego quizás habría salido a almorzar.

Pero eso era antes. Antes de que el cáncer invadiera el cuerpo de John y lo enviara a la tumba exactamente dos meses antes de que lo ascendieran a sargento. Le vagó por la mente una imagen de su finado esposo engalanado con esos pantalones color azul marino y brillantes botones de bronce. Él sonreía, porque siempre había sonreído. Un buen hombre. Un perfecto poli. El único hombre con quien ella habría podido imaginarse. Para siempre.

Una hora más tarde Lacy se hallaba inclinada en la mesa del comedor del diario, frente a ella la guía telefónica desplegada en la sección amarilla, y una toalla de papel protegía el teléfono de sus ennegrecidos dedos. Su intento de meterse con herramientas debajo de la máquina había resultado inútil.

—Frank —le copó el oído la perezosa voz.

El sonido del rítmico chasquido arrastrando las palabras revelaba que Frank estaba mascando chicle. Era obvio que él se había dormido durante las clases de etiqueta en su entrenamiento de plomería.

—Hola, Frank. Soy Lacy Cartwright. Supongo que usted es un técnico certificado, ¿correcto?

—Sí, señora. ¿Qué se le ofrece?

Ñam, ñam. Lacy tragó saliva.

—Bueno, se me ha presentado aquí un problema, Frank. La bomba de agua en mi lavadora de algún modo se quedó abierta e inundó el piso. Necesito que la repare.

—Se quedó abierta, ¿eh? —resaltó el hombre con un ligero dejo de regocijo en la voz—. ¿Y de qué número de modelo estamos hablando?

—J-28 —contestó ella, preparada para la pregunta.

—Bien, ¿ve usted? Ahora hay un problema, porque la J-28 no se queda abierta. Las J-28 usan bombas que operan con un solenoide normalmente cerrado, y si pasa cualquier cosa, se quedan trancadas. ¿Oyó usted algún sonido cuando esta máquina se dañó?

—Chilló.

—Chilló, ¿eh? Apostaría que chilló —se rió el tipo—. Sí, señora, no hay duda de que saben chillar. Bombas Monroe.

Se hizo silencio en el teléfono. Lacy se estaba cuestionando de dónde habrían sacado a Frank. Parecía saber de bombas, correcto. Pero tal vez la propia bomba en la cabeza del hombre no le estaba funcionando muy bien.

—Por tanto, ¿qué debo hacer? —preguntó ella al no recibir más comentarios.

—Bueno, usted necesita una bomba nueva, señorita Cartwright.

—¿Me puede instalar una bomba nueva? —averiguó ella después de un corto silencio.

—Claro que puedo. No es cuestión de *poder*, señora. He estado poniendo bombas durante diez años.

Un tonito le había salido a la voz del hombre a mitad de frase. Lacy levantó la mirada y captó su reflejo en el espejo de la sala. El cabello rubio se le había secado todo revuelto.

—El problema es que hoy día nos quedamos sin bombas Monroe. Como puede ver, aunque yo quisiera ir allá, lo cual de todos modos no podría hacer hasta dentro de tres días, sería inútil porque no tengo nada con qué hacerlo —declaró, y volvió a reír.

Lacy parpadeó. De pronto no estuvo segura de *querer* que Frank le compusiera la lavadora.

—¿Es difícil?

—¿Difícil qué?

—¿Cree usted que yo podría reemplazar la bomba?

—Cualquier idiota podría reemplazar esa bomba, señorita.

Evidentemente.

—Tres pernos y unos cuantos cables, y ha terminado en un dos por tres. Yo podría hacerlo con los ojos cerrados. Es más, lo *he* hecho con los ojos cerrados.

Qué bueno por ti, Frankie.

—Pero como dije, cariño. No tenemos bombas.

—¿Dónde puedo conseguir una bomba?

—En ninguna parte. Al menos en ninguna parte en Boulder. Tendrá que ir al fabricante en Denver; tal vez le vendan una.

¿Denver? Lacy miró por la ventana hacia esas nubes de mal augurio en el suroriente. Sería una hora hasta allá, otra hora en el tráfico, dependiendo de dónde quedara Monroe, y una hora en volver. Se le habría ido el día por completo. Miró el reloj. Las once. Por otra parte, su día ya se le había ido. Y no podía esperar una semana a que Frankie apareciera y anduviera por el apartamento con los ojos vendados mientras hacía este trabajo.

—Bueno, señora. No me puedo sentar aquí todo el día.

—Lo siento —respondió Lacy, sobresaltada—. Sí, creo que intentaré Monroe. ¿Tiene usted el número?

Treinta minutos después ella se hallaba en el auto, rumbo a la autopista, con la vieja bomba J-28 en una caja a su lado. Frank había tenido razón. Una vez que ella se las arregló para ladear la lavadora lo suficiente a fin de apoyarla en una banqueta y meterse debajo, quitar la pequeña bestia no había sido tan difícil. Hasta había cerrado los ojos una vez mientras aflojaba un tornillo, preguntándose qué llevaría a un hombre a intentar semejante cosa.

Lacy entró a la autopista, impactada por lo fácil que había cambiado el curso de su día. Un momento tendida en una felicidad total, y el siguiente zambulléndose en agua jabonosa gris.

¡Válgame Dios!

LA SEMANA había pasado volando, saltando sobre la cima de los nervios de Kent como un surfista empujado por un vendaval. Era el temporal de la imaginación, y le mantuvo los ojos bien abiertos y ardiéndole. Al terminar ese primer día Kent tenía tanta seguridad en lo que iba a hacer que esto le producía fuego en los huesos.

Iba a robar el banco a ciegas.

Literalmente. Iba a agarrar cada centavo que le correspondía. Los veinte millones completos. Y en todo el proceso, el banco permanecería tan ciego como un murciélago. Ahora se hallaba allí en su escritorio, feliz por la idea, los dedos paralizados sobre el teclado mientras la mente le daba vueltas.

Intentó concentrarse en las preguntas de Cliff acerca de por qué había escogido esta rutina o dónde podía hallar tal conexión. Y eso era un problema, porque ahora más que nunca adquiría importancia volver a calzar en el banco como el empleado José Tranquilo. Del modo en que vio las cosas, debía ganarse algunos favores y hacer algunas paces. De ningún modo andaría por el banco con un gran letrero rojo que rezara: «He aquí el hombre que le gritó a Bentley por el estacionamiento del empleado del mes». Kent tendría que concentrarse en volver a ser normal; en amoldarse con los demás mentecatos que de alguna manera se creían muy importantes de nueve a cinco en este manicomio. Había el asuntito de haber perdido a su esposa y su hijo, pero en eso únicamente tendría que morderse la lengua, ¿de acuerdo? Solo tratar de no sangrar por la llaga. Tendría que dominar la mente, controlar los pensamientos. Por el bien del ROOSTER.

Pero sus pensamientos se deslizaban continuamente hacia otros asuntos.

Asuntos como qué haría con veinte millones de dólares; como de qué modo escondería veinte millones de dólares; como de qué forma *robaría* veinte millones de dólares. Los detalles volaban, haciéndole confundir su mente analítica. Un centenar de escabrosos detalles… cada uno procreando otro centenar, sentía.

Antes que nada tendría que decidir de dónde agarrar el dinero. Usando el ROOS-TER podría tomarlo casi de cualquier parte. Pero, por supuesto, no lo haría de *cualquier parte*. Tendría que venir de un lugar en que veinte millones no serían detectados rápidamente. Por imposible de rastrear que fuera la transacción misma, su resultado global sería casi imposible de ocultar. Casi.

Luego debería decidir dónde poner el dinero. En realidad nunca tendría monedas ni billetes físicos, pero hasta un balance contable de veinte millones bastaba para al menos generar interés. Y esa clase de interés no era algo que él necesitara. Si el dinero aparecía como perdido, el FBI estaría encima como hediondez en cloaca. Él tendría que hallar la forma de permanecer en el fondo de esa cloaca.

Desde luego, debería planear cuidadosamente la verdadera ejecución del robo. No podían atraparlo transfiriendo veinte millones de dólares.

—¿Qué son esos enormes saldos en tu pantalla, Kent?

—Ah, nada. En realidad son mis bonificaciones del SAPF, si es de tu incumbencia. Solo estoy haciendo un retiro por anticipado.

Kent también tendría que hallar una manera de salir de su vida actual. No podía ser millonario y trabajar para Borst. No sería nada justo para él. Y todo este asunto era realmente acerca de justicia. No solo con su trabajo sino con la vida en general. Había trepado la escalera por veinte años como un buen chico solo para que en el espacio de treinta días lo bajaran tirándolo de la cola. De vuelta a la Calle de los Estúpidos donde el concreto era duro y las noches frías. Bueno, ahora que había sacado tiempo para considerar detenidamente las cosas, ser obligado a volver a trepar la escalera, peldaño a peldaño, tenía tanto sentido como sentarse en la esquina del barrio portando un letrero que rezara: «Trabajo por una cerveza».

Ni por casualidad. Tardó treinta días en caer; si todo salía bien no tardaría más que otros treinta en volver a saltar a la cima.

La parte más difícil de todo este plan muy podría ser la manera de gastar el dinero. ¿Cómo podía Kent Anthony, programador de computación, entrar a una vida de riqueza sin llamar la atención? De algún modo tendría que separarse de su pasado. No era problema. De todos modos su pasado inmediato apestaba con todos los olores desagradables imaginables. La idea de separarse de ese pasado le produjo un cosquilleo en la parte baja de la columna. Su pasado estaba deshonrado más allá de la redención, y lo mandaría tan lejos como fuera posible. Lo eliminaría por completo de la memoria. Comenzaría una nueva vida como un hombre nuevo.

Es más, era en esta última etapa de todo el plan que él se volvería a encontrar consigo mismo. Pensar en esto le produjo una seguridad que le recorrió por los huesos como una carga de electrones. Después de semanas de terror vacío, esto vino como una droga eufórica.

Kent miró sobre el hombro de Cliff hacia la pared… a la pintura del yate blanco que colgaba en las sombras. Le cruzó por la mente una imagen de ese mismo barco pegada en la refrigeradora de la casa. La promesa que le hiciera a su esposa: *Te juro Gloria que un día seremos dueños de ese yate.*

Se le hizo un nudo en la garganta. No es que a Gloria le hubiera importado mucho. Ella había estado demasiado enamorada de la religión de su madre como para apreciar las cosas más exquisitas. Kent siempre había tenido la esperanza de que esto cambiaría; que ella abandonara sus ridículas obsesiones y corriera tras los sueños de él. Pero ahora ella se había ido.

Los pensamientos le susurraban de modo implacable durante los primeros días, y Kent comenzó a armar posibles soluciones para los retos. No tanto como identificar y corregir errores; un ejercicio natural de su mente. Mientras Cliff se entretenía con el código que tenían frente a ellos, Kent se ocupaba por completo de otro código. Solo esta mañana se había disculpado tres veces por dejar vagar la mente. Cliff supuso que esto se debía a la pérdida de la esposa y el hijo. Kent asintió, sintiéndose como un rufián por ocultarse detrás del sentimiento.

Era la una antes de que apagara la máquina de Cliff.

—Está bien, As. Debo hacer algunas gestiones durante la hora de almuerzo. De todos modos ya tienes suficiente para estar ocupado un par de días —declaró Kent poniéndose de pie.

—Creo que tienes razón. Gracias por el tiempo. Seguiré escarbando. Nunca se sabe qué se pueda presentar.

Un pensamiento se le cruzó a Kent por la mente.

—En realidad, por qué no te enfocas algunos días en depurar y dejas de escarbar. Quiero decir, no faltaría más, escarba todo lo que quieras, pero andar dando vueltas por mi código sin ningún objetivo no necesariamente es el mejor uso para una mente como la tuya, compañero —expresó Kent, luego encogió los hombros—. Solo es mi opinión, por supuesto. Pero si deseas hallar algo, solo pregúntame. Te ahorraré un montón de tiempo.

—Desde luego, si estás aquí —replicó Cliff sonriendo brillantemente—. Creo que esa sería lo preocupante. ¿Qué pasaría si Kent Anthony desapareciera?

—Bueno, esa estrategia tenía sentido hace una semana. Pero ahora es obsoleta. Estoy aquí para quedarme. Dile eso a quienquiera que te esté pulsando las teclas —advirtió Kent, sonriendo para sellar el punto.

—Así será, señor —asintió Cliff haciendo una burlona reverencia.

—Bien entonces. Nos vemos, compañero.

Cliff se quedó sonriendo de oreja a oreja. Kent se sintió sinceramente casi jovial. El fármaco de su conspiración le había obrado bien en las venas. Se sentía como si hubiera salido de una pesadilla y estuviera a las puertas de un mundo nuevo y desconocido. Y él intentaba descubrir cada rincón de ese mundo.

Cerró su oficina, hizo algunos comentarios a Betty respecto de la cantidad de trabajo que había, y salió aprisa hacia la parte trasera. Normalmente habría preferido las puertas delanteras, pero ahora no era normal. Ahora se hubiera arrastrado por una ventanilla en el piso si la hubiera habido.

Entró presuroso al callejón, corrió al auto y se instaló en la tapicería de cuero antes de pensar en su destino. La biblioteca. Debía revisar algunos libros. No. Eso dejaría una pista. La librería, entonces. Debía comprar algunos libros. Con dinero efectivo. La librería Barnes and Noble más cercana estaba a cinco kilómetros por la Sexta Avenida. Cambió de sentido y entró al flujo del tráfico.

Kent no era de los que se detenían a ayudar a vehículos con problemas. Animales muertos del camino, los llamaba. Si los imbéciles no tenían la previsión de mantener adecuadamente sus vehículos o de contratar a la aseguradora AAA, sin duda no merecían que él les extendiera la mano. Sea como sea, los autos varados por lo general eran chatarras repletas de individuos de la Calle de los Estúpidos. En lo que a él concernía, una pequeña avería en autopista con tráfico pesado era un buen adoctrinamiento hacia la responsabilidad, un raro producto en esos días.

Por tanto, le pareció raro que le llamara la atención el Acura blanco estacionado a mano izquierda en la división de la autopista. Aun más extraño fue el simple hecho de que una vez que lo vio, no pudo quitar la mirada del vehículo. Y no era de sorprender. Se erguía como un faro que iluminaba adelante, brillando blancura, como si un relámpago lo hubiera encendido. De repente a Kent se le vino la idea de que el cielo presagiaba algo malo… en realidad estaba totalmente ennegrecido. Pero el Acura estaba allí brillando de verdad, y todos los demás vehículos simplemente pasaban de largo como si no existiera. Kent oprimió el volante de madera.

Una mujer con cabello rubio, vestida en jeans y camiseta verde, estaba saliendo. Ella volteó a mirar mientras Kent se aproximaba, y el corazón de él palpitó con fuerza. No sabía *por qué* el corazón le latía de ese modo, pero así fue. Tal vez algo en el rostro de la mujer. Pero el caso es que difícilmente lograba *verle* el rostro desde esa distancia.

Entonces Kent pasó el auto estacionado, lleno de indecisión. Si alguna vez había habido un alma que merecía ayuda, era esta. Por otra parte, él no rescataba animales muertos en la carretera. Había recorrido como treinta metros cuando de modo impulsivo giró el volante y se detuvo, a quince centímetros de la baranda, mientras autos rugían a la derecha.

El instante en que se detuvo decidió que había sido un error. Pensó en volver a meterse al tráfico. En vez de eso salió del asiento y retrocedió corriendo los cuarenta metros hacia el Acura. Si el brillo que rodeara al auto estuvo allí de veras, ya no estaba. Alguien había jalado el enchufe. La mujer había levantado el capó del auto de modo que este se hallaba totalmente abierto con su negra boca hacia Kent, como un caimán de acero. Ella estaba de pie observando al hombre que se acercaba, rebotando en la visión de él.

Kent estaba a tres metros de la mujer cuando el reconocimiento le chocó en la mente como un trineo. Se detuvo en seco, atónito.

Lo mismo le pasó a ella, pensó él. La mandíbula de la mujer se le cayó hasta el pecho, y los ojos se le abrieron de par en par. Ambos quedaron adheridos al pavimento como dos venados inmóviles, cada uno encandilado con los faros del otro.

—¿Kent?

—¿Lacy?

—Sí —contestaron simultáneamente los dos.

—¡Kent Anthony! —exclamó ella con los ojos desorbitados—. No puedo creer que seas tú de veras. Mi… mi auto se averió…

Kent sonrió, sintiéndose totalmente extraño. Ella estaba más hermosa de lo que él recordaba. Tal vez más delgada. El rostro seguía siendo normal, pero esos ojos… brillaban como dos deslumbrantes esmeraldas. No extrañaba por qué a él le gustara tanto en la universidad. Además los años le asentaban muy bien.

—Lacy Cartwright. ¿Cómo diablos te quedaste varada en un costado de la carretera? *El auto se le averió, idiota. Ella te lo dijo.*

—Esto es sorprendente —manifestó ella con una amplia sonrisa—. Extraño. No sé qué pasó. Solo se apagó…

Ella soltó una risita tonta.

—¿Y cómo estás tú? —preguntó finalmente.

—Bien. Sí, bien —contestó él, pensando tanto en una mentira descarada como en la sincera verdad.

Kent se quedó en silencio como por diez segundos, solo mirándola, sin saber qué decir a continuación. Pero ella también estaba haciendo lo mismo, pensó. *Vamos, hombre. Contrólate.*

—¿Qué sucedió, entonces? —inquirió él por último, señalando el auto.

—Solo se apagó —respondió ella mirando la maraña de tubos debajo del capó—. Tuve suerte de parar sin golpear la baranda.

La atmósfera estaba cargada de expectativa. En lo alto la línea de un relámpago traqueteó entre negros nubarrones.

—Bueno, no soy mecánico, pero por qué no entras e intentas prenderlo mientras investigo un poco.

—Bueno.

Ella le sostuvo la mirada por un momento como si intentara interpretarle algún mensaje en los ojos. Él sintió una extraña opresión en el pecho.

Lacy se colocó detrás del volante, mirándolo a través del parabrisas. Él metió la cabeza debajo del levantado capó. ¡Santo Dios! Él tenía los ojos clavados en un fantasma del pasado.

El motor empezó a girar, y Kent se echó hacia atrás, esperando inmediatamente que ella no hubiera visto su reacción. Ninguna sensación que revelara ineptitud.

El motor engranó y retumbó con vida.

Kent retrocedió, miró el motor encendido por un momento, y al no ver nada extraordinario cerró el capó.

—¿Qué hiciste? —preguntó Lacy, quien se había bajado.

—Nada —expresó él encogiéndose de hombros.

—Estás bromeando, ¿verdad? Esta cosa estaba muerta, lo juro.

—Y yo juro que no hice más que respirarle encima. Tal vez debería haber sido mecánico. Podría reparar autos respirándoles encima —replicó él riendo.

—Bueno, siempre tuviste mucha habilidad —expresó Lacy lanzándole una mirada tímida y una traviesa sonrisa.

Ambos rieron, y Kent pateó el pavimento, repentinamente tímido otra vez. Luego alzó la mirada.

—Bueno, imagino que estás ocupada. Supe que te habías mudado a Boulder.

—Así es.

—Quizás podríamos reunirnos.

La sonrisa desapareció del rostro de Lacy, y él se preguntó si ella había oído lo que dijo.

—Supiste lo de Gloria, ¿verdad? —preguntó él.

—¿Gloria?

—Sí. Mi esposa murió hace poco.

—¡Lo siento mucho! —exclamó ella con sorpresa en el rostro—. No tenía idea.

—Sí —continuó él asintiendo—. De todos modos, lo mejor es que siga adelante. Debo volver al trabajo.

—Pues sí —asintió también ella—. Yo tengo que volver a Boulder. Mi lavadora se descompuso.

No brindó más explicaciones.

—Así es —volvió a asentir él, sintiéndose de pronto abandonado.

Ella no se movió.

—De veras siento lo de tu esposa, Kent. Quizás deberíamos tomar una taza de café y hablar al respecto.

—Supe que perdiste a tu esposo hace un par de años.

Ella asintió. Los dos estaban asintiendo mucho. Esta era una manera de llenar los vacíos después de, ¿cuánto? ¿Trece años?

—¿Tienes una tarjeta? —averiguó él, lo cual pareció ridículo; pareció como si intentara conectarse con ella, y él no tenía intención de conectarse con nadie; ningún deseo en absoluto.

—Por supuesto —contestó ella, estiró la mano por la ventanilla, y sacó la cartera.

Le pasó una tarjeta. Rocky Mountain Bank and Trust. Servicio al cliente.

—No sabía que estuvieras en la banca —indicó él mirándola—. Sabes que trabajo en la banca, ¿no es así?

—Alguien me lo dijo. Sistemas de información, ¿correcto?

—Sí. Bueno. Te llamaré. Nos pondremos al día.

—Estaré esperando tu llamada con mucho gusto —respondió ella, y él pensó que ella lo decía en serio.

—Bueno —señaló él.

Muchos *buenos*, *síes* y gestos de asentimiento.

—Espero que tu auto ande bien —continuó él, bajando la cabeza hacia ella.

Luego Kent regresó corriendo al Lexus. El horizonte resplandeció retorcidas ramificaciones de un relámpago, y un trueno retumbó. La lluvia estaba impaciente, pensó. Cuando él estiraba la mano hacia la puerta, el Acura blanco de Lacy aceleró y pitó. Él agitó la mano y se puso detrás del volante. La figura se esfumó.

LACY CONDUJO por el oeste en medio de una copiosa lluvia con el estómago hecho nudos. La casualidad de su encuentro con Kent la había desconcertado por completo. Disminuyó la velocidad sobre el pavimento, se fijó en los golpes de los limpiaparabrisas, dejando atrás lentamente la gran ciudad. Pero tenía el corazón allá atrás, al borde de la carretera, mirando fijamente dentro de esos extraviados ojos azules.

Kent parecía como si hubiera salido de algún rincón perdido de la mente de ella, una copia al carbón del alocado estudiante universitario que se las había ingeniado para capturarle el corazón. Su primer amor. Ella había cavilado mil veces en la sinceridad de él. Kent era un hombre tan sincero y honesto como ambicioso. La combinación única de esas características había creado una pócima que le derritió a ella el corazón por primera vez en la vida. Bueno, los ojos azules y el cabello rubio no exactamente habían impedido ese derretimiento, supuso ella.

Él había perdido a su esposa. ¿No tenía también un hijo? Pobre niño.

Y bajo esa evocadora fachada se ocultaba un hombre que anhelaba consuelo pero que a la vez rechazaba ese consuelo. Ella debía saberlo; había pasado por lo mismo.

—Dios, ayúdalo —susurró, y lo dijo en serio.

Ella no solo deseó que Kent recibiera ayuda, sino que *Dios* lo ayudara. Porque Lacy creía en Dios. Había caído a los pies del Señor exactamente un año atrás mientras salía de su propio abatimiento, al comprender que ella no tenía agarrado al mundo por la cola.

—Padre, consuélalo —volvió a susurrar.

Los limpiaparabrisas chirriaron.

Lacy contuvo unas repentinas ansias de salir de la autopista, hacer girar el auto, e ir tras Kent. Por supuesto, eso era ridículo. Aunque eso fuera posible, a ella no le correspondía ir tras un antiguo enamorado que acababa de perder a su esposa. ¿Y desde cuándo se había convertido ella en cazadora? *Escúchame, ¡aun pensando en términos de persecución! ¡Santo cielo! No quiero decir cazar como una perrita en celo, sino perseguir como tratando de… ayudar al hombre.*

Lacy observó la nueva bomba de agua en el asiento del pasajero y recordó la lavadora averiada. Bueno, si esa máquina no se hubiera descompuesto precisamente cuando lo hizo, ella habría perdido por completo al hombre. Si el extraño técnico de servicio no hubiera sido tan comedido en el teléfono, si hubiera tenido una bomba en existencia, si ella no hubiera ido a Denver, si su auto no hubiera perdido la corriente por un momento cuando lo hizo… cualquier sencilla fluctuación de esta sarta interminable de acontecimientos, y no se hubiera encontrado con Kent.

Y para colmo, Kent se había detenido sin saber a quién estaría ayudando. Eso fue muy obvio por la impresión que se llevó al reconocerla.

Por otra parte, cada suceso que ocurriera sucedió simplemente después de una serie de otros hechos alineados a la perfección.

Lacy miró una sombra café en la manga derecha, una mancha de grasa embadurnada. ¿La habría visto él? Ella volvió a su línea de pensamiento. Casi nada era estadísticamente posible. Pero las fuertes palpitaciones en el corazón de Lacy sugerían que la serie de acaecimientos de hoy no eran solo una ocurrencia al azar. De algún modo habían sido organizadas. Tuvieron que serlo.

Además, habían sucedido cosas extrañas.

Lacy apretó los dientes y desechó la descarga mental. Pero esta no se fue fácilmente; un minuto después había regresado, mordisqueándole la mente.

Al final ella decidió que nada de eso importaba. Kent tenía su tarjeta. O la llamaría, o no la llamaría. Y eso no tenía nada que ver con la casualidad. Tenía todo que ver con la decisión de él. El corazón le dio un salto ante el pensamiento.

Un recuerdo sombrío de sus primeros años de adolescencia le resplandeció en la mente. Se hallaba engalanada para el baile de graduación del colegio en un vestido rosado con flecos blancos y el cabello recogido hacia atrás en un conjunto de rizos. Su madre y ella habían tardado cerca de tres horas para que todo quedara así. Era su primera cita, y papá le había manifestado lo orgulloso que estaba de ella, luciendo tan hermosa. Ella se hallaba en el sofá de la sala, sosteniendo un clavel blanco para su cita. Peter. Pero Peter estaba atrasado. Diez minutos, luego media hora, y después una hora. Y ella estaba simplemente allí balanceando las piernas, sintiéndose sensible por dentro y tratando de ser valiente mientras su padre despotricaba por teléfono. Pero Peter nunca llegó, y los padres de él no sabían nada respecto del paradero de su hijo. El papá de Lacy la llevó a comer un postre, pero esa noche ella no pudo mantener el contacto visual con nadie.

Se le hizo un nudo en la garganta ante el recuerdo. Nunca le había ido bien saliendo con alguien. Ni siquiera con Kent, quien la había hecho a un lado ante la más leve insinuación de compromiso. Ella haría bien en recordar eso.

¿En qué había estado pensando, en *ir tras* él? Ella no necesitaba más una relación ahora de lo que necesitaba un encuentro con el lupus.

Por otra parte, él podría llamar.

CAPÍTULO DIECISIETE

Octava semana

HELEN SE sobresaltó y se dio la vuelta, y aun durante el sueño podía sentir los ojos agitándosele detrás de los párpados cerrados. En la cabeza le resonaban pasos pesados, como de un corredor que había tomado un camino equivocado y terminara corriendo por un túnel. Un túnel llamado la vida de Kent.

Los pasos eran pesados —*tas, tas, tas*— y sin pausa. Agitada respiración seguía a los pasos. El corredor avanzaba deliberadamente en contra del sombrío aire viciado. Quizás de manera muy deliberada, como si la persona estuviera tratando de creer que respirar fuera solo inundar los pulmones con aire, cuando en realidad también tenía que ver con combatir el pánico; porque esa clase de sonidos regulares hace eso: combatir la incertidumbre con su ritmo. Pero este corredor parecía estar perdiendo esa batalla con la incertidumbre. Las respiraciones deliberadas sonaban un poco irregulares en los bordes.

Los pesados pasos venían frecuentemente a la mente de Helen en la última semana, y eso la molestaba porque ella sabía que significaban algo. Solo que no había logrado descifrar el mensaje. Al menos no del todo.

Helen sabía que se trataba de los pasos de Kent. Que él estaba huyendo. Huía de Dios. El fugitivo. Una vez ella había oído hablar de una película llamada así. *El fugitivo*. Una especie de gladiador huyendo para salvar la vida en medio de un programa de concurso.

Al pastor Madison no le gustó que ella llamara juego a esto, pero aquí en su mente ella podía llamarlo como quisiera. Y lo sentía como un serio programa de concurso. Estaba en juego la muerte; el premio era la vida. Pero en una clase de camino cósmico, ese premio no era muy distinto a ganarse una refrigeradora Kenmore con dispensador de hielo, o un Mustang '64 convertible, ¿verdad?

Ella respiró hondo e intentó volverse a enfocar en sus pensamientos. *Ilumínate, Helen. Por Dios, te estás metiendo a la parte honda. Aquí no estamos jugando La Rueda de la Fortuna.*

La mente le volvió otra vez a la mazmorra y al sonido de esos pasos pesados. ¿Cuánto tiempo podía alguien correr de ese modo? Otro sonido rebotó en la oscuridad, el de fuertes latidos. Un corazón palpitando con fuerza junto con la respiración pesada y los pesados pasos. Lo cual tenía sentido, porque seguramente el corazón de Helen le palpitaría con fuerza si fuera ella la que corriera así.

Ella se imaginó corriendo de ese modo.

El pensamiento le llegó como un golpe fuerte al plexo solar.

Contuvo el aliento.

Ahora había solo dos sonidos en el túnel: los pesados pasos: *tas, tas, tas*; y los latidos del corazón: *pum, pum, pum*. La respiración se había detenido.

Helen se revolvió en la cama, súbitamente consciente, mientras un solo pensamiento le susurraba ahora en la cabeza: *¡Esa respiración se detuvo cuando dejaste de respirar, hermana! ¡Esa allí eres* tú!

Se llevó las manos al pecho. El corazón le palpitó al mismo ritmo que había oído en el sueño. En el túnel. Lo único que faltaba eran los pasos pesados. Y por extrañas que se estuvieran poniendo las cosas, ella tenía la certeza de no haber estado corriendo de arriba abajo por el pasillo en su sueño.

Helen supo entonces la razón de todo, sentada en la cama sintió que el corazón le latía con fuerza debajo de las palmas. Si ella no estaba de veras en el juego, *debía* estarlo. Sus pies *debían* andar pesadamente a lo largo del suelo de ese túnel. Esta insensata urgencia de caminar no era solo algo senil; era el jalón de Dios en su espíritu. *Camina, hija, camina. Quizás incluso corre. Pero al menos camina.*

Podría tratarse de Kent corriendo para salvar la vida, pero ella también estaba allí, ¡respirándole en el cuello! Orando por él. Ella también estaba en el juego. Y su parte era de intercesora. Así era.

Helen se quitó las cobijas y se paró al lado de la cama. Eran las cinco de la mañana. Debía salir a caminar, tal vez. La idea la paralizó por un momento; no era corredora, por amor de Dios. ¡El médico había querido instalarle nuevas rodillas en las piernas hacía menos de un año! ¿Qué diantres creía ella que debía hacer ahora? ¿Cojear de arriba abajo por la entrada hasta que los vecinos llamaran a la policía motivados por la lunática que veían a través de las ventanas? Una cosa era andar de un lado al otro en zapatos deportivos sobre su afelpada alfombra. Otra totalmente distinta era hacer un viaje de oración por las calles como algún profeta.

Y más importante, ¿por qué en la verde tierra de Dios querría él que ella caminara? ¿Qué tenía que ver caminar con esta locura? Sin duda el Señor no necesitaba la caminata de esta vieja para mover la mano.

Pero él tampoco había necesitado que el viejo Josué y sus seguidores anduvieran alrededor de Jericó para derribar el muro, ¿verdad? Y sin embargo había exigido eso. Esto no era muy distinto.

Bueno, sí, esto *era* diferente. ¡Era distinto porque esto ocurría ahora y aquello sucedió entonces, y porque esto era con ella y eso fue con Josué!

Helen se quejó y se dirigió al baño. Estaba levantada. También podría vestirse. Y allí había otra razón de por qué esto era diferente. ¡Era distinto porque se trataba de una locura! ¿Qué diría el pastor Madison? ¡Dios mío!

Ella se detuvo a media zancada, en mitad del camino hacia el baño. *Sí, pero ¿qué diría Dios? ¿Era Dios ese allá atrás hablándote, diciéndote que caminaras?*

Sí.

Camina entonces.

Sí.

Entonces el asunto estaba resuelto, en ese momento.

Veinte minutos después Helen salió de su casa usando sus Reeboks blancos y sus medias de basquetbolista a media pantorrilla bajo un vestido verde con girasoles amarillos esparcidos en un patrón que tal vez solo el diseñador original podría identificar.

—Oh, que Dios tenga misericordia de mi alma —musitó y salió del descansillo hacia la acera.

Comenzó a caminar por la calle sin ningún destino en mente. Solo caminaría y vería.

Y oraría.

KENT DEJÓ pasar las horas esas primeras dos semanas con toda la constancia de un yo-yo. Un momento consumido con la audacia de su conspiración cada vez más clara, el siguiente parpadeando con recuerdos de Spencer o Gloria. Decir que él estaba inseguro habría explicado claramente lo que pasaba.

Las ideas llegaban como malezas, brotándole en la mente como si algún malvado científico las hubiera regado con una fórmula de crecimiento acelerado. Ni siquiera se le vino a la mente sino hasta el final de la primera semana que las vueltas y los desvíos no se detenían al quedarse dormido. Es más, sus mejores ideas parecían serpentearle entonces en la mente, cuando se lanzaba a un irregular sueño. Mientras dormía.

Así como el vagabundo había exhibido la lengua y le había dicho a Kent lo que creía de la situación, otras voces parecían sugerir otras opciones. Él no lograba recordar las palabras exactas ni el contexto general de las sugerencias, pero parecía despertar cada día con ansias de explorar una idea vaga. Y a pesar de por qué su mente parecía estar a favor de la noche, Kent no se quejaba. Eran cosas de genios, pensó.

De vez en cuando lo fastidiaba el encontronazo con Lacy, pero las posibilidades crecientes de su nueva vida eclipsaban el extraño tropiezo. Varias veces sacó la tarjeta, con la intención de llamar. Pero veía confusa la situación una vez que intentaba aclarar sus motivos para contactarla. *Ah, hola, Lacy. ¿Qué te parece una bonita cena romántica esta noche? ¿Te conté que mi esposa y mi hijo acaban de morir? Porque eso es importante. Soy un tipo libre, Lacy.* ¡Tonterías! Él no estaba de humor para una relación.

Por otra parte, ansiaba amistad. Y amistad era relación, así que en ese sentido se desesperaba cada vez más y más por una relación. Quizás incluso alguien a quien contarle… Alguien con quién hablar de este creciente secreto. Pero sería una locura. El secreto era aquí su amigo.

La vida en la oficina comenzó a acarrear su propio ritmo, no muy diferente de aquel por el que una vez Kent anduviera en los días antes de que el mundo se pusiera patas arriba. Y las noches. Fue la rutina nocturna lo que él comenzó a añadir metódicamente a su régimen de trabajo. Necesitaba que sus compañeros se volvieran a acostumbrar a ver a Kent en la oficina hasta altas horas de la noche. Todo el plan dependía de ello.

Era imposible abrir o cerrar el edificio sin emitir una señal que notificara el hecho a la compañía de alarmas. Las anotaciones se enviaban cada mañana a los monitores de los gerentes de sucursal. Por tanto, Kent se encargaba de entrar y salir por la puerta trasera, creando un registro invariable de sus hábitos de trabajo, para luego reportar con espontaneidad a Borst el progreso que había tenido la noche anterior.

Lo que ellos no podían saber era que la depuración que conseguía durante esas altas horas de la noche mientras ellos dormían le llevaba solo una fracción del tiempo indicado. Kent creaba en una hora más códigos definidos de los que cualquiera de los demás lograba producir en un día. No solo tenía el doble de materia gris que cualquiera de ellos, sino que estaba trabajando en su propio código.

No su propio código como en el SAPF, sino su propio programa como en perfeccionar el ROOSTER y la manera en que el ROOSTER iba a causar su estrago en el mundo.

Cliff realizaba cada día su habitual fisgoneo, pero Kent hizo lo mejor que pudo para minimizar la interacción entre ellos. Lo cual simplemente significaba saber en todo momento en qué estaba trabajando el chiflado esquiador y en estar al tanto de sus rutinas.

—Pareces de veras haberte adaptado muy bien después de sufrir esas pérdidas —afirmó Cliff al concluir la primera semana del regreso de Kent.

—Negación —contestó Kent después de meditar en una explicación plausible, y se alejó—. Eso es lo que dicen, de algún modo.

—¿Quién dice eso?

Él no había ido donde un psiquiatra.

—El pastor —mintió Kent.

—¡Estás bromeando! No tenía idea que fueras a la iglesia. ¡Yo también asisto!

Kent se arrepintió al instante de su mentira.

—¿Durante cuánto tiempo has sido cristiano?

—Bueno, en realidad no estoy muy bien acoplado.

—Claro, puedo entender eso. Dicen que 80% de asistentes a iglesias solo asisten a reuniones de domingo. Oí decir que tu esposa era una firme creyente.

—¿De veras? —inquirió Kent levantando la mirada—. ¿Y quién te dijo eso?

—Sencillamente lo escuché en alguna parte.

—¿En alguna parte como dónde? No sabía que eso fuera aquí de conocimiento público.

—Bueno, en realidad de Helen —contestó Cliff encogiendo los hombros con incomodidad.

—¿Helen? ¿Te ha estado hablando mi suegra?

—No. Tranquilo, Kent. Hablamos una vez cuando ella llamó.

—¿Y ocurrió sencillamente que hablaste de mí y de mi esposa? Bueno, en realidad ese es un gran detalle de tu parte... «Pobre Kent, chismeemos acerca de su fe, ¿de acuerdo? O deberíamos decir, de su falta de fe.

—Somos cristianos, Kent. Algunas cosas no son tan sagradas como otras. No te preocupes, eso no saldrá de mí.

Kent se alejó, enojado sin saber exactamente por qué. Helen tenía sus derechos. Después de todo Gloria era su hija. Entonces él comenzó a evitar a Cliff al concluir la primera semana de su regreso. Aunque alejarse del sonriente come-piña era más fácil decirlo que hacerlo.

Borst tardó más de dos semanas en aceptar la actitud reformada de Kent. Pero una dosis diaria de relajantes adulaciones administradas por Kent engrasaba con bastante facilidad las ruedas mentales del individuo. Kent debía contener el aliento mientras adulaba, pero hasta eso se volvió más fácil con el paso de los días.

Borst le preguntó una vez por la agenda después que Kent le solucionara un problema que el jefe mismo había tratado de solucionar sin éxito. Kent había tardado exactamente veintinueve minutos la noche anterior en localizar el extraviado modificador responsable.

—Lo encontraste, ¿eh? Hice bien en pasártelo, Anthony. No hay duda de que puedes hacer arrancar esto —comentó, y levantó la grasienta cabeza—. Parece que últimamente trabajas mejor en la noche, ¿no es así?

Un destello zumbó en la mente candente de Kent. El corazón se le estremeció en el pecho, y esperó desesperadamente que Borst no captara nada de esta reacción.

—Siempre he trabajado mejor en la noche, Markus —expresó Kent; había descubierto que a Borst le gustaba que sus amigos lo llamaran Markus; luego bajó la mirada—. Pero desde las muertes no me dan ganas de estar solo durante la noche sin nada que hacer, ¿sabe?

—Sí, claro que sí. Entiendo —ratificó Borst, y a continuación agitó las páginas en el aire—. Hiciste esto anoche, ¿eh?

Kent asintió con la cabeza.

—¿A qué hora saliste de aquí?

—Volví a, oh, quizás a las ocho más o menos, y salí a medianoche.

—¿Cuatro horas? —preguntó Borst, y sonrió—. Como dije, eres bueno. Si sigues trabajando así los demás nos quedaremos sin nada que hacer. Buen trabajo.

Al decir esto último soltó una risita tonta y luego guiñó, y Kent se tragó las ganas de sacarle el ojo.

—Gracias, señor —respondió en vez de eso.

El *señor* produjo un destello de satisfacción en las fosas nasales de Borst, y Kent salió, decidido a usar la expresión con más frecuencia.

A los pocos días reanudó la amistad con Will Thompson. Igual que antes, la cháchara entre ellos no conducía a nada fundamental, lo cual estaba bien para Kent.

—Apenas logro creer que hayas vuelto después de lo que te hicieron pasar —comentó Will cuando iban a almorzar al tercer día.

Sacar tiempo para almorzar era muy desagradable para el estómago de Kent, pero tenía el objetivo de parecer tan común y corriente como fuera posible, y un almuerzo ocasional encajaba bien en el perfil.

—¿Sabes? Si Spencer no hubiera muerto, creo que no estaría aquí. Pero todo cambia cuando pierdes a los seres que más amas, Will. Tus perspectivas cambian. Ahora lo único que necesito es trabajar, eso es todo —explicó Kent, y miró al otro lado de la calle a la Cocina Italiana de Antonio—. ¿Quién sabe? Tal vez me mude una vez que las cosas se hayan calmado. Pero ahora necesito estabilidad.

—Tiene sentido —asintió Will.

Lo captaste, Will. De veras que tiene sentido. Todo tiene que tener sentido. Recuerda eso cuando te pregunten por mí.

Betty Smythe se volvió a convertir en parte del mobiliario de oficina, relamiéndose los labios en la recepción, encargándose de todas las llamadas importantes de Borst, y examinando constantemente su pequeño mundo con los ojos brotados de un halcón.

Esto tenía sin cuidado a Kent, quien simplemente cerraba la puerta. Pero cuando se le daba cuerda, la boca de la mujer podría ser sin duda la más activa y agitada. Él deseaba favorecerse del cotorreo con ella sin lanzar sospechas en el camino. Así que comenzó la desagradable tarea de abrirse paso hacia el rincón de la secretaria.

Un ramo de rosas, para tener el apoyo de Betty, le hizo empezar con pie derecho. El hecho de que ella no hubiera levantado un solo dedo para apoyarlo no pareció atenuarle el agrado por el gesto de Kent. Además, a juzgar por la cantidad de acrílico que le colgaba en el extremo de los dedos, no sería cosa fácil levantarlos.

—¡Vaya, Kent! ¡No tenías que molestarte!

Él siempre se había preguntado si las mujeres que abrían los ojos de par en par ante las flores en verdad las hallaban tan estimulantes como demostraban. Él podía suponer que una vaca baboseara sobre la vegetación, pero las mujeres difícilmente eran vacas. Bueno, la mayoría de ellas no lo eran. Betty estaba muy cerca, lo cual tal vez explicaba por qué simplemente había volteado los ojos hacia atrás, como si estuviera muriéndose y yéndose al cielo sobre los rojos pétalos de este arreglo particular de vegetación.

—Pero debí hacerlo —replicó él con tanta sinceridad como pudo expresar—. Solo quiero que sepas cuánto me ha ayudado tu apoyo.

Un rápido parpadeo en los ojos femeninos lo hizo preguntarse si había ido demasiado lejos. Si así fue, ella se adaptó rápidamente.

—Eres muy amable. No fue nada, de veras. Cualquiera hubiera hecho lo mismo —dijo ella sonriendo, y olió las rosas.

Kent no supo en absoluto a qué se podía estar refiriendo ella, pero ya no importaba.

—Bueno, gracias otra vez, Betty. Estoy en deuda contigo.

¡Puf!

—Gracias, Kent.

De algún modo uno de los pétalos se había soltado y pegado en el labio superior de Betty. Se veía ridículo. Ella pareció no darse cuenta. Kent no se molestó en decírselo. Él sonrió amablemente y se volvió hacia su oficina.

Todd y Mary eran como dos gotas de agua: ambos ansiosos por agradar a Borst y totalmente conscientes del hecho de que necesitaban a Kent para lograrlo. Los dos entraban y salían de la oficina de Kent como una pandilla regular de ratas. «¿Cómo harías esto, Kent?» O: «Kent, he hecho esto y aquello, pero no está funcionando muy bien». No que a él le importara en particular. A veces esto hasta lo hacía sentir como si nada hubiera cambiado en realidad: él siempre había sido el centro del mundo de ellos.

Fue la manera en que esos dos se erguían cuando Borst pasaba lo que le hizo que Kent pusiera los pies en tierra. Al final, la lealtad de ellos era para el Jefe.

Todd se disculpó en cierto momento por su conducta.

—Lo siento por… bueno, tú sabes —titubeó sentándose en la oficina de Kent y cruzando los pies, con un repentino rubor en el rostro; se levantó los lentes de armazón negro.

—¿Por qué, Todd?

—Tú sabes, por la manera en que actué ese primer día.

Kent no contestó. Dejó que el muchacho se avergonzara un poco.

—Es difícil ser atrapado en medio de políticas de oficina, ¿sabes? —continuó Todd—. Y hablando de modo tecnológico, Borst *es* tu jefe, así que no queremos incomodarlo. Además, él tiene razón. En realidad este es asunto de él, ¿sabes?

Una docena de voces resonaron en la mente de Kent. Deseó atacar a este muchacho. Hacerlo entrar en algo de razón. Y también pudo haberlo echado. Pero solo se mordió el labio y asintió lentamente.

—Sí, quizás tengas razón.

—Está bien, Kent —expresó Todd sonriendo tímidamente—. Borst prometió preocuparse de nosotros.

Era obvio que Todd le contó a Mary la conversación, porque la próxima vez que ella colocó su voluminoso ser en la silla de visitantes de él, usaba una sonrisa que le abultaba las mejillas. Se lanzó directo a una pregunta sin referirse al incidente, pero Kent se dio cuenta que ellos habían hablado. Lo sabía tanto como sabía que ella y Todd eran gusanos lambones obsesionados por la tecnología.

Durante su segunda semana de haber vuelto, Kent comenzó a salir a almorzar por el vestíbulo principal. A pesar de su aversión a hacer eso, lo había hecho antes y lo haría ahora. Andaba con toda tranquilidad, evitando el contacto visual pero respondiendo al saludo ocasional con tanto entusiasmo como podía soportar.

Todos estaban allí, como muñecos de cuerda representando sus roles. Los cajeros susurraban respecto de sus relaciones imaginarias y contaban el dinero. Zak el guardia de seguridad andaba de un lugar a otro y de vez en cuando hacía oscilar el bolillo como había visto hacerlo en alguna película de Hollywood. Al entrar al vestíbulo, Kent vio dos veces a Sidney Beech, la asistente de vicepresidencia, taconeando en el suelo, y cada vez él fingió no verla. Una vez vio a Gordinflón, que sería Price Bentley, atravesando el piso de mármol, y de inmediato Kent cortó hacia los baños. Si el presidente del banco lo vio, no lo mostró. Kent decidió creer que no lo había visto.

Para el fin de la segunda semana las rutinas se habían restablecido, y se habían olvidado todos los recientes altercados de Kent con el banco. O así lo esperaba él. Todo se adaptaba a un cómodo ritmo, como en épocas pasadas.

O así lo creían ellos.

En realidad, con el paso de cada día los nervios de Kent se endurecerían cada vez más, como una de esas marionetas operadas por cuerdas en las manos de un niño excesivamente ansioso. En cualquier momento la cuerda se rompería y él arremetería de pronto, como una fiera.

Pero el plan estaba tomando forma, como una mujer hermosa que salía de la niebla. Paso a paso comenzaban a definírsele las curvas, y la carne tomaba forma. La imagen emergente era el vínculo de Kent hacia la cordura. Esto le impedía enloquecer durante las interminables horas de fingimiento. Le proporcionaba una amante a la cual acariciar en los pliegues sombríos de la mente. Se convirtió en... todo.

Estaba preparándolos para una importante puñalada por la espalda.

Les iba a robar sin que se dieran cuenta.

CAPÍTULO DIECIOCHO

Novena semana

EL AMANECER había llegado a Denver con un destello rojizo en el oriente. Bill Madison lo supo porque había visto la salida del sol. De gris a rojo, a un sencillo celeste con un poco de smog encima para recordarle dónde vivía.

Helen lo había llamado la noche anterior para pedirle que fuera a verla en la mañana. Habían hablado un par de veces por teléfono desde la última reunión con ella, y cada vez las palabras de Helen le habían resonado en la mente por una hora o dos después del clic final del auricular. La perspectiva de volver a verla le había producido un nudo en el estómago, pero no uno malo, pensó. Más como el retortijón que se podría esperar exactamente antes del primer descenso violento en la montaña rusa.

—¿Y por qué exactamente me debo reunir contigo? —había preguntado él con naturalidad.

—Debemos hablar de algunas cosas —respondió ella—. Un poco de caminata, plática y oración. Trae sus zapatos deportivos. No te desilusionarás, pastor.

Él sabía eso. Aunque dudaba que fueran a caminar mucho. No con las rodillas lesionadas de ella.

A las seis de la mañana subió el porche de la casa de Helen, sintiéndose un poco ridículo en zapatos deportivos. Helen abrió la puerta al primer timbrazo, pasó a su lado, y se dirigió a la calle sin pronunciar palabra.

Bill cerró la puerta y salió tras ella.

—Espera, Helen. ¡Demonios! ¿Qué te pasa? —exclamó él riéndose.

Si no la hubiera conocido podría haber supuesto que ella se había convertido repentinamente en una niñita por la manera en que movía las piernas.

—Buenos días, Bill —saludó ella—. Caminemos por un minuto antes de que hablemos. Necesito calentamiento.

—Desde luego.

Eso es lo que él dijo. *Desde luego.* Como si este fuera solo un día más en una larga serie de jornadas en que se habían levantado siendo aún oscuro para encontrarse en una caminata al amanecer. Pero deseaba preguntarle a ella qué diablos creía estar haciendo. Caminar como una maratonista en un vestido hasta la rodilla y medias subidas hasta las pantorrillas parecía algo ridículo por asociación. Y él nunca la había visto dando zancadas tan firmes, y sin duda no sin una evidente cojera.

Bill rechazó el pensamiento de la mente y se fue tras Helen. Después de todo, él era el pastor de ella, y como la mujer decía, necesitaba pastoreo. Aunque en ese momento él era más seguidor que pastor. ¿Cómo se podía esperar que alimentara a la oveja si esta le llevaba tres metros de ventaja?

Se esforzó por alcanzarla. No había problema… muy pronto ella empezaría a debilitarse. Hasta entonces él le seguiría la corriente.

Caminaron tres cuadras en silencio antes de que Bill se diera cuenta que la Señorita Medias hasta las Rodillas no se iba a debilitar aquí. Si algo se estaba debilitando ahora mismo era el hecho de que a él se le estaban acabando las fuerzas. Demasiadas horas detrás del escritorio, y muy pocas en el gimnasio.

—¿Adónde estamos yendo, Helen? —inquirió.

—Ah, no lo sé. Solo estamos caminando. ¿Estás aún orando?

—No sabía que se suponía que estuviera orando.

—No estoy segura en cuanto a ti. Pero mientras lo hago, también podrías orar.

—Ajá —expresó él.

Los Reeboks de Helen ya no estaban tan brillantes y blancos como estuvieran la semana anterior. Es más, no era el mismo par porque estos estaban bien gastados y los otros habían estado casi nuevos. Los músculos de las pantorrillas de ella, que se resaltaban con cada paso, los ocultaba principalmente una delgada capa de gordura que se sacudía debajo de las medias, las cuales le rodeaban las piernas con franjas rojas exactamente debajo de las rodillas. Ella le recordaba a un jugador de básquetbol de los setenta… menos la altura, por supuesto.

Los brazos de Helen le colgaban a cada lado, oscilando fácilmente con cada zancada.

—¿Te has preguntado alguna vez por qué Dios usó una burra para hablar, Bill? ¿Te puedes imaginar a una burra hablando?

—Lo supongo. Es más bien extraño, ¿verdad?

—¿Y qué del gran pez que se tragó a Jonás? ¿Puedes imaginarte a un hombre viviendo dentro de un pez durante tres días. Es decir, olvídate de la historia, ¿te podrías imaginar que eso sucediera hoy?

—Um. Supongo —contestó él mirando la acera y analizando las grietas de expansión que aparecían debajo de ellos cada vez que daban algunos pasos—. ¿Tienes un motivo para preguntar eso?

—Solo estoy tratando de que establezcas con certeza tu tendencia, Bill. Tus verdaderas creencias. Porque muchos cristianos leen esas antiguas historias en la Biblia y fingen creerlas, pero cuando se les vienen encima, apenas pueden imaginarlas, mucho menos creer que sucedieron de veras. Y con seguridad niegan que tales hechos sucedan hoy día, ¿no crees?

Helen daba zancadas a un ritmo saludable, y él descubrió que debía esforzarse bastante para seguirle el paso. ¡Santo cielo! ¿Qué le había ocurrido a ella?

—Oh, no lo sé, Helen. Creo que las personas aceptan muy bien la capacidad de Dios de hacer que un gran pez se trague a Jonás, o de que una burra hable.

—Lo crees, ¿verdad que sí? ¿Así que lo puedes imaginar entonces?

—Claro.

—¿Cómo sería, Bill?

—¿Cómo sería qué?

—¿Cómo sería que un gran pez se tragara a un hombre adulto? No estamos hablando de masticarlo y tragarse los pedazos, sino de tragárselo entero; y que después ese hombre esté nadando algunos días en un estómago lleno de ácidos que echan vapor. ¿Puedes ver eso, Bill?

—No estoy seguro de haber imaginado los detalles alguna vez. Ni siquiera estoy seguro de que sea importante imaginar los detalles.

—¿No? ¿Qué pasa entonces cuando las personas empiezan a imaginar estos detalles? ¿Se les dice que los detalles no son importantes? Muy pronto tiran esas historias dentro de un enorme basurero mental etiquetado «Cosas que en realidad no suceden».

—¡Vamos, Helen! Simplemente no saltas de unos cuantos detalles sin importancia a descartar la fe. Hay elementos de nuestra herencia que aceptamos por fe. Esto no necesariamente disminuye nuestra fe en la capacidad de Dios de hacer lo que quiera… incluyendo abrir el vientre de un gran pez para un hombre.

—Y sin embargo te pusiste reacio cuando te hablé de mi visión sobre la muerte de Gloria. Esa fue una sencilla apertura de *ojos*, no alguna boca de ballena para un hombre.

—Y lo acepté, ¿no fue así?

—Sí. Sí, lo hiciste.

Ella soltó lo que dijo con una leve sonrisa, y él se asombró ante el intercambio. Helen siguió caminando, haciendo oscilar los brazos a un ritmo constante, tarareando ahora débilmente.

Jesús, amor de mi alma… el himno favorito de ella, evidentemente.

—¿Haces esto todos los días, Helen? —quiso saber él, sabiendo muy bien que no lo hacía; algo había cambiado aquí.

—¿Hacer qué?

—¿Caminar? No sabía que caminaras de esta manera.

—Bueno, empecé a hacerlo hace poco.

—¿Qué distancia caminas?

—No sé —respondió ella encogiendo los hombros—. ¿A qué velocidad crees que estamos caminando?

—¿Ahora mismo? Quizás cinco o seis kilómetros por hora.

—¿De veras? —exclamó ella, mirándolo sorprendida—. Bien entonces, ¿cuánto es cinco veces ocho?

—¿Cuánto es ocho?

—No. ¿Cuánto es cinco *veces* ocho?

—Cinco veces ocho es cuarenta.

—Entonces supongo que camino cuarenta kilómetros cada día —dedujo Helen y sonrió de forma satisfactoria.

Las palabras de la mujer parecían equivocadas, como aves perdidas chocando en un cristal de la mente de Bill, sin poder ingresar.

—No, eso es imposible. Tal vez dos kilómetros diarios. O tres.

—Ah, ¡cielos! Son más de dos o tres, lo sé con seguridad. Depende de lo rápido que yo esté caminando, supongo. Pero cinco veces ocho *es* cuarenta. Tienes razón.

Entonces Bill captó el cálculo de Helen.

—¿Caminas… caminas de veras… ocho horas? ¡Santo cielo! ¡Eso es imposible!

—Sí —asintió ella.

—¿Caminas *ocho horas* al día de este modo? —inquirió él parándose en seco, jadeando.

—No te quedes atrás, pastor —contestó ella sin mirar hacia atrás—. Seguramente mi modo de caminar es más fácil de aceptar que Jonás y su gran pez.

—¡Helen! —exclamó Bill, corriendo para alcanzarla—. Afloja el paso. Mira, aminora la marcha aquí por un momento. ¿Estás afirmando de verdad que caminas de esta forma durante *ocho horas* diarias? ¡Eso es más de treinta kilómetros al día! ¡Eso es *imposible*!

—¿Lo es? Sí, lo es, ¿no es cierto?

Él supo entonces que ella no se andaba con miramientos, y la cabeza le comenzó a zumbar.

—¿Cómo? ¿Cómo haces eso?

—No lo hago, Bill. Lo hace Dios.

—¿Me estás diciendo que de algún modo Dios te permite milagrosamente caminar treinta kilómetros al día en *tus* piernas?

—Espero que caminar en mis piernas —comentó ella volviéndose y arqueando una ceja—. Detestaría pedirte prestadas las tuyas por un día.

—Eso no es lo que quiero decir —cuestionó él, quien ahora no reía.

Bill volvió a mirar esas piernas, rebotando como una taza de gelatina con cada paso. Aparte de las medias, le parecieron bastante corrientes. Y Helen estaba afirmando que caminaba cuarenta kilómetros diarios con esas rodillas lesionadas que, a menos que la memoria se le hubiera echado a perder, la semana pasada cojeaban con solo caminar. ¿Y ahora esto?

—¿Dudas de mí?

—No, no estoy diciendo que dude de ti —contestó él sin saber lo que estaba diciendo.

Lo que Bill sabía era que cien voces le vociferaban en la mente. Las voces de ese basurero etiquetado «Cosas que en realidad no suceden», como lo había expresado Helen.

—¿Qué estás diciendo entonces?

—Estoy diciendo… ¿estás segura de caminar ocho horas completas?

—Camina conmigo. Lo veremos.

—No estoy seguro de poder caminar ocho horas.

—Bien, entonces.

—¿Estás segura que no haces pausas…?

Ella paró entonces, exactamente en la acera frente a la tienda de lácteos Freddie's en la esquina de Kipling y la Sexta.

—Está bien, mira, señor —desafió ella parándose en seco y poniéndose ambas manos en la cadera—. ¡Eres el hombre de Dios aquí! Tu trabajo es guiarme *a* él, no alejarme de él. Ahora, perdóname si me equivoco, pero estás empezando a parecer como si ya no estuvieras seguro. Estoy caminando, ¿no es así? Y lo he estado haciendo por más de una semana… ocho horas al día, a cinco kilómetros por hora. Si no te gusta, puedes seguir adelante y volverte a poner tus tapaojos. Solo asegúrate de mirar al frente cuando me veas venir.

Bill dejó caer la mandíbula ante el arrebato. El calor se le subió al cuello quemándolo detrás de las orejas. Era en momentos como este que debería estar preparado con una respuesta lógica. El problema era que esto no tenía nada que ver con lógica sino con imposibilidades, y él estaba mirando una exactamente ante él. Lo cual la convertía en una posibilidad. Pero en realidad, él ya sabía eso. El yo exterior de él estaba haciendo un berrinche, eso era todo.

—Helen…

—Bueno, al principio yo también tuve algunas dificultades con esto, por tanto estoy dispuesta a concederte un poco de duda. Pero cuando te doy hechos simples, como *camino ocho horas diarias*, no necesito que me analices como si estuviera chiflada.

—Lo siento, Helen. Estoy apenado, de veras. Y por si te sirve, te creo. Solo que esta clase de cosas no suceden todos los días.

Inmediatamente él se preguntó si creía lo que la mujer decía. Sencillamente no se cree en alguna anciana que afirma haber hallado kriptonita y descubierto que Supermán tenía razón desde el primer momento... ¡vaya! Por otra parte, esta no era simplemente una anciana.

Ella lo analizó como por cinco segundos sin pronunciar una sola palabra. Luego lanzó una exclamación de desdén y se marchó tranquilamente.

Bill caminó a su lado en silencio por un minuto completo, incómodo. Cien preguntas se le cruzaron en la mente, pero lo pensó mejor para dejar que las cosas se calmaran. A menos que él hubiera dejado escapar algo aquí, Helen estaba afirmando que Dios la había fortalecido con alguna clase de fuerza sobrenatural que le permitía caminar como alguien de veinte años de edad. Alguien fuerte de veinte años, además. Y ella no solamente lo afirmaba, se lo estaba demostrando. Ella había insistido en que él viniera y lo viera por sí mismo. Bueno, lo estaba viendo allí mismo.

Helen daba zancadas al lado de él, paso a paso, sacando orgullosamente cada pie igual que Moisés al atravesar el desierto con la vara en la mano.

Él le miró el rostro y vio moviéndosele los labios. Ella estaba orando. Caminata de oración. Como esos equipos misioneros que iban al extranjero solo para caminar alrededor de una nación y orar. A destruir fortalezas espirituales. Solo que en el caso de Helen era Kent quien presumiblemente se beneficiaba.

Esto estaba sucediendo. ¡Estaba sucediendo *de veras*! Sin importar lo que él alguna vez en su vida hubiera oído, mucho menos *visto*, esto estaba ocurriendo exactamente ante sus ojos. Como cien historias bíblicas, pero vívidas, en vivo, en directo, y aquí mismo.

De pronto Bill se detuvo en la acera, consciente de que la mandíbula le colgaba abierta. La cerró y tragó saliva.

Helen siguió caminando, tal vez ni siquiera consciente de que él se había detenido. Las zancadas de ella no mostraban la más mínima insinuación de agotamiento. Era como si sus piernas estuvieran haciendo lo suyo debajo de la mujer sin que ella supiera completamente por qué o cómo funcionaban. Sencillamente lo hacían. La preocupación de la dama era orar por Kent, no entender la física de las imposibilidades. Ella era un milagro andante. Literalmente.

De pronto él sintió la duda como un sentimiento ridículo. ¿Cómo podía dudar de lo que estaba viendo?

Bill volvió a salir tras Helen, ahora con el corazón henchido de emoción. Dios mío, ¿cuántos hombres habían visto algo como *esto*? ¿Y por qué era tan difícil de aceptar? ¿Por qué estaba tan equivocado? Él era un pastor, por amor de Dios. Ella tenía razón. El trabajo de él era iluminar la verdad, no dudar de ella.

Él imaginó las bancas llenas de sonrientes miembros de la iglesia. *Y hoy, hermanos y hermanas, queremos que recuerden a la hermana Helen, quien está marchando alrededor de Jericó.*

Los huesos de Bill parecieron estremecerse. Saltó una vez para corresponder a la zancada de Helen, y ella lo miró con una ceja arqueada.

—¿Sencillamente oras mientras caminas? —indagó, y de inmediato alargó las manos en un gesto defensivo—. No estoy dudando. Solo estoy preguntando.

—Sí, oro —respondió ella sonriendo y conteniendo la risa al mismo tiempo—. Camino y oro.

—¿Por Kent?

—Por este loco duelo sobre el alma de Kent. Aún no conozco todos los porqués y los cómos. Solo sé que Kent está huyendo de Dios, y que yo estoy caminando detrás de él, respirándole en la nuca con mis oraciones. Es simbólico, creo. Pero a veces ni siquiera estoy segura de eso. Andar por fe, no por vista. Andar en el Espíritu. Los que confían en el SEÑOR renovarán sus fuerzas; volarán como las águilas: correrán y no se fatigarán, caminarán y no se cansarán. No era literal entonces, pero ahora lo es. Al menos en mi caso.

—Lo cual sugiere que todo el asunto acerca de Kent también es real, porque ahora no solo son visiones y cosas en la cabeza sino esta caminata —comentó Bill—. ¿Sabes lo extraño que es esto?

—No estoy segura de que sea tan extraño. Solo creo que yo soy extraña… tú te dices eso en tu fuero interno. Quizás se necesite ser un poco extraño para que Dios obre del modo en que desea obrar. Y para tu información, yo sabía que esto era real antes de este asunto de caminar. Me apena oír que creyeras que mis visiones fueran delirios.

—Bueno, vamos, Helen. ¿Dije eso? —reclamó él frunciendo el ceño y girando hacia el costado de modo que ella pudiera verle la expresión.

—No necesitaste hacerlo —aseguró ella apretando la mandíbula y continuando las zancadas.

—¿Puedo tocarlas? —inquirió él.

—¿Tocar qué? —exclamó ella, arrugando la frente—. ¿Mis piernas? No, ¡no puedes tocarme las piernas! ¡Santo cielo, Bill!

—¡No quiero decir *tocar* de tocarlas! ¡Por Dios! —exclamó él mientras seguía caminando, ligeramente avergonzado—. Están calientes o algo así. Es decir, ¿puedes sentir algo diferente en ellas?

—Zumban.

—Zumban, ¿eh? —expuso él mirándolas otra vez, y preguntándose cómo alteraba Dios la física para permitir algo como esto. Deberían traer a algunos científicos aquí para demostrar ciertas cosas. Pero él sabía que ella nunca lo permitiría.

—¿Qué quieres decir con *duelo*? Manifestaste que esto se trataba de un duelo por el alma de Kent. Eso no se saca exactamente de libros clásicos.

—Claro que sí. Los libros podrían usar palabras distintas, pero en resumidas cuentas es lo mismo. Se trata de guerra, Bill. No luchamos contra carne y sangre sino contra principados y poderes. Nos batimos en duelo. ¿Y qué premio mayor que el alma de un hombre? —inquirió ella, y miró al frente de modo discreto—. Todo está allí. Busca el asunto en los libros.

—Lo haré. Solo por ti, Helen —respondió él con una risita y moviendo la cabeza de lado a lado—. Alguien ha tenido que venir a asegurarse que no andas mal de la cabeza.

—¿Así que esa es tu idea de pastorear? —reclamó ella, los ojos le brillaron por sobre una sonrisa.

—Te lo buscaste. Como afirmaste, es mi don. Y si Dios puede transformarte las piernas en andadores biónicos, lo menos que puede hacer por mí es concederme un poco de sabiduría. Para ayudarle a caminar.

—Correcto. Solo asegúrate de que la sabiduría no venga de ti, pastor.

—Lo intentaré. ¡Esto es sencillamente extraordinario!

—Deberías regresar ahora, Bill —decidió Helen siguiendo adelante a zancadas por la acera, bajando por Kipling—. Debo orar un poco. Además, no queremos que te quedes varado aquí, ahora, ¿verdad?

—¿No debería caminar y orar contigo?

—¿Te ha pedido Dios que camines y ores conmigo?

—No.

—Entonces anda y sé un pastor.

—Está bien, está bien, lo haré —aceptó Bill.

Se volvió, sintiendo que debía decir algo brillante… algo conmemorativo. Pero no le llegó nada a la mente, así que solo giró y volvió sobre sus pasos.

DICEN QUE una doble personalidad se desarrolla durante años de conducta disociada. Como una vía férrea que se topa con largas y peligrosas raíces que tiran de ella de manera lenta pero inevitable y la separan en dos rieles erráticos. Pero el desarrollo de la doble vida de Kent no era algo tan gradual. Era más como dos locomotoras moviéndose rápida y estruendosamente en direcciones opuestas, con una cuerda atada a la cola de cada una. La mente de Kent estaba estirada allí en esa cuerda altamente tensionada.

La imagen que Kent presentaba en el banco le devolvía la apariencia de normalidad. Pero durante sus propias horas, lejos de los títeres en el trabajo, él se metía en una nueva piel. Se volvía alguien totalmente nuevo.

Los sueños se le ensartaban en la mente cada noche, susurrándole historias de brillantez, como alguna clase de yo alterado que había hecho esto mil veces y que ahora asesoraba al niño prodigio. *¿Y el cuerpo, Kent? Los cuerpos son evidencia. Eres consciente que descubrirán la causa de la muerte una vez examinado ese cuerpo. Y necesitas el cuerpo no puedes hundirte simplemente en el fondo de un lago como sucede en películas idiotas. Y tú no eres idiota, Kent.*

Kent escuchaba los sueños, con ojos bien abiertos y dormido profundamente.

Ingería constantemente ibuprofeno para el dolor que le había aparecido en la nuca. Y comenzó a acostarse con sorbitos ocasionales de licor antes de dormir. Solo que después del tercer día ya no eran tan ocasionales. Todas las noches. Y no solo sorbitos. Eran tragos de tequila. Su gusto por el líquido que casi lo había matado en la universidad regresó como una droga calmante. No lo suficiente para hacerlo entrar a la inconsciencia, desde luego. Solo suficiente para calmarle los irregulares bordes.

Cuando no estaba trabajando, Kent estudiaba cuidadosamente o pensaba. Pensaba mucho. Meditaba en los mismos detalles en su mente centenares de veces. Cavilando en toda perspectiva posible e investigando cualquier ambigüedad que no hubiera considerado.

El Discovery Channel tenía un programa diario llamado *Ciencia forense*. Una biblioteca del centro de la ciudad se había dignado catalogar cincuenta episodios consecutivos. Se trataba de un programa que detallaba casos reales en que lenta pero metódicamente el FBI descubría criminales, usando las últimas tecnologías en medicina forense. Huellas digitales, huellas de botas, muestras de cabello, registros telefónicos, perfume, todo lo habido y por haber. Si alguien había estado en un cuarto, los expertos del FBI casi siempre podían encontrar rastros.

Casi siempre. Kent veía los programas sin pestañar, con su mente analítica rastreando todos los puntos débiles. Y luego reconsideraba los más mínimos detalles de su plan.

Por ejemplo, ya había decidido que debía ejecutar el robo *en* el banco, dentro del edificio. Lo cual significaba que debería llegar *al* banco. Pregunta: ¿Cómo? No podía hacer que un taxi lo llevara. Los taxis llevaban registros, y toda salida de la rutina podría ocasionar un levantamiento de cejas. Tendría que mantener bajas esas cejas. Así que debería conducir su auto, desde luego, del modo en que siempre llegaba al banco. Sí, posiblemente. Por otra parte, los autos representaban evidencia física. Dejaban huellas. Los podrían ver transeúntes o vagabundos, como el que Kent había visto en el callejón. Además, ¿importaba? ¿Qué haría él después con el auto? ¿Huir? No, él definitivamente no podría ir en el auto. Los autos podían ser rastreados. ¿Incendiarlo? Bueno, esa era una idea. Él podía dejar en la cajuela un contenedor de cinco galones de gasolina, como si fuera para la segadora en casa, e instalar un cable para detonar el combustible. *¡Bum!* Eso era ridículo, por supuesto. Hasta un policía común sospecharía del incendio de un auto. Quizás lanzarlo por un precipicio con el tanque lleno. Verlo arder en llamas sobre las rocas. Desde luego, los autos casi nunca explotan en el impacto.

Además, ¿por qué librarse del auto?

El detalle del auto consumía horas de pensamientos vagos con los días. Y era el menor de sus desafíos. Pero las soluciones se le presentaban lentamente, hora a hora. Y cuando lo hacían, cuando las probaba en la mente y les quitaba las ambigüedades, Kent encontraba algo que nunca habría sospechado en tales hallazgos. Descubría júbilo. Euforia que le estremecía los huesos. La clase de sensación que hace apretar los puños y rechinar los dientes para tratar de no explotar. Bombearía el aire con el brazo derecho, del modo que había hecho no mucho tiempo atrás, con Gloria y Spencer riendo tontamente al ver el entusiasmo de Kent por la conclusión del SAPF.

Sin excepción, estas ocasiones merecían un trago de tequila.

Raramente se detenía a considerar la locura de su plan, con el cual se había obsesionado. Todo el asunto, robar tan enorme cantidad de dinero y luego desaparecer, para comenzar de nuevo, estaba ligado a la insensatez. ¿Quién había hecho algo así? En una fila de cien mil niños, lo más probable era que quien un día intentara tal hazaña no sería *él* sino aquel cuya madre se hubiera inyectado heroína estando embarazada.

O el hombre que había perdido su esposa, su hijo y su fortuna en el lapso de un mes.

No, se trataba de más, pensó. De su brutal sed por lo que se le debía. Por una vida. Por venganza. Pero por más que esas cosas. Como una simple realidad, ya no había nada más que tuviera algún sentido. La alternativa de recorrer la senda de una nueva carrera por su cuenta le caía como plomo en el estómago. Al final era este pensamiento lo que lo obligaba a devolver el último trago de tequila y rechazar cualquier reserva.

Por sobre todo, Kent mantenía una sonrisa plástica y administrativa en el banco, haciendo caso omiso a los nudos de ansiedad que le revolvían el estómago y la expectativa que se le desbordaba en el pecho. Por suerte, nunca había sido de los que sudaban mucho. Alguien sudando de nervios en el actual estado de Kent pasaría los días goteando en la alfombra y cambiándose camisas idénticas cada media hora en un intento vano por parecer tranquilo y casual.

Helen, su religiosa suegra chiflada, en su eterna sabiduría se había dignado dejarlo tranquilo esas dos primeras semanas. Lo cual era en sí un pequeño milagro. El Dios de Helen había realizado su primer milagro. Una vez lo había llamado, preguntándole si podía prestarle algunos de los viejos zapatos tenis de Gloria. Parecía que le había dado por ejercitarse y no veía la necesidad de comprar un par nuevo de Reeboks por sesenta dólares cuando los de Gloria se enmohecían en el clóset. Kent no tenía idea para qué querría Helen todos los cuatro pares. Él solo lanzó un resoplido de aprobación y le dijo que pasara al día siguiente. Estarían en el porche delantero. Cuando él regresó del trabajo ya no estaban allí los zapatos.

Feliz caminata, Helen. Y si no te importa, te podrías lanzar por un precipicio.

KENT HALLÓ la manera de superar la duda alrededor de Lacy Cartwright un jueves por la noche, quince días después de su extraña reunión, casi tres semanas después de su decisión de robar el banco.

Vino a medianoche durante uno de esos momentos jubilosos exactamente luego de que le saltara a la mente como un relámpago una clave para todo el robo. Pensó en Lacy, tal vez porque la solución que prendió el fuego en el horizonte de su mente llevó su enfoque hacia el futuro. Pos-robo. Su nueva vida. No que Lacy calzara en alguna nueva vida, cielos no. Sin embargo, una vez que se le presentó la imagen de ella, no se la pudo quitar de encima.

Marcó el número de ella con mano temblorosa y se reclinó.

Lacy contestó al quinto timbrazo, justo cuando él se estaba retirando el auricular del oído.

—¿Aló?

—¿Lacy?

—¿Quién es? —averiguó ella, quien no parecía feliz de que un extraño la llamara a medianoche.

—Kent. Lo siento. ¿Es demasiado tarde?

—¿Kent? —exclamó ella, suavizando la voz de inmediato—. No. Me estaba acostando. ¿Estás bien?

—Estoy bien. Solo pensé… solo necesitaba a alguien con quién hablar —titubeó él, hizo una pausa pero ella permaneció en silencio.

—Escúchame. Parece ridículo, lo sé…

—Relájate, Kent. He pasado por lo mismo, ¿recuerdas? No estás más *bien* de lo que yo soy un puercoespín.

Él se inclinó contra los cojines del sofá y sostuvo el teléfono inalámbrico en el cuello.

—En realidad, las cosas están bien. Sorprendentemente bien. No tengo a nadie en el mundo con quién hablar, pero aparte de ese detalle más bien insignificante, diría que me estoy recuperando.

—Um. ¿Cuánto tiempo ha pasado? —quiso saber ella, la voz se oyó dulce y suave en el auricular.

—Un par de meses.

¿Le había hablado a ella de Spencer? De pronto se le formó un nudo en la garganta en vez de fuertes latidos del corazón.

—Hace cuatro semanas mi hijo resultó muerto en un accidente en que el asesino se dio a la fuga —confesó él, tragando saliva.

—¡Cielos, Kent! Lo siento muchísimo. ¡Eso es terrible! —exclamó ella con voz estremecida por el impacto, y Kent parpadeó ante eso.

Ella tenía razón. Eso era terrible; paralizaba la mente, en realidad. Y él ya se estaba olvidando por completo de la tragedia. Muy rápidamente. ¿En qué lo convertía eso? ¿En un monstruo?

—¿Cuántos años tenía tu hijo?

—Diez.

Quizás llamarla no había sido buena idea. Ella estaba volviendo a poner las cosas en un claro enfoque.

—Kent, lo… lo siento.

—Sí —contestó él con voz temblorosa, ahogada por la emoción.

Dos pensamientos se le escabulleron a Kent en la mente. El primero fue que esta emoción era redentora: después de todo a él le importaba; él no era un monstruo. El segundo fue que la emoción era en realidad más autocompasión que tristeza por la pérdida, lamentando la idea de que él era en verdad un monstruo.

—No sé qué decir, Kent. Yo… creo saber cómo te sientes. ¿Has visto a algún consejero?

—¿Un terapeuta? No. Pero tengo una suegra, si eso cuenta.

Eso produjo risa nerviosa en su amiga.

—¿Y un pastor? —inquirió.

—¿Consejo religioso? Hubo mucho de eso en el funeral, créeme. Suficiente para unos cuantos cientos de años, yo diría —exageró él, y se preguntó: ¿y si ella fuera religiosa?—. Pero no, en realidad no.

El teléfono reposó en silencio contra la mejilla de Kent.

—Sea como sea —continuó él—. Quizás podríamos hablar en algún momento.

—Estamos hablando ahora, Kent.

El comentario lo agarró desprevenido.

—Sí. Estamos hablando.

Kent se sintió fuera de control. Ella era más fuerte de lo que él recordaba. Tal vez el comentario acerca del consejo religioso no había venido al caso.

—Pero podemos hablar más siempre que estés dispuesto. Bueno, yo no podría rechazar a un viejo amigo necesitado, ¿no es verdad? —opinó ella, y la voz volvió a suavizarse—. De veras, llámame siempre que desees hablar. Conozco el valor de decir las cosas.

—Gracias, Lacy —replicó él después de esperar un momento—. Creo que me gustaría eso.

Hablaron por media hora más, principalmente de cosas sin importancia… poniéndose al día. Cuando Kent colgó, supo que volvería a llamar. Quizás al día siguiente. Ella tenía razón: Hablar era importante, y él tenía algunas cosas de las que deseaba hablar.

CAPÍTULO DIECINUEVE

Décima semana

EL PRIMER obstáculo verdadero en el camino llegó el lunes siguiente.

Kent se hallaba encorvado sobre una mesita en la cafetería de la librería Barnes and Noble después de salir temprano del trabajo para hacer algunos «quehaceres», actividad cuya credibilidad él sabía que sobreviviría poco como excusa válida para salir del banco. Después de todo, ¿cuántos quehaceres tendría para realizar un hombre solo sin vitalidad?

Había registrado los estantes, halló dos libros, y quiso asegurarse de que contenían la información que buscaba antes de hacer la compra. *El acto de desaparecer* formaba un ángulo sobre el tablero verde embaldosado delante de él. El otro libro, *Autopsia forense*, se hallaba en sus manos, abierto en un capítulo sobre restos de esqueletos.

A los cinco minutos se dio cuenta que los libros eran perfectos. Pero decidió leer solo un poco más en un capítulo particular. Como sugería otro artículo que había extraído de Internet, el editor aquí estaba confirmando que una herida de bala no sangraba después de la muerte. Si la bomba no bombeaba, si el corazón no palpitaba, no fluiría la sangre. Pero él ya sabía eso. Lo que había hecho que el corazón de Kent palpitara a un ritmo constante era esta parte acerca de los efectos de fuerte calor en restos de carne y esqueleto.

Saltó la página. La carne humana era más bien imprevisible, a veces ardía hasta achicharrarse y otras veces se apagaba a medio quemar. Varias sustancias ayudaban a acelerar la quema de carne, pero la mayoría dejaba un residuo que la autopsia forense detectaba fácilmente. La gasolina, por ejemplo, dejaba residuos detectables, como lo hacían todos los productos del petróleo.

Kent examinó rápidamente la página, ahora tenso. ¿Entonces qué? Si pudiera estar seguro de que la carne que ardía… Una frase saltó hacia él. «A veces los forenses usan magnesio para…»

—Discúlpeme, señor.

La voz sobresaltó a Kent, y cerró de golpe el libro. Un hombre de mediana edad se hallaba frente a él, sonriente tras lentes con armazón metálico. El cabello oscuro estaba peinado nítidamente hacia atrás, brillando sobre una cabeza pequeña y puntuda. Un cabeza de chorlito. No estaba vestido muy distinto del mismo Kent: traje negro a la medida, camisa blanca planchada, corbata roja sostenida muy bien por un pisa-corbatas dorado.

Pero lo que le había erizado el pulso a Kent era el hecho de que el extraño se hallaba ahora en la mesa de Kent, los codos abajo y sonriendo como si hubiera estado aquí primero; eso y la verde mirada penetrante. Como los ojos del esquiador Cliff. Se sentó entonces asombrado, sin poder encontrar palabras.

—Hola —saludó el extraño con una gran sonrisa; la voz pareció resonar de manera grave y suave, como si hubiera hablado dentro de un tambor—. No pude dejar de observar ese libro. *Autopsia forense*, ¿eh? ¿Es esa la clase de libro que dice cómo despedazar a alguien sin ser atrapado?

El tipo soltó una risa entre dientes. Kent se quedó serio.

El hombre se calló.

—Lo siento. En realidad siempre he estado más bien interesado en lo que ocurre después de la muerte. ¿Le importa si miro el libro? Quizás quiera una copia para mí —dijo mientras alargaba una mano grande bronceada.

Kent titubeó, desconcertado por la audacia del sujeto. Alargó el libro. ¿Era posible que este hombre fuera un agente, que de alguna manera anduviera tras él? *Tranquilo, Kent. El crimen no está en ninguna otra parte que en tu mente.* Apretó la mandíbula y no dijo nada, esperando que el hombre captara su falta de interés.

El extraño examinó el libro y se detuvo justo en el centro. Aventó el libro y señaló la imagen de un cadáver extendido como un águila.

—¿Dónde supone usted que está ahora este hombre? —indagó.

—Está muerto —contestó Kent—. En una tumba en alguna parte.

—¿Cree usted? —exclamó el hombre arqueando una ceja—. ¿Cree usted entonces que su hijo también está en una tumba en alguna parte?

Kent parpadeó y miró severamente al hombre.

—¿Mi hijo? —cuestionó, ahora con creciente enojo—. ¿Qué sabe usted de mi hijo?

—Sé que lo golpeó un vehículo hace un mes. ¿Le dijo algo a usted antes de morir? ¿Quizás algo esa mañana antes de que usted saliera?

—¿Por qué? —exigió saber Kent, entonces el incidente le vino a la mente—. ¿Es usted policía? ¿Es esto parte de la investigación de la muerte de mi hijo?

—Sí, por así decirlo. Digamos que estamos reconsiderando las repercusiones de la muerte de su hijo. Entiendo que usted estaba enojado cuando lo dejó.

¡Linda! Habían entrevistado a la niñera.

—Yo no diría enojado, no. Mire, señor. Yo amaba a mi niño más de lo que usted alguna vez sabrá. Tuvimos un desacuerdo, seguramente. Pero eso es todo.

¿Qué estaba pasando aquí? Kent sintió que se le oprimía el pecho. ¿Qué estaba insinuando el tipo este?

—¿Desacuerdo? ¿Sobre qué?

Los ojos del hombre miraban como dos canicas verdes con huecos perforados en ellas, justo en el centro. A Kent le pareció que los ojos del hombre no pestañeaban. Él parpadeó y se preguntó si el hombre había pestañeado en esa fracción de segundo en que sus propios ojos parpadeaban constantemente. Pero los ojos del otro parecían no haber pestañeado. Solo miraban, redondos y húmedos. A menos que la humedad significara que había parpadeado de veras, en cuyo caso tal vez el hombre lo había hecho. De ser así, lo disimulaba muy bien.

—¿Sobre qué fue el desacuerdo de ustedes, Kent? —repitió el agente después de aclararse la garganta.

—¿Por qué? En realidad no tuvimos un desacuerdo. Solo hablamos.

—Solo hablaron, ¿eh? ¿Así que usted se sintió muy agradable dejándolo en la puerta de ese modo?

—Como me sentí no es de incumbencia suya —protestó Kent sintiendo irritación—. Me pude haber sentido con náuseas, si le importa. Quizás acababa de ingerir una manzana podrida y sentí que la vomitaría en la calle. ¿Me convierte eso en asesino?

—Nadie lo llamó asesino, Kent —declaró el hombre sonriendo suavemente; sus ojos aún no pestañeaban—. Solo queremos ayudarle a ver algunas cosas.

—¿Le importaría si veo sus credenciales? ¿Con qué agencia está usted, de todos modos?

El hombre se metió casualmente la mano en el bolsillo de la chaqueta. Encontró una billetera en el bolsillo del pecho y la sacó.

Kent no sabía a dónde se dirigía el sujeto. Ni siquiera sabía qué significaba lo que había dicho. No obstante, *estaba* consciente del calor que le serpenteaba por el cuello y se le extendía por el cráneo. ¿Cómo se atrevía este hombre a sentarse aquí y dudar de los motivos de Kent? ¡Él había amado a Spencer más de lo que amaba la misma vida!

—Escuche, señor. No sé quién es usted, pero moriría por mi hijo, ¿me oye? —exclamó, sin la intención de que la voz le saliera temblorosa, pero así fue; lágrimas repentinas le hicieron borrosa la vista, a pesar de lo cual continuó—. Haría a un lado mi vida por un latido del corazón de ese niño, ¡y no comprendo que alguien cuestione mi amor! ¿Entiende eso?

TED DEKKER

El extraño sacó una tarjeta de su billetera y se la pasó a Kent sin mover los ojos. No pareció afectado por estas emociones.

—Eso es bueno, Kent.

Kent bajó la mirada a la tarjeta: «Jeremy Lawson, séptimo distrito policial», decía en un disco dorado. Levantó la mirada. Los lentes con marco metálico del agente descansaban cuidadosamente en la nariz sobre una sonrisa petulante.

—Solo estoy haciendo mi trabajo, comprenda. Bueno, si usted lo prefiere, puedo llevármelo y hacer esto formal. O usted puede contestar aquí unas pocas preguntas sin deshacerse de mí —expresó encogiéndose de hombros—. De cualquier modo.

—No, aquí está bien. Pero solo deje a mi hijo fuera de esto. Se necesita un verdadero enfermo mental para siquiera imaginarse que tuve algo que ver con su muerte —afirmó, temblando otra vez, y por un momento pensó en pararse y dejar allí al poli.

—Bueno, está bien, Kent. Y para ser sincero con usted, creo que sí amaba a su hijo.

El tipo no dijo nada más pero se quedó allí, sonriéndole a Kent, sin pestañear. Y entonces parpadeó, solo una vez. Como obturador de cámara, tomando una foto.

—Entonces no hay de qué hablar —expuso Kent—. Si usted ha hecho su tarea sabrá que en estos últimos meses ya he tenido suficiente. Así que si ya terminó, en realidad debo volver a mi trabajo.

—Bien, ahora, eso es justamente, Kent. Me parece que podría haber aquí más de lo que ven los ojos.

—¿Qué quiere decir? —inquirió Kent ruborizándose.

—¿Ha hablado con alguien más acerca de esto?

—¿Hablado con alguien más acerca de *qué*?

El agente sonrió de manera cómplice y se lamió el índice. Volteó la página del libro y miró el contenido.

—Solo conteste la pregunta, Kent. ¿Ha hablado con alguien más? Un extraño, quizás.

Kent sintió que le temblaban las manos, y las quitó de la mesa.

—Mire. Usted está hablando aquí un lenguaje extraño. ¿Sabe lo que estoy diciendo? No tengo la más leve idea de lo que quiere decir con algo de esto. Usted viene aquí asediándome con relación a mi hijo, prácticamente acusándome de matarlo, ¿y quiere saber ahora si he hablado últimamente con algún extraño? ¿Qué diablos tiene esto que ver conmigo?

El poli muy bien no pudo ni siquiera haber oído la respuesta.

—Un vagabundo, digamos. ¿O un indigente en un callejón? ¿No habló con alguien así hace poco?

El hombre levantó la mirada del libro y lo miró, esa sonrisa de oreja a oreja aún dividiéndole la mandíbula. Kent entrecerró los ojos, preguntándose sinceramente si el Sr. Poli aquí no había sobrepasado el borde. Su propio temor de que ese extraño intercambio llevara a alguna parte importante se ablandó ligeramente. ¿Qué podría tener que ver un vagabundo con...?

Entonces el asunto le vino a la mente, y se puso tenso. El poli lo notó, porque al instante se le arqueó con curiosidad la ceja derecha.

—¿Sí?

¡El vagabundo en el callejón! ¡Habían hablado con el gusano del vagabundo!

¡Pero eso era imposible! ¡Esa había sido su mente jugando con imágenes!

—No —negó Kent—. No he hablado con ningún vagabundo.

Lo cual era bastante cierto. No se habla de veras en sueños. Además *había* visto al vagabundo en el callejón antes del sueño, ¿o no? El resumen de vida que el mendigo había hecho susurró a través de la mente de Kent. *La vida es una porqueríííía...* Pero en realidad tampoco había hablado con este vagabundo.

—¿Por qué no me pregunta si últimamente he tomado vino y comido queso con la esposa del presidente? También puedo contestarle eso.

—Creo que sí habló con un vagabundo en un callejón, Kent. Y creo que él pudo haberle dicho algunas cosas. Quiero saber qué le dijo. Eso es todo.

—Bien, usted se equivoca. ¿Qué? ¿Algún tonto afirmó que me dijo algunas cosas, y eso me hace sospechoso en el crimen del siglo? —reclamó Kent, casi atorado con esas últimas palabras.

¡Contrólate, amigo!

—¿El crimen del siglo? No dije nada acerca de un crimen, amigo mío.

—Fue una figura retórica. Lo importante es que usted busca a tientas hilos que sencillamente no existen. Me está fastidiando con preguntas acerca de acontecimientos que no tienen nada que ver conmigo. Perdí a mi esposa y a mi hijo en los últimos meses. Esto no me coloca automáticamente al principio de la lista de los más buscados, ¿estoy en lo cierto? Así que, a menos que tenga preguntas con verdadero sentido, usted debería irse.

La sonrisa del hombre desapareció. Volvió a pestañear. Por unos cuantos segundos el agente le sostuvo una pensativa mirada, como si la última descarga hubiera hecho el truco: haberle mostrado a Cabeza de Chorlito con quién se enfrentaba aquí de veras.

—Usted es brillante. Le reconozco eso. Pero sabemos más de lo que usted se da cuenta, Kent.

—No es posible —refutó Kent negando con la cabeza—. A menos que ustedes sepan más acerca de mí que yo mismo, lo cual es más bien absurdo, ¿correcto?

El hombre volvió a sonreír. Echó el asiento hacia atrás, preparándose para irse. Gracias a Dios.

Inclinó cortésmente la cabeza y ofreció a Kent un último bocado que masticar.

—Quiero que considere algo, Kent. Deseo que recuerde que finalmente se averiguará todo. Usted es de veras un hombre brillante, pero nosotros no somos tan lentos. Cuide su espalda. Tenga cuidado de quién recibe consejo.

Con eso, el agente se puso de pie y salió dando zancadas. Metió las manos en los bolsillos, giró en un estante a diez metros de distancia, y desapareció.

Kent se quedó allí por un buen rato, apaciguando el corazón, tratando de sacar sentido del intercambio. Las palabras del hombre lo fastidiaron como una garrapata enterrada, cavándole el cráneo. Una imagen del agente, sentado allí con su cabello lacio y brillante y su sonrisa engreída, le envolvió la mente.

Diez minutos después salió de la librería sin comprar los libros por los que había venido.

CAPÍTULO VEINTE

KENT SE hallaba en la cómoda silla reclinable frente al televisor la noche del lunes, evaluando la situación. Los Forty Niners le ganaban a los Broncos por dieciséis a diez, y Denver tenía el balón en la línea de las cincuenta yardas, pero Kent apenas se daba cuenta. El rugido de la multitud proveía poco menos que un fondo de estática para las imágenes que le resonaban a Kent en la mente.

Estaba haciendo un balance de las cosas. Cotejándolas con los hechos, y sacando conclusiones que perduraran hasta que él estirara la pata.

Al menos así es como había empezado su sesión de autoanálisis, cuando Denver ganaba seis a tres. Ya temprano había comenzado con su bebida alcohólica de antes de ir a la cama. En realidad había prescindido de la rutina del trago en el silbato del primer cuarto y en vez de eso se había conformado con la botella. No había nadie a quién engañar. Estos aquí eran asuntos serios.

En el primer lugar de su lista de deliberaciones estaba ese poli que le había interrumpido la lectura en Barnes and Noble. El cabeza de chorlito estaba en el caso. De acuerdo, no en *el* caso, pero el hombre estaba sobre *él*, y él era el caso. Kent tomó un traguito del licor. Tequila dorado. Ardió al bajar, y él se chupó los dientes.

¿Ahora qué significaba exactamente *en el caso*? Significaba que Kent sería un tonto en llevar a cabo cualquier intento de robo mientras el detective Cabeza de Chorlito estuviera merodeando. Eso es lo que significaba. Kent tomó otro pequeño sorbo de la botella que tenía en la mano. Una algarabía resonó en la sala; alguien había anotado.

Sin embargo, ¿cómo podría alguien saber algo respecto de algo que no fuera lo que ya había sucedido? No era posible que alguien conociera sus planes… no se los había dicho a nadie. Había empezado la afinación del ROOSTER, pero nadie más tenía acceso al programa. Sin duda ningún poli cabeza de chorlito que probablemente no distinguía entre códigos computarizados y una sopa de letras.

«*Nosotros sabemos más de lo que usted cree, Kent*».

«*¿Sabemos? ¿Y quién es nosotros? Bueno, creo que usted se equivoca, Cabeza de Chorlito. Creo que no sabe nada en absoluto. Y si sabe diez veces ese tanto el asunto sigue siendo tan solo un enorme huevo de gansa, ¿no es verdad?*»

El simple hecho era: Cabeza de Chorlito no sabía nada respecto del robo planeado, a menos que pudiera leerle la mente o que estuviera usando algún psíquico que leyera mentes. Estaba tratando de engañar. Pero ¿por qué? ¿Por qué el poli incluso sospecharía lo suficiente que mereciera un engaño? A pesar de por qué o de cómo, y considerando este último descubrimiento, la idea de continuar parecía una locura. Como un resonante gong. *¡Bang, bang, bang! ¡Estúpido, estúpido, estúpido! Lleva tu trasero otra vez a la Calle de los Estúpidos, idiota.*

Pero él podía planificar. Y debía planificar, porque ¿quién iba a decir que Cabeza de Chorlito estaría pendiente? En realidad, el plan de Kent era infalible, aun con el tipo en el caso, ¿no es cierto? ¿Qué diferencia haría una investigación? Además, fuera como fuera, *habría* una investigación. Ah, sí, habría una investigación fenomenal, de acuerdo. Simplemente no se mata a alguien y se espera una salva de aplausos. Pero así sencillamente era. Habría una investigación, hiciera lo que él hiciera. Con Cabeza de Chorlito o sin él. Así que en realidad no era determinante que el poli estuviera o no en el caso.

En la mente de Kent se volvió a retransmitir un episodio de *Ciencia forense* que había visto el sábado. Mostraba un caso en que algún idiota había tramado el asesinato perfecto pero tuvo un problema. Mató al hombre equivocado. Al final había intentado de nuevo el asesinato, esta vez con la persona indicada. Había fallado. Ahora se estaba pudriendo en la cárcel.

Ese era el problema con tener ya encima a los polis; lo más probable era que estuvieran tropezando con algún chisme que no venía al caso y que no dejara moverse libremente. Para hacerlo de modo correcto, la mayoría de crímenes deberían realizarse cuando menos se los esperara. Sin duda no bajo la nariz atenta de algún cabeza de chorlito que estuviera al acecho.

Pero este no era como la mayoría de crímenes. Este era *el* crimen perfecto. Aquel que los programas televisivos no podían transmitir porque nadie ni siquiera sabía que hubiera ocurrido.

Kent levantó la botella y observó que estaba medio vacía.

Y el poli no era el único a quien tenía encima. Cliff, el poderoso esquiador convertido en programador, estaba fastidiando a Kent con su indiscreto estilo de *Revisemos tu código, Kent.* ¿Y si el Chico Maravilla hubiera tropezado con el ROOSTER? Sería el acabóse, por supuesto. Todo el plan reposaba directamente sobre los hombros del secreto de ROOSTER. Si se descubriera el programa de seguridad, el plan estallaría. Y si había alguien que podía descubrirlo, ese era Cliff. No tanto como resultado de su brillantez sino de su tenacidad canina. Había un solo enlace enterrado en SAPF que llevaba al ROOSTER: una «m» extra en la palabra «extremmadamente», oculta en una rutina aún no activa. Si la «m» fuera borrada por algún genio con la ortografía entre ceja y ceja que intentara poner las cosas en orden, el enlace cambiaría automáticamente a la segunda «e» en la misma palabra. Tal vez solo alguien con demasiado tiempo en las manos posiblemente podría descubrir el anzuelo.

Alguien como Cliff.

Kent chasqueó la lengua sobre la botella y cerró los ojos ante el ardor en la garganta. El partido estaba en su segunda mitad. Él se había perdido la tremenda atrapada al final de la primera. No importaba.

—Sé realista —masculló entre dientes—. Nadie va a encontrar el enlace. No hay manera desde este lado del infierno.

Él sabía que estaba en lo cierto.

Una imagen de Lacy le vagó por la niebla de la mente. Bueno, *había* una solución a todo este desorden. Podría discutir con ella los puntos más finos de un delito federal. Incluirla. Una anémica risita se le escapó de los labios ante la idea. Aunque pareció más bien el eructo que siguió al ardor que se le produjo en la garganta.

La realidad era incluso que si él quisiera tener una relación con una mujer, esto sencillamente no era factible. No con doña ROOSTER en su vida. No se trataba de que ambas no lo podrían compartir, sino de que no *podían* hacerlo. Suponiendo que ambas lo quisieran. Lo cual representaba otro problema: Él estaba pensando en el ROOSTER como si fuera una verdadera persona que tenía un deseo digno de considerarse. ROOSTER era un enlace, ¡por amor de Dios! Un plan. Un programa.

De cualquier modo, él no podía cohabitar con el ROOSTER y con cualquier alma viviente. Punto. ROOSTER lo exigía. El plan se desmoronaría.

Por consiguiente, ¿qué diantres creía él que estaba haciendo con Lacy?

Buena pregunta. Debería cortar con ella.

¿Cortarla de qué? No era como si tuviera una relación con ella. Difícilmente una relación la hacía un inesperado encuentro con una extraña al borde de la carretera y una llamada telefónica.

Por otra parte, Lacy no era una extraña. Ella estaba allí en la mente de Kent junto al auto, como un fantasma que salía de las páginas del pasado.

Sin embargo, él no tenía ganas de una relación que pudiera caracterizarse de alguna otra manera que no fuera platónica. Estaba Gloria en quién pensar... y en casi tres meses de inmundicia. ¿Tanto tiempo? Dios mío. Y en la señora ROOSTER.

Contrólate, Kent. Te estás confundiendo.

Levantó la botella, sorbió el ardiente líquido, y se rascó la barbilla. Sudor le humedecía la piel debajo de una barba de dos días. Se miró la camisa. Se trataba de la misma camiseta del Súper Tazón con la que había dormido durante una semana. Esto no era problema. Ahora que él estaba lavando su propia ropa, cambiársela había perdido atractivo. Excepto la ropa interior, desde luego. Pero podía simplemente tirar la ropa interior en la máquina una vez cada dos semanas y meterla en un cajón, sin doblarla y en un completo desorden. Lo cual le hizo recordar que necesitaba otra docena. La máquina podría contener fácilmente el equivalente de un mes. Una vez al mes era claramente mejor que una vez cada dos semanas.

Kent miró el televisor. El partido estaba a punto de terminar. Afuera la noche estaba intensamente oscura. Lamió el borde de la botella y volvió a pensar en Cabeza de Chorlito. Una saeta de ansiedad le pinchó la piel. Era una locura. *Llámame cuando quieras*, había dicho ella con voz que resonaba desde el pasado de él. Lacy.

Entonces tomó la decisión, de modo impulsivo, a solo dos minutos de terminar el partido y con los Broncos ganando veintiuno a diecinueve.

Se paró de la silla reclinable y levantó el teléfono, el corazón le palpitó con fuerza en el pecho. Lo cual era absurdo porque seguramente él no tenía sentimientos por Lacy que dieran lugar a estos latidos. A menos que él sí quisiera verla, y no podía negar eso. Comprenderlo solamente le añadió energía a las travesuras del corazón mientras marcaba el número de ella.

LACY SE acababa de poner la bata de baño cuando el teléfono comenzó a sonar. La pantalla del identificador solo mostraba que la llamada era de «fuera del área», y ella decidió levantar el auricular en el remoto caso de que se tratara de una llamada que deseara contestar.

—Aló.

—Aló, ¿Lacy?

¡Kent! El corazón le dio un brinco. Ella reconocería esa voz en cualquier parte.

—¿Sí?

—Hola, Lacy. ¿Es muy tarde?

—Eres…

—Oh, lo siento. Soy Kent. Caramba, lo siento. Qué tonto, ¿eh? Llamar y preguntar si es muy tarde sin presentarme. No quería parecer…

—¿Qué deseas, Kent?

El teléfono solamente devolvió silencio por algunos instantes. ¿Por qué ahora ella se había puesto tan cortante, y por qué respiraba tensamente? *Dios, ayúdame.*

—Tal vez debería volver a llamar en un momento más apropiado —manifestó Kent.

—No. No, lo siento. Simplemente me tomaste por sorpresa. Solamente son las diez. No hay problema.

—En realidad, me preguntaba si podía hablar contigo —expresó él riéndose entre dientes al teléfono, y ella pensó que él parecía un niño.

—Por supuesto. Adelante —respondió Lacy acomodándose en una silla del comedor del diario.

—Me refiero a salir para allá y hablar contigo.

—¿Para acá? —exclamó ella, acelerándosele el pulso—. ¿Cuándo?

—Bueno… esta noche.

—¿Esta noche? —repitió ella, poniéndose de pie—. ¿Quieres venir aquí esta noche?

—Sé que es un poco tarde, pero realmente necesito alguien con quién hablar ahora mismo.

Fue el turno de ella de quedarse paralizada en silencio.

—¿Lacy?

¿Qué debía ella decir a esto? *Ven, amante muchacho.*

Se volvió a oír la voz de Kent, más suave.

—Está bien, bueno, quizás si no es una idea tan buena…

—No, está bien.

¿Lo era? No era nada semejante.

—¿Segura? Nos podríamos encontrar en el Village Inn.

—Claro.

—¿En una hora?

La naturaleza de este asunto comenzaba a extenderse por la mente de Lacy como agua helada. Kent estaba en camino esta noche a Boulder. Quería hablar con ella.

—Bueno —contestó ella.

—Bien. Entonces te veré en una hora.

—Claro.

El silencio volvió a apoderarse del auricular, y de pronto Lacy se sintió como una colegiala a quien el capitán del equipo de fútbol americano le había pedido que saliera con él.

—¿Y de qué querrías hablar? —quiso saber ella.

A Lacy se le ocurrió que la pregunta era de repente tan legítima como absurda. Por una parte, la relación de ellos debía mantenerse estrictamente como platónica, por obvias razones. Razones que le zumbaban ahora en la cabeza como bombarderos de la Segunda Guerra Mundial amenazando descargar ante el primer fuego antiaéreo. Razones como: este hombre ya la había dejado una vez y eso la había lastimado, y ahora podría matarla. Razones como: él acababa de perder a su esposa. Sin duda el hombre estaba rebotando como el súper balón más ofendido y tenso del mundo.

Por otra parte, ¿desde cuándo el razonamiento dirigía al corazón?

—De nada —contestó él.

Ella creyó que esa era la respuesta equivocada. Porque en cuestiones del corazón, «de nada» era mucho más que «algo».

—Está bien, te veré allá —concordó ella, y colgó el teléfono con mano temblorosa.

LACY TARDÓ cuarenta y cinco de los sesenta minutos en prepararse, lo cual en sí era una tontería porque aparte de cambiarse de ropa aún *no se había alistado* para los preparativos del día, que solo esta mañana le habían tomado quince minutos. Sin embargo, tardó cuarenta y cinco minutos en parte debido al hecho de que debió planchar la blusa que creía que calzaba mejor para la ocasión. No es que esta fuera una ocasión como tal.

Cuando ella llegó, Kent ya estaba allí, en el Village Inn, sentado a una mesa en un rincón. Levantó la mirada mientras ella se deslizaba en la banca opuesta. Los ojos de Kent fulguraron, lo cual era algo bueno porque parecían un poco enrojecidos y borrosos, como si él hubiera estado llorando en la última hora. El aliento le olía fuertemente a menta.

—Hola, Kent.

—Hola —contestó él, sonriendo ampliamente y alargando la mano.

Ella la agarró, vacilante. Santo Dios. ¿En qué estaba pensando él? Esta no era una transacción comercial que requiriera un apretón de manos.

Mirándolo ahora bajo las luces, Lacy vio que Kent había sufrido últimamente algún maltrato. Oscuras ojeras le rodeaban los ojos, que realmente se veían más bien sin energía. Las líneas que le definían la sonrisa parecían haberse profundizado. El cabello era tan rubio como el día que él le pidió que lo acompañara a caminar años atrás, solo que ahora estaba despeinado. Era lunes… sin duda él no había ido a trabajar en esta facha. Algo lo había estado apaleando, pensó Lacy, pero entonces ella ya lo sabía. Él había atravesado el valle de muerte. Siempre lo vapulean a uno en el valle de muerte.

Sorbieron sus cafés y hablaron durante media hora de cosas sin importancia: el clima, el nuevo estadio, los Broncos; en general, cosas en que realmente no parecían tener ningún interés. En verdad no tenían mucho de qué hablar sin entrar en sus pasados. Pero esto apenas importaba; tenía su propio poder estar simplemente allí sentados uno frente al otro tras tantos años, por incómodo o irregular que eso pudiera ser.

La idea de volver a visitar el pasado que los unía produjo tensión en el corazón de Lacy. Siempre podían hablar acerca de la muerte, desde luego. Ese era ahora el puente que tenían en común. La muerte. Pero Kent no estaba pensando en la muerte. Algo más se gestaba detrás de esos ojos.

—Hoy me topé con un poli —confesó él cuando menos se esperaba, mirando su café.

—¿Un poli?

—Sí. Me hallaba simplemente sentado en la librería, y este policía se sienta y empieza a interrogarme respecto de Spencer; de mi hijo, Spencer —explicó mientras el rostro se le contraía con molestia. Levantó la mirada, y los ojos le centellearon—. ¿Puedes creer la audacia de eso? Quiero decir...

Kent miró por la ventana y levantó inútilmente una mano.

—Yo solo estaba allí sentado, ocupado en mis asuntos, y este cabeza de chorlito me empieza a acusar.

—¿Acusar de qué?

—Ni siquiera lo sé. Pasó exactamente así. El tipo continúa como si yo tuviera algo que ver con...

Se interrumpió y tragó grueso, destacándosele la manzana de Adán debido a la emoción que sentía en el pecho.

—Con la muerte de Spencer —concluyó.

—¡Vamos, Kent! ¡Eso es absurdo!

—Lo sé. *Es* absurdo. Entonces él simplemente continuó, como si supiera cosas, ¿sabes?

—¿Qué cosas?

—No sé —contestó él moviendo la cabeza de lado a lado.

El pobre hombre se hallaba allí como alguien ensartado con frágiles cuerdas de carne. ¡Sin duda él no tenía nada que ver con la muerte de su propio hijo! ¿Podría ser? ¡Desde luego que no!

—Era como una escena salida de *Dimensión desconocida*.

—Bueno, estoy segura que no tienes nada de qué preocuparte. Las autoridades hacen cosas como esa de manera rutinaria. Es ridículo. Nunca volverás a oír de ese tipo.

—Y quizás te equivoques —refutó él; ella parpadeó ante el tono con que lo dijo—. Tal vez tenga mucho por qué preocuparme al respecto. ¡Lo que menos necesito es un cabeza de chorlito con una insignia metiendo su grasienta cabeza en mi vida! ¡Juro que le podría arrancar la cabeza!

Ella lo miró, insegura de cómo reaccionar.

—Quizás debas relajarte, Kent. No tienes nada que ocultar, ¿no es así? Entonces haz caso omiso de eso.

—Sí, para ti es fácil decirlo. El tipo no está encima de ti.

—Y tampoco encima de ti —replicó ella sintiendo que se le ruborizaba la cara—. La policía solo está haciendo su trabajo. Ellos deberían ser la menor de tus preocupaciones. Y solo en caso de que estés confundido aquí, no soy policía. Trabajo en un banco, ¿recuerdas?

—Lo siento —se disculpó Kent mirando el cielorraso y suspirando—. Tienes razón.

Él se tranquilizó, asintiendo como si llegara lentamente a un acuerdo. Luego cerró los ojos y sacudió la cabeza, apretando los dientes en frustración.

Sí, en realidad, últimamente lo habían apaleado. Ella se preguntó qué habría sucedido realmente que lo llevara hasta este extraño estado.

Él le estaba sonriendo, los ojos azules de pronto se le suavizaron y le brillaron a la vez, como ella los recordaba de su vida anterior.

—Tienes razón, Lacy. ¿Ves? Eso es lo que yo necesitaba oír. Siempre supiste tratar francamente con la verdad, ¿sabes?

Ella tragó grueso y esperó al instante que él no lo hubiera notado. No fueron las palabras de él lo que le molestó sino la manera en que las dijo, como si en ese momento él estuviera cubierto de admiración por ella.

—Si recuerdo correctamente, tú mismo nunca fuiste demasiado tonto —señaló Lacy con una risita nerviosa.

—Bueno, tuvimos nuestras épocas, ¿o no?

Ella debió alejar la mirada esta vez. En su mente apareció una imagen de Kent inclinado sobre ella mientras se hallaban en el álamo detrás del dormitorio de ella. «Te amo», le susurraba él, y luego le posó los labios en los suyos. Ella deseó extirparse la imagen de la cabeza, y obligar al corazón a volver a su ritmo normal, pero solo pudo quedarse sentada allí, fingiendo que absolutamente nada estaba ocurriéndole en el pecho.

—Sí, las tuvimos —contestó ella.

El aire se puso tenso como si alguien hubiera prendido un interruptor en alguna parte y llenara el salón con una espesa nube de partículas cargadas. Lacy pudo sentir los ojos de él fijos en la mejilla de ella, y finalmente se volvió para enfrentarlo. Le lanzó una sonrisa controlada. ¡Esto era una locura! ¡Él había perdido la razón! Dos minutos atrás despotricaba de un poli y de cómo le gustaría decapitar al individuo, y ahora la miraba como un recién casado.

La muerte hace eso a las personas, Lacy, razonó ella rápidamente. *Les hace perder la sensatez. Además, estás interpretando demasiado esa mirada. La situación no es tan mala como parece.*

Y entonces lo malo se volvió terrible. Porque después Lacy sintió que el calor le inundaba el rostro a pesar de sus mejores esfuerzos por impedirlo. Sí, de veras, estaba ruborizada. Tan roja como una langosta cocida. Y él lo había notado. Ella lo supo porque de repente él también se sonrojó.

Pánico resplandeció en la mente de Lacy, e impulsivamente pensó en huir. Claro que eso sería tan razonable como la arremetida de Kent contra la cabeza del policía. En vez de eso, ella hizo lo único que *podía* hacer. Sonrió. Y eso empeoró todo, pensó ella.

—Qué bueno volver a verte, Lacy —enunció él, moviendo la cabeza y desviando la mirada—. Me la pasé diciéndome que lo último que yo necesitaba era una relación tan poco tiempo después de la muerte de Gloria. Ni siquiera han pasado tres meses, lo sabes. Pero ahora me doy cuenta que estaba equivocado. Creo que necesito una relación. Una buena amistad, sin todos los impedimentos que vienen con el romance. Sin ataduras, tú sabes. Y ahora veo que tú me puedes brindar esa amistad. ¿No lo crees?

Kent preguntó esto último mirándola a los ojos.

Para ser sincera, ella no sabía que creer. La cabeza todavía le zumbaba por la última ola de calor. ¿Estaba sugiriendo él que solo deseaba una relación platónica? Sí, y eso era bueno, ¿verdad?

—Sí. Me llevó seis meses superar la pérdida de John. No *del todo*, no completamente, desde luego. No creo que alguna vez lo superes *del todo*, pero sí bastante. Hasta un punto en que puedo ver claramente. Algunos se reponen más rápido. Se recuperan en tres o cuatro meses; otros tardan un año. Pero todos necesitamos el apoyo de alguien. No creo que yo lo habría superado si no hubiera encontrado a Dios.

Si Kent hubiera estado comiendo un tomate cereza se pudo haber atragantado al oír el comentario. Entonces tosió.

—Definitivamente la única relación que trae paz es la de Dios —continuó Lacy, haciendo caso omiso a la reacción de él—. Creo que a veces se necesita una muerte para entender eso.

La mirada de Kent estaba siguiendo el borde de su propia taza de café.

—Pero sí, Kent. Tienes razón. Es bueno tener una amistad que no tenga ninguna pretensión —concluyó ella.

Él asintió.

Hablaron durante otra hora, contando por primera vez sus propias historias de pérdida. La mente de Lacy se la pasó volviendo a la ola de calor que había caído sobre ellos, pero finalmente se tranquilizó razonando que esas cosas les ocurrían a personas que pasaban por el valle. A veces perdían la sensibilidad.

Para cuando se estrecharon las manos y se despidieron, las manecillas del reloj marcaban más de medianoche. Cuando Lacy finalmente se quedó dormida eran casi las dos de la mañana. Pensó que seguramente todo estaría bien después de que Kent llegara a casa y se quedara cómodamente dormido en su enorme y vacía casa.

Se equivocaba.

CAPÍTULO VEINTIUNO

HELEN JOVIC vivía como a trece kilómetros del vecindario suburbano de Littleton donde habitaba Kent. Dependiendo del tráfico, la excursión a través de la ciudad duraba entre quince y veinte minutos en su antiguo Pinto amarillo. Pero hoy ella no iba en el Pinto. Hoy iba sobre Reeboks, y la caminata exigía una dura prueba de tres horas.

Era la primera vez que su caminata la llevaba a algún sitio específico. En el instante en que se paró en su porche, con el sol empezando a asomar sobre las Rocallosas, había sentido una urgencia de caminar hacia el occidente. Solo al occidente. Por tanto había andado en esa dirección por más de una hora antes de darse cuenta que la casa de Kent se hallaba directamente en su senda.

Las silenciosas ansias le surgieron en el estómago como acero atraído por un poderoso imán. Si el pastor Madison había calculado bien, ella supuso que su paso normal la llevaba fácilmente a cinco kilómetros por hora. Pero ahora lo había subido a seis. Por lo menos. Y no se sentía peor por el cansancio, si es que algo de cansancio pasaba de veras por esos huesos suyos. Ella sin duda no sentía fatiga. A veces sentía un hormigueo como si los huesos pensaran en quedarse dormidos o en entumecerse, pero en realidad no le hacían disminuir la marcha.

Tres días antes había intentado superar sus ocho horas, y finalmente se había fatigado en la hora décima. La energía le llegaba como maná del cielo, a diario y en cantidad suficiente. Pero nunca había sentido esa energía indicándole alguna parte que no fueran las calles de su propio vecindario.

Ahora se sentía como se debe sentir un salmón cuando emprende el camino hacia el lugar de desovar. Los Reeboks de su hija le quedaban perfectamente. Ya había tirado a la basura su propio par y usaba un par negro que había sido el favorito de Gloria. Ahora paseaba ufana por la acera con zapatos deportivos negros y medias blancas de basquetbolista. Se había mirado una vez en el espejo de cuerpo entero y pensó que el atuendo se veía ridículo con vestido. Pero no le importó… ella era una mujer que usaba vestido. Punto. Dejaría las declaraciones de moda para los tontos que ponían atención a esas ridiculeces.

Helen ingresó a la calle que llevaba al hogar de Kent y se enfocó en la casa de dos pisos al fondo. Hasta hace poco tiempo se había referido a la edificación como la casa de Gloria. Pero ahora era diferente. Su hija estaba saltando entre las nubes allá arriba, no ocultándose detrás de cortinas corridas en ese montón de madera. No, esa era la casa de *Kent*.

Esa es tu casa.

El pensamiento hizo que Helen perdiera el paso. Se dispuso a orar, haciendo caso omiso del pequeño impulso.

Padre, este hombre que vive en esa casa es un egoísta, un vándalo endemoniado cuando tratas directamente con él. La ciudad está plagada con cien mil personas más valiosas que esta. ¿Por qué estás tan concentrado en rescatarlo?

Él no contestó. Por lo general no lo hacía cuando ella se quejaba de esta manera. Pero por supuesto que ella no tenía motivos para ocultarle a Dios sus sospechas. Él ya le conocía la mente.

Ella misma se respondió. *¿Y qué respecto a ti, Helen? Él es un santo comparado con lo que una vez fuiste.*

Helen hizo volver los pensamientos hacia la oración. *Sin embargo, ¿por qué me has arrastrado a esto? ¿Qué podrías querer posiblemente de mi ridículo caminar? No es que me queje, pero de verdad que es más bien asombroso.* Ella sonrió. *Ingenioso, en realidad. No obstante, sin duda podrías hacerlo también sin este ejercicio, ¿no es verdad?*

Otra vez él no contestó. Ella había leído una vez una explicación de C. S. Lewis de por qué Dios insiste en tenernos haciendo cosas como orar cuando él ya conoce el resultado. Es por la experiencia del asunto. La interacción. Todo el esfuerzo de Dios por crear al hombre se centra en el deseo de interacción. El amor. Este es un fin en sí mismo.

La caminata de ella era algo así. Era como caminar con Dios en la tierra. La misma ridiculez de ello lo hacía de algún modo importante. El Señor parecía disfrutar convencionalismos ridículos. Como barro en los ojos, como caminar alrededor de Jericó, como un nacimiento virginal.

—Está bien, así que él es digno de tu amor —Helen pronunció su oración entre dientes. Adelante. Lanza algo de eso sobre él. Acabemos el asunto. Déjalo fuera de combate. Suéltalo. Tú puedes hacer eso. ¿Por qué no lo haces?

Él siguió sin contestar.

Ella cerró momentáneamente los ojos. *Padre, tú eres santo. Jesús, tú eres digno. Digno de recibir honra, gloria y poder por siempre. No se pueden descubrir tus caminos.* Un hormigueo le recorrió los huesos. Esto estaba sucediendo de veras, ¿o no? Ella se hallaba caminando físicamente fortalecida por alguna mano invisible. A veces parecía sorprendente. Como… como caminar sobre agua.

Tú eres Dios. Eres el Creador. Tienes el poder para dar existencia a las palabras, y te amo con todo el corazón. Te amo. De veras que sí. Abrió los ojos. *Solo que a veces estoy confundida respecto del hombre que vive en esa casa,* pensó.

Esa es tu casa, Helen.

Esta vez la voz interior habló más bien con claridad, y Helen se detuvo. La casa se levantaba adelante, tres casas más allá, como una morgue abandonada, en que rondaba la muerte. Además esa no era la casa de ella. Ni siquiera la deseaba.

Esa es tu casa, Helen.

Esta vez no podía confundir la voz. No era su propia mente la que hablaba. Era Dios, y él le estaba diciendo que la casa de Kent en realidad era de ella. O que se suponía que lo fuera.

Helen siguió caminando, ahora más bien indecisa. En lo alto el sol resplandecía brillante. Una ligera brisa le presionó el vestido contra las rodillas. No se veía una sola alma. El vecindario parecía desierto. Pero Kent estaba en su casa, detrás de esas persianas cerradas. El plateado auto estacionado en la entrada atestiguaba eso.

—¿Es mío también ese Lexus? —indagó ella haciendo una mueca de su propio buen humor en la comisura de los labios.

Por supuesto que ella tampoco quería el Lexus.

Esta vez Dios contestó. *Esa es tu casa, Helen.*

Entonces ella comprendió de pronto lo que él quería decir. Se detuvo a dos casas, aterrada de repente. ¡No, Dios mío! ¡Yo nunca podría hacer eso! Caminar es una cosa, ¿pero *eso*?

Helen dio media vuelta y se alejó de la casa. Su propósito aquí había terminado. Al menos por hoy. Una inseguridad acompañaba ahora sus zancadas. *Esa es tu casa; esa es tu casa.* Eso podría querer decir algo.

Pero no significaba cualquier cosa. Significaba una sola cosa, y ella tenía la desgracia de entender exactamente el mensaje.

Helen caminó por una hora, susurrando, rogando y orando. Nada cambió. Dios había dicho lo suyo. Ahora ella estaba diciendo lo de ella, pero él ya no habló más.

Ella estaba regresando a su hogar, a menos de una hora de su casa, su *verdadera* casa, antes de hallar algo de paz en el asunto. Pero aun entonces solo duró poco. Ella comenzó a orar otra vez por Kent, pero no fue tan real como lo fuera en la primera parte del viaje.

La situación estaba a punto de volverse interesante. Quizás de locura.

EL SEGUNDO golpe real en el camino de Kent llegó dos días después, el miércoles por la mañana, en los talones del poli de la librería.

La jornada había empezado bastante bien. Kent se había levantado temprano y se había afeitado a fondo. Al pasar por el vestíbulo sonrió y respondió asintiendo con la cabeza al saludo de varios cajeros. Hasta hizo contacto visual con Sidney Beech al entrar, y ella sonrió. Una sonrisa sexy. Definitivamente las cosas estaban volviendo a la normalidad. Kent silbó por el pasillo y entró a la suite de Sistemas de Información.

Betty se hallaba como de costumbre, con pinzas de cejas en la mano.

—Buenos días, Betty —saludó Kent obligándose a sonreír.

—Buenos días, Kent —correspondió ella, sonriendo.

Si él no se equivocaba, había algún interés en los ojos de ella. Él tragó saliva y siguió adelante.

—Ah, Kent. Están reunidos en el salón de conferencias. Te están esperando.

—¿Hay una reunión esta mañana? —preguntó dando la vuelta—. ¿Desde cuándo?

—Desde que Markus regresó ayer de San José con nuevas órdenes de marcha, dijo. No sé. Algo acerca de aceptar más responsabilidad.

Kent volvió sobre sus pasos y entró al pasillo, intentando calmarse. Esto estaba fuera de lo común, y cualquier cosa fuera de lo común era mala. Su plan funcionaría bajo las circunstancias actuales, no necesariamente bajo circunstancias modificadas con el fin de cumplir algunas nuevas órdenes de marcha.

Tranquilízate, Trigo Rubión. Solo es una reunión. No debes entrar ahí y acabar sudando sobre la mesa. Kent respiró hondo y entró al salón de conferencias de manera tan casual como pudo.

Los demás movían suavemente sus sillas alrededor de la larga mesa, perdiendo el tiempo, alegres. Borst estaba en la cabecera de la mesa, reclinado sobre la silla. El chaleco azul marino se tensionaba en los botones. Si uno de ellos saltaba podría golpear a Mary en el ojo, quien estaba al lado de Borst, ladeada admirándolo. Por el lenguaje corporal de los dos se creería que eran los mejores amigos.

Todd estaba frente a Mary, con la cabeza echada hacia atrás en media carcajada ante algún comentario con que evidentemente Borst los había honrado. Kent supuso que fue el grito de Todd el que cubrió el sonido de la puerta al abrirse y cerrarse. Cliff se hallaba a dos sillas de Mary, frente a Borst, exhibiendo su acostumbrada sonrisa de come-piña.

—¡Kent! Ya era hora —retumbó Borst.

Los otros creyeron eso divertido y extendieron sus risotadas. Kent debió admitir que el ambiente jovial era casi contagioso. Sonrió también y sacó una silla frente a Cliff.

—Lo siento. No sabía que teníamos una reunión —se excusó.

Todos se juntaron y se acomodaron. Borst empezó por rebuscar unas cuantas felicitaciones, las cuales los demás recibieron de muy buena gana. Hasta Kent le lanzó una. Algún comentario ridículo acerca de cuán perceptivo había sido el supervisor al traer a Cliff.

La mayor parte de la reunión se centró en preservar el control del SAPF. Evidentemente la división principal de los Sistemas de Información en la sucursal de California estaba hablando de estirar los músculos del sistema. O como lo puso Borst, *ver cómo ellos agarran el poder.*

—De esto es lo que se trata, y lo sabemos —opinó él—. Tienen allí una docena de ingenieros codiciosos que sienten que se han quedado fuera, por tanto ahora quieren todo el pastel. Y no tengo intención de dárselos.

Kent no tenía dudas de que las palabras no se originaban en Borst. Eran de Bentley. Se imaginó a Gordinflón y a Puercoespín gruñendo frenéticamente en su viaje de regreso a casa.

—Lo cual significa que debemos ser muy eficientes; de eso se trata todo. Mientras estamos aquí hablando, ellos están buscando puntos débiles en nuestra operación. Es más, tres de ellos están volando el próximo viernes para inspeccionar el territorio, por así decirlo.

—¡Eso es una locura! —exclamó Todd—. No pueden venir sencillamente aquí y tomarse el poder.

—Ah, sí que pueden, Todd. Esa es una realidad. Pero no vamos a permitírselo.

—¿Cómo? —quiso saber Mary, asombrada.

—Exactamente. ¿Cómo? Eso es lo que vamos a descubrir.

—Seguridad —opinó Cliff.

Fue entonces cuando Kent cayó en cuenta del significado de esta pequeña discusión. Le entró a la mente como el fogonazo de una granada. Fue un estremecimiento, ya sea que el chispazo lo causara el residuo de tequila o la fascinación de Kent al ver los gruesos labios de Borst moviéndose bruscamente. Pero cuando el entendimiento le llegó, Kent se contrajo en la silla.

—¿Tienes algo que decir al respecto, Kent? —interrogó Borst, y Kent supo que todos habían observado su pequeña metedura de pata. Para exasperar el asunto, hizo entonces la única pregunta que solo un completo idiota haría en la situación.

—¿Qué?

Borst miró a Cliff.

—Cliff dijo seguridad, y nos pareció como si quisieras añadir algo a eso.

¿Seguridad? ¡Jesús! Kent se sentó rápidamente en el borde de la silla para recuperarse.

—En realidad no creo que tengan una posibilidad, señor.

Eso captó una sonrisa de los demás. *Ese es nuestro muchacho.* Todos ellos menos Cliff, quien frunció las cejas.

—¿Cómo es eso? —indagó Cliff.

—¿Cómo es qué?

—¿Cómo es que los tipos de California no tienen la más mínima posibilidad de tomar el control del SAPF?

—¿Cómo van a mantener un sistema del que no saben nada? —replicó Kent, echándose hacia atrás.

Desde luego que toda la idea era ridícula. Cualquier buen departamento podría abrirse camino a través del programa. Es más, Cliff estaba a punto de hacerlo. Se lo había manifestado.

—¿De veras? He estado aquí tres semanas, y me he movido bastante bien por el sistema. El código ni siquiera está bajo medidas activas de seguridad.

Se hizo silencio en el salón. Esto no iba a resultar bien. Medidas más estrictas de seguridad muy bien podrían poner todo su plan al borde del desastre. Kent sintió que un hilillo de sudor le corría desde el nacimiento del cabello y le serpenteaba por la sien. Estiró casualmente la mano y se rascó el sitio como si allí le molestara una comezón.

—Creí que te ibas a encargar de la seguridad restringida —reclamó Borst, mirando directamente a Kent.

—Hemos restringido códigos en cada sucursal. Nadie puede entrar al sistema sin una contraseña —contestó él—. ¿Qué más quiere usted?

—Eso cubre la seguridad financiera, pero ¿qué hay con la seguridad contra piratas informáticos u otros programadores? —preguntó Cliff sin alterar la voz.

El recién llegado se estaba convirtiendo aquí en un verdadero problema.

Todas las miradas se posaron en Kent. Estaban preguntando por el ROOSTER sin conocerlo, y el corazón le estaba empezando a palpitar de forma exagerada. Había programado a ROOSTER precisamente para este propósito.

Entonces Cliff lanzó sobre la mesa la parte *no lo sé*.

—En realidad parece que alguien empezó a implementar un sistema pero no lo terminó. No lo sé; aún estoy investigando el asunto.

¡El muchacho le estaba siguiendo la pista al ROOSTER! Había hallado algo que lo llevaría al enlace. Lo único que Kent podía hacer era quedarse sentado. De esto se trataba, entonces. Si él no los detenía ahora, ¡estaba acabado!

—Sí, hace rato empezamos algunas cosas. Pero si recuerdo correctamente, mucho tiempo atrás desechamos el código. Fue apenas un esquema.

—No estoy tan seguro que haya desaparecido, Kent —interrumpió Cliff mirándolo fijamente—. Tal vez yo lo haya descubierto.

Kent sintió que el corazón le iba a estallar. Forzó una mirada despreocupada.

—En cualquier caso, el asunto sería demasiado difícil de manejar para lograr algo bajo la actual estructura —explicó Kent, luego cambió la mirada hacia Borst—. Francamente, creo que usted está enfocando esto de modo equivocado, Markus. Por supuesto, podemos hacer más estricta la seguridad, pero eso no va a impedir que agarren el poder, como usted lo dijo. Lo que usted necesita es un poco de influencia política.

—¿Sí? —exclamó Borst con la ceja arqueada, y la frente se le subió ligeramente bajo el tupé—. ¿Cómo así?

—Bueno, usted tiene ahora algo de poder. Tal vez más del que cree. Insista en mantener el control bajo la doctrina justa. Como empleado dedicado, usted fue el responsable de la creación del programa. Simplemente es injusto que el enorme gigante venga a barrer y a quitarle su bebé, minimizando de esta manera cualquier adelanto adicional que usted podría descubrir si el programa permaneciera bajo su control. Creo que usted podría conseguir muchos empleados comunes y corrientes que lo respalden en una posición como esa, ¿no cree?

La sonrisa llegó lentamente, pero cuando Borst captó la idea la boca se le extendió de oreja a oreja.

—Caramba, no eres tan tonto, ¿verdad, Kent? —expresó el jefe, mirando a los demás—. ¡Caray, eso es brillante! Creo que tienes absolutamente toda la razón. El pequeño individuo contra la enorme corporación y todo eso.

Kent asintió. Volvió a hablar deseando mantener clavada esta puerta mientras tuviera la sartén por el mango.

—Si los muchachos de California quieren el SAPF, ninguna seguridad va a detenerlos. Sencillamente toman todo el asunto y salen aplastando a plena luz del día a cualquiera que se interponga en su camino. Usted tiene que ponerles un obstáculo político en el camino, Markus. Es la única manera.

Cliff había perdido su sonrisa plástica, y Kent se preguntó al respecto. ¿Qué diferencia representaría para este recién venido la manera cómo se desarrollara el proyecto? A menos que supiera más de lo que estaba dejando saber.

—Me sorprende que Bentley no haya pensado en eso —pensó Borst en voz alta; parpadeó y se dirigió al grupo—. De todos modos, creo que debería llevarle esto inmediatamente.

El supervisor ya estaba de pie. Como el joven estudiante ansioso por encontrar a su profesor. Cliff sostuvo la mirada de Kent por un momento sin sonreír.

—¿Podría sugerirle que al menos manejemos el asunto de la seguridad como se ha planteado? —preguntó Cliff volviéndose a Borst.

—Sí, por supuesto. ¿Por qué no te encargas de eso, Cliff? —contestó él, pero su mente ya estaba en la oficina de Bentley—. Debo irme.

Borst salió, con una sonrisita de suficiencia.

Cliff había vuelto a recuperar la sonrisa.

Kent parpadeó. Ese último intercambio le había descargado eficazmente un balde de calor en la cabeza. Aún le bajaba por la columna cuando los demás se pararon y sin pronunciar palabra siguieron el ejemplo de Borst, saliendo del salón.

Eso era todo. Cliff sabía algo. Kent bajó la cabeza y empezó a presionarse las sienes. La cosa estaba desenmarañándose. Desmoronándose. En el lapso de diez minutos la atadura que había tenido con la cordura la había tijereteado casualmente un esquiador de Dallas, quien sabía más que alguien con solo algún conocimiento comercial.

¡Piensa! Piensa, piensa, piensa, muchacho!

Está bien. Este no es el fin. Esto es solo otra pequeña dificultad. Un desafío. Nadie es mejor en los desafíos que tú, muchacho.

De repente Kent quiso estar fuera del edificio. Le dio un susto de muerte pensar en regresar a la oficina y tener a Cliff entrando con esa sonrisa suya. Deseó ver a Lacy.

Quería tomar un trago.

CAPÍTULO VEINTIDÓS

KENT PASÓ la mayor parte de la tarde caminando por la oficina, intentando ocultar la palidez cadavérica que sin duda le había aparecido en el rostro.

Salió a almorzar tarde, y estaba a punto de entrar a Antonio's cuando vio a Cliff. Al menos creyó que era alguien parecido a Cliff. El programador subalterno iba hacia la esquina en el otro lado de la calle, y el corazón de Kent le empezó a palpitar de manera incontrolable. No fue ver al esquiador lo que de pronto lo había parado en seco sino ver al cabeza de chorlito al lado de Cliff, cotorreando con el traidor como si fueran viejos amigos. ¡El poli! ¡Ese era el poli cabeza de chorlito con cabello lamido hacia atrás y lentes de marco metálico!

¿O no era él? Entonces ellos desaparecieron.

Kent pidió una ensalada para almorzar y salió después de comerse solamente las dos aceitunas negras que se hallaban encima. Imagínese al poli apareciéndose aquí precisamente. ¡Y hablando con Cliff! A menos que no hubieran sido el poli o Cliff los que estuvieron allí. Fue por esta conclusión que finalmente Kent cambió de dirección, y lo hizo con energía. En medio de la ansiedad estaba viendo cosas. Enormes rocas empezaban a caer del cielo; solo que no eran rocas en absoluto. Eran como gorriones, y no estaban cayendo del cielo. Estaban volando felices.

Contrólate, Kent.

Al llegar a casa esa noche se dirigió directo al bar y sacó una botella de tequila. Aún después de tomar tres tragos y una ducha no había logrado quitarse las náuseas del pecho. Le dolía la cabeza por tanto pensar durante el día. El punto en cuestión era que este desafío particular para nada era el desafío de Kent. Era el desafío de Cliff. Si Cliff encontraba al ROOSTER, habría terminado el juego. Y Kent no podía hacer nada para cambiar eso. Nada en absoluto.

Se acababa de servir su cuarto trago cuando por primera vez en una semana sonó el timbre de la puerta. Kent se sobresaltó; el trago se le regó en la mano, y soltó una palabrota. Por suerte se hallaba cerca del fregadero de la cocina, y un rápido chorro de agua lanzó el licor por el desagüe. ¿Quién demonios podría estar timbrando a las ocho de la noche?

La respuesta no debió haberlo sorprendido. Le abrió la puerta a una Helen con el ceño fruncido. Del hombro le colgaba una mochila de viajero.

—¡Helen! Entra —exclamó.

Helen, vete por donde viniste, pensó él.

Ella entró sin responder y puso la mochila en el suelo. Kent miró la gruesa talega negra, pensando al principio que la mujer había perdido el interés en correr después de todo, y que estaba devolviendo los zapatos. Pero era obvio que en esa bolsa había más que calzado.

—Kent —expresó ella y sonrió.

Kent pensó que la sonrisa pudo haber sido forzada.

—¿En qué te puedo servir? —inquirió él.

—Kent —repitió ella; después respiró hondo, y de repente él comprendió que esta no era una visita de cortesía—. Debo pedirte un favor, Kent.

Él asintió con la cabeza.

—Si necesitara algo de ti, si lo necesitara de veras, ¿me ayudarías?

—Seguro, Helen. Dependiendo por supuesto de lo que necesites de mí. Quiero decir, no soy exactamente el hombre más rico del planeta —contestó y rió, mientras intentaba imaginar cuál sería el siguiente movimiento de ella.

Helen estaba evaluándolo, eso era bastante claro. Le iba a pedir que le ayudara a limpiar el garaje o alguna otra horrible labor que no pudiera realizar sin él.

—No, no te costará un centavo. Es más, no me importa pagar renta. Y compraré la mitad de los comestibles. Eso podría ahorrarte algún dinero.

Él sonrió ampliamente, preguntándose a dónde podría estar llevando esto. No era posible que Helen esperara venir a vivir con él. Ella lo odiaba a muerte. A la manera de una suegra. No, ella estaba buscando algo más, pero la mente de él no le proponía ninguna pista.

—¿Qué pasa, Kent? ¿Te comió la lengua el ratón? Ah, vamos —formuló ella mientras iba hacia la sala y él la seguía—. No sería tan malo. Vivir juntos tú y yo.

—¡Qué! —exclamó Kent parándose en seco, aturdido.

Helen se volvió hacia él y lo miró directamente a los ojos.

—Te estoy pidiendo que me permitas mudarme aquí, jovencito. Acabo de perder un nieto y una hija, y he llegado a la conclusión de que simplemente no puedo vivir sola en esa casa enorme —opinó, y apartó la mirada—. Necesito compañía.

—¿Necesitas compañía? —preguntó él mientras un calor le inundaba la espalda—. No quiero ser grosero o algo así, pero en estos días no soy exactamente una buena compañía. Soy el diablo, ¿recuerdas?

—Sí. Lo recuerdo. No obstante, te estaría muy agradecida si me permites usar una de las habitaciones extra que tienes aquí abajo. El cuarto de costura frente a la habitación de Spencer, quizás.

—Helen, ¡no puedes hablar en serio! —cuestionó Kent dando la vuelta alrededor del sillón y alejándose de ella.

¡Esto era absurdo! ¿En qué podría estar pensando ella? ¡Lo arruinaría todo! En la mente se le filtró una imagen de él entrando a hurtadillas a la cocina para tomar un trago. Helen le haría la vida imposible.

—No funcionaría de ninguna manera —concluyó él.

—Te lo estoy pidiendo, Kent. No irás a expulsar a la familia, ¿verdad?

—Vamos. Detén esto Helen —contestó él devolviéndose—. Lo que propones es una locura. ¡Una total estupidez! Odiarías estar aquí. No tenemos nada en común. Soy *pecador*, ¡por Dios!

Ella pareció no oírlo.

—También puedo lavar los platos. Dios mío, solo mira esa cocina. ¿La has tocado en algún momento desde la última vez que estuve aquí? —enunció ella, y se fue al comedor del diario caminando como un pato.

—¡Helen! No. La respuesta es no. Tienes tu propia casa. Es tuya por una razón. Esta es mi casa. Es *mía* por una razón. No te puedes quedar aquí. Necesito mi privacidad.

—Ahora estoy caminando todos los días, Kent. ¿Te lo había dicho? Así que saldré a caminar temprano en las mañanas. Te habrás ido para cuando regrese, pero tal vez podamos cenar juntos todas las noches. ¿Qué opinas?

Kent la miró, sin saber qué decir ante la insensata conducta de ella.

—No creo que me estés escuchando. ¡Dije no! ¡Ene-O! No, no te puedes quedar aquí.

—Sé que ahora el cuarto de costura está lleno de cosas, pero las moveré yo misma. No quiero que las saques —explicó Helen, caminó por el bar y abrió el grifo—. Bueno, sabes que no puedo soportar la televisión. Es la caja del infierno, ¿sabes? Pero creo que podrías ver la de la sala en la planta alta.

Helen hizo girar la llave del grifo y el agua le cayó sobre la muñeca, tanteando la temperatura.

—Tampoco me entusiasma la bebida. Si quieres beber alcohol, preferiría que también lo hicieras arriba. Pero me gusta la música. Música pesada, música suave, cualquier música mientras las palabras...

—¡Helen! ¡No estás escuchando!

—¡Eres tú quien no está escuchando! —vociferó ella; pareció como si los ojos se le extendieran con cuchillos y agarraran por el cuello a Kent, a quien se le paralizó la respiración—. Dije que necesito un lugar donde quedarme, ¡querido yerno! Bueno, pues, te di mi hija por una docena de años; ella te calentó la cama y te planchó las camisas. Lo menos que puedes hacer es darme un cuarto por unas pocas noches. ¿Es realmente pedir demasiado?

Kent casi se va de bruces ante las palabras. Se dio cuenta que la boca se le había abierto, y de inmediato la cerró. El tequila estaba empezando a hablar, quejándosele perezosamente en el cerebro. El hombre pensó que tal vez lo que ahora debería hacer era jalar el gatillo. Salir y usar esa nueve-milímetros en su propia cabeza. Terminar el día con un estallido. Como mínimo debería estar gritándole a esta vieja ramera que había representado el papel de suegra en la vida adulta de él.

Pero no podía gritar porque ella lo tenía dominado con alguna clase de encantamiento que estaba funcionando. En realidad le estaba haciendo creer que ella tenía razón.

—No… no pienso…

—No, deja de pensar, Kent —objetó ella, y luego bajó la voz—. Empieza a *sentir* un poco. Muestra un poco de amabilidad. Déjame ocupar cuarto.

Entonces ella se rió.

—No morderé —concluyó—. Lo prometo.

Kent no pudo pensar en nada que decir. Excepto que estaba bien.

—Está bien —fue lo único que se le ocurrió decir.

—Bien. Mañana traeré del auto el resto de mis pertenencias después de que haya tenido la oportunidad de limpiar el cuarto de costura. ¿Te gustan los huevos, Kent?

La mujer era extraordinaria.

—Sí —contestó él, pero apenas logró oírse él mismo.

—Ah, pero está bien. Tendré que salir antes de que te levantes. Salgo a caminar al amanecer. Bueno, quizás podamos comer un plato de huevos una noche.

Los dos se miraron en silencio por un minuto. Entonces Helen habló, ahora la voz le sonó suave, casi de disculpa.

—Todo saldrá bien, Kent. De veras. Al final lo verás. Todo estará bien. Supongo que ya te enteraste que no podemos controlar todo en la vida. A veces suceden cosas que simplemente no hemos planeado. Solo puedes esperar que al final todo tendrá sentido. Y lo tendrá. Créeme. Lo tendrá.

—Tal vez —manifestó Kent, asintiendo con la cabeza—. Sabes dónde queda todo. Estás en tu casa.

Entonces él se retiró al cuarto principal en la planta alta, agradecido de haber escondido una botella en la sala. Era temprano; quizás debería llamar a Lacy. O tal vez manejar hasta donde ella. La idea le provocó una chispa de esperanza, lo cual era bueno porque hoy día la esperanza lo había abandonado.

LACY LIMPIABA afanosamente, luchando todo el tiempo para sacar las mariposas que entraban y reprendiéndose para no sentir ninguna ansiedad en absoluto. De manera que iba a volver a ver a Kent. Esta vez él venía al apartamento de ella. La noche del lunes Kent había traído esa oleada de exaltación. La reavivada relación con él solo era platónica, y ella debía mantenerla así. Absolutamente.

—Lacy, necesito hablar —le había dicho, y por lo forzada que le sonaba la voz, sí necesitaba algo.

Lacy, necesito. A ella le gustó el sonido de eso. Y estaba bien que le resultara agradable el tono de voz platónico de alguien por el teléfono.

Una luz indirecta irradiaba un tono suave sobre el sofá de cuero y sobre el cielorraso abovedado. La chimenea estaba oscura e impecable. En el centro de la chimenea había un retrato de veinticinco centímetros por doce del finado esposo de Lacy, John, y ella pensó en quitarlo pero rápidamente desechó la idea por absurda. Tal vez hasta por irreverente.

Ella usaba jeans y una blusa de color amarillo claro; retocó el maquillaje cuidadosamente, optando por lápiz labial color rubí y una tenue sombra de ojos de tono grisáceo. Luego preparó café. Con una cuchara y con mano ligeramente temblorosa tomó los granos para preparar la bebida.

—Relájate, Lacy —se dijo.

El timbre repiqueteó exactamente cuando la cafetera dejaba de chisporrotear. Lacy respiró hondo y abrió la puerta. Kent usaba jeans y una camiseta blanca que parecía haber pasado toda la noche en la secadora. Él sonrió nerviosamente y dio un paso al frente. Tenía los ojos un poco enrojecidos, pensó ella. Quizás estaba cansado.

—Entra, Kent.

—Gracias.

Kent echó un vistazo a la sala, y Lacy le observó los ojos a la luz. Una cortadita en la mejilla delataba una reciente afeitada. Se sentaron en el comedor del diario y empezaron a conversar sobre temas triviales. ¿Cómo fue tu día? Bien, ¿y el tuyo? Bueno. Bien. Pero Kent no parecía estar tan bien; balbucía palabras forzadas, y muy a menudo apartaba la mirada. Él estaba teniendo un mal día; no lograba ocultar muy bien eso. Lacy no sabía si mejor o peor que el lunes, pero era evidente que él aún luchaba con sus demonios.

Lacy sirvió dos tazas de café, y las tomaron durante su conversación sobre temas triviales. Pasaron diez minutos antes de que Kent se moviera en la silla, y ella creyó que él estaba a punto de decirle por qué había querido verla otra vez tan de repente. Otra razón que quizás solo querer verla. A menos que la antena femenina se hubiera cortocircuitado por completo en más de una década de matrimonio, había algo de eso. Al menos algo, a pesar de esta frívola charla.

Kent miró la taza de café negro, con el ceño fruncido. El corazón de Lacy se tensó. Santo cielo, parecía que en cualquier momento él empezaría a llorar. Esto no era simplemente un asunto de un mal día. Algo importante había sucedido.

Lacy se inclinó hacia delante, pensando en que debía estirar la mano y agarrar la de él o algo así. Pero él podría malinterpretarle las intenciones. O *ella* podría malinterpreta sus propias intenciones. La mujer tragó grueso.

—¿Qué pasa, Kent?

—No lo sé, Lacy —contestó él moviendo la cabeza de un lado al otro y agachándola—. Es solo…

Kent deslizó el codo en la mesa y reposó la cabeza en la palma, pareciendo ahora como si le hubieran vaciado la sangre del rostro.

—Kent. ¿Qué está sucediendo? —inquirió Lacy, preocupada ahora.

—Nada. Solo que es difícil, eso es todo. Siento como si se me estuviera desbaratando la vida.

—Tu vida *se ha* desbaratado, Kent. Acabas de perder a tu familia, por Dios. Se supone que debes sentirte deshecho.

—Sí —asintió él en tono poco convincente.

—¿Qué? ¿No aceptas eso? ¿Te crees el hombre de acero que sencillamente puedes dejar que estos pequeños detalles te resbalen por esos grandes y fuertes hombros?

Vaya, se te fue un poco la mano, Lacy. Él es un hombre lastimado. No debes matarlo con buenas intenciones.

Kent levantó lentamente la mirada. Algo en esos ojos estimuló en la mente de Lacy una extraña reflexión: el pensamiento de que en realidad Kent podría estar bebiendo. Y tal vez no solo un poco.

—No es eso. Sé que se supone que debo estar sufriendo. Pero no *quiero* sufrir —resopló entre dientes—. Quiero hacer una nueva vida. Y es mi nueva vida la que me está enloqueciendo. Ni siquiera ha empezado, y ya se está desmoronando.

—Nada se está desmoronando, Kent. Todo saldrá bien; lo verás. Te lo prometo.

Él hizo una pausa y cerró los ojos. Entonces, como si se le hubiera encendido una chispa detrás de esos ojos azules, de repente se inclinó hacia delante y le agarró la mano a Lacy. Un relámpago de fuego desgarró el corazón femenino.

—Imagina tener todo esto detrás de ti, Lacy. Imagina tener todo el dinero con que podrías soñar… empezar otra vez en cualquier parte del mundo. ¿Te has preguntado alguna vez si eso pudiera ser posible? —inquirió él mirándose la mano alrededor de la de ella, y retirándola con timidez.

—¿Sinceramente? No —respondió ella.

—Bueno, yo sí. Y podría hacerlo —confesó él, empuñando la mano derecha—. Si no fuera por todos esos desquiciados que se la pasan metiendo la nariz en mis asuntos…

Ahora era más furia que irritación lo que le oprimía la voz a Kent, y sacudió ligeramente la cabeza.

—Discúlpame —expresó Lacy pestañeando e inclinando la cabeza; él no estaba siendo razonable—. ¿De qué estamos hablando aquí? ¿Respecto de *quién* estamos hablando? Aún trabajas en el banco, ¿correcto?

—El poli de la librería para empezar. No me lo puedo quitar de encima.

—¿No te lo puedes quitar de encima? ¿Lo has vuelto a ver?

—No, bueno sí… o tal vez. No sé si en realidad lo volví a ver, pero él está exactamente allí, ¿sabes? Cabalgándome en la mente.

—Vamos, Kent. Ahora estás exagerando. Por todo lo que sabes, se trataba de algún chiflado fingiendo ser un poli. No sabes nada respecto de esta investigación que llevan a cabo.

—¿Fingiendo? —indagó él, mirándola a los ojos.

—No, no lo sé. Solo estoy diciendo que *tú* no lo sabes. En realidad ni siquiera afirmo que el tipo sea un chiflado, pero no hay motivo para que andes con este temor cuando apenas sabes algo acerca del hombre. No tienes nada que ocultar.

—Sí. Ajá —asintió él, parpadeando rápidamente unas cuantas veces y moviendo la cabeza—. No había pensado en eso.

Los ojos vidriosos de Kent miraron ahora la taza de ella.

—Cliff me está volviendo loco. Yo podría matar al tipo ese —confesó por último.

—¿Cliff, el nuevo programador? Creí que te caía bien. ¿Estás hablando ahora de matar al muchacho? —cuestionó Lacy poniéndose de pie y yendo a la cafetera—. Se te oye aterrador, Kent.

—Sí, no importa. Tienes razón. Estoy bien. Solo estoy…

Pero no estaba bien. Se hallaba sentado de espaldas a ella, frotándose ahora las sienes. Se estaba sintiendo confundido. Y parecía que no era por la muerte de la esposa, sino por asuntos sin ton ni son. Ella debería acercarse y hacerlo entrar en razón. O tal vez acercarse y abrazarlo.

El estómago se le revolvió ante el pensamiento. *Una mujer no abraza a un hombre en una relación platónica, Lacy. Tal vez le agarra la mano. Pero no lo abraza, como en: Déjame ponerte mis manos en el rostro, acariciarte las mejillas, pasarte los dedos por el cabello, y decirte que todo…*

Algo caliente le quemó el dedo pulgar.

—¡Ay! —exclamó ella llevándose la mano a la boca y chupándose el dedo pulgar; había llenado de más la taza.

—¿Estás bien? —investigó Kent volviéndose hacia ella.

—Sí —contestó ella sonriendo—. Me quemé con el café.

Lacy se volvió a sentar.

—Helen se mudó a mi casa —anunció él.

—¿Tu suegra? ¡Estás bromeando! —exclamó Lacy echándose hacia atrás en la silla—. Creía que los dos eran como perros y gatos.

—Lo éramos. Lo somos. No estoy seguro cómo pasó… sencillamente pasó. Ella está alojada en el cuarto de costura.

—¿Por cuánto tiempo?

—No sé —contestó él volviendo a mover la cabeza de lado a lado, y esta vez una lágrima se le había deslizado del ojo derecho—. Ya no sé nada, Lacy.

De pronto Kent bajó la cabeza sobre los brazos cruzados y empezó a sollozar en silencio. Lo habían presionado más allá de lo que podía soportar.

Lacy sintió que el corazón se le contraía más allá de control. Si no tenía cuidado, pronto tendría también los ojos inundados de lágrimas; y entonces le vino una, y ella supo que no podía quedar mirándolo sin brindarle algún consuelo.

Lacy esperó mientras su resolución se lo permitió. Luego se levantó de la silla de modo vacilante y se colocó al lado de Kent. Permaneció sobre él por un breve momento, con la mano levantada e inmóvil sobre la cabeza del hombre. Igual que en años pasados el ondulado cabello rubio de él le llegaba a la mitad del fornido cuello.

Lacy tuvo un último ataque de la voz interior que le insistía en que mantuviera esta relación meramente platónica. Le pidió a la voz que estirara su definición de *platónica*.

Entonces bajó la mano hasta la cabeza de Kent y lo tocó.

Ella pudo sentir el impulso eléctrico que corría por el cuerpo de él ante el toque femenino. ¿O que le corría por el cuerpo de *ella*? Lacy se arrodilló y le puso el brazo alrededor del hombro. Los sollozos lo hicieron estremecer suavemente.

—Shhhh —le susurró ella con las mejillas ahora húmedas con lágrimas—. Todo saldrá bien.

Kent se volvió entonces hacia ella, y se abrazaron mutuamente.

Eso es todo lo que hicieron. Abrazarse. Pero lo hicieron por un tiempo prolongado, y cuando finalmente Kent se fue una hora más tarde, Lacy casi había llegado a la conclusión que *platónica* era una palabra para dejar más bien en los libros de texto. O simplemente para borrarla. Era una palabra ridícula.

CAPÍTULO VEINTITRÉS

KENT SE puso a trabajar de lleno el jueves por la mañana, tragando continuamente saliva por el terror que se le revolvía en el estómago. Recordó la ocasión en que el SRI lo auditara tres años atrás; se había sentido como un judío detenido e interrogado por la Gestapo. Solo que esta vez era claro que las cosas estaban peor. Entonces no había tenido nada que ocultar más allá de la deducción que posiblemente había inflado. Ahora debía ocultar toda la vida.

Los ojos volvían a humedecérsele, como lo hicieran en esas primeras semanas después de la muerte de Gloria. Las lágrimas llegaban sin previo aviso, haciendo borrosas las luces de los semáforos y convirtiéndole el tablero de instrumentos en un mar de extraños símbolos. Un dolor reprimido le zumbaba en la cabeza, como recordatorio de los «tragos antes de dormir» con que se había dado gusto después de regresar de Boulder. De no haber sido por el único hilo de esperanza que le colgaba de la mente, se pudo haber quedado en casa. Bebiendo más tragos nocturnos. Por supuesto, tendría que andar con más cautela ahora que Helen se las había ingeniado para metérsele en la vida. Las cosas parecían estar desmoronándosele otra vez, y él difícilmente había echado a andar este desquiciado plan que tenía.

Así era, y esas palabras que Lacy le había manifestado la noche anterior le disparaban un nuevo pensamiento. En realidad un plan más desesperado, pero del cual se podía aferrar por el momento. «Que sepas, se trataba de algún chiflado fingiendo ser un poli», le había dicho Lacy. Era cierto que el poli no le había mostrado la insignia, y todo el mundo sabía que una tarjeta de presentación se podía conseguir en media hora en Kinko's. Sin embargo, el tipo había sabido demasiado como para estar fingiendo. No se trataba de eso. Pero el comentario había gestado otro pensamiento que se centraba alrededor de la palabra *chiflado*. Y tenía que ver con Cliff, no con el poli.

Por todos los indicios parecía que Cliff estaba sobre Kent. De algún modo ese pequeño fisgón había entrometido la nariz y había decidido que era necesario sacar algo a la luz. ¿Por qué entonces no debilitar al chico? Podría ser un poco difícil demostrar que era un chiflado; después de todo, el tipo ya había demostrado su competencia como programador. Pero eso no significaba que él estuviera súper limpio. Para empezar, el tipo era esquiador, y los esquiadores no eran ejemplos de conformistas sacados de los textos. Tendría que haber algo sucio en Cliff; lo suficiente para echar a rodar algunas dudas. Incluso un rumor sin ninguna base en absoluto. *¿Sabías que Cliff es el cabecilla del sacerdocio de Satanás que asesinó a ese tipo en Naperville?* No importaba si hubo tal sacerdocio o un asesinato, o aun un pueblo llamado Naperville. Bueno quizás importaba poco.

Para cuando Kent llegó al trabajo sabía exactamente cómo pasaría su mañana. La pasaría arrastrando a Cliff al fango. Y si era necesario, él mismo crearía el fango con algunos clics del ratón. Sí, en verdad, veinte años de duro esfuerzo y trabajo iban a tener su compensación esta mañana.

El ritual de *Buenos días* de Kent se presentó con dificultad, como tratando de hablar con una bocanada de bilis en la boca. Pero logró articular las palabras y entró aprisa a la oficina, cerrando la puerta detrás de él. Estaba a mitad de camino hacia la silla cuando tocaron a la puerta. Kent hizo una mueca y pensó en hacer caso omiso al tonto… fuera quien fuera. No importaba; todos eran unos tontos. Lo más probable es que esta vez Cliff el sabueso estuviera allí afuera, olfateándolo en la puerta.

Kent abrió. En efecto, Cliff estaba allí orgulloso, con su amplia sonrisa de come-piña.

—Hola, Kent. ¿Qué estás haciendo esta mañana?

—Trabajando, Cliff.

Kent no pudo ocultar el desagrado. Le entró volando a la mente la comprensión de estar adoptando un aire despectivo con el hombre, pero se hallaba impotente de ajustar los músculos faciales.

Cliff pareció no inmutarse.

—¿Te importa si entro, Kent? Tengo algunas cosas que tal vez quieras mirar. Es asombroso lo que puedes hallar si cavas a bastante profundidad.

Vaya.

La mano derecha de Kent casi vuela y abofetea impulsivamente al sonriente rostro. Pero la contuvo dejándola temblando a su lado. Era evidente que las cosas solo se habían intensificado. Era muy probable que todo se viniera abajo en este momento, ¿no es así? Este esquiador nariz de sabueso aquí muy bien podría tener pruebas contra él. Entonces un pensamiento le entró a la mente.

—¿Qué te parece a la una en punto? ¿Podrías esperar hasta entonces?

—En realidad preferiría que nos reuniéramos ahora —contestó titubeando Cliff, ya sin la sonrisa.

—Estoy seguro que sí, pero tengo algunos asuntos urgentes que debo atender ahora mismo, Cliff. ¿Qué tal a la una en punto?

—¿Y qué clase de asuntos urgentes, Kent?

Se miraron por un total de diez segundos sin hablar.

—Una en punto, Cliff. Estaré aquí a la una.

El programador asintió lentamente con la cabeza y retrocedió sin contestar. Kent cerró la puerta, jadeando de inmediato. Corrió al escritorio, frenético, con debilidad en las rodillas. Este era el final. Si tuviera un poco de sensatez se iría ahora mismo; saldría y simplemente dejaría el Niponbank a sus propios problemas. Aún no había infringido ninguna regla; sus compañeros de trabajo solo podrían chismosear. Él se convertiría en «ese pobre tipo que perdió a su esposa y a su hijo, y luego se volvió loco». Muy malo, demasiado, porque él prometía mucho. La mano derecha de Borst. La idea le produjo náuseas.

Todo este asunto de robar veinte millones de dólares había sido un disparate desde el inicio. ¡Algo descabellado! No se piensan cosas como esa y se espera que se hagan realidad. Sacó una toallita de papel de una caja en el escritorio y se secó el sudor que le humedecía el cuello.

Por otra parte, si en realidad se iba, muy bien podría matarse. Beber hasta morir.

Kent se secó las palmas en los pantalones y se enfocó en el teclado. Un momento después se hallaba dentro de los archivos de información clasificada de recursos humanos. Si alguien lo atrapaba fisgoneando sin autorización en esos archivos, lo despedirían al instante. Pulsó una búsqueda en Cliff Monroe. Un relojito de arena titiló perezosamente en la pantalla. Ahora esta acción también parecía una idea ridícula. ¿Qué esperaba hacer? ¿Salir corriendo al pasillo, lanzar una perorata acerca de que el programador en realidad era un hombre lobo? Quizás las jovencitas bonitas y tontas del vestíbulo le creerían. *¡De veras, chicas! ¡Él es un hombre lobo! Corran la voz rápido, antes de mi reunión con él a la una en punto.*

En la pantalla apareció un archivo con una dirección de residencia en la Calle Platte en Dallas, un número de seguridad social, y algunas otras cosas básicas. Según el archivo, a Cliff lo habían empleado exactamente una semana antes de su transferencia a Denver en respuesta a una solicitud hecha por Markus Borst. La razón que aparecía era «Reemplazo». Así que Borst no había esperado que Kent regresara. *¡Sorpresa, Calvito! ¡Aquí estoy!*

El resto del archivo de Cliff mostraba una educación básica con altas notas, y una lista de empleadores anteriores. El chico había trabajado con los mejores, según su corto historial. *Bueno, no por mucho tiempo, compañero.*

Kent volteó para darle una rápida mirada a la puerta. *Aquí no hay nada.* Con una sola pulsación borró el historial de empleo del archivo de Cliff. Luego rápidamente cambió el número de archivo para que ningún expediente correspondiera con este archivo, y guardó las modificaciones. En el lapso de diez segundos había borrado el historial de Cliff y había esfumado el archivo de la copia de impresión. Al menos por un rato.

Kent se echó hacia atrás en la silla. Muy sencillo el asunto, si se sabía lo que se estaba haciendo. Aunque el estruendo del corazón ocultara esa realidad. Ahora la verdadera prueba.

Kent levantó el teléfono y marcó a Dallas. Lo conectaron con una tal Mary en recursos humanos.

—Buenos días, Mary. Soy Kent Anthony de Sistemas de Información, en Denver. Estoy revisando las calificaciones de un empleado. Cliff Monroe, archivo número 3678B. ¿Puede usted revisar eso por mí?

Él miró el archivo modificado en la pantalla.

—Seguro, ¿en qué le puedo ayudar?

—Estoy tratando de determinar el historial de empleo del sujeto. ¿Me puede decir dónde trabajó antes de que lo empleáramos?

—Espere un segundo... —manifestó ella, y luego Kent oyó el débil sonido de pulsación de teclas—. Um. En realidad parece que no tiene historial. Este debe ser su primer trabajo.

—¡Usted debe estar tomándome el pelo! ¿No es eso un poco extraño para un programador de alto nivel? ¿Me puede informar quién lo contrató?

Mary tecleó por un instante y luego hojeó algunos papeles antes de responder.

—Parece que lo contrató Bob Malcom.

—¿Bob? Tal vez deba hablar con él. ¿Trabaja allí?

—Por supuesto. Hable con Bob. Parece un poco extraño, ¿verdad?

— Así es, comuníqueme con él, por favor.

—Claro, un momento.

Necesitó cinco minutos completos en que se negó a dejar un mensaje, y aguardó hasta que finalmente el hombre se puso al teléfono.

—Bob Malcom.

—Bob, habla Kent Anthony de Denver. Estoy buscando el historial de empleo de un Cliff Monroe...

Volvió a expresar la perorata y dejó que Bob investigara un poco. Pero al final sucedió lo mismo que con Mary.

—Um. Usted tiene razón. Según la documentación, yo lo contraté, pero ¿sabe? No recuerdo... Espere un momento. Déjeme mirar en mi registro.

Kent se recostó en la silla. Se mordisqueó la uña del dedo índice y miró la pantalla.

—Sí, lo contratamos —volvió a sonar la voz de Bob—. Eso dice aquí. ¿Cuánto tiempo ha estado trabajando allá?

—Seis semanas —contestó Kent sentándose rápidamente en el borde de la silla.

—¿En qué clase de proyecto?

—SAPF.

—¿El nuevo sistema de procesamiento? ¿Y tiene usted control administrativo sobre el hombre? De pronto la voz de Bob sonó un tanto preocupada.

—No, no soy su supervisor directo; solo estoy investigando si Cliff presenta las calificaciones para un proyecto en que trabajaría bajo mis órdenes. Y sí, *se trata* del nuevo sistema de procesamiento. ¿Hay algún problema con eso?

—No necesariamente. Pero nunca se puede ser demasiado cuidadoso —advirtió Bob e hizo una pausa como si pensara detenidamente las cosas.

La situación parecía demasiado buena para ser cierta. Kent estaba temblando otra vez, pero ahora con oleadas de alivio ante este repentino giro del destino.

—¿Qué quiere usted decir?

—Solo estoy diciendo que nunca se puede ser demasiado cuidadoso. Es extraño que enviáramos a alguien sin historial de empleo a una tarea tan confidencial. Nunca se sabe. Mire, no estoy preparado para decir que el Sr. Monroe sea algo más de lo que parece ser; solo estoy diciendo que hasta que estemos seguros deberíamos ser cuidadosos. El espionaje empresarial es un gran negocio en estos días, y con la implementación allá de ese sistema de ustedes… ¿quién sabe? ¿Qué le diré? ¿Por qué no hace que el Sr. Monroe me dé una llamada?

No, eso no se iría a hacer.

—En realidad, Bob, si hay alguna probabilidad de que lo que usted dice demuestra tener mérito, no estoy seguro de que queramos avisarle al Sr. Monroe.

—Um. Sí, desde luego. Usted tiene razón. Deberíamos comenzar inmediatamente una investigación reservada.

—Y tal vez desearíamos que mientras tanto fuera retirado. Revisaré con el supervisor del departamento, pero al ver que de todos modos el hombre está en asignación de reemplazo temporal, no veo ningún sentido en mantenerlo en una posición confidencial. El SAPF es demasiado valioso para arriesgarse, a cualquier nivel.

—¿Reasignarlo?

—Reasignarlo de inmediato —insistió Kent—. Hoy. Tan pronto como haya hablado con Borst, por supuesto.

—Sí. Tiene sentido. Llámeme entonces.

—Bien. Es más, tal vez usted podría enviarlo en una misión. Que corra a la librería o algo así… sacarlo de aquí mientras solucionamos esto.

—Lo llamaré tan pronto como colguemos.

—Gracias, Bob. Usted es un buen tipo.

Kent colgó sintiéndose como si le acabaran de pasar el mundo en una bandeja. Se puso de pie y bombeó el puño.

—¡Síííí!

Caminó por la oficina, estudiando cuidadosamente la próxima jugada. Hablaría con Borst acerca de la posibilidad de que tuvieran un espía trabajando bajo sus narices. ¡Era perfecto! Cliff el chiflado, un espía.

Veinte minutos después todo había acabado. Kent habló con Borst, a quien casi se le cae el peluquín al saltar de la silla. Por supuesto, él mismo debía llamar a Bob, y asegurarse de que esta remoción de Cliff se hiciera inmediatamente, dando órdenes como si fuera el dueño del banco o algo así. Kent observaba, mordiéndose las mejillas para evitar que la sonrisa le dividiera el rostro en dos.

El plan resultó a la perfección. Cliff salió en alguna misión para Bob a las once, después de asomar la cabeza en la oficina de Kent para recordarle lo de la una en punto, sin idea de su inminente desaparición. Esa era la última vez que lo verían, al menos por unos días mientras Recursos Humanos revisaba todo este asunto. Era posible que descubrieran que habían borrado equivocadamente el archivo de Cliff, pero para entonces eso no importaría.

Borst cambió los códigos de acceso al SAPF en una hora. Cliff Monroe era historia. Sencillamente así. Lo cual significaba que por ahora todo volvía a una apariencia de orden. Mientras todavía no se hubiera descubierto el ROOSTER, no había motivo para no continuar.

En realidad había muchas razones para no continuar. Es más, cada fibra razonable en el cuerpo de Kent lanzaba un asqueroso chillido ante la mismísima idea de continuar.

Era mediodía antes de que Kent encontrara la soledad que necesitaba para revisar el entorno del ROOSTER. Prácticamente se zambulló en el teclado, pulsando a través de menús, como si estos no existieran. Si Cliff hubiera descubierto el vínculo, habría dejado huellas.

Kent contuvo el aliento y retrocedió a la carpeta MISC que contenía el ROOSTER. Luego exhaló larga y lentamente y se echó para atrás en la silla. El archivo se había abierto una semana antes a las 11:45 de la noche. Y eso era bueno, porque había sido él, la noche del último miércoles.

Una pequeña bola de esperanza le subió por el pecho, inflándosele rápidamente. Cerró los ojos y dejó que la euforia le recorriera los huesos. Sí, esto era bueno. Esto era lo único que tenía. Esto era todo.

De repente ante él centelleó el rostro del poli cabeza de chorlito, y Kent lo alejó parpadeando. Las autoridades no habían hecho más contactos, y él había llegado a la conclusión de que Lacy tenía razón acerca de una cosa: ellos solo estaban haciendo su trabajo; al menos él insistió en creer eso. Ellos simplemente no podían saber acerca del ROOSTER. Y sin ROOSTER, no tenían nada. Nada. Esta dentellada respecto de Spencer era una absoluta tontería. Kent no tenía la menor idea de por qué Cabeza de Chorlito manifestara que un día se descubriría todo. Seguramente el tipo no era psíquico. Pero no calzaba ninguna otra explicación. Y los psíquicos no eran más que embaucadores. Lo cual significaba que nada calzaba. Cabeza de Chorlito sencillamente no calzaba en ninguna imagen razonable.

De todos modos el punto sería discutible una vez que él ejecutara el plan. Los polis andarían arrastrándose por todo el banco.

Kent debía hacer esto ahora, antes de que surgiera otra amenaza. Antes de que le entrara a la vida otro obsesionado con la computación, destellando una sonrisita de come-piña. Y *ahora* significaba en una semana. O el próximo fin de semana. Lo cual significaba empezar ahora mismo.

—¿QUE TÚ qué?

—Me mudé con él.

—¿Te mudaste con Kent?

Ella no contestó.

—¿Por qué?

—No tenía alternativa en el asunto. En realidad, sí tenía una alternativa. Pude haberle hecho caso omiso.

—¿Te pidió *Kent* que te mudaras?

—No. Quiero decir que pude haberle hecho caso omiso a Dios. Él me pidió que me mudara. Y creo que yo tampoco quería hacerlo. Créeme, esta vez me opuse.

Bill Madison movió lentamente la cabeza de un lado al otro. Helen ya había estado caminando por dos semanas. Ocho horas, más de treinta kilómetros diarios, sin ningún indicio de debilidad. Jericó empezaba de nuevo, y Bill no estaba durmiendo mucho estos días. En varias ocasiones su esposa lo había acusado de estar trastornado, y él no se había molestado en negarlo. Tampoco se había molestado en contarle acerca de las pequeñas incursionas diarias de Helen en la selva de concreto. De algún modo parecía irreverente hablar del asunto sin ningún propósito. Y sería menos que sincero negar que una partecita de Bill se estuviera preguntando si de alguna forma Helen le había hecho pensar en todo el asunto. Una intercesora senil que sufría de delirios de caminar en el poder del Señor. No era inimaginable. En realidad esto era más plausible que creerle a ella.

Pero el problema era que él le creía. La había *visto* en verdad.

—Así que ¿cómo lo convenciste?

—No fue agradable.

—Sin duda que no lo fue.

Bill hizo una pausa, escogiendo con cuidado las preguntas. Ellos hablaban pasando un día, haciendo concesiones mutuas, y el reverendo se encontró implorando tener tiempo para llevar adelante esas conversaciones. Cuando hablaban por teléfono, él se esforzaba por conseguir cada minuto. Invariablemente era ella quien terminaba la discusión.

—Me sorprendió que él no se negara de plano.

—Lo hizo.

—Ya veo. Y aún así estás allí. ¿Cómo está tu yerno?

—No está más cerca de la verdad que hace una década —remarcó Helen rotundamente—. Si yo fuera a caminar en círculo y él fuera los muros de Jericó, me podría sentir como si acabáramos de llegar al final del primer día.

—¿Piensas que la situación está así de lejana?

—No. No estoy *pensando*. Es como lo *siento*.

—Seguramente debe haber una rajadura en la armadura del hombre —opinó él sonriendo—. Le has estado respirando en la nuca como dices, por semanas. Estás llamada específicamente a interceder por él; sin duda eso significa que Dios te oirá. Te *está* oyendo.

—Creerías eso, ¿no es cierto? Por otra parte, tú estás llamado específicamente a orar por *tus* seres amados, pastor. ¿Oye Dios mis oraciones algo más de lo que oye las tuyas?

—No sé. Hace un mes habría dicho *no*, pero hace un mes también habría pensado que estabas loca.

—Aún lo piensas de vez en cuando, ¿verdad, Bill? —acosó ella; él no pudo contestar—. Está bien. Yo también pienso en eso. Pero tienes razón; Dios me está oyendo. Tú y yo estamos obteniendo mucho placer de este pequeño episodio ahora que he logrado que aceptes el reto.

—Siempre has intercedido por otros, Helen. En muchas maneras esto no es muy diferente.

—Sí, en muchas maneras. Tienes razón. Pero en una forma es muy diferente. Ahora estoy caminando por fe, ¿sabes? En sentido muy literal. Soy intercesión viviente, no simple oración. La diferencia es como la que hay entre salpicar en la espuma de las olas y bucear en el océano.

—Um. Buena analogía. Eso es bueno.

—Él está bebiendo, Bill. Y se está escapando. Como una babosa camino a las tenebrosas rendijas.

—Lo siento, Helen. Estoy seguro que debe ser duro.

—Oh, ya no es tan duro, pastor. En realidad la caminata ayuda. Es… bueno, es como un trozo de cielo en la tierra, quizás. Es la dilatación de la mente lo que lo agota a uno. ¿Te has sentido agotado últimamente, Bill?

—Sí. Sí, así es. Mi esposa cree que necesito un descanso.

—Bueno. Estamos rodeados de demasiada grosura. Tal vez uno de estos días estés bastante delgado como para oír.

—Um.

—Adiós, Bill. Tengo que prepararle la merienda. Prometí hacerlo. Vamos a comer tortilla polinesia.

CAPÍTULO VEINTICUATRO

Undécima semana

KENT VEÍA a Helen en cada cena, pero por lo demás solamente la límpida cocina permanecía como una señal de que había otra persona en la casa. Ella ya se había ido cuando él se obligaba a salir de la cama cada mañana. A caminar, decía, aunque él no se podía imaginar por qué una mujer de la edad de Helen escogía las cinco de la mañana para su caminata diaria. Para cuando él deambulaba por la casa como a las seis ya la cena para la noche estaba en la mesa o hirviendo a fuego lento en el horno.

Kent había mirado una vez dentro del cuarto de costura, solo para ver lo que Helen había hecho con este. La cama estaba impecablemente tendida con un edredón que él nunca antes había visto; al pie había un montoncito de ropa lavada, esperando ser guardada. Aparte de eso apenas había indicio de que Helen ocupara el nítido cuarto. Solamente la mesita de noche al lado de la cama revelaba que ella residía allí. Encima se hallaba la Biblia abierta, ligeramente amarillenta debajo de la lámpara. Cerca había una blanca taza de té, de porcelana, vaciada de su contenido. Pero fue la botella de cristal lo que hizo parpadear a Kent. Ella había traído de la rinconera de su casa solo este cachivache inservible, y lo había puesto aquí al lado de la cama. Gloria le había dicho en cierta ocasión que esa era la posesión más valorada de Helen. Una sencilla botella llena de solo Dios sabía qué. Kent había cerrado la puerta sin entrar.

Él había llegado a casa el martes en la noche con el sonido de lo que habría jurado que era Gloria cantando. Había pronunciado el nombre de ella y corrido a la cocina solo para encontrar allí a Helen inclinada sobre el fregadero, tarareando. Ella mostró indicios de que lo hubiera oído. Kent se había retirado a la habitación para agarrar la botella sin que ella lo supiera.

Las meriendas eran un tiempo de tintineos, chasquidos de labios y charlas de cortesía, pero ni una sola vez Helen le había hablado de alguno de sus dogmas religiosos. Él creía que ella había tomado la consciente decisión de no hacerlo. Es más, por la manera en que la mujer se comportaba, en varias ocasiones él se sorprendió preguntándose si ella había sucumbido a alguna droga nueva que la mantenía en las nubes; los ojos parecían brillarle con confianza, y sonreía mucho. Era probable que ella hubiera malinterpretado una de las recetas y hubiera exagerado la dosis.

De ser así, la suegra no había perdido la inteligencia ni la capacidad analítica. Kent se había fijado en las medias hasta las rodillas y lo averiguó inmediatamente.

—Esas medias se ven ridículas con un vestido. Lo sabes, ¿verdad?

—Sí, lo he notado. Pero me mantienen calientes las piernas.

—También lo harían así unos pantalones.

—No, Kent. Tú usas los pantalones en esta familia. Yo uso vestido. Si crees que estas medias parecen ridículas, piensa en cómo se vería un vestido colgando de tus caderas.

—Pero no *tiene* que ser de ese modo —había contestado él sonriendo tontamente.

—Tienes razón. Pero para ser perfectamente sincera contigo, esa es la única manera en que logro que los hombres me miren las piernas en estos días.

Él condujo hacia la casa el jueves, ansioso por descubrir qué había preparado Helen para la cena. El sentimiento hizo que detuviera el auto con la puerta medio abierta. El hecho era que parecía ansioso por entrar a la casa, ¿no es verdad? Eso era lo único que en realidad ansiaba ahora además del plan. Siempre estaba el plan, por supuesto.

Y estaba Lacy.

Esa noche comieron bistec.

Kent siguió adelante, pasando las horas en silencio, refinando el plan, llamando a Lacy, bebiendo. Bebía mucho, siempre hasta altas horas de la noche, ya sea en la sala de la segunda planta o en la oficina, manteniendo su pauta de trabajar hasta tarde en la noche.

Todos habían tomado con calma la salida de Cliff, hablando incesantemente de cómo la competencia había tratado de robar el SAPF, y de cómo casi lo consiguen. La especulación solo les alimentó la idea de engreimiento. Que alguien hiciera todo lo posible por infiltrárseles en sus filas dejó la impresión de ser otro triunfo personal de Borst. La distracción resultó ser un amparo perfecto para los últimos días de Kent entre los compañeros de trabajo.

Paso a paso el crimen perfecto comenzaba a materializarse con asombrosa claridad. Y eso no era una ilusión. Él había sido uno de los mejores graduados de la universidad, comprobado como una de las más agudas mentes analíticas de este lado de Tokio. No es que él pensara demasiado en eso, simplemente lo sabía. Y la mente le decía algunas cosas acerca del plan. Le decía que lo que estaba planeando era definitivamente más que un delito penado con severos castigos. Si fallaba, estaría acabado. Muy bien podría tomar una cápsula de cianuro en caso de que las cosas salieran mal.

La mente también le decía que el plan, por criminal y por atroz que fuera, era absolutamente brillante. De la clase de «crimen del siglo». Suficiente para provocar una sonrisa en la boca de cualquier policía; suficiente para hacerle hervir la sangre a cualquier hombre vivo.

Además la mente le decía que cuando todo acabara, si tenía éxito, sería un idiota rico, viviendo en una nueva piel, libre para aspirar a todos los placeres que el mundo le podía ofrecer. El corazón le palpitaba con fuerza ante la idea.

Sencillamente no había pasado nada por alto.

Excepto Lacy. Había pasado por alto a Lacy. Bueno, no a Lacy en persona… ella se estaba volviendo imposible de pasarla por alto. Es más, era la dificultad de desentenderse de ella lo que él había pasado por alto.

Hablaban todas las noches, y él cada vez estaba más consciente del modo en que se le hacía un nudo en el estómago cada vez que pensaba en levantar el teléfono para llamarla. Se debía a la manera en que ella lo tocara en su última visita, sosteniéndole la cabeza como si se le pudiera romper, sintiéndole la respiración en el oído. Recuerdos sepultados por mucho tiempo le habían inundado la mente.

La llamada telefónica de la noche siguiente le había clavado más la estaca en el corazón.

—¿Estás bien, Kent?

—Sí. Estoy mejor. No sé cómo agradecerte, Lacy. Yo solo…

Y entonces él había empezado a lloriquear, asombrosamente. Lloró allí mismo en el teléfono, y él apenas sabía la razón.

—¡Oh, Kent! Todo saldrá bien. Shhh, shhh. Todo estará bien. Lo prometo.

Él debió poner el teléfono en la base y alejarse de ella. Pero no pudo. Las llamadas durante toda esta semana no habían sido mejores. No hubo más lágrimas. Pero las dulces palabras, aunque no exageradamente cariñosas, difícilmente podían ocultar la química que se gestaba entre ellos.

Y ahora había llegado el viernes. Lo cual era un problema, porque Lacy no calzaba exactamente en el plan de Kent, y el plan se iniciaba mañana.

Durante la cena, Helen le preguntó si pasaba algo, y él negó moviendo la cabeza de un lado al otro.

—No, ¿por qué?

—Por nada, en realidad. Solo que pareces atribulado.

Eso fue lo último que Helen dijera del tema, pero esas palabras resonaban de modo irritante en la mente de Kent. Él había esperado estar extasiado en la víspera del grandioso fin de semana. No atribulado. Y sin embargo en cierto modo *estaba* extasiado. Era el asunto de Lacy lo que le partía el alma.

Kent se retiró a su habitación y bebió tres tragos antes de armarse de valor para llamar a Lacy.

—¡Kent! ¡Me alegra que llamaras! No creerías lo que me pasó hoy en el trabajo —anunció ella con una voz que muy bien podría compararse con un torno oprimiéndole el corazón a Kent.

—¿Sí? ¿Qué pasó?

—Me pidieron que entrara a la facultad de administración. Me quieren capacitar para la gerencia.

—Qué bueno. Eso es bueno, Lacy —contestó él tragando saliva.

Pudo haberse tratado de él hace seis años, al empezar a trepar la escalera. Y la había trepado exactamente hasta la cima… antes de que ellos decidieran tirarlo abajo.

—¿Bueno? ¡Es *fabuloso*! —exclamó ella, luego hizo una pausa—. ¿Qué pasa, Kent?

—Nada. En realidad sí, es fabuloso.

—Parece que te acabaras de tragar un encurtido. ¿Qué pasa?

—Necesito verte, Lacy.

—Está bien —contestó ella suavizando la voz—. ¿Cuándo?

—Esta noche.

—¿Ahora mismo?

—Sí.

—¿Hay algún problema?

—No —respondió él con dificultad para mantener la voz firme—. ¿Puedo ir?

Ella titubeó, y por algún motivo eso empeoró el dolor en el pecho de él.

—Por supuesto —expresó ella—. Dame una hora.

—Te veré dentro de una hora, entonces.

Kent colgó sintiéndose como si acabara de encender el interruptor de una silla eléctrica. La propia silla eléctrica de él. Pero para cuando llegó al apartamento ya había resuelto el asunto. Haría lo que se debía hacer, y lo haría a la *manera* en que se debía hacer. Tomó un trago de tequila de la botella en el asiento del pasajero y abrió la puerta.

Dios, ayúdame, pensó. Aquello era una oración.

SE SENTARON otra vez en la mesa del diario, uno frente al otro, como habían hecho casi dos semanas atrás. Lacy usaba jeans y una camiseta blanca con propaganda de Cabo San Lucas, en letras rojas salpicadas. Kent había venido con vaqueros desteñidos y mocasines. Los ojos azules no habían perdido el brillo rojizo. El dulce aroma de alcohol apenas perceptible rondaba alrededor de él; tal vez por eso al entrar sonrió tímidamente y evitó el contacto con ella. No que ella hubiera esperado un abrazo o algo así. Pero eso decía algo, pensó Lacy. *Qué* decía, no tenía idea.

Conversaron por diez minutos de cosas baladíes que habrían sido más agradables por teléfono. Luego Kent se echó para atrás en el asiento, y Lacy supo que él quería decirle algo.

—¿Te has sentido culpable alguna vez por querer seguir adelante? —inquirió él mirando su taza de café.

Lacy sintió que le aumentaban las palpitaciones del corazón. Pensó: *¿Seguir adelante? ¿Quieres seguir adelante? No estoy segura de estar preparada para seguir adelante. Al menos no en una relación con otro hombre.*

—¿Qué quieres decir? —quiso saber ella llevándose la taza a los labios.

—Seguir adelante. Dejar el pasado… John —titubeó él, señalando con la cabeza la repisa de la chimenea—. Olvidar tu pasado y comenzar de nuevo. ¿Te has sentido así alguna vez?

—En algunas maneras, sí. Aunque ni siquiera estoy segura de haber querido *olvidar* alguna vez a John. Pero debemos seguir adelante con la vida —confesó ella mirando esos ojos azules, y de repente deseó que él simplemente se acercara y le dijera que quería seguir adelante… con ella; ella lo frenaría, por supuesto, pero anhelaba ser deseada por él.

—Sí —asintió Kent—. Solo que… tal vez incluso querer hacer totalmente a un lado el pasado. Porque mientras tengas esos recuerdos no puedes renovarte de verdad. ¿Has sentido algo como eso alguna vez? ¿Aunque sea un poquito?

—Probablemente. Solo que nunca lo pensé en esa forma.

—Bueno, ahora que lo piensas, ¿te hace sentir mal? Es decir, por no querer recordar el pasado.

—No estoy segura —contestó Lacy después de cavilar en la pregunta, y de pensar que era un poco extraña—. ¿Por qué?

—Porque estoy pensando en empezar de nuevo —enunció él.

—Oh, ¿y cómo harías eso?

Las comisuras de la boca de Kent se levantaron un poco. Los ojos le resplandecieron.

—Si te lo digo, ¿jurarías guardar el secreto?

Ella no respondió.

—Es decir, secreto absoluto. En realidad, no decírselo alguna vez a ningún hombre… o mujer. Solo tú y yo. ¿Puedes jurar eso sobre la tumba de John?

Lacy retrocedió ante la pregunta. ¿La tumba de John? Kent estaba sonriendo con picardía, y ella se irguió más en el asiento.

—¿Por qué? Quiero decir, creo que sí. Depende.

—No, necesito un sí definitivo. Diga lo que te diga, quiero que jures guardarlo. Necesito esa confianza en ti. ¿Puedes hacerlo?

En cualquier otra circunstancia, la respuesta de Lacy habría sido que no podía comprometerse en esa situación sin saber más. Pero eso no fue lo que le salió de la boca.

—Sí —contestó.

Y ella sabía que era la verdad. Dijera lo que él dijera, ella lo guardaría como suyo propio.

—Te creo —expresó Kent después de observarla atentamente por unos segundos—. Y si alguna vez rompes esta promesa me estarás poniendo en la tumba, exactamente junto a mi esposa. Quiero que entiendas eso. Que reconozcas eso.

Ella asintió con la cabeza, totalmente confundida en cuanto a la dirección que él seguía.

—Muy bien —continuó él, bebió un prolongado trago de café y asentó con cuidado la taza, seriecísimo—. Voy a empezar de nuevo, Lacy, por completo.

Él esperó, como si acabara de revelar un secreto siniestro, y aguardara que a ella se le cayera la mandíbula sobre la mesa.

—Eso es bueno, Kent.

Él bajó la cabeza y la miró; ella tenía arqueadas las cejas.

—Voy a ser rico, Lacy —confesó él con los labios curvados en una pícara sonrisa.

Lacy pensó que el hombre podría reventarse con esta noticia. Y hasta allí nada en la conducta de él era algo digno. A menos que se tratara de ella, y que él estuviera mostrando atracción en alguna manera extraña y engañosa. *Voy a ser rico, cariño, para que tú y yo podamos vivir juntos una nueva vida.*

—Voy a robar veinte millones de dólares.

—Vamos, Kent. Habla en serio.

—Hablo tan en serio como un ataque cardíaco, querida.

Ella le oyó las palabras del modo en que podría ver la nube de una explosión nuclear de una bomba distante, pero que un segundo después le llegara el impacto y le estremeciera los huesos. El primer pensamiento que Lacy tuvo fue de negación. Pero este pensamiento huyó ante la mirada de Kent, y ella supo que así sencillamente era lo que él decía: tan serio como un ataque cardíaco.

—¿Vas a *robar*?

Él asintió con la cabeza, riendo entre dientes.

—¿Vas a robar *veinte millones*?

—Eso es mucho dinero, ¿verdad? —asintió él, aún con esa débil sonrisa—. Es la cantidad que me correspondería recibir por mi bonificación si Borst y Bentley no se la hubieran robado.

Kent dijo los nombres con un repentino jadeo.

—Voy a tomarlos —añadió entonces con toda naturalidad.

—¿Pero cómo? —indagó Lacy, estupefacta—. ¿De ellos? ¡No puedes simplemente robar veinte millones de dólares así no más y esperar que no te atrapen!

—¿No? No voy a tocar a Borst ni a Bentley, al menos no al principio. Aunque ellos tuvieran esa cantidad de dinero, tienes razón… sería suicidio quitarle esa suma a cualquiera.

Él volvió a levantar la taza, mirando sin prisa el interior, y habló exactamente antes de que el borde le tocara los labios.

—Por eso es que no le voy a quitar el dinero a ninguno de ellos —concluyó, y bebió.

Lacy lo miró, ensimismada en el drama de Kent. Ella creyó que él se había deschavetado… por lo teatral y totalmente sin sentido del asunto. El hombre bajó la taza y la depositó sin un sonido.

—Lo tomaré de cien millones de cuentas. El próximo mes, cien millones de pagos por servicios de cajeros automáticos interbancarios serán levemente inflados en estados de cuentas de clientes seleccionados. Ni un alma sospechará alguna vez que ha ocurrido un robo.

Ella le pestañeó varias veces, tratando de comprender. Y luego entendió.

—¡Se darán cuenta! —exclamó.

—Nadie concilia pagos por servicios, Lacy. ¿Cuándo fue la última vez que revisaste la fidelidad de esos pequeños cobros? —inquirió él, arqueando una ceja—. ¿Um?

—Estás loco —cuestionó ella, moviendo la cabeza de lado a lado—. Alguien lo notará. ¡Es demasiado!

—Los bancos no lo sabrán excepto por la queja de alguno que otro cliente. ¿Y qué hacen cuando un cliente se queja? Inician una revisión… la cual podré detectar. Cualquier cuenta revisada, sea cual sea la naturaleza de esa revisión, recibirá una corrección. En el mundo de la computación ocurren anomalías, Lacy. En este caso, la anomalía será corregida en todas las cuentas que detecten el error. De cualquier modo, las transacciones no se podrán rastrear.

—Pero eso es imposible. Toda transacción se puede rastrear.

—¿Ah? —exclamó él, mirándola para dejar que ella simplemente asimilara el asunto, con la cabeza aún inclinada en una forma siniestra, pensó ella.

Lacy miró a Kent y empezó a creerle. Después de todo, él no era un tonto. Ella no conocía el funcionamiento interno de las finanzas de un banco, pero sabía que Kent sí. Si alguien podía hacer lo que él estaba sugiriendo, ese era Kent. ¡Santo cielo! ¿Estaba él planeando de veras robar veinte millones de dólares? ¡Era una locura! ¡Veinte *millones* de dólares! El corazón empezó a palpitarle con fuerza en el pecho.

—Aunque pudieras lograrlo, es… es algo malo —expresó ella después de tragar grueso—. Y sabes cómo se siente que te perjudiquen.

—Ni siquiera empieces a comparar esto con mi pérdida —contraatacó él—. ¿Y a quién se le está perjudicando aquí? ¿Crees que perder unos cuantos centavos hará sentir *perjudicado* a alguien? Como: *Oh, mis ojos, ¡Gertrudis! ¡Me han dejado ciego!* Además, tienes que saber algo para sentir alguna cosa al respecto. Y ellos no lo sabrán.

—Es cuestión de principios, Kent. Vas a robar veinte millones de dólares, ¡por amor de Dios! Es una maldad.

—¿Maldad? —cuestionó él—. ¿Quién lo dice? Maldad *es* lo que me está sucediendo, ahora mismo. De la manera en que veo el plan, solo me estoy centrando otra vez.

—Eso no lo hace correcto.

Así que esto era lo que él había venido a decirle. Que estaba a punto de convertirse en un criminal de primera clase. Tipo mafia. Y ella le había mostrado el alma al hombre.

—Aunque lo lograras —rebatió ella—. Te pasarás el resto de la vida huyendo. ¿Cómo vas a explicar todo ese dinero? Algún día el asunto te agarrará.

—No. ¿Sabes? En realidad eso es lo que venía a decirte. Nada me agarrará porque no planeo estar alrededor para ser atrapado. Me voy a ir. Para siempre.

—Vamos, Kent. Con leyes internacionales y tratados de extradición te pueden seguir la pista en cualquier lugar. ¿Qué vas a hacer, esconderte en alguna selva tropical?

Los ojos azules del hombre pestañearon. Lacy frunció el ceño.

—Lo veremos, Lacy, pero quiero que sepas eso —formuló él, sonriendo y cruzando las piernas—. Porque esta noche tal vez sea la última vez que nos veamos.

Entonces ella intuyó para qué había venido él. No había venido a pedirle que compartiera la vida con él; había venido a despedirse. La estaba arrojando de su vida igual que lo había hecho antes. La había atado a este secreto, a este crimen, y ahora pretendía tirarla por la borda.

La comprensión la cubrió como un flujo de ardiente lava roja, que le quemaba los huesos. El corazón se le contrajo por unos instantes. ¡Lo sabía! Lo sabía, lo sabía,

¡lo sabía! Había sido una tonta al dejar que él se le *acercara* a cualquier parte del corazón.

De pronto Kent inclinó la cabeza, y Lacy creyó que él le había sentido las emociones. El instinto le demostró que se equivocaba.

—Habrá una muerte involucrada, Lacy, pero no creas lo que leas en los periódicos. Las cosas no serán como parecen. Te lo puedo prometer.

Ella retrocedió ante la admisión del hombre, abrumada ahora por la incongruencia que tenía enfrente. *¿Me lo prometes, Kent? Ah, bueno, eso me deja el corazón pletórico de alegría, ¡mi joven y robusto monstruo! Mi psicópata de ojos azu...*

—Lacy —pronunció él, con voz que la hizo estremecer en la mesa—. ¿Estás bien?

Ella exhaló y se acomodó en la silla. Pensó que había perdido el tiempo que pasó apresurada maquillándose y limpiando el apartamento. Totalmente.

—No sé, Kent. ¿Se supone que debo estar bien? —lo desafió, taladrándolo con la mirada, y pensando que ahora en esa mirada tenía un puñal.

Él se sobresaltó, consciente quizás por primera vez, de que ella no estaba tomando todo esto con calidez y agrado.

—Estoy aquí compartiendo algo contigo, Lacy. Me estoy *poniendo al descubierto*. No ando mostrándome tranquilamente en público, ¿sabes? Anímate.

—¿Que me anime? Entras campante a mi vida, me haces jurar que guarde un secreto, ¡y luego me descargas todo encima! ¿Cómo te atreves? ¿Y encima quieres que me anime? —soltó ella, consciente de ese desagradable temblorcito que le estremecía los labios, pero que se hallaba impotente de detener—. ¡Y no supongas que a todo el que le ostentes le gustará lo que ve!

Lacy sintió un repentino y furioso impulso de alargar la mano y abofetearlo. *¡No seas imbécil, Kent! ¡Simplemente no puedes salir corriendo y robar veinte millones de dólares! ¡Y tampoco puedes salir corriendo, punto! ¡No esta vez!*

Entonces ella lo hizo. ¡En un ataque ciego de ira estiró la mano y se la estampó en la mejilla! Con fuerza. *¡Plas!* El sonido resonó en la sala como si alguien hubiera detonado un pequeño petardo. Kent se tambaleó hacia atrás, agarrándose de la mesa para apoyarse y jadeando de la impresión.

—¿Quééé...?

—¡No me cuestiones, Kent Anthony! —profirió ella.

Un calor inundó la nuca de Lacy. La mano aún le ardía. Quizás la había azotado un poco fuerte. Dios mío, ¡ella *nunca* había abofeteado a un hombre!

—¡Me estás matando aquí!

—Mira —expresó Kent con un destello de ira en los ojos, y el ceño fruncido—. *Yo soy* el que se va a salir de la raya aquí. Estoy arriesgando mi pellejo, por amor de Dios. Siento mucho que te haya cargado con mi vida, pero al menos no tienes que vivirla. ¡Lo he perdido todo!

Él sentía un dolor punzante en el rostro enrojecido.

—¡Todo! ¿Me oyes? Es esto o el suicidio, y si no me crees, solo mírame, ¡cariño! —concluyó él, alejándose de ella, y entonces Lacy vio que él tenía los ojos empañados de lágrimas.

Ella empuñó los dedos y cerró los ojos. *Está bien, cálmate, Lacy. Contrólate. Él simplemente está herido. Tú estás lastimada.* Ella puso las manos extendidas sobre la mesa, tomó varias bocanadas de aire, y finalmente levantó la mirada hacia él.

Kent la observó de nuevo con esos ojos azules, escudriñándola. ¿Para qué? Tal vez ella había malinterpretado todas sus señales. Quizás esos ojazos azules la miraban como un vínculo con la realidad, como una compañera en el crimen, como una simple compañía. Dios sabía que en estos días Kent estaba viviendo un vacío. Y ahora ella sabía la razón: él se estaba lanzando por un precipicio. Estaba jugando con la muerte. Por eso la reunión con el poli le había hecho retorcerse las manos.

Ella pensó que debía estar más enojada consigo misma que con él. Él no la había engañado; ella simplemente había estado mal encaminada, teniendo estúpidos pensamientos de haberse vuelto a enamorar de Kent, mientras él tenía la mirada puesta en este… este crimen de nuevos inicios. Y de una muerte. ¡Santo cielo! ¡Él estaba planeando matar a alguien!

—*Tendré* que vivir con esto, Kent. Cualquier cosa que te ocurra, me ocurre a mí ahora. Lo ves así, ¿verdad? Te has vuelto a trepar a mi corazón —declaró ella en voz baja, y luego encogió los hombros—. Y ahora me acabas de convertir en cómplice, haciéndome jurar que guarde el secreto. Puedes entender cómo eso me puede afectar, ¿no es así?

Él parpadeó y se echó hacia atrás en la silla. Ella pudo sentir por primera vez el pensamiento que le estaba rondando la mente. *¡Dios mío! Los hombres podrían ser como gorilas.*

—Pero tienes razón —continuó ella, rescatándolo—. Vas a vivir el sufrimiento de todo esto. ¿Así que quizás no te vuelva a ver? ¿Nunca más?

—Quizás no —contestó él tragando grueso—. Lo siento, Lacy. Debo parecer un insensato al venir aquí y decirte todo esto. He sido insensible.

—No, está bien —interrumpió ella levantando una mano—. Eso no es algo que yo haya pedido, pero ahora que está hecho, estoy segura de poder manejarlo.

Lacy lo miró y decidió no presionar el asunto. Ya era suficiente.

—Y no debí haberte dado una cachetada —concluyó.

—No es así, creo que provoqué que me la dieras.

—Sí, creo que la provocaste —respondió ella titubeante.

Él soltó una nerviosa exclamación de desdén, fuera de lugar ahora.

—Por tanto Kent, ¿crees realmente que unos pijamas a rayas y cortar una línea telefónica te disfrazarán? ¿O quizás una bola y una cadena a la bota? Será una nueva vida, correcto. No te preocupes. Te visitaré a menudo —advirtió ella, y se permitió una sonrisita.

Él rio nerviosamente, y la tensión cayó como grilletes aflojados.

—De ninguna manera, cariño. Si crees que voy a prisión, obviamente no me conoces como crees conocerme.

Pero ese era el problema. Ella no lo conocía; y ahora sabía que de un modo u otro la vida de él estaba a punto de cambiar para siempre. Y con ello, probablemente la de ella.

—Tienes razón. Bueno, te desearía suerte, pero de alguna forma no parece hacerte sentir bien que sepas lo que quiero decir. Y tampoco puedo muy bien desearte que fracases, porque no me entusiasma ver personas agitándose y echando espuma en sillas eléctricas. Por tanto, simplemente esperaré que cambies de parecer. Mientras tanto, mis labios están sellados. ¿Completamente correcto?

Él asintió y sonrió.

Tomaron café y hablaron durante otra hora antes de que Kent se fuera. Ya en la puerta él le dio un beso en la mejilla. Ella no le devolvió el beso.

Lacy lloró mucho esa noche.

CAPÍTULO VEINTICINCO

Sábado

ROBAR VEINTE millones de dólares, por bien que se hubiera planeado, genera peligros innegables; riesgos enormes y monstruosos. Aunque Kent había ensayado mil veces en la mente cada fase de la operación de dos días, la verdadera ejecución involucraría docenas de posibilidades imprevistas. La menor de estas probabilidades era tal vez la de que un asteroide del tamaño de un Volkswagen cayera en el centro de Denver, y acabara el tiempo de Kent junto con el de otros cuantos millones de habitantes... para lo cual él no podía hacer nada. Pero en algún lugar entre *Armagedón Dos* y el mundo real yacían los acechantes monstruos que parecían arruinar las buenas intenciones de los pillos.

Kent permitió que la bebida lo dejara sin sentido a altas horas de la noche del viernes. Después de su pequeño tiempo de confesión con Lacy merecía un trago misericordioso y prolongado. Además, con los nervios templados como cuerdas de piano, él dudaba poder dormir de otra manera. No habría licor durante la duración del robo, lo cual significaba que debería dejar de beber por algunos días. O quizás para siempre. Lo desagradable comenzaba a aparecer.

Cuando Kent recobró el sentido a las seis de la mañana del sábado, lo golpeó como una descarga eléctrica, y saltó de la cama.

¡Era sábado! *El* sábado. ¿Seis en punto? ¡Ya se le había hecho tarde! Recorrió la habitación con la mirada, forzando la vista debido a un punzante dolor de cabeza. Las cobijas yacían amontonadas, húmedas por el sudor.

Un frío le bajó por la columna. ¿Quién creía ser él para robar veinte millones de dólares? *Aló allá, me llamo Kent. Soy un criminal. Buscado por el FBI.* ¡De pronto la idea entera le pareció una estupidez! Decidió entonces, sentado en su cama, mojado el cabello con sudor frío poco después de las seis de la mañana del sábado, desechar todo el plan.

Pasaron siete pausados segundos antes de anular la decisión y quitarse las cobijas de las piernas. Veinte millones de buenos dólares estadounidenses verdes tenían el nombre de él, y no iba a dejárselos a Borst y a Cabeza de Tomate.

El viaje a Salt Lake City tomaría nueve horas, lo cual le dejaba dos horas para vestirse, confirmar el pedido del *pescado*, y recoger el furgón.

Kent corrió al baño, maldiciéndose por el alcohol. Se mojó la cabeza debajo del grifo, haciendo caso omiso al agua que le entraba por la cintura. No había tiempo para una ducha. De todos modos no había planeado encontrarse con alguien que le importara.

Se vistió aprisa con una camisa suelta y pantalón caqui. A los diez minutos del primer sobresalto en la cama, Kent estaba listo a salir. Para siempre. El pensamiento lo detuvo ante la puerta de la alcoba. Sí, para siempre. No tenía planes de volver otra vez a casa… posibilidad que había creído que le produciría algo de nostalgia. Pero al examinar ahora el cuarto solamente se sintió ansioso por irse.

Debía parecer como si hubiera salido con la intención de regresar, por eso no se llevaba nada. Absolutamente nada. Ni un tubo de pasta de dientes ni un par extra de medias, ni siquiera un peine. Siempre había algo sencillo que alertaba a los investigadores. Verdaderos criminales clínicamente muertos como los de la Calle de los Estúpidos vaciarían sus cuentas bancarias el día antes de planear una fuga. Aquellos sin nada de mentalidad hasta podrían andar por la ciudad dando besos de despedida a seres queridos y sonriendo de oreja a oreja acerca de algún secreto. *Dios mío, lo siento, Mildred. Simplemente no te lo puedo decir. Pero créeme, ¡me voy a tostar en el sol de Hawai mientras tú te quedas aquí trabajando como una idiota por el resto de tu miserable vida!*

Eso resumía muy bien su pequeña confesión a Lacy. ¡Santo cielo! Kent se estremeció al pensarlo, preguntándose si el viajecito a Boulder podría ser su perdición. Si la visita había sido una equivocación, sería la última. Lo juró entonces, inspeccionando la habitación por última vez.

Entró corriendo a la sala y prendió la televisión. Dejó la cama sin tender; la pasta de dientes sobre el tocador, destapada y saliéndose la crema. Sobre la mesita de noche se hallaba una novela de John Grisham con las esquinas dobladas, señalando el capítulo noveno. Bajó corriendo a la cocina y escribió una nota para Helen.

Helen:

Me estoy yendo a las montañas a pescar y aclarar la mente. No volveré sino hasta tarde. Lo siento por la cena. Si pesco algo lo freiremos mañana.

Kent

Volvió a leer la nota. Bastante buena.

Kent salió por la puerta principal, abrió con indiferencia la puerta del garaje y sacó el aparejo de pesca. Bart fulano de tal —Mathews, pensó, Bart Mathews— saludaba con la mano sobre la segadora de césped, tres jardines más allá. Kent le devolvió el saludo, pensando que los dioses le estaban sonriendo ahora. Sí, en realidad, Kent Anthony salió de su casa el sábado con algo en mente. Pescar. Fue a pescar. Kent levantó la vara en un movimiento que significaba: *Sí señor, Bart me voy de pesca, ¿ve? Recuerde eso.* Sonrió, pero las manos le temblaban. Lanzó la caña al asiento trasero, encima de una caja cerrada que había cargado anoche a altas horas de la madrugada.

Kent hizo retroceder por última vez el Lexus a la Calle Kiowa y salió a toda velocidad del Littleton suburbano, parpadeando contra fastidiosos susurros que le expresaban que él era un chiflado. *Chiflado, chiflado, chiflado.* Quizás debería *contra* anular la decisión de anular la decisión de suspender. Bueno, había algún pensamiento claro.

Por otra parte, ¿cuántos aspirantes a criminales se habrían visto en esta misma situación: sobre algún despeñadero observando la verdadera caída y pensando que de pronto el precipicio parecía espantosamente profundo? Y no había cuerda de nylon que los jalara al entrar a la caída libre, ningún cordón de apertura que los levantara en caso de que decidieran usar paracaídas. El objetivo estaba directo abajo, viendo si podían aterrizar correctamente y levantarse. Las estadísticas decían que 99% terminaban aplastados abajo en las rocas, carne para zamuros. Las estadísticas, las estadísticas. Las estadísticas también afirmaban que cada uno de esos verdes dólares estaba esperando volver a casa hacia papi. Y en este caso, Kent era papi.

Además, en algún momento se comprende de pronto que ya se está allí, sobre el abismo, en caída libre, y Kent concluyó que ya había alcanzado ese punto. Lo había hecho dos meses antes, la primera vez que todo este infierno se desatara.

Tardó cuarenta y cinco minutos en llegar a la Empacadora de Carnes Front Range. Había seleccionado la empresa diez días antes por varias razones. Al menos esa era la historia que se estuvo contando estos días. Podría ser más exacto decir que se había *arriesgado* con la empresa, y solo entonces debido a los sueños.

Los sueños. Ah, sí, los sueños. Aunque al despertar apenas lograba recordar los detalles de los sueños, subsistían durante el día las impresiones generales que dejaban. Brillantes impresiones generales, como la que sugería que encontrara el vehículo en las afueras del pueblo, cerca de la planta de procesamiento de cerveza Coors. Era como si el alcohol lo entregara a un profundo sueño donde las cosas se aclaraban y los recuerdos volvían a brillar. Una vez había despertado en medio de un sueño y se halló temblando y sudando porque sintió que alguien estaba con él en ese sueño, llevándolo en una gira.

Los sueños se le habían representado en la mente como dedos entre un teclado, alargando tonos que resonaban con la propia brillantez de Kent. Es más, finalmente había llegado a la conclusión de que solo era eso: su propia brillantez, engranada a alta velocidad por los sucesos que lo habían empujado. Pura lógica hallada en la calma del sueño.

Y había varias razones lógicas para que la planta de la Empacadora de Carnes Front Range le supliera las necesidades. Primera, y tal vez la más importante, se hallaba en un lugar aislado en un enorme complejo de bodegas en la zona sur de la autopista 470. La estructura metálica evocaba imágenes de operaciones encubiertas de la mafia que Kent había visto en una docena de películas. Además la planta estaba cerrada los fines de semana, y dejaban en el amplio estacionamiento cien camiones con carrocerías refrigeradas, expuestos hasta el lunes a los rayos solares. Él había paseado por el estacionamiento el martes, usando lentes y un peinado deportivo alisado hacia atrás que creyó que lograban bastante bien cambiarle la apariencia. Se había hecho pasar por un comprador de carne de la recién iniciada Carnicería Michael's en el oriente de Denver, y había hecho muy bien su parte. También le habían dado una lección del porqué exactamente los camiones refrigerados Iveco seguían siendo las mejores unidades en la carretera. «No hay posibilidad de que la carne se eche a perder aquí. De ninguna manera», había insistido el empacador de carnes Bob «Crucero» Waldorf, acariciándose una puntuda barba de ocho centímetros de largo.

Lo cual en primera instancia constituía la razón de por qué él necesitaba un furgón. Para impedir que la carne —el *pescado*— se descompusiera.

Kent condujo ahora hasta la bodega del complejo y la examinó nerviosamente. El terreno estaba desierto. Hizo serpentear el Lexus dentro de un callejón y lo dirigió hacia el patio adyacente. La gravilla crujió bajo las llantas; por la nuca de Kent corrió sudor. Se le vino la idea de que la inesperada presencia de un solo tonto aquí cerraría la operación. De ningún modo podría haber testigos de esta visita.

El lote adyacente albergaba un centenar de cubículos de almacenaje de dieciséis por treinta y dos, la mitad de los cuales estaban vacíos; las puertas pintadas de blanco se hallaban corroídas, abolladas e inclinadas. Asombraba que el negocio encontrara arrendatarios para la otra mitad de cubículos. Ese era otro motivo de que Kent eligiera esta ubicación particular: brindaba un lugar oculto para el Lexus.

Kent llevó el auto al espacio ochenta y nueve y apagó el motor. Silencio le resonó en los oídos.

Esto era todo. Técnicamente hablando, hasta ahora no había cometido ningún crimen. Ahora estaba a punto de meterse a un espacio de almacenaje y ocultar el auto. No necesariamente algo por lo que lo freirían, pero sin embargo un crimen. El corazón le palpitaba con fuerza. El callejón a lado y lado estaba despejado.

Está bien. Haz esto, Kent. Hagámoslo.

Sacó unos guantes de cuero y salió del auto. Levantó con mucho esfuerzo la puerta enrollable. El chirrido que hizo resonó en el concreto cilíndrico, y el hombre se estremeció. Santo Dios. Muy bien pudo haber puesto una luz roja centelleante en lo alto de ese objeto. Inteligencia especial. ¡Aquí se está cometiendo un crimen! Vengan, vengan.

Pero nadie vino. Kent volvió a treparse al Lexus y lo empujó dentro del espacio. Agarró el maletín ejecutivo y cerró la puerta, estremeciéndose otra vez ante el chirrido. El callejón aún seguía vacío. Se inclinó rápidamente, sacó del maletín una pequeña pistola de remaches. Clavó un remache en cada lado de la puerta de lata y volvió a poner la pistola en su sitio.

Salió del espacio 89 y caminó con brío hacia la Empacadora de Carnes Front Range, registrando el lote en cada dirección por si algún tonto estropeara todo. Pero el patio seguía tranquilo y vacío en la luz matutina.

Kent había ensayado mil métodos de robar un vehículo, crimen número dos en esta larga sarta de crímenes que estaba a punto de cometer. No fue sino hasta que Crucero le brindara la explicación para los cinco camiones afuera de la valla principal de seguridad del complejo, que Kent se había decidido por el plan actual.

—Mire, de una flota de ciento veinte, esos son los únicos cinco que ahora mismo no están en uso.

—¿Por qué? ¿Están averiados? —había inquirido Kent, medio en broma.

—En realidad el furgón 24, el último, está adentro para una rutina de afinación. Cuidamos mucho a nuestros furgones. Siempre lo hemos hecho, siempre lo haremos.

Esto había sido un regalo. Kent se atuvo a lo que Crucero manifestara, paralizado por un instante, seguro de que había estado aquí antes… de pie al lado de Crucero mientras se entregaban las llaves del reino. Quizás una sensación de *déjà vu* o de haber estado allí con anterioridad, proveniente de alguno de esos sueños. Había otras maneras, desde luego. Pero en una operación llena de complicaciones él no tenía intención de rechazar el ofrecimiento. Había regresado el jueves en la noche y se había metido a la camioneta con un gancho para ropa. Si el viernes descubrían que el furgón 24 se había quedado abierto, probablemente lo moverían. Pero este era un riesgo que había tomado con agrado. El proceso de meterse al vehículo le había llevado dos horas completas. No podía gastar dos horas a plena luz del día luchando por abrir el capó con un gancho para ropa.

El furgón 24 estaba allí, en el mismo sitio, y Kent cubrió los últimos treinta metros corriendo por el estacionamiento de gravilla. Agarró la manija del vehículo, contuvo el aliento, presionó el pasador. La puerta se abrió. Suspiró aliviado, lanzó el maletín sobre el asiento a todo el ancho del vehículo, y trepó, temblando como una hoja. Un pequeño balón de triunfo se le abultó en el pecho. Hasta aquí todo salía bien. Como quitarle un caramelo a un bebé. Él se hallaba en la cabina, ¡y no había moros en la costa!

Uno de los principales beneficios de pasar seis años en instituciones de aprendizaje superior era cómo aprender a aprender. Esa era una habilidad que Kent había perfeccionado; y una de las cosas que había aprendido de último era cómo prender un vehículo puenteando el sistema de ignición. Específicamente un furgón Iveco 2400 refrigerado. No de un libro titulado *Cómo puentear el sistema de ignición de tu vehículo favorito*, no. Sino de un libro de cómo proteger su propiedad, junto con un manual de ingeniería, una guía eléctrica de la mecánica del vehículo, y, por supuesto, un manual de reparación de Iveco 2400, cada fuente brindaba algunos detalles para la experiencia colectiva de aprendizaje de Kent. Al final él sabía exactamente cómo prender un Iveco 2400 puenteando el sistema de ignición. Se suponía que el procedimiento era una aventura de treinta segundos.

Kent tardó diez minutos. El destornillador Phillips que había comprado era un poco pequeño y quería resbalarse con cada rotación. Cuando finalmente soltó el panel debajo del tablero de instrumentos, los cables estaban tan lejos del eje del volante que él casi se desgarra la piel de los dedos al levantarlos. Pero al final esta experiencia de aprendizaje demostró ser válida. Cuando tocó el cable rojo con el blanco, la furgoneta retumbó con vida.

El repentino sonido hizo sobresaltar a Kent, y se atemorizó, soltando rápidamente los cables y golpeándose la cabeza en el volante en un suave cambio de postura. El motor se apagó.

Kent soltó una palabrota y se enderezó en el asiento. Examinó con la mirada el patio, respirando irregularmente. Aún no había moros en la costa. Se inclinó y volvió a prender el vehículo. Las manos le sudaban en los guantes de cuero, y pensó por un instante en quitárselos. Pero una docena de episodios de *Ciencia forense* se le precipitó al mismo tiempo en la mente, y rechazó la idea.

Puso el furgón en reversa, lo metió al sendero, y lo dirigió a la salida del complejo a cien metros de distancia. De una sola mirada cualquier persona razonable se habría dado cuenta que el chofer encaramado detrás del volante del furgón 24, serpenteando hacia la puerta de salida, no era el chofer típico que se dirigía a hacer sus entregas. En primer lugar, los típicos choferes no se sientan como esculturas de hielo en el borde frontal del asiento, agarrando el volante como si fuera el riel de seguridad en el recorrido de una montaña rusa. En segundo lugar, no echan la cabeza hacia atrás y adelante como un muñeco de cuerda descontrolado. Pero entonces nada de eso importaba, porque no había personas razonables —en realidad no había *ninguna* persona— que viera a Kent salir del estacionamiento en el furgón 24.

A los tres minutos estaba otra vez en la carretera, en dirección oeste, ansioso, sudoroso y revisando los retrovisores cada cinco segundos, pero sin ser descubierto.

Inspeccionó cuidadosamente los instrumentos de medición. La compañía había previsto dejar salir el furgón 24 lleno de combustible. *¡Bien hecho, Crucero!* Kent encendió el interruptor de la unidad de refrigeración y volvió a revisar los instrumentos. Es más, los revisó quince veces en esos primeros diez minutos, antes de acomodarse finalmente para el viaje de siete horas a Salt Lake City.

Solo que en realidad no se acomodó. Se mordió las uñas y revisó cada detalle del plan por milésima vez. Ahora que había saltado de veras por este precipicio, el terreno abajo parecía un poco más escabroso que antes. En realidad, al haber ejecutado un plan brillante que no dejaba absolutamente nada al azar, pensó que hasta este momento prácticamente había *dependido* de eventualidades. La eventualidad de que su reloj despertador funcionara de manera efectiva esa mañana. La eventualidad de que no hubiera nadie en Empacadora de Carnes Front Range en una mañana sabatina, a pesar de que la planta estaba cerrada. La eventualidad de que no hubieran llevado al Iveco al estacionamiento seguro. La eventualidad de que él lograra prender el Iveco.

Y ahora Kent comenzaba a imaginar la carretera que tenía por delante llena de eventualidades... con llantas desinfladas, tráfico lento, cortes de energía, y paradas rutinarias. Con caídas de rocas de los precipicios cercanos que bloquearan la carretera. O peor, que aplastaran el vehículo como una cucaracha. Esa sería una obra de Dios, si es que Gloria hubiera tenido razón y existiera un Dios. A menos que fuera obra de un terremoto, en tal caso sería la madre naturaleza alargándole la mano para expresar su opinión del asunto.

No, hijo. No hagas esto.

Kent miró el velocímetro, vio que excedía la velocidad máxima señalada de cien kilómetros por hora, y desaceleró. Que le pusieran una multa por exceso de velocidad ahora sería una historia para la Calle de los Estúpidos.

Kent llegó treinta minutos después a la salida sin pavimento que había preseleccionado, y entró a un bosquecillo que impedía la vista a la interestatal. No tardó más de cinco minutos en sacar los letreros magnéticos que a mediados de semana había escondido entre la elevada hierba y los pegó a cada lado del vehículo. Analizó lo que iba a realizar. Durante las próximas veinticuatro horas al furgón 24 de Empacadora de Carnes Front Range se le conocería como furgón del Depósito de Cadáveres Mac-Daniel. Eso decían los letreros a cada lado. En letras negras que eran extrañas y discretas pero claras y definidas, de modo que no hubiera ninguna duda.

Kent volvió a entrar a la autopista y condujo el vehículo a toda velocidad. Sí, definitivamente ahora estaba sobre el precipicio. Cayendo como una piedra.

CAPÍTULO VEINTISÉIS

HALLAR EL cuerpo adecuado, el «pescado», y hacer los arreglos para recogerlo le había llevado a Kent la mejor parte de una semana. Había enfocado el desafío en dos partes. Primera, hacer una recogida del cuerpo que fuera convincente, y segunda, realmente encontrar el cuerpo mismo.

Aunque solo dos semanas atrás Kent había establecido el Depósito de Cadáveres McDaniel's como negocio legítimo, quien viera la página Web de la empresa fantasma pensaría que era de una de las más antiguas casas en el Oeste. Por supuesto, los depósitos locales de cadáveres serían los primeras en identificar a un nuevo participante que apareciera de repente en sus territorios, así que se había visto obligado a usar la distancia como barrera contra la posibilidad de que lo reconocieran. No era probable que depósitos de cadáveres con propietarios independientes en Los Ángeles, por ejemplo, estuvieran familiarizados con casas funerales en Denver.

La compañía seleccionada también tendría que ser suficientemente grande para realizar con regularidad transferencias desde y hacia otras ciudades. La solicitud de un cuerpo particular en hielo no podría ser un raro incidente. Además, el depósito de cadáveres debía ser computarizado, lo que le permitiría a Kent alguna clase de acceso a los archivos de información.

Estas tres primeras restricciones redujeron de 9.873 a 1.380 la esfera de depósitos elegibles. Pero fue el cuarto requisito lo que bajó las posibilidades de elección a no más de tres participantes involuntarios. El depósito de cadáveres debía contar con el cuerpo adecuado.

El cuerpo adecuado. Un cuerpo que tuviera una estatura de un metro con ochenta y dos centímetros, sexo masculino, caucásico, con un peso entre ochenta y noventa kilos. Un cuerpo que no tuviera parientes conocidos. Además un cuerpo que no tuviera registros dentales identificables fuera de los archivos principales de identificación del FBI.

En la mayor parte de casos los depósitos no tenían los cadáveres por más de dos o tres días, un hecho que limitaba la cantidad de cuerpos disponibles. Kent estuvo una semana navegando y entrando en las redes de la Web, identificando cuerpos que cumplieran sus requerimientos. El proceso involucraba bajar listas y cotejarlas con el banco de datos del FBI... un proceso relativamente sencillo para alguien en la posición de Kent. Pero no obstante era arduo, agotador y estresante. Hacía la investigación desde su sistema en casa, sorbiendo de la elevada botella al lado del monitor mientras esperaba que los archivos bajaran.

El martes solo había encontrado un cuerpo, y se hallaba en Michigan. Eso le había alterado tanto los nervios que para calmarlos casi se toma toda la botella de la ardiente bebida.

El miércoles había localizado tres cadáveres, uno de los cuales en realidad estaba en Denver. Demasiado cerca de casa. Los otros dos se hallaban en California... demasiado lejos. Pero al menos había tres de ellos.

El jueves no había encontrado cuerpos, y había hecho añicos el teclado con el puño, ataque del que inmediatamente se arrepintió. Esto le arruinó tanto el meñique derecho —el cual había sufrido el contacto, en alguna parte entre las letras J y U por las teclas esparcidas— como la noche. Qué él supiera, no había almacenes de teclados abiertos las veinticuatro horas.

El viernes había hallado tres cadáveres, que le hicieron lanzar suspiros de alivio. Dos en la Costa Este y uno en Salt Lake City. Ante el hallazgo tomó dos largos tragos de licor. Tom Brinkley. *Gracias, Tom Brinkley. ¡Cuánto te quiero, Tom Brinkley!*

Tom Brinkley había muerto por una herida de bala en el estómago, y según los registros, más allá de eso nadie parecía tener la menor idea acerca de él. Todo parecía indicar que el hombre se había disparado, lo cual le mostró a Kent que *había* al menos algo más que se conocía respecto del sujeto. Era un idiota. Solo un idiota intentaría suicidarse metiéndose una bala en el estómago. Sin embargo, eso es exactamente lo que las autoridades habían concluido. Vaya conclusión.

Ahora el cuerpo del pobre Tom estaba esperando cremación en el mayor depósito de cadáveres de Salt Lake, la funeraria Peace Valley. Entonces Kent había etiquetado este «pescado», luego procesó una petición para transferirlo al Depósito de Cadáveres McDaniel's en Las Vegas, Nevada. ¿La razón? Habían localizado a unos parientes y querían un entierro local. *Ahora pongo a dormir mi pescado.* La funeraria le había informado por correo electrónico que ya habían preparado el cuerpo para la cremación. *No había problema. Lo recogeremos como está.* Se hallaba en una caja sellada. ¿Lo quería él en una bolsa para cadáveres? Así es como se acostumbraba. *No había problema. Lo recogeremos como esté.*

Kent programó una «visita» el sábado entre las tres y las cinco de la tarde. Entonces recogería el pescado. Solo él sabía que no se trataba de un pescado, por supuesto. Aquella solo era una de esas interesantes peculiaridades que una mente fuera de sí tiende a hacer. Se trataba de un cuerpo muerto, tan frío como un pescado y posiblemente gris como uno de ellos, pero a ciencia cierta no era un pescado. Y ojalá no baboso como tal.

Confirmó el pedido una hora después desde un teléfono público. La muchacha que contestó sus preguntas tenía la fea costumbre de mascar chicle mientras escuchaba, pero por lo demás pareció bastante cooperadora.

—Pero cerramos a las cinco. Si usted llega un minuto después no encontrará un alma alrededor —advirtió ella.

Había tardado solo cuarenta y cinco minutos con los dedos volándole nerviosamente sobre el teclado para hacer los cambios al archivo que el FBI tenía de Tom Brinkley. El hormigueo de la emoción le había acortado la respiración durante la hora que siguió. En realidad *ese* había sido su primer crimen. Lo había olvidado. Entrar a los archivos del FBI no era una risible travesura. No había parecido tan criminal, a pesar de eso.

Kent dejó que la mente repasara los recuerdos y mantuvo la mirada fija mientras transitaba hacia el occidente por la I-70. El viaje sobre las montañas transcurría sin incidentes, a menos que se considerara sin incidentes morderse las uñas cada vez que una patrulla policial aparecía en el espejo retrovisor. Para cuando Kent llegó a las afueras de Salt Lake tenía crispados los nervios, haciéndole sentir como si de un tirón se hubiera tomado una docena de tabletas NoDoze. Luego entró a una desierta zona de descanso, corrió hacia la parte trasera del furgón, y abrió por primera vez la caja refrigerada.

Salió una nube helada y blanca de vapor atrapado. El refrigerador funcionaba bastante bien. Kent se subió en el parachoques trasero, se metió a la unidad y agitó la nube de vapor con las manos. El interior se aclaró ante él. A la derecha se elevaban estanterías metálicas. Una larga fila de ganchos colgaba del techo a la izquierda como garras suplicando sus pedazos de carne. *Para el pescado.*

Kent se estremeció. Hacía frío. Imaginó a la muchacha masticando chicle en la Funeraria Peace Valley, con la tablilla portapapeles en la mano, mirando esos ganchos.

«*¿Para qué son esos ganchos?*»

«*¿Esos? Ah, descubrimos que era mucho más fácil transportar cadáveres si los sacamos de los ataúdes y los enganchamos. ¿No lo hacen ustedes?*»

No, los ganchos no harían eso. Pero él no era alguna clase de basura blanca de la Calle de los Estúpidos, ¿verdad? No señor. Ya había planeado esta contingencia. Crucero le había dicho que todos los furgones transportaban cobijas térmicas para cubrir la carne en caso de emergencia. Las cobijas del furgón 24 estaban en un pulcro montón a la derecha de Kent. Las sacó del estante y las colgó a lo largo de los ganchos como una cortina de ducha. Una mampara.

«*¿Para qué es eso?*»

«*¿Eso? Ah, es para esconder a los realmente feos a fin de que la gente no se vomite. ¿No hacen eso ustedes?*»

Kent tragó saliva y salió de la caja refrigerada. Se fue de la zona de descanso y poco a poco recorrió el camino hacia la marca en el mapa que mostraba la ubicación aproximada de la funeraria. A cualquier otro vehículo parado al lado en un semáforo, este le habría parecido el furgón de un depósito de cadáveres en un recorrido sabatino, ¿verdad? ¿Se habrían movido los letreros magnéticos en la calle, dejando al descubierto el logotipo de la empacadora de carnes? Porque eso se vería espantoso. ¿Por qué entonces a Kent le era tan difícil mirar a todas partes menos al frente en los semáforos en rojo?

Las puertas de hierro forjado de Liberty Valley surgieron de pronto a la izquierda de Kent, bordeadas por largas filas de pinos. Alcanzó a ver desde la calle el blanco y apartado edificio, y el alma se le fue al piso. Rodeó la manzana y se volvió a aproximar a la puerta, lidiando con el desagradable impulso de pasar de largo; seguir conduciendo, de regreso a Denver. Había locura en este plan. Robar un cadáver. *Brillante ingeniero de software pierde la razón, y roba un cadáver de una funeraria. ¿Por qué? Aún no se sabe, pero algunos han especulado que podría haber otros cadáveres, despedazados, ocultos.*

Entonces Kent llegó a la puerta, e ingresó, aclarando la garganta por el nudo que se le había estado desarrollando desde que entrara a esta maldita ciudad.

La larga entrada pavimentada rodaba debajo de él como una serpiente negra. Siguió un letrero que lo llevó a la parte trasera, donde una plataforma de carga se hallaba vacía. Un sonido le zumbó en la cabeza, el de las llantas del furgón sobre el pavimento. El firme gemido de la locura. Entonces hizo retroceder el vehículo hasta la puerta, jaló el freno de estacionamiento, y dejó el motor encendido. No estaría bien que lo vieran manipulando cables para encenderlo de nuevo.

Una muchacha rubia y de nariz respingada abrió la puerta trasera de la funeraria ante el segundo timbrazo de Kent. Ella estaba mascando chicle.

—¿Viene de McDaniel's?

Sintió el sudor que le brotaba por la ceja. Se empujó los lentes hacia arriba en la nariz.

—Sí.

—Bien —manifestó ella, se volvió y se dirigió a la oscura zona de almacenaje—. Usted casi no lo logra. Cerramos en quince minutos, ¿sabe?

—Sí.

—¿Así que usted es de Las Vegas?

—Sí.

—Nunca había oído de McDaniel's. ¿Ganó alguna vez mucho dinero?

¿Mucho dinero? El corazón le dio un sobresalto. ¿Qué podía ella saber de mucho dinero?

—Usted sabe —dijo ella, sonriendo al sentir la vacilación de Kent y mirando sobre él—. Las Vegas. Juego. ¿Ganó alguna vez bastante?

—Este… No. En realidad, no juego.

Se hallaban ataúdes hasta el techo. Vacíos, sin duda. Ojalá. La mujer lo condujo hacia una enorme puerta lateral de acero. La puerta de un cuarto frío.

—No lo culpo. El juego es un pecado —dedujo ella, luego abrió la puerta y entró.

Una docena de ataúdes, algunos brillantes y muy elaborados, otros no más que cajas de contrachapado, reposaban en grandes estantes en el cuarto refrigerado. La muchacha caminó hasta una de las cajas sencillas, revisó la etiqueta, y luego la desprendió.

—Es este. Agarre esa camilla allí, y es todo suyo.

Kent dudó. La camilla, desde luego. Agarró la mesa con ruedas y la puso al lado del ataúd. Entre ambos montaron la caja de contrachapado en la carretilla, una tarea sorprendentemente fácil por los rodillos en el estante.

La muchacha volvió a darle una palmada a la caja. Como si se deleitara en hacerlo.

—Ahí tiene. Firme esto, y será todo.

—Gracias —contestó sonriendo Kent después de firmar la orden.

Ella le devolvió la sonrisa y le abrió la puerta.

A mitad de camino de regreso a la puerta exterior Kent concluyó que podría ser mejor si la joven no lo veía cargar el cuerpo.

—¿Qué debo hacer con la camilla cuando termine? —preguntó él.

—Oh, yo le ayudaré.

—No. No se preocupe. Puedo manejarlo. Debería poder hacerlo… ya lo he hecho otras veces. Simplemente la devolveré por la puerta cuando haya terminado.

—No hay problema —respondió ella sonriendo—. No me importa. De todos modos tengo que cerrar.

Kent pensó en volver a objetar, pero decidió que eso únicamente produciría sospechas en la mujer. Ella volvió a sostener la puerta, y él hizo rodar la caja en la claridad. Desde este ángulo, con el furgón estacionado abajo en el muelle de carga se veía el techo del Iveco. Y lo que se veía no era muy agradable.

Él se sobresaltó del impacto y de inmediato lo disimuló tosiendo con fuerza. Pero de repente la respiración se le hizo irregular y patente. Enormes letras rojas recorrían el techo del Iveco: Empacadora de Carnes Front Range.

Kent señaló con la mano hacia la parte baja de la puerta del furgón, esperando llevar hacia allá la atención de ella.

—¿Puede sostener la puerta?

Si la joven veía el letrero, tal vez él debía improvisar. Y no tenía idea de cómo hacerlo. Robar cadáveres no era algo que él hubiera perfeccionado aún.

Pero la Señorita Masca-Chicle brincó ante la sugerencia de Kent, y levantó la puerta como una experta que prende una sierra eléctrica. Era obvio que ella había hecho eso algunas veces. Kent bajó la camilla por la rampa y la llevó al furgón, agarrado de las barandillas de aluminio para calmar los nervios. Mientras permanecieran aquí abajo, ella no tendría posibilidad de ver el letrero. Bueno, cuando él saliera... eso sería otra historia.

Se le ocurrió entonces que el ataúd no calzaría sobre los estantes diseñados para carne. Tendría que ir sobre el piso.

—¿Cómo baja esto? —preguntó él.

—¿Me pregunta usted cómo bajar una camilla? —replicó ella mirándolo con una ceja arqueada.

—Por lo general transporto las nuestras... funcionan con batería. Lo único que se hace es pulsar un botón. Pero este es un equipo nuevo. Aún no está adecuado por completo.

Bueno, *hubo* algo de pensamiento rápido. ¿Camillas que funcionan con batería? En estos días debe haber algo así. Ella asintió, aparentemente satisfecha, y bajó el artefacto. Deslizaron juntos el ataúd y lo dejaron en el suelo. Ahora debía hacer volver a la muchacha a la bodega sin que mirara hacia atrás.

—Aquí, permítame ayudarle —expresó él pasándola y yendo hacia la puerta de la bodega, la que abrió de un empujón.

Ella hizo rodar la camilla tras él y atravesó la puerta.

—Gracias —contestó la joven, y entró a la escasa luz.

—Gracias. Que tenga un fabuloso fin de semana.

—Seguro que sí. Igual para usted.

Kent soltó la puerta y oyó que la cerradura enganchó. Miró alrededor y corrió hacia la cabina, temblando. ¿Y si a ella se le ocurría volver? «*Oiga, se le olvidó la tablilla*». Solo que él no la había olvidado. La tenía en la mano derecha, y la aventó al largo asiento. Dando una última mirada hacia atrás, saltó al vehículo, soltó el freno de mano, y salió de la plataforma de carga, con el corazón palpitándole con fuerza en el pecho.

Había atravesado la zona de estacionamiento y andaba sobre la larga y serpenteante entrada antes de recordar la puerta trasera. ¡Aún estaba abierta!

Kent paró de golpe y corrió hacia la parte trasera, rechazando pensamientos de una caja destrozada esparcida detrás del furgón. Pero no ahora; este día los dioses le sonreían. La caja permanecía donde él la había dejado, inmóvil. Cerró la puerta, inundado de alivio ante los pequeños favores.

Salió por las puertas de Liberty Valley, temblando como una hoja. Recorrió toda una cuadra de la ciudad antes de darse cuenta de que la vibración debajo de él resultaba de un freno de mano totalmente engranado. Lo liberó y sintió que el vehículo salía hacia delante. Bueno, ese fue un truco tipo Calle de los Estúpidos, si es que alguna vez había habido uno. ¡Tenía que controlarse aquí!

Dos cuadras más adelante los fríos de la victoria comenzaron a subirle y bajarle por la columna. Luego echó la cabeza hacia atrás y gritó en la anticuada cabina.

—¡Sí!

El conductor del Cadillac al lado lo miró. A Kent no le importó.

—¡Sí, sí, sí!

Ya tenía un cadáver. Un pescado.

CAPÍTULO VEINTISIETE

HELEN VOLVIÓ a revisar la nota, y supo que decía más de lo que en realidad expresaba. Este asunto de pescar era una tontería, porque no le provocó una sonrisa en el rostro como en: *Ah, bueno. Él se ha ido a atrapar algunas truchas. Me encanta la trucha.* En vez de eso le produjo un nudo en el estómago, como en: *¡Oh, Dios mío! ¡Adónde ha ido y qué ha hecho!*

Ella sintió la separación todo el día, caminando por las calles de Littleton. Era un silencioso día en los cielos. Un día triste. Los ángeles estaban llorando. Helen aún tenía energías para quemar, pero el corazón no estaba tan ágil, y le era difícil orar. Dios parecía distraído. O tal vez *ella* estaba distraída.

La abuela ya había caminado por cinco jornadas la misma ruta de treinta kilómetros, deteniéndose brevemente cada día en el puesto de perros calientes en la esquina de la Quinta y Grand a comprar un refresco y hablar rápidamente con el propietario, Chuck. Ella había sospechado desde las primeras palabras que salieron de la boca de Chuck, que este era un hombre que se refugiaba en la religión.

Hoy lo había ayudado a salir del cascarón.

—¿Camina todos los días, Helen?

Ella había asentido.

—¿Cuán lejos?

—Muy lejos. Más de lo que puedo contar.

—¿Más de un kilómetro?

—Puedo contar un kilómetro, joven.

—¿Más?

—Más de lo que puedo contar.

—¿Quince kilómetros? —había preguntado Chuck riendo nerviosamente.

—Mucho más —respondió ella, y sorbió la limonada que él le había servido.

—¿Treinta? —inquirió él incrédulo.

—No lo sé con seguridad —contestó ella encogiéndose de hombros.

—¡Pero eso es imposible! ¿Camina usted treinta kilómetros *cada* día?

—Sí, Chuck, soy intercesora —expresó ella mirándolo directamente a los ojos—. Usted sabe qué es eso, ¿verdad? Caminaré mientras él requiera que yo lo haga.

El hombre echó una rápida mirada alrededor.

—¿Quiere decir que usted ora?

—Oro, y camino. Y mientras estoy caminando y orando no siento para nada ningún esguince en las piernas —confesó ella con la mirada fija—. ¿Qué le parece eso, Chuck?

El hombre se quedó allí con la boca abierta, tal vez pensando que esta amable mujer a la que había atendido en los últimos cinco días estaba totalmente loca de remate.

—¿Parece extraño? Bueno, hay más, Chuck. También veo cosas. Ando sobre piernas que no tendrían por qué caminar, y veo cosas.

Esta era la primera vez que había estado tan expresiva con un extraño acerca de este asunto, pero apenas pudo evitarlo.

Ella señaló el cielo nublado y lanzó una ausente mirada.

—¿Ve usted esas nubes allá? ¿O este aire? —indagó mientras recorría la mano por el aire—. Suponga que usted puede desgarrar este aire y poner al descubierto lo que hay detrás, ¿qué cree que encontraría?

Chuck el vendedor de perros calientes estaba pasmado con la boca abierta, y los ojos abiertos de par en par. No contestó.

—Le diré lo que encontraría. Un millón de seres mirando por sobre la barandilla las decisiones de un hombre. Descubriría el verdadero juego. Porque todo se trata de lo que ocurre en el otro lado, Chuck. Y usted verá eso si logra desgarrar los cielos. Todas estas otras cosas que ve con esa cabeza endurecida son accesorios del verdadero juego —dedujo ella, luego le lanzó una sonrisa, permitiendo que las palabras le quedaran muy claras al tipo—. Al menos, esta es una manera de verlo todo. Y creo que sobre el alma de usted también hay un juego, joven.

Helen dejó así al vendedor, con un perro caliente en una mano y la boca abierta como si estuviera listo a engullirlo.

Esa había sido en realidad la parte más destacada del día, porque la mujer sabía que ahora la vida de Chuck cambiaría. Pero el resto de la caminata había sido lúgubre para ella.

De vuelta en casa, Helen agarró el teléfono y llamó a la casa del pastor Bill.

—Aquí Bill Madison.

—Bill, él ha perdido los estribos.

—¿Helen?

—Sí.

—¿Qué quieres decir?

—Kent ha perdido los estribos, y huelo a muerte en el aire. Creo que podría hallarse en problemas.

—Vaya. ¿Crees que podría *morir*? Me cuesta creer que él *podría* morir en este asunto.

—A mí también me cuesta. Pero hay muerte en el aire. Y creo que se trata de la muerte de él, aunque no sé eso. Hubo mucho silencio hoy día en los cielos.

—Quizás entonces deberías advertirle. Hablarle de esto. No le has… tú sabes… no le has dicho, ¿verdad?

—No. No de manera específica. No he sentido deseos de decírselo, lo cual por lo general significa que no debería hacerlo. Pero creo que tienes razón. Creo que se lo diré la próxima vez que lo vea.

Dejaron los teléfonos en silencio por un momento.

—Helen, ¿vas a caminar mañana?

—¿Te despertaste esta mañana, Bill?

—¿Qué? Por supuesto que sí.

—La respuesta a tu pregunta debería ser muy obvia, ¿no crees? Camino todos los días.

—¿Te importaría si camino contigo por un rato? ¿Antes de la iglesia?

—Me gustaría eso, pastor.

—Bueno. ¿Cinco en punto?

—Cinco y media. Los domingos duermo hasta tarde.

SI KENT creyó poder controlar la situación, habría conducido de vuelta directo a Denver. Pero su cuerpo no estaba en condición de hacer un turno de veinticuatro horas sin dormir. En alguna parte debía descansar. Al menos eso era lo que había planeado en el papel.

Entró a la parada de camiones Grady's a dos horas de Denver, casi a mediano-che. Cien inmóviles camiones se alineaban en el estacionamiento de gravilla hacia el occidente de la cafetería abierta toda la noche, y Kent puso el pequeño Iveco entre dos enormes camiones diesel que ronroneaban. Hasta aquí todo iba bien. Sin llantas desinfladas, sin paradas rutinarias en la vía, sin averías, sin rocas del cielo. Fácil-mente podía pasar por un conductor de un depósito de cadáveres, que llevaba un solo cuerpo en una serie de cien.

Kent cerró el automotor y se dirigió con brío a la cafetería. El aire frío de la noche corría suavemente bajo la potencia de los altísimos camiones en todas partes. ¿Cuáles eran las posibilidades de que lo reconocieran en un lugar tan remoto? Hizo una pausa desde la llanta delantera de un camión International negro con remolque, y analizó la cafetería a treinta metros de distancia, la cual se hallaba muy adornada en neón como un árbol de Navidad. Dos pensamientos le cruzaron la mente al mismo tiempo, e hicieron que se le acelerara el pulso.

El primero fue que la puerta trasera del Iveco no tenía seguro. Ese había sido un descuido de su parte. Debió haber comprado un candado. Un espantoso borracho al acecho encontraría fácil de robar al Iveco. Solo cuando el vagabundo volviera a su guarida descubriría junto a sus camaradas que la caja café no contenía rifles, carne de ternera, una estatua invaluable, o algún otro tesoro, sino un cadáver. Un viejo y apestoso pescado. Un cuerpo muerto, no apto para comer a menos que usted estuviera en un avión caído en los Andes y que se tratara de usted o los cadáveres.

El segundo pensamiento fue que entrar a la cafetería Grady's, toda iluminada como un árbol de Navidad, le empezaba a parecer una de esas ridículas equivocaciones que podría cometer un criminal de la Calle de los Estúpidos. *«Sí señor, todo iba saliendo perfecto hasta que me topé con Bill en la cafetería Grady's, y me preguntó qué estaba haciendo a la una de la mañana cargando un cadáver en un furgón de carne. Imagínese, ¡Bill en la cafetería Grady's! ¿Quién lo hubiera podido pensar?*

Cualquiera con medio cerebro lo habría pensado, ¡así que debió haberlo pensado! Debió haber traído su propia comida. Aunque *estaba* a dos horas de Denver. ¿Quién que él conociera hubiera podido estar aquí a medianoche? Pero ese era precisamente el punto, ¿verdad? ¿Qué podría *él* estar haciendo aquí a medianoche?

Kent se volvió a deslizar dentro de la cabina que lo había alojado durante las últimas dieciséis horas. Levantó una lata de 7-Up que había comprado cuatro horas antes en la frontera de Utah, y de un solo trago engulló hasta lo último. Habría mucho tiempo para comer y beber más tarde. Ahora necesitaba dormir.

Pero el sueño no vino fácilmente. Para empezar, se encontró ansiando una verdadera bebida. Solo un traguito rápido para calmar los nervios. Posiblemente Grady's lo complacería al menos con un paquete de seis cervezas.

—No seas tonto —musitó, y se tendió sobre el largo asiento.

Fue entonces cuando, estacionado afuera de Grady's, a dos horas de Denver, se le presentó la primera falla importante en el plan como una sirena en la noche. Se irguió sobresaltado y con ojos desorbitados miró a través del parabrisas.

¡Helen! Helen se había mudado *después* de que él diseñara el plan. Cuando hubiera echado a andar el resto del proceso le harían preguntas a ella, y ese interrogatorio le resonaba ahora en la cabeza, claro y conciso… y tan condenador como el mazo de un juez.

«¿Está usted diciendo que él le dejó una nota en que declaraba que iba de pesca el sábado pero nunca regresó? ¿Ni siquiera el domingo?»

«Sí, oficial. Hasta donde puedo decirle».

«*Así que él se va a pescar —lo sabemos por el vecino que lo vio— y treinta y seis horas más tarde va directo a la oficina en su indumentaria de pesca sin molestarse en venir a casa. No pretendo hacer aquí un juego de palabras, ¿pero no huele eso un poco sospechoso?*»

Él había decidido no regresar por el simple motivo de que tenía el cuerpo con el cual lidiar. No podía conducir hasta su casa en el furgón de carne. Tampoco podía andar por la ciudad con un cadáver en el baúl del Lexus durante todo un día. En algún momento las cosas estarían oliendo más que sospechosas.

Pero eso fue antes de Helen.

Una alarma le sonó en la cabeza. *Estúpido, estúpido, ¡estúpido!* Debía llegar a Denver. Llegar de algún modo a casa.

Kent encendió el furgón y volvió a entrar a la autopista, rebotando una vez más en el borde del asiento como alguna clase de idiota.

Una hora después, retumbando en las afueras de Denver, admitió el único plan que tenía sentido a altas horas de la madrugada. Ahora amenazaba un nuevo elemento de riesgo, pero nadie diría alguna vez que robar veinte millones de dólares sería trivial en cuanto al factor riesgo.

Lentamente recorrió el camino de vuelta hasta las instalaciones de la Empacadora de Carnes Front Range al sur de la 470 y entró al laberinto industrial de edificios metálicos. Apagó las luces y siguió sigilosamente adelante, la mirada atenta al movimiento, los músculos rígidos, los dedos blancos aferrados del volante.

Dos minutos después Kent estacionó el Iveco en su espacio original y soltó los cables. El motor petardeó hasta callarse. El reloj en la muñeca derecha marcaba las dos de la mañana.

Se quedó en silencio durante cinco minutos, dejando que el zumbido de la lejana autopista le apaciguara los nervios. Finalmente salió del vehículo y caminó por detrás. La puerta enrollable seguía cerrada. Levantó la palanca y subió la puerta. La caja yacía en el piso, en medio de una helada neblina. Cerró la puerta.

Tardó otros quince minutos en reparar el cable cortado en el eje del volante y devolverle a la cabina su condición original. Satisfecho de ya no tener que volver a trepar a la cabina, cerró suavemente las puertas. Esperaba que al llegar la mañana del lunes, si a Crucero se le ocurriera poner a funcionar el furgón 24, lo encontrara tal como lo había dejado. Bueno, todo saldría bien si el vehículo fuera lo suficientemente amable para mantener el cadáver oculto y sin pudrirse por otras doce horas, sin que la unidad de enfriamiento estuviera funcionando.

Kent estaba a mitad de camino de regreso a la unidad de almacenaje que contenía el Lexus antes de caer en cuenta que había dejado en el furgón los letreros del

Depósito de Cadáveres McDaniel's. Los despegó apresuradamente, maldiciéndose por el descuido. Si se pudiera haber detenido en alguna parte y azotado la estupidez de la mente, lo habría hecho sin reparo. Evidentemente estaba descubriendo lo que la mayoría de criminales descubren en medio del crimen: La estupidez es algo que viene *durante* el crimen, no antes; y no es posible escapar a ella, así como no se puede evitar que el sol nazca. Nuestra única esperanza es realizar las obras sucias antes de que la estupidez nos haga ejecutar.

Kent se volvió a dirigir a las unidades de almacenaje, con el maletín ejecutivo en una mano y los letreros enrollados en la otra. Sudor le empapaba la camisa, y trató de tranquilizarse un poco. No se puede fingir muy bien ser invisible llevando tres metros de vinil enrollados debajo del brazo. Dejó caer la carga en el asfalto ante la puerta de almacenaje, sacó la remachadora del maletín ejecutivo, y removió rápidamente los cierres de seguridad que había instalado antes.

El Lexus relució plateado a la luz de la luna, tal como lo había dejado. Kent metió los letreros en el baúl, lanzó el maletín ejecutivo al asiento del pasajero, y subió a la conocida cabina. Recorrió todo el camino hasta la entrada del parque industrial antes de encender las luces. Eran las 2:38 de la mañana del domingo cuando finalmente entró a la carretera 470 y se dirigió a casa, preguntándose qué otra pequeña equivocación había cometido allá atrás.

Pero lo había logrado, ¿verdad? No, en realidad no… no del todo. Realmente ni siquiera había empezado.

Kent dejó el Lexus en la calle donde lo vieran, exactamente frente al letrero rojo de *No estacione en la calle* cerca de casa. Las pequeñas letras negras en la parte inferior prometían remolcar a quienes violaran la ley, pero en realidad que él supiera nunca se habían llevado ningún vehículo, y dudaba que empezaran a hacerlo en domingo.

Entró a la casa, aventó los zapatos en la puerta principal, hizo un poco de ruido en la cocina, movió algunos objetos, y se dirigió a su habitación. El truco era mostrar claramente su presencia sin comprometer a Helen. No quería comprometerla. Para nada.

Además, al pensar en la obsesión que la anciana tenía por salir a caminar, lo cual él supuso que era asunto diario, quizás no sería tan difícil desentenderse de ella. Por otra parte, hoy era domingo. Tal vez ella no caminaba los domingos. De ser así, al menos saldría para la iglesia. Él tendría que haberse ido para el mediodía.

Kent cerró la puerta de la suite principal, se quitó la ropa, y cayó en cama. Lentamente entró en un sueño irregular.

CAPÍTULO VEINTIOCHO

HELEN SALIÓ al porche antes de que sonara el primer timbre de la puerta.

—Él está aquí, Bill.

El pastor no respondió de inmediato.

—Vamos a caminar —dijo Helen pasándolo y dirigiéndose a la calle.

El Lexus plateado se hallaba a lo largo de la calle junto a la entrada de la casa. La mujer viró a la izquierda en la acera y una vez en ella aceleró el paso.

—Vino a casa anoche.

—¿Agarró algún pez? —preguntó Bill, ahora al lado de ella.

—No sé. Está ocultando algo.

—¿Ocultando qué? ¿Qué sabes?

—No sé lo que está ocultando pero voy a averiguarlo en el momento en que llegue a casa. Allá arriba están inquietos; así es como lo sé. Hay muerte en el aire. La siento.

—¿Te importaría si bajamos un poco el ritmo, Helen? Estás caminando muy rápido.

—Tenemos que caminar rápido. La caminata de hoy va a ser muy corta. Realmente corta. Debo volver allá —expresó ella, miró los Reebok y notó que estaban desgastados en los dedos—. ¿Quieres orar, Bill?

—Por supuesto.

—Ora, entonces. Ora en voz alta.

KENT DESPERTÓ sobresaltado. Algo andaba mal. Sintió el pecho como si una liebre hubiera hecho morada allí y le estuviera poniendo a prueba los latidos. Solo que se trataba del corazón de Kent... no de ningún conejillo. Lo cual significaba que él había tenido otro sueño.

No lograba recordar nada... ni siquiera por qué se hallaba en su cama.

Entonces recordó todo, y saltó del lecho.

Ayer robó un furgón, condujo hasta Utah, robó un cadáver, y regresó a la Empacadora de Carnes Front Range, donde ahora yacía el cuerpo muerto, calentándose lentamente en la parte posterior del furgón 24. Él había vuelto a casa debido a Helen. Querida suegra Helen.

Fue este último chisme lo que lo había despertado vibrando como cabezales del Thumper... esto acerca de Helen. Él no podía permitir que ella lo viera. Y ese era un problema porque la suegra estaba cerca. Demasiado cerca. Quizás ahora mismo se hallaba ante la puerta del dormitorio, esperando el sonido del movimiento de él.

Agarró los pantalones caqui que se había quitado la noche anterior y se los puso. Por segunda mañana seguida enfrentaba la tarea de salir de la alcoba como si en verdad pretendiera regresar. Se movió alrededor con rapidez, frotándose con el índice un poco de pasta dental en los dientes y lanzando el tubo al cajón; tirando las cobijas sobre la cama, medio tendidas; y adelantando algunas páginas de la novela de Grisham. Hizo todo eso sin saber exactamente lo que estaba haciendo.

No importaba... Helen ya venía.

Kent abrió la puerta, y calmando la respiración trató de escuchar si había movimiento abajo. Nada. Gracias a Dios. Se deslizó por el pasillo y bajó los peldaños de dos en dos. En cosa de sesenta segundos se las arregló para sacar el jugo de naranja, untar un poco de mantequilla de maní a una rosquilla, medio consumir lo uno y lo otro, y salir esperando haber dejado la impresión de que había disfrutado un pausado desayuno en una mañana dominical. Luego agarró un bolígrafo y, tomando una prolongada respiración para tranquilizar la temblorosa mano, escribió sobre la nota que había dejado ayer.

Hola, Helen

Siento no haberte visto. Tuve un estupendo día de pesca. Todos demasiado pequeños para traerlos. Si no estoy en casa a las seis, no me esperes.

Kent

Dejó la nota sobre el mesón y corrió hacia la entrada. El reloj del microondas mostraba las 9:30. Abrió con cuidado la puerta principal, rogando no ver la ingenua risa de Helen. La luz solar le hizo arder los ojos, y él los entrecerró. El Lexus se hallaba ociosamente en la calle. El Pinto amarillo de Helen en el garaje y un tercer vehículo, un Accord verde, estaba en la entrada detrás del Pinto.

El auto de una amistad. ¿En la casa? No, Kent no había oído ningún ruido. Helen estaba afuera caminando con alguna persona que poseía un Accord verde. Lo cual significaba que su suegra estaría caminando calle abajo con dicha amistad, lista a salir corriendo a la iglesia. Y la iglesia empezaba a las diez, ¿no es así?

Kent cerró la puerta y caminó hacia su Lexus, con la cabeza agachada, tan indiferentemente como podía. Si ellos se hallaban calle abajo, él les haría caso omiso. Tenía que hacerlo. ¿Por qué? Solo porque debía hacerlo. Él se había despertado con esa comprensión zumbándole en el cerebro, y esta aún no se había acallado.

Prendió el Lexus sin levantar la mirada. Fue al empezar a girar en U que los vio, como dos imágenes en la recta final de la maratón de Boston, moviendo los brazos con fuerza. Entonces supo cómo era que se le pusiera la carne de gallina, porque casi se le desvanece la piel; exactamente allí en los asientos de cuero del Lexus. No se golpeó la cabeza en el techo solo por haberse agarrado firmemente del volante, lo cual fue bueno porque ellos pudieron haber visto el movimiento. Simplemente no se pueden levantar los brazos a causa de la sorpresa y luego fingir no haber visto a alguien... no sería algo genuino. El pie de Kent pisó un poco el acelerador, haciendo que el auto se sacudiera levemente, pero por lo demás se las arregló para mantener cerrado y suave el giro.

Le resultó difícil quitar la mirada de Helen. Ella y el hombre estaban como a una cuadra de distancia, dedicados a su caminata, saludándolo ahora. La anciana usaba un vestido amarillo que se sacudía a la brisa, dejando claramente al descubierto esas ridículas medias levantadas hasta la mitad de las piernas.

¿Debería él contestarles el saludo? Obviamente, por lo intenso era un saludo de *Detén el auto*, pero él podía fingir que lo había confundido con un saludo de *Que tengas un buen día* y devolverlo antes de meterse en el crepúsculo haciendo un ruido infernal. No, mejor fingir no haberlos visto en absoluto.

El pie de Kent presionó firmemente el acelerador y echó a correr dejándolos donde estaban. El cuello le permaneció rígido. Santo cielo, ¿qué sabían estos dos? Ellos levantaban y bajaban los brazos. *«Lo siento, amigos, sencillamente no los vi. Juro que no vi nada. ¿Están seguros de que era yo?»*

Pero a él no le estarían preguntando eso en ningún momento cercano, ¿verdad? Nunca. Miró el reloj del panel de instrumentos: 9:35. Tenía diez horas para quemar.

Le tomó a Kent diez buenos minutos calmarse, mordisqueándose las uñas, pensando. Pensando, pensando, pensando. El espejo le reflejó un rostro sin afeitar y húmedo. Debió haberse aseado un poco, al menos ponerse un poco de desodorante. Solo un haragán, o alguien con tremenda prisa rechazaría el cuidado básico del cuerpo. Y él estaba comenzando a oler. Se olfateó la axila. No, «comenzando» era ser demasiado indulgente. Tenía mal olor. Lo cual no presentaría un problema significante a menos que se topara con alguien que lo notara. Y aun entonces, ¿qué podría hacer esa persona? ¿Llamar a la policía local y reportar algo con la hediondez de un pantano vagando por la ciudad en el Lexus plateado? Probablemente no. Sin embargo, podría dejar una mala impresión en la cabeza de algún empleado.

—*¿Le parecería a usted qué él era normal?*

—No señor, oficial, me atrevería a decir que no. No a menos que usted considere normal andar por ahí con rábanos por ojos y oliendo a carne podrida a diez metros.

—Así de mal, ¿eh?

—Así de mal.

Kent decidió ir a Boulder a comer una hamburguesa. Tenía tiempo para quemar, y pensándolo bien necesitaba los kilómetros en el auto. Acababa de ir a un viaje de pesca.

Dos horas después entró a una parada de camiones a quince kilómetros al sur de Boulder, donde se las ingenió para salpicarse un poco de agua debajo de los sobacos, y sin ningún problema compró un sándwich sin mantequilla. Pasó tres horas en el estacionamiento trasero reflexionando en asuntos de la vida y la muerte antes de arrancar y dirigirse otra vez hacia Denver. ¿Y utilizó la tarjeta de crédito? No, por supuesto que no la usó. Eso sería ridículo. Estúpido, estúpido. Y ya bastaba de ser estúpido.

Para cuando Kent volvió a meter el Lexus en el parque industrial que contenía el cadáver de Tom Brinkley, la oscuridad había caído sobre Denver.

Las cosas resultaron considerablemente más sencillas esta vez. Kent apagó las luces, agradecido por una luna llena, y condujo por los callejones hacia la valla trasera. El furgón 24 se hallaba fielmente al lado de sus dos primos, y Kent apretó el puño en satisfacción.

—Mejor que estés allí, bebé —susurró, mirando la puerta enrollable del vehículo—. Mejor que estés donde te dejé.

Esto, desde luego se lo decía al cuerpo muerto, esperando que aún estuviera en la caja de contrachapado. Y esperando que no estuviera podrido. Las cosas ya estaban oliendo bastante mal.

Kent hizo retroceder el Lexus hasta poco más de medio metro del furgón, se apeó, y abrió la cajuela. Se puso un par de guantes quirúrgicos, desatrancó la palanca de la puerta del Iveco, y la levantó. Un fuerte olor a moho le inundó las fosas nasales, un moho más como de medias húmedas que de un cuerpo muerto, pensó, aunque él nunca antes había olido el moho de un cadáver. No obstante, no era el olor acerca del cual había leído.

La parte trasera del furgón se abrió como una enorme boca, oscura hasta la garganta, con una lengua que reposaba tranquila y café en medio. Solo que la lengua era la caja. Kent exhaló aliviado.

Sacó una palanca del baúl de su auto y se trepó al furgón. Habían atornillado el ataúd, lo que hizo un poco ruidosa la parte de abrir el botín, pero a los tres minutos la tapa yacía ladeada, desafiándolo a quitarla del todo.

Kent no había ensayado bien las sensaciones que lo zarandearon a continuación. Es más, no las había planeado en absoluto. Tenía la mano debajo de la tapa, listo a arrancarla con indiferencia, cuando se le vino la idea de que estaba a punto de mirarle el rostro al pescado. Pero para nada se trataba de un pescado. Era un cuerpo muerto. Kent se paralizó. Y no solo iba a *mirar*, sino también a tocar por todos lados, a levantar y a sacar esa carne fría y grisácea. Algo helado le recorrió la nuca.

Transcurrieron unos cuantos segundos en silencio. Primero debería alistar el plástico.

Kent se bajó del furgón y agarró un rollo de plástico de la cajuela del auto. Volvió a subir al camión y se paró ante el cajón. *Ahora o nunca, compañero. Solo hazlo.*

Lo hizo. De una patada quitó la tapa y miró dentro del ataúd.

Tom Brinkley estaba gris y levemente hinchado, con una perforación en el estómago del tamaño de un puño. El cabello era rubio y tenía abiertos los ojos. Kent no se pudo mover por algunos segundos. Eran esos dos ojos como canicas que lo miraban, brillando con vida a la luz de la luna, pero muertos. Entonces el olor que despedía el cadáver le penetró en las fosas nasales. Leve, ah, muy leve pero le recorrió por los huesos, y el estómago no estaba respondiendo tan gustosamente.

Según parece, el estómago de Tom Brinkley tampoco había respondido tan felizmente. A juzgar por el tamaño del agujero, parecía como si hubiera usado una bazuca para acabar con la vida. El mensaje de Kent a la funeraria le apareció en la mente. *No había problema. Lo recogeremos como esté.* Ahora estaba mirando al «como esté», y «era» un problema.

Kent retrocedió y se agarró de la estantería metálica. Santo cielo, esto no estaba en el plan. *Solo es un cadáver, ¡por amor de Dios! Algo muerto, como un pescado, con un enorme hueco en el estómago. ¡Sigue adelante!*

¿Y si no podía seguir adelante? ¿Y si él simplemente no tuviera agallas para lidiar por ahí con este cadáver? Se miró los guantes en las manos; lo protegerían de alguna enfermedad persistente. Cualquier peligro que imaginara solo estaba en la mente. ¿De acuerdo?

El pensamiento obligó a Kent a entrar en un estado de torpe y excesiva actividad. Tomó una bocanada de aire, giró otra vez hacia el cuerpo, metió la mano en el sarcófago, y jaló al Sr. Brinkley para sacarlo en un solo y suave movimiento.

O eso intentó.

El problema era que este cadáver había estado inmóvil por unas buenas cuarenta y ocho horas, y no estaba muy ansioso de cambiar de posición. Lo llamaban rigidez cadavérica, y ya se había apoderado del muerto.

Kent no había dirigido bien las manos al meterlas en el ataúd; las había enganchado tan solo, y los dedos se le habían cerrado alrededor de un hombro y un costado en las costillas, ambos sitios fríos y húmedos. El cuerpo muerto se puso medio vertical antes de deslizársele de las manos a Kent. El Sr. Brinkley giró lentamente y fue a parar al borde del ataúd. El rígido torso superior se deslizó limpiamente y se detuvo con un aplastante golpe seco en las tablas del piso del furgón. Ahora el cuerpo se desplomó sobre el sarcófago, panza abajo y trasero arriba a la luz de la luna, con las manos colgando del respaldo como si estuviera rindiendo homenaje al satélite del planeta.

Kent tragó la bilis que le trepó a la garganta, y saltó del furgón, resoplando casi en estado de pánico. Si en realidad había un Dios, le estaba haciendo esto espantosamente difícil. Ninguno de los libros había mencionado lo de la piel húmeda y resbaladiza. Si lo hubiera sabido habría traído toallas o algo así. Por supuesto que los libros no le habían enseñado capítulos sobre los métodos preferidos de arrastrar cadáveres. Por lo general estas cosas yacían pacíficamente sobre mesas o en ataúdes.

De pie en el suelo Kent miró el cuerpo en la parte trasera del furgón. Estaba gris a la tenue luz, como alguna clase de estatua de piedra en conmemoración a traseros. Bueno, si no lograba meter pronto eso en el baúl habría una docena de policías haciendo resplandecer sus linternas sobre ese monumento, haciendo preguntas ridículas. Preguntas como: «*Kent, ¿qué está haciendo con el Sr. Brinkley?*»

Volvió fieramente al trabajo por hacer, sujetó las manos alrededor de cada muñeca, y haló con fuerza. El cadáver saltó del cajón y se deslizó con bastante facilidad, como un pescado tieso arrastrado a lo largo del muelle. Lo sacó hasta la mitad antes de inclinarlo en la sección media. Titubeó al pensar en ese hueco en el estómago del Sr. Brinkley. Debió haber rodado al individuo envuelto en el plástico.

¡El plástico! Lo había dejado en el ataúd. Lanzar el cuerpo dentro del Lexus sin cubrirlo sería definitivamente una de las idioteces más grandes que hacían los criminales de la Calle de los Estúpidos. Si tuvieran alguna sospecha, los expertos forenses tendrían allí un día de campo. Kent volvió a empujar el fiambre dentro del furgón, agarró el plástico, y lo extendió rápidamente a lo largo del piso de la cajuela, plegándolo en los bordes. Se volvió a inclinar dentro del camión para agarrar por las muñecas el desnudo cuerpo del Sr. Brinkley, y volverlo a jalar.

En un solo movimiento, negándose a considerar lo que ese hueco le podría hacer a la camisa, Kent se echó el cadáver al hombro, giró de costado, y soltó al Sr. Brinkley dentro del baúl. El cuerpo dio una voltereta al bajar y cayó con un fuerte golpe, el trasero abajo. Por el sonido que hizo, la cabeza pudo haber hecho una abolladura en el metal. Pero estaba cubierta con plástico, de modo que la sangre no embadurnaría el auto. Además, los cadáveres no sangraban.

La frente de Kent goteó sudor que salpicó sobre el plástico. Miró alrededor, resollando tanto de disgusto como por el esfuerzo. La noche aún estaba fresca y tranquila; el rugido de la lejana autopista se le filtraba por las palpitantes orejas. Pero no había sirenas, helicópteros, patrullas policiales con reflectores, o nada por el estilo que pareciera amenazador. Excepto ese cuerpo que yacía descubierto al lado de él, desde luego.

Rápidamente Kent forzó la cabeza y los pies a entrar al baúl, cuidando de que no hicieran ningún contacto con el auto desprotegido. Las piernas crujieron y lanzaron un sonido como si se quebraran al entrar, y Kent se preguntó si el sonido lo produjeron articulaciones o huesos sólidos. Debían ser las articulaciones, pues los huesos no se romperían tan fácilmente.

Los ojos aún miraban fijamente desde la cabeza de Tom Brinkley como dos canicas grises. Por la apariencia, la nariz del cadáver se pudo haber golpeado de frente en el furgón. Kent estiró el plástico negro sobre el cadáver y cerró la cajuela.

Luego estaba el asunto del ataúd. En realidad sí, y Kent estaba preparado para ese problemita. Sacó una cobija del asiento trasero, la arrojó sobre el auto, rescató del Iveco el cajón de contrachapado, y lo amarró en lo alto del automóvil con una sola cuerda. No debía preocuparle, pues no lo llevaría lejos.

Rápidamente puso orden en el furgón, cerró la puerta trasera una vez más, y salió, aún guiado solamente por la luz de la luna. Descargó el ataúd dentro de un cubículo de almacenaje, dos más allá de donde estacionara antes el Lexus. Quienquiera que fuera después al cubículo no encontraría sino un cajón barato de contrachapado botado por algún vagabundo mucho tiempo atrás.

Para cuando Kent llegó a la autopista ya casi eran las nueve de la noche.

Para cuando pasó la primera vez por el banco eran cerca de las diez.

Se dijo que pasaría para asegurarse que el parqueadero estuviera vacío. Pero al ver avecinarse el banco mientras bajaba por la calle comenzó a reconsiderar todo el asunto, y para cuando llegó al estacionamiento los brazos le experimentaban cierta clase de rigidez cadavérica. Simplemente no lograba hacer girar el volante.

La blanca luna se sostenía como un reflector en el cielo, mirando sin cesar entre negras nubes pasajeras. El banco se elevaba sombrío contra el cielo. Las calles estaban casi vacías, pero parecía que todo auto que pasaba se concentraba de algún modo en el Lexus. Kent imaginó que eso se debía a que el tubo de escape se arrastraba por tener al

Sr. Brinkley oculto allí como un peso de plomo; o tal vez lo había dejado con un dedo asomándosele por el baúl. Kent respiró hondo para tranquilizarse. No, el tubo de escape no estaba arrastrándose ni hundiéndose. Y lo del dedo en el baúl era ridículo. La tapa no se hubiera cerrado con algo tan grueso como un dedo que sobresaliera. ¿Cabello quizás? Kent miró por los espejos laterales pero no vio cabellos agitándose en el viento.

—¡Contrólate, amigo! —resopló—. ¡Estás actuando como idiota!

Kent condujo tres cuadras más allá del banco antes de girar en una calle lateral para dar la vuelta. Ahora las objeciones le gritaban. Llevarse el furgón... eso no había sido nada. Robar el fiambre... juego de niños. Esto, ahora *esto* estaba totalmente en primera fila. Solo un completo imbécil intentaría realmente esto; o alguien que no tuviera una razón para vivir. Porque intentar esto podría muy bien terminar en muerte. *Tú sabes eso, Kent, ¿no es así? Podrías morir esta noche. Como Spencer.*

Las palmas le sudaban en el volante de cuero, y él se preguntó si los forenses podrían detectar eso. También tendría que limpiar el sudor del asiento. No quería que algún ambicioso investigador novato concluyera que Kent había llegado en estado de angustia, regando baldes de sudor sobre los asientos. De todos modos, él había perdido esposa e hijo; tenía motivos para estar angustiado.

Kent se acercó al banco por la parte de atrás y entró al sitio de estacionamiento por el callejón de la esquina trasera. *Muy bien, muchacho. Sencillamente fresco. Estamos a punto de entrar allí y echar una rápida mirada. Vienes aquí todo el tiempo en la noche. Nada extraño todavía. Aún no has hecho nada malo. No mucho de cualquier manera.*

Respiró profundo, salió del auto, portafolios en mano, y se dirigió a la entrada trasera. La mano le temblaba mucho al insertar la llave. ¿Y si habían cambiado la cerradura? Pero no lo habían hecho. Esta se abrió fácilmente al sonido de un suave pitido. La alarma.

Kent entró y pulsó el código de desactivación. Ahora la empresa de alarmas sabría que Kent Anthony había entrado al edificio por la puerta trasera a las 10:05 de la noche del domingo. No había problema... eso era parte de esta pequeña farsa. Las oficinas traseras no estaban monitorizadas por equipo de video como el resto del banco; aquí atrás él era un ave libre.

Caminó por oscuros pasillos, pisando rápidamente en medio de la luz de resplandecientes letreros de salida. Encontró su oficina exactamente como la había dejado, intacta y en silencio a excepción del *zumbido* de la computadora. Los peces exóticos nadaban perezosamente; luces rojas de energía titilaban en la oscuridad; la elevada silla de cuero negro se veía como una tenebrosa sombra ante los monitores. Las manos de Kent le temblaban a los costados.

Prendió la luz y entrecerró los ojos ante la brillantez. Colocó el maletín ejecutivo sobre el escritorio y distraídamente hizo crujir los nudillos. A su juicio, necesitaría cinco horas en el edificio para lograr esto. Las primeras cuatro horas serían relativamente sencillas. Entrar simplemente al sistema avanzado de procesamiento usando ROOSTER, ejecutar el pequeño programa BANDIT que había estado ajustando bien en las tres últimas semanas, y salir. Pero era la parte de salir la que le hacía vibrar los huesos.

Kent recorrió por última vez los pasillos, satisfecho de que estuvieran vacíos. Entonces de pronto era el momento de «ahora o nunca», y regresó con bríos a la oficina, sabiendo que debía ser ahora.

Está bien, chico. Aún no has hecho nada. Aún no.

Sacó un disco del maletín, lo insertó en la unidad del disco flexible, inhaló profundamente una vez más, y comenzó a pulsar el teclado. Surgían y desaparecían menús, uno tras otro, en rauda demostración de rojos, azules y amarillos. Localizó al ROOSTER y lo ejecutó sin hacer pausas. Luego ingresó al SAPF, a través de la conexión oculta del ROOSTER, como un fantasma capaz de hacer cualquier cosa a voluntad sin que lo supieran los mortales.

Él ya había definido su pretensión, la cual era confiscar veinte millones de dólares. Y robar veinte millones de dólares era ahora cuestión de unas pocas pulsadas de teclas.

Miró por un largo minuto la conocida pantalla del código de programación, rozando ligeramente las teclas con las temblorosas yemas de los dedos, y el corazón palpitándole en los oídos.

Todo está bien, muchacho. Aún no has hecho...

Sí, bueno, estaba a punto de hacerlo.

Hazlo entonces. Sencillamente hazlo.

Tragó saliva y pulsó la tecla ENTER. La unidad flexible de disco engranó, la de disco duro centrifugó, la pantalla se puso en blanco por unos segundos, y Kent contuvo el aliento.

En el centro de la pantalla apareció una serie de números, y estos comenzaron a pasar como el medidor enloquecido de una bomba de gasolina. La búsqueda había iniciado. Kent se echó hacia atrás en la silla y cruzó las manos, con la mirada perdida en los borrosos números.

La ejecución del programa en realidad era sencilla. Revisaría sistemáticamente la enorme red bancaria electrónica e identificaría las cuentas en que se habían recaudado cobros por uso de cajeros automáticos interbancarios. Ejemplo: Sally, cliente del banco Norwest, utiliza su tarjeta de efectivo en un cajero automático Wells Fargo y se le cobra $1,20 por el uso del ATM de Wells Fargo. El cobro se le debita automáticamente de la cuenta. A Sally le llega su estado de cuenta, ve el cobro, y lo suma a la línea que indica «Costo de Servicio» en el formulario de conciliación. Caso cerrado. ¿Cuestiona Sally el cobro? No, a menos que fuera una maniática. BANDIT buscaría cien millones de tales transacciones, añadiría veinte centavos a la cantidad cobrada por el banco anfitrión, y luego sacaría cuidadosamente esos veinte centavos y los depositaría en un laberinto de cuentas que Kent ya había establecido. En el caso de Sally, ni Norwest ni Wells Fargo se quedarían cortos en sus conciliaciones. Recibirían y se les cobraría exactamente lo que esperaban: $1,20. Sería Sally quien quedaría con veinte centavos menos, porque su estado de cuenta no mostraría un cobro de servicio por $1,20 sino por $1,40. Los veinte centavos adicionales que pagó serían donados sin darse cuenta a las cuentas de Kent mientras el saldo de $1,20 haría felizmente su recorrido hasta Wells Fargo. Nadie se enteraría.

Pero digamos que Sally *es* una maniática. Digamos que llama al banco y reporta el error: un cobro de $1,40 en vez de la acostumbrada tarifa de $1,20 anunciada en los catálogos del banco. El banco inicia una investigación. BANDIT identifica inmediatamente la investigación, envía un pistolero a la casa de Sally y le mete una bala en la cabeza.

Kent parpadeó. Los números en la pantalla seguían girando borrosos.

Está bien, no del todo. BANDIT sencillamente le devolvería a Sally sus preciosos veinte centavos ganados con el sudor de la frente. Pero era aquí, en el método que Kent había creado para devolverle a Sally el dinero, que centelleaba la verdadera brillantez del programador. Vea usted, BANDIT no solo devolvería el dinero descuidadamente cobrado y se disculparía por la equivocación. Demasiadas equivocaciones levantarían sospechas, y Kent quería mantener bajas esas sospechas. En vez de eso, BANDIT actuaría como un virus que se borraría solo, uno que detectaría la investigación en la cuenta de Sally, y haría su juego sucio de reintegrar al instante los veinte centavos, antes de que la investigación devolviera los detalles de la cuenta de Sally a la pantalla del empleado del banco. Para cuando el banquero tuviera el último estado de cuenta de Sally en la pantalla, este mostraría que se había cobrado la tarifa acostumbrada de $1,20. La computadora arrojaría entonces un comentario acerca de la autocorrección de un error, y eso sería todo. En realidad, habría sin duda algunos sondeos más profundos, pero no hallarían nada. Las transacciones se ejecutarían a través de la puerta trasera del banco y sus huellas se borrarían nítidamente, gracias al SAPF. Por supuesto, la salvaguarda era el mismo SAPF… quienes entraban al SAPF normalmente dejaban sus huellas en cada pulsación.

Normalmente, pero no con ROOSTER.

De cualquier modo, esto en realidad no importaba. La última hora de esta operación neutralizaría todo. Mientras tanto, Kent tenía un cadáver pudriéndose en la cajuela. Dejó que la computadora hiciera lo suyo mientras él se mordía las uñas y andaba por la alfombra de un lado a otro. Pudo haber derramado todo un galón de sudor en esas tres primeras horas, no lo sabía… pero igual no había llevado una jarra de leche para recogerlo. Pero el sudor logró empaparle por completo la camisa.

El programa tardó tres horas y cuarenta y tres minutos para encontrar a sus deliberadas víctimas. El reloj en la oficina de Kent mostraba la 1:48 cuando finalmente el programa le preguntó si deseaba continuar… transferir esta enorme cantidad de dinero a las cuentas de él y obligarlo entrar a una vida de huir de los largos brazos del sistema de justicia estadounidense. Bueno, no en tantas palabras. En realidad solo había una palabra en la pantalla: ¿TRANSFERIR? S/N. Pero Kent sabía lo que el programa estaba realmente preguntando con esa simple palabra, porque él la había escrito.

La mano permaneció sobre la letra S que en realidad alteraría las cuentas y transferiría el dinero a su propiedad… proceso que según los cálculos de Kent tardaría aproximadamente treinta minutos. Presionó la tecla, consciente del pequeño clic al teclear. Las palabras desaparecieron y fueron reemplazadas por una sola palabra que se prendía y se apagaba: PROCESANDO.

Kent retrocedió del escritorio y dejó que la computadora hiciera su labor. *Sí, ¡por cierto! BANDIT, róbales sin que se den cuenta.* El corazón le palpitaba al doble de veces de su ritmo acostumbrado, negándose a calmarse. Y él aún debía tratar con ese resbaladizo cadáver.

Salió hacia el Lexus, mirando nerviosamente alrededor en busca de la más leve señal de un intruso. Lo cual le pareció algo irónico porque *él* era el intruso aquí. Abrió el baúl y rápidamente le quitó el plástico al cuerpo del Sr. Brinkley. Ahora tenía que obrar con rapidez. No lo haría teniendo un transeúnte viéndolo sacar de la cajuela un cuerpo desplomado. Habría sido más fácil hacer retroceder el Lexus en el callejón, pero también esto habría dejado huellas de llantas que no correspondían. Una de esas jugadas de la Calle de los Estúpidos.

El cadáver miraba a la luna con grises ojos abiertos, y Kent se estremeció. Metió las manos dentro, tragando saliva, agarró el cuerpo con ambos brazos alrededor del frío torso, y lo jaló. El fiambre salió como un saco hinchado de granos, y Kent se tambaleó bajo el peso. La cabeza rebotó en el parachoques trasero y casi deja un trozo de tres centímetros de piel en el asfalto, lo cual habría sido un problema.

¡Muévete, amigo! ¡Muévete!

Kent levantó el cadáver y se lo colocó en la parte anterior de los brazos mientras daba la vuelta. El baúl tendría que permanecer abierto por el momento. Caminó tambaleándose por el callejón, resollando ahora como un fuelle viejo, esforzándose por mantener el contenido en el estómago, donde pertenecía. Si hubiera comido más el último día, entonces aquello pudo haber subido mientras él se tambaleaba por el callejón, con los ojos entrecerrados para tratar de no ver lo que había más allá de sus brazos. El Sr. Brinkley rebotaba desnudo y gris. Nalgas arriba.

El cadáver casi se le cae una vez, pero lo recuperó levantando una rodilla. Sin embargo, perdió el agarre firme en el cuerpo, y debió correr los últimos metros para que el pescado no se le cayera por completo de los brazos.

La puerta trasera probó enteramente ser otro desafío más. Kent se quedó allí, inclinado, presionado contra el peso muerto, sabiendo que habría evidencia si esta cosa se le caía. Evidencia de cuerpo muerto.

El problema era que las manos le temblaban en su labor de impedir que el Sr. Brinkley le aterrizara en los dedos de los pies, y el hecho de que la puerta estaba cerrada. Tendría que ponerse el cuerpo sobre el hombro, y así liberar una mano.

—¡Oh, amigo! —susurraba ahora él de manera audible—. Oh, amigo, ¡oh amigo!

Las palabras resonaron fantasmagóricamente por el callejón.

Le llevó tres intentos llenos de pánico subirse el desnudo cuerpo a la cabeza, y para cuando al fin se las arregló para mover un hombro serpenteándolo debajo del peso, la respiración le resultaba difícil. Sintió en el hombro la suave carne del cuerpo, y la mente se le llenó con visiones de ese hueco en el vientre del muerto. Pero las llantas alrededor de la cintura del Sr. Brinkley le estaban rozando la oreja derecha, y comprender esto lo puso a actuar con velocidad.

Kent abrió la puerta y entró tambaleándose, batallando contra frías corrientes de pavor. El pensamiento de que tendría que limpiar esa manija de la puerta se le plantó con firmeza en la mente. Él tenía carne muerta en las manos.

Corrió hacia su oficina con el cuerpo rebotándole en el hombro. Fuertes jadeos acompañaban ahora a cada respiración, pero ¿quién entonces escucharía?

Tiró el cuerpo de su precaria percha en el instante en que pasó a tropezones la puerta de la oficina. El cadáver cayó sobre la alfombra gris con un horrible golpe seco de cuerpo muerto. Kent se estremeció y cerró la puerta de un empujón. Tenía el rostro retorcido del asco; anduvo de un lado al otro frente al cadáver, tratando de controlarse.

A la derecha, la pantalla de la computadora aún titilaba con su sucia labor. PROCESANDO, PROCESANDO, PROCESANDO...

Kent necesitaba aire fresco. Salió corriendo del banco y volvió hasta el auto, agradecido por el aire helado en la empapada camisa.

Del asiento trasero sacó una caja verde y roja de cartón, que solo dos semanas atrás contenía doce botellas de tequila, y cuidosamente limpió la cajuela. Satisfecho de que el Lexus no presentara evidencia física del cadáver, metió el plástico dentro de la caja y fue hasta una maraña de tubos y válvulas que asomaban del concreto a mitad del callejón. La más pequeña de ellas controlaba el sistema de rociadores del banco. Hizo girar una válvula y la cerró.

De la caja de tequila sacó un par de zapatos deportivos y los reemplazó por los mocasines que llevaba puestos. Unas cuantas pisadas por el callejón aseguraban que estos dejarían una huella. Evidencia. Limpió con cuidado el pomo de la puerta y volvió a entrar al banco.

El cadáver yacía boca arriba, desnudo y pálido, cuando Kent entró a la oficina. Sintió un escalofrío entonces. La pantalla de la computadora aún titilaba la palabra: PROCESANDO, PROCESANDO…

Kent se quitó la ropa hasta quedar desnudo excepto por los zapatos deportivos. Empezó a vestir al Sr. Brinkley, pero rápidamente determinó que no podía tolerar estar desnudo en el mismo cuarto con un hombre muerto sin ropa alguna. De acuerdo, soportaría cualquier cosa que fuera necesaria para realizar esta acción; no obstante, en el plan nunca estuvo inclinarse desvestido sobre un cuerpo muerto desnudo. Primero debía vestirse. Sacó de la caja verde y roja un jean holgado y una camiseta blanca y se los puso. Entonces se volvió a enfocar en el cadáver.

Vestir un cuerpo muerto demostró ser una verdadera tarea… cualquier cosa menor a esto lo habría hecho maldecir. La rigidez del cadáver ayudaba, pero no el peso muerto. Primero metió a la fuerza sus bóxers blancos en la sección media del Sr. Brinkley, conteniendo el aliento durante la mayor parte de la operación. Relajado, forcejeó con los pantalones, haciendo rodar el cuerpo, y jalando lo mejor que podía. Casi había terminado de poner la camisa en el pecho del cadáver cuando sonó un pitidito en la computadora.

Kent levantó la cabeza. TAREA COMPLETADA, decía la pantalla. $20.000.000.00 TRANSFERIDOS.

Un temblor se le apoderó de los huesos. Volvió a enfocarse en el cadáver, apuradísimo ahora. Le puso el reloj de pulsera en la muñeca, las medias y los zapatos en los pies.

Satisfecho, extrajo el disco flexible de la unidad y salió del programa. Un pensamiento fugaz le saltó al cerebro. El pensamiento de que acababa de transferir de manera satisfactoria veinte millones de dólares a sus cuentas personales. El pensamiento de que era un hombre muy rico. ¡Santo cielo!

Pero la irresistible necesidad de huir sin ser descubierto le sacó el pensamiento de la mente. Vació la mitad del contenido del maletín ejecutivo en la caja de tequila. La mitad incriminatoria. Lo que permanecía en el maletín representaba el trabajo de un programador dedicado, que incluía un recordatorio personal de hablar con Borst el lunes por la mañana acerca de asuntos de eficiencia. Sí señor, demostrarles que él esperaba totalmente regresar al trabajo el lunes en la mañana después de un viaje casual de pesca y de una noche trabajando hasta altas horas en la oficina.

Kent tiró del cadáver, ahora totalmente vestido con la ropa del programador, hasta dejarlo parado en posición inclinada contra la silla como alguna clase de pieza de museo. Aquí la rigidez cadavérica era su amiga. Vio que había abotonado mal la camisa, y que los pantalones estaban levantados en un lado. El Sr. Brinkley parecía alguna clase de tonto programador sin el protector de mangas. Pero nada de esto importaba.

El cadáver miraba con ojos bien abiertos el póster del yate blanco. Ahora que Kent pensaba al respecto, debieron haber cerrado esos fastidiosos ojos como lo hacían cuando alguien moría en la televisión.

Kent retrocedió hasta la puerta, examinó su obra, y sacó de la caja la nueve-milímetros semiautomática que le había regalado el tío Jerry. *Muy bien, chico, ahora vas a hacer esto.* Levantó la pistola. Una vez que jalara el gatillo tendría que apurarse. No se podía saber cuán rápido podría viajar el estallido.

Pero el Sr. Brinkley no sabía nada de eso. Al menos no todavía. De repente se deslizó de costado y cayó al suelo, tieso como una tabla.

Kent maldijo y saltó hacia el cuerpo. Levantó al Sr. Brinkley y lo colocó en su puesto.

—Quédate quieto, viejo pescado —musitó entre rechinantes dientes—. Te estás muriendo de pie, sea que te guste o no.

Se agachó y entrecerró los ojos. De repente la pistola se le sacudió en la mano. *¡Pum!* La detonación casi lo tira al suelo. Lleno de pánico, disparó dos veces más, rápidamente, dentro del cuerpo. *¡Pum! ¡Pum!* El cadáver permaneció erguido, mirando aún como un tonto al frente, totalmente ajeno a las balas que le acababan de atravesar la carne.

Kent tragó grueso y volvió a meter el arma en la caja. Temblando ahora de mala manera se bamboleó hacia adelante y sacó de la caja un recipiente de dos galones. Le dio un empujón al Sr. Brinkley y dejó que cayera al suelo. Vació sobre el cuerpo la mezcla inflamable y luego roció la alfombra alrededor. Examinó la oficina, recogió la caja y retrocedió hacia la puerta.

Exactamente antes de que Kent lanzara el fósforo se le pasó por la mente que aquí era donde estaba a punto de meterse a la parte profunda. En el interior de algún abismo, desplegado como un águila. Raspó el fósforo y lo dejó llamear. ¿Qué diablos estaba a punto de hacer? Estaba ultimando los detalles del crimen perfecto, eso es lo que estaba a punto de hacer. Estaba a punto de matar a Kent Anthony. Estaba a punto de unirse a Gloria y Spencer que yacían en tierra, a dos metros de la superficie. Al menos ese era el plan, y era un plan brillante.

Kent retrocedió hacia el pasillo y lanzó el fósforo.

¡Suás!

La ignición inicial lo hizo saltar por el pasillo y cayó sentado. Se puso apresuradamente de pie, e incrédulo miró el fuego. Un muro de llamas anaranjadas llegaba al techo, crujiendo y arrojando humo negro. El fuego envolvía toda la oficina. El cuerpo del Sr. Brinkley yacía como un tronco ardiendo con el resto, como Sadrac o Mesac en el horno de fuego. La aceleradora mezcla funcionó como la promocionaban. Este cadáver iba a arder. Arde, bebé, arde.

Entonces Kent huyó del banco. Atravesó la puerta trasera, con la caja de tequila en la mano y el corazón saliéndosele del pecho. El Lexus se hallaba estacionado alrededor de la esquina a la izquierda. Corrió hacia la derecha. No volvería a necesitar el auto. Nunca más.

Había corrido tres cuadras por los callejones traseros antes de oír la primera sirena. Disminuyó la marcha ante un contenedor de basura, ocultó la pistola y botó la caja. Detrás de él una nube de humo se metía al cielo nocturno. Había oído decir que el antiguo edificio con marco de madera se incendiaría, pero no había esperado que el fuego se extendiera tan rápido.

Kent regresó a mirar cuatro cuadras más adelante, con los ojos bien abiertos y sin parpadear. Esta vez un brillo anaranjado iluminaba el cielo. Una sonrisita de asombro le atravesó el rostro. Ululaban sirenas en el aire nocturno.

Cinco minutos después entraba a la terminal de autobuses en Harmon y Wilson, allí sacó una llave de la casilla 234, y extrajo un viejo maletín café; en este había once mil dólares en billetes de veinte dólares —gastos de viaje— un boleto de bus, una barra de desodorante, un cepillo de dientes con un tubo de pasta dental, y un pasaporte bajo su nuevo nombre. Esto era todo lo que poseía ahora.

Esto y una docena de cuentas que contenían veinte millones de dólares.

Entonces Kent se metió a la calle y desapareció en la noche.

CAPÍTULO VEINTINUEVE

Ocho días después

HELEN LLEVÓ dos vasos de té helado a la sala y le ofreció uno al pastor Madison. Volver a su propia casa fue la única pequeña bendición en este último giro de acontecimientos. No necesitaba quedarse en la de Kent si él se había ido.

—Gracias, Helen. Entonces…

—¿Entonces qué? —cuestionó ella.

—Entonces llegaron a la conclusión de que el incendio resultó de un insólito intento de robo. ¿Leíste esta historia? —inquirió él, levantando el *Denver Post* en una mano.

—Sí, eso vi.

—Dicen que la evidencia de la escena demuestra claramente una segunda parte… suponen que se trata de un ladrón —continuó el pastor—. Es evidente que este tipo encontró abierta la puerta trasera y entró al banco, esperando obtener algo de efectivo fácil. Por desgracia, Kent estaba allí «trabajando hasta tarde la noche del domingo, lo cual no era extraño en Kent Anthony. Era bien sabido que el programador de treinta y seis años de edad trabajaba en extraños horarios, a menudo hasta las primeras horas de la madrugada».

—Um —ofreció Helen.

—Se dice que los investigadores especulan que el ladrón se encontró con Kent, se llenó de pánico, y lo mató de un disparo. Luego regresó e incendió el lugar… probablemente en un intento por borrar evidencia de su presencia. Él aún anda suelto, y la investigación continúa. El FBI no tiene sospechosos por el momento. En realidad no se cometió el robo… Calculan que el perjuicio del incendio llega a tres millones de dólares, una fracción de lo que pudo haber sido, gracias a la rápida acción del cuerpo de bomberos —anunció él, bajó el periódico y sorbió su té—. Y por supuesto, sabemos el resto, porque es acerca del funeral.

Helen no respondió. No había mucho que decir de todos modos. Las cosas se le habían caído del plano del entendimiento. Ella estaba guiada ahora por lo desconocido. Por la clase de fe que nunca había soñado que fuera posible.

—¿Qué está sucediendo con las pertenencias de Kent? —quiso saber Bill.

—Según su testamento le deja todo a Gloria y a Spencer. Supongo que el estado se quedará ahora con sus cosas... franca y totalmente, no lo sé, ni me importa. Por lo que he visto, de todos modos no hay cómo usar nada de esto en la próxima vida.

Bill asintió y volvió a sorber. Se quedaron en silencio por un rato.

—Tengo que decírtelo, Helen. Esto es casi demasiado para mí.

—Lo sé. Parece difícil, ¿no es cierto?

Bill ladeó la cabeza, y ella se dio cuenta que la frustración del hombre sacaba lo mejor de él.

—No, Helen. No *parece* difícil. No todo es respecto a que *parezca* de esta o de esa manera. Esto *es* difícil, ¿de acuerdo? —expresó él, y se movió incómodo—. Quiero decir, primero la esposa de Kent muere de una enfermedad inesperada, lo que fue una desgracia. Entiendo que esas cosas sucedan. Pero luego matan a su hijo en un insólito accidente. Y ahora ni siquiera nos acabábamos de quitar la ropa de funeral cuando *él* es asesinado en un insospechado intento de robo. ¿Bastante extraño? No, no mucho. Mientras tanto tú, la madre, abuela y suegra está por ahí caminando, muy literalmente, y hablando acerca de algún juego en el cielo. De un plan maestro más allá de la comprensión humana normal. ¿Con qué fin? ¡Todos están muertos! ¡Toda tu familia está muerta, Helen!

—Las cosas no siempre son lo que...

—...lo que parecen —terminó Bill—. Lo sé. Me lo has dicho un centenar de veces. ¡Pero algunas cosas *sí son* lo que parecen! Gloria *parece* bastante muerta, ¿y sabes qué? ¡Ella *está* muerta!

—No necesitas tratarme con aparente amabilidad, jovencito —manifestó Helen sonriendo con dulzura—. Y en realidad, ahora ella está más viva que muerta, por lo que en eso estás menos en la verdad que en el error. Desde el punto de vista práctico quizás tengas razón, pero el reino de los cielos no es lo que la mayoría de humanos llamaría algo práctico. Todo lo contrario. ¿Has leído alguna vez las enseñanzas de Cristo? «Si alguien te pide la túnica, dale también la capa». ¿Has hecho eso alguna vez, Bill? «Si tu ojo te hace pecar, sácatelo». ¿Has visto últimamente a alguien destrozando el televisor, Bill? «El que no carga su cruz y me sigue, no es digno de mí...», eso es morir, Bill; y «deja que los muertos entierren a sus muertos». Fue Dios quien pronunció estas palabras, como una guía por la cual llevar la vida.

—Bueno, no estoy hablando aquí de las enseñanzas de Cristo. Estoy hablando de personas que mueren sin motivo aparente.

Helen lo escrutó profundamente con la mirada, sintiendo empatía y sin saber en realidad por qué. Él era un buen hombre. Simplemente aún no había visto lo que debía ver.

—Bueno, yo *estoy* hablando de las enseñanzas de Cristo, Bill, lo cual, sea que te guste o no, incluye la muerte. Su propia muerte. La muerte de los mártires. La muerte de aquellos sobre cuya sangre se levantó la Iglesia.

Helen alejó la mirada, y de pronto le llegó a la mente un centenar de imágenes del pasado. Tragó grueso.

—La razón que buscas está aquí, pastor —continuó ella, agitando lentamente la mano en el aire—. Totalmente a nuestro alrededor. Solo que a menudo no la vemos con claridad, y cuando lo hacemos, no muy a menudo se ve como creemos que debería verse. Estamos tan concentrados en rellenarnos con plenitud de vida, con plenitud de *felicidad*, que perdemos de vista a Dios. Inventamos nuestro propio Dios.

—Dios es un Dios de gozo, paz y felicidad —propuso él.

—Sí. Pero el Maestro no tenía en mente comedias de la vida diaria que te hicieran reír, o alegres sermones acerca de qué es en realidad el camino angosto. Cielos, no. ¿Qué es puro, Bill? ¿O excelente, o admirable? ¿La muerte de un millón de personas en el diluvio? Es evidente que Dios pensó en eso. Él es incapaz de acciones que no sean admirables, y eso es lo que produjo el diluvio. ¿Y qué acerca de la matanza de niños en Jericó? Existen pocas historias bíblicas que no sean tanto terribles como acertadas. Solo que preferimos hacer de lado la parte terrible, pero eso únicamente hace lánguida a la parte buena.

Helen dejó de mirar a Bill y enfocó la mirada en la pintura de Cristo en la crucifixión.

—Se nos anima a *participar* en el sufrimiento de Cristo, no a fingir que esos fueran momentos para sentir felicidad. Jesús dijo: «Hagan esto en memoria de mí. Esta es mi sangre, este es mi cuerpo». No pidió que encontráramos un conejito de Pascua o que buscáramos huevos de chocolate en memoria de él. Se nos dice que *meditemos* en las Escrituras, incluso en la parte que detalla la consecuencia del mal, la conquista de Jericó y todo eso. No que finjamos que nuestro Dios ha cambiado de algún modo desde la época de Cristo. Evidentemente la opinión de Pablo acerca de lo admirable y noble era muy distinta a la nuestra. Dios nos perdona, Bill. Nos burlamos de la victoria del Señor cuando encubrimos al enemigo con el fin de obtener la aprobación de nuestro prójimo.

—Imagíname hablando así desde el púlpito —objetó él parpadeando y respirando hondo—. Dejaría sin aliento a la mayor parte de la audiencia.

Él bajó la cabeza, pero Helen vio que tenía la mandíbula apretada. De repente esas imágenes del pasado de ella le volvieron a chocar en el pensamiento, y cerró brevemente los ojos. Debería decírselo, pensó ella.

—Permíteme contarte una historia, Bill. Una historia acerca de un hombre de Dios distinto a cualquiera que yo haya conocido. Un soldado. Él era mi soldado —expresó ella, ahora las emociones la inundaron de veras, y observó que le temblaban las manos—. Él era de Serbia, es decir, antes de venir a los Estados Unidos. Luchó allí en la guerra con un pequeño equipo de fuerzas especiales. Sirvió bajo un teniente, un hombre *horrible*.

Helen se estremeció mientras lo decía.

—Un tipo que odiaba a Dios y que dormía con el diablo.

Ella debió detenerse por unos momentos. Los recuerdos venían demasiado rápido, con excesiva intensidad, y en silencio hizo una oración. *Padre, perdóname.* Levantó la mirada hacia la botella roja sobre la rinconera, asentada allí, recordándole el pasado. Con el rabillo del ojo vio que Bill la observaba.

—Bueno, un día entraron a un pueblito. El comandante los llevó directamente a la iglesia en el centro. El soldado dijo que con una sola mirada a los ojos del teniente sabía que ese hombre había llegado con crueles intenciones. Fue horrible comprender eso.

Helen tragó saliva y continuó antes de que la emoción sacara lo mejor de ella.

—El comandante hizo reunir a la gente del pueblo, como cien de ellos, creo, y entonces comenzó sus juegos.

Helen volvió a levantar la mirada hacia la cruz.

—El sacerdote era un hombre temeroso de Dios. Durante horas el comandante llevó a cabo su juego… inclinado para obligar al sacerdote a renunciar a Cristo ante los habitantes del pueblo. El horror de esas horas fue tan censurable, que apenas puedo hablar de eso, Bill. Oír acerca de esos momentos me haría llorar por horas.

De los ojos de Helen se deslizaron lágrimas que le cayeron al regazo.

—El soldado estaba horrorizado por lo que veía. Intentó en vano detener al teniente, y casi pierde su propia vida. Pero finalmente el sacerdote murió. Murió un mártir por amor a Cristo. Ahora en el pueblo hay un monumento en honor a él; es una cruz que se levanta desde el césped verde con la inscripción «Nadie tiene amor más grande». Al día siguiente a la muerte del sacerdote recogieron un poco de su sangre y la sellaron dentro de varias botellitas de cristal, para nunca olvidar lo sucedido.

Ella se puso de pie y se dirigió a la rinconera. Solamente a su hija le había hablado de esto, pero ya era hora, ¿no es verdad? Sí, era hora de extender esta semilla. La respiración se le estaba entrecortando mientras abría las puertas de vidrio. Rodeó la botellita con los dedos, y la sacó. El recipiente solo era algo más grande que la mano de ella.

Helen volvió a su silla y se sentó lentamente, con las imágenes revolcándosele en la mente.

—El soldado regresó a la aldea al día siguiente para suplicar que lo perdonaran. Ellos le dieron uno de los frascos llenos con la sangre del mártir —continuó Helen sosteniendo aún la botella en la palma—. No para adorarla o idolatrarla, le dijeron. Sino para recordarle el precio pagado por su propia alma.

No era toda la historia, por supuesto. Helen pensó que si el pastor conociera toda la historia estaría babeando sobre el suelo en un charco de sus propias lágrimas. Porque la historia completa era tanto de ella como del soldado, y se extendía más allá de los mismísimos límites del amor. Quizás le daría el libro que Janjic escribiera antes de morir, *Cuando el cielo llora*. Entonces Bill la conocería.

—La experiencia cambió profundamente la vida del soldado —continuó ella, mirando a Bill, quien tenía los ojos húmedos y fijos en el suelo—. Y a la larga cambió mi vida, y la de Gloria y Spencer, y hasta la tuya y la de muchísimos otros. Y ahora posiblemente la de Kent. Pero mira, todo comenzó con una muerte. La muerte de Cristo, la muerte del sacerdote. Sin estas muertes yo no estaría hoy aquí. Tampoco tú, pastor. Así es como veo ahora el mundo.

—Sí —asintió él, recuperándose—. Es cierto que ves más que la mayoría de nosotros.

—Yo solo veo un poco más que tú, y la mayor parte de eso por fe. ¿Crees que porto el rostro de Dios? —le preguntó ella; él pestañeó, obviamente inseguro de si debía contestar—. Me ves caminando por ahí, trastornada, preocupada, con el ceño fruncido. ¿Crees que ese es el rostro de Dios? ¡Desde luego que no! Él está furioso por el pecado, sin duda. Y el corazón le duele debido al rechazo de su amor. Pero por sobre todo él se revuelca de la risa, está fuera de sí con gozo. Yo solamente veo el dobladillo de su vestidura, y eso solo a veces. El resto viene por fe. Podríamos tener diferentes dones, pero todos tenemos la misma fe. Poco más o poco menos. No somos tan diferentes, pastor.

—Nunca te había oído decir esas cosas —reconoció él, mirándola.

—Entonces tal vez debí haber hablado antes. Perdóname. Puedo ser tan terca como una mula, ¿sabes?

—No te preocupes, Helen —contestó él sonriendo—. Si tú eres obstinada, ojalá Dios golpeara nuestra iglesia con mil personas tercas como una mula.

Ambos rieron.

Por varios minutos simplemente se quedaron allí en silencio, pensando. Sus vasos tintineaban de vez en cuando con hielo, pero la solemnidad del momento parecía querer su propio espacio, así que se lo permitieron. Helen tarareó algunos compases de «La canción del mártir» y miró por fuera al campo más allá de su casa. Algún día iba a llegar el otoño. ¿Cómo sería caminar cuando este llegara?

—¿Y sigues caminando? —inquirió Bill como si esta hubiera sido la verdadera razón para visitarla, y precisamente ahora la estuviera trayendo a colación.

—Sí. Sí aún camino.

—¿La distancia entera?

—Sí.

—¿Pero cómo? Yo creía que estabas caminando y orando por el alma de Kent.

—Bueno, ese es el problema. Allí es donde las cosas no parecen ser lo que parecen. Aún estoy caminando porque no he sentido urgencia para no caminar, porque mis piernas aún caminan sin cansarse, y porque aún quiero orar por Kent.

—Kent está muerto, Helen.

—Sí. Así parece. Pero los cielos no están siguiendo el juego. Caminé ese primer día después del incendio, en busca de absolución. Pensé que eso era de esperarse. Pero no encontré esa absolución.

Ella lo miró y vio que él había inclinado la cabeza, con incredulidad.

—Y entonces allí está el sueño. Alguien aún me sigue corriendo por la cabeza durante la noche. Aún le oigo la respiración, los pesados pasos por el túnel. El drama aún se está desarrollando, pastor.

—Vamos, Helen —objetó Bill lanzándole una comprensiva sonrisita—. Yo mismo hablé hace dos días con el director de la investigación. Me dijo muy específicamente que el funcionario de la morgue identificó con claridad el cuerpo como perteneciente a Kent Anthony. Igual estatura, igual peso, igual dentadura, igual todo. Los registros del FBI lo confirmaron. Ese cuerpo que enterramos hace tres días le perteneció a Kent. Tal vez él necesita ayuda en alguna vida después de la muerte, pero ya no está en esta tierra.

—¿Hicieron entonces una autopsia?

—¿Autopsia de qué? ¿De huesos carbonizados?

—¿ADN?

—Vamos, Helen. En realidad no puedes creer… Mira, sé que esto es difícil para ti. Ha sido una terrible tragedia. Sin embargo, ¿no crees que esto ya esté yendo un poquitín demasiado lejos?

—Esto no tiene nada que ver con tragedia, jovencito —cuestionó ella taladrándolo con una mirada carente de emoción—. ¿Estoy o no estoy caminando ocho horas diarias sin cansarme?

Él no contestó.

—¿Es alguna ilusión esta caminata mía? Dime.

—Por supuesto que no es una ilusión. Pero…

—¿Por supuesto? Pareces muy seguro respecto de eso. ¿Por qué Dios está haciendo que las piernas se me muevan de este modo, pastor? ¿Es que ha descubierto una nueva forma de hacer que se muevan los diminutos humanos acá abajo? «Oye, Gabriel, sencillamente podríamos darles cuerda y hacer que caminen por ahí por siempre. ¿No? ¿Por qué entonces?

—Helen…

—Te lo estoy diciendo, pastor, esto no ha terminado. Y quiero decir, no solo en los cielos, sino que no ha terminado en la tierra. Y puesto que Kent es el objeto principal de todo esto, no, no creo que él esté necesariamente muerto.

Ella se alejó de él. Dios santo, escúchala. Eso parecía absurdo. Ella había mirado dentro del ataúd mismo y había visto los huesos calcinados.

—Y si crees que esto tiene sentido para mí, te equivocas. Ni siquiera estoy señalando que él necesariamente *esté* vivo. Solo que me es más fácil creer que está vivo, dado el hecho de que aún estoy orando días enteros por él —afirmó ella, luego se volvió hacia Bill—. ¿No tiene sentido eso?

Bill Madison respiró hondo y se acomodó en la silla.

—En realidad sí, Helen —contestó moviendo la cabeza de lado a lado—. Creo que sí.

Se quedaron en silencio por algunos minutos, mirando en direcciones distintas, perdidos en sus pensamientos.

—Es muy extraño, Helen —Bill rompió la calma—. Se trata de un mundo totalmente místico. Tu fe es desconcertante. Estás entregando tu vida a imposibilidades.

Helen levantó la mirada y vio que él tenía los ojos cerrados. A ella se le hizo un nudo en la garganta.

—Es todo lo que tengo, Bill. En realidad es lo único que cualquiera tiene. Es todo lo que tenía Noé, mientras construía su absurdo barquito y los demás se burlaban de él. Es lo único que tenía Moisés, mientras sostenía su vara sobre el Mar Rojo. Es todo lo que tenían Oseas, Sansón, Esteban y todos los demás personajes de todas las historias bíblicas. ¿Por qué debería ser tan diferente hoy para nosotros?

Ella vio que a Bill se le movía la manzana de Adán.

—Sí, creo que tienes razón —asintió él—. Y temo que mi fe no sea tan firme.

Ella pensó que él empezaba a ver. Lo cual significaba que la fe del pastor era más firme de lo que él mismo se daba cuenta. Podría necesitar un golpecito suave. Ella había leído en alguna parte que las águilas nunca volarían si sus madres no las empujaban de sus nidos cuando ya estaban listas. Aun entonces debían entrar en una caída libre llenas de pánico antes de desplegar las alas y empezar a volar.

Sí, quizás era hora de darle un pequeño empujón al pastor.

—¿Te gustaría ver más de lo que has visto, Bill?

—¿Ver qué?

—Ver el otro lado. Ver lo que yace detrás de lo que ahora ves.

—¿A qué te refieres con *ver*? —indagó él un poco tenso—. No es como si tan solo pudiera encender una luz y viera…

—Es una pregunta simple, Bill, de veras. ¿Quieres ver?

—Sí.

—¿Y estarías dispuesto a dejarte llevar un poco?

—Así lo creo. Aunque no estoy seguro de cómo puedes llevar a algo que no puedes ver.

—Olvida cuán importante eres, haz de lado tu estrecho campo de visión; abre el corazón a una sola cosa. A Dios, en cualquier forma que él decida revelarse, sin importar cómo te podría parecer. Déjate guiar.

—Parece un poco riesgoso, en verdad —contestó él sonriendo nerviosamente—. No puedes tirar sencillamente toda doctrina por una experiencia.

—¿Y si esa experiencia fuera Dios, el creador? ¿Qué es más importante para ti, un encuentro con Dios o tu doctrina?

—Bueno, si lo pones de ese modo…

—¿En oposición a qué?

—Tienes razón. Y sí, creo que me podría dejar llevar un poco.

—Oremos entonces —manifestó ella sonriendo torpemente.

Helen lo vio cerrar los ojos e inclinar la cabeza. Se preguntó cuánto tiempo aguantaría él en esa posición.

—Padre del cielo —oró ella en voz alta y cerró los ojos—, si te place, abre los ojos de este hijo tuyo para que vea a qué lo has llamado. Que logre ver cuán ancho, profundo y alto es tu amor por él.

Helen se quedó en silencio y siguió con los ojos cerrados a la oscuridad. *Por favor Padre, hazle sentir tu presencia. Al menos eso, solo una prueba de ti, Dios de los cielos.*

La mente de Helen se llenó con una imagen de Kent. Bajaba por una calle larga y desierta, sin rumbo fijo y perdido. Tenía el cabello despeinado, y los ojos azules miraban por sobre oscuras ojeras. Helen pensó por un momento que podría tratarse del espíritu de él, como alguna clase de fantasma deambulando por las calles mentales de ella. Pero entonces ella vio que se trataba de él, realmente él, desconcertado por la soledad de la calle que recorría. Y se hallaba solo.

Por el momento Helen se olvidó del pastor. Quizás debería ponerse a caminar. Tal vez debería simplemente dejar a Bill y salir a dar otra caminata… a orar por

Kent. Sí, al menos eso. El corazón se le hinchó en el pecho. *Oh, Dios, ¡salva el alma de Kent! No ocultes tu rostro de este hombre que tú formaste. Ábrele el corazón a tu espíritu. Exprésale palabras de amor a los oídos, derrámale tu fragancia en la mente, danza ante sus ojos, muéstrale tu esplendor, envuélvelo con tus brazos, tócale la fría piel con un toque cálido, aliéntale vida a las fosas nasales. Tú lo formaste, ¿o no? Por tanto, ámalo ahora.*

Pero lo he hecho.

Helen dejó caer la cabeza ante las palabras y comenzó a llorar. *Oh Dios, lo siento. ¡Lo has hecho! Lo has amado mucho. ¡Perdóname!*

Ella se quedó recogida en la silla por varios e interminables minutos, sintiendo que oleadas de fuego le recorrían el pecho. Era una mezcla de agonía y deseo... un sentimiento común en ella en estos días. El corazón de Dios para con Kent. O al menos una pequeña parte del corazón del Señor. La parte que él decidía revelarle a ella.

Helen recordó de pronto a Bill y levantó la cabeza.

Él estaba en el sillón verde, la cabeza echada hacia atrás como un patito suplicando alimento. La manzana de Adán le resaltaba en gran manera sobre el cuello, la mandíbula caída, la boca bien abierta, las fosas nasales le resoplaban. Y el cuerpo le temblaba como un andrajoso muñeco de trapo. Algo se había abierto en alguna parte. Los ojos de él, quizás.

Helen se relajó y se echó de espalda sobre los cojines. Una sonrisa le dividió el rostro. Ahora él entendería. Tal vez ningún detalle de la difícil situación de Kent, pero el resto llegaría ahora con más facilidad. Alcanzaría fe con mayor facilidad.

Lágrimas a chorros bajaron por las mejillas del pastor, y Helen vio que ya tenía húmeda la camisa. Ver al hombre adulto reducido a un montón de emociones le hizo querer gritar a todo pulmón. Era esa clase de gozo. Se preguntó cómo era que a ella nunca le había dado un ataque cardíaco. ¿Cómo podía un mortal, como Bill allí, totalmente irreflexivo, soportar una emoción tan devastadora que reñía con el corazón, y no arriesgarse a un infarto al miocardio? Ella sonrió ante el pensamiento.

Al contrario, el corazón de él muy bien podría estar hallando algo de vigor. Después de todo eso le había pasado a las piernas de ella.

—¿Quieres ver, Bill? —susurró ella, comenzando a mecerse delicadamente.

CAPÍTULO TREINTA

LACY CARTWRIGHT se mordisqueó la uña, sabiendo que se trataba de un hábito impropio al que no le daba importancia. La verdad era que ella no se había preocupado de mucho durante la última semana. Miró el reloj: 8:48. Las puertas de Rocky Mountain Bank and Trust se abrirían en doce minutos para los clientes.

Jeff Duncan le pescó la mirada a través del vestíbulo, y ella sonrió de modo cortés. Bueno, después de todo había un hombre que quizás era más de su tipo. No tan impulsivo como Kent, pero salvo, sano y aquí. Siempre aquí, no entrando y saliendo de la vida de ella cada doce años; no usando algún truco increíble para desaparecer, y esperar sencillamente que ella continuara con la vida. Pero ese era precisamente el problema: Lacy no sabía con sinceridad si Kent había desaparecido de veras o no. Y lo que ella sí sabía le estaba ocasionando esos espasmos al despertar.

Kent la había visitado dos noches antes del enorme incendio en Denver; tanto no se hubiera imaginado Lacy. Él se había sentado frente a ella y le había dicho que iba a hacer mucho de lo que sucedió. O al menos de lo que *pudo* haber ocurrido. Pero al leer los periódicos, lo que pasó para nada fue lo que *pudo* haber ocurrido. Es más, lo que aconteció, según los periódicos, fue precisamente lo que Kent había dicho que sucedería. Un intento de robo, una muerte, y más importante, la desaparición de él. Kent no le había mencionado que se trataba de la muerte *de él*, desde luego, pero entonces ella dudó que él planeara tanto así.

Además, lo que acaeció realmente no fue lo que alguien imaginara, y Lacy se halló suponiendo que había sucedido algo más. Quizás a Kent no lo había sorprendido esa noche algún ladrón vagabundo, porque tal vez él mismo *era* el ladrón; él mismo llegó a sugerirse. De modo entonces que tal vez no sucedió en absoluto lo que parecía haber sucedido. Lo cual era una total y absoluta confusión cuando ella pensaba demasiado en el asunto.

De cualquier manera, él la había vuelto a dejar. Quizás esta vez para bien. Bueno, ¡adiós y buen viaje!

Había una forma de determinar si ese cuerpo carbonizado al incendiarse el banco de Denver pertenecía a Kent Anthony o a alguna otra pobre alma que todos *creyeron* que se trataba de Kent Anthony. Si en verdad Kent había logrado realizar este fantástico robo del que había hablado, lo había hecho con gran brillantez, porque hasta aquí nadie ni siquiera sospechaba que *había* habido un robo. Por otra parte, nadie sabía mirar, mucho menos *dónde* mirar. Todas las miradas estaban puestas en los daños por el incendio y en la búsqueda de un asesino suelto, pero nadie había mencionado la posibilidad de que en realidad *hubiera* acaecido un robo. Y no era extraño, pues no se habían llevado nada. Al menos no que se supiera.

Pero ella, Lacy Cartwright, podría saber otra cosa. Y si descubría que Kent estaba sano y salvo, y sumamente rico... ¿se sentiría obligada a contarlo a las autoridades? Esa era la pregunta que la había mantenido pensando toda la noche. Sí, ella creía que sí. Debería entregarlo.

Si él estuviera realmente vivo y si hubiera dejado el más mínimo rastro, Lacy encontraría ese rastro en la pantalla de computación ante ella, en algún registro de costos de transacción de cajeros automáticos. Afortunada o desafortunadamente, dependiendo de la hora, ocho días de observar no le habían mostrado nada. Y poco a poco aumentaba la ira hacia él.

—Buenos días, Lacy.

Ella se sobresaltó y levantó bruscamente la cabeza.

—Bastante tensa esta mañana, ¿no es así? —opinó Jeff sonriendo de oreja a oreja ante la reacción de ella.

Lacy le hizo caso omiso.

—Supongo —continuó él, con una risita nerviosa—. Bueno, bienvenida otra vez a la tierra de los vivos.

El comentario la volvió a meter momentáneamente en la tierra de los muertos.

—Sí —respondió ella de manera cortés, alejando la mirada de la de él.

Tal vez ese era el problema aquí, pensó ella. Quizás esta tierra de los vivos aquí en el banco con todos los clientes, charlas sin ningún sentido, y sillas cafés demasiado abollonadas, se parecía más a muerte, y la tierra a la que Kent había ido a parar se parecía más a vida. En cierto modo ella estaba un poco celosa, si en realidad él no se hallara realmente en el infierno sino vagando en alguna parte del planeta.

—¿Vas a ir a la fiesta de Martha este fin de semana? —inquirió Jeff inclinándose sobre el mostrador—. Podría ser algo bueno, considerando que allí estarán todos los jefes.

—¿Y tendría eso que ponerme de rodillas? —cuestionó ella volviendo a esta realidad—. ¿Cuándo es?

Ella en realidad no tenía planes de asistir a la celebración ni sabía exactamente cuándo era, pero Jeff era la clase de individuo al que le gustaba dar información. Eso lo hacía sentir importante, supuso ella.

—El viernes a las siete. Y sí, podrías considerar que sería como rendir un pequeño homenaje.

—¿A ellos o a ti?

—Pero por supuesto que yo también estaré allí —contestó él sonriendo con tímida coquetería—. Y me desilusionará no verte allí.

—Bueno, veremos —dijo ella sonriendo amablemente; después de todo, tal vez podría ser una buena idea sacarse de la mente toda esta locura llamada Kent—. No me emocionan las fiestas rociadas de alcohol.

Ella analizó el rostro de él en busca de una reacción.

—A mí tampoco —respondió él al instante—. Sin embargo, como dije, allí estará la plana mayor. Piénsalo como una jugada profesional. Relacionarte con aquellos que determinan tu futuro. Algo así. Y desde luego, también como una oportunidad para verme.

Él guiñó un ojo.

Ella lo miró, sorprendida por el descaro del hombre.

Jeff cambió torpemente de posición.

—Lo siento, no quise ser tan…

—No. Está bien. Me siento halagada —interrumpió ella recuperándose rápidamente y sonriendo.

—¿Estás segura?

—Sí. Lo estoy.

—Bueno, lo tomaré como una señal de promesa.

Ella asintió, sin poder contestar por el momento.

Evidentemente satisfecho por haber logrado lo que pretendía en el pequeño intercambio, Jeff retrocedió.

—Debo volver al trabajo. Mary Blackley está esperando ansiosamente mi llamada, y conoces a Mary. Es capaz de declarar guerra si falta un centavo —comentó él, riendo—. Juro que la vieja no hace más que esperar su estado de cuenta frente al buzón. No recuerdo un mes en que no haya llamado, y tampoco recuerdo una sola queja que haya sido verídica.

Lacy imaginó a la narizona anciana bamboleándose por las puertas, apoyada en su bastón.

—Sí, sé lo que quieres decir —añadió ella con una sonrisa—. ¿Cuál es la queja esta vez? ¿Faltó una coma?

—Algún cobro de cajero automático. Es evidente que le estamos robando de manera involuntaria —confesó Jeff riendo y retirándose.

El calor le empezó a Lacy en la base de la columna y se le difundió por la cabeza como si le hubieran tocado un nervio sin querer. *¿Algún cobro de cajero automático?* Ella observó el taconeo de Jeff por el piso del vestíbulo. El reloj sobre la cabeza de él en la pared lejana mostraba las 8:58. Dos minutos.

Lacy se concentró en el teclado, esperando distraídamente que nadie le notara la impaciencia. Hizo una rápida investigación del número de cuenta de Mary Blackley, lo encontró, y lo tecleó. Inició una búsqueda de todas las recaudaciones por servicios. La pantalla se puso en negro por un instante, pareció titubear, y luego se encendió con una serie de números. La cuenta de Mary Blackley. La hizo avanzar rápidamente hasta los cobros por servicios. Levantó un tembloroso dedo hasta la pantalla y siguió las cifras… seis transacciones de cajero automático… cada una con un costo de $1,20. Un dólar veinte. Como debía ser. Mary Blackley estaba volviendo a perseguir fantasmas. A menos…

Lacy se enderezó y buscó el primer cobro de transacción. Según el registro que saltó a la pantalla, Mary había usado la tarjeta en una tienda de horario extendido en Diamond Shamrock y retiró cuarenta dólares el 21 de agosto de 1999 a las 20h04. El servicio bancario, Connecticut Mutual, le había cobrado $1,20 por el privilegio de usar el sistema.

¿Qué entonces pudo haber motivado a Mary a llamar?

Lacy salió rápidamente de la cuenta y atravesó el vestíbulo hasta el cubículo de Jeff. Él se hallaba inclinado sobre el teclado cuando ella asomó la cabeza y sonrió.

—¡Lacy! —exclamó él sin tratar de ocultar su complacencia al verla materializarse en la puerta.

—Hola, Jeff. Solo pasaba por aquí. ¿Qué, le aclaraste a Mary?

—En realidad no había nada que aclarar. No se le cobró de más en absoluto.

—¿Cuál fue el problema?

—No sé. Error de impresión o algo así. Ella realmente tiene razón esta vez. En su estado de cuenta apareció un cobro equivocado… $1,40 en vez de $1,20 —anunció él, levantando un fax de su escritorio—. Pero el estado de cuenta en la computadora muestra el cobro correcto, así que cualquier cosa ocurrida en realidad no ocurrió en absoluto. Como dije, un problema de impresión, quizás.

Lacy asintió, sonriendo, y se alejó antes de que él se diera cuenta que se había puesto pálida. Un cliente atravesó las puertas, y ella retrocedió hasta las ventanillas de cajeros, asombrada, confundida y respirando muy fuerte.

Comprendió entonces con horrorosa seguridad lo que había sucedido. ¡Kent había hecho eso! La pequeña comadreja había hallado una manera de quitarle veinte centavos a Mary y luego devolvérselos del modo en que él había dicho que lo haría. Y lo había hecho sin revelar sus verdaderas intenciones.

Pero eso era imposible… quizás eso no era en absoluto lo que había pasado.

Lacy regresó a su puesto y quitó de la ventanilla el letrero de cerrado. La primera clienta debió dirigirse dos veces a ella antes de que la reconociera.

—Oh, lo siento. ¿En qué le puedo servir hoy?

—No se preocupe. Conozco esa sensación —la disculpó la anciana sonriendo—. Me gustaría hacer efectivo este cheque.

La dama le deslizó a través del mostrador un cheque por $6,48 girado a Francine Bowls. Lacy lo marcó de manera habitual.

—Dios, ayúdame —murmuró en alta voz.

Miró a la Sra. Bowls y le vio las cejas arqueadas.

—Lo siento —manifestó Lacy.

La Sra. Bowls sonrió.

Lacy no.

CAPÍTULO TREINTA Y UNO

Un mes más tarde
Miércoles

KENT ESTABA sentado en el borde del sillón reclinable, mirando la salida del sol caribeño, con el estómago hecho un nudo por lo que estaba a punto de hacer.

Reposó las manos sobre el teclado y levantó la barbilla hacia la brisa de la temprana mañana. El agradable aroma salobre le llegó a las fosas nasales; un elevado vaso de lados rectos y lleno de claro líquido brillaba en lo alto de una bandeja al lado de la laptop. El mundo le pertenecía; o al menos este pequeño rincón del mundo.

Kent lograba ver la mitad de la isla desde su posición privilegiada sobre el muelle del chalet. Lujosas villas adornaban las colinas a lado y lado como blancos bloques de juguete puestos sobre la roca. Abajo a lo lejos, arena bañada por el sol penetraba en el esmeralda mar que con suavidad lanzaba pequeñas olas. El océano se extendía hasta un horizonte azul desprovisto de nubes y claro como el cristal bajo el naciente sol. Las islas Turks y Caicos surgían del mar Caribe como conejos marrones sobre el azulado océano, una semejanza apropiada al considerar la cantidad de habitantes que allí estaban huyendo. Ya fuera para escapar de impuestos, de autoridades, o sencillamente de la vida corriente, había pocos destinos mejor adecuados para un fugitivo.

Pero nada de eso significaba algo en este instante. Lo único que importaba era que algunos satélites le habían permitido una clara conexión. Después de todas estas semanas tratando de pasar inadvertido, Kent se estaba levantando de entre los muertos para causar un poco de confusión en las vidas de esos dos idiotas que no hace mucho tiempo lo habían tomado por imbécil. Sí, de veras; esto era lo único que importaba por el momento.

Kent bajó la mirada a la pantalla de la laptop y recorrió los dedos sobre las teclas, sacando tiempo para pensar. Esta era una materia prima de la que disponía en abundancia en estos días. Tiempo.

Cuatro días antes había pagado un millón doscientos mil dólares en efectivo por el chalet. En primera instancia, era un misterio cómo los constructores se las habían ingeniado para levantar la casa, pero ninguna clase de mazo que el cielo hiciera oscilar derribaría de las amarras a esta fortaleza. Por otra parte, altas palmeras oscilaban con una docena de aves trinando. Kent regresó al área del comedor. Con la sola pulsación de un interruptor toda la pared se podía bajar o subir, brindando ya fuera privacidad o vista al sensacional paisaje allá abajo. Los dueños anteriores habían construido una docena de tales villas, cada una extravagante a su manera. Él no se había topado con ellos, desde luego, pero el agente de bolsa le había asegurado a Kent que se trataba de personas del más alto calibre. Árabes con dinero petrolero. Se habían mudado a juguetes más grandes y mejores.

Lo cual estaba bien para Kent; el chalet ofrecía más servicios de los que hubiera creído posibles en un paquete de mil quinientos metros cuadrados. Y ahora esta quinta le pertenecía. Cada viga de madera; cada ladrillo; cada hilo de alfombra. Bajo un nombre distinto, por supuesto.

Kent respiró hondo.

—Bueno, bebé. Vamos a ver qué están haciendo nuestros dos rechonchos amigos —susurró.

Comenzó entonces lo que denominó fase dos del plan, ejecutando una serie de comandos que lo llevaron primero a un sitio seguro y luego al picaporte del Niponbank. Después inició una búsqueda que lo introdujo directamente a una ubicación de la computadora en hibernación que se hallaba en el oscuro rincón del sitio al que pertenecía, donde debían ser las cuatro de la mañana, hora de la montaña. Después del incendio Borst y compañía se habían mudado a una sección diferente del banco, pero Kent había localizado fácilmente al gordito. Ya a la semana del robo había ingresado de manera regular a las computadoras tanto de Borst como del gran jefe Bentley.

Siempre existía la posibilidad de que alguien inteligente estuviera en una de las computadoras a las cuatro de la mañana, alguien con la habilidad de detectar el robo en tiempo real, pero esa posibilidad no le quitaba el sueño a Kent. Para empezar, nunca había sabido que Borst trabajara después de la seis de la tarde, peor aún en horas de la madrugada. Y si estuviera allí, fisgoneando en la computadora a las cuatro de la mañana, el gordinflón no estaba equipado con inteligencia como sí lo estaba con otras cosas: pura y auténtica estupidez.

Kent ingresó a la computadora de Borst por una puerta trasera e hizo que en su propia pantalla apareciera el disco duro. Los archivos del escritorio aparecieron en la pantalla a todo color. Kent rió y se echó para atrás en la silla, disfrutando el momento. Prácticamente estaba dentro de la oficina del hombre sin que este tuviera idea, y más bien agradaba lo que veía.

Levantó de la mesa un vaso de cristal y sorbió del tequila que él mismo había mezclado desde el amanecer. Un pequeño escalofrío le recorrió los huesos. Habían pasado treinta días completos desde la noche de terror en el banco, arrastrando por el lugar ese ridículo cadáver. Y hasta aquí cada detalle de su plan se había desarrollado según lo concebido; la ejecución aún le pasaba por la mente con asombrosa regularidad. Decir que había dejado de pensar en lo realizado sería una declaración ridícula.

Kent quitó la mirada de los archivos de Borst y la bajó hacia el mar esmeralda. Hasta ahora todo había salido a la perfección, pero el momento en que pulsara esas teclas surgiría toda una nueva serie de riesgos en las horribles cabezas de esos dos sujetos. Por eso el estómago aún se le revolvía aunque se presentó ante la marina como un hombre de tranquilidad absoluta. Sin duda una extraña mezcla de emociones. Totalmente contento consigo mismo y ansioso a la vez.

Por la mente se le deslizaron los acontecimientos de los días que lo habían llevado hasta el actual. Ahora no necesitaba ser demasiado entusiasta, pero aún tenía tiempo para detener la fase dos.

Había escapado de Denver con bastante facilidad, y el viaje en autobús hasta la ciudad de México se había desarrollado como una escena surrealista en la pantalla plateada. Pero una vez en la enorme ciudad cierta insensibilizadora euforia se le había apoderado de los nervios. Había alquilado un cuarto en un lúgubre lugar de mala muerte al que algún alma emprendedora había tenido el atrevimiento de llamar hotel, y de inmediato se había dedicado a localizar al cirujano plástico con quien se contactara un mes antes. El Dr. Emilio Vásquez.

El cirujano no tuvo inconveniente en agarrar un buen fajo de billetes y dedicarse a darle a Kent una nueva apariencia. El hecho de que el «nuevo rostro» de Kent debía haber necesitado cuatro operaciones en vez de una no disuadió a Vásquez en lo más mínimo. Después de todo, el sello característico de este médico era hacer en una operación al rostro de una persona lo que a la mayoría de cirujanos le llevaría tres meses. Por eso Kent había escogido al hombre. Sencillamente no disponía de tres meses. El resto de su plan demandaba ser ejecutado.

Cuatro días después del gran incendio Kent tenía una nueva apariencia, oculta bajo una gruesa máscara de gasa blanca, pero allí el Dr. Vásquez le había dado esperanzas. Definitivamente allí. Le había preocupado el centelleo en los ojos del cirujano. Esa fue la primera vez que había considerado la posibilidad de tener que pasar el resto de la vida pareciéndose a alguien salido de una tira cómica de horror. Pero lo hecho, hecho estaba. Se había secuestrado en la habitación del hotel, deseando que sanaran los cortes debajo de los vendajes faciales. Este fue un tiempo en que a la par se le colmaba la paciencia y se le calmaban los nervios.

Kent levantó de la mesa la bandeja plateada y se miró en el reflejo. Pensó que el rostro bronceado se parecía a Kevin. Kevin Stillman, el nuevo nombre que había asumido. La nariz era más grande, pero era la línea de la mandíbula y la obra en la frente lo que le había cambiado la cara de tal modo que apenas reconoció su propio reflejo. El cirujano plástico había realizado un trabajo excepcional… aunque la primera vez que el Dr. Vásquez le quitó las vendas y orgullosamente le pasó un espejo, Kent casi se llena de pánico. En ese entonces las líneas rojas de la nariz y los pómulos le trajeron a la mente aterradoras imágenes de Frankenstein. Ah, se veía diferente, de acuerdo. Pero entonces, también una ciruela pasa se veía diferente. Esa noche empezó a beber en exceso. Tequila, desde luego, mucho, pero no lo suficiente como para aturdirlo. Eso habría sido estúpido, y él ya había sido bastante estúpido.

Además, demasiado licor hacía que la pantalla de la computadora le nadara ante los ojos, y esas dos primeras semanas había pasado demasiado tiempo observando la laptop. Aunque ROOSTER le permitía acceso al sistema bancario sin ser descubierto, era el segundo programa, el otro llamado BANDIT, el que en realidad había hecho la obra. Cuando esa noche en el banco Kent insertó el disco en la pequeña unidad y llevó a cabo el robo, había dejado un regalito en cada cuenta de la que había tomado veinte centavos. Y el programa se había ejecutado perfectamente en todas las cuentas. En realidad, BANDIT obraba en los mismos principios que un sigiloso virus, ejecutando comandos para ocultarse ante la primera señal de localización. Pero eso no era todo lo que el programa hacía. En caso de que se investigara la cuenta, transferiría a dicha cuenta veinte centavos desde una de las cuentas de Kent, y al instante la transacción se eliminaría de modo permanente. Toda la operación duraba exactamente segundo y medio, y habría acabado para cuando la información de la cuenta entrara al monitor del operario. Al final significaba que cualquier cuenta investigada mostraría cambios erróneos en estados impresos de cuenta, pero no en la cuenta misma.

El pequeño virus de Kent se ejecutó en 220.345 cuentas en las dos primeras semanas, reintegrando un total de $44.069 durante ese tiempo. El virus yacería inactivo en el resto de cuentas, esperando ser abierto hasta septiembre del año entrante. De forma obediente se borraría si no lo activaban en catorce meses.

Kent tardó dos semanas completas en sentirse bastante cómodo para hacer su primer viaje al banco en Ciudad de México. Aún eran visibles las líneas en el rostro, pero después de aplicarse un poco de maquillaje logró convencerse de que prácticamente eran indetectables. Y él estaba a punto de volverse loco en la habitación del hotel. O se arriesgaba a provocar algunas miradas de sorpresa en el banco o se ahorcaba con las sábanas.

El funcionario del Banco de México en realidad se había sorprendido cuando Kent estuvo de visita bajo el nombre de Matthew Brown. No lo había hecho sobresaltar la forma en que el Sr. Brown lucía, sino el retiro de quinientos mil dólares en efectivo que había ejecutado. Por supuesto que lo más seguro era que el funcionario hubiera reportado la extraordinaria suma… hasta los bancos que prometen discreción mantienen un registro de transferencias como esa. Pero a Kent no le importó. Requeriría mucha suerte desentrañar el laberinto de cuentas por el que el dinero había viajado en las últimas dos semanas. Si algún individuo lograba seguir el rastro a los fondos hasta Kent Anthony o el incendio en Denver, merecería ver friéndose a Kent.

Pero eso sencillamente no iba a ocurrir.

Esos primeros quinientos mil dólares produjeron un estremecimiento en los huesos de Kent que no había sentido en meses. Había soltado los seguros del maletín negro que comprara exactamente para ocasiones como esta, y lanzado el efectivo sobre la apolillada cobija en el cuarto de hotel. Luego había quitado a los fajos las banditas de caucho, arrancándolas físicamente, lanzando al aire los billetes, dejándolos flotar perezosamente hasta el suelo mientras lanzaba el puño y ululaba en victoria. Fue un milagro que los vecinos no llegaran a tocar a la puerta. Posiblemente porque allí no había vecinos tan idiotas como para pagar quinientos pesos por dormir una noche en el miserable antro de mala muerte. Pensó que había tocado cada billete, contándolos y recontándolos en cien configuraciones distintas. Desde luego que entonces había tenido poco más que hacer que monitorear la computadora… ese era su razonamiento. Luego había desechado el razonamiento y había celebrado entrando en un sopor etílico de dos días.

Esta fue su primera parranda alcohólica.

Entonces empezó su bien ensayado plan de retiro de dinero, volando primero a Yakarta, luego a El Cairo, después a Génova, más adelante a Hong Kong, y finalmente aquí, a las islas Turks y Caicos. En cada parada había viajado con falsos documentos de identificación, retirando grandes sumas de dinero y saliendo rápidamente del lugar. Después de cada visita a un banco se había tomado la libertad de entrar campante al sistema de la institución usando ROOSTER y aislando los enlaces a la cuenta cerrada. En resumen, los funcionarios del banco local no hallarían nada, aunque quisieran saber más acerca del tipo extraño que les había vaciado las reservas diarias de dinero efectivo mediante el enorme retiro que este había hecho.

Kent había llegado dos días antes portando más de seis millones de dólares. Todo en efectivo, cada dólar imposible de rastrear. Se había convertido entonces en Kevin Stillman y luego había comprado el chalet. Catorce millones de dólares, más o menos, aún esperaban alrededor del mundo ganando intereses.

En realidad sí, decir que el hombre había conseguido lo que muy bien podría ser la acción más grande del siglo era quedarse corto. ¡Había *conmocionado*! Un tipo muerto había estafado veinte millones de dólares exactamente bajo las narices del todopoderoso sistema bancario estadounidense, ¡y ni una sola alma sospechaba siquiera lo que este fugitivo había hecho!

Esa había sido la fase uno.

La fase dos había empezado una semana después del incendio, dos días después de que Kent recibiera su nuevo rostro. Y era la fase dos la responsable de estas irritables emociones de inseguridad que ahora le arremetían, perturbándole la paz.

Quizás debía haber estado satisfecho con tomar los veinte millones de dólares menos los 44.069 devueltos y quedar a cuentas. Pero en realidad la idea ni siquiera se le hubiera ocurrido. Esto no solo tenía que ver con que él recibiera lo que le venía; también tenía que ver con lo que *les* iba a ocurrir a Borst y Bentley. Algunos lo llamarían venganza. Kent lo llamaba justicia. Volver a poner las cosas como se suponía que debían ser; o al menos una versión de cómo se suponía que fueran.

Por eso algunas noches antes de realizar el robo había plantado una copia de ROOSTER en los discos duros tanto de Borst como de Bentley. Y por eso es que estaba haciendo esa primera visita a las computadoras de ellos después del incendio.

Sus ex jefes ya tenían acceso rutinario al SAPF, desde luego, y ahora también tenían acceso no rastreable sin que lo supieran. Solo que era Kent quien estaba teniendo ese acceso, usándoles las computadoras desde estaciones remotas. O más bien esta era la clase de asunto a la que *ellos* no debían estar accediendo. Malo, malo.

En el transcurso de tres semanas Kent les había ayudado a robar dinero en siete ocasiones distintas. Pequeñas cantidades: entre trescientos y quinientos dólares por golpe… solo para establecer un rastro. Esa era la pequeña contribución de Kent a las florecientes billeteras de los gordinflones, aunque al mirarles los saldos privados sin duda no necesitaban ayuda de él. Las intervenciones de estos tipos habían sido las de guardar el dinero. Hasta aquí de todos modos. Sea porque fueran demasiado avarientos o porque simplemente no se habían dado cuenta, Kent tampoco lo sabía ni le importaba.

Él consideró todo esto, colocó de nuevo la bebida en la bandeja plateada, y se presionó los dedos en forma contemplativa. Todo el asunto había marchado tan sobre ruedas que resbalaría por el sistema digestivo más sensible sin ser notado.

¿Por qué entonces los nervios?

Porque todo hasta este momento había sido un ejercicio de calentamiento. Y ahora la computadora se hallaba sobre la mesa, esperando que él pulsara los botones definitivos.

Kent respiró hondo y se secó el sudor de las palmas.

—Bueno, no recorrimos todo este camino para al final no conseguir nada, ¿verdad?

Por supuesto que no. Aunque sin duda esto no haría daño. Y seguramente este sería el curso más sabio, consideradas todas las cosas. Sería…

—¡Silencio! —exclamó para sí mismo.

Kent se inclinó hacia delante y trabajó ahora rápidamente. Sacó el ROOSTER del disco duro de Borst y luego ingresó al SAPF. Estaba dentro de los registros del banco.

Ahora la emoción del momento le produjo un temblor en los huesos. Ingresó a la cuenta personal de Borst y examinó las docenas de transacciones registradas en las últimas semanas. Aún estaban presentes todos los siete depósitos que Kent le había acomodado. ¡Gracias al cielo por los pequeños favores! Sonrió y siguió revisando.

Allí también había algunos otros depósitos. Enormes depósitos. Depósitos que hicieron entrecerrar la vista a Kent. Era obvio que el banco le estaba pagando al jefe por el SAPF. No era posible que algo más explicara un saldo de doscientos mil dólares.

—No tan rápido, Bola de Grasa —susurró Kent.

Seleccionó *todos* los depósitos con un solo clic del ratón, diez en total incluidos los que Kent hiciera, y los llevó de la cuenta de Borst a una cuenta de reserva que Kent abriera con antelación dentro de ROOSTER. El saldo de la cuenta cayó al instante en categoría de sobregiro. Sobregirada por los $31.223 en cheques que Borst había girado este mes. El tipo estaba gastando rápidamente el dinero tan difícilmente ganado por Kent. Bueno esto le daría una pausa.

Y *esto ¡te provocará una hernia!*

Kent ingresó al sistema principal de cuentas del banco, seleccionó las reservas principales de la institución, y transfirió quinientos mil dólares a la cuenta de Borst. Usando ROOSTER desde luego. No quería que las autoridades supieran qué le había acontecido al dinero. No todavía.

Puso una marca en la cuenta federal y volvió a la cuenta de Borst. En la mañana algún afortunado operador en las oficinas centrales del Niponbank en Japón hallaría en su computadora una seria marca anunciando la desaparición durante la noche de medio millón de dólares de la cuenta principal del banco. Resonarían campanas, se soplarían cuernos, resoplarían fosas nasales. Pero nadie descubriría el destino del dinero, porque aún no era localizable. Esa era la belleza de ROOSTER.

Kent se retorció en la silla. Ahora la cuenta de Borst mostraba un saldo muy saludable de más de cuatrocientos mil dólares. Observó la cifra y pensó en salir. El último incentivo para el Sr. Borst. Adelante. Gástalo, bebé.

Descartó la idea. Un plan era un plan. En vez de eso transfirió el dinero a la misma cuenta oculta que había establecido para los otros depósitos, volviendo a dejar sobregirada la cuenta de Borst. El hombre iba a despertar al impacto de su vida.

Kent sonrió, sumamente feliz por el momento.

Salió de la cuenta de Borst y se aventuró en la de Bentley. Allí repitió los mismos pasos, colocando todo el dinero del presidente del banco en otra cuenta oculta preparada para la ocasión.

Los regordetes gemelos estaban ahora muy, pero muy quebrados.

Era hora de salir. Kent salió del sistema, interrumpió la conexión, y se volvió a sentar en el cómodo sillón. Por el pecho le bajó sudor en pequeños hilillos, y le temblaban las manos.

—Vean ahora cómo se siente, cerdos codiciosos —expresó con aire despectivo.

Luego levantó el vaso y consumió el licor restante.

Sí de veras. Todo iba saliendo exactamente como lo planeara. Y hasta este momento ni un alma sabía algo.

Excepto Lacy, posiblemente. Aquella noche le había contado un poco de más.

O tal vez ese poli cabeza de chorlito.

Entonces lo golpeó la turbación, con toda la fuerza, como si desde el cielo hubieran dirigido hábilmente un peso de plomo y lo hubieran hecho caer allá abajo sobre el hombre medio desnudo que descansaba allí con aire de suficiencia sobre el muelle. Se sintió como si le hubieran perforado un hueco en el pecho. Un vacío. El lacerante temor de que todo había resultado sin ninguna complicación. De que al final este sueño frente a sus ojos no sería un sueño en absoluto sino alguna clase de pesadilla vestida con ropa de oveja. De que él tratara de vivir ahora, rodeado por sus millones pero sin Gloria o Spencer… o Lacy…

Agitó la cabeza para eliminar el pensamiento. Por otra parte, no había evidencia en absoluto de que Lacy o el poli supieran algo. Y algún día cercano, tal vez, habría otra Gloria u otra Lacy. Quizás. Y otro Spencer.

No, nunca otro Spencer.

Kent se levantó, agarró el vaso, y se fue de prisa a la cocina. Era hora de otro trago.

CAPÍTULO TREINTA Y DOS

TRES MIL kilómetros al noroeste esa misma tarde Lacy Cartwright vigilaba el horno y pasaba apuros por darle la vuelta a la enorme tortilla que había preparado en la sartén poco profunda. No tenía idea cómo iba a hacer para comerse la tremenda cosa, pero el aroma le estaba perpetrando un asalto total a los sentidos, y tragó saliva.

La mente le volvió a vagar hacia la fiesta a la que Jeff Duncan había insistido que asistiera. El asunto había sido demasiado elocuente. Ella había salido tras una hora de insensatez y había eludido una docena de preguntas al siguiente día laboral. Al final había sucumbido a una mentirilla blanca. Se había enfermado. Lo cual, después de todo, era cierto en asuntos del corazón. Porque estaba enferma por todo este asunto del robo. Ella sabía que Kent lo había hecho… lo sabía tanto como sabía que esa comadreja se encontraba sentada ahora mismo en alguna playa de alguna parte absorbiendo los rayos del sol.

Lacy apretó los dientes, apagó el horno, y dejó caer en un plato la tortilla de veinte centímetros. Si el idiota aún estaba vivo, viviendo con sus millones, ella lo odiaba por eso. Si estaba muerto, al haber intentado algo tan estúpido, ella lo odiaba aun más. ¿Cómo podía alguien ser tan insensible?

Lacy se sentó en el comedor del diario y partió la tortilla. Una semana atrás había tomado la decisión de acudir a las autoridades, aunque había prometido no hablar. Debía brindar al investigador principal la pequeña información que tenía. *«Hey, amigos del FBI, ¿se les ocurrió alguna vez que quizás Kent Anthony fuera el verdadero ladrón?»* Eso los pondría en una nueva pista. El problema era que ella no podía estar absolutamente segura, lo cual creía que la aliviaba de cualquier obligación. Así que muy bien podría decírselos; pero si lo hacía, se tomaría su tiempo.

Mientras tanto debía volver a una vida normal. La última vez que recordaba haberse sentido en alguna forma similar a esta fue después de que Kent cortara por primera vez la relación que tenían. Había caminado por los alrededores durante una semana con un vacío en el estómago, tratando de hacer caso omiso al nudo en la garganta, y al mismo tiempo se había sentido totalmente furiosa. Esta vez ya habían pasado tres semanas, y ese nudo se mantenía queriendo alojársele en la tráquea.

Ella lo había amado, pensó Lacy, y bajó el tenedor. Se había enamorado de veras de este hombre. Es más, para ser franca y sincera respecto del asunto, se había vuelto loca por él. Lo cual era imposible porque en realidad lo odiaba.

—Oh, Dios, ayúdame —susurró, levantándose y yendo a la hielera—. Me estoy volviendo loca.

Regresó al asiento con un litro de leche y bebió directo del cartón. Hábito intolerable, pero como al momento no había nadie que se ofendiera, lo realizó de todos modos. Bueno, si Kent estuviera aquí…

Lacy depositó con brusquedad el cartón en la mesa en un repentino embate de frustración. La leche salió a chorros como quince centímetros antes de salpicar la mesa. ¡Santo cielo! ¡Basta con esta necedad acerca de Kent!

Agarró la tortilla y se puso un pedazo en la boca, masticando pausadamente. En realidad, basta de hombres, punto. Enviarlos a todos a una ribera en alguna parte y enterrar por completo el asunto. Bueno, es verdad que eso podría ser un poco duro, pero después de todo tal vez no.

¿Qué diablos haría Kent con veinte millones de dólares? El repentino sonido del timbre la sobresaltó. ¿Quién vendría a visitarla esta noche? No mucho tiempo atrás podría haber sido Kent. Cielos.

Basta, Lacy. ¡Sencillamente basta!

Ella fue hasta la puerta y la abrió. Allí había un hombre de cabello negro peinado hacia atrás y lentes de marco metálico, sonriendo de oreja a oreja. Tenía los ojos muy verdes.

—¿Qué se le ofrece?

—Jeremy Lawson, séptimo distrito policial —informó él mientras sacaba una tarjeta del bolsillo delantero—. ¿Puedo hacerle algunas preguntas?

¿Un policía?

—Por supuesto —susurró ella, y se hizo a un lado.

El hombre de mediana edad entró y revisó el apartamento con la mirada, sin ofrecer ninguna razón para estar allí.

Lacy cerró la puerta. Algo respecto de la apariencia del poli le sugería cierta familiaridad, pero no logró identificar al sujeto.

—¿En qué le puedo servir?

—Lacy, ¿correcto? ¿Lacy Cartwright?

—Sí. ¿Por qué?

—Solo deseo asegurarme de tener a la persona correcta antes de hacer algunas preguntas, ¿sabe? —expresó él, aún sonriendo de oreja a oreja.

—Desde luego. ¿Hay algún problema?

—Oh, no lo sé realmente. Estoy investigando un poco acerca de un incendio en Denver. ¿Supo usted de la quema de un banco hace como un mes?

Lacy sintió como si la cabeza se le inflamara ante la pregunta, pero no sabía si lo mostró o no.

—Sí. Sí, leí. Leí al respecto. ¿Y qué tiene eso que ver conmigo?

—Tal vez nada. Solo estamos hablando con personas que pudieron haber conocido al caballero que murió en el incendio. ¿Le importa si nos sentamos, Srta. Cartwright?

¡Kent! ¡El hombre estaba investigando la muerte de Kent!

—Por favor —contestó ella señalando el sofá y sentándose en el sillón opuesto; ¿qué debía decir?

Al fijarse ahora con cuidado en el hombre, Lacy vio por qué Kent se había referido a él como cabeza de chorlito. La cabeza parecía bajarle hasta un punto perfectamente cubierto de cabello negro brillante.

—Solo unas cuantas preguntas, y no la molestaré más —manifestó el poli con esa obstinada sonrisa en la cara; sacó una libreta y la abrió—. Tengo entendido que usted conoció a Kent Anthony. Que pasó algún tiempo con él durante las últimas semanas del fallecido. ¿Es eso correcto?

—¿Y cómo descubrió usted eso?

—Bueno, no puedo revelar los secretos de mi profesión, ahora, ¿puedo saber?

—Sí, lo vi algunas veces —respondió ella acomodándose en la silla, preguntándose desesperadamente qué sabía el hombre.

—¿Le sorprendió la muerte de él?

—No, la estaba esperando —expresó Lacy con el ceño fruncido—. ¡Por *supuesto* que me sorprendió! ¿Soy sospechosa en el caso?

—No. No, no lo es.

—¿Entonces qué clase de pregunta es esa? ¿Cómo no me podría sorprender la muerte de él a menos que yo supiera algo por adelantado?

—Usted podría haberla esperado, Lacy. ¿La puedo llamar Lacy? Él estaba deprimido, ¿no es así? Había perdido la esposa y el hijo en los meses anteriores al incendio. Solo estoy preguntando si él parecía algo suicida. ¿Es eso tan ofensivo?

Ella respiró profundamente. *Cálmate, Lacy. Sencillamente cálmate.*

—A veces sí, estaba trastornado. Como lo estaría cualquiera que hubiera sufrido tanto como sufrió él. ¿Ha perdido usted alguna vez una esposa, un hijo, detective… —dijo ella y volvió a mirar la tarjeta—. Lawson?

—No puedo decir que me haya pasado algo así. Por tanto, ¿cree usted entonces que él era capaz de suicidarse? ¿Es esa su posición?

—¿Dije eso? No recuerdo haber dicho eso. Afirmé que a veces él estaba trastornado. Por favor, no tergiverse mis palabras.

El policía pareció no inmutarse por nada.

—¿Suficientemente trastornado como para suicidarse?

—No, yo no diría eso. No la última vez que lo vi.

—Um —exclamó él en tono muy bajo—. ¿Y sabía usted de las pequeñas dificultades que él tenía en el trabajo?

—¿Qué dificultades?

—Bueno, si usted supiera estaría enterada de qué dificultades, bueno, ¿sabía usted?

—Oh, ¿se refiere usted al asunto de que su jefe lo traicionara mientras él estaba de duelo por la muerte de su esposa? ¿Se refiere a ese problemita?

—Así que usted lo sabía —dedujo él analizando la mirada de ella por un momento.

Lacy no estaba correspondiéndole adecuadamente al agente. No tenía motivo para defender a Kent. Después de todo, él la había echado. Ahora, si Lawson viniera y le hiciera preguntas concretas, ella no sabría qué debía responder. Ella no sabía mentir muy bien. Por otra parte, le había prometido a Kent guardar silencio.

—Usted lo conocía bien, Lacy. En su opinión, y simplemente le estoy pidiendo aquí su opinión sin que tenga necesidad de sobresaltarse, ¿cree usted que él era capaz de suicidarse?

—¿Sospecha usted que él se suicidó? Supe que habían llegado a la conclusión de que un ladrón lo había asesinado.

—Sí. Esa es la línea oficial. Y no estoy afirmando que sea incorrecta. Solo estoy haciendo lo posible por asegurar que todo calce. ¿Me hago entender?

—Por supuesto.

—¿Sí o no, entonces?

—¿Suicidio?

Él asintió.

—Capaz, sí. ¿Se suicidó? No.

—¿No? —cuestionó el poli arqueando una ceja.

—Él era un hombre orgulloso, detective Lawson. Creo que se necesitaría la mano de Dios para ponerlo de rodillas. Por decir poco, no creo que fuera capaz de darse por vencido en algo, mucho menos quitarse la vida.

—Ya veo. Y por lo que he oído, tengo que estar acuerdo con usted. Por eso es que aún estoy en el caso, ¿ve? —anunció, y se detuvo como si eso debería aclarar todo.

—No, de veras que no veo así las cosas. No en lo más mínimo.

—Bueno, si fuera un suicidio no habría necesidad de investigar más. El suicido podría ser algo horrible, pero por lo general es un caso abierto y cerrado.

—Desde luego —aceptó ella sonriendo en contra de su voluntad—. Y ser asesinado hace que personas como usted trabajen más.

—Si fue asesinado no habría necesidad de investigar*lo* —aclaró el detective sonriendo—. Estaríamos buscando al asesino, ¿verdad?

—Entonces me parece que está errando el tiro, detective Lawson.

—A menos, por supuesto, que su amigo Kent no fuera asesinado. Bueno, si no se suicidó y no fue asesinado, ¿qué nos queda entonces?

—¿Un cadáver?

Por Dios, ¿a dónde se estaba dirigiendo el hombre?

Lawson volvió a meter la libretita en el bolsillo después de escribir tal vez un par de letras en la página abierta.

—¡Un cadáver! Muy bien. Ya podemos hacer de usted una detective —opinó él levantándose y dirigiéndose a la puerta—. Bueno, le agradezco por su tiempo, Srta. Cartwright. Ha contestado mis preguntas con mucha gentileza.

Ella pensó que el detective difícilmente estaba teniendo sentido ahora. Se paró igual que él y lo siguió hasta la puerta.

—Seguro —musitó la mujer.

¿Qué sabía él? Cada hueso en el cuerpo de Lacy le gritaba que hiciera la pregunta. *¿Sabe usted que estuvimos enamorados, oficial? ¿Sabía eso?* No, ¡eso no!

Él tenía la mano en la puerta antes de que ella hablara, sin poder contenerse más.

—¿Cree *usted* que él está muerto, detective?

El hombre se volvió y la miró a los ojos. Por un momento bastante largo hicieron contacto visual.

—Tenemos un cuerpo, Srta. Cartwright. Está tan quemado que resulta irreconocible, pero los registros muestran que lo que quedó pertenecía al Sr. Kent Anthony. ¿Le parece eso estar muerto? Parece bastante claro —dilucidó él, y sonrió—. Por otra parte, no todo es lo que parece.

—¿Entonces por qué todas las preguntas?

—No se preocupe por las preguntas, hija. Los detectives practicamos mucho y duro para hacer preguntas que confunden. Eso despista a las personas —expuso él sonriendo cálidamente, y ella creyó que estaba siendo sincero; le devolvió la sonrisa.

—Buenas noches, Srta. Cartwright —se despidió entonces haciendo una reverencia.

—Buenas noches —respondió ella.

Él se volvió para salir y luego titubeó, volviéndose otra vez.

—Ah, una última pregunta, Lacy. ¿Le mencionó Kent alguna vez cualquier plan que tuviera? Digamos algún plan elaborado para falsificar su muerte o algo por el estilo.

Ella casi se cae ante la pregunta. Esta vez supo que él la había visto enrojecerse después de palidecer. Difícilmente el hombre pudo no haberse dado cuenta.

—No importa —manifestó él entonces haciendo simplemente oscilar una mano en el aire—. Una pregunta tonta. Ya la he molestado suficiente esta noche. Bueno, gracias por su hospitalidad. El café pudo haber estado muy agradable, a los detectives siempre nos gusta el café, pero de todos modos usted se portó muy bien. Buenas noches.

Con eso se volvió y cerró la puerta detrás de él.

Lacy se movió hacia la silla y se dejó caer, la envolvía el calor. ¡Lawson estaba sobre Kent! ¡El detective estaba sobre él! ¡Debía estarlo! ¡Lo cual significaba que Kent estaba vivo!

Quizás.

KENT LLEGÓ conduciendo su nuevo Jeep negro a las siete, colina abajo hacia el poblado, exactamente cuando el sol anaranjado se hundía detrás del oleaje. La cálida brisa traía el sonido de tambores Calipso y de carcajadas. Brent, el agente de bienes raíces le había recomendado el Sea Breeze.

—La mejor comida al sur de Miami —le había dicho con un guiño—. Deja un poco vacía la billetera, pero vale la pena.

Kent podía vaciar algo la billetera. La estaba sintiendo un poco pesada.

Subió a saltos las gradas de madera. Una fuente borboteaba agua roja de los labios de una sirena exactamente al interior de la puerta. Como alguna diosa borracha en la sangre de los marineros. Giró hacia el interior poco iluminado. Al otro lado de un terraplén, un bar totalmente surtido atendía a una docena de clientes encaramados en bancos elevados. Escaleras de caoba llevaban al nivel superior a la derecha.

—Bienvenido al Sea Breeze, señor. ¿Tiene reservaciones?

Kent miró a la mujer que lo recibía. El cabello oscuro le caía sobre los desnudos hombros; mostró una cuidadosa sonrisa debajo de sus negros ojos, y a la mente de Kent le llegó la imagen oscura de agua roja que salía a borbotones de *esos* labios redondos. La Srta. Sirena en persona. En la chapa de identificación decía: «Marie».

—No. Lo siento. No sabía que necesitaba reservaciones.

—Así es. Tal vez usted podría regresar mañana en la noche.

¿Mañana? Negativo, Ojos Azabaches.

—Preferiría comer esta noche, si a usted no le importa —contestó Kent.

—Lo siento, es posible que no haya entendido —manifestó Marie parpadeando—. Usted necesita una reservación. Estamos llenos esta noche.

—Sí, evidentemente. ¿Cuánto me costará una mesa?

—Como dije, señor, no...

—¿Mil? —preguntó Kent arqueando una ceja y sacando la billetera—. Estoy seguro que por mil dólares me podría conseguir una mesa, Marie. En realidad por mil dólares tal vez me podría conseguir la mejor mesa de la casa. ¿Correcto? Sería nuestro secreto.

Kent sonrió y vio cómo a ella se le abrían los ojos negros de par en par. Él sintió que el sutil poder de la riqueza le recorría por las venas. En ese momento supo que por el precio correcto, la Srta. Sirena Marie aquí le lamería la suela de los zapatos.

Ella miró alrededor y sonrió. El pecho subiéndole y bajándole revelaba que la respiración se le había acelerado.

—Sí. En realidad podríamos tener una oportunidad. Le pido perdón, no tenía idea. Sígame.

Marie lo hizo subir por dos tramos de escalera hasta un porche encerrado en vidrio en lo alto del restaurante. Tres mesas colmaban el espacio, cada una delicadamente servida con velas, flores, cristal y plata. En el aire flotaba la húmeda fragancia de popurrí. Varios clientes bien acicalados estaban sentados alrededor de una de las mesas, bebiendo vino y mordisqueando lo que parecía ser tentáculos de alguna criatura marina. Lo miraron con interés mientras Marie lo conducía a través del salón circular.

—Gracias —dijo Kent, sonriendo—. Lo agregaré a su propina.

Ella pestañeó.

—Usted es muy amable, Sr...

—Kevin.

—Gracias, Kevin. ¿Hay algo más que pueda hacer por usted en este momento?

—No por ahora, Marie, no. Gracias.

Ella giró con un guiño en los ojos y salió del salón.

Era obvio que a las dos meseras que le sirvieron les habían hablado de la generosidad de él, pues estuvieron solícitas en sus intentos de complacerlo. Él pidió langosta, bistec y vino, y todo estuvo delicioso. Tan delicioso como había estado tres meses antes cuando había ordenado lo mismo en el festejo con Gloria por la finalización del SAPF. Levantó el vaso de vino y miró el oscuro mar, al que la luz de la luna iluminaba las crestas de las olas. *Bueno, lo logré, cariño. Absolutamente todo y más, y quisiera que estuvieras aquí para disfrutarlo conmigo.*

Se puso cómodo mientras consumía la comida que, aunque bastante buena, no sabía nada distinta de aquella por la que había pagado doce dólares en el Red Lobster de Littleton. Seguramente la salsa Heinz 57 venía del mismo tonel. En realidad lo más probable era que el vino provenía del mismo viñedo. Como diferentes estaciones de servicio que venden gasolina de distintas marcas, que cualquiera con medio cerebro sabría que venían de la misma refinería.

Kent terminó poco a poco la comida, intentando saborear cada bocado, e incómodamente consciente de que cada bocado sabía tal como debería. Como debería saber la langosta y el bistec. El vino le cayó cálido y reconfortante. Pero cuando hubo acabado no se sentía como si acabara de comer el valor de mil dólares de placer. No, solo acababa de llenar el tanque.

Al final dio fuertes propinas, le deslizó a Marie los mil dólares, y se retiró al bar, donde el tequila estaba más en orden. Steve el barman debió haber oído de las fuertes propinas porque se le acercó rápidamente y le puso un vaso al frente.

—¿Qué tomará, señor?

—Cuervo Gold. Solo.

Steve vertió el licor en el vaso y empezó a limpiar otro vaso.

—¿Está de paso?

—Se podría decir que sí. Tengo un lugar colina arriba, pero sí, estaré entrando y saliendo.

—Me llamo Steve Barnes —dijo el hombre extendiendo la mano—. Es bueno tenerlo en la isla.

—Gracias. Kevin Stillman.

El hombre se quedó por ahí e hizo unas pocas preguntas más a las que Kent dio respuestas cortas e impertinentes. Finalmente Steve se fue a atender a los demás clientes, quienes hablaban de cómo unos turistas se habían caído de un barco de pesca y habían quedado enredados en una red. Kent sonrió una vez, pero más allá de la insinuación de humor se encontró como alguien extraño, y el hueco en el pecho pareció ensanchársele. Quizás si sacaba unos cuantos cientos y los agitara frente a ellos. «*Hola muchachos, soy rico. Espantosamente rico. Sí, de veras, ustedes podrían venir y lamerle los dedos de los pies si yo quisiera. Uno a la vez, por favor*».

Para cuando Kent se metió a la entrada circular de vuelta al chalet, tenía la mente entumecida por el alcohol. Lo cual creyó que era algo bueno. Porque algo dentro de la mente le empezó a molestar mientras observaba a esos tontos en el bar.

Pero estaba el mañana, el cual sería un día para juzgar las cosas. Sí, en realidad. No importaban los mil quinientos dólares que acababa de tirar por la comida. No importaban las necedades de aquellos que seguían allá en el bar, cotorreando con Steve el barman.

Kent cayó sobre las cobijas. Mañana en la noche apretaría los tornillos.

Se quedó dormido un minuto después.

CAPÍTULO TREINTA Y TRES

Jueves

MARKUS BORST corrió por el banco, vociferando, resoplando y sin importarle quién lo veía en el estado de terror que obviamente le irradiaba el rostro como alguna clase de rojo bombillo navideño brillante.

No estaba acostumbrado a correr, y a mitad de camino por el vestíbulo pensó en que debía parecer una locomotora traqueteando con sus cortas piernas bombeando desde las caderas y los brazos agitándosele en pequeños movimientos circulares. Pero la gravedad de la situación le sacó la idea de la mente antes de que tuviera tiempo de hallar compostura. Una docena de ojos lo miraron, y él les hizo caso omiso. ¿Y si Price no estaba en su oficina? ¡Que el cielo le ayude! ¡Que el cielo le *ayude*!

Al dar la vuelta a la esquina que llevaba a la oficina de Price Bentley encontró a Mary, quien saltó con un grito.

—¡Oh! —exclamó ella mientras una hoja de papel le salió volando de las manos al dar un paso atrás—. ¡Sr. Borst!

—¡Ahora no! —exclamó él.

Markus pasó a toda prisa a Mary y entró de sopetón en la oficina del presidente de la sucursal del banco sin molestarse en tocar a la puerta. Había un tiempo para tocar y un tiempo para no tocar, y ahora se trataba de lo último si alguna vez hubiera tiempo para ello.

Price Bentley estaba sentado detrás del enorme escritorio de cerezo, la cabeza calva le brillaba colorada debajo de los tubos fluorescentes en el techo. Los ojos se le desorbitaron del impacto, y salió hasta la mitad de la silla antes de que los muslos se le chocaran con el borde inferior del escritorio, echándolo otra vez hacia atrás en su silla negra de cuero. Al instante se agarró las piernas e hizo un gesto de dolor.

Bentley maldijo.

—¿Qué demonios estás haciendo, Markus? ¡*Hombre*, eso ofende! —exclamó, abriendo y cerrando rápidamente los ojos ante Borst—. Cierra la puerta, estúpido. ¡Y endereza eso que tienes en la cabeza! ¡Te ves ridículo!

Borst apenas lo oyó. De manera instintiva cerró la puerta.

—¡El dinero ha desaparecido!

—¿Qué? Baja la voz y siéntate, Markus. Se te ha movido la peluca, amigo. Arréglatela.

Borst se llevó rápidamente la mano a la cabeza y palpó el peluquín. La mitad de este se le había resbalado sobre la oreja derecha. Por la mente le resplandeció una imagen de ese tren traqueteando y avanzando por el vestíbulo con el postizo deslizándosele por la mejilla. Tal vez por eso se había asustado Mary. Un bochorno de vergüenza le enrojeció la cara. Se quitó la cosa esa y se lo metió en el bolsillo del saco.

—Tenemos un problema —notificó, aún respirando con dificultad.

—Bueno. Por qué mientras lo tienes no corres por el vestíbulo haciendo sonar una sirena. Siéntate y cálmate.

Borst se sentó en el borde de la silla totalmente tapizada, frente a Bentley.

—Ahora, empecemos desde el principio.

El presidente de la sucursal se estaba haciendo el bonachón, y a Borst le molestó el tono. Después de todo, fue *él* quien en primera instancia le comunicó toda la idea a Bentley. Nunca había tenido las agallas de lanzarle al rostro del hombre algo de su propia medicina, pero sin duda a veces tenía deseos de hacerlo.

—El dinero ha desaparecido —anunció con voz temblorosa—. Hace unos minutos entré a mi cuenta personal, y alguien ha borrado todos los depósitos. ¡Estoy sobregirado en treinta mil dólares!

—Debió haber habido una equivocación. No tienes que derrumbarte por una confusión contable.

—No, Price. No creo que estés entendiendo. Esto no se trata de un simple...

—Mira, estúpido. Todo el tiempo ocurren equivocaciones. No puedo creer que irrumpas aquí anunciando tu estupidez a todo el mundo solo porque alguien puso un decimal en el lugar equivocado.

—Te lo estoy diciendo, Price. Esto no es...

—¡No me digas lo que es! —gritó Bentley—. Este es *mi* banco, ¿de acuerdo? Bueno, cuando sea tu banco me podrás decir lo que es. Y deja de llamarme Price. Muéstrame algo de respeto, ¡por amor de Dios!

Borst sintió que las palabras le zarandeaban los oídos como si hubieran salido de la explosión de un horno. Muy profundo en la mente, donde se encogía de miedo el hombre en él, se encendió un interruptor y sintió que la sangre caliente le ruborizaba la cara.

—¡Cállate, Price! Solo calla y escucha. Eres un insolente descerebrado y acalorado, y no estás oyendo. ¡Así que solo cállate y escucha!

El presidente se echó hacia atrás en la silla, los ojos se le salían de las órbitas como escarabajos. Pero no habló, posiblemente por el impacto ante las acusaciones de Borst.

—Bueno, sea que te guste o no, sin importar de quién sea o no este banco, tenemos un problema —declaró Borst, y tragó saliva; tal vez había ido demasiado lejos con ese ataque; se echó un poco hacia atrás y continuó—. No se trata de una *simple* equivocación contable. Ya he realizado las investigaciones. El dinero no se ha depositado incorrectamente. Ha desaparecido. Todo. Incluyendo los pequeños depósitos. Los que…

—Yo sé cuáles. Además, me vuelves a hablar de esa manera, y habremos terminado —expresó el presidente mirándolo sin parpadear—. Con unas cuantas llamadas telefónicas te puedo hacer lo que le hicimos a Anthony. Más te vale que recuerdes eso.

Las orejas de Borst ardieron ante la insinuación, pero el hombre tenía razón. Y no había nada que él pudiera hacer al respecto.

—Te pido perdón. Eso estuvo fuera de lugar.

Evidentemente satisfecho de que Borst hubiera recibido la adecuada represión, Bentley se volvió hacia su propio terminal y pulsó algunas teclas. Entrecerró los ojos por un momento y luego se quedó paralizado. Una línea de sudor le brotó de la frente, y la respiración pareció entrecortársele.

—Ves —indicó Borst—. Ha desparecido.

—Esta no es tu cuenta, idiota —cuestionó el presidente tragando grueso con parsimonia—. Es la mía. Y también está sobregirada.

—¡Ves! —exclamó Borst deslizándose hasta el frente de la silla—. Bueno, ¿qué posibilidades hay de eso? ¡Han limpiado nuestras dos cuentas! ¡Alguien descubrió los depósitos y nos está tendiendo una trampa!

—¡Tonterías! —profirió Bentley volviendo a mirar a Borst.

Agachó la cabeza, y se agarró las sienes. Se puso de pie y caminó hasta la ventana, frotándose la mandíbula.

—¿Qué crees?

—Cállate. Déjame pensar. Te dije que era mala idea conservar esos pequeños depósitos.

—¿Y quién dice que los hemos conservado? Ha pasado menos de un mes. Fueron colocados allí sin que lo supiéramos; íbamos a reportarlos, ¿correcto? Eso no garantizaría *esto* —advirtió Borst.

—Tienes razón. E hiciste una investigación completa, ¿verdad? ¿No hay rastro de a dónde fueron?

—Ninguno. Te lo estoy diciendo, ¡alguien los agarró!

Bentley se dejó caer en la silla. Los dedos le volaron por sobre el teclado. Se encendieron menús y desaparecieron, reemplazándose por otros.

—No encontrarás nada. Yo ya busqué —enunció Borst.

—Sí, bueno ahora *yo estoy* buscando —se rebeló Bentley, sin inmutarse.

—Por supuesto. Pero te lo estoy diciendo, aquí hay algo malo. Y sabes que no podemos simplemente reportarlo. Si hay una investigación descubrirán el otro dinero. No se verá bien, Price.

—Te dije que no me llamaras Price.

—¡Vamos! Aquí nos han quitado unos cuantos cientos de miles de dólares a cada uno, ¿y estás riñendo por cómo te llamo?

Bentley había terminado sus investigaciones.

—Tienes razón. Ha desaparecido —reconoció dando un manotazo sobre el escritorio—. ¡Eso es imposible! ¿Cómo es posible eso, eh? Dime, Sr. Sabio Computarizado. ¿Cómo es que alguien entra a una cuenta y la barre?

Un zumbido hizo erupción en la base del cerebro de Borst.

—Necesitarías un programa muy poderoso —anunció, poniéndose tenso en la silla—. El SAPF podría hacerlo, quizás.

—¿El SAPF? El SAPF dejaría un rastro tan ancho como la Interestatal 70.

—No necesariamente. No si conoces el código correcto.

—¿Qué estás diciendo?

—No estoy seguro. Ni siquiera estoy seguro cómo se podría hacer esto. Pero si hay una manera sería por medio de una alteración del código mismo.

—Sí, bueno, esa no es una buena noticia, Borst. ¿Y sabes por qué no es buena noticia? Te diré la razón. Porque tú, mi querido amigo, ¡estás encargado de ese código! Eres el brillante que estructuró este asunto, ¿correcto? Ahora, o te robaste tú mismo, y me robaste a mí, o alguien más está usando tu programa para robarte sin que te des cuenta.

—¡No seas ridículo! Esos diablillos allí no tendrían las agallas, mucho menos la experiencia para hacer algo como esto. Y yo seguramente no me metería con mi propia cuenta.

—Bueno, alguien lo hizo. Y más te vale que encuentres a ese alguien o no te irá nada bien. ¿Me entiendes?

Borst levantó la mirada hacia el presidente, impactado por la sugerencia.

—Bueno, si no me va bien, puedes apostar que a ti tampoco te irá bien.

—Y *allí*, mi querido y bien emplumado amigo, es donde te equivocas —advirtió Bentley presionando el escritorio con el dedo, y produciendo un sonidito aplastante cada vez que lo hacía—. Si esto se viene abajo, tú soportarás la caída, toda la caída, y nada más que la caída. Y no pienses por un solo minuto que no lo puedo hacer.

—Lo negaremos —respondió Borst, desestimando las amenazas de Bentley.

—¿Negar qué?

—Negamos saber algo en absoluto acerca de nuestras cuentas. Hacemos caso omiso de todo esto y nos levantamos cuando surja la primera señal de problemas.

—Y como dijiste, si realizan una investigación podríamos tener dificultades en contestarles las preguntas.

—Sí, pero al menos solo es un *si* condicional. ¿Tienes una sugerencia mejor?

—Sí. Sugiero que localices a este imbécil y le metas una bala en el cerebro.

Se miraron entre sí por un total de treinta segundos, y lenta, muy lentamente, se estableció en los dos la magnitud de lo que podrían estar enfrentando. La valentía se les fue de la mente, y fue reemplazada por la desesperación. Este no era un problema que necesariamente desaparecería pulsando un botón.

Cuando Borst salió del salón treinta minutos después tenía la cabeza calva y el rostro blanco. Pero esto ahora le preocupaba poco. Era la presión del cerebro lo que le hacía tragar saliva a cada instante mientras volvía a su oficina. Y nada, absolutamente nada, se le ocurría que pareciera soltar el torno que ahora le aprisionaba la mente.

KENT DESPERTÓ a media mañana y salió caminando pesadamente hacia el muelle, sintiendo un poco de dolor de cabeza. Entrecerró los ojos ante el brillante cielo azul y se frotó las sienes. El viento era llevado por el distante ruido del océano, pero por lo demás en el aire se cernía un pesado silencio. Ni una voz, ni un ave, ni un motor, ni un solo sonido de vida. Entonces oyó el ruido sordo de un martillo golpeando alguna estructura de madera en alguna casa nueva por allá abajo. Y con ese ruido se le volvió a abrir el vacío en el pecho de Kent. Un aleccionador recuerdo de que estaba solo en el mundo.

Miró el reloj, de repente alerta. Diez de la mañana del viernes. Los labios se le retorcieron en una tenue sonrisa. Para ahora Borst y Bentley deberían haber descubierto el truquito de la desaparición. Ahora lo verán; ahora no lo verán. Se imaginó que en este momento ellos estarían sudando sobre sus escritorios. Lo que no sabían es que el truco apenas estaba comenzando. Acto uno. Damas y caballeros, abróchense los cinturones. Esto les hará estremecer hasta la ropa interior. O quizás hasta se las haga desaparecer sin que se den cuenta.

Tragó grueso y pensó en mezclarse un trago. Mientras tanto, él era rico, por supuesto. No debía olvidarlo. ¿Cuántas personas les darían a sus hijos lo que él tenía ahora? Le saltó a la mente una imagen de Spencer encima del monopatín rojo. Sí, le caería bien un trago.

Kent se mezcló una bebida y deambuló por el muelle. La brisa le trajo el suave sonido de olas precipitándose por la playa. Tenía que quemar diez horas antes de hacer la llamada. Esta vez no podía andar por ahí en un sopor etílico. No con esa conversación que vendría esta noche. Debía permanecer lúcido. Entonces tal vez debería aclarar la mente allí sobre las olas.

Una hora después estaba en el embarcadero, observando la larga fila de embarcaciones, preguntándose cuánto dinero producirían. Un pequeño frío de emoción le recorrió el estómago.

—¡A un lado allí, compañero! —sonó una voz con acento australiano.

Kent giró la cabeza y vio un marinero anciano empujando una carreta con provisiones por entre los tablones.

—Si se hace a un lado, hijo, me moveré más rápido que un pez espada en una línea —dijo sonriendo y dividiendo la hirsuta barba blanca que le cubría el rostro; años de sol habían convertido la piel del hombre en cuero, pero si los pantalones cortos y la camiseta sin mangas eran algún indicador, a él le importaba un comino.

—Lo siento —contestó Kent haciéndose a un lado para dejar pasar al hombre y entonces lo siguió por el embarcadero—. Discúlpeme.

—Aguarde un momento, hijo —manifestó el hombre con voz ronca y sin regresar a ver—. Estoy llevando un poco de carga, como usted puede ver. Estaré con usted en un momento. Sírvase usted mismo una cerveza.

Kent sonrió y siguió al hombre hasta un barco blanco cerca del final del embarcadero. *Marlin Mate*. Se trataba de un Aguas Tormentosas, la plaquita plateada en la proa lo decía. Tal vez de cinco metros de largo.

—¿Es suyo este barco? —quiso saber Kent.

—Usted no oye muy bien, ¿verdad? Aguarde un poco, compañero —objetó el marinero transportando la carreta por la plancha y entrando a la cabina, refunfuñando en voz baja.

Esta vez Kent perdió la sonrisa y se preguntó si la mente del viejo estaría perdida allá afuera en el mar. Sin duda podría recibir un poco de ajuste en el departamento de cortesía social.

—Ahora sí —expresó el hombre saliendo de la cabina—. No tuvo que esperar mucho, ¿verdad que no? Sí, este es mi barco. ¿En qué le puedo servir?

Los ojos azules del marinero brillaban con el mar.

—¿Cuánto podría costar algo como esto? —indagó Kent, mirando el barco de arriba a abajo.

—Más de lo que usted creería. Y no lo alquilo. Si usted quiere un viaje de un día, Paulie tiene…

—No estoy seguro de que usted esté contestando mi pregunta. En realidad fue bastante sencilla. ¿Cuánto me costaría un barco como este?

El hombre titubeó, obviamente trastornado por la enérgica respuesta.

—¿Qué le pasa a usted? ¿Pretende comprarlo? Aunque tuviera con qué pagarlo, no lo estoy vendiendo.

—¿Y qué le hace pensar que no tengo con qué pagarlo?

—Es costosito, compañero. He trabajado por él la mitad de mi vida, y aún tengo un saldo en el banco —dijo Cara de Cuero sonriendo, y quien había perdido dos de los dientes delanteros—. ¿Tiene usted quinientos mil dólares sueltos en el bolsillo?

—¿Quinientos, eh? —declaró Kent volviendo a analizar el barco; le pareció casi nuevo; si el australiano lo había tenido por tanto tiempo como manifestó, lo había cuidado bastante bien.

—No está a la venta.

—¿Cuánto quiere por él? —insistió Kent, girando para mirar al hombre, quien había aplanado los labios—. Pago en efectivo.

El marinero lo miró fijamente por un momento sin responder, quizás reflexionando en esas pequeñas notas bancarias.

—¿Quinientos cincuenta, entonces? —presionó Kent.

Los ojos de color azul claro de Cara de Cuero se abrieron de par en par. No dijo nada por todo un minuto. Luego se le extendió una sonrisa por el rostro.

—Setecientos mil dólares estadounidenses, y es todo suyo, compañero. Si está tan loco como para pagar esa cantidad de lana en efectivo, bueno, imagino que tendré que estar tan loco como para vendérselo.

—Le pagaré setecientos mil con una condición —respondió Kent—. Usted acepta tenerlo durante un año. Me enseña lo que se necesite y lo cuida cuando yo no esté por aquí.

—No soy camarero, compañero.

—Y no estoy buscando un camarero. Usted sencillamente me permite acompañarlo, aprender algunas cosas, y cuando yo no esté usted lleva el barco a donde quiera.

El viejo lo analizó ahora con ojos penetrantes, juzgando lo razonable de la oferta, supuso Kent.

—Muéstreme el efectivo, y yo le mostraré el barco. Si me gusta lo que veo y a usted le gusta lo que ve, hacemos el trato.

Kent regresó una hora después, maletín en mano. A Cara de Cuero, o Doug Oatridge como dijo llamarse, le gustó lo que vio. Kent solo quería salir al mar, sentir la brisa en el cabello, beber unas cuantas cervezas, distraerse durante unas cuantas horas. Deambular en el yate mientras Borst y Bentley se mordían las uñas hasta los nudillos.

Para el mediodía estaban navegando a veinte nudos, exactamente. Una sonrisa permanente se había fijado en el rostro de Doug mientras hacía flotar el susurrante motor por el agua marina. Pensando en el dinero en efectivo, sin duda. Se sentaron en sillas acolchonadas, comiendo sándwiches y bebiendo cerveza helada. El sol estaba a medio descenso cuando se toparon con el primer pez. Diez minutos después lanzaron un atún de metro y medio sobre la borda y lo metieron al tanque contenedor. Kent no tenía idea qué iban a hacer con tal criatura… tal vez cortarlo y freírlo en el asador, aunque a él nunca le había gustado el atún. Agarre un pez espada o un salmón, disimúlelo con caldo de gallina, y seguirá conservando el olorcito a pescado. Tres más de los primos del animal se le unieron en el tanque en la media hora siguiente, entonces dejaron de poner la carnada. Doug estaba hablando de cómo preparaban el atún en las escuelas, pero Kent pensaba en que los pescados solo se habían cansado del autosacrificio sin sentido.

Lo único que estropeó el día vino en el viaje de vuelta, cuando Kent cometió la equivocación de preguntarle a Doug cómo había llegado a poseer el barco en primera instancia. Era evidente que el viejo se había acostumbrado a Kent y se había relajado bajo la influencia del paquete de cervezas, entonces contó la historia. Dijo que se había casado dos veces, primero con Martha, quien lo había dejado por un jugador de básquetbol durante un cortejo playero en Sídney. Después con Sally, quien le había dado tres hijos y se había cansado de ellos después de diez años. Fue una herencia de cien mil dólares la que llevó a Doug y sus hijos a las islas, en busca de un barco con el cual empezar una nueva vida. Entonces había comprado el *Marlin Mate*. Dos de sus hijos habían dejado la isla durante el primer año, y se fueron a Estados Unidos a hacer sus vidas. El más joven, su pequeño Bobby, había caído al mar un año atrás durante una tormenta.

El anciano se volvió y miró el mar con ojos llorosos, habiendo descargado su historia como un plomo en la mente de Kent, quien de pronto sintió muy pesada la cerveza que tenía en la mano. Más allá de las salpicaduras que provocaba el agua, y que los mantenía despiertos, la tarde quedó silenciosa. Kent imaginó a un pequeño niño rodando por el embarcadero en un cochecito con ruedas, llamando a su papi. Se le hizo un nudo en la garganta.

Una hora después atracaron el barco, y Kent mostró en el procedimiento todo el interés que pudo. Estrechó la mano del viejo. ¿Quería volver a salir mañana? No, mañana no. ¿Podía entonces el viejo tomar mañana el barco? Sí, por supuesto. Haga lo que quiera, Doug. Le dio una palmadita al hombre en la espalda y sonrió. Es más, quédese con el ridículo barco, pensó, pero de inmediato refrenó la absurda idea.

—Eh, los compañeros y yo vamos a beber un poco esta noche. ¿Quisiera venir? Habrá tipas.

—¿Tipas?

—Muchachas, compañero —explicó Doug con una sonrisa desdentada—. Conejitas de playa en sus bikinis.

—Ah, sí, desde luego. Tipas. ¿Y dónde vamos a tener esta fiesta?

—Aquí en el barco. Pero no se preocupe, compañero. Al primero que vomite lo lanzamos por la borda.

—Bueno, eso es consolador —dedujo Kent sonriendo—. Tal vez. Veremos.

CAPÍTULO TREINTA Y CUATRO

A PESAR de su necesidad de aclarar la mente, Kent se apresuró con dos bebidas fuertes antes de la llamada de las ocho en punto. Es más, no tendría que rechinar los dientes contra el auricular, y los nervios se le habían tensado a medida que se acercaba la hora.

La oscuridad había caído sobre la isla. Desde el muelle del chalet el mar se veía negro, dividido por un largo rayo blanco irradiado por el brillo de la luna. Una salpicadura de luces titilaba a lo largo de la ladera a cada lado. Era difícil imaginar que al otro lado de ese mar el sol ya se había levantado sobre una animada ciudad llamada Tokio. Kent había visto fotos del enorme edificio cromado en donde se encontraban las oficinas centrales del Niponbank, justo en medio de la parte de mayor movimiento de la ciudad, pero ahora difícilmente podía imaginarse la atestada escena. El tranquilo paisaje ante él lo había metido en un estado de confusión; o quizás las bebidas habían hecho eso.

Un pequeño timbre sonó detrás de él, y Kent se sobresaltó. Era hora. Tomó el teléfono inalámbrico de la mesa y se quedó mirando los botones. El corazón le retumbaba como un tam-tam en los oídos. Por primera vez en un mes estaba a punto de exponerse. ¿Para qué?

Kent aclaró la garganta y habló con voz áspera, la voz que había resuelto que sería suya para que le completara el disfraz.

—Hola, soy Bob.

Demasiado alto. Lo había ensayado mil veces.

—Hola, soy Bob.

Date prisa, amigo.

Pulsó rápidamente los números.

—Gracias por llamar a Niponbank —contestó una voz electrónica—. Por favor, presione uno si desea ser atendido en japonés. Presione dos por favor si desea ser atendido en inglés.

Por favor, presione tres si usted está llamando para entregarse por un gran robo.

Kent tragó saliva y presionó dos.

301

Tardó diez minutos en localizar al individuo adecuado. Al Sr. Hiroshito… el único ejecutivo bancario que Kent sabía que lo podría llevar rápidamente a los verdaderos traficantes del poder que se hallaban en la cumbre. Conocía a Hiroshito porque el hombre de alto nivel había visitado Denver una vez, y el banco había pasado un día danzando alrededor de él como cuervos alrededor de una presa recién muerta en carretera.

—Hiroshito —expresó el tipo como si su nombre fuera una orden de atacar.

Enfríate, mi amigo.

—Sr. Hiroshito, usted no me conoce, pero debería. Soy…

—Lo siento. Debieron haberlo conectado erróneamente. Lo comunicaré con la operadora.

—Su banco ha perdido un millón de dólares, ¿verdad que sí? —expuso Kent rápidamente antes de que el hombre pudiera transferirlo a otra línea.

El teléfono se atiborró con el suave silbido de estática distante. Kent no estaba seguro si el hombre lo había transferido.

—Aló.

—¿Quién es usted?

—Soy la persona que les puede ayudar a recuperar el millón de dólares que se perdió ayer de sus libros de contabilidad. Y por favor, no trate de rastrear esta llamada telefónica… descubrirá que es imposible. ¿Tengo su atención?

Hiroshito estaba susurrando órdenes en japonés detrás de un auricular tapado.

—Sí —respondió—. ¿Quién es usted? ¿Cómo sabe de este asunto?

—Mi profesión es saber de estos asuntos, señor. Bueno, le delinearé esto tan rápido y tan claro como sea posible. Lo mejor sería que grabara mis palabras. ¿Tiene grabadora?

—Sí. Pero debo saber quién es usted. Seguramente no puede esperar…

—Si usted decide aceptar mis condiciones, me conocerá bastante pronto, Sr. Hiroshito. Le puedo prometer eso. ¿Está grabando?

Se hizo una pausa.

—Sí.

Aquí no pasa nada. Kent respiró hondo.

—Ayer robaron un millón de dólares del libro principal de contabilidad de Niponbank, pero ustedes ya saben esto. Lo que no saben es cómo lo sé yo. Lo sé porque cierta persona dentro de su propio banco, quien permanecerá anónima, me pasó el dato. Esto relativamente no tiene importancia. Sin embargo, lo que *sí* es importante es el hecho de que me las arreglé para entrar a su sistema y verificar el saldo perdido. También pude rastrear la primera etapa de la transacción en curso. Y creo que podré sacar a la luz el robo en su totalidad.

»Bueno, antes de que usted pregunte, paso a decirle lo que va a preguntar. ¿Quién diablos soy para creer que puedo rastrear lo que los expertos en su propio banco no pueden averiguar? Soy un número: 24356758. Escríbalo por favor. Es donde ustedes enviarán una transferencia por mis honorarios si tengo éxito en desenmascarar al ladrón y devolverles el dinero. Estoy seguro que ustedes lo agradecerán. Debo proteger mi verdadera identidad, pero por comodidad ustedes pueden usar un nombre ficticio. Digamos, Bob. Me pueden llamar Bob. De ahora en adelante soy Bob. Les puedo asegurar que Bob es muy competente en manipular datos electrónicos. Sin duda uno de los mejores del mundo. Ustedes no han oído de él solo porque siempre ha insistido en trabajar en total anonimato. Es más, como ustedes verán, él depende de eso. Pero no hay un hombre mejor capacitado para rastrear el dinero de ustedes; eso se los puedo asegurar con absoluta confianza. ¿Me he hecho entender hasta aquí?

—Sss… sí —titubeó Hiroshito, quien evidentemente no esperaba la súbita pregunta.

—Pues bien. Aquí entonces están las condiciones de Bob. Ustedes le darán acceso ilimitado a cualquier banco que él considere necesario para la investigación que realizará. Él hará dos cosas: recuperará el dinero y descubrirá el medio por el cual el delincuente se lo llevó. Es obvio que ustedes tienen una fisura en el sistema, mis queridos amigos. Él no solamente les devolverá el dinero sino que cerrará esa fisura. Si, y solo si tiene éxito, ustedes transferirán honorarios por recuperación de 25% a la cuenta en las islas Caimán que ya les enumeré: 24356758. Harán el giro del dinero una hora después de que recuperen lo suyo. Además, si él tiene éxito, ustedes le darán inmunidad respecto de cualquier acusación relacionada con este caso. Estas son las condiciones de él. Si las aceptan, les puedo asegurar que les recuperará el dinero. Tienen exactamente doce horas para tomar su decisión. Los llamaré para saber qué han decidido. ¿Me he hecho entender?

—Sí. ¿Y cómo es posible esto? ¿Cómo podemos estar seguros que usted es sincero, Sr… eh… Bob?

—No pueden. Y una vez que hayan tenido tiempo de pensarlo verán que esto no importa. Si no logro tener éxito, ustedes no pagarán nada. Pero deben preguntarse cómo sé lo que sé. Nadie conoce el funcionamiento de las altas finanzas electrónicas como yo, Sr. Hiroshito. Sencillamente soy el mejor. Lleve por favor este mensaje inmediatamente a sus superiores.

—¿Y cómo sé…?

—Usted ya sabe suficiente —interrumpió Kent—. Hágale oír la grabación al hombre principal. Él aceptará mis condiciones. Buen día.

Kent le cortó la comunicación a un balbuceante Hiroshito y exhaló lentamente. Las manos le temblaban, y las empuñó. Vaya, ¡eso lo hizo sentir bien! Bebió un largo trago del vaso, lo depositó con fuerza en la mesa, y bombeó un puño en victoria.

—¡Sí!

Por supuesto que no había habido victoria. Aún no. Pero era el hecho. El plan. La emoción de la caza, como decían. Dentro de una hora todo el grupo de esnobistas esos sospecharía al menos que allí existía un hombre con grandes habilidades electrónicas para entrar muy campante al sistema de ellos y hacer lo que le diera la gana. Un lunático que se hacía llamar Bob. ¡Pues *en eso* había poder! No solo ser capaz de *hacerlo* sino reposar sabiendo que otros *creían* que él podía hacerlo.

Kent fue hasta el baño con piernas temblorosas. En doce horas tendría la respuesta. ¿Y si ellos decían no? Si decían no, él muy bien podría entrar allí y tomar otro millón. Entonces los volvería a llamar y les diría que podrían reconsiderar el asunto. ¡Ja!

De veras que sí. ¡Pues *en eso* había poder!

KENT ASISTIÓ a la fiesta de Doug en el *Marlin Mate* más tarde esa misma noche al no tener alternativas atractivas. En realidad, pensar en hallarse en un balanceante barco con veinte personas era en sí poco atractivo. No importaba que hubiera «tipas». Tipas medio desnudas además. No importaba que hubiera bebidas. Todo más bien parecía deprimente ahora. Pero quedarse solo en casa tamborileando los dedos sobre la mesa parecía aun menos atractivo, así que llevó el Jeep hasta el atracadero y abordó el balanceante barco.

El australiano sabía cómo hacer una fiesta. Además de capitanear, esa era quizás la única habilidad que había llegado a dominar. Como lo prometiera, una docena de chicas oliendo a aceite de coco se deslizaron por las dobles cubiertas. En algún momento Doug debió haber dejado saber que el rubio sentado calladamente en la cubierta estaba forrado de billetes, porque las mujeres comenzaron a dar vueltas alrededor de Kent guiñándole los ojos y haciendo pucheros.

Durante la primera hora Kent disfrutó algo la atención que recibió. Sin embargo, cerca de la medianoche le volvió a aparecer un pensamiento. No se sentía atraído por esas bellezas en traje de baño. Quizás la bebida se le había metido con la libido. Tal vez sencillamente el recuerdo de Gloria estaba muy fresco. Darse cuenta de esto le cayó encima como una cobija húmeda.

Para cuando volvió a subir hacia la colina a las dos de la mañana, la bebida le había robado la habilidad de considerar más el asunto. Esta era la última vez que disfrutaría con Doug y sus tipas.

Cuando Kent se volvió a unir a la tierra de los conscientes fue ante un incesante pitido que le sonaba en el oído. Un silbato sonaba por el callejón. Se dio la vuelta, excepto que no podía girar en absoluto porque del cadáver del Sr. Brinkley le colgaba de los hombros, nalgas arriba y gris a la luz de la luna. Casi se vuelca al tratar de girar con ese peso.

¡Tuuuu, tuuuu, tuuuu!

El corazón le golpeaba insistentemente como un tambor ante el penetrante timbre. Lo habían encontrado. Una figura salida de las sombras corrió hacia él, extendiéndole la mano de manera acusatoria, haciendo sonar su silbido.

¡Habían agarrado a él y al Sr. Brinkley con los pantalones abajo detrás del banco! Al menos el Sr. Brinkley los tenía. El resto de esta insensatez de comprar un chalet y navegar en su yate había sido un sueño. ¡Aún estaba en el banco!

Entonces de las sombras emergió el rostro de quien hacía sonar el silbato, y el corazón de Kent le palpitó con fuerza dentro de la garganta. ¡Era el vagabundo! Y no era con un silbato de lata de dos dólares con que tocaba la alarma sino con esa larga lengua, sacándola y doblándola como un carrizo de bambú.

Kent se sobresaltó, húmedo por el sudor, respirando entrecortadamente.

¡Tuuuu, tuuuu, tuuuu!

Estiró la mano y golpeó la alarma al lado de la cama.

¡Las ocho! Saltó de la cama y se salpicó agua fría en el rostro. Hiroshito y compañía estaban esperando al teléfono… al menos esperó que fueran ellos. Listos a aceptar el trato. Y si no, él seguiría adelante y les haría temblar un poco el mundo. Parecía su propia llamada para despertar. *¡Tuuuu, tuuuu!* ¡Tal vez la próxima vez agarraría cinco millones! Eso los aplastaría. Por supuesto que debería devolverlos todos… esto no era como agarrar veinte centavos no rastreables de millones de confiados donantes; era simple y craso robo. Estarían arrastrándose sobre esto como hormigas sobre miel. Y finalmente encontrarían el enlace. Por eso él tenía que agarrar el teléfono y llegar a un acuerdo para localizarles el dinero a la manera *de él* antes de que ellos lo encontraran a la manera *de ellos*. Kent al rescate.

Levantó el teléfono y marcó el número. Esta vez pasaron menos de seis segundos antes de que la aguda voz del Sr. Hiroshito le resonara al oído.

—Aló.

—Sr. Hiroshito. Soy Bob. ¿Me recuerda?

—Sí. Tengo aquí a alguien que le gustaría hablarle.

—Desde luego —contestó Kent sentándose en la silla de la terraza frente al mar azul verdoso.

—¿Bob? —sonó otra voz en el teléfono, esta era sagaz como la de un agiotista, y definitivamente caucásica—. ¿Está usted allí, Bob?

—Sí —respondió Kent, pensando en que el tono del hombre le había recordado a un jefe que sonreía con complicidad en alguna película de gángsteres.

—Muy bien, Bob. No sé quién es usted, y francamente no me importa. Pero *usted* sabe quiénes somos, y debería saber que no tratamos con extorsionistas y chantajistas. Por eso simplemente deje las payasadas y háblenos directamente y no con jueguitos infantiles, ¿de acuerdo, compañero?

Kent apretó los dientes, inundado con una repentina urgencia de lanzar el teléfono por sobre la barandilla. Quizás debería volar a Tokio y pegarle una cachetada al Sr. Cheese Whiz. Cruzó las piernas y respiró pausadamente.

—Lo siento, Sr...

—Llámeme Frank —contestó el hombre después de una pausa.

—Lo siento, Frank, pero usted está totalmente equivocado. Pido disculpas por la confusión. Usted debe haber estado fuera del salón cuando echaron a andar la cinta. Nadie tan brillante como parece que usted es tendría el aplomo de amenazar a un hombre en mi posición. Escuche la cinta, Frankie. Volveré a llamar en diez minutos.

Kent colgó. El pecho se le sacudía con fuertes latidos. ¿Qué estaba haciendo? Era obvio que Frank ya había escuchado la cinta... por eso había usado la palabra *extorsión*. Porque francamente, al analizar a fondo la situación, esta era muy parecida a extorsionar por secuestro. Él les había secuestrado el sistema, y ellos lo sabían. Y lo que él realmente estaba proponiendo era que daría vuelta la llave al sistema de ellos (que sería ROOSTER) a cambio de inmunidad. Eso y $250.000.

Kent se fue a la cocina y se sirvió un trago, un tequila al alba sin el cítrico y el hielo. Cuervo Gold clásico. Si alguna vez había habido un momento en que necesitara un trago, ese era ahora.

Cuando llamó diez minutos más tarde lo comunicaron directamente.

—¿Bob? —preguntó Frank, y no parecía muy amigable.

—¿Escuchó la cinta, Frank?

—¡Por supuesto que la escuché! —gritó el otro hombre—. Ahora escúcheme usted...

—No, ¡escúcheme usted, vinagreta! Si piensa por un minuto que no puedo hacer lo que aseguro, entonces simplemente rechace mis condiciones. No me salga con todas estas tonterías. O me contratan por veinticinco por ciento de costos de recuperación e inmunidad, o no. ¿Es esto tan difícil de entender?

—¿Y cómo sabremos que no fue *usted* en primera instancia quien se robó el dinero?

—Para nada es una mala idea, Frankie. Excepto que no se trata de una recompensa. O tal vez usted no escuchó toda la cinta. He concordado en entregarles a los perpetradores, y ese no seré yo. Más importante, el pago que ustedes hagan de estos honorarios de recuperación está supeditado a que yo cierre la brecha de seguridad por la cual ellos pudieron obtener acceso al millón de dólares. Es obvio que ustedes tienen una brecha abierta en alguna parte en su sistema. Esta vez fue un millón. ¿Quién asegura que no serán diez millones la próxima vez?

—No estoy seguro si tomar esto como una amenaza o como una advertencia, Bob.

—Tómelo como una advertencia. No sea tonto, Frankie. No soy su ladrón. Piense en mí como su policía cibernético. No soy barato, lo reconozco, pero cobro solamente si recupero el dinero. Tenemos un trato, ¿o no? Tengo otros clientes esperando.

El teléfono silbó por unos prolongados segundos. Ellos estaban hablando, y Kent dejó que lo hicieran.

Cuando volvió a oír una voz, era la de Hiroshito.

—Aceptaremos sus condiciones, Sr... Bob. Tiene dos semanas para encontrar la brecha de seguridad y recuperar nuestro dinero. ¿Hay algo que usted necesite de nosotros en este momento?

—No. Me contactaré con ustedes el lunes en la mañana con una lista de bancos a los cuales necesito libre acceso. Hasta entonces, descansen bien, amigos míos, han decidido sabiamente.

—Espero que así sea, Bob. Esto es más que extraño.

—Ya no vivimos en un mundo de ladrones de diligencia armados con revólveres Winchester, Sr. Hiroshito. Ahora nos tenemos que preocupar del teclado.

El teléfono se le quedó en silencio en la mano, y Kent se preguntó si el ejecutivo del banco japonés captó algún significado de la comparación.

—Adiós.

—Adiós.

Kent puso el teléfono sobre la mesa y respiró hondo. ¡Lo había logrado! Vaya, tal vez una vida de crimen no fuera tan mala. *¡Manos arriba, bebé!*

Por supuesto que no le daría al Sr. Hiroshito una lista de bancos a los cuales él necesitaba acceso, porque no tenía intenciones de visitar una lista de bancos. Haría una parada, y solo una parada. Y ese banco estaba situado en Denver, Colorado.

El lunes volvería a entrar pisando fuerte a sus terrenos. De vuelta a la Calle de los Estúpidos. Entonces la audacia del plan zarandeó a Kent mientras miraba abajo el chapaleo de las olas. ¡Esto era una locura! En realidad, aterrador. Como un asesino que vuelve a la escena del crimen solo para ver si los policías han hallado algo.

«¡Hola muchachos! ¡Soy yo! ¿Qué les parece? Muy ingenioso, ¿eh?»

Kent se levantó vacilante y se dirigió al mesón de la cocina para agarrar la botella. Esto merecía otro trago. No había manera de que volviera a la Calle de los Estúpidos completamente sobrio.

CAPÍTULO TREINTA Y CINCO

Sábado

HELEN CAMINABA con Bill Madison bajo los balanceantes robles, a ocho kilómetros de casa, e iban a paso firme. El viento hacía susurrar las hojas del parque, amarillentas a mediados de otoño. Un nublado cielo oscurecía el inicio de la tarde, pero en el corazón de Helen ardía una luz brillante. Más brillante que el día. Lo cual significaba que algo pasaba allá arriba.

—Necesito de veras comprar nuevos zapatos deportivos —expresó ella.

Bill caminaba al lado de Helen, vestido con suéter verde y un par de zapatos deportivos que había comprado para estas caminatas de la tarde con ella. Aquel día en la sala de la anciana había cambiado la vida del pastor. Los cielos se habían abierto para él, y en consecuencia se había convertido en un hombre nuevo. La mañana siguiente había anunciado que le gustaría unirse a Helen en las tardes cuando se lo permitiera el horario. Es más, se había asegurado que el horario se lo permitiera. Por la manera en que lo dijo, si se unía a ella en la última etapa del recorrido, él podría continuar bastante bien. Y así lo había hecho, con un entusiasmo que en realidad se vertía sobre ella.

—¿Cuántos pares has acabado? ¿De todos modos, cuánto tiempo has estado caminando hasta ahora? ¿Dos meses… tres?

—Tres. He estado caminando tres meses, más o menos. E imagino que he acabado diez pares de zapatos. Aunque sigo con las mismas piernas. Aún no las he cambiado.

—No, supongo que no lo has hecho —opinó él riendo entre dientes.

Caminaron por treinta metros antes de que Helen le dijera lo que había tenido en mente en los últimos kilómetros.

—Creo que nos estamos acercando al final.

—¿Al final? —cuestionó él volviéndose sorprendido—. ¿Las caminatas van a terminar?

—Sí —concordó ella sonriendo—. ¿Sabes?, es algo así como tener al Espíritu de Dios llenándote los huesos con una droga milagrosa. Brinda nuevo significado a la idea de caminar en el Espíritu.

309

—Sí, puedo ver eso. ¿Sabes? la primera vez que vi esa visión en tu sala no me pude quitar de encima cuán clara era la visión. Todas las dudas se desvanecieron al instante. *Puf*, se habían ido. Dios es obviamente Dios, y es evidente que el cielo existe, y toda palabra dicha aquí en la tierra hace que allá levanten la cabeza. Pero tengo que decirte que aquí las cosas no siempre son tan claras, incluso después de esa clase de encuentro. El tiempo debilita el recuerdo, y lo que solo un par de semanas atrás era muy brillante empieza a nublarse un poco. ¿Tiene sentido eso?

—Claro como el cristal —asintió Helen.

—Bueno, de no ser por tus caminatas; esta realidad asombrosa que Dios le ha hecho a tus piernas, yo sinceramente podría creer que te habrías vuelto loca al estar orando cada día por un hombre muerto.

—Ya hemos discutido esto, ¿no es así?

—Sí. Pero no últimamente. ¿Crees aún que él esté vivo?

—Lo estoy creyendo muy claramente, pastor. Hay un mensaje de Dios: «Confía en el SEÑOR de todo corazón, y no en tu propia inteligencia», ¿lo sabes?

—Por supuesto.

—He aprendido lo que eso significa. Mi propia mente me dice toda la clase de cosas que harían que un hombre adulto se metiera en un agujero. ¿Crees que no es extraña la idea de una vieja de sesenta y cuatro años de edad que camina con medias hasta la pantorrilla y con vestido, treinta kilómetros diarios, orando por un hombre muerto? Es bastante absurda. Así de absurdas son todas esas teologías que se han levantado para empujar tales acontecimientos dentro de una zona distinta de tiempo. Como si Dios despertara un día y de pronto se diera cuenta que en realidad era muy infantil la manera en que ha estado haciendo las cosas desde el primer momento con muros que caen, burras que hablan, y zarzas que arden. Los hombres se han vuelto muy inteligentes como para eso, ¿verdad? —declaró ella y rió con delicadeza—. Por tanto, cuando llego al fin de mi caminata diaria aún me debo pellizcar. Asegurarme de que todo es real. Porque mi mente no es muy distinta de la tuya, Bill. Quiere rechazar algunas cosas.

—Es bueno saber que eres tan humana como yo. Quizás por eso Dios te ha dado esta señal física. Te ayuda a mantener la fe.

—Claro que sí.

—¿Crees entonces que Kent aún sigue vivo?

—Volvemos a esa pregunta, ¿no es así? Pongámoslo de este modo, pastor. Donde quiera que él se encuentre, necesita mis oraciones. Los deseos de orar no han disminuido.

—Lo cual básicamente significa que aún debe estar vivo.

—Así parece.

—Pero dices que todo está llegando a su término.

Helen cerró los ojos por un momento y consideró la ligereza de su espíritu. Aunque no había tenido visiones por más de una semana, había expectación transportada en el aire. Una ligereza. Una brillantez que se sostenía exactamente más allá de las nubes. Seguía siendo un pequeño misterio cómo sabía ella que en alguna parte todo estaba desarrollándose con mucha rapidez. Pero lo sabía.

—Sí, creo que sí. No tengo idea cómo terminará. Mi espíritu está ligero, pero eso podría ser por mi bien en vez del de él. Simplemente no lo sé. No obstante, sé una cosa. Cuando estas piernas empiecen a temblar por la fatiga, es el final.

El pastor hizo lo que a menudo se había propuesto hacer estos días. Se puso a orar.

—Jesús, te amamos. Padre, eres soberano, y tus caminos están más allá de nuestra comprensión. Gracias por la decisión de morar en nosotros. Eres todopoderoso, eres santo, eres asombroso en tu poder.

Helen pensó que terminara como terminara esto, la pequeña Iglesia Comunitaria en la esquina de Main y Hornberry estaba a punto de sufrir una buena sacudida. Lo cual no era tan malo. No tan malo en absoluto.

KENT MIRÓ por la ventanilla ovalada hacia la oscuridad. Un destello en la punta del ala del avión iluminaba el fuselaje cada tres segundos, y en uno de esos destellos él casi esperó ver al vagabundo colgado del ala plateada. Bienvenido a la Dimensión Desconocida. El motor zumbaba firmemente al bajar la velocidad mientras el pesado jet descendía por los oscuros cielos. Una multitud de puntitos chispeaban tres mil metros por debajo de ellos. Denver estaba iluminada como un árbol navideño en octubre.

Kent revolvió el hielo en el vaso y sorbió del tequila. Había perdido la cuenta de las botellitas que Sally, la sensacional azafata de primera clase, le había llevado en las últimas horas… bastantes para calmar la sensación de pavor que se le había alojado en el pecho en alguna parte sobre el Atlántico. Lo había sentido muy parecido a estar atrapado entre un grupo de víboras y un despeñadero al borde de un lúgubre vacío. Denver serían las serpientes enroscándose, desde luego. Lo estarían persiguiendo y atacándole los talones si no tenía cuidado.

Pero era el precipicio a espaldas lo que lo había hecho pedir las pequeñas botellitas de licor. El terror con el que había luchado allá atrás en la isla mientras miraba el mar azul esos dos últimos días mientras esperaba su vuelo hacia los Estados Unidos. La verdad sea dicha, cada vez se aburría más y más del paraíso en la colina antes de haber tenido de veras una oportunidad de gozar la buena vida. Una penumbra se había asentado sobre el chalet para el mediodía del viernes, y se había negado a irse.

El problema era en realidad bastante sencillo: Kent no logró encontrar nada que captara su fantasía, sentado en lo alto de la colina, acurrucado en su propio paraíso terrenal privado. Todo lo estaba sintiendo como una bebida del día anterior. Por muy a menudo que se dijo que debería estar emocionado con el nuevo yate —este había sido un sueño de toda la vida, por Dios— no pudo obligarse a bajar la colina para sacarlo otra vez. Comprender esto le provocó una ola de pánico que se movía lentamente y lo roía con creciente persistencia. La clase de pánico que se podría esperar después de llegar a un destino codiciado y por el cual se ha vendido lo más preciado, solo para descubrir que el apartamento en la playa en realidad era una casucha plagada de cucarachas sobre un río de aguas negras.

Para el sábado sentía el chalet más como una prisión que como un sitio vacacional. El sol tropical se asemejaba a la incesante ráfaga de un horno ardiendo, y el silencio a una desesperante soledad. Y en ningún momento logró hallar descanso, situación que solo sirvió para alimentar el creciente pánico. Locura. Demencia en el paraíso: la espléndida broma de la naturaleza humana. *Mis amigos, cuando finalmente encontrarán al comodín con el ceño fruncido.*

Al final Kent resultó arrastrado por el tequila. Mucho tequila.

El domingo llegó lentamente, pero llegó. Él empacó un millón de dólares en efectivo entre el cuerpo y el equipaje, y abordó el vuelo, atado indirectamente hacia Denver.

El avión se posó en el asfalto con un chirrido de caucho, y Kent cerró los ojos. Ahora era Kevin. Kevin Stillman. *Recuerda eso, Trigo Rubión, Kevin, Kevin, Kevin.* Su pasaporte decía que era Kevin, su tarjeta de presentación decía que era Kevin, y una docena de cuentas dispersas por los cuatro puntos cardinales, cada una repleta de dinero en efectivo, indicaban que él era Kevin. Excepto en el banco… allí sería Bob.

El reloj de la enorme torre en el Aeropuerto Internacional de Denver informaba que eran las diez para cuando Kent salió del mostrador de la oficina de alquiler de autos para ir a recoger su Lincoln Towncar. Era negro, apropiado bajo las actuales circunstancias. Una hora después alquiló una habitación en el Hyatt Regency del centro de la ciudad a diez cuadras del banco, andando por el vestíbulo con un hormigueo en el cuerpo, y luchando con el temor de que alguien pudiera reconocerlo. El sentimiento era totalmente infundado, por supuesto. No se parecía en nada al Kent de antaño. Es más, *no* era el Kent de antaño. Era Kevin Stillman, y Kevin Stillman tenía un rostro nuevo… más amplio y bien bronceado, y cabello castaño en la cabeza. No era el rubio desgarbado que algunos conocieran una vez como Kent Anthony. Santo Dios, si la posibilidad de ser atrapado en este remoto vestíbulo de hotel le traía sudor a la frente, ¿qué le ocasionaría caminar por el banco?

Hizo la llamada a Japón a las once esa noche. Hiroshito estaba donde se esperaba que estuvieran todos los afanosos ejecutivos bancarios a primera hora de la mañana del lunes, hora de Japón: en su oficina.

—¿Sr. Hiroshito?

—Sí.

—Soy Bob. ¿Me recuerda?

—Sí.

—Bueno, debo tener acceso al presidente del banco en la sucursal principal de su banco a las nueve de la mañana hora de la montaña. Su nombre es Bentley. Sr. Price Bentley. ¿Habrá algún problema con esta solicitud?

—¿Nueve? —inquirió Hiroshito titubeando—. El banco abre a las ocho. Es muy poco tiempo para avisar.

—No tan corto, estoy seguro. Se tiene la capacidad de transferir un millón de dólares en mucho menos tiempo. Sin duda se tiene la capacidad de hacer una llamada telefónica.

—Desde luego. Él estará listo.

—Gracias, señor. Usted es muy amable.

Kent cortó la comunicación y se dirigió al gabinete de licores. Se las arregló para permanecer inactivo hasta cerca de la medianoche, bastante embriagado.

LOS SONIDOS de la hora pico se filtraban por la ventana de la habitación cuando Kent despertó a las siete. ¡Estaba en Denver! ¡Lunes por la mañana!

Saltó de la cama y tomó una ducha, la columna le hormigueaba con expectativa. Se puso un traje negro cruzado, el primero que había usado en seis semanas, según sus cálculos. Había escogido una camisa blanca acentuada por una corbata oscura... estrictamente para negocios. Bob estaba a punto de realizar algunos negocios.

Sudaba copiosamente al llegar al sobresaliente banco. Metió el Towncar en un espacio, tres más abajo de su antiguo lugar de estacionamiento, y apagó el motor. El silencio envolvió la cabina. A la derecha el callejón se abría con un hueco de ladrillo rojo, ligeramente ennegrecido. Esa sería obra de él. Los recuerdos se le ensartaron en la mente como fotos en una cuerda. Se tocó la frente y se secó el cuello con una servilleta que había agarrado del vestíbulo del hotel. No podía entrar muy bien allí luciendo como si acabara de salir del sauna.

¿Y si, por alguna extraña fuerza funcionándoles en los recuerdos, ellos *lo* reconocían? Algo acerca de las entradas del cabello, el vocabulario o el sonido de la voz. ¿Y si una campanilla les vibraba en las cabezas, e identificaban a Kent? Se aclaró la garganta y ensayó la voz.

—Hola —la voz le salió chillona, y lo intentó de nuevo, bajándola adrede—. Hola, allí. Me llamo Bob.

Kent se mordió el labio, se puso lentes oscuros, y bajó del auto, cerrando una mano en la otra para aplacar un temblor que se le había apoderado de los dedos. Se enderezó el traje y miró los peldaños ascendentes. Ya entraban y salían clientes por las puertas giratorias. Respiró hondo tres veces y prosiguió a grandes zancadas. *Es ahora o nunca, Trigo Rubión. Trigo Rubión Bob. Grábatelo. Recuerda lo que ellos te hicieron.*

Kent hizo eso. Apretó la mandíbula y subió los escalones, aferrándose como loco a la repentina oleada de confianza. Atravesó las puertas giratorias como un gallo en cacería y se paró en seco.

Todo se le venía encima con venganza: Zak el guardia de seguridad, caminaba con ojos hundidos; la larga fila de cajeros, de modo mecánico empujaban y halaban papeles a través del mostrador verde; el elevado velero suspendido en medio del vestíbulo; gran cantidad de voces apagadas murmuraban acerca de dólares y centavos; el aroma de docenas de perfumes, todos mezclados en un popurrí de fragancias.

Si la piel de Kent hubiera sido invisible le habrían visto el corazón saltándole a la garganta y pegándosele allí, una bola de temblorosa carne. De pronto supo con absoluta seguridad que todo esto era una equivocación. Una equivocación enorme y monstruosa. Casi gira sobre los talones y se da a la fuga. Pero los músculos no le respondieron tan rápidamente, y titubeó. Y para entonces era demasiado tarde. Porque para entonces Sidney Beech caminaba directamente hacia él, sonriendo como si lo volviera a recibir en el redil.

—¿Le puedo ayudar? —preguntó ella, lo cual no era lo que Sidney Beech hacía normalmente con cualquier individuo que deambulara por el banco.

Kent concluyó rápidamente que se debía al aspecto de él, tipo Blues Brothers. Aún tenía puestos los lentes, algo bueno, pues si ella hubiera visto los ojos saltones habría llamado a seguridad en vez de deambular por allí con esa sonrisa en el rostro.

—Discúlpeme, ¿le puedo ayudar en algo?

Kent carraspeó. *Estrictamente negocios, Bob. No seas un inútil.*

—Sí. Estoy aquí para ver al Sr. Bentley. Price Bentley.

—¿Y usted es? —preguntó ella ladeando la cabeza, en una forma educada por supuesto.

—Bob.

Ella esperó más.

—Él me está esperando —informó Kent.

—¿Bob?

—Bob.

—Le haré saber que usted está esperando, Bob. Si preferiría sentarse en nuestra sala...

—Usted podría decirle que tengo un horario apretado. No pretendo para nada gastar tiempo esperándolo.

—Desde luego —reaccionó Sidney arqueando una ceja, sin poder ocultar una leve sonrisa.

Ella señaló las sillas acolchonadas y se fue pavoneándose hacia la oficina de Bentley, para hablarle del chiflado que acababa de entrar, sin duda.

Kent deambuló cerca del barco y analizó la estructura, fingiendo interés. Varios cajeros lo miraron curiosamente. Quizás se debía quitar los lentes oscuros. Y tal vez debió haber comprado unos de esos lentes coloridos de contacto... sus ojos azules podrían desnudarle el alma.

Sidney taconeó detrás de él. Bueno, llegó la hora. Dejó que ella se acercara.

—¿Bob?

Él se volvió e hizo rechinar los dientes. *Estrictamente negocios, Bob.*

—Él lo verá ahora —informó ella, ya sin sonreír.

Kent salió a grandes zancadas hacia la oficina sin esperar que ella le mostrara el camino, luego se dio cuenta que eso sería una equivocación. ¿Cómo sabría él?

—¿Por aquí? —preguntó él volviéndose a Sidney.

—Gire en la esquina —notificó ella.

Mejor. Él se dirigió a la oficina, erguido y serio, luciendo como debía lucir un policía cibernético, ganando confianza con cada paso.

Kent puso la mano en la manija de bronce, respiró hondo una vez, abrió la puerta sin tocar, e ingresó. El descomunal presidente de la sucursal se hallaba detrás del escritorio como un tazón de gelatina dura. El alargado rostro se le había hinchado, pensó Kent. El hombre estaba comiendo bien en su recién descubierta riqueza. Los botones del traje aún se veían forzados estando sentado. Aún usaba el cuello apretado de tal modo que le oprimía la cabeza asemejándosele a un tomate. El enorme escritorio de cerezo aún era pulcro y majestuoso. El aire aún olía a humo de tabaco. Solamente la mirada en los ojos de Bentley había cambiado desde la última visita de Kent, y no estaba seguro si los ojos le sobresalían por miedo o por ira.

—¿Price Bentley?

—Sí —contestó el hombre extendiendo una mano sobre el escritorio; una sonrisa elaborada le partió el rostro—. Y usted debe ser Bob. Me dijeron que nos haría una visita.

—Le dijeron, ¿eh? —dijo Kent cerrando la puerta detrás de él, quitándose de un tirón los lentes, y haciendo caso omiso de la mano extendida de Bentley—. Agarre el cuernófono y llame a Borst. Lo necesito aquí también.

—¿Borst? —exclamó Bentley; la controlada sonrisa se le enderezó en preocupación—. ¿Qué tiene que ver él con esto?

—¿Qué tiene él que ver con *qué*, Bentley? —desafió Kent mirando directamente a los ojos del hombre, y un ligero temblor de repugnancia le recorrió por los huesos—. Usted ni siquiera sabe por qué estoy aquí, ¿correcto? ¿O me equivoco?

El presidente no respondió.

—Levante la mandíbula del escritorio y llámelo —ordenó Kent—. Y dígale que se apure. No tengo todo el día.

Bentley llamó a Borst y bajó el teléfono tratando de ponerlo en su sitio. No logró ponerlo en la base y cayó traqueteando sobre el regazo del presidente, quien lo levantó y lo hizo sonar en el lugar apropiado.

—Viene en camino.

Kent observó al patético individuo, inexpresivo.

—¿Hay algo que pueda hacer por usted?

—¿Luzco como si necesitara algo? —desafió Kent, luego se puso la mano detrás de la espalda y pasó al lado de Bentley hacia la lejana ventana—. ¿Qué le dijeron ellos?

—Dijeron que usted estaba investigando algo para ellos —confesó Bentley después de aclararse la garganta.

—Investigando, ¿eh? ¿Y le dijeron *qué* estoy investigando?

La puerta se abrió de súbito, y Borst entró, tenía colorado el rostro.

—Oh. Perdón. Vine tan pronto como pude.

—Siéntate, Markus —ordenó Bentley, levantándose—. Te presento a Bob... Bob... este... lo siento, no sé su apellido.

Kent los enfrentó.

—Solo Bob para ustedes. Buenos días, Sr. Borst. Qué bueno que se nos una —saludó Kent a su ex jefe, luego miró a Bentley y señaló con la cabeza hacia la silla de visitas al lado de Borst—. Usted también podría sentarse cerca de Borst, si no le importa.

—¿En la silla de visitas? —cuestionó Bentley con una ceja arqueada—. ¿Por qué?

316

—Porque le digo que se siente allí. Quiero que se siente al lado de Borst. ¿Es eso tan difícil de entender?

Borst se puso pálido. El rostro de Bentley enrojeció.

—Mire, creo que usted…

—Sinceramente no me interesa lo que usted crea. No tengo intención de participar en una lucha de boquiabiertos con ustedes. Ahora, cuando digo siéntese, usted se sienta. Y si le digo que se abra la camisa y deje al descubierto la barriga velluda, usted sencillamente hará eso. ¿Es esto problema? Si es así, dígalo ahora, y yo levantaré ese teléfono. Pero si está interesado en mantener el salario exageradamente inflado que de alguna manera se las arregló para conseguir de nuestros amigos japoneses, usted debería hacer exactamente lo que digo. ¿Estamos claros?

La cabeza de tomate de Bentley pareció hincharse. Kent miró a Borst y guiñó un ojo.

—¿Correcto, Borst?

Su antiguo jefe no respondió. Kent pensó que el hombre se pudo haber tragado la lengua.

—Bueno, si a usted no le importa, siéntese al lado de su compañero de crimen allí.

Bentley titubeó un momento y luego dio la vuelta al escritorio para sentarse pesadamente al lado de Borst. La expresión del corpulento individuo se tambaleaba entre ira y temor.

—Muy bien —continuó Kent—. Antes de seguir adelante quiero que ustedes dos entiendan algunas cosas. Primera, quiero que entiendan que simplemente estoy haciendo un trabajo aquí. Ustedes dos podrán ser el rey y su bufón, lo que me tiene sin cuidado. Es muy poco determinante. Mi trabajo es descubrir la verdad. Eso es todo.

Kent atravesó el salón, mirándolos fijamente mientras se volvía.

—Segunda, tal vez ustedes no aprueben mi enfoque, pero obviamente las personas que contrataron sus miserables cuellos sí, o yo no estaría aquí. Por tanto mantengan cerrados los labios a menos que les pida que los abran. ¿*Capisce*?

Ellos lo miraron, evidentemente echando humo ante la audacia de Kent.

—Vean ustedes ahora que esa fue una pregunta. Es adecuado que abran los labios para responder cuando les haga una pregunta. Intentémoslo de nuevo, ¿les parece? Dije *Capisce*, lo cual en italiano significa *comprenden*, y ustedes dicen…

El temor había abandonado la mirada de Bentley, en su mayor parte. Ahora solo había un refunfuño retorciéndose en esos gruesos labios. Borst respondió primero.

—Sí.

Bentley agachó la cabeza pero no dijo nada. Es lo que tendría que hacer por el momento.

—Bueno. Ahora, sé que ustedes son peces gordos en este banco. Suelen tener una docena o más de empleados siguiéndolos ansiosos para lustrarles los zapatos si así ustedes lo desean. ¿Correcto? Esta vez no tienen que contestar. De cualquier modo, no soy una de esas personas. ¿Tenemos claro esto, o debo comenzar de nuevo?

Borst asintió. Los labios de Bentley se contrajeron.

—Bastante bien. Estoy aquí porque es obvio que alguien sospecha que ustedes dos han estado involucrados en algunos tejemanejes. ¿Lo están?

La repentina pregunta los agarró desprevenidos. Otra vez Borst contestó primero.

—¡No! Por supuesto que no.

—¡Cállate, Borst! —exclamó Bentley, y contuvo el aliento—. Mire caballero, no creo que debamos contestar sus preguntas sin que nuestro abogado esté presente.

—¿Así es la cosa? —contestó Kent arqueando una ceja—. ¿Le ha dicho alguien alguna vez que la cabeza suya es más bien grande, Bentley? ¿Um? Quiero decir, no solo en sentido figurado, sino físico. Mírese y piense…

Se llevó un dedo a la barbilla y miró hacia el techo.

—…tomate. Sí, tomate. Eso es lo que he estado pensando aquí. Amigo, este tipo tiene una cabeza que realmente, realmente parece un tomate. Bueno, escúcheme bien, Cabeza de Tomate. Existe un pequeño documento que usted firmó cuando acordó en cuanto a su abultado salario. Se le llama acuerdo de empleo. Creo que en ese convenio encontrará una cláusula que me da, es decir al banco, total derecho de investigar cualquier asunto sospechoso de tejemanejes. Creo que la palabra en el acuerdo es en realidad *fraude*. Es lo mismo. Bueno, si en una fecha posterior usted siente que lo hemos tratado injustamente, es libre de demandar para que satisfaga el corazón. Pero hasta entonces mantengamos las cosas en perspectiva, ¿de acuerdo? Ahora, por favor conteste mi pregunta. ¿Ha estado o no, Sr. Price Bentley, involucrado en tejemanejes en el banco?

—No.

El hombre había recobrado la serenidad durante la prolongada diatriba, lo cual estaba bien para Kent.

—No. Muy bien. Entonces estoy seguro que tiene algunas explicaciones excepcionales para mis preocupaciones. Empecemos con usted, Borst. A propósito, quítese por favor el peluquín. Encuentro más bien que distrae.

La cara de Borst se puso rosada, y levantó la mirada con una sonrisa avergonzada. Kent asintió con la cabeza e hizo oscilar una mano hacia el negro peluquín.

—Adelante. Quíteselo, amigo mío.

Su antiguo jefe comprendió entonces que él hablaba en serio, y se le abrió la boca.

—Usted... usted... ¡eso es absurdo! —soltó.

—Sea como sea, quíteselo por favor. Me está impidiendo concentrarme en mi trabajo aquí.

Borst giró hacia Bentley, quien le hizo caso omiso.

—Rápido hombre —exigió Kent resaltando el asunto—. No tenemos todo el día. Simplemente quíteselo.

Borst estiró la mano hacia arriba y se quitó el postizo de la calva. Ahora el rostro le brillaba con el tono rojizo que se encuentra en el departamento de carnes en la tienda de abarrotes.

—Bien. Por tanto entonces, amigo mío, ¿estaba usted consciente de que se ha perdido algún dinero del banco? ¿Robado electrónicamente?

—No —respondió Borst, ahora con la respiración entrecortada.

—¿No? Eso es cómico, porque este dinero se las arregló para llegar hasta la cuenta personal de usted. Extraño. Y usted más que nadie debería saber que sencillamente el dinero no flota por voluntad propia alrededor del sistema. Es más, ¿no es su trabajo ver que esto no suceda?

El hombre no respondió.

—Ahora sería un buen momento para mover sus labios, Borst.

—No. Quiero decir, sí. Una especie de...

—Bien, ¿quién es el responsable? ¿No está usted encargado de este nuevo sistema de procesamiento de fondos del que ahora todos despotrican? ¿El SAPF?

—Sí.

—Y usted lo diseñó, ¿no es así?

—No. No, ¡*eso* no es verdad!

—¡Mantén la boca cerrada, Borst! —volvió a exclamar Bentley, ahora furioso.

—Peleando entre amigos, ¿eh? —comentó Kent sonriendo—. Qué trágico. ¿Quién es el responsable, Bentley? ¿Fue él quien en realidad diseñó el SAPF, o no?

—¡Yo apenas sí conocía el programa! —espetó Borst—. Vea usted, mi trabajo es supervisar a los programadores. Por tanto yo no podría ser tan eficiente en mover fondos por ahí como usted cree. ¡Juro que no tuve idea de cómo el dinero entró en nuestras cuentas!

—¡Cállate, Borst! —exclamó Bentley mientras le salía baba de los labios—. ¡Cuidado con lo que hablas, estúpido!

—Pero usted *sí* sabía del dinero —continuó Kent haciendo caso omiso al presidente—. Y también sabía del dinero en la cuenta de Cabeza de Tomate, lo cual significa que él también estaba al tanto. Pero volvamos a eso. Quiero ir tras esta línea de estupidez que ustedes me están trasmitiendo acerca del SAPF.

Movió un dedo hacia ellos.

—¿No aceptaron ustedes dos el reconocimiento por el desarrollo del programa? ¿No firmaron ustedes una declaración jurada en que reclamaban la principal responsabilidad por la concepción e implementación del sistema? Quiero decir, la última vez que revisé, se estaba dirigiendo hacia ustedes mucho dinero como resultado del programa de bonificación del banco. ¿Me están diciendo que allí también hubo algún tejemaneje? ¿Por qué no contesta eso, Bentley?

El presidente miró como si en realidad tuviera una soga atada y bien asegurada al cuello.

—Por supuesto que firmé una declaración juramentada afirmando que yo era el principal responsable por el desarrollo del sistema. Y lo era. Borst también era responsable. Usted simplemente lo ha atado a él a este espectáculo circense que está presentando. Por tanto, ¿qué tenemos que ver nosotros con sus verdaderas preocupaciones, Bob? ¿Qué exactamente está sugiriendo que hicimos o no hicimos?

—Ah, santo cielo. Al fin él muestra algo de inteligencia. ¿Lo oyó, Borst? ¿No le dio eso una impresión bastante agradable? Le diré lo que estoy sugiriendo. Estoy insinuando que usted y Borst aquí están ocultando algunas cosas. En primer lugar, se han efectuado transferencias de fondos de modo ilegal, depositando hábilmente varios miles de dólares en cada una de sus cuentas, y no me trago la aseveración de Borst de que él no tenía idea de dónde vino ese dinero. Nadie podría ser tan idiota. Por tanto creo que estoy sugiriendo, Sr. Price Bentley, que usted fue agarrado con las manos en la masa. Para empezar, así es.

—Y yo *le* diré que esa es la insinuación más ridícula que he oído alguna vez. Usted entra aquí y lanza estas absurdas acusaciones de fraude. ¿Cómo se atreve?

Kent miró hacia abajo a Bentley por diez segundos completos. Se volvió a su antiguo jefe.

—Borst, ¿quiere usted decirle aquí al Sr. Bentley que me está empezando a crispar los nervios? Dígale que ya tengo bastante evidencia firme para meterlo en la cárcel por algunos años, y que si no se echa atrás, yo simplemente hago eso. Además dígale que se calme. En realidad él se está pareciendo más y más a un tomate, y temo que yo vaya allí y lo muerda por equivocación. Adelante, dígale.

Borst parpadeó. Era obvio que él estaba totalmente fuera de posición aquí.

—Vamos, Price. Cálmate, amigo.

Bentley resopló, pero no atacó.

—Bien —expresó Kent dirigiéndose otra vez al presidente—. Ahora, le diré qué, Bentley. En realidad no recorrí todo el camino desde el Lejano Oriente para encadenarles las muñecas por un par de cientos de miles de dólares. Si ese fuera el caso, aquí estaría la seguridad local, no yo. No señor. Estoy tras peces más grandes. Pero ahora usted ha herido mis sentimientos con esta cháchara suya, y ya no estoy seguro de querer hacerlo partícipe de mi pequeño secreto. Estoy tentado a salir de aquí y presentar un informe que le clavará el pellejo a la pared. Y tenga la seguridad que también puedo hacer eso.

Taladró a Borst con una mirada y volvió a dirigirse a Bentley.

—Pero le diré lo que sí estoy dispuesto a hacer. Estoy dispuesto a pasar por alto los pequeños depósitos y a decirles que lo que en realidad necesito de ustedes es que pidan perdón por su desagradable actitud. ¿Cómo se hace eso? Pongan las manos juntas como si estuvieran orando y díganme que lo sienten, y les perdonaré todo el lío. A los dos.

Ellos lo miraron con ojos desorbitados y bocas abiertas. Borst juntó las manos y miró a Bentley. El presidente parecía haberse quedado petrificado.

—Vamos, Price —susurró Borst.

La humillación del momento era realmente demasiado para el mismo Kent. Dos hombres adultos, suplicando perdón sin causa justa. Al menos ninguna que ellos supieran. No tenían nada que ver con esos pequeños depósitos. Sin embargo, Bentley no era idiota. Él no podía saber lo que «Bob» sabía.

Se necesitaron unos buenos treinta segundos de silencio antes de que Bentley juntara lentamente las manos como si estuviera orando e inclinara la cabeza.

—Lo siento. Hablé apresuradamente.

—Sí. Yo también lo siento —repitió Borst.

—Bueno, eso está mucho mejor —opinó Kent con una sonrisa—. Me siento mucho mejor. ¿No es verdad?

Era indudable que ellos estaban demasiado atiborrados de humillación para responder.

—Bien entonces. Y mantengan por favor esta actitud de contrición mientras yo esté presente. Ahora permítanme decirles por qué realmente estoy aquí. La semana pasada alguien robó al banco un millón de dólares a través de una serie de transacciones fantasmas. Transacciones parecidas en naturaleza a los depósitos hechos a sus cuentas. Y con toda franqueza, estoy bastante convencido que ustedes lo hicieron. Creo que ustedes dos tienen un montón de dinero escondido en alguna parte y que han usado algunas variaciones del SAPF para hacerlo.

Los rostros de ellos palidecieron al mismo tiempo, lentamente, a medida que la sangre se les vaciaba poco a poco. Quedaron boquiabiertos.

—Bueno, sé lo que están pensando —siguió hablando Kent antes de que ellos reaccionaran—. Están pensando que no hace ni dos minutos acabo de decirles algo distinto. Están pensando que acabo de prometer olvidarme del asunto si hacían esa ridícula petición de perdón. Y tienen absolutamente toda la razón. Pero yo estaba mintiendo. Ustedes dos son con mucho los embusteros, ¿verdad? En realidad debieron haber visto venir esto.

Se quedaron tiesos como la madera, totalmente impresionados. Kent afirmó la mandíbula y los miró.

—En alguna parte en los más profundos rediles del espacio cibernético hay oculta una enorme cantidad de dinero, y les garantizo que lo voy a encontrar, y que cuando lo haga hallaré las mugrientas huellas digitales de ustedes por todas partes. Pueden apostar en eso sus próximos veinte años. Imagino que tardaré un par de semanas. Mientras tanto, les daré un número en caso de que se les mejore la memoria y de repente quieran hablar con sensatez.

Pasó frente a ellos en dirección a la puerta y se volvió. Borst estaba moviendo los labios en aterrada protesta silenciosa. La cabeza de Bentley se había vuelto a hinchar como un tomate.

—Hasta entonces, mis regordetes amigos —se despidió Kent con una inclinación de cabeza—. Y no me importa decirles que esa petición de perdón fue un momento especial para mí. La recordaré por siempre.

Con eso Kent cerró la puerta detrás de él y salió, casi sin poder contenerse. Se puso los anteojos de sol estando aún en el vestíbulo, asintiendo con la cabeza a Sidney Beech al pasar. Luego atravesó las puertas giratorias y se metió en Broadway.

Cielos, eso se había sentido bien. Hora de un trago.

CAPÍTULO TREINTA Y SEIS

EL VACÍO en el pecho de Kent había regresado poco después del mediodía del lunes, exactamente luego de tres horas de su pequeña victoria sobre los mellizos gordinflones. No había acabado con ellos, desde luego, pero haría eso dos semanas antes de que volviera a entrar en sus vidas. Dos semanas con nada más qué hacer que esperar. Dos semanas de espacio vacío.

Podía regresar a la isla y vivir las dos semanas con Doug y sus amigas. Pero la idea le cayó como si la muerte se le presentara otra vez. ¿Por qué retirarse a la soledad? ¿Por qué no intentar sacudir este vacío llenando aquí la vida con algunas cosas? Tal vez debería ir hasta Boulder.

¿En qué estaba pensando?

Kent decidió tomar un vuelo a Nueva York. Lo decidió de manera impulsiva, con un trago de tequila haciéndole arder la garganta. ¿Por qué no? El dinero no era problema. Podía saltar al *Concorde* hacia Londres si lo deseara. Además, quedarse por Denver rechazando recuerdos de su pasado lo conduciría a la tumba.

Dejó el Hyatt, pagó un pasaje de mil dólares en efectivo a Nueva York, y fue transportado por el aire a las cuatro esa tarde.

La Gran Manzana solo era otra ciudad apurada, pero brindaba sus ventajas. Bares, por ejemplo. Había cantinas y salones prácticamente en cada esquina alrededor del hotel donde Kent se hospedó en Manhattan. Él se resolvió por el bar del hotel, el O'Malley, y se retiró a la una de la madrugada. Martes por la mañana.

Despertó antes del mediodía, perdido en una habitación oscura, preguntándose dónde estaba. Nueva York. Había volado a Nueva York. Solo Dios sabía por qué. Para escapar de Denver o de alguna de esas tonterías. Se dio la vuelta y cerró los ojos. Imaginó que habría una docena de mensajes en el número de teléfono por el que había llamado a la asistente de Bentley antes de salir de Denver. El presidente y su seguidor probablemente estarían como locos tratando de comunicarse con él. Sí, les haría bien dejarlos sudar. Dejarlos que mueran algunas muertes, que vieran cómo se siente.

Kent se obligó a levantarse de la cama a la una, decidido a hallar una distracción que no fuera la botella. Santo cielo, estaba consumiendo alcohol como si fuera agua corriente. Debía controlarse aquí.

El botones le informó que la ópera siempre era una experiencia para relajarse.

Esa noche asistió a la ópera. El sonido del dulce canto de la vocalista principal casi lo hace llorar. Por alguna terrible razón la mujer se le convirtió en Lacy en el ojo de la mente, llorando la pérdida de su amante. Ese sería él. Kent no pudo seguir la trama, pero difícilmente se podía pasar por alto que la representación era una historia de muerte y tristeza.

Kent despertó el miércoles con un pensamiento refrescante. Refrescante, no en el sentido de que lo disfrutara en particular, sino refrescante en que lo sacó de estar de capa caída, como un balde de agua helada lanzada en medio de una ducha caliente. Se trataba de un pensamiento sencillo.

¿Y si están sobre ti, mi amigo?

Se irguió en la cama y se aferró al cubrecama. ¿Y si, al volver allí a Denver, alguien hubiera ensamblado las cosas? Como ese poli que una vez le interrumpiera la lectura en la librería. ¿Qué habría pasado con el agente? ¿O si el mismísimo Bentley, sentado allí resollando como un camello, hubiera visto algo en los ojos de Kent? Incluso Borst, en realidad. No, Borst no. El tipo era demasiado estúpido.

Se levantó de la cama, el estómago se le revolvía. ¿O qué de Lacy? En realidad él se lo había confesado, ¡por amor de Dios! La mayor parte de todos modos. Venir aquí a los Estados Unidos había sido una estupidez. Y regresar al banco, ahora, sería mudarse directamente a la Calle de los Estúpidos. ¡En qué había estado pensando! Tenía que agarrar a los asquerosos tipos, sí señor. Extraer una rebanada de venganza.

Kent se vistió con un temblor en los huesos y se dirigió al bar. El problema era que el bar aún no abría. Solo eran las nueve de la mañana. Debió volver al cuarto del hotel a consumir algunas de esas botellitas en el gabinete. Pasó el día viendo golf en la alcoba del hotel, lleno de ansiedad y muriéndose de aburrimiento por la duración del juego.

Se las arregló para despertar en sí mismo alguna sensación al día siguiente, revisando cada uno y todos los pasos del plan. La simple realidad del hecho era que más bien había sido brillante. Habían enterrado el cuerpo carbonizado del Sr. Brinkley, convencidos de que pertenecía a Kent Anthony. A menos que exhumaran ese cuerpo, Kent era un hombre muerto. Los muertos no cometen crímenes. Más importante, no había habido crimen. ¡Ja! Debía recordar eso. Ningún robo y ningún ladrón. Ningún caso. Y él era el tonto ricachón que había organizado y planeado todo. Un hombre muy rico, empapado en la cuestión.

Fue ese día, jueves, en la animada ciudad de Nueva York, que Kent comenzó a entender los hechos sencillos de una vida acaudalada. Todo empezó después de un almuerzo de doscientos dólares calle abajo del hotel, en la Cocina Francesa Bon Apetite. La comida estuvo buena, difícilmente podía negarlo. Por el precio, mejor que fuera buena. Pero mientras se ponía en la boca pastelitos tipo magdalena, con el estómago ya ensanchado más allá de sus límites naturales, le vino a la mente que estos bocados franceses, como la mayoría de bocados, saldrían en forma mucho peor de la forma en que habían entrado. Y con toda sinceridad, no le produjeron mucho más placer que, digamos, un pastelillo popular de veinte centavos. Era una pequeña realidad, pero que salió del restaurante con Kent.

Otra pequeña realidad: Por mucho dinero que cargara en la billetera, los momentos individuales no cambiaban. Podrían cambiar las esperanzas y los sueños, pero no así la serie de momentos que componían la vida. Y si él estaba caminando por la calle, poniendo un pie delante del otro, estaba haciendo exactamente eso, a pesar de lo que tuviera en la billetera. Si pulsaba el botón del ascensor, era solo eso, ni más ni menos, a pesar de la cantidad de billetes en su bolsillo trasero.

Pero fue esa noche, al acercarse la medianoche mientras bebía en el Bar O'Malley, que se le presentó de una vez el peso total del asunto. Fue como si los cielos se le abrieran y dejaran caer esta pepita de oro sobre él como un lingote de plomo. Solo que no provino de los cielos sino de la boca de un compañero de tragos, dispuesto a impartir su sabiduría.

Kent se hallaba sentado al lado del hombre que se hacía llamar Bono —por el cantante de U2, explicó— un ex sacerdote ortodoxo, entre otras cosas. Afirmó haber salido de la iglesia griega porque esta lo dejaba sediento. El hombre parecía de cuarenta y tantos años, con cejas espesas y cabello canoso, pero fueron sus brillantes ojos verdes los que habían maravillado a Kent. ¿Desde cuándo los griegos tenían ojos verdes? Brindaron juntos con vasos llenos de bebida. En realidad Kent se los estaba engullendo. Bono se contentaba con sorber de un vaso de vino.

—¿Sabes? El problema con esos yuppies de Wall Street —ofreció Bono después de media docena de tragos—, es que todos creen que hay más en la vida que lo que el individuo promedio tiene.

—Y deben tener razón —contestó Kent tras una pausa—. El promedio es perezoso, y la holgazanería no es gran cosa.

—Vaya, así que eres filósofo, ¿verdad? Bueno, déjame preguntarte algo, Sr. Filósofo. ¿Cuánto mejor es estar atareado que ser perezoso?

Era una pregunta simple. Incluso torpemente simple, porque todo el mundo sabía que era mejor estar atareados que ser perezosos. Pero al momento, Kent estaba teniendo dificultades para recordar por qué. Tal vez se debió a los tragos, pero lo más probable es que nunca había sabido por qué estar atareado era mejor que ser perezoso.

Hizo lo que todos los tontos buenos hacen cuando les hacen una pregunta que no pueden contestar de manera directa. Levantó la voz un poco y devolvió la inquietud.

—¡Vamos! Todo el mundo sabe que es ridículo ser holgazán.

—Eso es lo que dices tú, y te pregunto: ¿por qué?

Bono no era tonto. Ya antes había pasado por esto.

—¿Por qué? Porque no te puedes destacar si eres perezoso. No irás a ninguna parte.

—¿Destacar en qué? ¿Ir a dónde?

—Bueno, ahora, ¿qué tal acerca de la vida? Empecemos con eso. Sé que no es mucho, pero empecemos con destacarse en ese pequeño suceso.

—Y dime a qué se siente eso. ¿Cómo se siente *destacarse en la vida*?

—Produce felicidad —contestó Kent levantando el vaso de licor y bebiendo—. Placer. Paz. Todo eso.

—Ah. Sí, por supuesto. Me había olvidado de la felicidad, el placer, la paz y todo eso. Pero mira, el individuo promedio tiene tanto de eso como los yuppies de Wall Street. Y al final unos y otros van a la misma tumba. Allí *es* donde van, ¿no es cierto? —concluyó el hombre y rió quedamente.

Fue entonces, ante la palabra *tumba*, que el zumbido había vuelto a empezar en el cerebro de Kent.

—Bueno, la mayoría tiene unos buenos ochenta años antes de la tumba —opinó tranquilamente—. Solo se vive una vez; también podrías tener lo mejor mientras vivas.

—Pero mira, allí es donde tú y los yuppies de Wall Street se equivocan —insistió Bono—. Es una buena fantasía, no discuto eso. Pero cuando lo has tenido todo, y créeme que lo he tenido todo, el vino aún sabe a vino. Lo podrías beber en un cáliz de oro, pero aun entonces un día te das cuenta que puedes cerrar los ojos y francamente no saber si el objeto metálico en tu mano está hecho de oro o de lata. ¿Y quién decide de todos modos que el oro es mejor que la lata? Al final todos vamos a la misma tumba. Quizás es más allá de la tumba donde empieza la vida. ¿Conoces a alguien que últimamente se haya ido a la tumba?

Kent tragó grueso y se tomó otro trago. ¿Últimamente? La visión se le duplicó por un instante y lanzó una objeción más bien débil.

—Eres demasiado pesimista. Las personas están llenas de vida. Como ese tipo riendo allá —manifestó, señalando a un hombre en el compartimiento más lejano, riéndose a carcajadas con la cabeza echada hacia atrás—. ¿Crees que no es feliz?

Kent sonrió, agradecido por el alivio temporal.

—Sí. Hoy Clark parece bastante feliz, ¿no es así? —respondió Bono mirando al hombre y sonriendo; luego se volvió a Kent—. Pero conozco al Sr. Clark. Es un estúpido. Se divorció hace poco, y más bien se ha estado jactando por ya no tener que tratar con sus mocosos. Tiene tres, de seis, diez y doce años, y apenas los puede soportar. El problema es que pasa la mayor parte de sus horas despierto sintiéndose culpable por su disposición notablemente egoísta. Ahora está tratando de ahuyentarla durante un año con una botella. Créeme. Saldrá esta noche de este lugar y se retirará a su húmeda almohada, empapado en lágrimas.

Bono bebió un sorbo del vaso, evidentemente satisfecho por su observación.

—Mira debajo de las cobijas de cualquier hombre, y hallarás una historia parecida. Te lo garantizo, una historia de locura.

Kent había perdido el interés en discutir el asunto. Se hallaba demasiado ocupado tratando de quitarse de encima el calor que le entraba al cerebro. El hombre había puesto el dedo en la llaga. Clark allí podría fácilmente ser él, ahogando su fracaso en la bebida, concentrado en el placer y sin poder hallarlo. Excepto que él no odió a su hijo, como hacía Estúpido. En realidad él habría matado por su hijo… gustosamente habría dado hasta el último centavo por la vida de Spencer. El pensamiento trajo un rayo de luz a la mente de Kent.

Bono se puso de pie. Deslizó el vaso a través del mostrador y exhaló con satisfacción.

—Sí señor. Te lo estoy diciendo, esta vida es muy lamentable. Ningún individuo puede escapar de ella —continuó Bono, inclinando la cabeza y levantando las cejas hasta que los ojos verdes sobresalieron delante de Kent—. A menos, por supuesto, que comprendas lo que yace más allá de la tumba.

El tipo sonrió y le dio una palmadita a Kent en la espalda.

—Pero entonces, estoy seguro que sabes todo acerca de eso, ¿no es así, Kevin?

Salió del bar con paso despreocupado y sin regresar a mirar.

Las palabras resonaron en la cabeza de Kent por una hora, y ninguna cantidad de tequila las hizo callar. Kent bebió durante otra hora más antes de volver a deambular hacia la suite del hotel. En alguna parte en esa hora comenzó a echar de menos a Gloria. No solo a extrañarla como *quisiera-que-estuvieras-sentada-conmigo*, sino como *con ojos-vidriosos-estoy-perdido-sin-ti*. Fueron todos estos pensamientos acerca de la tumba los que «Bono oji-verde» había depositado en él, pensamientos que le evocaron imágenes de Gloria llamándolo desde algún fabuloso horizonte invisible. ¿Y si hubiera algo de verdad en toda esa cháchara que ella había hecho acerca de Dios? Ese pensamiento le hizo en la garganta un nudo del tamaño de un puño.

Bueno, Gloria estaba muerta. Muerta, enterrada, y más allá de la tumba, dondequiera que estuviera. Pero allí estaba Lacy... ella también sabía respecto de la tumba. Y sabía de Dios. Sin embargo, Lacy nunca podría ser Gloria. Finalmente Kent logró dormirse, con la mente repleta de imágenes de Gloria y Lacy.

CAPÍTULO TREINTA Y SIETE

EN VEZ de alquilar una habitación en algún otro hotel, Kent encontró una suite ejecutiva amoblada después de regresar a Denver el viernes por la tarde. El agente había titubeado cuando Kent desembolsó en efectivo el depósito de seguridad de diez mil dólares, pero lo había tomado, y Kent se había mudado, un acontecimiento que no consistió más que en pasar por la puerta con las llaves en una mano y un solo maletín de ropa colgando del hombro.

La suite le recordó a las que se ven en muestras futuristas, escuetas y limpísimas, decorada en blanco y negro. El mobiliario era todo de metal, vidrio o cuero... más bien frío para el gusto de Kent. Pero al menos estaba limpio. Más importante, se encontraba totalmente surtido, desde un centro de entretenimiento de pantalla plana hasta una vajilla para ocho personas.

Kent se sirvió una bebida fuerte, de debajo de la mesa de vidrio sacó una horrible silla negra de hierro forjado, y abrió la laptop. La Toshiba había presenciado bastante actividad durante las últimas seis semanas. La enchufó y entró al sistema. La comunicación en la laptop era a través de una conexión satelital, no por línea en tierra. Pudo haber realizado algunos movimientos bobos aquí y allí, pero no cuando se trataba de computación. Aquí al menos en esto de robar y ocultarse había cubierto impecablemente las huellas en gran parte debido a esta bebita.

La casilla de mensajes de voz se hallaba repleta con recados que Bentley había dejado. Más de una docena, desde los primeros que tenían una semana de antigüedad y en los que el presidente del banco insistía en que se volviera a reunir con ellos, hasta los últimos, dejados el viernes, en los que vociferaba respecto de demandas, contrademandas y cuántas cosas más que Kent no llegó a saber porque repasó rápidamente el resto del correo de voces. La fase dos se estaba desarrollando como él la planeara. Dejarlos sudar.

El último mensaje era de un número no identificado, y Kent se sobresaltó cuando la profunda voz habló por los parlantes. Un frío le bajó por la columna vertebral. ¡Él conocía la voz!

—Hola, Bob. Usted no me conoce...

¡Oh sí! Sí, lo conozco.

—…pero apreciaría mucho que pusiera atención por algunos minutos en cuanto a este caso en el banco. Price Bentley me dijo que lo podría localizar aquí. Soy un agente de la ley que investigo algunos aspectos sobre un asunto relacionado. Llámeme por favor tan pronto como pueda para acordar una reunión. 565-8970. Gracias, compañero. Ah, pregunte por Germy.

¡Un poli! ¿Cabeza de Chorlito? ¡Imposible! ¿Germy? ¿Qué clase de nombre era *Germy*? Pero juraría que había oído antes esa voz. Y se trataba de un policía.

Kent se cubrió la cara con las manos e intentó pensar. ¿Y si el poli estuviera de veras sobre él? Pero él ya había concluido que eso era imposible. Ningún robo, ningún ladrón, ningún crimen, ningún problema. Solo que esto *era* un problema, porque él se hallaba solo en su nuevo apartamento, sudando como boxeador.

Debería fingir que no había recibido el mensaje. ¿Y arriesgarse a acrecentar la curiosidad del poli? No. Debería llamar al hombre y quitarle la idea de una cita.

Kent levantó el teléfono y marcó el número.

—Séptima Comisaría, ¿en qué le puedo ayudar? —contestó una mujer.

¡Séptima Comisaría!

—Sí… —contestó él, con el corazón latiéndole en el oído—. Me pidieron que llamara a un policía a este número. Un tal Germy.

—Ah, usted se debe referir al agente nuevo: Jeremy. Espere por favor.

¡Cabeza de Chorlito!

—Aquí Jeremy —habló bruscamente el auricular antes de que Kent pudiera hacer algo como cortar la comunicación—. ¿Le puedo ayudar?

—Ah… sí. Soy… Bob. Usted me dejó un mensaje.

—¡Bob! Sí, por supuesto. Gracias por devolverme tan rápido la llamada. Escuche, solo tengo algunas preguntas acerca de este asunto en el banco. ¿Tiene tiempo para que tomemos una taza de café? ¿Digamos mañana? ¿A eso de las diez?

¿Qué podría él decir? *No, no a las diez. A eso de las diez es que empiezo a beber, ¿sabe? ¿Qué tal a eso de las nunca?*

—Claro —respondió.

—¡Fabuloso! No será más de unos pocos minutos. ¿Qué tal en el Denny's de Broadway y la Quinta? ¿Sabe dónde está?

—Claro.

—Bien. Lo veré allí mañana a las diez horas.

—Claro.

Se cortó la comunicación. ¿Claro? Cielos.

Kent no durmió bien la noche del viernes.

KENT NO supo cómo el tiempo se las arregló para arrastrarse, pero lo hizo, como una babosa moviéndose a través de una cuchilla de afeitarse tres metros de largo. Se despertó a las cinco de la mañana del sábado, aunque abrir los ojos podría ser una mejor manera de caracterizar el hecho, en realidad no había dormido. Una ducha, una taza de café, unos cuantos tragos de tequila para los nervios, y tres kilómetros de caminar de un lado al otro sobre el linóleo a cuadros blancos y negros lo llevaron a regañadientes al momento de la cita. Se halló estacionado fuera del Denny's a las diez sin saber exactamente cómo había llegado allí.

Se puso los anteojos oscuros y entró. Podría parecer ridículo que un hombre adulto usara adentro gafas de sol, pero en algún momento después de la medianoche había concluido que ridículo era mejor que encarcelado.

El detective Jeremy estaba sentado en un compartimiento en el área de no fumadores, mirando a Kent mientras este entraba. Se trataba en efecto de Cabeza de Chorlito. Completo con cabello negro peinado hacia atrás y anteojos con marco metálico. Sonría de oreja a oreja. *«Hola, Kent. Usted es Kent, ¿no es así?*

Kent tragó saliva y cruzó hacia el compartimiento, haciendo acopio de cada onza de despreocupación que le quedaba en los temblorosos huesos.

—¿Bob? —preguntó el detective levantándose a medias y extendiendo una mano—. Qué bueno que haya venido.

Kent se secó la palma y agarró la mano extendida.

—Claro —contestó mientras se sentaba.

Cabeza de Chorlito le sonreía sin hablar, y Kent simplemente se sentó, decidido a actuar normal pero sabiendo que estaba fallando de manera lamentable. Los ojos del policía eran tan verdes como los recordaba.

—Imagino que se está preguntando por qué le pedí que se reuniera conmigo.

—Claro —respondió Kent encogiendo los hombros.

Desesperadamente le hacía falta otra palabra.

—Price Bentley me dice que usted está investigando un robo en el banco. ¿Es un investigador privado?

—Supongo que me podría llamar así —expuso, casi dice *policía cibernético*, pero concluyó que eso parecería ridículo—. En este momento se trata de un asunto estrictamente interno.

—Bueno, ahora eso depende, Bob. Depende de si está relacionado.

—¿Relacionado con qué?

—Con mi investigación.

—¿Y cuál podría ser esa, Jeremy?

Eso estuvo mejor. Los dos podrían ser indulgentes.

—La del incendio del banco hace más o menos un mes.

Cada músculo en el cuerpo de Kent se puso rígido. De inmediato tosió para no ponerse en evidencia.

—El incendio del banco. Sí, supe de eso. Para ser sincero, los incendios nunca fueron lo mío.

—Lo mío tampoco. En realidad investigo el asesinato. ¿Usa siempre anteojos en el interior, Bob?

—Tengo una ligera sensibilidad en el ojo izquierdo —contestó Kent después de una pausa—. Me molesta de vez en cuando.

Jeremy asintió, aún sonriendo como un chimpancé.

—Desde luego. ¿Conoció a la víctima?

—¿Qué víctima?

Eso es, mantente tranquilo, Trigo Rubión. Toma las cosas con calma.

—El caballero asesinado en el robo al banco. Usted sabe, el incendio.

—¿Robo al banco? Yo no sabía que hubo un robo.

—Por así decirlo. *Intento* de robo, entonces. ¿Lo conocía?

—¿Debería?

—Solo por curiosidad, Bob. No tiene que estar a la defensiva aquí. Le hice una pregunta bastante simple, ¿no cree?

—¿Qué exactamente necesita de mí, Jeremy? Concordé reunirme con usted porque parecía más bien ansioso por verme. Pero en realidad no tengo toda la mañana para analizar con usted su caso. Tengo el mío propio.

—Tranquilo, Bob. ¿Le gustaría un poco de café?

—No tomo café.

—Qué pena. A mí me encanta el café en la mañana —manifestó el poli sirviéndose una humeante taza—. Para algunos es la botella, para mí es el café.

El agente sorbió el negro y caliente líquido.

—Ahh. Perfecto.

—¡Qué maravilla! Me alegro por usted, Jeremy. Pero me está empezando a fastidiar un poco aquí. ¿Podemos continuar con esto?

—Es la posible relación la que me ha inquietado —dijo el detective sonriendo, sin perderse ni un solo movimiento—. ¿Sabe? Siempre que se tienen dos robos o *intentos* de robo en un banco durante un lapso de seis semanas tiene que preguntarse acerca de las conexiones.

—Apenas veo el parecido entre un ladrón común que de pronto aparece ante una puerta abierta y el robo de alta tecnología que estoy investigando.

—No. Parece más bien improbable. Pero yo siempre doy la vuelta a cada piedra. Piense en usted como una de esas piedras. Justamente a usted le estoy dando la vuelta.

—Bien, gracias Jeremy. Es bueno saber que usted está haciendo su trabajo con tal diligencia.

—Me complace. De modo que, ¿la conocía usted?

—¿Conocerla?

—A la víctima, Bob. Al programador que resultó asesinado por el ladrón común.

—¿Debería conocerlo?

—Ya hizo esa pregunta. Sí o no estaría bien.

—No, por supuesto que no. ¿Por qué debería conocer a un programador que trabaja en la sucursal de Denver del Niponbank?

—Él era el responsable del SAPF. ¿Estaba usted consciente de eso?

Kent parpadeó detrás de los anteojos. *Cuidado, Trigo Rubión. Pisa con cautela.*

—¿Fue él, eh? Suponía que podrían haber sido Bentley o Borst. Así que después de todo esquilmaron a alguien más para conseguir esa bonificación.

—Lo único que sé es que fue Kent Anthony quien desarrolló el sistema, totalmente de principio a fin. Y luego aparece muerto. Mientras tanto Bentley y compañía terminan recibiendo un cambio saludable. Parece extraño.

—¿Está usted sugiriendo que Bentley podría haber tenido algo que ver con la muerte del programador? —inquirió Kent.

—No. No necesariamente. Él no tenía nada que ganar matando a Kent. Sencillamente lo lancé allí porque es otra piedra a la que se debe voltear.

—Bueno, me aseguraré de dar vueltas a mis hallazgos si parecen irradiar alguna luz sobre el incendio. Pero a menos que Bentley y compañía estén de alguna forma implicados en el incendio, no veo cómo los dos casos se relacionan.

—Sí, tal vez usted tenga razón —asintió el detective bebiendo hasta lo último del café y mirando por la ventana—. Lo cual nos deja más o menos donde empezamos.

Kent lo observó por un momento. Por como parecía, después de todo Cabeza de Chorlito no estaba resultando ser una amenaza. Lo cual tenía sentido al reflexionar en el caso. El robo fue perfectamente planeado. No había manera de que alguien, incluyendo al detective Cabeza de Chorlito aquí, pudiera siquiera sospechar la verdad del asunto. Un pequeño frío de victoria le recorrió a Kent por la columna.

—¿Y dónde sería eso? —indagó Kent sonriendo por primera vez, ahora confiado—. Dígame, ¿dónde empezamos? Estoy un poco perdido.

—Con un crimen que sencillamente no calza con los participantes involucrados. Si Bentley y Borst no calzan, entonces nada calza. Porque, mire, si usted conociera al hombre sabría que Kent Anthony no era la clase de persona que dejaría una puerta abierta a un ladrón con un arma. Él ni siquiera se acercaba a ser así de estúpido. Al menos no según sus amigos.

—¿Amigos? —se le deslizó a Kent la pregunta antes de que pudiera desecharla.

—Amigos. Hablé con la novia que tenía en Boulder. Ella manifestó algunas cosas interesantes respecto del hombre.

—Cualquiera puede cometer un simple error —opinó Kent mientras de repente le subía calor por el cerebro le irradiaba calor, sabiendo que esto parecía poco convincente; sin duda él no podía defender a alguien a quien supuestamente no conocía—. En mi experiencia la explicación más sencilla por lo general es la correcta. Usted tiene un cadáver; tiene balas. Pudo haber sido un Einstein, pero aún sigue muerto.

Cabeza de Chorlito rió.

—Usted tiene razón. Los muertos están muertos —enunció, y luego reflexionó—. A menos que Kent no esté muerto. Bueno, tal vez eso tendría más sentido.

El hombre miró fijamente a Kent con esos ojos verdes.

—¿Sabe? No todo es lo que parece, Bob. En realidad no soy lo que parezco. No soy solo un bobo y afortunado poli.

A Kent se le sonrojó el rostro; sintió un ataque de pánico. El pecho pareció obstruírsele. Y todo el tiempo Cabeza de Chorlito estuvo mirándolo directamente. De pronto se encontró teniendo dificultades para formar ideas, y peor aún para estructurar una respuesta. El policía dejó de mirarlo.

—Mi caso y el suyo podrían estar relacionados, Bob. Quizás estamos buscando al tipo equivocado. ¡Tal vez su fantasma de alta tecnología y mi tipo muerto sean realmente la misma persona! Un poco exagerado pero posible, ¿no cree usted?

—No. ¡Eso no es posible!

—¿No? ¿Y por qué no es posible?

—¡Porque yo ya sé quién lo hizo!

—¿Quién? —preguntó el poli arqueando una ceja.

—Bentley y Borst. Estoy poniendo los toques finales en la evidencia, pero dentro de una semana le puedo asegurar que se formularán cargos de fraude.

—¿Tan rápido? ¡Excelente trabajo, Bob! Pero en realidad creo que debería reconsiderar el asunto. Con mi teoría en mente, desde luego. Sería algo, ¿no es así? ¿Kent sano y salvo y poniendo en su propia tumba a un hombre muerto? —soltó el detective, y luego rechazó la teoría con las manos—. Ah, pero es probable que usted tenga razón. Tal vez los dos casos no estén relacionados. Solo sigo dándole vuelta a cada piedra, ¿sabe?

En ese momento Kent se sintió con ganas de tomar una de las piedras de Jeremy y lanzarla a la garganta del detective. *¡Considera eso una teoría, Cabeza de Chorlito!* Pero él apenas podía respirar, mucho menos estirar la mano allí y esforzarse para abrirle la boca al hombre.

—Bueno, sin duda aprecio su tiempo, Bob. Quizás nos volvamos a ver. Pronto. —expresó el detective, y sonrió.

Con eso el hombre se paró y salió, dejando a Kent empapado de sudor debajo de los brazos y atornillado al asiento.

Esto era un problema. No solo un pequeño desafío o un bache en el camino, sino un problema tipo «el fin del mundo como lo conocemos». Había sido una equivocación venir acá. Había sido una equivocación regresar a este *país*. Volver al banco… ¡eso había sido una idiotez!

Sin embargo, no había evidencia, ¿verdad? No, ninguna evidencia. Esa era una teoría de Cabeza de Chorlito. Una teoría ridícula, además.

Entonces a la mente le brincó una pequeña imagen que le aplastó la poca esperanza que le había quedado. Se trataba de la imagen de Lacy, sentada en el sofá, con las manos cruzadas y las rodillas juntas, frente a Cabeza de Chorlito. Ella estaba hablando. Estaba contando el pequeño secreto del que estaba al tanto.

Kent dejó caer la cabeza en las manos e intentó calmar la respiración.

CAPÍTULO TREINTA Y OCHO

KENT ESTABA parado junto a la columna en las afueras del Macy's en un centro comercial de Boulder el lunes por la tarde y miró a la mujer, con el corazón palpitándole como una caldera y las palmas húmedas del sudor.

En algún momento del sábado había ganado un nuevo entendimiento respecto a la vida. Era una idea tan profunda que la mayoría de personas no lo comprendían de modo adecuado. Era la clase de verdad que alguien descubre solo en momentos en que está tensado más allá de los límites, como quedara Kent después de ese encuentro con Cabeza de Chorlito. Y se trataba sencillamente de esto: Cuando realmente se llega a donde se quiere, la vida se acaba, nos absorbe.

El problema con la mayoría de personas era que nunca realmente llegaban a donde querían. Vivían sus vidas *creyendo* que iban hacia donde querían; sin embargo, ¿llegaban alguna vez a donde querían? No. *«El año entrante, Martha, te prometo que el año entrante vendemos esta ratonera, compramos ese yate, y navegamos por todo el mundo. Sí señora».* Los sueños de las personas actuaban como una clase de barrera entre la vida y la muerte. Quíteles esa barrera —déjeles vivir esos sueños— y estará reduciendo rápidamente a los suicidas al basurero lleno. Solo mire a quienes sí vivían sus sueños, como estrellas de cine o del rock, aquellos que realmente tenían el dinero para llegar a donde querían, y descubrirá un montón de personas destrozadas. Destrozadas porque han descubierto lo que Kent estaba descubriendo: Que cuando conseguimos lo que se quiere, la vida se nos acaba.

Esa realidad había llevado a Kent a este lugar inesperado, de pie junto a la columna de las afueras del Macy's el lunes por la tarde, mirando a una mujer, con el corazón palpitándole como una caldera y las palmas húmedas del sudor.

Lacy suspiró, obviamente insatisfecha con el surtido del estante de descuentos. Caminó hacia Kent. Él contuvo el aliento y se volvió lentamente, esforzándose por calmarse. En la hora en que había estado siguiéndola, ella no lo había reconocido, pero tampoco lo había analizado. Dos veces habían hecho contacto visual y él se había apartado como con indiferencia. Pero cada vez el corazón le había saltado a la garganta, y ahora este estaba haciendo lo mismo.

Kent se agachó por una *Guía del comprador* sobre un revistero y fingió interés en la portada. Lacy pasó a su lado, como a un metro de distancia. La fragancia de lila le entró a las fosas nasales, y él cerró los ojos. Todo esto era una locura, desde luego, este acecho. No solo porque alguien pudiera observar al sudoroso individuo mirando a la hermosa mujer sola y llamara a los guardias de seguridad, sino porque en realidad él estaba *acechando*. Como alguna clase de chiflado, respirando pesadamente sobre el hombro de una mujer, esperando su oportunidad.

Esa tarde había conducido hasta Boulder, estacionado el auto como a cien metros del apartamento de Lacy, y esperado. Ella había vuelto del trabajo a las seis, y él había pasado una buena hora mordiéndose las uñas y contemplando la puerta de entrada. El problema era que Gloria seguía recorriéndole la mente. Por alguna razón que no tenía muy clara él estaba sintiendo una extraña culpa respecto a Gloria. Más así ahora, parecía, que cuando pasó tiempo con Lacy antes del robo. Quizás porque entonces no tenía intenciones de dedicarse a Lacy. Pero ahora, al enfrentar esta insensata soledad, no estaba tan seguro.

Ella había salido del apartamento y conducido hasta aquí. El mayor pesar en este acecho fue la decisión de dejar la botella de tequila en el auto. Pudo haber ido al baño una docena de veces por unos traguitos. Pero regresar para agarrar la botella del auto le llevaría mucho tiempo; ella podría desaparecer, pensamiento que de repente lo puso más nervioso que permanecer a secas por unas horas.

Giró la cabeza y la observó por el rabillo del ojo. Lacy usaba jeans azules. Parecía flotar a lo largo del brillante piso de mármol, con los zapatos deportivos blancos deslizándose por la superficie, los muslos firmes al lado del balanceante bolso café. El suéter verde limón era quizás una chaqueta de punto que reposaba holgadamente sobre los hombros femeninos, y el cuello estaba eclipsado por el rubio cabello. Los labios de ella parecían hacer un mohín, sonriendo a veces; los ojos color avellana enfocados en el surtido; los dedos recorrían la ropa con mucho cuidado.

Kent la observó dirigirse al patio de comidas. Se secó la frente con el revés de la mano y caminó cautelosamente tras ella. Lacy pasó por brillantes vitrinas, mirando casualmente las exhibiciones sin molestarse en entrar. Kent ingresó a un almacén deportivo, agarró del estante de ofertas una camisa beige de franela, y rápidamente la compró. Se fue directo al vestidor de la tienda y se cambió la camisa antes de pasar corriendo al lado de un confundido vendedor para alcanzar a Lacy. La camisa roja que había usado fue a parar al basurero más cercano. *Mira, Lacy, he aprendido algunos trucos. Sí, señor, soy un tipo solapado habitual. Tienes que ser taimado para robar veinte millones, ¿sabes?*

La halló sentada en el patio de comidas. Tenía las piernas cruzadas y comía lentamente un cono de helado. Él observaba todo mientras miraba un maniquí en la tienda de artículos deportivos Gart Brothers al otro lado del pasillo. No había nada sexual en el deseo de él, nada perverso, extraño u obsesivo. Tal vez obsesivo. Sí, en realidad era obsesivo, ¿correcto? Pestañeó ante el pensamiento y quitó los ojos de ella. ¿Cómo más se podía calificar al hecho de acechar a una mujer? Esta no era una cita. *Santo Dios, te estás confundiendo, Kent.*

Una oleada de calor recorrió la columna de Kent, y entonces salió del centro comercial sintiéndose insignificante, enclenque y sucio por haber conducido hasta allí. Por haberla mirado a hurtadillas desde las sombras. ¿En qué estaba pensando? Nunca le podría contar la verdad, ¿no es cierto? Ella se vería obligada a entregarlo. Todo habría acabado… todo.

¡Y Gloria! ¿Qué diría Gloria a esto?

Gloria está muerta, *¡estúpido!*

Condujo de vuelta a Denver, preguntándose por qué no debía quitarse la vida. Dos veces cruzó pasos elevados preguntándose cómo sería lanzarse por la baranda. Como un paseo en una montaña rusa, cayendo ingrávidamente por un instante, y luego el sonido de un choque. La tumba. El final. Como había dicho Bono, de todos modos al final todos van a parar a la tumba.

Kent sacudió la cabeza y entrecerró los ojos por la neblina que le hacía borrosa la visión. Resopló para aclararse el nudo de la garganta. Por otra parte, aún no estaba en la tumba. Tenía dinero, más del que posiblemente podía gastar; se había liberado de cualquier estorbo. No tenía esposa, hijos, deudas ni nada. Eso al menos valía una sonrisa, ¿verdad que sí? Sonrió, pero la imagen que lo miraba detrás del espejo retrovisor parecía más una calabaza de Halloween que el rostro de un hombre feliz. Dejó de payasear y se enderezó en el asiento.

La noche dio un giro para lo mejor casi a medianoche, un litro de tequila después. Estaba repantigado con un vaso en la mano sobre el negro sillón reclinable de cuero frente a una apagada pantalla de televisión en el pulcro apartamento. El recuerdo de su pequeño viaje de acecho a Boulder se le asentó como un chistecito absurdo en el cerebro.

Debido a alguna obsesión. A algunas perlas de sabiduría de un griego llamado Bono. En realidad sí, la vida acababa.

Bueno, sería la última vez que acechaba a alguien, pensó irónicamente. Se saldría por uno de esos pasos elevados a ciento sesenta kilómetros por hora en el Lincoln antes de volver a hacer algo tan insensato. Él conocía el mundo al dedillo, ¡caramba! Solo un completo fracasado volvería a echar otra mirada a hurtadillas.

«Te veo, fisgón. Mi nombre es Kent, y estoy podrido en dinero. ¿Te gustaría compartir la vida conmigo? Oh, sí, un pequeño grano para el contenedor de basura la vida realmente me absorbe, pero no te preocupes, de todos modos pronto estaremos en la tumba».

Kent quedó sin sentido sobre el sillón reclinable de cuero en algún momento antes de la salida del sol.

CAPÍTULO TREINTA Y NUEVE

LACY ESTABA sentada sola en el restaurante de comida china Wong Foo el jueves por la noche, mordisqueando los fideos en el plato. Luces indirectas irradiaban un opaco brillo anaranjado a través de la mesa. Una docena de pesadas esculturas de dragones de madera miraban hacia abajo, colgando desde el techo. Paredes de celulosa daban un aura de privacidad al salón. Vasos de licor con hielo tintineaban, y voces murmuraban suavemente alrededor de ella, detrás de esos tabiques de papel; en alguna parte un hombre hablaba rápidamente en chino. El aroma a condimentos orientales circulaba lentamente.

Un hombre se hallaba solo en un compartimiento a diez metros a la derecha de Lacy, leyendo el periódico y sorbiendo una sopa de fideos. Los dos se habían observado mutuamente diez minutos antes, poco después de que acomodaran al caballero, cuyos ojos azules brillantes le recordaron a Kent a primera vista. Él le había sonreído cortésmente, y ella había desviado la mirada. Bichos raros se hallaban en todas partes en estos días. *No sabes eso, Lacy. Él podría ser una clase de Clark Kent.* En realidad, todos los hombres se parecían mucho en estos días a bichos raros.

Lacy metió la cuchara en la caliente y amarga sopa, y tomó a sorbos el líquido. Estaba teniendo algo de dificultades en quitarse de encima la imagen de Kent. No lograba entender del todo *por qué* no podía quitársela de encima. Fue comprensible la primera semana, desde luego. También la segunda, y tal vez la tercera. Pero él se había ido hace más de un mes, por amor de Dios. Y sin embargo cada día Kent aún le dejaba rastros en todos los pensamientos. Era una insensatez. Quizás era por pensar en que él estuviera viviendo como un rey después de tener la audacia de restregarle los planes en la cara.

Ella miró al hombre que leía el periódico y volvió a descubrir que la observaba. Santo cielo. Esta vez ella le lanzó una sonrisa despectiva. *No muy audaz aquí, Lacy. Él podría captar la idea equivocada.* Parecía un tipo bastante decente. Ojos azules como los de Kent, *Ves, bueno, allí voy otra vez,* y un rostro que le recordaba a Kevin Costner. En realidad no se veía mal.

El hombre había vuelto a enfocarse en ese periódico, y Lacy volvió a dirigir la mente al plato que tenía enfrente. Ella no había vuelto a oír del detective, ni había intentado llamarlo, porque a medida que pasaban los días la idea parecía de algún modo errónea. Sin duda ella no había encontrado absoluta evidencia que llevara a sugerir el robo de Kent. Y aunque así hubiera sido, le había hecho una promesa a él. No es que *debería* estar ligada por cualquier promesa después de lo que él había hecho. Había habido cuatro incidentes de estados de cuenta desiguales en el banco, pero según parece a nadie le importó mucho en qué pensar. Errores de impresión o algo así. Fuera lo que fuera, se habían corregido solos.

De veras que sí. Lo único que no se había corregido solo era la mente de ella, y comenzó a creer que esta podría necesitar algún examen profesional. Lacy levantó el tenedor y saboreó un trozo de pollo en jengibre. Los dragones la miraban hacia abajo con vidriosos ojos amarillos, como si supieran algo que ella no sabía.

Lacy pensó que esos no eran los únicos ojos que la miraban. El depravado la estaba mirando otra vez. Por el rabillo del ojo le podía ver el rostro girado en dirección a ella. Se le aceleró el pulso. A menos que en realidad él no estuviera mirándola en absoluto y que solo fuera la imaginación de ella.

Se volvió lentamente hacia él. No, no era su imaginación. Él desvió la mirada cuando la de ella se concentró en él. ¿Qué clase de individuo era este? Posiblemente ella debería irse antes de que él le empezara a hablar.

Entonces los ojos azules del sujeto se volvieron a levantar hasta encontrarse con los de ella, y se miraron por un prolongado segundo. El corazón de Lacy se detuvo durante ese segundo. Y antes de que le volviera a palpitar, el hombre se levantó de su asiento y caminó hacia ella.

Se está yendo, pensó ella. *¡Díganme por favor que se está yendo!*

Pero él no salió. Fue directo a la mesa de Lacy y puso una mano en el respaldo de la silla frente de ella.

—Lo siento, señora, pero no pude dejar de observar que usted se halla totalmente sola —anunció él sonriendo con amabilidad, en realidad de manera atractiva.

Pero también el asesino Ted Bundy había sido bastante atractivo. La voz de él le llegó como miel a la mente, lo cual la sorprendió. Un delgado brillo de sudor humedecía la frente del tipo. Ella lo imaginó respirando irregularmente en el rincón. Lacy miró al extraño sin hablar, en realidad *sin poder* hablar, al considerar la contradicción que este tipo representaba.

Él trató de sonreír, lo cual le alzó torpemente un costado del rostro.

—Sé que esto podría parecer extraño, pero ¿le importaría si me siento? —preguntó él.

Un centenar de voces gritaron al unísono en la mente de Lacy. *¡No sea tonto! ¡Vaya a menearle la lengua a alguna mujer de la calle! ¡Lárguese!*

El extraño no le dio la oportunidad de expresar con palabras lo que ella pensaba. Se sentó rápidamente y cruzó sus temblorosas manos. De modo instintivo Lacy retrocedió, asombrada por la osadía de él. El hombre no habló. Respiraba pausadamente, observándola con respeto, con una leve sonrisa en los labios.

¡Santo Dios! ¿Qué estaba pensando ella al permitirle a este tipo que se sentara aquí? Los ojos de él eran bastante llamativos, como zafiros azules, perspicaces y enloquecedores. *¡Ayúdame, Dios mío!*

—¿Se le ofrece algo?

Él parpadeó y se irguió un poco.

—Lo siento. Esto le debe parecer espantosamente extraño. Pero... algo... —titubeó el hombre moviéndose de manera nerviosa e incómoda—. No sé... ¿le parece extraño?

Lacy estaba recuperando la cordura, y la cordura le decía que este hombre hacía sonar campanillas que le resonaban a ella en el cerebro, como si fuera hora de la misa en la catedral. También le decían que este hombre tenía algunos tornillos sueltos.

—En realidad *usted* me parece extraño. ¿No debería irse?

Eso quitó la mueca de la sonrisita en el hombre.

—¿Sí? Bueno. Tal vez no soy tan extraño como cree. Quizás solo estoy tratando de ser amigable, y usted me está llamando extraño. ¿Es eso lo que piensa de las personas amigables? ¿Que son extrañas?

Ojo por ojo. Él no parecía tan peligroso.

—Normalmente las personas no deambulan por restaurantes chinos buscando conversaciones amigables. Perdóneme si parezco un poco alarmada.

—Lo que usted está afirmando es que por lo general las personas no son amigables. Bueno, tal vez yo solo estoy tratando de serlo. ¿Considera eso?

—Y quizás yo no necesito nuevos amigos.

Él tragó saliva y analizó a Lacy por un momento.

—Y quizás debería pensar dos veces antes de rechazar a un prójimo amigable.

—¿Así que ahora es mi prójimo? Mire, estoy segura que usted es un tipo maravilloso...

—Solo intento ser amigable, señora. No debería morder la mano que la alimenta.

—No estaba consciente de que usted me hubiera alimentado.

Él estiró la mano, recogió la cuenta de ella, y se la metió al bolsillo.

—Ahora está consciente.

—¡Ni siquiera lo conozco! —exclamó Lacy echándose hacia atrás, impresionada por lo absurdo del intercambio—. Ni siquiera sé su *nombre*.

—Llámeme... Kevin —titubeó el extraño, y sonrió—. Y sinceramente, solo soy
un tipo común y corriente que miró a través del salón y vio a una mujer que parecía
como si pudiera ofrecer algo de amistad. ¿Cuál es su nombre?

Ella lo miró detenidamente.

—Lacy —contestó; las campanillas aún le resonaban en el cerebro, pero ella no
lograba ubicar lo que significaban—. Y usted no me puede decir que no es más bien
extraño acercarse a una mujer en un restaurante chino y pedirle que lo deje sentarse
cerca.

—Tal vez. Pero dicen que todo se vale en la guerra y en el amor.

—¿Entonces eso por consiguiente hace de esto una guerra? En realidad no ando
en busca de pelea. Ya he tenido mi parte —cuestionó ella.

—¿De veras? Espero que no con hombres.

—Usted tiene razón. Los hombres no pelean; simplemente se alejan —razonó
Lacy; el absurdo discurso le estaba produciendo de repente una sensación un poco
terapéutica—. ¿Es usted de la clase «ámelas y abandónelas», Kevin?

El hombre tragó grueso y se quedó callado. Una pausa pareció cernirse sobre el
restaurante.

—No, por supuesto que no.

—Bueno, Kevin. Porque si fuera de la clase «ámelas y abandónelas», yo misma
lo tiraría por la puerta.

—Sí. Apuesto que lo haría —asintió él, moviéndose en el asiento—. De modo
que está hastiada de los hombres, ¿verdad?

—Casi.

—¿Qué sucedió... entonces? —preguntó él, escudriñándola.

Ella no contestó.

DESDE LUEGO que Kent sabía exactamente lo que había ocurrido. Ella estaba
hablando acerca de él. Él la había cortejado, se había ganado la confianza de ella, y
luego la había dejado plantada. Y ahora esto.

El lunes había jurado matarse antes que volver a acecharla. El miércoles había
roto esa promesa. Se había concedido la vida a pesar de volver a escabullirse a Boulder para echar una mirada. Esa noche ella había ido de compras al supermercado, y
mientras tanto él se había escurrido lleno de pánico entre los pasillos debido a la
duración del jueguito.

Pero esto… Él pagaría por esta locura. Pero ya no importaba. A él ya no le preocupaba. De algún modo la vida había perdido el significado. Él la había seguido hasta el restaurante; se había sentado a plena vista, y luego se había acercado a la mesa de ella. Se había sentido como si caminara sobre una cuerda floja sin una red abajo.

Y ahora había tenido la audacia de preguntarle qué había sucedido. Las palmas le estaban sudando, y se las secó en las rodillas. La electricidad entre ellos le daba vuelcos al corazón de Kent.

Ella no había contestado, y él repitió la pregunta.

—¿Qué sucedió… entonces?

—Sin querer ofender, *Kevin*, si usted quiere hacerse amigo de una dama en un restaurante lo menos aconsejable es pavonearse y soltar la línea arcaica de *¿qué ha sucedido entonces últimamente en su vida amorosa?* Da la impresión de algo que podría decir un degenerado.

Eso ardió, y él se estremeció visiblemente. *Basta, muchacho, no te expongas tan fácilmente.*

—Usted parece sorprendido —continuó Lacy con una inclinación de cabeza—. ¿Qué esperaba? ¿Que me tendiera en un sofá a contarle la historia de mi vida?

—No. Pero no tiene que atacarme. Simplemente hice una sencilla pregunta.

—Y yo simplemente le dije más o menos que se preocupe de sus propios asuntos.

Por consiguiente, ella estaba amargada y manaba sangre por la herida. Lacy tenía razón; él no debió haber esperado algo menos.

—Está bien, mire, lo siento si mi presentación causó tal ofensa; sin embargo tal vez, solo tal vez, no todo el mundo en la vida es tan cínico como usted cree. Quizás haya por ahí algunas personas decentes —manifestó Kent, subiendo el tono de la voz.

Por supuesto que todo eso era una estupidez, y él lo supo a medida que lo decía. Él era tan decente como una rata.

—Usted tiene razón —contestó ella después de mirarlo por un momento y de asentir poco a poco—. Lo siento. Solo que no todos los días se me acerca un hombre y cae de este modo.

—Y yo lo siento. Probablemente fue muy estúpido hacerlo. Solo que no pude dejar de observarla —se excusó él; ella se estaba suavizando, lo cual era bueno—. No todos los días uno se encuentra una mujer hermosa sentada sola como si estuviera perdida.

Lacy miró hacia un costado, de repente inundada de emoción. Él vio descender esa emoción como una neblina. Vio cómo la envolvía. Su propia visión se le nubló.

Lacy, oh, ¡Lacy! ¡Soy yo! Soy Kent, y te amo. ¡De veras que sí! La garganta le ardió con el pensamiento. Pero no podía llegar tan lejos. ¡No!

—Lo siento —logró decir él.

—No. No lo sienta —respondió ella aspirando profundamente; con rapidez se secó los ojos—. En realidad creo que estoy enamorada de otro hombre, Kevin.

El cerebro de Kent se le inundó de calor. ¿Otro hombre?

—Ni siquiera estoy segura de poder ser amiga suya, estoy loca por él.

Dios mío, ¡esto era sorprendente!

—Sí —enunció él, pero sintió como si dijera no; como si gritara: *¡No, Lacy! ¡No puedes amar a otro hombre! Yo estoy aquí, ¡por Dios!*

—Creo que usted debe irse ahora —comunicó ella—. Aprecio su preocupación, pero en realidad no estoy buscando ninguna relación. Debe irse.

Kent se quedó paralizado. Sabía que ella tenía razón; él debería irse. Pero los músculos se le habían bloqueado.

—¿Quién? —investigó.

—¿Quién? —contestó Lacy mirándolo sobresaltada.

Ella lo taladró con la mirada, y por un momento creyó que podría golpearlo.

—Un hombre muerto, ese es él. Váyase, por favor —le suplicó ella, e insistió—. Váyase ahora.

—¿Un hombre muerto? —inquirió él con voz carrasposa.

—¡Váyase! —ordenó ella, sin dejar dudas de sus intenciones.

—Pero…

—¡No! ¡Simplemente váyase!

Kent se paró temblando de pies a cabeza, con el mundo gris y confuso. Pasó frente a ella y se dirigió a la puerta, pasando ante la cajera sin pensar en pagar las comidas, directo a la calle, apenas consciente de que había salido del restaurante.

Lacy aún estaba enamorada de él. ¡De Kent!

¿Y era bueno eso? No, era malo, porque él en realidad estaba muerto. Kent estaba muerto. Y Lacy no había mostrado el mínimo interés en el Kevin con mejillas quirúrgicamente alteradas, nariz más grande y barbilla más marcada.

Darse cuenta de esto le cayó como una roca empujada por un precipicio. ¡Esa noche en el banco él había muerto de veras! Kent estaba realmente muerto. Y Lacy estaba al borde de la muerte… al menos así tenía ella el corazón. Cualquier esperanza de amor que quedara entre ellos estaba ahora perdida hasta la tumba. Fin de la historia.

Kevin tendría que hallar su propio camino. Pero Kevin no quería hallar su propio camino. Kevin quería morir. Kevin ni siquiera existía.

¡Él era *Kent*! ¡*Kent, Kent, Kent!*

Pero Kent estaba muerto.

Se trataba del punto bajo en el día; del punto bajo del mes. Muy bien podría tratarse del punto bajo de su vida, aunque ese día Gloria hubiera muerto y ese día Spencer hubiera muerto, esos también habrían sido puntos bajos. Lo cual era un problema porque antes de venir aquí esta noche, él ya se había estado deslizando por el fondo. Ahora el fondo parecía el cielo, y sentía como una tumba este túnel en que se hallaba.

La mente de Kent deambuló hacia Spencer y Gloria, pudriéndose a dos metros bajo tierra. Pensó que muy pronto él se les uniría. La vida aquí sobre el césped se estaba volviendo bastante difícil de manejar. Caminó con dificultad por la calle pensando en opciones. Pero las únicas que le acogieron la mente eran andar lleno de desaliento y morir. Por el momento caminaría fatigosamente, pero tal vez pronto moriría. De cualquier manera, esa mujer allá atrás estaba muerta.

Él sabía eso porque la había matado. O también él podría haber muerto.

CAPÍTULO CUARENTA

KENT SUBIÓ como un vendaval los amplios peldaños del Niponbank el viernes a las diez de la mañana, apretando los dientes y tartamudeando. Una furia había descendido sobre él a primeras horas de la mañana; la clase de ira que resulta de amontonar circunstancias en la enorme balanza de la vida y retroceder a fin de echar una mirada a vuelo de pájaro, solo para ver un extremo del aparato de bronce arrastrándose por el concreto y el otro extremo balanceándose en lo alto del cielo. ¿Cuánto podría soportar un individuo? Desde luego, por una parte estaba el brillante robo millonario, tambaleándose allí sobre un costado de la balanza; pero estaba solo, colgando helado al viento, metido a la fuerza en el desván mediante una docena de injusticias apiladas en el otro extremo.

Lacy, por ejemplo. O, como Kent veía la imagen, la firme mandíbula de ella vociferándole, dándole a gritos la orden de irse. «¡Simplemente váyase! ¡Ahora!» Luego estaba el policía, una sonrisa de oreja a oreja cubriéndole esa cabeza puntuda. Cabeza de Chorlito. «¿Quiere saber lo que creo, Bob? ¿O es Kent?» Y estaba Bono, soltando su sabia perorata acerca de la tumba, y Doug el australiano, sonriendo desdentado sobre el yate que había matado a su último hijo, y también Steve el barman revoloteando como un buitre. Las imágenes le susurraban en la mente, poniendo enorme peso en los platillos de esa balanza, y haciéndole subir lentamente la presión sanguínea.

Pero fueron las últimas informaciones las que lo despertaron una hora antes, resollando y sudando sobre las cobijas. Aquellas que de alguna manera él ya se las había ingeniado para enterrarlas. Gloria, hinchada, amoratada y muerta sobre la camilla de hospital; Spencer curvado como un ocho, y frío como piedra. Borst y Bentley, sentados detrás de sus escritorios, sonriendo. *Bienvenido de regreso, Kent.*

De alguna forma todas las imágenes llevaban a la de los gemelos gordinflones sentados allí, retorciéndose las manos en el placer de sus *hechos*.

Por eso se encontraba subiendo los amplios escalones del Niponbank el viernes a las diez de la mañana, apretando los dientes y mascullando.

Atravesó las puertas giratorias y viró inmediatamente a la derecha, hacia las oficinas administrativas. Esta vez no lo recibió la nostalgia, solo una ira irracional que se le bombeaba por las venas. Sidney estaba allí en alguna parte, taconeando sobre el piso de mármol. Pero Kent apenas tuvo en cuenta el sonido.

La puerta de Bentley estaba cerrada. No por mucho tiempo. Kent hizo girar la manija y abrió, respirando ahora con dificultad tanto por la subida de los escalones como por la ira. Una mujer de cabello negro se hallaba con las piernas cruzadas en una silla para visitantes, ataviada de modo correcto y formal con un traje azul vivo. Los dos levantaron la cabeza ante la repentina entrada de Kent.

Kent miró a la mujer, caminó hacia un lado, e hizo oscilar una mano hacia la puerta.

—¡Fuera! ¡Salga de aquí!

La mandíbula de ella se abrió y apeló a Bentley con ojos desorbitados.

Bentley echó la silla para atrás y se agarró firmemente del borde del escritorio, como si se dispusiera a saltar. Tenía el rostro pálido. Movió los labios para formar palabras, pero solo se oyó un ruido áspero.

La mujer pareció entender. Ella no podía saber lo que estaba ocurriendo aquí, pero no quería tomar parte en el asunto. Se paró y salió corriendo del salón.

—Traiga aquí a Borst —ordenó Kent.

—Él… ya estaba viniendo. Para una reunión.

El niño en Bentley estaba apareciendo, como un hombre agarrado con los pantalones abajo. Pero si los encuentros anteriores de él con Kent fueran algún indicio, el gran jefe se recuperaría rápidamente.

Entonces Borst entró a la oficina, sin sospechar nada. Vio a Kent y lanzó un grito ahogado.

—Qué bueno que se nos una, Borst. Cierre la puerta —ordenó Kent cerrando los ojos para calmar los nervios.

Su ex jefe cerró la puerta al instante.

—¿Por qué no devolvió mis llamadas? —exigió saber Bentley; el hombre se estaba recuperando.

—Cállese, Bentley. En realidad no tengo deseos de someterme a otra más de las idioteces de ustedes. Puedo recibir mi parte de castigo, pero no soy sadomasoquista.

—¿Y si yo tuviera información importante para su investigación? ¡Usted no puede esperar salir de aquí lanzando sus acusaciones y luego irse dejándonos estrangulados y sedientos!

—Lo hice, ¿no fue así? Y a no ser por una confesión firmada, nada que ustedes me puedan decir probará ser de importancia fundamental para mi investigación. Se los aseguro. Pero les diré algo. Les daré ahora una oportunidad, ¿de qué se trata?

Bentley lo miró, atónito.

—Vamos, desembuche, amigo. ¿Qué es tan importante?

Aún nada. Tenía al hombre fuera de foco. No tenía sentido demorar las cosas.

—No lo creo. Bueno, vaya allá y siéntese al lado de Borst.

—Yo…

—¡Siéntese!

El hombre se levantó de su silla y se arrastró hasta donde se hallaba Borst, aún tan pálido como malvavisco en pincho.

—Ahora, por el bien de ustedes voy a hacer esto breve. Y no quiero verlos babeando sobre las sillas, así que ahórrense sus comentarios para las autoridades. ¿Está bien?

Ellos estaban rígidos, incrédulos.

—Empecemos por el principio. He entregado por escrito mis hallazgos a los hombres que les firman los cheques, pero supongo que tenemos como diez minutos para charlar al respecto antes de que por ese teléfono lleguen los gritos de los japoneses. ¿Alguna vez ha oído maldecir en japonés, Borst? No es algo tranquilizador.

Kent respiró profundo y continuó rápidamente.

—Para empezar, ustedes dos tuvieron muy poco que ver con el SAPF. Es decir, en su desarrollo real. Es evidente que aprendieron a usarlo bastante bien. Pero en realidad no merecen reconocimiento por su implementación, ¿verdad que no? No se molesten en responder. No merecen ese reconocimiento. Lo cual es un problema porque reclamar reconocimiento por el trabajo de otro hombre es una violación al acuerdo de empleo. No solo es motivo para suspensión inmediata sino que también requiere devolución total de toda ganancia económica por el engaño.

—¡Eso no es verdad! —exclamó Bentley.

—Cállese, Bentley. Kent Anthony era el único responsable del SAPF, y ustedes dos lo sabían tan bien como saben que están metidos en esto hasta el cuello —enunció Kent taladrándolos con la mirada y dejando que la afirmación se asentara en el salón—. Suerte para ustedes que Kent pareció encontrar una muerte prematura un mes después del pequeño truco que ustedes maquinaron.

—¡Eso no es cierto! ¡No tuvimos nada que ver con la muerte de Kent! —protestó Borst—. Una cosa es conseguir un poco de reconocimiento, ¡pero no tuvimos nada que ver con esa muerte!

—Despojan del sustento a un hombre, le quitan el orgullo. ¡Podría también estar muerto!

—¡Usted no puede aprovecharse de esto, y lo sabe! —refutó Bentley.

—Dejaremos que los japoneses decidan qué aprovechar y qué no. Pero acabo de pasar un poco más de tiempo pensando en el problema del millón de dólares que en el de Kent Anthony. Muy inteligente, de veras. Me llevó la mejor parte de la semana desmantelarles su pequeña conspiración.

Un temblor se había apoderado del rostro de Bentley, ahora otra vez rojo como un tomate.

—¿De qué está usted hablando?

—Desde luego que ustedes *saben* de qué estoy hablando. Pero de todos modos se los diré. De la manera en que me lo imagino, Borst aquí desarrolló este programita llamado ROOSTER. Parece un programa de seguridad para el SAPF; el problema es que no fue liberado con el resto del código. En realidad reside solo en dos computadoras en todo el sistema. Esto es, en la computadora sobre el escritorio de Markus Borst y en la que está sobre el escritorio de Bentley. Es interesante, dado el hecho de que estos dos patanes son los que le esquilmaron al Sr. Kent Anthony su justa recompensa. Pero aun más interesante es cuando se descubre qué puede hacer el programa. Es un enlace fantasma al SAPF. Una manera prácticamente indetectable de entrar al sistema. Pero lo encontré. Imaginen eso.

—Pero… pero… —balbuceó Borst.

—¡Cállese, Borst! Eso no es ni la mitad del asunto —Kent lanzó la acusación en largos y entrecortados arrebatos—. Lo que supera la imaginación es cómo fue usado el programa. En realidad muy inteligente. Una serie de transferencias pequeñas imposibles de rastrear por si alguien observa y luego golpean con la grande. *¡Bam!*

Kent se golpeó la palma con el puño, y los dos saltaron.

—Un millón de dólares en un solo disparo, y nadie sabe adónde han ido a parar. ¡A menos que se mire dentro de las cuentas escondidas convenientemente en las computadoras de Borst y Bentley! ¡Para qué mirar aquí! Todo un millón de dólares guardados para un día lluvioso. Para nada un mal plan.

—¡Eso es imposible! —exclamó Bentley, quien se calentaba al rojo vivo y goteaba sudor—. ¡Nosotros no hicimos nada de eso! ¡Usted no puede hablar en serio!

—¿No?

La ira que Kent sintiera la primera vez que entró al banco pisando fuerte volvió a surgir. De pronto se vio gritando y señalándolos con el dedo, y sabía que no tenía motivo para gritar. Ellos estaban sentados a metro y medio de él.

—¿No? ¡Se equivoca, gordinflón! ¡Nada, y quiero decir *nada*, es imposible para cerdos codiciosos como ustedes! Ustedes confiscan la fortuna de otro hombre e imaginen qué… ¡pueden esperar que algún día también confisquen la de ustedes!

Respiró fuerte.

Tranquilo, muchacho.

—Todo está allí, idiota —expresó, señalando la computadora de Bentley—. Hasta el último detalle. Usted puede leerlo como una novela de misterio. Digan lo que quieran, pero la información no miente, y ellos ya tienen la información. ¡Ustedes se están hundiendo!

Los dos gorditos quedaron mirándolo boquiabiertos, totalmente atónitos.

—¿Entienden esto? —preguntó Kent, golpeándose la frente—. ¿Están asimilando esta información, o intentan ridículamente idear formas de salvar sus miserables pellejos?

Por sus miradas, no podían responder. Borst tenía los ojos rojos y húmedos; estaba desecho en gran manera. Bentley echaba humo por los oídos… invisible, por supuesto, pero eso era evidente.

—Y díganme algo más —continuó Kent, ahora bajando la voz—. La evidencia es irrefutable. Créanme; la reuní. Si quieren salir de esto van a tener que convencer al jurado que algún fantasma del pasado lo hizo por ustedes. Tal vez podrían culpar al programador que ustedes estafaron. Quizás el fantasma de Kent Anthony ha regresado para perseguirlos. Pero a menos que a esas líneas electrónicas las acompañe una petición de demencia, están perdidos.

Ellos seguían en silencio. Kent sintió decir más, volverlos a la vida de un bofetón. Pero ya había dicho lo que vino a decir. Esa era la carta que había soñado jugar por muchas e interminables noches, y ahora la había jugado.

Kent se fue a grandes zancadas hacia la puerta, pasando frente a Bentley y Borst que estaban inmóviles. Titubeó ante la puerta, pensando en poner un signo de admiración a las palabras que había expresado. Quizás golpear las cabezas de ellos el uno contra el otro. *¡Tas! ¡Y tampoco olviden esto!*

Resistió el impulso y salió del banco. Esta era la última vez que los vería. Lo que les sucedería estaría en manos de alguien más, pero en cualquier caso la situación no sería fácil para el par de gordinflones. Para nada.

CAPÍTULO CUARENTA Y UNO

HELEN CAMINÓ sola el lunes, llena de satisfacción, incapaz de acabar con la sonrisa que se le formaba en las mejillas. Las grietas del cielo irradiaban luz. Ella lo supo porque ahora al cerrar los ojos veía esa luz casi sin cesar. Ayer, hasta Bill había visto el fenómeno; o en realidad lo había sentido, porque no era visible físicamente. Era más como *conocer* el amor de Dios, lo cual en sí llevaba un poder sobrenatural. Ella reflexionó en una de las oraciones del apóstol Pablo: «Pido que, arraigados y cimentados en amor, puedan comprender, junto con todos los santos, cuán ancho y largo, alto y profundo es el amor de Cristo». Ese amor no era fácil de captarse; en realidad algo imaginado con cierto grado de confianza. Con seguridad no se podía tocar, ver, probar u oler. No por lo general, de todos modos.

Así era la luz, no se le podía captar fácilmente. Pero en esos días el pastor Bill estaba captando esas cosas; imaginaba mejor el mundo más allá de lo que la mayoría ve, toca y prueba. E imaginaba las cosas con fe. Certeza. Creer sin haber visto, como lo escribiera el apóstol.

Helen entonó «La canción del mártir». Esta era la canción de vida para ella. *He estado esperando el día en que al fin pueda decir finalmente estás en casa Canto de Sion Hija de mi...*

Con toda sinceridad ella no estaba segura por qué la luz brillaba de forma tan vívida más allá del cielo, pero tenía una idea. Las cosas no eran como parecían. La muerte de su hija Gloria, una experiencia inicialmente tan devastadora, no había sido algo tan malo. Tampoco la muerte de Spencer había sido algo tan malo. Helen le había dicho esto a Bill una docena de veces, pero ahora ella sentía la verdad. Las vidas de su hija y su nieto eran como semillas, las cuales al haber muerto en la tierra estaban ahora llevando un esplendor, inimaginable en sus anteriores y débiles recipientes. Como el mártir a quien asesinaran en Serbia. De algún modo la semilla estaba llevando fruto por décadas posteriores en las vidas que aún no habían nacido cuando ese sacerdote había entregado la vida. Helen aún no sabía cómo se vería ese fruto en la realidad. No lograba ver todo eso. Pero eran carcajadas las que empujaba la luz que se difundía del cielo.

—¡Buen Dios, tómame! —exclamó ella entre dientes y dio un paso; el corazón le palpitó de emoción—. Tómame rápidamente. Permíteme unírmeles, Padre.

Helen había oído muchas veces cómo los mártires caminaron de buena gana hacia sus muertes, rebosantes de alegría y ansiosos por encontrar la vida del más allá. Ella misma sentía lo mismo por primera vez en la vida, pensó. Era esa misma clase de gozo. Una comprensión total de esta vida amontonada contra la siguiente. Y con gusto saltaría a la próxima si tuviera la oportunidad.

Ahora esto de la muerte de Kent no estaba muy claro. Él había muerto; él no había muerto. Moriría; viviría; amaría; se pudriría en el infierno. Al final ella ni siquiera podría saberlo alguna vez. Al final eso era entre Kent y Dios.

Al final Kent representaba a cada ser humano. Al final los pesados pasos en los sueños de Helen eran de los pies de cada persona, huyendo de Dios.

Ella ahora sabía eso. Sí, en los cielos había esta gran conmoción en cuanto a Kent debido al desafío lanzado. Sí, un millón de ángeles y la misma cantidad de demonios alineados en el cielo observaban fijamente cada jugada del hombre. Pero era lo mismo para cada ser humano. Y no se trataba de un juego, como una vez ella le sugiriera al pastor, sino de la vida.

—¡Gloria a Dios! —gritó Helen, y de inmediato se dio vuelta para ver si eso había sorprendido a alguien.

No logró ver a nadie. Muy malo… habría sido bueno invitar a otro humano a una rebanada de realidad. Rió quedamente.

Sí, en realidad. Lo que estaba sucediendo aquí en este apartado platillo de microorganismos que era su experiencia, de ningún modo era distinto de lo que en una forma u otra ocurría hasta al último ser humano que habitaba sobre la Tierra verde de Dios. Quizás diferente en que a Helen se le había permitido participar en su maratón de intercesión. Diferente porque ella veía más del drama que la mayoría. Pero no diferente allá arriba donde eso contaba.

La verdad de todo le había caído encima dos días antes, y ahora ella deseaba una cosa como nunca había anhelado nada en los sesenta y cuatro años en que su corazoncito se las había arreglado para palpitar. Quería cruzar esa línea de llegada. Deseaba entrar al círculo de ganadores. Anhelaba entrar a la gloria. Si le dieran la oportunidad de vivir y caminar, o morir y arrodillarse ante el trono, saltando como un saltimbanqui respondería a gritos: «¡El trono, el trono, el trono!» Lo haría en sus zapatos deportivos y sus medias blancas subidas, sin importarle que un parque lleno de basquetbolistas estuviera viendo lo que ella hacía.

Lo quería todo porque ahora sabía sin la menor sombra de duda que todo se trataba del amor de Dios… desesperado y consumidor por cada individuo. Sabía además que Gloria y Spencer estaban nadando en el amor de Dios y gritando de placer por eso.

—Dios, llévame a casa —susurró—. Llévame de prisa.

Sinceramente, ella no sabía cómo Kent podía resistirlo todo.

Tal vez no lo podía resistir. Tal vez sí.

De cualquier manera, la luz era brillante y se irradiaba por las grietas.

—¡Gloria a Dios! —exclamó alegremente, volviendo a saltar.

ESE DOMINGO, después que Lacy lo escupiera como quinina cruda, a Kent le sorprendió que ya hubieran pasado casi dos meses desde que se hubiera convertido en millonario. En realidad no le *sorprendió* en absoluto, porque la idea apenas se le arrastraba por la mente, como una babosa letárgica esperando pasar con seguridad. Se dio vuelta en la cama y supo que había vuelto a dormir sobre las cobijas. Una tenue luz brillaba alrededor de las cortinas cafés de la habitación, y por el sonido del tráfico supo que había pasado gran parte de la mañana. No es que le importara, pues ahora había perdido el significado del día y la noche.

Decían que el dinero no puede comprar felicidad. Este es uno de esos axiomas expresados a menudo pero casi nunca creídos, por el simple hecho de que el dinero sí parece venir con alguna medida de felicidad. Al menos por un tiempo. Podrá ser cierta la afirmación de Bono de que todos los senderos terminan en la tumba, pero mientras tanto, lo más seguro era que el dinero facilitara el viaje. Era en la parte *mientras tanto* con la que Kent estaba teniendo problema; porque para él la conclusión del asunto, la parte de la tumba, desde el principio se le había alojado en el interior. Como un vacío en el pecho.

Todo era posiblemente un poco extraño. De ningún modo justo, parecía. Pero de igual modo vacío, tenebroso y enfermizo. Y todo esto sin el poli Cabeza de Chorlito en la escena; si el idiota metiera el pico en la confusión aumentaría la desesperación.

Kent había caminado larga y lentamente esa noche de jueves, lejos de Lacy. Una limusina llena de bulliciosos adolescentes casi lo había golpeado en algún momento. Por poco se muere del susto. Entonces había llamado un taxi y regresado al calabozo en Denver. El sol ya pintaba de gris el cielo oriental cuando pagó al chofer.

Viernes. El viernes había sido el gran día de vivir peligrosamente, sacando los últimos alientos de furia sobre los gemelos rechonchos y luego sometiendo al banco los hallazgos que había reunido. Ellos le habían entregado a Kent los honorarios como acordaran. Con toda seguridad Bentley y Borst recibirían su justa recompensa. Se decía que la venganza era dulce. Kent no sabía *quiénes* afirmaban eso, pero sí sabía que no tenían la menor idea al respecto. La victoria que experimentó no era más que un lejano recuerdo a las dos de la tarde.

Pasó buena parte de los dos días siguientes, o noches en realidad porque no se levantó sino hasta las cinco de la tarde, tratando de tramar un regreso. No un regreso hacia Lacy, pues ella estaba muerta para él, sino un regreso a la vida. Tenía dieciocho millones de dólares escondidos, por Dios. Cualquiera que tuviera dieciocho millones de dólares escondidos sin saber cómo gastarlos era casi un imbécil. Las cosas que se podían hacer con riquezas. De acuerdo, Bill Gates lo podría considerar dinero para alimentar las gallinas, pero entonces el Sr. Gates estaba en una realidad totalmente distinta. La mayor parte de humanos normales habrían tenido problemas para gastar incluso un millón de dólares, a no ser por la compra de algún jet, yate u otro juguete de inmenso valor monetario.

Kent había pensado hacer exactamente eso. Comprar otro yate más grande y lujoso, por ejemplo, y llevarlo a una desierta ensenada tropical. En realidad la idea conservaba el lustre de la mejor parte de una cerveza antes de desecharla. Ya había comprado un yate, y lo había abandonado. Tal vez compraría un pequeño jet. A volar por el mundo. Por supuesto que estaría aterrizando y divirtiéndose en todas las paradas, descubriendo los sabores locales y riendo con los nativos. Por otra parte, la mayoría de sabores locales estaban a disposición en restaurantes de la ciudad… no se necesitaba recorrer todo el mundo. Y la risa no llegaba tan fácilmente en estos días.

Tal vez podría visitar algunos fabulosos eventos deportivos. Sentarse en el estadio con los demás tipos ricos que se podían dar el lujo de gastar algunos centavos por el placer de ver a hombres batear, lanzar o hacer rebotar una pelota. Sí, quizás hasta podría agarrar su propio balón y jugar con algunas celebridades. *Tonterías.* Hace tres meses le habría emocionado pensar en esto; ahora que tenía el dinero, no lograba recordar por qué pensaba así.

El lunes otra emoción ingresó a la mente de Kent. Pánico. Una desesperación sobrenatural ante la posibilidad de no hallar solución a este dilema. Un día después el pánico se convirtió en horrible desesperación. Dejó entonces de sentir y solo siguió con su lento caminar a lo largo de lo que ahora veía claramente como tierra árida de la vida. La vida sin Gloria y Spencer. La vida sin Lacy. La vida sin Kent. La vida sin ningún significado en absoluto.

Kent se levantó de la cama el miércoles y jaló la cortina. Una llovizna de luz cayó de un cielo gris oscuro. Podría ser mañana, tarde o noche. Cualquiera que fuera la hora era desagradable. Soltó el pesado cortinaje y se dirigió al baño a paso cansino, con los hombros caídos. El tubo fluorescente resplandecía con intensidad, y Kent entrecerró los ojos. Manchas de pasta dental rodeaban el lavabo, y él pensó que sería bueno limpiar el baño. Había dormido en el apartamento casi durante dos semanas sin limpiar la cocina o el baño. ¿Qué diría Helen ante eso?

Helen, querida vieja Helen. Se le hizo un nudo al pensar en la mujer; tan sincera, tan firme, tan tierna, tan cortés. Bueno, no siempre tan tierna o cortés, pero sincera y leal. Probablemente entraría aquí y le asestaría una bofetada en la mejilla.

Una lágrima brotó de los ojos de Kent. ¿A qué se debía? ¿Estaba extrañando de veras a la vieja tipa? Tal vez, tal vez no, pero de cualquier modo la lágrima se sintió bien, porque era la primera en cinco días. Lo cual significaba que aún tenía vivo el corazón en su prisión ósea.

Pero el lavabo, la cocina y lo demás podrían esperar. Helen no estaba aquí. Es más, no había nadie aquí. Tampoco habría alguien pronto. Él podría comprar el lugar y quemarlo. Eso lo dejaría bien limpio. Sí, quizás lo haría cuando todo hubiera acabado.

¿Cuando hubiera acabado qué, Kent?

Se miró en el espejo, y observó el despeinado reflejo. El rostro que Lacy había rechazado. Una barba de tres días; tal vez de cuatro. La cara de Kevin Stillman, aún con las cicatrices de la operación, si se sabía dónde mirar.

¿Cuando hubiera acabado qué, Kent?

El nudo se le hinchó en la garganta, como un globo. Otra lágrima le brotó del ojo derecho. *Lo siento, Gloria. Dios, lo siento.* Le estaba doliendo el pecho. *Lo siento, Spencer.*

Sí, ¿y qué pensaría ahora Spencer de ti?

Le temblaron los hombros, y el espejo se disolvió en un solo sollozo. *Lo siento.*

Se acabó, Kent.

Aspiró y contuvo la respiración. La idea le saltó a la mente con repentina claridad. Sí, se acabó, ¿no es verdad? Ya no quedaba nada más por hacer. Había gastado la vida. Le había quitado el significado. Ahora era hora de hacerse a un lado y dejar que otros tuvieran una oportunidad.

Era hora de dejar de arrastrarse con dificultad. Era hora de morir.

Sí, es hora de morir, Kent.

Sí, dejar que los otros tontos se mancharan de sangre los dedos al trepar por el acantilado de la vida. Dejarlos agarrarse del borde hasta descubrir que los desiertos se estrechan como un cementerio cubierto de polvo. Al final todo era lo mismo. Al final estaba la tumba.

Sí. Has vuelto a casa, Kent. Bienvenido a casa, Kent.

Este fue el primer toque de paz que Kent había sentido en semanas, y le hizo sentir un cosquilleo por la columna. *Ahora me recuesto para dormir...* Exactamente al lado de otros que desperdiciaron la vida trepando este precipicio llamado vida y que luego se tendieron a morir en tierras áridas. Los salmones se esfuerzan río arriba. Los lemmings se precipitan hacia el abismo. Los humanos mueren en los desiertos. Ahora todo tenía sentido.

Kent se cepilló los dientes. No tenía sentido morir con los dientes sucios. Bajó el cepillo de dientes medio usado y escupió la espuma de la boca. No se molestó en hacer correr un poco de agua para limpiar el desorden.

La manera más fácil de deslizarse a la tumba sería a través de una sobredosis; lo había pensado mil veces. Pero al cavilar ahora en eso le pareció que debía haber más respecto al asunto. Podría pasar un mes antes de que localizaran el cuerpo podrido, quizás más. Tal vez debía hacerlo en un lugar en que se hiciera una proclama. El banco, por ejemplo. O en la torre de una iglesia. Por otra parte, ¿le importaba? No, no le importaba para nada. Él solo quería salir. Finalizar. Deseaba acabar. Encontrar el cementerio de Bono. Hallar un sacerdote...

Confesarse.

Kent estaba en medio de la habitación, dirigiéndose a ninguna parte, cuando el pensamiento le llegó a la mente. Imaginó a Bono diciéndole: «*Confiese, hijo mío*». El mensaje se le alojó en el pecho. Aquello parecía tener una sensación de propósito. Y un suicidio con propósito se sentía mejor que uno sin sentido. Sería algo como inclinarse sobre ese precipicio y llamar al millón de estúpidos que se esfuerzan por trepar la piedra: «*Hola, compañeros, aquí arriba no hay nada más que cenizas y lápidas. Ahórrense la energía*».

Confesarse con un sacerdote. Hallar una iglesia, encontrar a un hombre con cuello clerical, confesar el crimen, luego deambular hacia el desierto. Tal vez encontrar al Dios de Helen. El pensamiento le volvió a producir opresión en el pecho. *Lo siento, Helen*. Querida vieja Helen.

Kent se sentó en la cama y reposó la frente en las manos. Una imagen de Helen le llenó la mente, y tragó para hacer pasar el nudo en la garganta. Ella señalaba el espacio descubierto encima de la chimenea... el lugar que una vez se había adornado con una pintura de Cristo. Helen estaba diciendo: «*Tú lo crucificaste, Kent*». Solo que ella no lo gritaba ni se lo embutía garganta abajo. Ella estaba llorando y sonriendo.

—Sí —dijo él entre dientes mientras una lágrima le bajaba por la mejilla—. Y ahora voy a crucificarme, Helen.

CAPÍTULO CUARENTA Y DOS

HELEN LLAMÓ a Bill esa mañana a las seis, andando en pequeños círculos mientras esperaba que él contestara.

—Vamos, Bill.

El sueño había cambiado anoche. El sonido de pies que corrían se había acelerado; la respiración se había vuelto entrecortada. Ella había despertado empapada en sudor y se había levantado de la cama, con las garras del pánico acariciándole la columna.

—Levántate, Bill. ¡Agarra el teléfono!

—Aló —sonó una voz aletargada en el auricular.

—Está pasando algo allá arriba, Bill.

—¿Helen? ¿Qué hora es?

—Ya son las seis, y yo debería haber estado caminando hace una hora, pero empecé a orar en mi cocina y te lo estoy diciendo, apenas lo puedo soportar.

—Vaya, cálmate, Helen. Lo siento, anoche tuve una cita hasta tarde.

Ella dejó de andar de un lado al otro y miró por la ventana. Una leve llovizna caía del cielo bastante nublado.

—No sé. Pero nunca antes había sido de este modo.

—¿De qué modo, Helen? ¿De qué estás hablando?

—Hay electricidad en el aire. ¿No logras sentirla? —informó ella moviendo el brazo por el aire y sintiendo que los vellos se le ponían de punta—. Cielos, Bill, la energía está en todas partes. Cierra los ojos y cálmate. Dime si sientes algo.

—No soy quien debe calmarse...

—Solo hazlo, pastor.

—No. Lo siento —respondió él después de quedar en silencio por un momento—. Aquí solo me veo la parte trasera de los párpados. Está lloviendo afuera.

—Se siente como si el cielo estuviera a punto de romperse, Bill. Como si fuera una bolsa de luz blanca caliente, viniéndose aquí abajo.

Él no contestó inmediatamente, y de pronto ella se impacientó, pues debería estar caminando y orando. El pensamiento le produjo otra convulsión en los huesos.

—Gloria a Dios —susurró ella; de súbito la respiración de Bill se hizo irregular en el teléfono.

—¿Helen...? —preguntó él con voz temblorosa.

—¿Sí? —contestó ella con el pulso acelerado y mirando por la ventana—. ¿Ves algo?

—Helen, creo que va a ocurrir algo... ¡Oh, Dios mío! ¡Oh, Dios mío!

—¡Bill! —exclamó ella; ¡lo sabía!; ahora mismo él estaba viendo algo—. Bill, ¿de qué se trata? ¡Dime!

—Oh, Dios mío. Oh, Dios mío —simplemente masculló él.

La voz de Bill titubeó en el teléfono, y Helen contendió con unas repentinas ansias de soltar el auricular y correr a la casa de Bill. Él allá miraba en el interior del otro lado, y ella estaba aquí de pie en este lado, sosteniendo este ridículo teléfono y deseando estar *allá*.

—Vamos, Bill —espetó ella de súbito—. ¡Deja de balbucear y dime algo!

Eso le hizo hacer una pausa al pastor. Pero solo por un momento. Entonces volvió a empezar.

—¡Oh, Dios mío! ¡Oh, Dios mío!

No era nada semejante a sudar. Todo lo contrario. Helen sabía esto con mucha seguridad: El pastor Bill Madison estaba en este mismísimo instante mirando dentro del cielo, y añorando con desesperación lo que estaba viendo, sí señor. La verdad le brotaba por la temblorosa voz mientras le clamaba a su Dios.

—¡Oh, Dios mío! ¡Oh, Dios mío!

De repente se quedó en silencio.

Helen respiró hondo y esperó algunos segundos antes de volver a presionar.

—¿Qué es, pastor? ¿Qué estás viendo?

Él no decía nada. Tal vez tampoco estaba escuchando.

—Bill...

—No... no lo sé en realidad —contestó con voz débil—. Solo vino como un manto de luz... como la última vez, solo que ahora oí risas. Muchas carcajadas.

—¡Ja! Las oíste, ¿verdad? Bueno, ¿qué te dije? ¿Ves? ¿Habías oído alguna vez en la vida esas risotadas?

—No —respondió él soltando una risita trastornada—. Pero ¿quién es? ¿Quién está riendo?... ¿Crees que se trate de *Dios*?

Helen levantó el brazo y vio que se le había puesto la piel de gallina. Debería salir a caminar. ¡Necesitaba caminar *ahora*!

—La risa es de los humanos, creo. Los santos. Y quizás también de los ángeles.

—¿Están riendo los santos? *Riendo*, ¿eh? ¿Y qué de Dios? ¿Lo vi allí?

—No sé lo que viste, Bill. No estuve allí. Pero Dios es responsable por la luz, y viste la luz, ¿de acuerdo? Creo que él principalmente está amando, siendo amado y riendo, sí, también riendo, y llorando.

—¿Y por qué, Helen? ¿Por qué estamos viendo estas cosas? No es común.

—No, no es común. Pero es muy real. Exactamente como en los tiempos bíblicos, Bill. Él está empujando suavemente nuestras porfiadas mentes. Como mis caminatas… increíble pero cierto. Como Jericó. Como dos tercios de las Escrituras, sorprendentes pero ciertas, y aquí hoy día. Él no ha cambiado, Bill —dijo ella, volviendo a mirar por la ventana—. Él no ha cambiado.

—Sí. Tienes razón. Él no ha cambiado.

—Me debo ir, pastor. Quiero caminar.

—Sí, deberías caminar. Se supone que hoy va a nevar, así dicen. La primera nieve de la estación. Abrígate bien, ¿de acuerdo?

¿Nieve? Santo Dios, eso sería asombroso, caminar en la nieve.

—Estaré bien. En estos días a mis piernas no les preocupan mucho los elementos.

—Anda con Dios, Helen.

—Lo haré. Gracias, Bill.

Helen agarró una chaqueta ligera y salió al aire de la mañana gris. Las luces de la calle brillaban como halos en larga sucesión sobre el refulgente pavimento. Uno de esos Volkswagen escarabajos pasó, con las luces enfocadas en la neblina. El sonido de las llantas rodando sobre el pavimento parecía papel rompiéndose. Helen se puso la chaqueta e ingresó a la llovizna, hablando entre dientes, apenas consciente de la humedad.

Padre, gracias, gracias, gracias. El cuerpo se le estremeció una vez, como un frío que le recorriera los huesos. Pero lo que provocó el temblor no fue el frío, sino esa luz que crujía tras los negros nubarrones. Muy cierto, en realidad no lograba verla, pero igual zumbaba, chispeaba y deslumbraba allí. El corazón le palpitó al doble de su ritmo regular, como si supiera que un extraño poder corría por el aire, invisible pero totalmente cargado.

Quizás el príncipe de esta tierra querría estropear las cosas; empapar su dominio con un manto helado y húmedo en un intento de ocultar la luz detrás de todo esto. Pero Helen no estaba viendo el manto en absoluto. Veía esa luz, y la sentía cálida, seca y brillante. *Gloria al Señor.*

Helen se miró las zapatillas blancas deportivas que señalaban al frente con cada zancada. Lanzaban gotitas delante de ella, rociando la acera como un cura que asperja agua sobre la cabeza de un bebé. *Benditos sean estos pies, que andan por el poder de Dios*. Podría haber sido una buena idea haberse puesto pantalones largos y un suéter, pero en estos días ella no estaba obedeciendo buenas ideas.

Semanas antes Helen se había quedado sin palabras en esta caminata de oración. Pudo haber orado por toda la Biblia… no lo sabía. Pero ahora el corazón solo estaba añorando y la boca susurrando. *Tú hiciste este planeta, Padre. Es tuyo. ¡De ninguna manera unas pocas gotas se opondrán en tu camino! Dios mío, tú separaste todo un mar para los israelitas y seguramente esto no es nada. Es más, tal vez sea tu lluvia. ¿Qué tal esa idea?*

Helen levantó las manos y trató de agarrar las gotas, sonriendo de oreja a oreja. Por un breve instante sintió como si el pecho le pudiera estallar, y dio algunos saltos. Pasó otro auto con deslumbrantes luces, y las llantas silbaron sobre la húmeda calle. Pitó una vez y siguió adelante. Y no era de extrañar; pues seguramente ella se veía como una rata anegada con el cabello enmarañado y el vestido destilando agua. *Vieja loca, caminando en este clima. ¡La atrapará la muerte!*

Ahora le vino un pensamiento. *Llévame, Padre. Iré con mucho gusto. Y tú lo sabes, ¿no es cierto? No me malinterpretes aquí. Haré lo que desees de mí. Pero sabes que moriría por estar contigo. Por despojarme de esta carne, de este viejo rostro arrugado, y de este cabello que se la pasa cayendo. No es que eso sea muy malo, en realidad. Te agradezco por eso; de veras que sí. Y si así lo quisieras, lo llevaría conmigo. Pero te diré esto, Dios mío: Daría cualquier cosa por estar allá contigo. Tómame del modo que escojas. Mátame con un relámpago, haz que me pase por encima un camión monstruoso, envíame una enfermedad que me consuma los huesos lo que sea, solo llévame a casa. Como te llevaste a aquellos antes que a mí.*

Ella saltó una vez e hizo oscilar el brazo, y lanzó un grito de victoria al estilo abuela.

—¡Gloria a Dios!

Así era como se habían sentido los mártires, pensó ella. ¡Al marchar hacia Sion!

El cielo brillaba lenta y escasamente a medida que se consumían las horas. Helen caminaba, apenas consciente de la ruta. El sendero la llevaba al occidente por calles laterales. Había estado aquí antes, muchas veces, y conocía muy bien el punto de retorno a las cuatro horas. Si giraba rodeando la fuente en la 132 y Sexta estaría de vuelta en casa ocho horas después de su partida en la mañana. La estatua del gordo Buda en el centro de la fuente estaría húmeda hoy, y doblemente empapados los pececitos que nadaban en la base.

Helen refunfuñó ante la idea de rodear la fuente y dirigirse a casa. Esto debió haber venido como un consuelo ante toda la lluvia que la calaba hasta los huesos y ante el cielo oscurecido que presagiaba una tormenta, pero no fue así. No hoy. Hoy día la idea de dirigirse a casa le oprimió el corazón. Deseaba caminar por el crujiente horizonte igual que Enoc, y trepar bajo las negras nubes. Quería encontrar la luz y unirse al jolgorio. *¡Gloria a Dios!*

El tráfico era ligero, estaba ausente el normal flujo de dispersos transeúntes, y las tiendas se hallaban espeluznantemente vacías. Helen se acercó a la floristería Homer's en la esquina de la 120 y la Sexta. El anciano apostado bajo el alero con los brazos cruzados arqueó las cejas al ella acercarse.

—Dicen que va a nevar. No deberías estar aquí afuera.

—Estoy bien, anciano. Este no es el momento para detenerse. Ya estoy cerca del final.

Él entrecerró los ojos ante el comentario. Por supuesto, no podía tener idea a qué se refería ella, pero entonces un poco de misterio de vez en cuando no le hacía daño a nadie.

—Que no se diga que no te lo advertí, anciana —indicó él.

Ella ahora estaba al lado de él y mantuvo la cabeza inclinada para sostenerle la mirada.

—Sí, es cierto. Me lo advertiste. Ahora oye la advertencia de Dios, anciano. Ámalo siempre. Hasta con el último hálito, ámalo con locura.

Él pestañeó y retrocedió un paso. Ella sonrió y siguió de largo. Que se quede pensando en eso. *Ama a Dios con locura. ¡Gloria al Señor!*

Ella había llegado a una sucesión de comerciantes callejeros que ya habían empacado debido al clima, todos menos Sammy el vendedor de gorras quien, a decir verdad, era más un gorrero desamparado que un verdadero comerciante, pero nadie decía eso. Quienes lo conocían también sabían que él había ambicionado sinceramente pero sin éxito este juego de la vida. A veces el balón rueda de ese modo. A su paso el hombre había dejado una esposa muerta y una situación de bancarrota. A nadie parecía importarle desembolsar un billete de diez dólares por una gorra barata de dos... no si era Sammy quien recibía el dinero. Él se hallaba de pie debajo de los aleros al lado de dos cajas grandes llenas con sus sombreros.

—¿Qué diablos estás haciendo aquí afuera en la lluvia, Helen?

—Buenos días, Sammy —manifestó ella virando bajo la saliente—. Estoy caminando. ¿Tienes una gorra para mí hoy?

—Un sombrero —respondió él con una inclinación de cabeza—. Ya estás empapada hasta el pellejo. ¿Crees que ahora te ayudará una gorra? Va a nevar, ¿sabes?

—Exactamente. Dame una de esas verdes que tenías afuera el otro día.

Él la miró detenidamente, tratando de concluir si esta transacción comercial conllevaba sinceridad.

—¿Traes contigo un billete de diez?

—No, pero lo traeré mañana.

Sammy encogió los hombros y sacó una gorra verde que lucía en la visera una guacamaya roja con amarillo. Se la pasó con una sonrisa, representando ahora el papel de vendedor.

—Lucirá fabulosa con ese vestido amarillo. Nada tan atractivo como una mujer con un sombrero puesto... vestido o pantalones, llueva o haga sol, no importa. Es el sombrero lo que cuenta.

—Gracias, Sammy —expresó ella poniéndose la gorra y dando la vuelta en la acera.

La verdad sea dicha, ella lo hizo por él. ¿Qué bien le podía hacer un sombrero? Aunque ahora que lo tenía puesto en la cabeza, la visera le quitaba la llovizna de los ojos.

—¡Gloria a Dios!

El horizonte se esfumó y crepitó con luz... Helen podía sentirla más que verla con los ojos, pero igual la luz era muy real. Y ella sabía que si pudiera estirar la mano hasta allá arriba y hacer esas nubes a un lado, encontraría una gigantesca tormenta eléctrica anegada con risotadas.

La anciana siguió caminando hasta el punto de retorno, hacia el horizonte, hacia la luz chispeante más allá de lo que Homer o Sammy veían. Si alguien la hubiera estado observando con regularidad habría notado que ella tenía hoy el paso más rápido y enérgico que de costumbre. Los brazos le oscilaban con más determinación. En cualquier otro día ella podría parecer una vieja loca con sensibilidades pasadas de moda, que había salido a caminar. Hoy parecía una anticuada vagabunda que sin duda se había vuelto loca... tal vez con deseos de morir, empapada hasta los huesos, marchando sin rumbo fijo.

Helen caminaba, ahora canturreando. Rompía el aire con sus Reebok blancos, deteniéndose en ocasiones para alzar el puño y exclamar tres palabras.

—Gloria a Dios.

CAPÍTULO CUARENTA Y TRES

KENT CONDUJO hasta la licorería a las tres de esa tarde, dos horas después de haber despertado y descubierto que solamente le quedaba media botella de tequila. Había decidido que sería con licor y una bala como terminaría su mundo, y media botella no era suficiente. Bebería hasta entrar en estado comatoso, se pondría en la sien el cañón de la nueve-milímetros, y jalaría el gatillo. Sería como sacar una muela dolorida de las fauces de la sociedad. Bastante anestesia para adormecer las terminales nerviosas y para luego extraer el artículo podrido. Excepto que era su vida la que estaba en decadencia, y no un simple incisivo óseo.

Navegó aturdido por las calles, mirando letárgicamente pasar la llovizna. Aguanieve y ocasionales copos se mezclaban con lluvia. El cielo surgía oscuro y de mal augurio. La descomposición estaba en el aire.

Compró tres botellas del mejor tequila que vendía la licorería Tom's y recompensó a Tommy con trescientos dólares.

—¿Está seguro? ¿Trescientos dólares? —exclamó el hombre parado allí abanicando los billetes, ofreciéndole devolvérselos como si creyera que podrían ser contagiosos.

—Consérvelos —ordenó Kent y salió de la tienda.

Debió haber sacado del guardado en su colchón un par de cientos de *miles* para dar la propina. Ver qué diría Tommy ante eso. O tal vez le daría el resto del dinero al sacerdote. Si pudiera *encontrar* un sacerdote que lo escuchara. Un acto final de reconciliación por Gloria. Por Helen.

Volvió a conducir hasta el apartamento y sacó la pistola. La había disparado algunas veces al interior del cadáver en el banco, en realidad tres veces, *pum, pum, pum*; así que no quedó terriblemente sorprendido al hallar seis balas en la recámara de nueve tiros. Pero esta vez sería un solo *pum*. Sintió el frío acero y jugueteó algunas veces con la seguridad, revisando la acción, y teniendo ahora pensamientos menores como: *Me pregunto si el tipo que inventó la seguridad está muerto. Sí, está muerto y toda su familia está muerta. Y ahora él me va a matar. En cierto modo.*

Kent apagó todas las luces y abrió las cortinas. Los números rojos en el radio reloj revelaban las 3:12. Ahora caía nieve a través de la ventana. El planeta estaba muriendo lentamente, rogándole que él se le uniera.

Es hora de recostarse, Kent.

Sí, me acostaré. Tan pronto como confiese.

¿Pero por qué confesar?

Porque parece decente.

¡Te vas a volar los sesos allí contra la pared al lado de la cama! ¿Qué tiene que ver la decencia con eso?

Quiero hacerlo. Deseo decirle a un sacerdote que robé veinte millones de dólares. Quiero decirle dónde los puede encontrar. Quizás él los pueda usar.

Eres un estúpido, Kent.

Sí, lo sé. Estoy enfermo, creo.

Eres una escoria humana.

Sí, eso es lo que soy. Soy una escoria humana.

Retrocedió hacia la cama y abrió una botella. El fuerte líquido le bajó por la garganta como fuego, y recibió un poco de consuelo saber que pronto dejaría de sentir.

Se sentó en la cama durante una hora, tratando de considerar las cosas, pero en él ya se había entumecido la parte de considerar. Los ojos se le habían secado de sus primeras lágrimas, como viejos pozos abandonados. Empezaba a preguntarse si esa voz que lo había llamado escoria humana tenía razón respecto de pasar por alto la confesión. Quizás debería perseverar en volarse los sesos. O tal vez debía buscar una iglesia… ver si incluso habían oído confesiones de un tipo moribundo en una lóbrega tarde invernal.

Alargó la mano hacia el directorio telefónico y encontró una lista de iglesias católicas. Catedral de San Pedro. A diez cuadras por la calle Tercera.

Treinta minutos después se encontró manejando hasta la oscurecida catedral. El letrero en la parte delantera anunciaba que se oían confesiones hasta las siete todas las noches, menos los sábados, pero las ventanas de vidrio matizado sugerían que los hombres de Dios se habían retirado temprano. Kent pensó que tal vez el letrero debería decir: «*Se oyen confesiones todos los días, de 12h00 a 19h00, excepto en lóbregos días invernales que deprimen a todo el mundo, inclusive a sacerdotes que en realidad son hombres vestidos en largas sotanas negras para ganarse la vida. Así que déjenos en paz a todos y váyanse a casa, especialmente si ustedes son suicidas. No nos moleste con sus angustias. Las personas a punto de matarse en realidad son escorias humanas. Los curas simplemente son personas comunes y corrientes, y los que se van a matar son esco-ria humana».* Pero eso difícilmente lo pondrían en el letrero.

El pensamiento le vagó por la mente como volutas de niebla, y desapareció casi antes de que se diera cuenta que lo había tenido. Decidió que regresaría más tarde para ver si habían encendido las luces.

Kent regresó a su oscuro apartamento y se sentó en el borde de la cama. Ahora el tequila bajaba suavemente, sin arderle mucho. Eran las cinco.

CAPÍTULO CUARENTA Y CUATRO

LA FUENTE con la barriga de Buda vino y se fue, y Helen no se detuvo.

Era tan sencillo como eso. Había pasado la fuente a las once de la mañana, y todos los demás días había dado la vuelta en la marca de las cuatro horas, pero hoy día ella no deseaba dar la vuelta. Quería seguir caminando.

Logró oír el borboteo del agua una cuadra antes de acercarse al Sr. Buda, y entonces el impulso la impactó.

Sigue caminando, Helen.

Estoy a cuatro horas de casa si doy media vuelta ahora. ¿Debería seguir andando?

Solo sigue caminando.

¿Después de pasar la fuente? ¿Hacia dónde?

Pasa la fuente. Sigue recto.

¿Hasta cuándo?

Hasta que sea hora de parar.

¿Y cómo sabré eso?

Lo sabrás. Solo camina.

Así lo había hecho.

Ese primer paso más allá de su punto regular de regreso lo sintió como si pasara al interior de una profunda tristeza. El corazón se le aceleró, y la respiración se le entrecortó, pero ahora no se debió a luces que salían de las grietas. Esta vez era por temor. Simple temor sincero y habitual.

Ciertos hechos se le presentaron con autoridad convincente. Como el hecho de que cada paso que daba hacia el oeste era un paso más que debería desandar más tarde, en dirección este. Como el hecho de que ahora estaba empezando a nevar, exactamente según el pronóstico del meteorólogo, y ella solo llevaba una chaqueta delgada que ya se había empapado antes de que la lluvia se convirtiera en nieve. Como el hecho de que ella era una dama en sus sesenta, marchando en una tormenta hacia un horizonte sombrío. Como el hecho de que en realidad se veía ridícula con estas medias altas de rayas rojas y mojadas, y zapatos deportivos enlodados. En general, como el simple hecho de que ella había pasado de lo ridículo a lo absurdo.

Siguió caminando, luchando con los pensamientos. A las piernas no parecía importarles, y eso era algo bueno. Aunque difícilmente sabrían que ella estaba alejándolas cada vez más de casa en vez de acercarlas más. La primera hora de caminar en la helada nieve soplada por el viento había sido quizás la más dura que Helen había vivido en sus más de sesenta años. En realidad no había *quizás* al respecto; nada había sido tan difícil. Se encontró sudando a pesar del frío. El increíble gozo que sintiera al recién salir a caminar unas pocas horas antes, se había disipado dentro del los cielos grises en lo alto.

No obstante, seguía poniendo un pie delante del otro y caminando fatigosamente.

La luz regresó a las tres. Helen estaba a media zancada cuando el mundo se le dio la vuelta; cuando los ojos se le abrieron súbitamente y volvió a ver con claridad. Eso fue exactamente lo que ocurrió. El cielo no se le abrió… *ella* se abrió al cielo. Quizás había necesitado esas últimas cuatro horas de caminar a ciegas sin los incentivos celestiales colgándole al frente para que la mente se le enderezara.

Sea como sea, el mundo se le dio la vuelta, a media zancada, y ella plantó el pie y se quedó paralizada. Una rendija de luz le balbuceó detrás de los muros grises en la mente. Le brotaron lágrimas de los ojos como una ola creciente. Permaneció quieta, las piernas como tijeras sobre la acera, igual que una niña jugando a la rayuela. Los hombros se le sacudieron con sollozos.

—¡Oh, gracias, Padre! ¡Gracias! —gimió en voz alta, abrumada por el alivio del momento—. Yo sabía que estabas allí. ¡Lo sabía!

Entonces vino el gozo, como una oleada directamente sobre el pecho, y empuñó las manos.

Solo camina, Helen. Camina.

Han pasado más de ocho horas. Está oscureciendo.

Camina.

Ella no necesitó más exhortación.

Caminaré.

Echó a correr a grandes zancadas. *Uno, dos. Uno, dos.* Por un momento pensó que el corazón se le iba a reventar con la euforia que ahora le estallaba en el pecho. *Uno, dos. Uno, dos. Seguiré caminando. Seguiré caminando.*

Helen siguió por la acera, a través del extraño vecindario, hacia el horizonte de mal augurio, oscilando los brazos como soldado que marcha en un desfile. Copos de nieve como algodón yacían sobre el sombrero verde y le colgaban del cabello formando grumos. La anciana dejaba huellas en la delgada nieve que cubría la acera. *Dios mío, solo espera hasta que le cuente esto a Bill, pensó. «Simplemente seguí caminando, Bill, porque sabía que eso era lo que él quería. ¿Que si consideré la posibilidad de que me hubiera vuelto loca? Claro que sí. Pero con todo yo lo sabía, y él me mostró suficiente para mantenerme sabiéndolo. Sencillamente caminé».*

Helen había caminado otras cinco cuadras cuando se le desató el primer dolor en el muslo derecho.

No había sentido ninguna dolencia durante semanas de caminar. Ahora sentía la típica sensación de dolor, agudo y fugaz, pero inconfundible. Como un fuego que le atravesó el fémur hacia la cadera y que luego desapareció.

Resopló y se detuvo, agarrándose firmemente el muslo, aterrada.

—¡Oh, Dios! —fue lo único que logró decir por un momento.

Camina.

¿Caminar? Aún tenía la mandíbula abierta por el sobresalto. Se meció hacia atrás sobre la pierna buena.

—Solo fue un calambre en la pierna. ¡Pero me dolió! Estoy a treinta kilómetros de casa, y esto está terminando. ¡Se acabó todo!

Camina. El impulso llegó con fuerza.

Helen cerró lentamente la boca y tragó grueso. Miró alrededor, vio que no había mirones en la calle, y con cautela volvió a pisar sobre la pierna derecha. El dolor había desaparecido.

Volvió a caminar, al principio con cuidado pero después con confianza recuperada. Caminó otras cinco cuadras. Entonces el dolor le volvió a arder en el fémur, más fuerte esta vez.

Jadeó con fuerza y se detuvo.

—¡Oh, Dios!

La rodilla le tembló con el trauma.

Camina. Solo sigue caminando.

—¡Es dolor esto que estoy sintiendo aquí! —bramó enojada—. ¡Estás alejando la mano de mí! Oh, Señor, ¿qué está sucediendo?

Camina, hija. Solo camina. Ya verás.

Caminó. Al principio vacilante hasta que comprendió que el dolor se había ido, como antes.

Volvió a bramar con ganas seis cuadras más tarde. Esta vez Helen apenas se detuvo. Cojeó por diez metros, balbuceando oraciones entre dientes, antes de encontrar repentino alivio.

La dolencia volvía más o menos cada cinco cuadras, primero en la pierna derecha y después en la izquierda, y tras una hora en ambas piernas al mismo tiempo. Un dolor agudo le llegaba a cada hueso a media docena de pasos y luego desaparecía por unas cuantas cuadras, solo para volver como mecanismo de reloj. Era como si las piernas se le estuvieran derritiendo después de meses en el congelador y enormes cantidades de sufrimiento las estuvieran volviendo a su estado. Ella le clamaba cada vez a Dios, con el rostro retorcido por el dolor. Cada vez él le hablaba tranquilamente. *Camina. Camina, hija.* Cada vez ella ponía el pie adelante y caminaba en medio de la oscuridad que ya caía.

Tres aspectos contribuyeron a la continua travesía a pesar de la aparente irracionalidad. Primero estaba esa voz tranquila susurrándole en el cerebro. *Camina, hija.* Después estaba la luz, que no había huido. Los cielos cada vez más negros crepitaban iluminándole la mente, y Helen no podía hacer caso omiso a eso.

El tercer pensamiento que la impulsó hacia delante era la simple idea de que esto muy bien podría ser el final. *El* final. Tal vez *se* suponía que ella caminara directo hacia el horizonte del cielo y entrara a la gloria. Como Enoc. Quizás no habría ningún carro de fuego que se la llevara. Ese había sido el trato para Elías. No, con Helen sería la larga caminata a casa. Y eso estaba bien para con ella. *¡Gloria a Dios!*

El sol había dejado oscura a la ciudad a las cinco y media. De vez en cuando pasaba silbando un auto, pero la temprana tormenta había dejado solitarias a las calles. Helen cojeaba en la tenebrosa noche, mordiéndose el labio inferior, balbuceando contra las voces que se burlaban de ella.

Camina, hija. Camina.

Y siguió caminando. A las seis, las piernas le dolían sin alivio. Sentía las plantas de los pies como si hubieran agarrado fuego. Claramente podía imaginar, y en realidad tal vez oír, los huesos en las rodillas moliéndosele a cada paso. Poco después las caderas se unieron a la protesta. Lo que comenzó como un amortiguado dolor alrededor de la parte alta de los muslos se extendió rápidamente hasta convertirse en punzadas agudas de dolor penetrante a lo largo de las piernas.

Camina, hija. Sigue caminando.

Y ella siguió caminando. Ahora la nieve caía en serio, como cenizas de un cielo ardiendo. Helen mantenía principalmente la mirada en el suelo frente a los pies, concentrándose en cada pisada como su destino final... uno... dos, uno... dos. Cuando miró hacia arriba vio una vertiginosa cantidad de copos arremolinándose alrededor de las luces de la calle. La noche se posaba tranquilamente. Un frío penetrante le adormecía ahora las rodillas al aire libre, y ella comenzó a temblar. Se metió las manos debajo de los brazos intentando mantenerlas calientes, pero la nueva posición le hizo perder el equilibrio, tirándola casi al suelo, y de inmediato las sacó. ¡Oh, Dios! Padre, por favor. Me he vuelto loca aquí. Esto es… ¡esto es una locura!

Camina, hija. Camina.

Por tanto caminó, pero con mucha dificultad ahora, arrastrando un pie a la vez, metiéndose poco a poco en la noche. Perdió todo sentido de dirección, lidiando con la perspectiva en la mente, consciente del dolor que le devastaba los huesos, pero sin que le importara ya. A la octava hora, allá atrás, había cruzado el punto sin retorno. Había saltado el abismo y ahora caía hacia adelante sin poder hacer nada, resignada a seguir esta vocecita o morir en el intento. Fuera como fuera, la crepitante luz la esperaba. La idea le trajo una sonrisa al rostro, pensó, aunque no podía asegurarlo porque la cara se le había entumecido.

Los últimos cincuenta metros tomaron veinte minutos… o una eternidad, dependiendo de quién estuviera contando. Pero ella supo que eran los últimos cuando el pie derecho aterrizó en una especie de montículo de cemento y ya no pudo incorporarse ni remontarlo. Helen cayó sobre una rodilla, se desplomó bocabajo, y rodó sobre un costado.

Si hubiera podido sentir, tal vez habría creído que las piernas se le habían convertido en sangrantes muñones, a juzgar por el dolor que sintió, pero ya no lograba sentir en absoluto. Estaba consciente de los copos de nieve que le iluminaban el rostro, pero ya no tenía fuerzas para quitárselos.

Entonces el mundo se le ennegreció.

CAPÍTULO CUARENTA Y CINCO

EL DESEO de morir es un sentimiento único, como el impulso de quienes sufren migraña de torcer la cabeza con la esperanza de hacer desaparecer una punzante jaqueca. Pero Kent aún estaba deseando la muerte… y cada vez más a medida que pasaban los minutos en su sombrío apartamento.

Podría haber sido algún deseo profundamente asentado de demorar la muerte lo que lo hizo regresar a la iglesia a pesar de la nieve que caía. Pero si lo fue, no lo sentía como algún deseo que antes hubiera tenido. Sin embargo, realizaría este último hecho. Hallaría a su sacerdote.

La nieve pasaba velozmente los faros y pensó en que salir a buscar un sacerdote en una noche como esta era algo desatinado; pero también era desatinado matarse. Él era un chiflado. La elevada espiral de la iglesia se extendía hacia el cielo nocturno como una mano ensombrecida alargándose hacia Dios. *Estira la mano, bebé. Allá arriba solo hay oscuridad.*

Estacionó el auto y miró la oscura catedral. Un monumento a la búsqueda humana de significado, lo cual era una burla porque hasta los de sotana sabían en su fuero interno que no había verdadero significado. Al final solo estaba la muerte. Un polvoriento cementerio en lo alto de un precipicio.

Sigue adelante con esto, Kent.

Abrió la puerta del auto y caminó penosamente hacia las amplias gradas.

El bulto en el primer peldaño le llamó de inmediato la atención. Un cuerpo yacía acurrucado como un feto, cubierto de nieve. Kent se detuvo en la acera y analizó la figura. El sacerdote se habría caído haciendo el trabajo… tal vez cerró muy temprano el templo y ahora su Dios lo había arrojado sobre los escalones. O tal vez un vagabundo había venido para encontrar a Dios y en vez de eso se había topado con una puerta cerrada. De cualquier modo el cuerpo no se movía. Era el segundo cadáver que había visto últimamente. Quizás debería acurrucarse y unírsele.

Kent subió las gradas, llegando hasta la puerta del frente. Estaba cerrada. Su boca ya no tenía deseos de jurar, hablar, y ni siquiera de respirar, pero la mente profirió insultos. Bajó los escalones con dificultad, insultando aún en el pensamiento con una serie de palabras que ya no tenían significado. Viró hacia el cuerpo y lo empujó con el pie. *La muerte se convierte en mí mismo.* Nieve caía del rostro del vagabundo. Una vieja, que sonreía a pesar de todo. Una amplia sonrisa congelada en ese rostro pálido. Finalmente ella había encontrado la paz. Y ahora él estaba en camino de encontrar la suya propia.

Kent se alejó del cuerpo y se dirigió al auto. Un viejo recuerdo se le arrastró por la mente. Era de la querida vieja Helen, sonriendo con ojos húmedos en la sala de él. *Tú lo crucificaste, Kent.*

Sí, querida Helen. Pero muy pronto lo compensaré. Como te dije, voy a matar mi...

El siguiente pensamiento le detonó en la mente a media calle, como si lo aturdiera una granada. *¡Esa era Helen!*

Las piernas se le trabaron debajo de él, estiradas para dar el siguiente paso.

Kent regresó hasta el cuerpo. ¡Ridículo! ¡Esa vieja tendida allí no era más Helen de lo que él era *Dios*! Se volvió otra vez hacia el auto.

Si esa no era Helen, entonces Helen tiene una hermana gemela.

Se detuvo y parpadeó. *Contrólate, Kent.*

¿Y qué tal si esa fuera *Helen por algún insólito accidente, muerta sobre el peldaño?*

¡Imposible! Pero de pronto el impulso por saber sobrepasó a todo lo demás.

Kent volvió a girar hacia la figura y caminó rápidamente. Se inclinó e hizo rodar de espaldas el cadáver. Solo que este no estaba muerto; lo supo al instante porque las fosas nasales soplaron unos cuantos copos del labio superior en un prolongado suspiro. Él retrocedió, asombrado por el fantasmal rostro sonriendo debajo de una gorra. El corazón se le estrelló contra las paredes del pecho. *¡Esta era* Helen!

No la reconoció por la sonrisa, el rostro, y ni siquiera por el cabello, sino por el vestido amarillo con florecitas azules, aunque todo cubierto de nieve. El mismo vestido amarillo floreado que ella usara en el funeral de Gloria. El mismo vestido amarillo floreado que ella usara delante de la puerta de Kent esa primera noche que se mudó. Eso y las medias estiradas hasta las rodillas.

Él estaba mirando a Helen, encogida sobre las gradas de esta iglesia, usando zapatillas deportivas con trozos de nieve, sonriendo como si estuviera en alguna clase de sueño caluroso y no muriéndose congelada sobre este bloque de concreto.

Déjala.

No puedo. Ella está viva.

Kent miró alrededor, vio que estaban solos, y metió los brazos debajo del cuerpo inerte de Helen. Se puso de pie tambaleándose con el peso muerto colgando en cada brazo. La última vez que había hecho esto, el cuerpo había estado desnudo, gris y muerto. Había olvidado lo pesadas que eran estas cosas. Bueno, los paramédicos podrían tratar con la vieja chiflada cuando la vieran.

Kent estaba a medio camino de vuelta al auto con Helen en brazos cuando un último pensamiento le cruzó la mente. Una oleada de tristeza le recorrió el pecho, y de inmediato sintió deseos de llorar. En realidad, no se le ocurrió ninguna razón. Quizás porque la había llamado vieja chiflada y, de veras, ella no era eso. Miró el cuerpo combado que tenía en los brazos. No, esta no era ninguna chiflada. Esta era… esta era algo precioso. Helen, con todas sus excentricidades, de algún modo encarnaba la bondad. Una lágrima le brotó de los ojos, y él resolló.

Preocúpate de ti, estúpido. Y si ella es la bondad, ¿en qué entonces te convierte eso? En escoria humana.

Sí. Peor.

Sí, peor. Deshazte de ella.

Kent apenas logró abrir la puerta del pasajero sin caerse. Deslizó a Helen sobre el asiento, cerró la puerta, y se puso detrás del volante. Ella había caído contra la puerta, y ahora la respiración se le hizo regular. A Kent se le hizo un nudo en la garganta, y movió la cabeza de lado a lado. La verdad era que ella le producía un extraño sentimiento, que le hizo doler la tráquea. La extrañaba. Eso era lo que pasaba. De veras que extrañaba a la vieja.

Encendió el Lincoln y arrancó en la desierta calle. La nieve se había convertido en una neblina pulverulenta, visible solo alrededor de una hilera de luces en la calle a la derecha. Un manto blanco reposaba sobre vehículos estacionados, arbustos y pavimento. El sedán se deslizaba tranquilamente sobre la nieve, y Kent sintió los dedos de la muerte enroscándosele en el cerebro. Había muerte… muerte en todas partes. Un cementerio congelado. Kent tragó grueso.

—Dios, déjame morir —refunfuñó entre dientes.

—Ohh…

El gemido que venía de la derecha le atacó la conciencia como una bala en el cerebro, y él reaccionó de manera instintiva. Puso el pie en el freno y movió bruscamente el volante. El Lincoln resbaló por la acera, chocó en el sardinel, y se detuvo. Kent se aferró del volante con ambas manos y respiró pesadamente.

Giró hacia el asiento del pasajero. Allí estaba Helen, inclinada contra la puerta con la cabeza reposándole en el hombro, torcida pero con los ojos abiertos, y mirando al frente con cejas cubiertas de nieve. La respiración de Kent se le paralizó en la garganta. ¡Ella estaba despierta! Despierta de entre los muertos como un alma perdida del reparto de una película barata de horror.

La anciana enderezó poco a poco el cuello y levantó una mano para quitarse la nieve de la cara. Kent miraba sin poder hablar, totalmente confundido sobre cómo sentirse. Ella parpadeó algunas veces seguidas, volviendo a entrar a la tierra de los vivos, mirando aún por el parabrisas.

Un pequeño gemido salió de la garganta de Kent, y esto le indicó a Helen que no se hallaba sola; entonces se volvió lentamente hacia él. Ahora ella también tenía la boca abierta. Se miraron así por varios prolongados segundos, dos almas perdidas mirándose boquiabiertas en los asientos frontales de un auto, perdidos en una silenciosa nevada.

Pero Helen no permaneció perdida por mucho tiempo. No, no Helen.

Ella volvió a pestañear y tragó saliva. Respiró adrede, como el suspiro de alguien decepcionado. Quizás ella no había tenido intención de despertar en el asiento delantero de un auto, mirando a un extraño.

—¿Kent? Te ves diferente. ¿Eres tú?

Bueno, quizás no tan extraño.

—¡Helen! —exclamó Kent, más riendo que contestando—. ¿Qué estás haciendo? ¡Pudiste haber hecho que nos matáramos!

Esa era una afirmación absurda considerando las intenciones de él, y habiéndolo dicho, tragó grueso.

—Eres Kent —aseveró ella como una sencilla realidad, como decir: «El sol se ha ocultado».

—¿Y cómo sabes que soy Kent? —se pilló a sí mismo expresándolo—. ¿Aunque lo fuera?

Pero ya la había llamado Helen, ¿de acuerdo? ¡Por Dios!

De cualquier manera, Helen no estaba escuchando. Estaba perdida; él pudo ver eso en los ojos de ella.

—¿La viste, Kent? —inquirió ella volviéndose hacia el parabrisas sin parpadear.

Él le siguió la mirada. La calle aún estaba vacía y blanca. En el parabrisas empezaba a aparecer condensación debido al cálido aliento.

—¿Ver qué?

—La luz. ¿Viste la luz? Estaba en todas partes. Era el cielo, creo —declaró ella, conmovida.

La ira le subió a Kent por la columna vertebral, pero se mordió la lengua y cerró los ojos.

—Helen… estabas afuera helada y alucinando. Despierta ya de tu ridícula y arcaica religión. Allá afuera no hay más que frío, nieve y muerte —expuso él, luego se volvió hacia ella y dejó que la creciente furia le pasara por los apretados dientes—. ¡Te juro que me *enferma* toda tu cháchara del cielo y de Dios!

Si él esperaba que Helen se achicara, debió haberlo sabido mejor. Ella se volvió hacia él con ojos relucientes. No parecía una anciana a quien acababan de arrastrar medio muerta en medio de una tormenta de nieve.

—¿Y si hubiera vida allá afuera, Kent? —preguntó ella, con los labios rojos y rectos—. ¿Y si detrás de este velo humano existiera una realidad espiritual irradiando luz? ¿Y si todo fuera creado con un propósito? ¿Y si detrás de todo ese Creador estuviera ansiando relacionarse?

Brotaron lágrimas en los ojos de Helen.

—¿Qué tal que hubieras sido creado para amarlo? ¿Qué pasaría entonces, Kent? —desafió ella sin parpadear pero con los ojos encharcados en lágrimas.

Uno de esos charcos se rompió, y un sendero de lágrimas bajó por la mejilla derecha de la mujer.

Kent tenía la boca abierta para replicar, para volver a poner a su suegra en su lugar, antes de comprender que no tenía nada que decir. No a *esto*. Lo que Helen sugería era imposible. Trató de imaginar a un Dios desesperado por amor, como una enorme y sonriente bola de luz con brazos extendidos. La imagen se negó a agarrar forma. Y si hubiera verdad en esas palabras, si de alguna manera hubiera un Creador que lo amaba así... de todos modos él se iba a matar. Se cortaría las muñecas en agonía.

Kent alejó la mirada de ella y apretó la mandíbula.

—Kent —dijo ella, la voz le sonó a él como si trinara.

¡Cállate, Helen! ¡Sencillamente cállate! La mente de él le gritó obscenidades, una mente encerrada en tormento.

—Kent.

Ella estaba suplicando. La pequeña y viciada cabina del Lincoln parecía vibrar con los latidos del corazón de Kent, quien deseó estirar la mano y cachetearla, pero las manos se le paralizaron en el volante.

Kent le lanzó una mirada de soslayo. Helen estaba temblando, llorando y conmoviéndose en el asiento ante él. El corazón de él gritaba de angustia. Los labios de ella temblaban con anhelo. Una sonrisa de súplica.

—¿Quieres ver, Kent? —preguntó ella alargando una mano temblorosa hacia él.

Kent apenas logró oír las palabras salidas de la estrecha garganta de la veterana. «*¿Quieres ver, Kent?*»

¡No! No, no, no, ¡no quiero ver!

—¡No seas tonta, Helen! ¡No puedes simplemente encender una luz para ver a este Dios tuyo!

—No. Pero esta noche es distinto. ¿Quieres ver?

No, no, no, ¡vieja arpía! ¡No hay nada que ver!

Las lágrimas del hombre le hicieron borrosa la vista.

¿Qué le estaba sucediendo? Un dolor le desgarró el corazón, y gimió. Entonces el tiempo pareció detenerse, en ese instante de agonía. *¡Oh, Dios! ¡Oh, Dios! ¿Quiero ver? ¡Sí! Sí, quiero ver, ¿no es así?* Kent se masajeó lentamente la cabeza con los dedos.

—Sí —le salió de los labios como un lejano susurro.

Ella le tocó la mejilla.

Una titilante luz explotó en el cerebro de Kent. El horizonte detonó con luz deslumbradora, y él se irguió. Todo se detuvo entonces. El corazón se le agarrotó en el pecho; la sangre se le paralizó en las venas; la respiración se le ahogó en los pulmones. El mundo terminó con un grito.

Entonces ese mundo volvió a empezar con una masa de imágenes que lo hicieron recostarse en el asiento y se le abrió la mandíbula. Torrentes de luz le entraron en cascada a la mente y le bajaron por la columna. El cuerpo se le convulsionó allí sobre el asiento de cuero del Towncar como si él estuviera agonizando.

Pero no era muerte. ¡Era vida! ¡Era el aliento de Dios! Él lo supo en el momento en que aquello lo tocó. El creador de Helen le estaba… le estaba *susurrando*. Él también supo eso. Esta vívida emoción que le golpeaba el cuerpo solo era un susurro, y le decía: *Te amo, amado mío.*

—¡Oh, Dios! ¡Oh, Dios! ¡Oh, Dios! —se puso a gritar él.

Se oyó una risa por sobre el gemido de Kent… una risa que resonaba como un trueno a través del cielo. ¡Kent conocía esa risa! Voces del pasado: una madre riendo de placer; un niño regodeándose en prolongados y agudos chillidos de deleite. Eran Gloria y Spencer, allá en la luz, extasiados. Kent les oyó las voces resonándole en el cerebro, y entonces se llevó la mano al rostro y empezó a retorcerse de vergüenza.

—¡Oh, Dios! ¡Oh, Dios! ¡Lo siento!

¡Era verdad! Comprender esto lo sacudió como si un carnero lo golpeara en el pecho. ¡Dios! El Dios de Helen. El Dios de Gloria. El Dios de Spencer. ¡*El* Dios!

Y había expresado: *¡Te amo, amado mío!*

La injusticia de todo esto retorció la mente de Kent, quien se zarandeó en agonía. La angustia de una madre que había asfixiado a su hijo. La desesperación de un esposo que había abandonado a su esposa por una ramera. Un deseo de morir.

Una nueva oleada del cielo de Helen se le estrelló en los huesos a Kent, y él tembló bajo su poder. *Te amo, amado mío.*

Kent gritó. Con cada fibra aún intacta en su garganta pidió la muerte a gritos, pidió perdón… pero las cuerdas vocales se le habían agarrotado ahora con todo el resto. Estas no produjeron más que un prolongado e interminable gemido.

—Ooooohhhh…

Yo ya morí. Te perdono.

¡No, no, no entiendes! Soy una escoria humana. No sé amar. ¡Estoy muerto!

Es a ti a quien amo.

¡Y yo soy quien te odia! El cuerpo de Kent se dobló, y la frente golpeó el volante. Lágrimas le corrieron por las mejillas. La burda rareza de estas palabras osciló como una bola de acero que le demolía las paredes del cráneo.

¡Eres mi amor!

¡No podía ser que esta criatura de amor candente podía querer amar*lo*! ¡No podía ser! Kent arqueó el cuello y miró hacia el lujoso techo del Towncar, con la boca totalmente abierta. Fue entonces que volvió a encontrarse con su propia voz. Y la usó para bramar, a plena garganta.

—¡Nooooooooo! ¡No pueeedo!

Ámame, por favor. El susurro le retumbó por el cuerpo.

Fuiste hecho para amarlo, manifestó una voz suave. La voz de Spencer. Luego la voz rió.

Sí, Kent. Ámalo. Esa era Gloria.

Entonces Kent se desmoronó y se puso a sollozar sobre el asiento al lado de Helen. En un retorcido fardo de agonía y éxtasis, de profunda tristeza y gozo desbordante, Kent amó a Dios.

—Sí. Sí, sí, sí.

Bebió el perdón como si una sed irresistible lo hubiera llevado al borde de la muerte. Jadeó ante al amor como un pez desesperado por oxígeno. Solo que era el mismo Dios quien lo llenaba de aliento, y eso le produjo un temblor desconcertante a cada fibra de músculo que aún podía moverse. Estiró el brazo con cada pizca de su ser, con cada pensamiento consciente, y suplicó estar allí con él.

Por breves momentos *estuvo* allí con él. O una parte de Dios estaba aquí abajo en el Lincoln con él.

Entonces la luz desapareció, dejando a Kent respirando con dificultad, tendido sobre el volante. Cayó sobre el regazo de Helen y sollozó.

Ella le acarició suavemente la cabeza. El tiempo perdió significado por un rato.

CAPÍTULO CUARENTA Y SEIS

—¿ASÍ QUE lo viste?

Kent se sentó. Miró a Helen y después nuevamente por el parabrisas, cubierto ahora de condensación.

—¡Dios!

—Sí. Solo que las palabras no son adecuadas, ¿verdad?

—¿Así que era… Dios?

Él lo sabía. Sin la más leve duda.

—Sí.

—¿Es de esa manera para todo el mundo? —preguntó volviéndose lentamente hacia ella—. ¿Cómo es que nunca he oído de esto?

—Nunca has oído al respecto porque has mantenido cerrados los oídos. ¿Es de esta manera para todo el mundo? Sí y no.

Él la miró, deseando que ella continuara.

—No, no todos verán lo que has visto aquí esta noche. Al menos no en la misma forma. Pero sí, en muchas maneras es lo mismo —dijo ella y se volvió hacia el parabrisas—. Déjame contarte una historia, Kent. ¿Recuerdas una narración en la Biblia acerca de un hombre llamado Job?

—Los oí, Helen. Oí a Gloria y Spencer. Estaban riendo —expresó él con una sonrisa curvándole la boca.

—Sí, lo sé —asintió ella sonriendo y con brillo en los ojos—. ¿Recuerdas a este hombre, Job? ¿De la Biblia?

—Ellos están en el cielo, Helen —enunció Kent, aún distraído por el pensamiento—. Están realmente en el cielo. ¡Con *él*!

—Sí —asintió ella—. Kent. Te estoy haciendo aquí una pregunta. ¿Sabes de Job en la Biblia?

—¿El hombre que sufrió?

—Sí. Satanás perdió el reto de que podría hacer que un hombre justo maldijera a Dios. ¿Recuerdas eso?

—Job permaneció fiel a Dios. Y al final recibió el doble de riquezas. Algo como eso.

—Sucedió en la realidad. Perdió todo. Hijos, esposa, riqueza.

Kent se volvió a ella, parpadeando.

Ella miró el cielo ennegrecido.

—No hace mucho tiempo Satanás lanzó otro desafío ante Dios. Un reto de cambio total. Esta vez insistió en que podría evitar que un hombre injusto reaccionara ante el amor de Dios. «*No importa cómo lo cautives, no importa cuánto lo ames, no importa cómo lo atraigas* —expuso Satanás—. *Puedo impedir que este hombre responda a tu amor*».

—¿Estás diciendo que esto sucedió de veras?

—Sí —asintió ella mirándolo, con ojos húmedos ahora—. Sí. Y Dios aceptó el desafío. Los cielos han estado alineados con un millón de criaturas concentradas por meses en cada movimiento de ese hombre. Y hoy Dios ha ganado el desafío.

Helen rió.

—¿Y… yo? —titubeó Kent, asombrado.

«*¿Era yo este hombre?*»

—Sí.

La idea le parecía absurda.

—¿Fue entonces fraguado todo esto? ¿Cómo…?

—No, fraguado no, Kent. Fuiste atraído. En formas en que ninguno de nosotros jamás entendería totalmente, fuiste atraído por el Padre. Y fuiste jalado… en mil maneras fuiste jalado por Satanás. Lejos de Dios.

La mente de Kent volvió a recordar los últimos meses y vio una larga serie de acontecimientos llenos de extremos. Muerte. Pero en la muerte, risas, porque Gloria y Spencer estaban riendo allá arriba. Riqueza. Pero en la riqueza, muerte. O casi la muerte. Toda una realidad detrás del escenario de la vida.

—Él debió haber cambiado estrategias a mitad de camino —opinó Kent distraídamente.

—¿Satanás?

—Sí. Matar a mi familia no funcionó, así que dispuso hacerme rico.

—Sí, estás captando el panorama —contestó ella riendo.

—Sin embargo, ¿por qué yo? —cuestionó él volviendo a mirarla.

Ella suspiró y negó con la cabeza. Pasó un auto cuyas luces deslumbraron como halos en el parabrisas. El débil sonido de música rock por un instante y luego otra vez silencio.

—Así es como sencillamente es, Kent. Tu caso es único por lo que pudimos ver. Pero de todos modos no es distinto del desafío hecho sobre el hombre o la mujer detrás del volante del auto que acaba de pasarnos.

—¿Es igual para todo el mundo?

—¿Crees que Dios ama más a una persona que a otra? ¿Que atrae a una más que a la otra? No. Sobre cada ser humano se ha lanzado un desafío. Es igual de intenso para cada ser. Solo que no lo vemos. Si pudiéramos… —se interrumpió ella, y movió la cabeza de un lado al otro—. Caramba, caramba, ¡caramba!

El pecho de Kent se le empezó a inflar, y él creyó que volvería a sumirse en lágrimas. Esto cambiaba todo. Ahora parecía muy obvio. Muy adecuado. Todo el significado de la vida se amparaba en unas cuantas afirmaciones y sin embargo muy pocos conocían la verdad.

—Así que detrás de esto… esta humanidad… este mundo físico, existe actividad… suficiente actividad para tocar nuestras mentes —opinó él sacudiendo la cabeza, abrumado por la idea—. Solo vemos el extremo de todo. Y solo entonces si abrimos los ojos.

—No batallamos contra seres humanos. Y peleamos una batalla que es fugaz. Créeme, esta vida pasará muy rápidamente, aunque a veces parezca que no suficientemente rápido. Luego será para siempre. En alguna parte.

—¿Por qué no saben esto más personas? ¿Por qué nadie me dijo esto?

—¿Crees que Gloria nunca te dijo esto? —interrogó ella mirándolo—. Oramos todos los jueves en la mañana durante cinco años por este día. Tú estabas demasiado envuelto en este mundo para notarlo.

—Tienes razón. ¡Tienes muchísima razón!

—Hoy vuelves a empezar, Kent.

¡Lacy!

—¡Tenemos que comunicarnos con Lacy! —exclamó Kent agarrando a Helen por el brazo.

—¿Lacy?

—Sí. Ella vive en Boulder —anunció él, prendió el auto y salió por la calle, deslizándose sobre la nieve—. ¿No te importa? Te necesito allá. Ella nunca me creerá.

—¿Por qué no? Es una hermosa y nevada noche para viajar. Más bien estaba esperando un destino totalmente distinto, pero supongo que Boulder estará bien por ahora.

CAPÍTULO CUARENTA Y SIETE

LACY RESPONDIÓ a la puerta vestida con una camiseta de franela a cuadros que le colgaba debajo de los jeans.

—¿A la orden?

Kent estaba detrás de Helen por el momento, con el corazón latiéndole como una locomotora en el pecho. Vio la mirada de Lacy dirigirse hacia él, cuestionándose al principio, y luego reconociéndolo.

—Hola, Lacy —saludó Helen—. ¿Podemos entrar?

—¿Usted? Kevin, ¿correcto? Lo conocí en el restaurante. ¿Qué quiere?

—No somos quienes podrías creer —contestó Helen—. Mi nombre es Helen. Helen Jovic. Este es mi yerno, Kent Anthony. Creo que ustedes ya se conocen.

Los ojos de Lacy se abrieron de par en par.

—Hola, Lacy —saludó Kent pasando alrededor de Helen y calmándose un temblor que se le había estacionado en los huesos desde que se le habían abierto los ojos.

—Eso es… ¡eso es imposible! —exclamó ella, retrocediendo—. Kent está muerto.

—Lacy. Escúchame. Soy yo. Escucha mi voz —pidió, y tragó saliva—. Sé que me veo algo diferente; me he hecho algunos cambios, pero soy yo.

Lacy retrocedió otro paso, parpadeando.

—¿Me oyes? Te conté todo el plan una noche de viernes sentado allí, bebiendo tu café —declaró Kent señalando la mesa de la cocina—. Veinte millones de dólares, ¿correcto? ¿Usando el SAPF? Tú me abofeteaste.

Era demasiado para que ella rechazara, él lo sabía. Ella se hizo a un lado como en un sueño. Kent tomó el gesto como una señal para entrar y lo hizo cautelosamente. Helen siguió y se sentó en el sofá. Lacy cerró la puerta y se quedó frente a él, sin pestañear.

La sala permaneció en silencio. ¿Qué podía él decir? Sonrió, de repente sintiéndose ridículo y diminuto por haber venido.

—Por tanto, no sé qué decir.

Ella no contestó.

—Lacy. Lo… lo siento mucho.

La vista de él se le inundó de lágrimas. Ella estaba registrando sus bancos de recuerdos, tratando de hacer que los extremos calzaran, reconciliando emociones en conflicto. Pero no dijo nada. Kent la vio tragar saliva y de súbito todo fue demasiado para él. *Él* había ocasionado esto. *Él* podría haber cambiado, pero los restos de su vida yacían en ruinas. Esqueletos destruidos, mentiras vacías, corazones quebrantados. Como este corazón aquí, palpitando pero roto, posiblemente sin arreglo.

La mandíbula de Lacy se apretó, y los ojos se le inundaron de lágrimas.

Kent cerró los ojos y se esforzó por no llorar. Sí, de veras, ella no estaba tan feliz; eso era muy evidente.

—De modo que *eres* tú —indicó ella con voz apenas más fuerte que un susurro—. ¿Sabes lo que me has hecho?

Él abrió los ojos. Ella aún estaba mirándolo, aún con la mandíbula apretada. Pero alguna luz le había llegado a los ojos, pensó él.

—Sí, soy yo. Y sí, he sido un completo idiota. Por favor… perdóname por favor.

—Y te me acercaste en el restaurante —dijo, ya con la mandíbula relajada.

—Sí —asintió él—. Lo siento.

—Bueno. Deberías sentirlo. Deberías estar aterrado ahora al respecto.

—Sí. Y lo estoy.

Él creyó que ella iba a rechazarlo. Ella *debería* rechazarlo.

—¿Y por qué viniste? —cuestionó ella con brillo en los ojos—. Dime por qué viniste.

—Porque…

Era algo duro, estos tratos en amor. Primero Dios y ahora ella. Kent parpadeó. No, para nada duro. No en esta nueva piel. Duro en su antiguo yo, pero en esta nueva piel, el amor era la moneda de la vida.

—Porque te amo, Lacy —lo dijo entonces fácilmente.

Las palabras parecieron golpearla con fuerza propia. Una lágrima le brotó del ojo.

—¿Me amas?

Oh, ¿qué le había hecho a ella?

—Sí. Sí, te amo —asintió Kent, fue hacia Lacy y extendió los brazos, desesperado por el amor de ella.

Ella cerró los ojos y dejó que él la abrazara, titubeando al principio, entonces le deslizó los brazos alrededor de la cintura y se le pegó al pecho, llorando. Por un buen rato ella no dijo nada. Se mantuvieron apretados fuertemente y dejaron que el abrazo hablara.

Cuando finalmente Lacy habló, lo hizo con voz suave y resignada.

—Y yo te amo, Kent. Yo también te amo.

CAPÍTULO CUARENTA Y OCHO

Día actual

EL PADRE Cadione se volvió de la ventana con el rostro lleno de lágrimas ante la historia que durante las dos últimas horas le había contado el visitante. Se habían cambiado de sitio repetidamente en la oficina, variando de posición a medida que se desarrollaba el relato, unas veces apoyándose en la pared y otras sentándose detrás del escritorio, pero siempre abstraídos. El confesor había contado la historia con emoción, con muchos gestos de las manos, y a menudo con una contagiosa sonrisa dividiéndole la cara. Y ahora el relato había terminado, en gran parte para consternación del cura. ¿Habría terminado de veras?

Más allá de la ventana se podía ver la torre oriental de vigilancia, impasible contra el cielo azul. Cadione se volvió hacia el hombre frente a él. Sentía el pecho como si un torno le hubiera apretado el corazón durante el relato. El visitante estaba ahora sentado con las piernas cruzadas, haciendo oscilar una sobre la otra, las manos sobre el regazo.

—¿Es verdad esto? ¿Todo?

—Cada palabra, padre.

El ventilador seguía agitando el aire arriba, secando el sudor que se acumulaba en la nuca del padre Cadione.

—¿Cree usted entonces que Dios puede hacer algo así hoy día?

—¡Lo sé, padre! —exclamó el hombre poniéndose de pie y extendiendo los brazos a los costados; Cadione se echó atrás en la silla—. El amor de él es más fabuloso que el amor más grandioso que el ser humano puede imaginarse. ¡La más extravagante expresión de amor solo es un débil reflejo del de Dios! Estamos hechos a su imagen, ¿verdad que sí?

—Sí —contestó el padre, sin poder dejar de sonreír con el hombre.

—¡Lo ve, entonces! La más grande pasión de la que usted es capaz solo es una insinuación del amor del Señor.

—Sí —asintió él—. No obstante, ¿cómo es posible que un individuo experimente a Dios en tal forma? ¡Las vivencias de las que usted habla son... sorprendentes!

—Sí, pero son reales —contestó el visitante bajando las manos—. Lo sé.

—¿Y cómo lo sabe?

La luz resplandeció en los ojos del visitante, y sonrió con picardía.

—Lo sé porque yo soy él.

El padre Cadione no respondió al instante. ¿Él era quién? ¿El hombre en la historia? ¡Pero eso era increíble!

—¿Es usted *qué persona*?

—Soy él. Kent Anthony.

—¿Kent? —objetó el cura con el corazón fuera de control—. Su expediente informa que usted se llama Kevin. Kevin Stillman.

—Sí, bueno, usted conoce toda la historia, ¿no es así? Hay ciertas ventajas en cambiar identidades, amigo mío. Es lo único que me permitieron conservar cuando confesé. Un pequeño consuelo. Y desde luego, debí confesar... usted entiende eso, ¿verdad que sí? Yo *quise* confesar. Pero no es útil vivir en el pasado. Soy un hombre nuevo. Y más bien me gusta el nombre.

—Por tanto, entonces, ¿afirma usted que vislumbró personalmente el cielo? —indagó el padre mientras la mente le daba vueltas—. ¿Que era acerca de su alma toda esta apuesta de Lucifer? ¿Asegura usted que el cielo hizo hasta lo imposible para rescatarle el alma?

—¿Cree usted que eso es impertinente? —interrogó el hombre, sonriendo—. No es menor que el reto sobre su propia alma, padre. Solo que usted no lo ve.

Él levantó una mano para resaltar el punto.

—Y le diré algo más —continuó—. No todo es como parece. Desde el principio supe que el vagabundo del callejón era un individuo de sueños, pero lo vi una vez, y hasta el día de hoy no estoy seguro si él era real. Pero no era un ángel. Se lo puedo asegurar.

—¿Insinúa entonces que fue enviado del infierno?

—¿Puede imaginar un motivo para que no haya sido así? Bueno, los demás... creo que eran del cielo. No puedo estar seguro, por supuesto. Pero las Escrituras dicen que sin saberlo hospedamos ángeles, ¿no es cierto?

—¿Los demás?

—Cliff. No logré encontrar un registro de él en los archivos de empleo cuando lo busqué al final. Y el detective. Cabeza de Chorlito. No existe registro de ningún Jeremy Lawson en el séptimo distrito policial. Siempre sospeché que había algo raro con esos dos. Tal vez incluso con Bono en el bar.

Se oyó un toque en la puerta.

—Eso parece...

—¿Inverosímil? —terminó la frase el hombre, sonriendo de oreja a oreja—. No todas las cosas son lo que parecen, mi amigo.

—¿Qué le sucedió al dinero? ¿A los banqueros?

—¿Borst y Bentley? Ninguno de los dos trabaja ahora para el banco. Le conté todo al banco, desde luego. Lo último que supe es que estaban librando batallas en la corte sobre el dinero de la bonificación. No pueden ganar. Y ningún banco contratará tipos deshonestos. Me compadezco de ellos, de veras. En cuanto al dinero, liquidé todo y devolví el dinero a cada una de las cuentas de las que fue tomado, veinte centavos a la vez. Usando ROOSTER, claro está. Solamente las autoridades y unos cuantos funcionarios en el más alto nivel llegaron a saber lo sucedido. El banco insistió en que yo conservara los doscientos cincuenta mil dólares por honorarios de rescate. Intenté devolverlos, pero ellos aseguraron que me los había ganado al poner al descubierto a Borst y Bentley. Y por desarrollar el SAPF, por supuesto.

—El tiempo se acabó, capellán —se oyó una voz después de otro toque en la puerta.

—Adelante —llamó Cadione, manteniendo la mirada en el hombre.

Las piezas de este rompecabezas se le cerraron en la mente, y se puso de pie, paralizado ante ellas.

Un guardia uniformado atravesó la puerta y se detuvo.

—Vamos. Debemos irnos —informó el guardia moviendo una cachiporra en dirección a Kent—. De vuelta a la celda.

El prisionero llamado Kevin, quien en realidad era Kent, Kent Anthony, se dio vuelta para salir, aún sonriendo al cura Cadione.

—¿Y qué pasó con Lacy? —quiso saber Cadione, haciendo caso omiso al guardia.

—Saldré en libertad condicional en dos años —contestó Kent con una sonrisa en los labios—. Si todo sale bien, planeamos casarnos entonces. Quizás usted podría hacer los honores, padre.

—Sí —asintió el cura—. ¿Y Helen?

—Ah sí, Helen. Algún día tendrá que conocerla, padre. Ella no siempre fue la clase de mujer que era en esta historia, ¿sabe? La historia de la vida de esta mujer lo hará llorar. Quizás yo se la cuente algún día que tengamos más tiempo. Le hará ver las cosas de manera diferente. Lo prometo.

—Me gustaría eso —se oyó decir al capellán; pero la mente le estaba dando vueltas, y descubrió que casi no podía concentrarse.

—Recuerde, padre. Es cierto —expresó el prisionero regresando a ver una vez ya en la puerta y guiñando un ojo—. Hasta la última palabra es verdad. Sobre su alma se ha lanzado el mismo desafío. Usted debería considerar eso esta noche antes de dormirse. De una u otra manera todos tenemos algo de Job.

Se llevaron al hombre, aún sonriendo.

El padre Cadione se tambaleó hacia la silla y se dejó caer. Había pasado mucho tiempo desde que solo había orado palabras sin ningún sentido. Pero eso estaba a punto de cambiar.

Todo estaba a punto de cambiar.

Acerca del autor

TED DEKKER es reconocido por novelas que combinan historias llenas de adrenalina con giros inesperados en la trama, personajes inolvidables e increíbles confrontaciones entre el bien y el mal. Él es el autor de de la novela *Obsessed*, la serie del círculo (*Negro, Rojo, Blanco*), *Tr3s, En un instante,* la serie La canción del mártir (*La apuesta del cielo, Cuando llora el cielo* y *Trueno del cielo*). También es coautor de *Blessed Child, A Man Called Blessed* y *La casa.* Criado en las junglas de Indonesia, Ted vive actualmente con su familia en Austin, TX. Visite su sitio en www.teddekker.com.